中国国家社会科学基金"中国文学与东南亚华文文学建构研究"
项目（项目批准号18BZW154）

浙江大学文科高水平学术著作出版基金中央高校基本科研业务费专项资金

浙江大学文科精品力作出版资助计划

中国文学与东南亚华文文学的建构研究

Study on the Constructive Relationship between
Chinese Literature and Southeast Asian Chinese Literature

金 进 著

ZHEJIANG UNIVERSITY PRESS
浙江大学出版社
·杭州·

图书在版编目（CIP）数据

中国文学与东南亚华文文学的建构研究 / 金进著.
杭州：浙江大学出版社，2024.12. -- ISBN 978-7-308
-25382-6

Ⅰ. Ⅰ206；Ⅰ300.6
中国国家版本馆 CIP 数据核字第 20249HA152 号

中国文学与东南亚华文文学的建构研究

金　进　著

责任编辑	李瑞雪	
责任校对	吴心怡	
封面设计	周　灵	
出版发行	浙江大学出版社	
	（杭州市天目山路 148 号　邮政编码 310007）	
	（网址：http://www.zjupress.com）	
排　　版	浙江大千时代文化传媒有限公司	
印　　刷	杭州高腾印务有限公司	
开　　本	710mm×1000mm　1/16	
印　　张	26.75	
字　　数	479 千	
版 印 次	2024 年 12 月第 1 版　2024 年 12 月第 1 次印刷	
书　　号	ISBN 978-7-308-25382-6	
定　　价	98.00 元	

主编的话

2007年我由恩师陈思和教授举荐到马来西亚拉曼大学中文系教书四年，之后又赴我国台湾东华大学华文系任教一年，接着又在新加坡国立大学中文系任教四年，先后近十年的漂泊，最大的收获就是在自己的中国现当代文学专业之外，另开辟了一块学术宝地——东南亚华人文学，东南亚华人文学研究也成为我的一个重要研究方向。我目前所主持的两个国家社科基金项目都与之有着密切的关系。

海外任教经历也让我有幸结识了很多学术界的师长朋友，他们以丰硕的学术研究、丰富的人生阅历和儒雅的文人风姿影响着我，让我在这纷纷扰扰的俗世不忘初心，心里常怀着对这些师长朋友一直以来的鼓励和扶持的感恩之心。掰指数来，新马两地目前活跃的华人文学与文化研究者基本上都是我结识多年的朋友，他们或是我曾经的同事和学生，或是我业内志趣相投的朋友，或是东南亚学术圈盛名已久的学术大咖。他们中的很多前辈更是我学术研究的楷模，如王赓武、陈荣照、崔贵强、周清海、李焯然、容世诚等先生。

2016年我辞去新加坡国立大学中文系的教职来到浙江大学中文系，当年我以30万元的科研经费建立了浙江大学海外华人文学与文化研究中心，目的就是保持与海外学界的联系，共同推动海外华人文学与文化研究。2019年我主持的"文化中国与东南亚汉学丛书"获得第四届浙江大学高水平学术著作出版基金资助，计划出版12本东南亚汉学相关的专著。这套丛书得到王赓武、崔贵强、王润华、刘宏、容世诚、黄贤强、李志贤、苏瑞隆、许齐雄、王昌伟、潘碧华等师长朋友的鼎力支持，我们将以一年两本的速度，尽快完成这项文化工程，期望以自己的菲薄之力，推动海外华人文学与文化研究的进一步深入。

（浙江大学文学院研究员，浙江大学海外华人文学与文化研究中心主任）

学科建设的历史进程与个人能量的学术释放

——序金进《中国文学与东南亚华文文学的建构研究》

黄万华（山东大学文学院教授、中国世界华文文学学会监事长）

2016年，在福州召开了"刘登翰教授学术志业六十年"研讨会，我写了一篇小文《个人的研究释放了学科的能量》。文章远不能表达我从刘登翰老师学术生涯中的受益和他多方面的学术成就对华文文学学科产生的影响，但我却有些偏爱这一小文的题目。以精准的学术建构力激发了华文文学所包含的能量，是刘登翰等华文文学研究先行者为华文文学学科奠基的重要内容。华文文学教学和研究的魅力在于其中西汇通的天地，刘登翰老师引领人们进入这一天地，分享遍布全球的中华民族文学。"一个人的学术旅行"成就了一门新的学科，是刘登翰老师得到的回报，也是华文文学学科的活力所在。这"一个人"是刘登翰老师，也是其他以自己的学术个性和坚持努力于华文文学领域的前行者们。在华文文学历经四十年学术跋涉后，我更加深感于此，而当我读完金进40万言的《中国文学与东南亚华文文学的建构研究》一书，联系他这20余年耕耘东南亚华文文学的众多成果，感受到的是"学科建设的历史进程与个人能量的学术释放"，其中包含的正是对刘登翰等前辈学术品格、研究路径和成果的延续、发展。

大陆的海外华文文学研究开始于对东南亚华文文学的研究。记得1994年一批东南亚华文作家到华侨大学访问，其中有新加坡华文作家曾坦率地问我："你们是否认为我们还生活在树丛上？"可见当时他们所能见到的大陆媒体对东南亚华人历史和现状的介绍之少。今天他们如能读到金进的《马华文学》《冷战与华语语系文学研究》《中国现代文学的疆界》等书和这本《中国文学与东南亚华文文学的建构研究》，一定会感到十分欣慰：百年东南亚华文文学在海外与其他民族相处中让中华文化落地生根、枝繁叶茂，如今又在中国学者的研究中云开月明，其历史的曲折和收获的丰硕所提供民族文化的国际传播经验反哺了"母国"文化的开放。这过程中包含诸如"华文文学的海外在地经典化""中华文化的灵根共植和国际传播""离散和命运共同体"等的持久寻求和曲折实践,成为中华民族的精神财富。这些显然都是海外华人和中国民众乐于分享的。金进的论著,带给我们的就是这样的信息。

曾任中国世界华文文学学会会长的张福贵教授近年来多次强调华文文学学科建设的重要性。他指出,"人类命运共同体"和"文明交流互鉴"等主流话语及热门议题,仿佛专为华文文学研究领域量身定制,为华文文学的教学与深入研究揭开了新的序幕。这种"当下"与"历史"的契合,揭示了在离散语境中的华文文学相较于其他地域的文学,更早地触及并应对了超越民族、国家等层面的问题,并在此基础上展开了相关创作实践。这一进程没有"预设",摒弃"奢谈",因而漫长、曲折,甚至不乏艰难。金进研究的价值,首先就在于他立足于东南亚华人移民史,充分关注了南洋各国地缘、风土、语种、政治、经济等多重因素的复杂性。东南亚地缘环境多样,覆盖460万平方公里,其半岛、岛屿、群岛及内陆等地形数量堪称海外之最。在复杂历史因素的影响下,形成了11个国家,这些国家的建国历程及其相互关系各不相同。仅以华人人口比例最高的新加坡为例,其与马来西亚、越南、菲律宾、柬埔寨等国家的关系就各有特点。东南亚地区总人口达6.5亿,由90多个民族构成,其中3400万华人(华裔)形成了不同的华语群落,其风土历史(祖籍地、居住国)亦有所差异。华人作为群体,其遭遇交织着殖民地、民族独立国家的政治权谋和宗教等复杂因素,而华人相互间的生存境遇又有着汉语原住民和南来北归者、劳工和商人等的差异,由此影响了东南亚华文/华裔文学的历史形态,产生了"在地""回流""同化""再离散""华夷交杂"等多种情况。金进在长期的"在地"考察中广泛交游,凭借其曾在新加坡国立大学中文系、马来西亚拉曼大学中文系、中国台湾东华大学华文系讲授中国现代文学和东南亚文学课程十年的丰富经验,以及担任《南洋学报》副主编十年的深厚资历,结识了来自新马泰及印尼等国的众多文友。他充分利用了曾在新马高校任教的优势,掌握了翔实的资料,对相关领域了如指掌。此外,他具备多重辩证的历史视野,因此在处理东南亚各国华文文学的历史差异性时,显得尤为恰当且深入。这奠定了全书的重要基础。全书先以开放的视角处理了泰国、印尼、菲律宾、越南、柬埔寨、缅甸、文莱等国华文文学的曲折历史,随后聚焦于新马华文文学,展开对"中国文学与东南亚华文文学的建构"的深入考察。

在百年东南亚华文文学史的长河中,金进最为关注的是在二战后全球冷战的大背景下,东南亚各地奋力争取民族与国家独立时期的华人文学创作。这里不妨先从一个例子看金进为何及如何处理这段文学史。韩素音（汉素音）在以往的海外华文文学史中，被视为"欧华作家"。但金进将其列为20世纪五六十年代"南下文人中最具代表性的五位"（另四位为许杰、林参天、郁达夫、胡愈之）中唯一创作了"堪为东南亚华文文学的经典之作"的作家。从这一见解看得出金进开放的文学史视野。金进对韩素音当年在东南亚创作的长篇小说《餐风饮露》（1956年英文版，1957年新加坡中文译本）进行了细致入微的分析。作为20世纪50年代的在地南洋文本，《餐风饮露》杂糅战后左翼文化、后殖民思想、华夷风土等，生动而深刻地映现出马来亚的历史风云。早于《餐风饮露》的长篇小说《瑰宝》（1951年创作于香港），尽管因中文译本直至2007年才面世而显得"迟到"，却被从事中国现当代文学教学和研究的学者高度评价，例如，孟军指出，《瑰宝》作为一部"跨文化写作"的小说，"把它放在20世纪中国文学史的框架内，也可以更为充分地展示出它的价值和地位"，当之无愧为"20世纪中国文学的一部经典之作"。①金进对韩素音的研究，启发人们从地缘（南洋半岛和海峡）、风土（华裔表达的种族纠结之南洋人、物、事的交缠）、政治（左翼立场所体现的英国殖民势力式微时代的南洋社会动荡）、语种（英语写作，20世纪50年代推出新加坡中文译本）等多重历史视域去解读韩素音五六十年代的作品。由此，他也水到渠成地建构起全书考察"中国文学与东南亚华文文学建构"的结构：十章，每章三节，每节选取一位作家的一部作品，展开论析。这一结构别具一格，富有成效，从漫长的历史、浩瀚的作品中选择三十位作家、三十部作品全方位描绘百年东南亚华文文学的历史版图，本身就是东南亚百年华文文学"在地经典化"的集中体现；同时，通过揭示中国文学与东南亚华文文学建构之间丰富多样的"拟态"，深入探讨东南亚华人移民离散的生命历程包含的"中华文化的灵根共植和国际传播""离散中命运共同体的寻求和形成""文明相遇与互鉴"等价值，这不仅拓展了从世界看中华文化的活力所在，也加深了我们对民族文化内部的跨文化因素以及民族文化在跨文化环境中的提升机制的认识。这些正是我们会从《中国文学与东南亚华文文学的建构研究》一书结构中受益的地方。

《中国文学与东南亚华文文学的建构研究》考察文学历史的路径具有显著的可取之处，而此书作者的功力在于如何选择"三十个人、三十部作品"。凭借长期深耕于东南亚华文文学研究的深厚积累，金进对历史关键节点（从

---

① 孟军《译后记》，韩素音：《瑰宝》，孟军译，上海：上海人民出版社2007年版，第417页。

作家到作品)的取舍展现出全局视野。各章节中心的确立及其相互贯穿,首先开辟了"中国文学与东南亚华文文学建构"的百年"在地化"路径。而"作家"和"文本"的选择让这条路径更加开放,不仅让历史路径开放,也向未来的可能性开放,包容起"中国性因素""在地性语境""本土化追求""现代性转换"等多元时空。与以"作家作品"为主体的文学史不同,《中国文学与东南亚华文文学的建构研究》在文本选择上,未必聚焦于作家的代表性作品,却颇为精当,紧扣"离散境遇中对中华古典文学传统的执守""世界性背景下,从现实主义到现代主义,中国现代文学传统在东南亚华文文学历史进程中的传承与发展""从华文教育到华语传媒,东南亚华文文学与中国文学的跨界交流所激发的创作活力"等核心话题展开。这些话题共同揭示了东南亚华文文学的独特价值。也许这样会"缺漏"一些作家秉持将本国华文文学置于与中国等汉语主流社会文学同一个文学评判尺度下,或"对照于当前世界文学及华文文学现有的基本水平"来建构本国华文"文学自身的标准",抑或将华文文学同华人从事的其他语种(如马来文、英文)文学和本国其他族群作家的母语(马来语、淡米尔语、英语等)文学置于统一的视野中等观念①而创作的代表性作品,但我相信,这种"缺漏"不仅是暂时的,反映出东南亚华文文学发展的愿景,而且彰显了"中国文学与东南亚华文文学建构"的开放性。包括东南亚华文文学在内的海外华文文学的存在价值绝非与中国文学一决高下,而是开拓中华文明的多元空间。对于诸如中国文学的现代性起点、现当代汉语文学经典化的价值尺度、跨媒介背景下的汉语文学表达等重要议题,若将其置于多语种、多族群语境中的海外华文文学视野下进行探讨,其研究深度将显著提升,有时甚至能带来令人耳目一新的见解。《中国文学与东南亚华文文学的建构研究》所采用的文学史体例,正能提供这样的启示,对于华文文学学科建设以及中国现当代文学研究均具有积极的推动作用。

《中国文学与东南亚华文文学的建构研究》一书从观念、史料,到方法、论述等都是有值得称道之处的,这是金进承担的第一个国家社科基金课题的结项成果。之后,他又承担了国家社科基金重点和重大课题,这是他从东南亚华文文学研究出发抵达的新起点。他所主持的浙江大学海外华人文学与文化研究中心在浙江大学相关机构的支持下,每年主办的浙江大学－哈佛世界汉学国际学术研讨会、浙江大学－新加坡国立大学世界汉学暑期学

---

① 这些观念见于一些马华新生代作家的论述中。

校成绩斐然,聚集了一大批志同道合者,也培育了诸多华文文学研究领域的青年学者。这些年来,同金进一样,在华文文学研究领域耕耘有成的中青年学者越来越多,其中不少人在研究生阶段就开始了华文文学研究,金进也指导着浙江大学的硕士生、博士生,他所指导的博士生也经常通过电邮向我请教,我也非常乐于跟这些年轻学人交流。这正是"学科建设的历史进程与个人能量的学术释放"的完美结合。令人高兴的还有,华文文学已经成为大陆(内地)与港台进行学术、文化交流的重要管道。例如,近年,赵稀方(中国社科院)、王列耀(暨南大学)、凌瑜(华南师范大学)、白杨(暨南大学)分别主持的四项国家社科基金重大课题,正在华文文学史料整理与研究上取得重要成果,与台湾地区学界 120 卷本《台湾现当代作家研究资料汇编》、香港地区学界《香港文学大系》等呼应,不仅使全球汉语文学版图的绘制有了"实地勘察"的可靠基础,而且在交流、对话中聚合全体中国学人的力量,来发扬光大中华学术传统。这是近百年来从未有过的新气象、新局面。金进他们参与其中,更让人期待,一定会有更丰硕的成果。

目　录

绪论　宏观层面的理论思考和
重要概念的梳理及反思

　　研究"华文文学"，首先就涉及"华人""华裔""华侨"等概念的区分。"华人"现广义指中国人，以及具有中华民族血统并且取得外国国籍的人。华人移民史研究权威王赓武教授认为："华人移民现象是泛指华人在异国生活和工作并且往往可能在当地定居，而不论其始愿是否如此。在这方面我会排除那些本着中国的利益而派遣出洋的外交及官方人员，为特定的短期目的出外的民间人员，以及学生和游客。不过上述人员为数甚少，在过去五六百年间'华人移民'应足以概括大多数离开中国国境的华人。"①同时，他认为："华裔是具有中国血统的外国人。他们大部分在外国出生，但也包括了少数出生于中国（含港澳台）的人，已取得外国公民资格。严格说来，他们并非暂居海外的华侨。"②也就是说，从法律上说华裔已经不是中国公民，但是从血统上说华裔是华人的后代（后裔）。关于"华侨"的定义，王赓武认为："实际上，如果用华侨一词所具'侨居华人'的准确涵义来指明在海外暂时居住的中国籍国民，那是很恰当的用法。……但是取得外国国籍已认同所入籍的国家的华裔人士，就不可再称之为'华侨'。"③华侨是指在国外定居的具有中国国籍的自然人。华侨依法享有中国公民应有的权利，并履行相应的义务。就东南亚地区而言，"华人""华裔""华侨"等概念也随着百余年东南亚历史而演变，如1930—1940年代活跃在东南亚文坛的郁达夫、胡愈之、汪金丁等人，是有中国国籍的"华人"，但不是定居国外的"华侨"，也不是拥有外国国籍的"华裔"。

　　而在"华文文学"（或者"世界华文文学"）研究起步时期，老一辈学者的定位和期待是非常高瞻远瞩的："'华文文学'，是一个比'中国文学'内涵要丰富得多的概念。正象'英语文学'比'英国文学'的内涵更丰富，'西班牙语

---

① 　王赓武：《中国与海外华人》，台北：台湾商务印书馆1994年版，第5页。
② 　王赓武：《中国与海外华人》，台北：台湾商务印书馆1994年版，第10页。
③ 　王赓武：《中国与海外华人》，台北：台湾商务印书馆1994年版，第43页。

文学'比'西班牙文学'的内涵要丰富的道理一样。……由于近代世界历史波澜壮阔,经纬万端的发展,有一批华裔成了各个国家的公民。这里面有新加坡人、泰国人、日本人、英国人、美国人、加拿大人等等。他们之中,有些人已经连中国话也不会讲了,更不要说使用汉语来写作。但是,能够熟练掌握中国语文的也大有人在,有些还是在大学里面专门讲授中国文史的专家。他们的作品,就成为流行于国际的'华文文学'。近年来,欧美以至其他大洲的国家,又有一些外国血统的外国人,认真地学习和研究了中文,能够相当熟练地运用中文写作(美国、法国、丹麦、日本……都有这样的作者),他们的这类作品,也都可以归纳到'华文文学'的范畴之中。瞧!'华文文学'的内涵多么丰富。大陆(内地)的社会主义文学,加上台湾地区、香港地区的文学构成了中国文学。中国文学固然是华文文学,其他各种国籍的人们使用华文写的文学,又何尝不是华文文学。"①秦牧的"华文文学"指的是一个真正的世界范围内的不同国家作家创作的华文作品,是一种真正意义上的"世界华文文学"。而我们目前使用的"华文文学"(或者"世界华文文学")的概念一直在窄化,如"'华文文学'是台湾地区、香港地区、澳门地区及海外华文文学的简称,以之与大陆(内地)的文学相区别"②。

到目前为止,我们已经习惯使用的"华文文学"(或者"世界华文文学")概念通常指我国港澳台地区与海外使用华文创作的文学作品。而其中涵盖的"海外华文文学"指的就是中国(包括港澳台地区)以外其他国家用华文进行的文学创作,是中国文化外传以后,与世界各国文化交流产生的文学创作。

所谓"东南亚华文文学",指的是在东南亚地区用华文(即汉语)创作的文学作品。东南亚是世界上华侨及华人移民人数最多、居住最集中的区域,"其华文文学可以说是中华文明的向南延伸,它一诞生就同中国现代文学结下了不解之缘,大多数是随中国'五四'新文化运动的余波而萌发起来的。其发展进程无不经历从侨民文学过渡到华文文学两大时期,其突出特点就是多元的融合,其联结的文化背景线索多、层次密"③。东南亚华文文学在世界华文文学中占有举足轻重的地位。深耕东南亚文学研究数十年的资深

① 秦牧:《祝贺〈华文文学〉杂志创刊——代发刊词》,《华文文学》1985年第1期创刊号,第4—5页。
② 陈辽:《华文文学研究三十年》,《华文文学》2008年第2期,第10页。
③ 潘亚暾:《附录:海外华文文学繁花似锦》,潘亚暾、汪义生:《海外华文文学名家》,广州:暨南大学出版社1994年版,第2页。

学者黄万华指出："居住了世界80％华人移民的东南亚地区（包括新加坡、马来西亚、泰国、菲律宾、印度尼西亚、越南、柬埔寨、缅甸、文莱、老挝、东帝汶十一个国家）形成了南洋华文文学传统，尤其是区位相近的'亚细安'（ASEAN的音译，即东南亚国家联盟）五国——新加坡、马来西亚、泰国、菲律宾、印度尼西亚，华文文学历史悠久。其中新马华文文学（1965年新加坡独立之前统称为马华文学，1965年之后的马来西亚、新加坡两国华文文学，分别称为马华文学和新华文学）更已深深扎根于新马土地，其百年历程无空白之时、断裂之处。"①纵观百余年的世界华文文学发展史，无论从华人作家代际传承的完整谱系来看，还是从优秀作品不断涌现的实际情况来看，除中国外文学成就最高的当属东南亚华文文学。

东南亚各国有大量华人移民。根据各国政府网站数据统计，截至2021年7月，华人在东南亚各国的人口比例为：新加坡华人人口占74.3％（总人口5866139人）；马来西亚华人人口占20.6％（总人口33519406人）；印度尼西亚华人人口占1.2％（总人口275122131人）；柬埔寨华人人口占0.1％（总人口17304363人）；文莱华人人口占10.3％（总人口471103人）；缅甸华人人口占3.0％（总人口57069099人）。其他国家华人已经同化，无法从各国政府数据中统计到华人人口比例和数量，如泰国（总人口69480520人）、越南（总人口102789598人）、菲律宾（总人口110818325人）和老挝（总人口7574356人）。②　其中，新加坡是中国以外唯一以华人为主体的国家。马来西亚华人人口约占总人口的五分之一，也是中国以外华文教育最完备、华文水平最高的国家。过去，泰国、柬埔寨、越南、印度尼西亚等国的华人人口比例和数量也很高，但在漫长的"去华"历史进程中，华人已经被当地民族同化，华文教育和华文文学水平质量每况愈下。"华人与东南亚国家民族主义的纠结，尤其需要谨慎以对。这一地区目前十一个国家中，菲律宾最早于1898年建国，东帝汶则在2003年建国；越南、马来（西）亚、印尼等则是冷战期间国际协调下的产物。每一个国家的建立和治理颇有不同，华人的境遇因之有异。泰国华裔基本融入在地文化，印尼华裔则历经多次血腥排华运动，几乎暗哑无声。马来西亚华裔约有六百五十万，为南洋华语世界最大宗，也是学者研究焦点所在。这些国家的华语文化有的已经涣散（如菲律宾），有的依然坚持不辍（如马来西亚），有的华洋夹杂（如新加坡），有的勉强

---

① 黄万华：《百年海外华文文学研究（上）》，南昌：百花洲文艺出版社2022年版，第16—17页。
② 数据来自https://www.indexmundi.com/，同时参见各国政府数据。浏览于2023年7月30日。

起死回生(如印尼)。我们可以从这些现象做出观察,却无权越俎代庖,预言华语文化必将甚至必应如何。"①相较于其他东南亚国家,新加坡、马来西亚在华文教育资源、文学创作成果和作家代际传承方面更为完备,在研究中国文学与东南亚华文文学关系时,很多议题都会聚焦于新加坡、马来西亚。

第一节　文学版图:中国文学与东南亚华文文学的关系

郑良树曾这样说:"人类有许许多多的移民史;然而,人类从来没有经历过像华夏民族这样一大批,分别在不同时代而跨越千年,奔赴不同地区而散落在截然差异的国度,不同时代面临着不同的待遇,不同的地区遭遇着不同的命运。然而,有的趁着春雨而开花结果,繁殖后代;有的中途遇上狂风暴雨,就家园被毁而集体沉沦大海,壮烈牺牲;有的遇上温顺的气候,先后融入异族血统,脱胎换骨,生命重光;有的不幸歧路亡羊,迄今仍然饱受煎熬;这种种现象,将丰富人类的历史篇章,也将磅礴人类的精神和文明。"②随着中国人南迁至东南亚,华文文学与文化也在这里发展起来。这些华人经历了从初来乍到的漂泊,到自立根基,再到最终在这里落地生根的生命历程。

除了新加坡和马来西亚,东南亚各地在独立建国之前,华文文学都有着长足的发展。以泰国为例,1921年华文日报《暹京日报》创刊,主编为林铭三,开辟了文艺副刊《文苑》。1922年刘锡如创办《中华民报》,也开辟了文艺版《记事珠》,该版块曾转载过许地山的短篇小说《命命鸟》。后来,在泰国华文文学史上,经历了日据时代、排华潮等事件,特别是泰国政府取消华校执照后,泰国华人的文化之根受到了极大的冲击。就华文教育来说,泰国教育部1953年取消中文师资泰文程度通融考试法令,严格限制华校中文教师的人数。1954年,政府对中文教师的履历和政治思想进行调查;同年,还实施了新的民校条例,禁止归化为泰籍的华侨人士担任民校校长。到1955年,全泰华校(均为初小四年制)只剩下217所(大曼谷地区64所,内地各府153所)。在限制华校数量的同时,政府对于华校的立案注册、华文授课时长及教师的泰文水平的要求更加严格。1952年6月,泰国颁布了《职业限制法》,规定27种行业只准泰人经营,不允许华人经营。为了切断华侨和中

---

① 王德威:《华夷风土——〈南洋读本〉导论》,王德威、高嘉谦编:《南洋读本:文学·海洋·岛屿》,台北:麦田出版社2022年版,第15页。
② 郑良树:《总论:马来西亚的模式》,《马来西亚华文教育发展史(第一分册)》,吉隆坡:马来西亚华校教师会总会1998年版,第1页。

国的关系，自 1950 年起，凡回国的华侨或回国升学的侨生，即使他们持有泰国公民证和出生证，在登轮返回汕头之际，这些证件也一律被当局没收，断其返泰后路。受此影响，中国赴泰国移民的名额从每年 1 万名锐减到 200名。泰国政府的这些做法，造成了中泰关系恶化，同时也严重影响泰国华文教育与华文文学的发展。① 1950—1960 年代，泰国华文文坛出现了四部经典的长篇小说，分别是陈仃的《三聘姑娘》、谭真的《座山成之家》，以及长篇接龙小说《破毕舍歪传》《风雨耀华力》。"泰华文艺的衰落，不是近一两年的事，而是为时已久了。在这里，华教陷于奄奄一息，既没有华文中学之设，就连高小课程也没有，华侨子弟念完小学四年，阅读普通书报都有困难，哪里还说得上文艺写作这回事。而原先资历较老一点的文艺工作者，却大都于四五年前走的走，散的散；存下来的，也多为升斗奔忙，且对文艺事业失去了信心，故目前尚能继续参加笔耕的青年作者，已是少乎其少了。……另方面，这期间由于地方上缺少纯文艺刊物，报刊上的文艺园地也不多，发表的诗歌散文等形式的作品，不论在量上质上都显得薄弱。"②司马攻也曾回忆道："泰国（当时称暹罗）自一九〇三年就有华文报发行（按：《汉境日报》）。三十年代初期，泰华曾出现了三十多个文学团体。四十年代有三百多间华文学校，当时只曼谷一地便有华文书局二十多家，总之，泰华文学有过光辉的历史，有过繁荣的局面，但由于泰国文学的保守，多年'闭关'的结果，使泰华文学鲜为人知。近几年来，世界华文文学的交流日趋活跃，保守的泰华文学也受波及。大海之潮涌入了湄南河，湄南河之水也奔向大海。"③

　　直到 1980 年代，泰华文学才开始恢复元气。"经过了六十年代、七十年代寒冷的岁月，泰华文艺在缺水的砂砾中艰苦地扎根，偶尔也抽出稚嫩的新芽，露出一丝绿意，绽开几朵嫣红姹紫的小花；朔风陡起，霜雪淹来，花儿不见了，绿意也没啦！但，深耕在砂砾里的根，却始终没有枯死，始终表现着顽强的生命力。八十年代到来，厚冰开始解冻，泰华文艺又抽出了新芽，多嫩绿，多可爱。儿年过去了，新芽还未能在沙漠上长成绿洲，但大家都多少可以看到或感受到，泰华文艺正在蠢蠢而动，正在逐渐走向比既往任何时期都要蓬勃且成熟的境界。"④1980 年史青主编《新中原报》文艺版《大众文艺》时，主办了"金笔文艺创作比赛"；1982 年，《世界日报》也举行

①　参见余定邦、陈树森：《中泰关系史》，北京：中华书局 2009 年版，第 315—320 页。
②　《编者的话》，林聪等著，游戈主编：《失去了的春天》，香港：维华出版社 1962 年版，第 1—2 页。
③　司马攻：《泰华文学的加减乘除（自序）》，《泰华文学漫谈》，曼谷：八音出版社 1994 年版，第 6 页。
④　方思若：《序》，司马攻等：《轻风吹在湄江上》，曼谷：八音出版社 1988 年版，第 1 页。

了文艺创作比赛;同年,中国作家陈残云率领中国作家代表团访问泰国,受到泰国作家协会的欢迎。时任泰华写作人协会会长的方思若曾为归队的泰华作家们鼓劲:"停笔多年的文友赶着归队,受过华文哺养的一些商界大小老板也参加了文艺的行列。这中间,有着一个秘密。那就是大家心底深处,还隐隐燃烧着一股微妙的火种,永不熄灭,永远发热!"①从 1980 年代迄今,泰国华文文坛涌现出的重要作家有吴继岳、林蝶衣、方思若②、司马攻③、岭南人④、巴尔⑤、许静华、白翎⑥、李栩、李少儒、韩牧、何韵、佟英、征夫⑦、张望、老羊⑧、魏登、修朝、毛草、饶公桥、梦莉⑨、范模士⑩、琴思钢、姚宗伟、王松年、子帆、林牧、黄自然、张海鸥、韩江、浪踪、年腊梅、方明、符征、陈博文⑪、陈陆留、倪长游、刘扬、南君、林文辉、今石、邓澄南、羌岚、卢维廷、白佩

① 方思若:《老牛　破车　晓月——几句心里话为序》,《泰华文学年刊》(第一期),曼谷:泰华写作人协会 1987 年版,第 7 页。
② 方思若(1930—1999),笔名游戈、乃方、周云、陈韵、笔匠等,1950—1960 年代,曾从事过新闻工作,主办过《曼谷新闻》《华风二日报》等报刊。在所编辑的副刊中,结集文友写作接龙小说《破毕舍歪传》(1956)和《风雨耀华力》(1964),无意间给泰华文艺留下了两部经典长篇小说。曾担任泰华写作人协会会长。
③ 司马攻(1933—),祖籍广东潮阳,原名马君楚,另有笔名剑曹、田茵,1967 年开始创作。曾任五福织造厂董事长。现任泰国华文作家协会名誉会长。著有《冷热集》(1988)《明月水中来》(1989)、《湄江消夏录》(1990)、《演员》(1991)、《泰华文学漫谈》(1994)、《小河流梦》(1997)、《荔枝奴》(2000)、《文缘有序》(2002)、《寂寞中的掌声》(2002)、《听月》(2012)等。
④ 岭南人(1932—2021),祖籍海南文昌,原名符绩忠,著有诗集《结》(1991)、《我是一片云》(1994)、散文集《看山》(1996)等。
⑤ 巴尔(1914—?),祖籍广东潮阳,原名颜壁,14 岁随父南来泰国,1930 年代曾组建思潮学社。出版有短篇小说集《绘制钞票的人——巴尔短篇小说集》(1983)、《沸腾大地》(1990)、中篇小说《陋巷》(1980)、《就医》(1982),长篇小说《湄河之滨》(1991),诗集《海峡情深》(1990)等。
⑥ 白翎(1931—2016),祖籍广东潮安,原名李友忠,另有笔名百灵、柳宗,青少年时期曾在中国接受教育,1960 年代开始创作。曾参与创作接龙长篇小说《风雨耀华力》,著有散文集《这里的夜静悄悄》(2000)。
⑦ 征夫(1937—?),祖籍广东澄海,原名叶树勋,另有笔名叶群,接受完小学教育后南渡泰国,经营电器行业。著有小说集《红色三号》(1989)等。
⑧ 老羊(1924—2013),祖籍广东潮安,原名杨乾。1947 年毕业于新加坡华侨中学,后进入香港大学深造。著有《花开花落》(1987)、《寻梦》(1990)、《芒果飘香的时候》(2013)、《老羊文集》(1998)、《桥》(2000)等。
⑨ 梦莉(1938—),祖籍广东澄海,原名徐爱珍,散文家。曾任永泰发有限公司及曼谷航运公司副董事长,泰华作协会长。著有《烟湖更添一段愁》(1990)、《我家的小院长》(2000)、《相逢犹如在梦中》(1998)等。
⑩ 范模士(1938—),祖籍广东潮阳,原名翁善安,另有笔名三人水、文羽公、文刁。著有短篇小说集《董事长来了》(1992)、《我家有女初长成》(2000)等。
⑪ 陈博文(1927—2023),祖籍广东澄海,毕业于澄海县立中学。著有《三不斋谈数》(1981)、《人海涟漪》(1981)、《畅言集》(1989)、《雨声絮语》(1989)、《蛇恋》(1990)、《晚霞满天》(1993)、《惊变》(1995)、《泰国河山》(1991)、《陈博文短篇小说自选集》(1996)等。

安、洪林①、陈高群、黄勋、史青、马凡、郑若瑟、黎毅、博夫、蛋蛋、苦觉、曾心②、白令海、晶莹、赖锦廷、林太深、若萍、诗雨、思奇、苏醒、晓云、亚文、游鱼、张永青、庄萍、冯骋、杨玲、蓝焰等。

再如菲律宾，1946 年独立建国，但曾掀起汹涌的排华浪潮。1972 年到 1981 年，长期的戒严，使得菲律宾华文报刊取消了文艺副刊，让华人作家失去了发表的园地。1980 年代初期，随着菲律宾马科斯独裁统治被推翻，冬眠近十年的菲华文艺活动才开始缓慢恢复和发展起来。菲律宾华文文坛的重要作家有施颖洲③、吴新钿④、林健民、吴彦进、潘葵邨、陈天怀、邱建寅、云鹤、陈恩、黄春安、丁德仁、王礼溥、施青萍、施清泽、蔡景福（亚薇）、小四、刘纯真、纯纯、欣荷、叶来城、蔡铭、张昭灿、林泥水⑤、楚复生、月曲了、林泉、和权⑥、夏华、黄春安、蔡仲达、陈默、江一崖、蒲公英、秋笛、林婷婷、佩琼、谢馨、明洌、温陵氏、钟艺、王文汉、书欣、宰主、绿萍、钱艺、林海、蓝君仪、谷峰、林骝、王国栋、晨梦子、若艾、庄子明、刘一岷、庄浪萍、莎土、陈琼华、柯清淡、文志、王勇⑦、寒冰、吴梓瑜、许东晓、施涌笔、李怡乐、黄梅⑧、小华、王锦华、施素月、林素玲等。

印尼华文文学在印尼政府的长期打压政策之下，直到 1956 年才有了《天声日报》《新报》《生活报》三份华文报章。但 1966 年以苏哈托为首的军

① 洪林（1935—2019），祖籍广东揭阳，笔名林林、林慧、艾英、柳丝等。著有《故乡水情悠悠长》等。

② 曾心（1938— ），祖籍广东普宁，生于泰国曼谷，原名曾叫新，著有《大自然的儿子》(1995)、《心追那钟声》(1999)、《给泰华文学把脉》(2005)、《凉亭》(2006)、《一坛老菜脯》(2000)、《蓝眼睛》(2002)等。

③ 施颖洲（1919—2013），生于福建晋江，笔名唐山人、龙传仁、蔡己，1922 年随父母南来菲律宾，定居马尼拉。1935 年在叶向民主编的《华侨商报》副刊《小商报》发表新诗。曾任《中正日报》《大中华日报》总编辑，菲律宾华侨文艺工作者联合会筹备委员会主席。著有诗集《海》(1946)，散文集《芳草梦》(1946)等。

④ 吴新钿（1929—2013），笔名行言、戴德、查理、心田，中学时代主编培元中学壁报，大学时期创作的《老中国人》被拍成菲语电影。曾任菲律宾华文作家协会会长。著有《吴新钿诗集》(1998)、《吴新钿文集》(1997)等。

⑤ 林泥水（1929—1991），祖籍福建晋江，二战结束后渡菲，毕业于中正学院师范专科，曾任教七年，其后经商。1950 年代著名话剧剧作家。著有短篇小说集《恍惚的夜晚》(1989)、诗文集《片片异彩》(1989)和剧本《马尼拉屋檐下》(1958)、《阿飞传》(1958)等。

⑥ 和权（1944— ），本名陈和权，生于菲律宾，小学毕业于曙光学校，曾就读于中正学院。主编菲华现代诗研究会《万象诗刊》二十年，2012 年获得菲律宾诗圣描辘沓斯文学奖。著有诗集《我忍不住大笑》(2010)、《隐约的鸟声》(2010)等。

⑦ 王勇（1966— ），祖籍福建晋江，笔名蕉椰、望星海、一侠等。著有文集《开心自在》(2002)、《冷眼热心肠》(2004)、《御风飞翔》(2012)、《觉海微智》(2012)，诗集《千岛望星海》(2015)等。

⑧ 黄梅（1938— ），本名黄珍玲，祖籍福建晋江，生于菲律宾，在马尼拉完成中学学业后，入读台湾师范大学。毕业后返回菲律宾，服务于教育界。曾任中正学院中学部中文主任和大学部讲师，兼任菲律宾《联合日报》文艺副刊主编。

政府杀戮印尼共产党人,关闭华人社团、华人报刊和华人工商业,印尼华文文学几近灭亡。截至 2010 年,印尼华人"能听能讲的多在外岛,约有三百万人,能读能写的估计不到一百万人。因此中国报纸要卖上一万份都十分困难,中文书更不必说了,中文书报的影响力已十分微小,不像马来西亚华人六百多万人,人人会讲会读,家家户户都订一份华文报纸,《星洲日报》一天能销售一百万份"①。印尼华文文学的作家有犁青、黄东平②、黄裕荣、阿五、茜茜丽西、白放情、柔密欧·郑③、柳岸、马行田、若虹、黄裕轩、竹缨、林义彪、陈华、明芳、凡若、莫壮坚、严唯真、林万里、宋元、小梁、思芳草、岚行、管天来、沙里红、李靖、舒旦杜、东瑞④、柯汉扬、袁霓⑤、金梅子、霖柏、冯世才、黄莉等。

越南华文文学的命运跟印尼一样,1975 年的排华潮也极大地戕害了华人族群利益和华文作家群体。越南华文文学的知名作家有马禾里⑥、山人、黎尚恒、叶传华、谢振煜⑦、陈大哲、何四郎、林万里、蛰蛮、陈国正⑧、黎冠文、

① 李卓辉编著:《华社路在何方?》,雅加达:联通华文书业有限公司 2012 年版,第 6—7 页。
② 黄东平(1923—?),生于印尼加里曼丹岛的柯达峇鲁,9 岁进入当地一所中华学校,1933 年回到福建金门,1937 年抗战全面爆发,随母亲暂居香港。1941 年母亲去世,随父亲到印尼爪哇岛北加浪岸居住,后相继迁移到三宝垄、泗水、加里曼丹三马林达。日本投降后,迁居泗水,后来定居雅加达,担任记账员。代表作有"侨歌三部曲",即《七洲洋外》(1969)、《赤道线上》(1987)、《烈日底下》(1998)。
③ 柔密欧·郑(1924—1995),原名郑三才、郑志平,生于印尼廖内省望加丽县,祖籍福建厦门。6 岁进小学,11 岁转学至新加坡爱同学校。1938 年开始向《星洲日报》《南洋商报》投稿。1940 年入中正中学,1941 年 12 月学校停办后返回印尼望加丽县。1946 年任启化小学教师,1947 年入中华小学任教务主任。后继承父亲事业,开始经商。1973 年退出商界,在雅加达旅居,以柔密欧·郑、三马力、郑千金等笔名发表作品。
④ 东瑞(1945—),原名黄东涛,祖籍福建金门。1960 年代在印尼雅加达巴中读中学,1979 年毕业于华侨大学中文系。曾任香港《读者良友》编辑,现为获益出版事业有限公司总编辑。著有《似水流年》(1993)、《迷城》(1996)、《再来的爱情》(1997)和《夜祭》(1995)等。
⑤ 袁霓(1956—),原名叶丽珍,生于雅加达,祖籍广东梅县,1966 年就读小学五年级时因华校关闭而失学,靠补习与自修打下华文基础,后报读厦门大学海外教育学院,获中文系学士学位。1972 年开始创作,任印华写作者协会会长,著有《花梦》(1997)、《失落的钥匙圈》(2010)和《雅加达的圣诞夜》(2014)等。
⑥ 马禾里(1923—?),曾留学法国,1947 年栖居西贡,在《远东日报》上发表诗作,1949 年出版诗集《都市二重奏》,是越华文坛第一部个人现代诗集。
⑦ 谢振煜(1936—?),祖籍广东番禺,生于越南芽庄,曾求学于台湾某高校,曾任西贡电台评论员和撰稿人、堤岸《亚洲日报》编辑等,著有俳句《春香湖》(2014)、《中越越中翻译辞典》(2016)等。
⑧ 陈国正(1945—),祖籍广东高要,生于越南永隆,1966 年曾任《水之湄》《湄风》编委,编有《西贡河上的诗叶》(2006)。1999—2007 年任《越南文学艺术》主编。另著有诗集《梦的碎片》(2011)、《笑向明天》(2015)。

黎原、若菁、林燕华、刘为安、吴怀楚①、王泽泉②、方明、石羚③、村夫、李思达、故人、杨迪生、雪萍、怀玉子、李伟贤、林小东、赵明④、文卿、梁心瑜、小寒、心水、绿茵、刀飞、文少侠、念慈、曾广健⑤、谢余湘、陈本铭、余问耕⑥等。但平心而论，这些作家中很多人都移居国外，并没有在越南本土文坛活动。2008年7月创刊的《越南华文文学》副主编陈国正曾感慨："出版《越南华文文学》季刊的初衷，也是我们的心愿，我们除了传承民族文学艺术基因，给新生代汲取一些在成长过程中带来健康的母体文学细胞养分之外，也由于本土华文文学的创作仍处于低溢现象，有力度的作品仍式微，我们不想越华文坛处处青苔而着力激励华文创作和阅读兴趣，继而强化作者、读者、编者间互动功能，强化作者素质，借此，力求提升本土华文文学的艺术个性、审美价值，尤其提升本土华文现代诗的艺术品位，以祈肯定本土华文文学的成就，再借此逐渐融入越南本土的文学主流。"⑦从这段自白中，我们也看到越南华文文学重新出发的艰难和努力。

缅甸华文文学处境也不是很好，"近半个世纪，在缅甸没正式出版过一本纯文学刊物或个人作品集，有个别的华文作家非正式印过几本书，如《晓峰散文集》就是其中之一"⑧。1960年代及之前，缅甸的重要作家有张培道、马维忠、庄金叶、郭南斯、段怀忧等人，许地山、艾芜、巴宁等也在缅甸大地上创作过。1960年代中期缅甸政府禁止华文教育和华文报刊发行，1980年代缅甸文坛才开始慢慢复苏，重要作家有丘伟文⑨、许均铨⑩、周扬波（双木

---

① 吴怀楚(1952—)，原名吴振平，笔名秋心、思汉、梦笔，祖籍广西灵山，生于越南北部，1953年南撤到西贡，1966年中学毕业后开始业余创作。1974年创办《艺海文社》，1981年抵美定居。著有《此情可待成追忆》(1995)。

② 王泽泉(1942—)，生于柬埔寨，1965年移居越南，作品散见于《解放日报》《越华文学艺术》《越南华文文学》等刊物。

③ 石羚(1949—)，原名吴远福，祖籍广东合浦，中学时开始投稿，作品散见于各报纸杂志。

④ 赵明(1961—)，原名姚伟民，祖籍福建永春，生于越南湄公河畔农村，28岁开始写作，作品散见于《解放日报》《越华文学艺术》《越南华文文学》等刊物。

⑤ 曾广健(1981—)，笔名仁建、金尧等，祖籍广东清远，生于胡志明市，著有新诗集《美的岁月》(2011)。

⑥ 余问耕(1963—)，本名周智勤，祖籍广东东莞，生于越南堤岸，寻声诗社秘书。

⑦ 陈国正：《〈越南华文文学〉创刊一周年着墨》，《越南华文文学》2009年7月第5期。

⑧ 许均铨：《序》，许均铨主编：《亚细安现代华文文学作品选·缅甸卷》，新加坡：青年书局2013年版，第viii页。

⑨ 丘伟文(1936—)，笔名丘文、倩兮、了因、半醉生，生于缅甸仰光，1956年毕业于仰光南洋中学高中部，1957年任教于仰光中华中学，后经商。曾任《缅甸华报》顾问和专栏作家。

⑩ 许均铨(1952—)，祖籍广东台山，生于仰光，笔名海南闲人，著有《一份公证书》《澳门许均铨微型小说选》(2006)、《西蒙的故事》(2013)、《浪漫禁区的情愫》(2016)等。

兰)、杨民权、马越民、陈汀阳、段春青①、许云、方角、号角、一角、广角②等。值得一提的是,缅甸自 2010 年改革开放以来,社会进步很大。2012 年以 80 后为主体的创作现代诗的五边形诗社成立,迄今社员数已经由初创时的 4 人增加到 11 人,结集出版了《三轮车》《五边形诗集》等小说和诗歌,慢慢地积攒了人气,值得期待。

柬埔寨华文文学少有人关注。在文学史上,香港维华出版社曾经编选过《柬华创作选》和《柬华文选》,编者曾说:"本选集编辑的内容大致是以反映侨胞在当地——柬埔寨各地的生活为主的作品;我们承认,柬华的文艺创造水平还比不上印华等地,是以在编集时把文艺创造放在次要,而希望能把柬华同胞的生活忠忠实实地写给各地的侨胞看,写给爱好中国文化的人们看! 这是我们编集这本集子最大的愿望。"③

目光转到文莱,文莱政府对华人并不太友好,华人在英国人殖民时期也没有产生代表华人利益的政党和非政府民意机构。华文教育的处境艰难。1992 年文莱华校改制,教学媒介语为国语(马来语)或英语。但随着中国的崛起、两国关系的深化,以及中文在国际上地位的迅速提升,文莱华文作家协会于 2004 年注册成功,共有会员 16 位。文莱现有华文作家梁友情、林岸松、林安全、刘华源、孙德安、韩勉元、张银启、傅文成、煜煜、王昭英等人,华文文学的恢复任重道远。

田流认为:"所谓'东南亚'地区,其包括的国家不下十个之多,可是若谈论华文文学的范畴,当以新加坡、马来西亚、菲律宾为主,其次为泰国、印尼、越南等地。这些国家的华文作家,多能够承受着各种不同的压力,譬如:华文受到歧视,华文作家没有地位,华文作品商业化,华文作品的稿费低得好比街边摆写字摊与文员一样的菲薄……可是,令人肃然起敬的是,无数的华文作家或文艺工作者,他们仍然埋头苦干,锲而不舍地写出反映社会现实、刻画人生百态、针砭时弊、削伐人心的篇章。"④统计结果显示,除了新加坡、马来西亚的作家代际更迭、创作活跃之外,东南亚其他地区的华文文学处境

---

① 段春青(1982—),生于缅甸抹谷,在私塾读完中学,在仰光取得教师资格,2006 年成为宝石鉴定师。五边形诗社创办人和副社长,著有《遥寄缅甸一情香》(2011)、《荒草集》(2012)、《百户长英雄传》(2012)等。

② 王子瑜(1978—),笔名广角,生于缅甸果敢,居于掸邦滚弄,曾在果敢地区电台工作,著有诗集《时间的重量》(2014)、长篇纪实小说《缅北女儿国》(2010)等。

③ 编者:《编后话》,孔令洪等:《柬华文选》,香港:香港维华出版社 1961 年版,第 306 页。

④ 田流:《东南亚华文文学的发展》,王润华、白豪士主编:《东南亚华文文学》,新加坡:歌德学院、新加坡作家协会 1989 年版,第 25 页。

并不好,要么靠年逾花甲的老作家苦苦支撑,要么依靠华人社团捐款来办刊、办奖、办活动,要么华文教育系统的残根艰难生长,或者靠名为本土实为移民的作家凑数。要想恢复华文文学的高水平,并非　朝一夕可为。

第二节　一衣带水:本土意识与中国因素的文学考察

1937 年,随着中国抗日战争的全面爆发,大批文化人离开祖国进入南洋,他们的文化行动也开始展开,如张楚琨主编了《南洋商报》的文艺副刊,郁达夫主编了《星洲口报》的文艺副刊,叶尼主编了《星中日报》,这些都是马来亚的重要报纸。他们的抗战理念影响了所编辑的刊物,使得其中洋溢着浓厚的中国因素,这势必与当时马来亚逐渐形成的本上意识发生矛盾。1942—1945 年,日本殖民马来亚地区(包括今天的马来西亚、新加坡、文莱等国),在这一地区经历了法西斯的残酷统治后,当地华人将他们的关注点从经济支援中国的抗战转移为直接捍卫马来亚的主权和利益。随着移民社会的发展和主体意识的增强,马来亚知识分子慢慢完成从侨民到移民的身份转换,"落地生根"的意识慢慢超过了"落叶归根"的意识。在文学方面,这种转变比较集中地反映在马来亚本土作家与中国南下文人之间的冲突上,最大的冲突是 1939 年前后的郁达夫与南洋文人之间的论争以及 1948 年前后胡愈之与马来亚本上作家之间的论争。①

一、1937 年与 1948 年:论争中对中国影响的疏离拟态②

1939 年 1 月 9 日,郁达夫正式接编《星洲日报》文艺副刊(包括日版《晨星》和晚版《繁星》)。从起初的状态来说,他颇有些踌躇满志,一心响应南洋华侨的民族意识与爱国精神,并组织在地的南下文人和南洋作家创作抗战文学。1937 年以后,受西安事变的影响,加上大批文化人从上海等地南下,加强了当地文艺界的阵容,消沉了许久的马华文艺重新崛起。中国全面抗战开始后,英国在华利益受到日本的严重威胁,也由观望转为支持中国抗日,于是新马殖民地政府宣布准许当地华人捐款赈华。新马华人社会掀起

---

① 必须提到的是,这两次论争也有很多的拟态因素。如中国南下文人的成分也是复杂的,仍有很多中国作家在看待马来亚文化属性时,并非以"中国性"为旨归。例如,许杰在 1928—1929 年任《益群日报》主笔、《枯岛》文艺副刊主编期间,号召当地的文艺工作者写出反映此时此地生活的文艺作品,推动着南洋本土文学的发展,而他同时也是典型的中国五四作家。

② 拟态即虚拟状态,在这里指的是知识分子表面的精神状态和创作取向,并非真实的状态。

了如火如荼的抗日救亡运动,文艺活动也跟着活跃起来。到了 1938 年,由于国际形势对中国抗战渐趋不利,殖民政府又开始对新马本地的救亡运动采取敌视态度,放逐文化界知名人士。1939 年 9 月欧战爆发,英国人为了稳住自己在远东方面的阵脚,便开始讨好日本。新马殖民地政府随之颁布战时法令,严厉限制抗日活动。抗战文艺的发展进入曲折时期。直到 1941 年 12 月 8 日太平洋战争爆发,殖民地政府才又放手,允许当地开展保卫马来亚的抗日运动,抗战文艺才又出现了一次高潮。可惜不久后马来亚就全岛沦陷了。

在这一历史背景下,宣传和坚持抗战的南下文人的处境变幻莫测。在面临英国殖民者的压力、卷入国共两党马来亚支部的斗争之外,他们与马来亚日益发展的本土作家之间也发生了一些理念上的冲突。不论是出于主观意愿还是客观原因,在经过数百年的移民历史之后,马来亚的中国移民中有很大一部分已经开始疏离中国影响。郁达夫在 1939 年 1 月 21 日的《晨星》上以及刚刚创刊于槟城的《星槟日报》上发表了引起激烈论战的《几个问题》。这篇文章的内容是对当时的青年读者和学者所提出的问题的回答。节录如下:

> 其一,是在南洋的文学界,当提出问题时,大抵都是把国内的问题全盘搬过来,这现象不知如何?
>
> ……我们既是以中国文字在写作的中国民族的一分枝,则我国的论战题目,当然也可以做我们的论战题目。不过第一,要看这题目的本身的值不值得讨论。第二,要看讨论的态度真率不真率。……
>
> 其二,南洋文艺,应该是南洋文艺,不应该是上海或香港文艺。南洋这地方的固有性,就是地方性,应该怎样使它发扬光大,在文艺作品中表现出来。
>
> ……我以为生长在南洋的侨胞,受过南洋的教育而所写作的东西,又是以南洋为背景,叙述的事件,确是像发生在南洋的作品,多少总有一点南洋的地方色彩的。问题只在这色彩的浓厚不浓厚,与配合点染得适当不适当而已。地方色彩,在作品里原不能够完全抹煞掉而不管。但一味的要强调这地方色彩,而使作品的主题,反退居到了第二位去的这一种手法,也不是上乘的作风。所以,根本问题,我以为只在于人,只在于作家的出现。南洋若能产生出一位大作家出来,以南洋为中心的作品,一时能好好的写它十部百部,则南洋文艺,有南洋地方性的文艺,

自然会得成立。……

　　其四，文艺的大众化、通俗化，以及利用旧形式的问题。

　　文艺的应该通俗化、大众化，是天经地义的一个原则。对这个问题的宣传、讨论，在国内已经有了将近十年的历史。……手段不止一个，样式也当然是很多，只教能使文艺达到通俗化大众化的目的的，各种手段都不妨试试。戏法人人会变，各人巧妙不同。①（着重号系笔者所加）

　　从文中我们可以看出郁达夫所建议的举措是非常务实的，但因为其坚持南洋文艺要注意表达自己的南洋色彩，反而引起了在地南下文人和受五四文学影响的南洋文人的反驳，认为郁达夫没有抗战的热情。耶鲁认为郁达夫对第一个问题等于没有回答，而对第二个问题，认为根本问题"只在于人，只在于作家的出现"，则是一种大胆的取消主义和个人英雄主义的思想。对第四个问题，耶鲁说郁达夫虽然口头上承认这个运动的重要性，但另一方面认为"戏法人人会变，各人巧妙不同"，这不是严肃文艺工作者应该有的态度。② 这场争论由此展开，直至楼适夷从国内投寄来的《遥寄星洲》一文刊登后才画上句号。该文忠告新马的读者："达夫先生与鲁迅先生茅盾先生是不同的型类，我们不能以期望鲁迅茅盾先生者期望他。然而他的纯真的性格，他的强烈的正义感，他的为大众喉舌，革命友人的事业，依然要给他以很高的评价，尤其是他的卓越的艺术的才智，会帮助南洋侨胞文艺青年中文艺运动的推进，是无可疑义的。在前进民族中的前进的青年必然地应该丝毫不放松地吸取他的优点，庆幸他和自己在一起。但是很不幸的我们却看见不谅解的攻讦，不应有的失却了对于前辈的尊敬。"③

　　1948年，马华作家与中国南下文人之间再次爆发了一场关于本土性的争论。二战之后的马来亚在"大战前殖民地统治的框子内只向中国认同是完全没有问题的。但是框子要解扑就要面对多元民族社会的现实了。一般华侨是在马来亚兴办事业或从商已久恒产家眷在此难于离开马来亚，从而渐渐觉醒认同马来亚很是自然"，在这个时代潮流下，主张马华文学独特性的马华派和始终把马华文学视为中国文学附庸的中国派之间，"无可避免发

---

① 郁达夫：《几个问题》，《晨星》1939年1月21日。
② 耶鲁：《读了郁达夫先生的〈几个问题〉以后》，《狮声》1939年1月24日。
③ 适夷：《遥寄星洲》，《晨星》1939年2月22日。

生冲突"。① 周容要求清算侨民文艺,指责专门宣传中国解放运动的作家是逃难作家,号召大家清算"手执报纸而眼望天外"的中国作家。② "逃难作家"这一称呼最早来自叶尼,他曾在评论中这样写道:

抗战爆发后,全国文化人为了援助祖国抗战,曾经有计划地分拨到内地,以推动文化为职志,我们这南洋也很荣幸,有一批进步的文化人来开拓文化。这实在是一件可喜的事,对于马华文化贡献不小。这只要看一年来马华文坛猛飞突进的现象便可以知道。

可是这次却有一个例外,有些来自祖国的文化人,与其说是来开拓文化不如说是逃难的好,自然,祖国到处有火药气,小则有饿饭之虞,大则有生命危险,这也难怪,古语说得好,"蚂蚁尚且贪生",何况乎人? 又何况乎知识高人一等的文化人、作家?

这班文化人一来到南洋,便大为高兴。认为这儿的确是块安乐土,至少安安稳稳的生活是有办法的,如果高兴写点慷慨激昂的文章,还可以博得美名,又何乐而不为? 此祖国文化人所以逐渐多来南洋也。这种作家大大小小,各有各的本领,都担任了文坛重要的角色,为南洋文坛生色不少。

我们相信,逃难来南的人也并不是没有用,至少将来这儿会产生一种"逃难文学"吧,我想。

对于这些作家,当然可以直呼之为"逃难作家",因为是逃难而来,自然是以安居乐业为生活前提,于是,"有奶便是娘",就这样开始过起创作生活来。

一提到写作,因为在中国看过炮火,或者听过炮声,有时也现出颇为激昂的论调,按其实际,实在是满不是这么一回事,只是戴起鬼脸来,借以掩盖着自己的尴尬相罢了。但这种现象还是少数,最多的是带来了废烂之气,认为南洋并不坏,既然可以过着与祖国抗战完全无关的生活,那么,自然要使南洋文化不要跑得太前进,免得职业动摇,于是露出一脸摇尾乞怜的"狗相",或者更把在国内不能表现的颓废生活,公开地在此地表露出来。这便是这些逃难作家的写作生活。

祖国抗战愈久,一些动摇分子都会感到失望。如果有可能,一定会

---

① 荒井茂夫:《马来亚华文文学马华化的心路历程(下)》,《海外华文文学研究》1999 年第 2 期,第 45—46 页。
② 周容:《谈马华文艺》,《战友报·文艺》,1947 年 12 月 26 日第 47 期。

跑到我们南洋来吧！然而他们带来的是甚么呢？恐怕不是推动力而是糜烂菌吧！写到这里，不禁打了一个寒噤。

　　但是祖国抗战以来来南洋的并不是没有对南洋文化有功绩的。那么，对于他们，我这话算是多余了。

　　不过我希望我们大家有点警惕性，免得上了"作家美名"的当。①

　　胡愈之质疑所谓的马华文学的独特性，认为"文艺的形式可以是各民族的特殊的，而内容一定是国际性的。一个文化水准低落的国家，在开始的时期，一定是通过翻译与介绍，把外国文艺思想，移植过来，久而久之，才能在本国的土壤内，产生出新种。……我们不怕马来亚有中国文艺的'海外版'，怕的是'海外版'出得太少，甚至于没有。因为有新的种子，才有新的收获。外米的肥料，可以增加当地土壤的生产，这是极其浅显的道理"②。这场争论持续了一年，最后由于马共③发动武装斗争，殖民政府发布紧急状态，当局对华人的言论活动加以严厉监视而停止。④

　　胡愈之曾经对这场笔战进行过分析，认为"当时就有马华文学和华侨文学的争论，表面上是文学观点的争论，实际上是指责我主张华侨文学是不支持华侨参加当地争取独立民主的运动，他们认为华侨应该参加马来亚反对英殖民主义的斗争，而我不把矛头直接指向英国就是右倾"⑤。我们可以看出南下文人与本土作家的争论早已明朗化。无论历史的过程如何，随着国共两党政治势力退出马来半岛，南洋华侨的本土意识变得越来越强烈。⑥1949年《星洲日报》编辑李炯才这样表露心声："我虽然是中国人，受华人教

---

① 叶尼：《逃难作家——写作闲话之二》，《南洋周刊》1939年2月13日总第32期，第12页。
② 沙平（胡愈之）：《朋友，你钻进牛角尖里去了!》，《风下周刊》1948年1月10日第108期。
③ "马共"即马来西亚共产党，成立于1930年4月30日。
④ 相关讨论文章包括郭沫若《当前的文艺诸问题》、西椎《略论侨民文艺》、知角《是朋友，不是敌人》、丝丝《侨民作家与逃难作家》、海郎《是侨民文艺呢，还是马华文艺?》、马达《我对马华文艺论争的意见》、西樵《问题的开脱》、金丁《开窗子，透空气：与周容先生谈马华文艺》、李玄《关于马华文艺独特性》、克刚《我对于侨民文艺的见解》、冰犁《什么是侨民文艺》、铁戈《文艺独特性、任务及其他》、小郎《从普遍性看独特性》、闻人俊《论侨民意识与马华文艺独特性》、丝丝《论马华文艺之路：谈独特性诸问题》、郭沫若《申述马华化问题的意见》、丝丝等《关于马华文艺的论争》、夏衍《马华文艺试论》等，分见于1948年2—4月的《星洲日报》《风下周刊》《南侨周报》《民声报》《现代周刊》等重要报纸杂志。
⑤ 胡愈之：《我的回忆》，南京：江苏人民出版社1990年版，第76页。
⑥ 1948年6月《风下》停刊，胡愈之等中国作家相继回国，支持他们的陈嘉庚于1949年6月也以视察为借口离开马来亚前往中国，再也没有回来，这场大争论由此落幕。之后，马来亚国民党被马来亚共产党压制，其势力日益衰微，不得不在1949年解散马来亚国民党支部。马来亚半岛上代表中国的两股政治势力就此退出舞台。

育,但喜欢参加马来亚人论坛的活动。……参加论坛后,内心醒觉到我始终属于马来亚,而不是中国人",一年之后返回新加坡,"思想上已完全倾向马来亚,开始关心当地政治"。① 其中彰显的是马来亚人的在地意识。文坛亦是,创作本体意识变化,文学的表现形态也相应变化,马华文学正式开始走上本土化的追求道路。

二、1957 年前后:马华文坛对中华文化的持距拟态

马来亚联合邦于 1957 年宣布独立,由马华公会、全国巫人统一机构(巫统)和国大党三大政党携手合作,组成执政联盟。出于政权合法性的需要,执政党阵线也在一系列政策中强调华族的在地性。"五十年代末叶,马来亚独立,大部分华侨身分变成公民。现实环境在转变,唐山渺渺,历史文化属性渐淡,但是有了土地认同与财产,眷属与亲人也都在身边,为了下一代的未来,不想落地生根斯土也别无选择。而接受英文教育的华裔知识分子,一如早年的'海峡华人'(Straits Chinese),中华文化属性已被殖民地教育削弱甚至消除。这些华裔纳入以马来人为主的文官体系后,认同的自然是这个新兴国家。至于新生代,深受本地化教育洗礼,多半能读写译说流畅的马来文,对文化传统的孺慕与认同业已淡薄,纵使受过华文小学教育,也不够扎实,社交语不是英语、马来语便是汉语方言,华语遂失去教育与社会功能,也无法唤起文化集体潜意识了。"② 除了华族自我身份认同之外,还有一个因素是马来西亚国内存在的共产党势力,这股势力一直在北马和泰国南部活动,是马政府的心中之结。马来西亚与中国关系的疏远也使华人的政治地位和生活处境变得暧昧而艰难。在马来西亚建国以后的历史中,马华知识分子被迫选择与中华文化保持距离,在困难处境中传递着文化的薪火。

我们以马华办刊时间最长的文学期刊《蕉风》为线索,探讨马华文学在1957 年到 1997 年近四十年里在本土性上的一些问题。③ 在马来西亚建国之初,就有读者指出希望《蕉风》少用中国作家的作品,多用马来亚本地作家的作品。④ 马华文坛在强调着文学发展的独立意识,这一点是很明显的。

纵观马来西亚建国后四十年的文学,马华文坛中对中华文化的"断奶倾

---

① 李炯才:《追寻自己的国家:一个南洋华人的心路历程》,台北:远流出版社 1989 年版,第 61 页。
② 张锦忠:《南洋论述——马华文学与文化属性》,台北:麦田出版社 2003 年版,第 70 页。
③ 马华的一些重要文学史家的论述都将建国初的文学特色界定为"反黄时期",如方修《战后马华文学史初稿》(1978)、原甸《马华新诗史初稿(1920—1965)》(1987)、杨松年《新马华文文学论集》(1982)。本书不采用他们的划分方法,仅关注马华文坛创作与中国影响之间的关系。
④ 读者:《爱之深 责之切》,《蕉风》1958 年 10 月总第 72 期,第 5 页。

向"只是一种姿态,其实与中国文学的关系是密切的。笔者统计了《蕉风》上对中国现代文学名家作品的近百篇介绍文章,以作例证。这些作品有柳风《沈从文其人其事》(1957 年 5 月第 37 期)、马摩西《象征派诗人李金发》(第 38 期)、范提摩《新月派大诗人徐志摩》、徐志摩《徐志摩诗选》、刘蔼如《补记徐志摩》(第 39 期、第 40 期)、赵聪《鲁迅与〈阿 Q 正传〉》(第 41 期、42 期)、赵聪《浪漫作家郁达夫》、刘蔼如《郁达夫在星洲》(第 43 期)、赵聪《被时代遗弃的周作人》(第 46 期)、刘蔼如《许地山逝世十六周年》(第 48 期)、刘蔼如《傅斯年七周年祭》(第 50 期)、刘蔼如《钱玄同与新文学运动》(第 51 期)、梁清《〈北京人〉人物及本事》(第 52 期)、刘蔼如《散文作家朱自清》(第 56 期)、废名《沈从文的作品及其他》(第 57 期)、黄润岳《〈我的朋友胡适之〉会见记》、刘蔼如《蔡元培遗爱在人》(第 58 期)、刘蔼如《遭受清算的丁玲》(第 59 期)、刘蔼如《写〈再寄小读者〉的冰心》(第 60 期)、刘蔼如《胡适与台湾》(第 61 期)、刘蔼如《陈独秀生前死后》(第 62 期)、刘蔼如《周作人遗憾终生》(第 64 期)、刘蔼如《刘半农的风趣》(第 65 期)、刘蔼如《罗家伦二三事》(第 68 期)、刘蔼如《丰子恺的哀鸣》、潘重规《胡适红楼梦考证质疑》、沧海客《〈秋海棠〉的人物形象》(第 69 期)、刘蔼如《郑振铎魂归天上》(第 73 期)、刘蔼如《柳亚子身后是非》(第 74 期)、刘蔼如《迷信命卜的林庚白》(第 76 期)、谢冰莹《太平山纪游》(第 78 期)、李金发《水落石出》(第 137 期)、李金发《大梦初醒》(第 141 期)、温梓川《郁达夫别传(二)》(第 144 期—第 163 期)、李金发《浮生总记》(第 143 期—第 154 期)、温梓川《章回小说家张恨水》(第 192 期)、姚拓改编巴金《憩园》(第 207 期)、鲁迅《五倡图》(第 231 期)、茅盾的介绍(第 232 期)、臧克家的介绍(第 233 期)、李广田诗歌(第 237 期)、何其芳的介绍(第 238 期)、朱光潜的介绍(第 239 期)、《汉园集》的介绍(第 241 期)、夏丏尊的介绍(第 249 期)、唐湜的诗(第 242 期)、陈瑞文《谈七巧》(第 250 期)、陈瑞文《从〈倾城之恋〉看张爱玲的创作手法》(第 251 期)、陈瑞文《於梨华的〈柳家庄上〉》(第 252 期)、夏志清《沈从文和他的小说》(第 254 期)、赵聪《现代中国作家列传》(第 278 期)、迈克《〈半生缘〉随写》(第 279 期)、吴戈《中国新诗集总目(一)》(第 283 期—第 287 期)、韩侍桁的杂文作品(第 289 期)、尚源《总目以外》(第 291 期)、何其芳特辑(第 295 期—296 期)、郭书远译《中国现代作家传略》(第 304 期—第 321 期)、梅淑贞《梁宗岱的〈诗论〉》(第 326 期)、金承艺《郁达夫与一位奥地利朋友》(第 359 期)、梅淑贞专栏(第 299 期—第 383 期)、公羽介《张爱玲〈惘然记〉与序》(第 368 期)、梁实秋《岂有文章惊海内》、梁实秋《作文的三个阶段》、凌宇《不同文化撞击下的沈从文》、沈从文《静》、沈从文《给志在写作者》(第 414 期)、李远荣《郁达夫情书之谜》(第 473 期)、李远荣《王映霞谈与郁达夫离婚真相》(1996年 10、11 月第 475 期)。这些文章都是涉及中国现代作家的创作研究,展示了东南亚文学与中国现代文学同根同源的紧密联系。另外,1980 年代末该刊刊登过一份作家笔谈,作者访问了小黑、方北方、朵拉、李忆莙、姚拓、洪泉、许友彬、陈政欣、游牧等重要马华作家,其中姚拓表示:"读过几本长篇小说,如钱钟书的《围城》、张系国的《棋王》等等。"洪泉承认自己"断断续续读了白先勇的《孽子》、王文兴的《背海的人》、李永平的《吉陵春秋》、安部公房的《砂丘之女》"①,可以看出马华作家对中国文学的借鉴与吸收是明显的。

何启良认为:"无可否认的,马华现代诗是直接承继台湾地区现代诗传统,其表现技巧和诗人对诗的因素观念亦复如此。这些影响不仅是在语言上和技巧上的,马华现代诗的'质'或多或少都是台湾地区现代诗题材的变奏。"②张树林在《马华当代文学选(散文)·导论》中也指出:"马华散文深受港台地区散文的影响是不容否认的,但全然说马华散文是港台地区散文的翻版却有欠公允。在诸多的文学论争中,散文是唯一没有涉及论战的。"③李宗舜在《坐听杨平一席话——生活比梦更有力量》中提出:"其实在早年的星马文坛,前述的诗人(按:覃子豪、痖弦、夏菁、余光中、洛夫、张默、罗门、周梦蝶等)也对本地作家影响深巨;我们这些诗坛后辈,写诗的初期,整本《石室之死亡》《五陵少年》《迷魂草》《深渊》都能背诵;而且在文学观都有着潜移默化的重大影响和启示。这种贡献是众所周知的。"④限于篇幅,在这里我们只是简要提及文学期刊《蕉风》中涉及中国现代文学的推介作品,仅点到作者和篇名。一旦深入研究,我们会更深入地感受到马华文坛并非宣扬"断奶倾向",而是强调对落地生根之后的本土书写加以更多的关注。

不过,马华本土性的文化姿态还是一直坚持着,如何启良还是提醒马华诗坛,"马华人的文化苦闷与对民族认同上的忧虑,身体上和心灵上所遭受的伤害,和所积压的悲愤,都有其地域性与其时代性……与其诅咒现实文明机械工厂,不如写写自己社会的文化落后或文化苦闷。所以现阶段马华现代诗应强调的是:马华现代诗的特质,是表现现代马华人的生活感受和强调

---

① 本刊编辑:《谁不重视长篇小说?》,《蕉风》1987 年 6 月总第 404 期,第 3—10 页。

② 何启良:《马华现代诗与马华社会》,《蕉风》1977 年 6 月总第 292 期,第 7 页。

③ 张树林:《马华当代文学选(散文)·导论》,《蕉风》1985 年 4 月号总第 383 期,第 7 页。

④ 李宗舜:《坐听杨平一席话——生活比梦更有力量》,《蕉风》1993 年 5、6 月总第 454 期,第 27—28 页。

马华人的现代精神"①。另外,我们也可以看出,《蕉风》对文学的扶植重点还是集中在对马华本土创作的培育上。如 1989 年 6 月第 427 期上刊登的《当今马华文学的趋向——〈蕉风〉作者座谈会》,实际上是一次马华本土派的大聚会。参会的有曾希邦、小黑、林月丝、陈政欣、叶蕾、陈强华、马巧芸、艾文、菊凡、游牧、黄英俊、雨川、宋扬波、野蔓子、何乃健、继程法师、方昂、温祥英、钟可斯、张圆圆、陈佑然、吕育陶、苏旗华、加爱、彭佩愉、宋书启、小曼、林燕何、傅承得、洪泉、郭诗宁、采韵、吴龙云。还有第 428 期编者题为《重视本地作品》的呼吁,都主张为本地作家提供交流的平台,是在为巩固本土创作阵营而张目。

在本土作家的培育与对中国文学经验的借鉴之间,马华作家一直都处于焦虑之中。例如,《蕉风》1991 年 9、10 月总第 444 期刊登的骆耀庭《误读指南——马华文学怎样变?》一文认为,马华文学有着严重的"影响焦虑","马华作家运笔沉吟之际,心目中的规范,隐隐,大抵是中国(含港澳台)的作品。换句话说,一般作者下笔之前,就先以这些作品为圆径,炼意锻句的时候,丝毫不敢越出圆周之外。假如文格,咦,很不同——比如说,是张考卷,我们的作家一定怀疑自己出轨,因为圆周之内,似乎找不到略似的典范。对这些文学作品,马华作家深具'影响的焦虑'",该文作者提出"转益多师是汝师。当然,除了中国(含港澳台),我们也应向其他文学借镜"。②

三、1997 年前后:旅台作家台湾经验的异地拟态

1990 年代,马华学术界已经围绕所谓的"本土性"问题展开了一些讨论:中国台湾作家"把马来西亚看作出好作家的神奇土地,而马来西亚作家则把完全置身于中华文化环境中看作自身创作产生质的飞跃的根本动力。……旅台马来西亚作家的创作实践表明,一方面吸收中华文化的传统,一方面根植于马来西亚土地,马华文学才有其价值"③。而大陆学者黄万华指出"马华文学的独特风度,自然得力于马来西亚文化的包容性,但更存依于马华作家们视马来西亚为本土的创作心态"④。本土作家端木虹曾经这样描述 1990 年代初期的马华文坛:"一时间,马华文坛河山变色,名宿所建基业,

---

① 何启良:《马华现代诗与马华社会》,《蕉风》1977 年 6 月第 292 期,第 8 页。
② 骆耀庭:《误读指南——马华文学怎样变?》,《蕉风》1991 年 9、10 月第 444 期,第 34 页。
③ 岳玉杰:《生机与危机并存——浅论马来西亚华文文学的现状和前景》,《蕉风》1995 年 5、6 月总第 465 期,第 48 页。
④ 黄万华:《论马来西亚华文文学的本土特色》,《蕉风》1995 年 5、6 月总第 465 期,第 54 页。

几乎荡然无存。说荡然无存,是有其事实根据的。譬如说:气焰万丈,以'打倒孔家店'精神彻底否定马华文学者,比比皆是。大专学院的文学爱好者,在研讨会上屡屡嘲讽马华文坛前行代作家之举,更是所见多有。……有人是比较了他们去取经的国家和地区的文学水平,便迫不及待嚷嚷说本国文学不济。曾经,还有人舍'进谏'而曰:马华文学太差劲了,方北方描写人物技巧没有水准,韦晕的文章根本不是作品,而是作文……真是石破天惊,语不惊人死不休。显然,这已曳出文艺批评范畴。"①端木虹的言论虽然有捕风捉影之嫌,但为我们留下了当年的"传闻时代"的文学图景,②加上《星洲日报·文艺春秋》《星洲日报·星云》《星洲日报·新策划》《南洋商报·南洋文艺》《南洋商报·言论》《南洋商报·商余》等文艺园地的文章参与重审"马华文学",对"马华文学的定位""经典缺席""选集、大系与文学史""文学研究与道义""中国性与奶水论"等重要文艺问题进行了讨论,这一切都为1997年的"断奶说"大讨论提供了一个重整马华文坛的文学场。

1997年11月29日,马华文学国际学术研讨会在吉隆坡联邦酒店召开,中国台湾作家柏杨发表主题演讲《走出移民文学》,由此引发了关于"断奶说"的争论。演讲词中提到四点内容:"马华文学须本体化"、"促进族群融洽"、"处于移民文学阶段"和"企业家与作家共同推动"。其中第一点指出:"马华文学创作必须本土化,才能走出移民文学中怀念母国的伤感和悲愤世界。……马华文学创作者必须淡忘、早一点脱离悲情世界,与母体'断奶',才能强大、具有本身的独立性和特别性,以及成为世界文学研究主流。如果马华文学创作能够本土化,以当地社会背景为创作灵感,马华文学的内容肯定会特别丰富……'海外的华人,就像嫁出去的女儿,母国纵使再爱你们,也不希望你们回到这故里,所以你们必须淡忘,并且必须落地生根,爱自己生根的土地。'……文学、政治或经济不能与本土结合,就会永远漂泊,最终两头不到岸。"③

平心而论,柏杨的主题演讲重点在于马华文学必须强调本土性,对中国

---

① 端木虹:《经典缺席?》,张永修、张光达、林春美主编:《辣味马华文学——90年代马华文学争论性课题文选》,吉隆坡:雪兰莪中华大会堂、马来西亚"留台"校友会联合总会2002年版,第133—134页。

② 林春美:《90年代最呛的马华文学话题》,张永修、张光达、林春美主编:《辣味马华文学——90年代马华文学争论性课题文选》,吉隆坡:雪兰莪中华大会堂、马来西亚"留台"校友会联合总会2002年版,第i—j页。

③ 柏杨:《走出移民文学》,江洺辉主编:《马华文学的新解读:马华文学国际学术研讨会论文集》,吉隆坡:马来西亚"留台"校友会联合总会1999年版,第5页。

文化"必须淡忘,并且必须落地生根,爱自己生根的土地",这样才能"产生本土特色"。这个论断虽然与马来西亚建国前的"本土性"争论、建国后的"本地特色"坚守说法不一样,但其实内容是没有大的变化的,而且与60年前郁达夫的文艺主张一致。但这次会议上,旅台学者林建国和作家黄锦树却将这个老生常谈的问题复杂化。这次会议上,林建国被称为"大刀",黄锦树被称为"龙卷风",年轻气盛,语惊四座,后者更以方北方为批评对象,批判马华文坛现实主义创作潮流,决然判断"从我们对方北方的个案讨论中可以看出,在他身上实践出来的所谓的特殊性既与地域特色无关,也无关于民族形式,而是一种苍白贫乏、低文学水平的普遍性——所谓的马华文艺的独特性其实是一种无个性的普遍性,充盈着华裔小知识分子喋喋不休的教条和喧嚣"①。他们的言论受到了与会学者的质疑,其中包括陈鹏翔、陈应德、叶啸、黄万华等重要马华文学研究专家。②

　　这一争论的余波一直延续到1998年初。先是江枫和黄锦树争论,后有林建国与陈雪风各执一端在《星洲日报》上开展争论。其中的矛盾是非常明显的,其中陈雪风认为:

　　　　如果以"断奶"作为譬喻来谈马华文学和中国文学的关系,那是不正确的,因为中华文化万变不离其宗。既然马华文学是在传承中华文化,又以华文作为表达方式,它如何能变呢?马华文学是很难脱离民族性和文化性的渊源关系。因此中华文化对马华文学存在滋养关系,是自然之事。如果我们把其他东西方文学当作学习对象,又为何要放弃已经和马华文学拥有历史、血缘和文化关系的中国文学呢?③（着重号系笔者所加）

　　黄锦树反思马华文坛挥之不去的中国影响,对马华作家身上的中国因素很是不满,曾言"马华杂文写作者学到的只是鲁迅的尖酸刻薄,毫不留情与专断,殊不知如果去掉那过人的才情、学养、洞察力及知识分子的勇气,剩

①　黄锦树:《马华现实主义的实践困境——从北方的文论及马来亚三部曲论马华文学的独特性》,江洺辉主编:《马华文学的新解读:马华文学国际学术研讨会论文集》,吉隆坡:马来西亚"留台"校友会联合总会1999年版,第132页。
②　编者:《龙卷风狠击老作家:大马书生舌战研讨会》,《先生周报》1997年12月22日。转引自江洺辉主编:《马华文学的新解读:马华文学国际学术研讨会论文集》,吉隆坡:马来西亚"留台"校友会联合总会1999年版,第26页。
③　陈雪风:《华文书写和中国文学的渊源》,《星洲日报·尊重民意》1998年3月1日。

下的也不过是位酸腐的绍兴师爷而已"①。他声称其"志不在全盘否定老前辈们的努力,作品俱在,后人自有定评,我关心的毋宁是我们这一代该如何重寻出路。他们强调他们所留下的传统十分优良,后辈当宗之法之,在我看来,那不过是历史情势所造成的'不得已',不能引以为通则。为此,不惜与马华文学传统彻底决裂。……该做的不是去遮蔽问题,而是必须把历史化的当代问题重新当代—历史化;对于华人意识深层里的'中国情结'也是那样,它并不比乡土虚构。如果把这些都抽离,华人的存在便是不可理解的抽象存在"②。

此次会议中,黄锦树将马华文学资深老作家方北方作为批判对象,本意在于展示马华现实主义的实践困境,为马华文坛提供批评建议,出发点是好的,但却置换掉了许多概念。黄锦树等人展示了马华本土作家与马华赴台求学作家,以及现实主义与现代主义之间创作理念的矛盾,两组不同层面的问题交织在一起,使得他们与其他作家之间的讨论变成一种不同平台之间的错位交流。这次发言中,黄锦树的作秀和拟态是明显的。陈贤茂曾回忆:"1997年杪,我应邀到吉隆坡参加由马来西亚'留台'校友会联合总会主办的马华文学研讨会。这是结识新生代作家群的大好机会。在赴吉隆坡之前,我已计划好向他们索要作品及生平资料,并在海外华文文学史中给他们预留篇幅。但是,当我在会上目睹了黄锦树目空一切的傲气和不可一世的霸气和源于政治偏见的偏执,竟有点手足无措。先是目瞪口呆,继而临阵怯场,终至于失去了与这些文坛新贵结识的勇气。"③资深作家叶啸也对黄锦树的行为颇为不满,"研讨会变成黄锦树个人表现的擂台,最终在僵硬的气氛下收场。……我原本期望黄锦树捉紧机会,为他这些年来发表引起争论性的议论,作一次彻底的文学性澄清,让人家明白他是基于爱护马华文学之心,讲明他对'好'作品的标准或典律,让我们明白他审视文学的尺度。然而,黄锦树却发言处处'冒犯'其他学者,'逼'得李瑞腾教授和傅承得要以'年轻人有一股锐气,不向权势低头',作为打圆场结束"④,可见学界的护犊之情。

---

① 黄锦树:《马华文学:内在中国、语言与文学史》,吉隆坡:华社资料研究中心1996年版,第7页。
② 黄锦树:《非写不可的理由(自序)》,《乌暗暝》,台北:九歌出版社1997年版,第3、12页。
③ 陈贤茂:《中华文化的西化风格书写》,林幸谦:《人类是光明的儿子》,吉隆坡:马来亚图书有限公司2004年版,第11—12页。
④ 叶啸:《年轻,不能作为冒犯的本钱》,这篇文章是黄锦树参加"代沟与典律"讲座过后,叶啸撰文提出的感想。参见江洺辉主编:《马华文学的新解读:马华文学国际学术研讨会论文集》,吉隆坡:马来西亚"留台"校友会联合总会1999年版,第32页。

　　在这次争论中,林建国、黄锦树等旅台作家再次以其决绝的姿态宣告着自己的独立意识。吊诡的是,当他们在高唱马华文学要对中国文学"断奶"时,可曾反思过"哺育"他们成长的台湾地区文学何尝割舍过"中国因素"?作为华人集体意识存在的中华文化(或者称为"中国影响")传承五千年,这种文化纽带,岂是说断就断? 可见,林、黄二人对马华文坛现实主义创作不满,以方北方为攻击对象,借着柏杨的主题演讲,用"断奶论"为口号,宣泄出了自己的情绪,但这种情绪更多的是片面的冲动。

　　20 世纪三次大型的"马华文学本土性"("断奶说")争论都是在不同的历史环境中的不同文化拟态。1997 年揭出的"断奶说",实际上也是一个赴台求学作家群的噱头拟态。马华文学与中国文学之间不可能"断奶"。黄锦树后来也改变了自己的说法,写就致方北方的公开信:"对于您的作品的近乎苛刻的评断,虽是为了打破神话(现实主义神话),但也是依据我本人既有的学识,必须区分的是,在我的讨论中,否定和肯定是互相依存的,否定的是作品中的文学性,却高度肯定了它存在的意义。从这个角度来看,大陆学者盲目的肯定和许多有识之士漠然以待并无二致,都是一种非辩证的否定。……我不惜再度重申,对于您的《花飘果堕》确实非常不满,因为没有任何文学的理由可以支持那样的写作。然而我也必须承认,在论文的措词上其实可以不必那么强烈——这确是囿于我躁烈的个性。对于这一点,我必须郑重向您道歉。"①借鉴痖弦的话,我们可能找到马华文学在本体意识与外来影响之间的定位,如访谈中所说:"我们不能忘掉基础而去写一些很抽象、不相干的事,没有本土意识,作家靠什么写作呢? 本土意识和世界文学是相行不悖的。只要是发挥人性的光辉,写人的灵魂深处,写人的感觉、意识、希望和期待,任何人读了都有感觉。肖伯纳是爱尔兰乡土作家,同时也是英国作家。马华文学,同时也是马来西亚文学,也是华族文学,也是世界文学,这本是一条大路,不会产生问题。"②温明明曾这样总结:"在地与在台并不存在必然的矛盾,在地者也并非先天地占有对文学正统的绝对诠释权,在台者更非代表一种他者的力量,马华文学都是两者共同的、与身世有关的命运……在台马华文学论述不是洪水猛兽,在地者应该正面地看待他们这二十多年来为推动马华文学及其研究的发展所做的各种努力,毕竟'烧芭'也伴随着

---

①　黄锦树:《痛苦的道义——给方北方先生的公开信》,《南洋商报·南洋文艺》1998 年 1 月 7 日。

②　本刊编辑:《与痖弦在饭桌边谈文学》,《蕉风》1990 年 9、10 月第 438 期,第 45 页。

重建。"①我们可以感受到"断奶说"总是以各种拟态形象出现,而其中包含的文化心理才是我们马华文学研究者要认真探究的问题。

第三节 南洋诗学:国族认同、本土意识与现代性追求

从历史记载来看,中国与东南亚的交流可以追溯到 2000 多年前的汉武帝时代,当时就有大量的移民迁居到今天的新加坡、马来西亚和印度尼西亚一带。纵观中国历史,每当改朝换代时,大量的政治流亡者、海盗以及经济流民都会迁往东南亚地区,至今在东南亚还流传着汉丽宝之于郑和、杜顺族之于大宋遗民的民间传说,更有郑和下西洋、罗芳伯建立兰芳共和国、叶亚来开埠吉隆坡、黄乃裳开垦沙捞越等华人在海上丝绸之路展开文化交流的历史事迹。1824 年,东南亚地区华人总人口数为 734700 人,其中婆罗洲 12 万人,马来亚 4 万人,槟城 0.8 万人,马六甲 2 万人,泰国 44 万人,越南 3.9 万人,菲律宾 1.5 万人,印尼爪哇 4.5 万人。到了二战结束后,以 1947 年为例,整个东南亚总人口为 1.57 亿人,其中华人约 850 万人,约占总人口的5%～6%,其中缅甸华人 30 万人,泰国华人 250 万人,法属印度支那华人 85万人(包括越南、柬埔寨和老挝),马来亚华人 261.5 万人(包括新加坡和马来亚),英属沙捞越、北婆罗洲和文莱华人 22 万人,印尼华人 190 万人,菲律宾华人 12 万人。到了 1960 年,东南亚总人口为 2.15 亿人,其中缅甸华人人口数 35 万人、泰国 267 万人、越南 85.5 万人、柬埔寨 35 万人、老挝 3.5万人、马来亚联邦 255 万人、新加坡 123 万人、沙捞越 23.6 万人、北婆罗洲10.4 万人、文莱 2.1 万人、印尼 269 万人、菲律宾 18.1 万人。到了 1970 年,东南亚总人口数 27514.6 万人,华人人口数 1481.4 万人,约占总人口的5.38%,其中新加坡华人人口数 150 万人、马来西亚 370.5 万人、文莱 3.2万人、缅甸 44 万人、柬埔寨 43.5 万人、印尼 310 万人、老挝 5.8 万人、菲律宾 52 万人、泰国 340 万人、越南 140.8 万人。② 之后,随着东南亚各国同化华人的进程加快,华人人口数也有着很大的变化,华人族群数量也变得不容易统计。

总体而言,华人政治地位在整个东南亚(除新加坡外)长期以来并不是

---

① 温明明:《离境与跨界:在台马华文学研究(1963—2013)》,北京:中国社会科学出版社 2016 年版,第 200—201 页。

② 参见李恩涵:《东南亚华人史》,台北:五南图书出版股份有限公司 2003 年版,第 3—7 页。

很高,华人社会和华文教育的发展一向不是很顺利。文学在东南亚地区的创作也备受压制,甚至被国家政策强行中断。如印尼,1965 年发生政变,第二年苏哈托取代苏加诺,之后发生了一系列排华运动,所有华文学校被关闭,开始了同化政策。直到 2000 年,瓦希德总统才准许华文、华语可以公开使用,华语电台和电视开始恢复播映,华人社团和会馆逐渐恢复运营。再如,泰国 1951 年开始执行同化政策。泰国华人融入泰国社会,精英分子将子女送进教会和泰文学校,其后裔也与泰人精英通婚,以成为泰国统治阶层的一员或巩固其地位。底层华人多选择归化,以求安居乐业。而华文教育方面,1976 年华校完全泰化。而同时期的越南,自 1975 年越南统一开始,当局的排华较之前更加明显。1978—1979 年大约 10 万华人逃出越南。之后,越南取缔境内所有华文报刊,华校也随之消失了。柬埔寨 1967 年取缔了所有华文报刊,一直到 1993 年 12 月华文报纸《华商日报》创刊,才开始恢复当地华人文化。缅甸 1963 年实施国有化政策,1966 年政府将所有华校校产全部充公,中断了该国此前已有 60 年历史的华文教育。改革开放以来,随着中国全方位的崛起,政治、经济、文化的软实力产生了全球影响。在这种大背景下,东南亚华文教育和华文文学迎来了新的发展阶段。如泰国的华侨崇圣大学、马来西亚的拉曼大学、印尼的亚洲国际友好学院,都是由当地华人社会兴办、本国政府支持的华人大学。随着时代的发展,东南亚本土的华文教育将会越办越好。

回顾百余年东南亚华文文学发展的历史,因为华文教育和华人传统文化受到当地政府的压制,东南亚华文文学整体呈现衰落的大趋势。截至2019 年,在整个东南亚地区,东盟十国之中,越南、老挝、柬埔寨华文创作基本已经中断,泰国、印尼、文莱、菲律宾、缅甸华文文学尚保留一些活力。最能孕育出优秀华文文学的是新加坡和马来西亚两国。

平心而论,新加坡政府自 1979 年开始的双语政策和 1986 年的英语源流政策,直接导致新加坡华文教育水平直线下降,目前仅靠着特选中学政策来维系华文教学;而马来西亚政府自 1970 年开始的“新经济政策”和相应的打压华人社会的政策,让华文教育只能靠着华人社会的华小、独中的华文中小学教育坚持至今。这些年来,新、马两国政府对华文教育的政策有所改善,但毕竟曾经的国家政策伤及华文教育之根,修复起来尚需时日,我们也唯愿华文教育和华文文学一脉可以继续在东南亚繁荣昌盛。回顾东南亚华文文学的发展历程,本节将以新、马两国文学发展为主,以其他国家华文文学的发展为参照,勾勒东南亚华文文学的发展历程,梳理一些重要创作主题。

一、第一阶段（1920—1960 年代）：南下文人的身份认同变化和持续影响力

二战结束之后，随着反殖民主义和民族主义的兴起，东南亚各国纷纷走上独立之路。就华文文学创作群体而言，当时东南亚各国华文文学创作的主要力量是由中国而来的南下文人创作群体。南下文人指的是那些在中国出生而后南渡东南亚，在东南亚地区从事过文学活动，或在本地产生过影响的作家。这些作家包括许杰、马宁、林参天、郑文通、吴天、金枝芒、铁抗、金丁、郁达夫、张一倩、陈如旧、王任叔、胡愈之、沈兹九、张楚琨、丘家珍、杜边、韦晕、絮絮、夏衍、韩萌、米军、李汝琳、李星可、汉素音等等。东南亚地区南下文人南来时间以及姓名或常用笔名大致如表 1-1 所示。

表 1-1　1920—1965 年南下文人的分期统计

南下时间	姓名或常用笔名
1920—1931 年	陈炼青、方北方、斐楼、傅无闷、郭秉箴、韩觉夫、洪灵菲、洪丝丝、胡浪曼、胡一声、李梅子、李铁民、连啸鸥、林参天、林连玉、林鲁生、林姗姗、林仙峤、林岩（一礁）、柳北岸、潘醒农、丘士珍、谭云山、拓哥、王仲广、吴广川、许杰、徐君濂、薛残白、原上草（沙风）、曾圣提、张楚琨、郑文通、郑吐飞、黄病佛、林蝶衣、连吟啸
1931—1942 年	白荻（黄科梅）、白路、陈清华、陈汝桐、陈文旌、丁之屏、东方月、杜边、杜门、冯蕉衣、方修、高云览、黄葆芳、黄大礼、黄望青、姜凌、金枝芒（周容、乳婴、殷枝阳）、老蕾、李冰人、李润湖、梁若尘、林伕、林英强、凌峰、流浪、刘思、刘延陵、刘子政、卢斌、马宁、玛戈、任宇农、铁抗、潘受、王哥空、汪金丁、王君实、王秋田、韦晕（上官豸）、文彪、吴得先、吴继岳、吴柳斯、吴天（叶尼）、谢松山、絮絮、许云樵、叶冠复、以今、莹姿、郁达夫、于沫我、曾铁枕、张曙生、张天白（伧父）、普洛、郑子瑜、芝青、周继昌、朱绪
1942—1965 年	艾骊、巴人、白寒、白塔、冰梅、曹兮、常夫（范提摩）、陈秋舫、陈伯萍、沉橹、蔡高岗、莿特、韩萌、黄润岳、黄尧、胡愈之、金礼生、老杜、李廉凤、力匡、李汝琳、李星可、连士升、刘伯奎、刘尊棋、卢涛、洛萍、马宗芗、梅秀（夏怀霜）、孟瑶、米军、彭士麟、邱新民、彭松涛、沈安琳、沈兹九、苏宗文、王恢、王梅窗、王秀南、无涯、萧村、萧劲华、萧遥天、邢致中、杏影、许诺、许建吾、许苏吾、杨嘉、杨樾、姚拓（鲁文）、叶世芙、姚紫、云里风、张济川、张肯堂、张漠青、郑达

资料来源：骆明总编，王宝庆主编：《南来作家研究资料，1920—1965》，新加坡：新加坡国家图书馆管理局、新加坡文艺协会 2003 年版，第 10—13 页。

　　南下文人中最具代表性的有五位。第一位是代表五四新文学的南洋传播的许杰。许杰是五四新文学的重要小说家,与鲁迅关系密切且深受其影响,文艺活动主要集中在吉隆坡一带,对 1920 年代马华文学诞生期的贡献巨大。许杰以南洋经历为题材的散文集《南洋漫记》及收录其南洋期间文论的《新兴文艺短论》,都是记录早期中国知识分子南洋经历的宝贵资料。第二位是长期关注华文教育的林参天。其长篇小说《浓烟》是战前马华文学界出版的唯一一本单行本长篇小说,是反映 1930 年代马来亚华文教育问题的集大成之作,其中的启蒙意识催生了东南亚华文文学的批判精神。第三位是郁达夫。作为五四新文学的重要参与者,他在新、马、印二地的文学活动至今为学术界津津乐道。郁达夫在此期间创作的散文、社论、旧体诗堪称佳作。第四位是胡愈之。作为优秀的政治家和作家,他除了积极参与左翼政治活动外,其杂文和科幻小说创作影响巨大。同时,作为编辑的胡愈之也提携了一大批文化人,影响了几代东南亚报人。值得一提的是,1930 年代、1940 年代郁达夫、胡愈之活动于新、马两地,成为东南亚华文文学的两面旗帜,二人在当时的活动被视为中国现代文学精神南传的重要文学事件。第五位是汉素音。她是来自西方的中比混血儿,以左翼眼光书写新马华人的历史。其长篇小说《餐风饮露》对早期华人国民性和共产党人的形象有着生动的描述,堪为东南亚华文文学的经典之作,开辟了华人英文创作的先河。

二、第二阶段(1970 年代、1980 年代):资深作家创作的延续,本土作家的崛起

　　1945 年日本战败后,英国统治的印度、孟加拉、锡兰、缅甸、马来亚等环印度洋地区的民族自决意识一步步强化,居于南洋的华人都要面对"做中国人还是做东南亚人"的问题。东南亚资深作家是处于所在国度由英国殖民地转向独立民族国家这一过程中的一群人。南下文人热情参与的写作实践,以及各所在国作家产生的生于斯长于斯的家国认同感,使东南亚华人文坛慢慢有了自己的本位意识。东南亚资深作家多出生在中国,青少年时期南来谋生。从年龄层面来看,他们大多出生在 1940 年之前。在 1950 年代、1960 年代各殖民地先后独立建国的时候,他们中很多人都已经是东南亚文坛知名作家。他们都经历了从"侨民"(中国移民)到"国民"(东南亚各国公民)的身份转换过程。这批作家中的代表有马来西亚的韦晕、方北方、姚拓、方修、云里风、宋子衡、艾文(北蓝羚)、陈应德、端木虹、驼铃、游牧、菊凡、马汉、年红、马崙、梁园、雨川、冰谷、温祥英、孟沙、碧澄等;新加坡的李星可、连

士升、杏影、苗秀、范北羚、于沫我、谢克、李汝琳、杜红、柳北岸、赵戎、貊问湄、苗芒、絮絮、贺巾、孟仲季、周粲等;印尼的黄东平、严唯真、犁青、沙里洪、柔密欧·郑等。近几年来,随着方北方、姚拓、方修、吴岸等资深作家的先后谢世,东南亚资深老作家的创作阵营也慢慢缩小。长江后浪推前浪,一些步入天命之年的作家逐渐成为东南亚文坛的重要力量,资深作家的名号似乎又要被重新定义。东南亚资深老作家们的创作是东南亚文坛的重要组成部分,他们是东南亚华文文坛上绝对不能被忽视的力量。他们建构了一个直通中国现代文学的东南亚文学传统。东南亚资深作家都不否认中国现代作家对他们的影响,这不是一些任教于台湾地区高校的马裔华人学者不断强调"断奶说"能够抹杀的,这是对资深老作家群体的尊重,对东南亚华文文学传统的尊重。

与资深作家创作的延续同期出现的是本土作家的崛起。这批作家比起前面的"资深作家",身上的"中国气味"更淡。他们多出生于东南亚本土,在身份认同和情感认同上,已经立足于东南亚本土文学的立场。就创作成绩而言,马来西亚本土作家是东南亚华文文学中的佼佼者。从1957年开始,因为作家所居的地域和创作风格的不同,当代马华文学的版图开始分裂,大体分为北马、中马、首都、南马和东马五个文艺创作圈子。这里的作家群划分主要以作家的活动地域为依据:第一,北马作家群主要分布在马来西亚北部的槟城、吉打州和玻璃市三个州,其核心是大山脚作家群。主要成员有小黑、苏清强、傅承得、方昂、林月丝(朵拉)、方成、陈政欣、黄英俊、叶蕾(洪祖秋)、因心、陈绍安、张光达、刘育龙、夏绍华、陈强华、钟可斯、杜忠全等。第二,中马作家群即霹雳作家群,主要分布在马来西亚霹雳州,以怡保、金宝为中心。主要代表有天狼星诗社(包括温任平、温瑞安、方娥真、李宗舜、周清啸、张树林、谢川成、游以飘等)、章钦、王枝木、涵青、雅波、黎紫书、房斯倪、贺淑芳等。第三,首都作家群即雪隆作家群,主要以吉隆坡、雪兰莪州为中心。主要代表有戴小华、叶啸、洪浪、梅淑贞、陈雪风、曾沛、李忆莙、柏一、永乐多斯、游川(子凡)、潘友来、何乃健、李国七、方野(翁诗杰)、何国忠、许友彬、潘碧华、孙彦庄、郭莲花、张永修、林春美、陈湘琳、黄灵燕、刘育龙、庄若、吕育陶、李天葆、张依苹、陈志鸿、方路(李成友)、伍雁翎、苏燕婷、梁靖芬、曾翎龙、龚万辉等。第四,南马作家群主要分布在柔佛州的新山、麻坡两个地区,成员包括梁志庆、爱薇、方理、潘雨桐、洪泉、李寿章、文征、小曼、许裕全、蔡家茂、李敬德、许通元、邱苑妮等。第五,东马作家群分布在砂拉越和沙巴两州,成员包括吴岸、田思、梁放、融融、关渡、陈蝶、邪眉、杨艺雄(雨田)、冯学良(林野夫)、黄孟礼、田风、黄顺柳(顺子)、鞠药如、梦羔子、蓝波、沈庆旺等。

另外,新加坡作家英培安、陈瑞献、南了、完颜籍、流军、蓉子、张曦娜、希尼尔、谢裕民、尤今、潘正镭、孙爱玲、原甸等都是1970、1980年代涌现的优秀本土作家。他们与马华文学一起,书写了东南亚华文文学史的重要篇章,也代表着东南亚华文文学的最高成就。

三、第三阶段(1990年代至今):老中青三代创作者齐聚,新生代创作的先锋性

1990年以来,东南亚华文文学面临的危机大于挑战。在印尼、泰国、缅甸、越南、老挝、文莱等地,华文文学虽有创作,如泰国作家司马攻、姚宗伟、梦莉、岭南人、洪林等,但总体来说,这些国家没有诞生能够真正反映时代变化的厚重之作。相比较而言,马来西亚、新加坡两国在文学创作上取得了优秀的成绩。

马华文学的小说方面有商晚筠《七色花水》、潘雨桐《河岸传说》、温祥英《清教徒》;散文方面有温任平《文化人的心事》、小黑《寻人启事》等佳作。其中,李天葆、黎紫书的作品更是当代马华文学的代表作。李天葆《盛世天光》(2006)以女性历史为线索,构建出一条明显的南洋女史谱系,讲述了梅苑酒家的兴衰历史。他的小说有着强烈的怀旧风格。他对南洋服饰、南洋食物和南洋节庆礼俗的描写,深入地展示了旧南洋的历史风貌。李天葆由此被认为是张爱玲在东南亚地区的文学传统继承者。与李天葆同时期崛起的黎紫书,她以魔幻现实主义的艺术手法开启了对南洋社会生活描写的先锋性实践。2011年她的长篇小说《告别的年代》以一种崭新的写作姿态突破了自己前期创作的窠臼。小说通过3个故事串起马来西亚华人百年历史,寻找动荡岁月中底层人民坚韧的生命力,展示出融入历史的及民间生活的力量。而2020年出版的长篇小说《流俗地》娓娓述说了一个盲女和一座城市的故事,堪称当代马华文学的杰出代表。值得注意的是,马华新时代的文学一直是"字辈"辈出。以花踪获奖作家的出身年代为例,郑羽伦(第13届花踪文学奖新秀组新诗首奖得主)、蔡绮琳(第11届花踪文学奖新秀组小说首奖得主)、卢姵伊(第11届花踪文学奖新秀组散文评审奖得主)、李晋扬(第12届花踪文学奖新秀组小说评审奖得主)等等,这些"9字辈"(指1990—1999年出生的)作家的涌现,让马华文学后浪强劲。

马华文坛有着一支重要的海外军团,那就是饮誉世界华文文坛的中国

台湾马裔作家。他们通过台湾当局的"侨生政策"进入台湾地区各大学深造。之后一部分回到了马来西亚,成为马华文坛的重要力量;另外一部分则留居中国台湾,搭建了马华当代文学的延伸板块。综合考虑旅台作家的赴台时间、成名时间和年龄因素可将他们分为三代:第一代的马华旅台作家包括黄怀云、刘祺裕、张寒、星座诗社成员(陈慧桦、林绿、王润华、淡莹等)、神州诗社成员(温瑞安、方娥真、黄昏星和周清啸等)、李有成等。他们的文学活动集中在1960年代、1970年代。第二阶段的旅台作家主要有李永平、潘雨桐、商晚筠、张贵兴、张锦忠等,其文学活动集中在1970年代末、1980年代初。第三阶段的旅台作家,指的是1980年代末、1990年代初开始活跃在中国台湾地区文坛的旅台生,其代表有林幸谦、黄锦树、陈大为、钟怡雯、辛金顺等。马华旅台作家群的作品艺术价值很高,其中有老一代作家李永平的长篇小说《吉陵春秋》《海东青》《大河尽头》、张贵兴的《猴杯》《群象》《赛莲之歌》,更有新一代作家黄锦树的小说、陈大为的新诗和钟怡雯的散文,从而构成了华语文坛一道靓丽的风景线。

新加坡虽只是一个靠近亚洲中南半岛最南边的蕞尔小岛,但从历史层面来看,新加坡一直是东南亚区域最重要的地点。从文学层面来看,新加坡文学一直是东南亚文学的重要力量。在分家(1965年新加坡脱离马来西亚联邦独立)之前,传统意义上的马华文学因为马来亚(槟城、吉隆坡、麻坡等)的文学创作实绩不强,其主要创作力量集中在新加坡。前文所提到的新马文学的老一辈作家中,不少人在1990年代还有创作,如王润华、淡莹、黄孟文、骆明、陈瑞献、郭宝崑、蓉子、英培安等。而新加坡建国后成长起来的中生代作家原甸、希尼尔、谢裕民、孙爱玲、张曦娜等,以及新生代作家柯思仁、梁文福、陈志锐、韦铜雀(吴耀宗)、刘碧娟、殷宋玮、黄浩威等,他们的创作面向更加多元,创作内容更加丰富。其中的代表作品有英培安的小说《骚动》《画室》《戏服》、谢裕民的小说《M40》、郭宝崑的话剧《郑和的后代》《阿公肉骨茶》《灵戏》等等。

回顾发展历程,东南亚华文文学一直在"国族认同"、"本土意识"与"现代性追求"三重视野中寻找着自己的努力方向。

"国族认同"即东南亚华人在东南亚地区坚持传承中华文化,坚持自己族群的文化特性。正因为东南亚各国华文教育的被压制的处境,华人文化传统的流失成为东南亚华人作家演绎的重要主题。以新加坡为例,在1965年建国后,新加坡必须调整自己的生存姿态,这么多年的社会转型和国家变迁让这个国家的方方面面发生了翻天覆地的变化。新加坡政府用了40多年的时间来打压华校和华文教育,特别是 1980 年关闭南洋大学事件,斩断了华人中文高等教育的路。虽然 1987 年出台了特选中学政策,但华文教育之殇一直都是当代新加坡华人作家的伤痕记忆。新华作家郭宝崑、英培安、张曦娜、谢裕民、希尼尔、王昌伟、黄浩威等几代华人都在他们的作品中不断书写着这个主题。同时期的东南亚其他各国都在接续中华民族之根,如菲律宾——"在现阶段的新环境中,我们深深地认识我华人华裔大多数均来自华夏故土,拥有优良的文化种子和高尚的传统美德,文化源远流长,根基深厚,历久弥新。因此,无论侨居任何地域,即使历经艰难浩劫,我们还是极坚韧奋斗,屹立不堕,以至今日成为海外华人一股不可忽视的力量,此当为无可争论之事实。……我们认定文化为文艺的根干,文艺为文化的花果,文艺如能滋长推广,更可促成中华文化之丰厚弘扬,而造成国民之优秀品质,到处受尊崇欢迎"①。

"本土意识"指的是二战之后东南亚华人参与所在地区的建国历史,创作本体意识发生变化,文学表现形态也随之变化。东南亚华文文学一方面吸收中华文化的传统,一方面根植于东南亚土地,凸显出很强的本土意识。从东南亚文学的历史来看,东南亚华文文学的本土意识起源于 1927 年,当时的张金燕就呼吁文艺创作者要书写南洋题材。后来,郁达夫、胡愈之还先后分别于 1939 年、1948 年引发过关于本土性的论战。这些论战一直持续到 1948 年。马华本土作家与南下文人争论的核心本来是简单的题材选择问题,但因为中间夹杂着意识形态之争,立场不同的两派文人将其弄得沸沸扬扬。到了 1990 年代,特别是 1997 年 11 月 29 日马华文学国际学术研讨会在吉隆坡召开,具有赴台湾地区求学背景的马裔学者黄锦树、林建国提出了"断奶说",强调马华文学要疏离中国文学,建立自己的文学传统。这种观点被马华本土作家叶啸、陈雪风、陈应德、陈鹏翔,中国学者黄万华等人当场质疑。今天看来,20 世纪前半期的"马华文学的独特性"是意识形态之争的产物,20 世纪后半期的"马华文学断奶说"则是有赴台湾地区求学背景的马裔学者们的一次作秀。不论马华文学还是东南亚华文文学,从文学历史的传统来看,与中国文学的关系是绝对断不了的。

"现代性追求"指的是随着东南亚各国走上独立之路后,因为创作者所属的代际不同,东南亚各代作家面对历史的心态以及由此建构出来的创作

---

① 《我们的信心与期望》,《菲华文坛创刊号》1984 年 1 月,马尼拉:光年印务公司 1984 年版,第 2 页。

图景发生了巨大的变化。特别是 21 世纪以来,多元语言、多元文化的社会现实,以及全球化浪潮的影响,东南亚华文作家在建构社会与文化意识、协商自我认同的过程中所面对的挑战是巨大的。对东南亚新生代作家而言,在创作主题、艺术表现形式方面进行新的突破,成为他们追求作品现代性的一个重要动因。英培安的历史反思(《骚动》《画室》)、温祥英的同志书写(《清教徒》)、谢裕民的元小说叙事(《安汶的假期》)、黎紫书的后现代艺术手法(《告别的年代》)、李天葆的怀旧叙事(《盛世天光》),一一彰显了东南亚华文小说的创作实绩。另外,柯思仁的地球村意识(《如果岛国,一个离人》)、黄浩威的存在主义(《查无此城》)、翁弦尉的意象主义(《不明生物》)等,也是践行西方(后)现代主义的散文和新诗经典,在当代华语文学界都占据着重要的地位,代表着东南亚华文文学的创作实绩。

东南亚华文文学与中国文学(文化)之间的关系是复杂的,二者始终不可分割。庄华兴在讨论马华文学与马来国家文学关系的时候,认为"今日马来西亚'华族'或'华人'几乎已褪尽了战前那袭中国民族主义的外衣。但这并不表示马来西亚华人面对认同危机,或完全泯灭民族意识。社会人类学家已经告诉我们,文化认同具有多重性与复杂性。独立建国以后,多元认同向来是马来西亚华人的精神取向。他们坚信'华族'和'马来西亚国族'可以兼容无悖。对外,他们是马来西亚人;在内,他们是华人。同样,马华文学与国家文学的关系也可以从这个角度理解"①。他预测,随着年轻华人学子的双语水平的提升,未来马来西亚华人中会出现兼具华文、马来文写作能力的双语型作家。朱崇科痛感世界华文文学研究界过分追求宏大叙事,提出应更强调"区域的文学本土性",认为"马华文学在新、马立国之前其实更大程度上都是移民文学,但是它们可以慢慢演变成一种本土文学,所以说,本土本身应当是开放的,也是离心的和向心的辩证过程"②。而马华本土学者许文荣则从"文化认同"的角度提出,"一个离散的族裔,往往对于祖辈文化存有更多的想象和记忆,尤其是在面对外在势力的打压时,他们往往更加拥抱传统……当然在今天这礼赞跨国越界的后民族主义时代,传统文化已经不再是马华族裔的唯一参照,他们有机会获取更多的文化与精神资源,反过来

① 庄华兴:《代自序:国家文学体制与马华文学主体建构》,《国家文学——宰制与回应》,吉隆坡:大将出版社 2006 年版,第 16 页。

② 朱崇科:《绪论:文学空间诗学与区域特质》,《考古文学"南洋":新马华文文学与本土性》,上海:上海三联书店 2008 年版,第 6,8 页。

运用这些资源反思传统"①,应更强调马华文学本体发展中对中华母体文化
返本开新、继往开来的创造力。

---

① 许文荣:《马华文学类型研究》,台北:里仁书局 2014 年版,第 283 页。

第一章　中国文人的南传路径：
以百余年东南亚旧体诗创作为线索的研究

关于新诗和旧体诗的争论，自五四运动以来不曾停息。陈独秀、胡适等提倡新诗，认为"诗的音节是不能离开诗的意思而独立的"[①]，唯有新诗才能做到。"唐宋诗人做的双声诗和叠韵诗，都只是游戏，不是做诗。"[②]同时，反对者也很多。如章太炎在答复黄家澍的信中就说："白话诗原不始今人，元、白已往往有之。鄙人所反对者，在其无韵，不在其用白话。故以史思明《樱桃诗》为诮。大抵诗必永言，节奏既长而无韵以谐之，则听之必不入耳，是古人无无韵之诗也。且诗果无韵，咏史即与史论不异；凡咏山川风景，叙述行路艰难，即兴游记不异，何必名之为诗也？"[③]一晃百年过去了，胡适《尝试集》出版迄今，新诗固然是在蓬勃发展之中，但旧体诗一脉也并未因此而中断。

华文旧体诗创作在东南亚已有 100 多年历史。以新马文学为例，可从李庆年的《马来亚华人旧体诗演进史（1881—1941）》（上海古籍出版社，1998年）中找到根据。该书以刊登在新加坡和马来亚华文报章的旧体诗为研究对象，指出现时最早可见的报章作品是张汝梅在 1887 年 12 月 19 日刊登于《叻报》的四首绝句。但作者同时提出华人在新、马创作旧体诗的年代应该更早。因为创刊于 1881 年的《叻报》，头六年的资料已经散佚了；而清政府

[①]　胡适：《〈尝试集〉再版自序》，《胡适文存》卷 1，上海：亚东图书馆 1928 年版，第 290 页。

[②]　胡适：《〈尝试集〉再版自序》，《胡适文存》卷 1，上海：亚东图书馆 1928 年版，第 289—290 页。

[③]　章太炎：《与黄家澍一通》，马勇整理：《章太炎书信全集·书信集》，上海：上海人民出版社 2017年版，第 1198 页。

第一任新加坡领事官左秉隆①亦早已在 1881 年抵新后开始创作,并创立了会贤社这一诗文组织。李庆年又指出刊登在各种报刊上的旧体诗作,总数达到五万首。再如菲律宾的旧体诗创作,"自清末民初乃至日寇侵华、南进期间,海外诗人身处夷域,集国仇、家恨、乡愁等复杂心情,无不因时因地而发,在诗词中尽情倾诉。仅菲岛一地,当时即有'籁社''南薰吟社''逆旅大同盟'等诗社组织,及《艺林》《海啸》各诗刊出版。旅菲闽南诗人,如吴道盛、陈明玉、王士寒、柯子默、杨虚白、黄宜秋、林棠棣、女诗人张纫诗等,皆当年骚坛之佼佼者"②。另外,李淡也先后出版了辑录其旧体诗的《李淡诗词钞》《李淡诗词手书》。③ 总的来看,东南亚旧体诗词一直都是一种不可忽视的存在,尤其新、马在二战沦陷时期,文人在抗战和流离状态中写作的汉诗更烙印了生命的刻痕,南下的著名五四作家郁达夫就留下不少哀婉深刻的南洋汉诗;星洲报人谢松山的系列关于星岛沦陷与战后审判经历的竹枝词,战后以《血海》的汉诗集形式刊印;任教于槟城钟灵中学的管震民,其诗集《绿天庐吟草》见证了他在槟岛战争时期的生命光景。这些都是烽火岁月下具有纪史意义的诗歌题咏。④ 诗人个体、诗社群体的创作在东南亚延续百余年,遗珠甚多。"这些散落于民间的汉诗创作,虽怀抱着文学与文化热情,展现旧体诗词的生命力,毕竟已属个人的文学品位和兴趣,难以跟主流的文学环境对话,也没有引起太多马华文学研究者投入研究,相当可惜。"⑤时过境迁,东南亚旧体诗词已成为该地区文学版图的重要部分,我们从中可窥见南

---

① 左秉隆(1850—1924),字子兴,汉军正黄旗驻防广州的旗人。1864 年入广东同文馆学习英语及地理数学。1872 年入北京同文馆深造。1876 年毕业后担任北京同文馆英文兼数学副教习。1878 年担任总理衙门奏保都察院都事(五品衔);同年曾纪泽出任使英法大臣时,担任曾纪泽的驻英使署翻译官。1881 年被派驻新加坡,担任正领事官(四品衔),1890 年 11 月回国,任期长达十年。因赴香港出任领事官未成行,1894 年,两广总督李瀚章派任他为广东洋务处总办。1903 年,总办广东满汉八旗学务。1904 年,赴京任外务部头等翻译官。1905 年,担任清廷五大臣赴东西洋考察政治时的头等参赞官,与英国国会议员商讨禁烟问题。1907 年,左秉隆再度担任驻新加坡总领事官。1910 年 9 月辞去领事一职,居于新加坡。1916 年 9 月回到广州定居。1924 年 4 月卒于广州。
② 陈志曾:《序》,《陈明玉吟稿》,香港:品质印刷有限公司 1996 年版,第 6 页。
③ 《李谈诗词钞》由福建海峡文艺出版社 1994 年出版,《李谈诗词手书》由爱达印务出版机构 2009 年出版。
④ 高嘉谦:《创伤、认同与华教记忆:论马华汉诗人管震民》,《成大中文学报》2021 年 12 月总第 75 期,第 131—160 页。相关研究还有林立:《亦诗亦史:描述新加坡日占时期的旧体诗集〈血海〉》,《清华学报》2017 年第 47 卷第 3 期,第 547—589 页。高嘉谦:《谁续广陵散亡曲:论 1950 年代马华汉诗的认同与转向》,"跨越 1949:文学与历史国际学术研讨会",台湾"中央"大学、东华大学、南洋理工大学联合主办,2016 年 12 月 25—26 日。
⑤ 许文荣、孙彦庄主编:《马华文学十四讲》,吉隆坡:马大中文系毕业生协会 2019 年版,第 12 页。

来作家的创作特色、知识分子精神和文化中国意识等。

第一节　晚清外交使节与文学南传：左秉隆《勤勉堂诗钞》

晚清驻新加坡领事设置起源于 1877 年 10 月 5 日，由本土乡绅胡璇泽出任，终于 1911 年的苏锐钊，共计 35 年。其中任职时间最长的是左秉隆，他分别于 1881 年 8 月到 1891 年 10 月、1907 年 10 月到 1910 年 9 月前后两次出任清政府驻新领事，合计 13 年。左秉隆是晚清派驻新加坡的第一位正式的领事官。作为洋务派官员，左秉隆经历着晚清危局。在新加坡，他以弱国领事官的身份为当地华侨争取政治权益。作为精通中英两种语言的诗人，他一方面拿出自己的薪俸创立文社，扶植新加坡本土文人的成长；另一方面亲身示范，创作出了数百首诗歌作品，影响着新加坡文坛的创作风气。左秉隆的第一个任期正处于晚清洋务运动的高潮时期，新加坡华人移民对清政府还是满怀期待的，也爱戴着派驻到新加坡的领事官。但到了第二个任期，经历了中日甲午战争、庚子事变之后的清王朝腐朽不堪；同时，革命党人的理想已经由国内传播和影响到海外。前后两个时期、两种境遇，也使得左秉隆的诗歌中有着不同的主题和内容。这些创作也展现着清末中国旧派知识分子感时忧国的心境。

作为驻新领事，左秉隆鞠躬尽瘁；作为知名诗人，他的诗作也传于后人。林立认为："左秉隆的作品，诚然将'南洋主题'透过'炎荒''荒岛'等词汇带入了中原视域，但实际上他在'南洋色彩'的营塑方面，既没有下什么功夫，亦没有像后来新加坡本土的文人那样有意识地去提倡。或许这是因为他对新加坡缺乏归属感，以及开创诗风的企图心不大。这方面的不足，要等到黄遵宪，以及邱菽园等流寓本土的诗人才得到填补。尽管如此，他仍是新马华文文学的先驱，当地的文学史论述中，开首的几页，始终不能缺了他的名字。"①左秉隆作为首任清政府派驻新加坡领事，正是以他丰富的社会活动和扎实的文学创作影响着早期的新加坡华人社会和知识分子团体，也奠定了他在海外华人文学与文化研究史上的重要地位。

谈到左秉隆，必须要谈的是清政府在新加坡开设领事馆的历史背景。左秉隆乃驻防广州正黄旗汉军忠山佐领下人，同时也是广东同文馆的高才

---

① 林立：《使节、诗人、迁客：论左秉隆及其〈勤勉堂诗钞〉》，萧国健、游子安编：《1894—1920 年代：历史巨变中的香港》，香港：珠海学院香港历史文化研究中心/啬色园 2016 年版，第 160 页。

生。同文馆附设于总理各国事务衙门，为晚清培育翻译人才的地方。馆内分设英文、法文、德文、俄文、日文五班，学生专习一种外国语并作为主课，同时也有国文、数学、格致、化学等科目。左秉隆在国文馆学习时，总教习是美国人丁韪良①。左秉隆与汪凤池、汪凤藻②兄弟，同归丁韪良指导，修习英语。后汪凤藻、汪凤池兄弟二人步入仕途，左秉隆以同文馆学生身份担任英文副教习。

　　1878 年 10 月，左秉隆随曾纪泽③出洋，任英文三等翻译官。在长时段的接触中，曾纪泽对左秉隆的能力有了相当的认识："夜饭后与左子兴一谈英人语言文字，条例繁多。曰实字，天地日月之类是也。曰依赖实字，大小长短，精粗美恶，一二三四之类是也。曰动字，试听言动之类是也。曰依赖动字，如此太甚所以然后之类是也。曰名称字，彼我吾侪尔曹之类是也。曰位置字，来自往至之类是也。曰相连字，然而以及因为抑或之类是也，曰太息字，噫嘻吁嗟之类是也，有专书以论列之。子兴考论其例甚精，非余所及。"④曾纪泽对左秉隆非常赏识，认为"芝房与左君子兴皆馆中通英文生之佼佼者，年富而劬学，兼营而并骛，亦既能典证旁通，启牖后进矣。纪泽使于欧罗巴洲，求才于馆以匡助余。子兴忻然就道，芝房方欲以词章博科第，则姑辞不行。二君者，出处不同，其为志趣之士则一也"⑤。1880 年 7 月，驻新加坡领事馆候选道胡璇泽因病出缺，曾纪泽上疏推荐左秉隆补之。左秉隆

---

① 丁韪良(1827—1916)，字冠西，号惠三。1846 年毕业于印第安纳州大学，入新奥尔巴尼长老会神学院研究神学。1849 年被按立为长老会牧师。1850—1860 年在浙江宁波传教。由于他熟谙汉语，善操方言，1858 年中美谈判期间，曾任美国公使列卫廉译员，参与起草《天津条约》。1865 年为同文馆教习。1869 年辞去美国北长老会教职。于 1869—1894 年任同文馆总教习，并担任清政府国际法方面的顾问。1885 年得三品官衔。1898 年又得二品官衔。1898—1900 年任京师大学堂总教习。丁韪良在华工作 62 年，担任北京同文馆和京师大学堂负责人超过 30 年，有"基督教的利玛窦"之誉。
② 汪凤藻(1851—1918)，字芝房、云章。江苏元和人，同文馆英文班毕业生。曾为译书纂修官。1883 年授翰林院庶吉士。1891 年 7 月 29 日以翰林院编修赏二品顶戴署理驻日钦使。1892 年 7 月 9 日正式被任命为驻日钦使。1894 年 7 月 25 日甲午战争爆发，汪凤藻于 7 月 29 日回国，绝意仕途。1902 年 9—10 月曾任上海南洋公学总理。
③ 曾纪泽(1839—1890)，字劼刚，湖南湘乡人，清代著名外交家，曾国藩次子。同治九年(1870 年)由二品荫生补户部员外郎。光绪三年(1877)袭一等毅勇侯。光绪四年(1878)出任驻英、法大臣。光绪六年(1880)兼驻俄大使，改崇厚已订之约，收回伊犁和特克斯河地区。光绪九年(1883)中法战争时，力与法人争辩。光绪十二年(1886)归国，官至兵部左侍郎。光绪十六年(1890)去世，追赠太子少保，谥号"惠敏"。后人辑有《曾惠敏公全集》。
④ 曾纪泽：《曾惠敏公使西日记·日记卷一》，《续修四库全书·史部·传记类》，上海：上海古籍出版社 1995 年版，第 24 页。
⑤ 曾纪泽：《曾惠敏公使西日记·日记卷一》，《续修四库全书·史部·传记类》，上海：上海古籍出版社 1995 年版，第 24 页。

遂于 1881 年 8 月初领命赴任。曾纪泽赠诗二首："花萼初春日未中，左郎夭矫气成虹。藏身人海鸡群鹤，展足天衢凤勒骢。涵养生机宜守朴，指挥能事莫矜功。旅亭无物装行箧，赠汝箴言备药笼。""外阪盐车岂足多，骅骝屏不与同科。苦瓜鹳垤赓零雨，酸枣龙渊塞溃河。顾我自嗟还自笑，喜君能饮又能歌。三年欢会驹过隙，不尽深杯奈别何。"① 另外，曾纪泽 1884 年奏保左秉隆为直隶州知州分省尽先补用，刘瑞芬奏保他以知府分省尽先补用并加盐运使衔，薛福成奏保他以道员分省先用并加布政使衔等等，这些举荐足见左秉隆与晚清洋务派之间的患难之交。

从与晚清洋务派重臣曾纪泽、薛福成、郭嵩焘、汪凤池、汪凤藻等人的交往，以及晚清政府延聘十年之举来看，左秉隆颇得晚清高层的信赖。当时清政府外派领事很少，官阶极高。到了 1898 年，"中国领事之驻外洋者，在英则有新嘉坡领事。在美则有旧金山总领事、有纽约领事。在西班牙则有古巴总领事、有马丹萨领事。在秘鲁则有嘉里约领事。在日本则有长崎横滨神户三处领事，有箱馆副理事，职责殊重"②。当时总理衙门有规定：凡出使各国大臣，自到某国之日起，以三年为期，年满奏奖，如有堪留用者，应由接办大臣酌留，倘不能得力，亦即撤回。③ 而左秉隆深得曾纪泽赏识，曾纪泽一再奏请让左秉隆续聘："该处领事有联络邦交、保护民商之责，非谙练洋务、深悉地方情形之员，不足以资镇抚。……此次左秉隆三年期满，例应由臣拣员补充。臣再四思维，求如左秉隆之熟悉该洲情形，能自树立者，一时实难其选。"④

明清两代实施海禁，直到《北京条约》签署后，清政府才准许子民自由出洋。海禁时期风起云涌，东南亚殖民地林立。以英属马来亚为例，英国于 1786 年 8 月占领槟榔屿，1819 年 1 月占领新加坡。19 世纪中期开始，大量新加坡华人都是通过苦力贸易进入此地。据学者研究，1823 年新加坡就有了契约华工的存在；鸦片战争之后，大量华人苦力被拐骗到东南亚。⑤ 值得注意的是，虽然清政府在《中英北京条约》签订后准许西方列强在中国合法招工，且允许中国人自由出洋，但一直到 1893 年薛福成上奏废除旧有海禁

---

① 转引自朱杰勤：《左秉隆与曾纪泽》，《南洋杂志》1947 年 2 月第 1 卷第 4 期，第 75 页。

② 薛福成：《通筹南洋各岛请设领事官保护华民疏》，邵之棠编：《皇朝经世文统编·卷七十八·洋务十·外洋通论四》，台北：文海出版社 1980 年版，第 48 页。

③ 冯桂芬：《重专对议》，《校邠庐抗议》，上海：上海书店出版社 2002 年版，第 58—59 页。

④ 曾纪泽：《恳留新加坡领事疏》，《续修四库全书·史部·诏令奏议类》，上海：上海古籍出版社 1995 年版，第 15—16 页。

⑤ 崔寒强编著：《东南亚史》，新加坡：联营出版有限公司 1965 年版，第 211 页。

令以鼓励人民出洋谋生，或佣工或经商来回馈国家、支持建设，并且奏请清廷保护及联系海外数百万华侨，海外华人才开始领取护照，得到清政府的庇佑。①

与清政府慢悠悠地护侨设领的外交举措相比，东南亚华人社会的发展是迅速的。1874 年福建巡抚王凯泰提到"华人之在外洋者，闻暹罗约有二三十万，吕宋约有二三万人，新加坡约有十数万人……此系统经商佣工并计之。若于遣使之外，更选才干官员分往各处，如彼国之领事，妥为经理，其重大事情仍由使臣核办，凡经商贸易皆官为之扶持调护……果能官为联络，中国多得一助，即外国多树一敌，而中国之气日振，外国之气日弱矣"②。到了1886 年，张之洞派工荣和、余璠等人查访南洋各岛，其中谈到"其抵新加坡也，与原设领事左秉隆往见坡督各官，礼意尚恰。该处华民十五万人，富甲各埠，除衙舍公产外，所有实业，华人居其八，洋人仅得其二。……至马六甲、槟榔屿两处，与新加坡相连，华商居多，生意繁盛"③。从上可见，清政府解除海禁、英殖民者开始苦力贸易、左秉隆出任新加坡领事之时，新加坡华人正处在一个特殊的历史背景下。

在左秉隆履职之前，新加坡前两任领事并没有在提高华人民族意识方面努力，所以当左秉隆看到新马华人与华族文化疏离的状况时感到痛心："本坡之人，每喜其子弟诵习英文，而于华文一端，转从其略。"④1881 年，路过槟榔屿的马建忠与当地华商见面后提及："言语不通，以英语问讯，但伊等英语又不能深解。"⑤左秉隆则中英文俱佳，而且熟习闽粤方言。宣扬大清国威，安抚海外华人，培养他们的忠君爱国思想成了左秉隆前后 13 年总领事生涯的重中之重。正如其诗歌所云："欲授诸生换骨丹，夜深常对一灯寒。笑余九载新洲住，不似他官似教官。"⑥

在新加坡时期，为了应对英国殖民者的"华民护卫司"（Chinese Protectorate）——该组织力图分化华族以争取华人效忠殖民者，作为弱国的驻外领事，同时又是深受洋务运动影响和洋务派领袖提携的驻新领事，左

---

①　薛福成：《请豁除旧禁招徕华民疏》，沈云龙主编：《近代中国史料丛刊》正编第 943 号《庸庵文编》，第 3 册，台北：文海出版社 1967 年版，第 1172 页。

②　宝鋆等修：《筹办夷务始末（同治朝）·卷九十九》，北京：中华书局 2008 年版，第 49—50 页。

③　《粤督张之洞奏访查南洋华民情形拟设小吕宋总领事以资保护折》，王彦威纂辑：《清季外交史料》，北京：书目文献出版社 1987 年版，第 22 页。

④　《叻报》1889 年 1 月 19 日。

⑤　马建忠：《南行记》，《小方壶斋舆地丛钞补编再补编》，台北：广文书局 1964 年版，第 7 页。

⑥　左秉隆：《为诸生评文有作》，《勤勉堂诗钞》，新加坡：南洋历史研究会 1959 年版，第 243 页。

秉隆在这一时期还担负着为清政府代言的重任,以及培养海外华人对祖国的感情的重要职责。为了促进华人对清政府的认同,历代中国驻新领事都会在当地华文报上进行大幅报道。如:"万寿无疆 二十六日为我大清国大皇帝万寿圣节之期,凡我华人例应恭祝……现闻领事府署业出红示,通知绅庶,凡我华人店户,于是日里宜张灯结彩,共庆万寿无疆,并闻左子兴都转,定于是早七点钟,联集绅商在领事府署内行礼,想借期衣冠济济,同伸恋阙之诚,亦可见华人效义幕忠,以开海邦风化者也,务期踊跃敬以录闻。"①这种皇帝和太后的寿辰庆典每年都有,扩大庆典的影响力是驻新领事的重要任务。每有清政府官员来新,接待活动都办得轰轰烈烈。在左秉隆任领事期内到访的重要人物有王荣和与余璂(访查南洋各地华民情形,1886)、邓世昌(北洋舰队采购粮煤,1887)、洪钧(驻德俄奥荷等国大臣,1887)、张荫桓(出使美日秘大臣,1889)、梁廷赞(驻旧金山总领事,1890)、薛福成(驻英法意比四国四国公使,1890)、丁汝昌(北洋舰队正统领海军提督,1890)、杨士琦(农工商部侍郎,1907)、王大贞(农工商部员外郎,1909)等等。这些重要人物的接待活动在新加坡都被大加宣传,以振国威。北洋舰队曾三次来新加坡,两次在左秉隆任上。以第二次为例,1890 年 4 月 3 日,6 艘北洋舰队战舰抵达新加坡,华人无不感到欢欣鼓舞。左秉隆和华商们热情款待丁汝昌,在驻新领事府设宴。新加坡侨生代表还在宴会上致辞,称自己"生长海外,而寸心不忘君父,目睹战舰来访,不胜欣慰"②。这些都极大地增进了新加坡华人对祖国的认同感,有助于凝聚海内外华人的爱国之情。

左秉隆的重责还包括动员南洋华人筹款资助清政府。侨汇一直是南洋华人资助祖国亲人的重要手段。在大灾之年,清政府国库匮乏的情况下,发起募捐的重任就落在驻新领事身上。左秉隆也肩负了此项重任,如"兹将左子兴(秉隆)都转所给该委员开办的告示照录于后:领事府示,顺直奇灾,惨不忍闻,凡属仁者,心皆如焚,今李委员,来叻劝赈,携有实收,事堪凭信,章程推广"③。蔡佩蓉认为中国驻新领事在清政府实行劝捐的政策上起到了重要作用,"指出他们不仅要负责统筹各种捐款活动的策划、接待来叻宣传的官员,还要带头捐钱于一些赈灾的活动,金额大概从五十元到上百元都

---

① 《叻报》1888 年 8 月 3 日。
② 《叻报》1890 年 4 月 8 日、4 月 10 日。
③ 《叻报》1890 年 11 月 17 日。

有,其用意主要是有象征性的指向,以吸引华民的捐款"①。

为了推行教化、培养文风,左秉隆莅任之后,第一个文化贡献便是兴办义学,设立文社和学会,以培养本土知识分子,强化本土华人对中国的认同感。在左秉隆的大力推动下,前后创办的义塾有培兰书室、毓兰书室、乐英书室、养正书屋等。当时"叻中书塾,除自请儒师以及自设讲帐者外,其余义塾,多至不可胜言"②;他又提倡设文会,推动并促成了会贤社、会吟社、雄辩会等的成立。尤其是会贤社,活动最多,每月都有"月课",由左秉隆出题课士。左秉隆将薪俸捐出来奖励参加比赛的学子,还亲自批改学生的作业。这些都鼓舞着当地士子学习中国文化。在他的倡导下,"坡中士子,无不以道德学问相砥砺,时文风不振;大家感奋之余,制了一个'海表文宗'的匾额送给他"③。由此可以看出会贤社对当时青年的巨大影响。值得一提的是,左秉隆英文极佳,善于跟当时英殖民地的几位总督,如哈利渥(1867—1887年任职)、史密斯(1887—1894年任职)沟通。特别是史密斯,他同情华人,本身又熟识中文和中华文化,为左秉隆的领事活动提供了极大的便利。

1889年3月,毓兰书室主持人王道宗,曾以"毓兰"二字公开征联。该活动反响热烈,共收到当地士人186联,由左秉隆担任评判,评定名次。之后,左秉隆还亲撰6副联句送给毓兰书室。为了继续推动新加坡本土文学创作,左秉隆又专门设立会吟社,使当地士人有个互相酬唱、互相切磋的场所。会吟社每月以二字为题征联,所有优胜诗联和得奖者名单除张贴在崇文阁围墙上,还会刊登在《叻报》上。左秉隆除负责出题和评阅外,也有示范之作。他总共举办了14期征联活动,先后有92人次获奖。④ "翘首望鳌峰,苍茫隔云树。嗟君与贱子,何以能把晤。虎啸风自生,龙起云即赴。应知会合间,冥冥有定数。往岁得孙吴,相见恨迟暮。岂知萍水中,复与君相遇。

①　蔡佩蓉:《清季驻新加坡领事之探讨(1877—1911)》,新加坡:新加坡国立大学中文系、八方文化企业公司2002年版,第88—89页。
②　《叻报》1890年3月13日。
③　陈育崧:《左子兴领事对新加坡华侨的贡献》,《勤勉堂诗钞》,新加坡:南洋历史研究会1959年版,第4页。
④　《毓兰书室联榜》,《叻报》1889年4月15日。

信哉闽多才,使我心倾慕。"①惜才爱才,提携后辈,这些都可以从他的组诗《赠力轩举②孝廉》中窥见端倪。

左秉隆的第二个文化贡献就是身体力行地参与本地诗歌创作,以诗会友,培养本土诗人。有论者这样总结左秉隆的诗歌风格:"我对于诗完全外行,实在没资格批评左子兴的作品,不过老友曾希颖所作的序文,对左君的诗有这样的评价:'辞不滞意,意能吸新,深入浅出,集元白苏陆诸家治为一炉,自见性情,随在挥写。'这是颇获我心的。左君的诗虽然不能成为名家,但'意能吸新,深入浅出'是做得到的。"③左秉隆曾自述其创作风格:"我诗向来无定宗,驱使鬼神走蛟龙。有时响细过丝竹,有时声壮过洪钟。有时一笔落千丈,有时天外两三峰。亦作押韵语录文,亦作樵夫渔叟歌。亦学娇娃唱采莲,亦学老僧念弥陀。元轻白俗卢仝怪,孟淡苏豪李贺奇。众美兼收一炉铸,信手拈来皆妙词。"④"我于古诗最爱陶,谓其可以继风骚。……二集赠我胜双珠,铭深肺腑怅隔面。何当风雨更连床,与子论诗共烛光。看我挥毫学拟古,可能上追陶潜下配杭。"⑤

就诗歌风格而言,效仿陶渊明的田园诗风是左秉隆诗歌的重要特点。

① 《赠力轩举孝廉(八首)》,《勤勉堂诗钞》,新加坡:南洋历史研究会1959年版,第9页。孙芷萧是左秉隆所创会贤社社友。《叻报》1890年9月24日刊有署名"沧瀛过客芷潇氏"所作之《绮怀》六首,又同年10月1日复刊有同名所作《小集新燕南口号赠□良明经》。是以知其笔名为"沧瀛过客"。吴席卿,据梁元生考究,即是吴锡卿,或即左秉隆所创会贤社中的吴达文。在该社月课中吴氏获奖最多,36次月课中24次上榜。1890年归国应考,文人多以诗歌送行,成一时佳话。参阅梁元生:《新加坡华人社会史论》,新加坡:新加坡国立大学中文系1997年版,第24页。
② 力轩举:力钧(1856—1925),字轩举,号医隐,福州人,光绪十五年(1889)举人。早年求学于福州致用书院,又从刘善曾、朱良仙学医。光绪三十三年(1907)东渡日本考察,著有《日本医学调查记》。宣统二年(1910),随公使赴英祝贺英皇加冕,并往德、法、瑞士、奥、意、俄等国考察。辛亥革命后避居天津。今人陈可冀编有《清代御医力钧文集》。光绪十七年(1891),力钧受新加坡华商吴士奇之邀为吴父治病,顺道至吉隆坡、霹雳州、苏门答腊等地游历,写成《槟榔屿志略》《古基德纪行》《南游杂录》等书。于光绪二十年(1894)受礼部之邀入京行医。后为御医,官至商部保惠司主事。左秉隆在新加坡成立会贤社提倡文教时,力轩举经常担任课卷评审。左秉隆又曾聘其为家庭教师。
③ 温大雅:《左秉隆的〈勤勉堂诗钞〉》,新加坡:《南洋学报》第15卷第2辑(1959年12月),第45—46页。
④ 左秉隆:《答客问》,《勤勉堂诗钞》,新加坡:南洋历史研究会1959年版,第32页。
⑤ 左秉隆:《刘少希以〈陶潜集〉及杭世骏〈岭南集〉寄赠,赋此以谢之》,《勤勉堂诗钞》,新加坡:南洋历史研究会1959年版,第34页。刘少希,名安科,字少希,号荫堂,清广州驻防汉军镶黄旗人。光绪十二年(1886)进士,官陕西知县。工诗,善画竹。杭世骏(1695—1773),字大宗,号董浦,别号智光居士、秦亭老民、春水老人、阿骏,浙江杭州人,室名道古堂。雍正二年(1724)举人,乾隆元年(1736)举鸿博,授编修,官御史。乾隆八年(1743),因上疏言事遭革职。乾隆十六年(1751)官复原职。晚年主讲广东粤秀和江苏扬州两书院。为清代经学家、史学家、文学家、藏书家。工书,善写梅竹、山水小品。著有《道古堂集》《榕城诗话》等。

如羡慕友人在神州的逍遥："吾生大不幸，独学无师友。性虽非下愚，胸中了无有。羡君能得师，循循资善诱。谢公既罕匹，林子尤寡偶。吾欲从之游，其奈有官守。临风想芳躅，悠然神往久。"①诗作中多表达对自由生活的向往："人生天地间，上寿百年耳。我今五十五，百年过半矣。往者既匆匆，来者亦如此。何不早寻乐，心为形役使。万事且随缘，其余不足理。醒后愿无忘，放怀从此始。"②更有甚者，左秉隆还直接作诗表达对陶渊明的孺慕之情，如："渊明令彭泽，本为贫而仕。但求免冻馁，讵肯久违己。在官八旬余，不待一稔已。情切奔妹丧，去志早决矣。岂为具申言，乃敛裳以起。辞作归去来，声兼诗骚美。流露从肺肝，夷旷真无比。似澹而非澹，似绮而非绮。令我百回读，弥觉其味旨。信哉晋文章，独有此篇耳。时方尚清谈，悟道者谁子。惟公返自然，心不为形使。所乐在天命，高词发妙理。堪笑世间人，萦情于青紫。折腰向小儿，曾不以为耻。明知昨日非，今日复如是。谁则肯回头，弃官如敝屣。得失两忘怀，脱然超尘滓。"③

作为清末著名的洋务运动的参与者，回忆和书写自己的海外见闻，以洋务派的胸襟展示新世界、新事物，这是左秉隆诗歌的重要内容之一。他曾作诗介绍古希腊伟大诗人荷马："西方有奇士，善讴名何默。生时窜七城，行乞无人识。死后骨争埋，纷纷讼不息。穷骨含幽芳，未朽谁能测。"④左秉隆也鼓励大家接收新信息、新事物、新名词，如"新理日以开，新思日以发。不有新名词，焉能意尽达。老宿拘守旧，誓欲斩藤葛。岂知创造功，未容概抹煞。我初亦恶之，目钉恨难拔。习久乃相安，喜其简而括。诚哉字训挈，生机不可遏"⑤，展示出洋务派"中学为体，西学为用"的胸襟。而作为晚清外交事业的重要参与者，他也在诗作中介绍自己的域外见闻，如："水浅知岛近，微波生嫩绿。双塔峙若门，石矶如带束。雪喷浪花飞，凭栏看不足。莫怪佛肯来，此间真绝俗。"⑥

① 左秉隆：《赠力轩举孝廉（之六）》，《勤勉堂诗钞》，新加坡：南洋历史研究会1959年版，第11页。"谢公"即谢枚如，亦即谢章铤（1820—1903），福建长乐人。光绪三年（1877）进士，官内阁中书。后绝意仕进，主讲陕西同州、丰登书院。光绪十年（1884）任江西白鹿洞书院山长。著有《赌棋山庄全集》。"林子"即林欧斋，名寿图，字颖叔，号欧斋，福建闽侯人。道光二十五年（1845）进士。由京兆尹外放，累官至陕西布政使，署巡抚。著有《黄鹄山人诗钞》十八卷。

② 左秉隆：《醉后吟》，《勤勉堂诗钞》，新加坡：南洋历史研究会1959年版，第12页。

③ 左秉隆：《读陶渊明〈归去来辞〉书后》，《勤勉堂诗钞》，新加坡：南洋历史研究会1959年版，第27页。

④ 左秉隆：《何默》，《勤勉堂诗钞》，新加坡：南洋历史研究会1959年版，第26页。

⑤ 左秉隆：《新名词》，《勤勉堂诗钞》，新加坡：南洋历史研究会1959年版，第13页。

⑥ 左秉隆：《将抵锡兰作》，《勤勉堂诗钞》，新加坡：南洋历史研究会1959年版，第17页。

就诗人身份来说,如何让旧体诗跟上时代的脚步,产生一些新的艺术价值,这是左秉隆努力的方向。"西人尚武亦崇文,金铸诗王米尔敦(笔者按:弥尔顿)。谓其功不亚名将,有句皆能泣鬼神。顾诗不易成家数,学必极博情必真。句法修短须合度(笔者按:西文一字,音有多少之不同,句法长短相间,长句音多,短句音少,长与长者,短与短者,音必取其相等),声韵和谐无夺伦(笔者按:诗亦押韵,取字尾一音相同者为韵,但无四声)。泰西儒士百千亿,能以诗鸣无几人。我昔秉旌驻息岛(新加坡一名息力),西报征诗题额新。限韵更杂以蛮语(韵脚一字限用巫来由语),许酬润笔鼓吟身。我戏为之聊遣闷,被人窃去献班门。执牛耳者大加赏,赢得诗名报纸存。"①这首诗中,中西诗文韵律皆通,代表着南来文人在新加坡的一种在地文化尝试,除了推动南来文人在地化之外,也为本土文人的文学实践提供了一个榜样。

左秉隆在诗歌中经常抒发弱国外交官感伤忧国的情怀,同时也在很多诗歌中抒发自己的人生理想与抱负。感伤忧国是清末爱国知识分子的共同心声,而导致清末危局的"鸦片""鸦片战争"是他们的心结:"罂粟花,烂如霞。昔栽遍印度,今施及中华。两国腴田无数顷,都将罂粟换禾麻。朝采罂粟浆,暮采罂粟浆。浆制成膏名鸦片,一日耗销千万箱。上至王公下仆隶,无人不叹鸦片香。鸦片香,众争尝。郭家金销一星火,乌获力尽一尺枪。呜呼此祸苟不除,中原何日能富强。罂粟弛禁真良策,俗儒浅见不谓良。岂知攻毒须用毒,不禁之禁禁反速。我为天下吸烟人,发此狂言当痛哭。"②左秉隆有抒发救国理想和抱负之诗,如"猛虎不发啸,人将以汝为黄犬。神龙不奋吟,人将以汝为白鳝。我今振笔试直书,聊吐胸中魂礌使之尽消除。君且听,我且歌,我生劳碌竟如何。……岁在己卯仲冬月,天子遣使驻英法。矫矫湘阴曾习侯,道义之交与余洽。相携万里西极西,天风海涛为我发。……胡为乎拘在大洋孤岛里,七年八年不放彼。长歌一曲天地空,余音震耳三日聋"③。

① 左秉隆:《戏作番诗》,《勤勉堂诗钞》,新加坡:南洋历史研究会 1959 年版,第 55 页。其中"笔者按"为原文所注解。另外,蔡钧《出洋琐记》光绪十年甲申三月初一日记云:"左司马(秉隆)出感怀诗见示,缠绵跌宕,情韵斐然。司马既精英文,而汉文又如此超卓,殊令人钦羡无已。"足见左秉隆曾创作英文诗,对英诗韵律相当了解。
② 左秉隆:《罂粟花》,《勤勉堂诗钞》,新加坡:南洋历史研究会 1959 年版,第 35 页。
③ 左秉隆:《我且歌》,《勤勉堂诗钞》,新加坡:南洋历史研究会 1959 年版,第 29 页。

　　1891 年,黄遵宪①在薛福成的推荐下被任命为新加坡总领事,并在此期间积极推广中国文化,加强了当地华人对中国的认同感。他还改组了当地的文学社团,极大地振兴了文风。黄遵宪通过每月的征联比赛等文学活动,在新加坡及邻近地区的华人社会中产生了深远影响,这些也成为晚清使节在东南亚文学活动中的重要组成部分。

第二节　侨寓文人与南洋汉诗创作:邱菽园②《菽园诗集》

　　1840 年鸦片战争以来,随着西方帝国主义国家的扩张和入侵,清朝政权遭受了中国封建时代最剧烈的内外冲击。经历 1851 年的太平天国运动、1860 年的第二次鸦片战争、1870 年的中法战争、1894—1895 年的中日甲午战争、1900 年八国联军攻占北京、1911 年的武昌起义,直至 1912 年中华民国的成立,近代中国风雨飘摇,知识分子的命运也跟着国家跌宕起伏。从传统士人角度来看,他们所参与的一系列社会运动,如统治阶层的自我调整(林则徐、魏源)、农民起义(洪秀全、洪仁玕)、洋务运动(李鸿章、张之洞)、实业救国(张謇)、维新变法(康有为、梁启超)等一一宣告失败,传统知识分子

---

①　黄遵宪(1848—1905),字公度,号人境庐主人,别署观日道人、东海公、法时尚任斋主人等。广东嘉应(今梅州)人,其父黄鸿藻、二弟黄遵模和三弟黄遵楷都曾入仕。1872 年中贡生,1876 年中举,1877 年任参赞并随同乡何如璋出使日本,从而开启其外交生涯,先后任驻日本使馆参赞(1877-1882)、美国三藩市总领事(1882-1885)、英国使馆参赞(1889-1991)及新加坡总领事(1891-1894),是晚清著名的外交官。与李鸿章、王韬、康有为、薛福成、张之洞、陈宝箴等晚清重要历史人物都有交往。中日甲午战争爆发后,张之洞为两江总督,奏调黄遵宪回国,出任江宁洋务局总办,于是兼涉洋务实业。戊戌变法失败后,从此退出官场,中间一度应李鸿章召,赴广州出仕。绝大部分时间专心著书。1905 年忧愤成疾,病逝家中。著有《日本国志》四十卷、《日本杂事诗》二卷、《人境庐诗草》十一卷等。

②　邱菽园(1874—1941),乳名德馨,后改名炜萲,字萱娱,号菽园、啸虹生、五百石主人、绣原,晚号星洲寓公,福建海澄人。1894 年乡试中举,1895 年赴进士科不第,参与公车上书,之后无意仕途。1898 年居于新加坡,创办《天南新报》,自号星洲寓公,著论主张维新变法,1902 年其辞去报社职务。1913 年 1 月 1 日年承办《振南日报》(1920 年离职,同年 9 月 1 日该报改为《震南报》,同月 30 日停刊)。1913 年任《天南日报》社长(1914 年辞职)。1926 年任中华总商会秘书,生活有所改善。1929 年 6 月 5 日开始,邱菽园担任《星洲日报》副刊编辑(1930 年 1 月 8 日因病卸任)。1931 年任漳州十属会馆秘书(1938 年因麻风病发而辞职)。邱菽园是新加坡唯一的清朝举人,被誉为“南国诗宗”,在诗歌方面造诣颇深,著有《啸虹生诗钞》(1923 年在新加坡自印)、《檀谢诗集》(1926 年在新加坡由星洲吉宁街益文公司代印)、《菽园诗集》(其女邱娉权、女婿王盛治所编,又名《邱菽园居士诗集》,其诗集分三编,初编七卷,二编一卷,三编一卷,共辑古今体诗 1335 篇,该书于 1949 年在新加坡自印,后于 1977 年由文海出版社出版)。此外,他还著有笔记体散文《菽园赘谈》(1897 年在香港自印)、《五百石洞天挥麈》(广州:闽漳邱氏,1899)、《挥麈拾遗》(“星洲观天演斋丛书”,上海,1901)。参见邱新民:《邱菽园生平》,新加坡胜友书局 1993 年版,第 148 页。

也在这一历史时期经历着千年未见的大变革和大动荡。就拿与邱菽园命运息息相关的维新派来讲,一开始维新党人在清朝体制内寻求政治革新的方法,戊戌政变后他们却成了被官府缉捕的罪犯。1900 年夏,义和团十万之众进入北京,大肆屠杀洋人与信洋教的中国信徒,引发庚子事变,最后导致八国联军进据北京,逼得慈禧太后与光绪帝逃离京城,避难于西安。虽然东南各省依靠东南互保来避免被战事波及,但全中国在一段日子里还是处于无中央政府的危险状态。维新党人觉得这是天赐良机。早在义和团还局限于山东与直隶时,容闳便已积极往返新加坡,会见康有为,为邱菽园以及台湾抗日义勇军统领丘逢甲等牵线,商讨维新派在长江流域和广东地区武装起事的细节。由此,就有了后来的自立军起义事件①,邱菽园认捐的 25 万元成了后来自立军起义的基本经费。

邱菽园与清政府的恩怨纠葛也来自这个历史事件。首先是邱菽园与康有为决裂,成为侨寓文人②。两人之前关系密切,1900 年 2 月 2 日,流亡日本的康有为受邱菽园、林文庆之邀到新加坡,直到 8 月 9 日才迁往槟城。其间康有为曾会晤容闳,讨论汉口起义(即自立军起义);他还游历怡保,当地名士郑螺生接待了他。但后来身为南洋保皇分会会长的邱菽园在《天南新报》(1901 年 10 月 22 日)上发表《论康有为》一文,揭发康有为骗取华侨捐款导致唐才常汉口起义失败。其次是邱菽园疏远满清政权,主要是因为张之

---

① 自立军起义是在 1900 年八国联军侵华时期所发生的一个事件,由唐才常发起,又称唐才常起义。1900 年,华北发生义和团之乱,八国联军 6 月进攻北京,东南互保形成。谭嗣同的生前挚友、湖广总督张之洞的门生唐才常在 1900 年初,于东亚同文会的支持下秘密组织了"正气会",对外则托名"东文译社",1900 年 3 月改名自立会。他因其激进派立场,遂能同时号召维新派、清军士兵、革命党以及兴汉会等各会党人员。这支力量中军人方面由秦力山、吴禄贞等人领导,会党方面则由身为哥老会龙头的毕永年来联系;康有为与梁启超负责向海外华侨募集饷糈,用以接济义师。1900 年 7 月 26 日,在上海愚园召开了中国议会,投票选出容闳为议长,严复为副议长,唐才常、汪康年、郑观应等 10 人为干事,决定以自立会为基础成立自立军,在汉口、汉阳及安徽、江西、湖南等地同时起事,北上营救光绪皇帝,建立满人天子、汉族执政的君主立宪国家。唐才常事前获得孙文兴中会的支援,收揽了孙文的部分人手如毕永年、林圭、秦力山、吴禄贞、与哥老会等,最后却没有得到康有为原先许诺的金钱资助。最终张之洞向清廷输诚,英国又放弃了原先的扶持政策,致使事败,唐才常等 12 位起义领导人在汉口被捕,在武昌紫阳湖畔被斩首。

② "侨寓"这个称号是基于王赓武的考据。"自《马关条约》缔结后,'侨'字的使用较普遍化,此后中国与韩国、古巴与墨西哥的订约中,常出现'侨居'的字眼。至一九〇二年,《光绪东华录》开始使用'侨寓华民'(光绪二十八年二月外务部奏:'和美属地侨寓,华民亟宜设法保护')与'侨氓'等('复查南洋各岛,如英属之新加坡,与类属之小吕宋,皆已设立总领事,朝廷一视同仁,必不忍和属侨氓,独抱间鹃之感')。一九〇三年(光绪二十九年)《光绪东华录》虽有'华育侨居海外者',但仍未用'华侨'。"参见王赓武:《王赓武自选集》,上海:上海教育出版社 2002 年版,第 234—235 页。

洞与唐才常的关系，再加上邱菽园参与自立军起义事件，牵连到了福建邱家，海澄家人也被扣押。邱菽园一方面如前所述，疏远康有为；另一方面，以白银三万两作为赈灾款，由张之洞保奏销脱党案。"若无张之洞的策反工作，邱菽园即便已与康有为一派交恶，大约也会遵循'君子绝交不出恶声'之古意，不会在《天南新报》及其他报刊上公开指责康有为。"①不过值得注意的是，从后来邱菽园的文章中可以看出，他与康有为还是有交往的，并未到老死不相往来的地步。如1910年康有为游世界至新加坡，邱菽园请其选定《菽园诗稿》，康有为撰《丘菽园所著诗序》，两人复交。1922年，邱菽园的《啸虹生诗续钞》三卷，连同前钞共七卷，由康有为出钱印行。

一、汉诗②中的庙堂：心系中华的海外游子

邱菽园曾自白创作经验："炜蒉非敢言著书也，不敢著书，将平日信笔雌黄无聊谰语等诸积薪落叶摧烧之可也，淹没之可也，何必灾木，第念僻处穷乡，交游不广，尘封故步，靡所观摩此则每有良朋，亦起天涯之叹，重敢画疆自限，将何者为吾问学资乎，用是不揣固陋，随笔劄记，一得之愚，窃欲就正有道，两年命稿，宜以朋友诗歌旧作，亦觉伙颐，付之梓人，借省写副，尚祈海内方家，谅其愚诚，匡所不逮，幸甚，倘有以近名好事相督过者，是则炜蒉所不得辞也，溯自光绪二十二年丙申二月起稿，越年丁酉五月成书，闽中邱炜蒉自记于香港文咸街之寓楼。"③这里涉及早年邱菽园的国族认同问题。王德威认为"华人投身海外，基本上身份是离境的、漂泊的'移民'。时过境迁，一代又一代移民的子女融入了地区国家的文化，形成我所谓的'夷民'——也就是从这一点来看，史书美教授认为华语语系终究是过渡现象。但仍然有一种海外华语发声姿态，那就是拒绝融入移居的文化，在非常的情况下坚

① 茅海建：《张之洞策反邱菽园》，《四川大学学报（哲学社会科学版）》2012年第1期，第71页。
② 汉诗在字面上是汉语诗歌的意思，包括现代诗和旧体诗。但这个概念一般在汉语世界以外的国家或地区使用，且特指用汉语书写的旧体诗。本章所指的汉诗即取华文旧体诗之义。王光明曾撰文言："尽管'白话文'一词并不准确，胡适本人也没有很好区别'白话'的语体和语用的关系，以口语为基础的'现代汉语'这一概念是后来才确立的。但它无疑昭示人们：包括'新诗'在内的新文学运动，实际上是一场寻求思想和言说方式的现代性运动——这就是'现代汉诗'一词的由来，它同时面向美学和语言的现代重构，以现代美学、语言探索的代际特点，体现它与中国诗歌传统的差异和延续关系。"参见王光明：《1898—1998：现代汉诗的百年演变》，香港：《现代中文文学学报》（2005年6卷2期&7卷1期），第148页。
③ 邱菽园：《小引》，《菽园赘谈（7卷）》，香港：自印，1897年版，第9页。

持故国黍离之思,是为'遗民'"①。而王赓武更强调华裔子民一旦在移民地落地生根,自然就与在地文化发生关联,形成了"地域的中国性":"'中国性'是共同历史经验的产物,历史记录也不断在影响其发展。"②邱菽园对身份的认同更接近这种在地的"遗民"身份。

就身份来说,早期南来的华人多从事经济活动,多为劳动阶层,主要是契约华工。19 世纪中叶,较多的知识分子移民南洋。19 世纪末清廷为了笼络海外华人,派遣官员到南洋任职华侨领事,如左秉隆和黄遵宪等人。清末康有为百日维新失败之后,也有一些知识分子流亡南洋;稍晚,追随孙中山的革命党人也活跃于南洋。邱菽园是新加坡唯一的举人,被誉为"南洋才子""南国诗宗"。③ 我们先看看他的一生经历:"邱炜萲(1874—1941),海澄人,字菽园,弱冠应科举,获解一(按:1874 年 11 月 12 日生于新安惠佐里,1894 年乡试中举)。赴进士科不第(按:1895 年上京会试)。时光绪乙未,日本侵占台湾,方事亟时,邱奔走上书不报。邱遂绝意仕途。独以字行家本素封,性好义侠,以此挥金结客,倾身下士,屡削其产无悔,而天下豪杰多称道,邱菽园之名不衰。一八九八年寓星嘉坡,创办《天南新报》,自号星洲寓公,著论主张维新变法改革中国,后皆应其言。一八九九年与沙罗国主立约,保证同乡黄乃裳率众往婆罗洲之诗巫港垦殖农耕,名其地曰新福州,迄今移民廿余万,为海外乐郊。一九零零年赞助湘人唐才常组织汉口自立会谋东南大举,事泄无功,然东邻著作家……以邱与孙、康两时贤相提并论。读者咸以为确。民国初立,年年内战,军阀纵横,政客秦楚,邱目击心伤,承办《振南日报》大加笔伐,如祢衡之历诋世人,无一佳士,言虽过激,意实可嘉。自后曾一度出任《星洲日报》副刊主任,逾年以病辞职退隐(按:1941 年 12 月 1 日病逝于新加坡嘉东因峇律四十二号旅邸)。"④他曾参与维新变法,上书称"君臣合体,万国来同,取法维新,与民乐利,不徒楚粤诸党会,本非生而好乱,一旦名义无出,闻而戢其他心,想彼康梁,亦犹人耳,望风解散之不暇,否则流离琐尾,今更越在远岛之中,有不烟销灰灭者哉,若夫复辟难期,不闻新

① 王德威:《"根"的政治,"势"的诗学——华语论述与中国文学》,《扬子江评论》2014 年第 1 期,第 8 页。
② Wang Gungwu. *The Chineseness of China*:*Selected Essays*. Hong Kong:Oxford University Press,1991,p2.
③ "南洋才子"出自"联合报的李永乐、韩山元、许月英在杜南发策划下联合报道:南洋才子丘菽园生平逸事",参见邱新民:《邱菽园生平研究赘言》,《邱菽园生平》,新加坡:胜友书局 1993 年版,第 1 页。
④ 张书耐:《丘菽园传略》,邱菽园:《菽园诗集·上册》,台北:文海出版社 1977 年版,第 7—8 页。

政,沉沉此局,坐俟瓜分,是天未欲平治中国也"①,表明了他对所投身的维新改良运动的坚持。邱菽园还通过《天南新报》鼓吹报国合群与文化回归的儒家教育,也从事实际的课程改编工作,更捐巨款筹建孔庙学堂。② 其间邱菽园有一个转变过程,颜清湟认为"新加坡著名的维新派保皇党人士一九〇〇年后转而支持清廷的邱菽园,因庆贺捐纳所获得的主事一职与四品官衔,甚至大开筵席,亲属与同乡到贺者竟达五百多人。这些向满清皇朝捐纳官衔的华侨殷商,自然不会支持革命运动,那些在星、马拥有清政府的官衔或营谋捐纳官衔的华人,自然也是反对革命的人"③;同时,邱菽园有对新加坡生于斯长于斯的在地经验,因此,在他身上凸显着第一代南来华人知识分子的中华性和在地性两种情结的矛盾间的张力。

　　按照这份生平简历,再加上相关的历史考证,邱菽园的创作可以其1907年经济破产④为界而分成两个阶段。他在前期是心系庙堂、追随康梁的维新文人;他在后期回归知识分子岗位意识,成为南洋著名报人和文化人。综观其创作,他诗中最大的主题是国族意识,可见他始终心系庙堂的安危、国家的前途和兴衰。近代中国知识分子面对的冲击是巨大的,他们心中念念不忘的是进出庙堂,为"帝王师"。这种期待即便在1905年废除科举后,特别是在中国受到西方文化冲击、被迫进行调整的阵痛之时,也没有消逝。邱菽园与同时代的鲁迅、李叔同、周作人一样,开始在剧烈时局中经历精神上的挣扎与痛苦。李叔同先是积极入世(跟随蔡元培修学法律,留学日本,引入西洋画、西洋话剧以及西洋音乐,服务教育界),后参佛出家,其经历与邱菽园很相似。不过,邱菽园没有剃度为僧。邱菽园出身私塾,考取举人(同榜有黄乃裳),参与1895年的公车上书,名噪一时;之后看透世情,沉溺

① 星洲寓公(邱菽园):《上粤督陶方帅书》,《清议报》第80册,1901年5月28日,第10—12页。
② 邱菽园:《答粤督书》(1890),收入《菽园赘谈》,香港:自印,1897年版,第5页。
③ 颜清湟著:《星、马华人与辛亥革命》,李恩涵译,台北:联经1982年版,第47页。
④ 这次破产事件也让邱菽园对人心叵测和世态炎凉有了新的认识,影响到他后来人生态度的转变。"余(指余连城)为人极势利,曩请余到园茶会,必父子长衣迎门,请祖奉酒,殷勤定席(坡上商人往来,通免此礼,彼当日行此,盖以官长视余也),又敦求一联,悬之池馆上最当众眼处,以为夸耀。迨余破产,吏人持余狱急,各豪商(如陈若锦、李清渊、邱雁宾、林文庆、胡敬德、黄福基、黄仲辉、黄金炎、梅百福、林维芳等)仗义联名直请销案(陈若锦且助讼费,胡敬德不取笔资),或劝余与联名,竞巽词以避,翻手如此,亦人中仅见。余日暮矣,故诗中用赵孟视荫之典为讽。"参见邱新民:《邱菽园生平》,新加坡:新加坡胜友书局1993年版,第81—82页。

酒色和交游,将父亲的遗产挥霍一空①;后来成为一代著名报人;晚年参禅。在参禅这个问题上,邱菽园更多的是在经历半生浮沉之后,心境澄明,看破世情,而选择与佛亲近,与高僧交往,寻找一种脱俗出世的感觉,以慰余生。

回忆历史事件和咏叹历史人物是海外寓居的知识分子向中华传统致意的重要题材。邱菽园也不例外。《晏海楼题壁——在海澄城北》(1893)是目前能看到的邱菽园最早的咏史诗,其中有"百战河山地,巍然见此楼。限回胡马足,望极海门秋。日月依双岛,金汤重下游。平时烽火寂,倚槛看潮流"几句②。其中晏海楼是明代戚继光所筑,后来曾是郑成功的指挥中心,这首诗抒发的是生于福建漳州海澄③的邱菽园心中对故乡光荣的抗清历史的感怀。④ 此外,邱菽园在《筼筜港》(1893)中展现了郑成功炮轰顺治帝的野史,其中有"野战玄黄江化碧,英雄事业至今悲"⑤;他在《舰上作》(1893)中表达了对1884年福建水师全军覆没的凭吊,其中有"马江折戟何时起,愿弃青袍易战袍"⑥;他在《木棉庵》(1893)中叙写宋义士郑虎臣诛奸臣贾似道,其中有"下四山独抚危柯,长太息安求少年。壮士尽忘家莫用,季世太师终误国"⑦。还有他的《矮屋题壁》(1894)也是一首咏史诗,凭吊的是清末台湾大将林文察抗击太平天国军的事迹。从这些诗句里颇能见掩饰不住的少年英雄气,以及邱菽园以史抒怀的文采。

① "菽园继父业,顿成巨富,时年仅廿三岁,得来容易,年纪又轻,不知'米珠薪桂'的艰难,加以他有名士气,寄情声伎,挥金如土,好比他在廿五岁做生日,在欢宴上,粤妓到了八十多人,其他闽妓、巫妓、日妓都来向他叩头道贺,仅一拜的赏金,一日就超过万元,开新加坡穷奢极侈的记录。其他一掷千金万金十万金如摘瓜,金山银山挖得尽,所以不到十年,1907年菽园卅四岁时破产。正中如在天有灵,他一定痛惜自己在生不晓得用钱,由他的儿子替他用,用得离谱,所以我读菽园1908年的诗时不禁替正中叹息。"朱飞、邱新民:《星洲邱笃信》,邱新民:《邱菽园生平》,新加坡:胜友书局出版1993年版,第25页。

② 邱菽园:《菽园诗集》,台北:文海出版社1977年版,第37页。

③ 1960年2月1日,龙溪、海澄两县合署办公,8月15日国务院批准合并为龙海县。龙海县治从漳州城迁石码镇,海澄县城改称海澄镇。龙海县于1985年被国家确定为沿海首批开放县;1993年6月撤县建市。

④ 南明永历七年(1653)五月,清南将军金砺率领清军进攻郑成功部队的沿海基地海澄。一开始,清军集中铳炮密集轰炸明军前沿阵地,明军的防御工事大部被毁,部队损失不小。郑成功为了鼓舞士气,冒着危险亲自登上敌台观察敌军阵势。郑成功组织部分军队反击,但被击退。初七,金砺下令清军全线进攻,但是他的企图被郑成功识破,郑成功已经派部下在护城河沿岸埋下大批火药。明军等到清军大部过河进入雷区后,随即点燃引线引爆火药。过河清军大部分被炸死。郑成功令部将甘辉发动全面反攻,清军大败,金砺率领残余清军狼狈逃回漳州,明军取得了海澄战役的胜利。海澄战役沉重打击了福建清军主力。战后金砺被清廷召回北京,而郑成功以战功被永历帝封为延平郡王。

⑤ 邱菽园:《菽园诗集》,台北:文海出版社1977年版,第37页。

⑥ 邱菽园:《菽园诗集》,台北:文海出版社1977年版,第38页。

⑦ 邱菽园:《菽园诗集》,台北:文海出版社1977年版,第39页。

虽远在南洋，但邱菽园并没有忘记关注近代中国的兴衰，寄寓感时伤国的情怀。一方面，他对病入膏肓、积重难返的大清帝国迟暮腐败的现实愤懑不安。如《七月下浣岛中得电报具知联军陷京两宫西巡近状》(1900)中有"孤注官家竟渡河，谁挥返日鲁阳戈。箜篌起舞徒神妪，斑竹凄惶剩女娥。阴昼长星侵玉座，秋风乔木纪金陀。有情到处堪沾臆，山鸟犹歌帝奈何"之句；[1]再如关于庚子年八国联军入京后焚书的《闻翰林院灾图书烬矣》(1900)，其中有"湘东下策竟烧书，文武文章一夕墟。楚炬今看图籍尽，西来班马泣焚如"之句[2]；另有作于 1904 年关于日俄战争的《中立》，以"秦师未退晋师从，投骨凭人肆远封。岂是顿邱争隙地，无由烛武说横冲。何年任戍东门钥，中立犹鼾卧榻容。如此江山谁昂卞，可怜行李往来供"[3]描绘日俄在中国东北大地上的这场战争，表达了他对清廷无能的愤怒和无奈。还有《慈禧西太后挽诗二首》(1907)中"遥怜楚楚瞻朝士，长握金轮五十年""雄才辜负中兴运，凤德终衰惜尾声"之句[4]，在在表现着邱菽园对慈禧太后误国和清廷衰落的愤懑。另一方面，维新思想使得他对包括刺杀行动在内的暴力革命持反对态度。如《书徐锡麟刺杀恩铭事》(1907)："卖饼家言信大愚，怜君赤手奋耰锄。东游仓海求豪士，少日张良是匹夫。敌国同舟今竟有，佳人作贼古来无。长嗟剜腹从深里，谁复陈尸泣女婆。白昼闭门行欲断，苍鹰击殿气原粗。戒心季氏萧墙祸，覆辙荆卿督亢图。李怨牛思新党论，南夷北虏旧揶揄。羽沉弱水牵徐市，剑折秋霜引越姝。七尺弯弓空射马，九原对狱共啼乌。未闻豫让臣襄子，人主何堪又出奴。"[5]诗中表达了对暴力革命的强烈反对。

邱菽园经常会回忆起自己轻狂的少年时期，"囊笔曾游万里余，少年名迹满公车。未酬金铁连飞骑，竟老渔樵伴着书。穷岛风烟孤客路，七洲云物好楼居。日光野马青松尘，尔室何尝废扫除"(《少年》，1906)[6]，诗中透露出少年壮志未酬，退而享受生活的心境，选择了在世俗生活的酒色中寻找自己生存的价值。如果将其放置在近代知识分子命运的整体洪流中，我们似乎可以从邱菽园的交游入手，看到他传统文人的一面。邱菽园诗中介绍的是康有为、黄遵宪、林鹤年、唐景崧、潘飞声、丘逢甲、王恩翔、梁启超等近代名

① 邱菽园：《菽园诗集》，台北：文海出版社 1977 年版，第 63 页。
② 邱菽园：《菽园诗集》，台北：文海出版社 1977 年版，第 67 页。
③ 邱菽园：《菽园诗集》，台北：文海出版社 1977 年版，第 88 页。
④ 邱菽园：《菽园诗集》，台北：文海出版社 1977 年版，第 113 页。
⑤ 邱菽园：《菽园诗集》，台北：文海出版社 1977 年版，第 111 页。
⑥ 邱菽园：《菽园诗集》，台北：文海出版社 1977 年版，第 93 页。

士。其中评康有为"南海先生倡维新，新诗偏与古艳亲。笔端行气兼行神，中心哀乐殊胜人"，评黄遵宪"公度恢奇足平生，员舆九万常纵横。门户不屑前人争，独简万缘息心兵"，评唐景崧"兵间转徙唐灌阳，斐亭往迹沉螺桑。荻花满船明月光，白头吟望涕浪浪"，评丘逢甲"吾家仙根工悲歌，铁骑突出挥金戈。短衣日暮南山阿，郁勃谁当醉尉呵"①，评梁启超"神州侠士任公任，日对天地悲飞沉。倾四海水作潮音，举世滔滔谁知心"，皆恰如其分。另外，值得一提的是，《答章枚叔沪上寓书》(1900)中的章炳麟、《寄李伯元征士兼示吴趼人李芷汀高太痴》(1900)中的李伯元和吴趼人、《徐君勉由星洲征程指美取道日本于其行也诗以送之》(1900)中的徐君勉、《星洲赠别容纯甫老博士之美》(1900)中的容闳、《梁子刚黄黻臣连翩内渡各返乡国余饯之于市楼书此为别》(1900)中的黄乃裳、《寄怀梁任公二首》(1900)中的梁启超、《追悼故任新嘉坡总领事黄遵宪四首》(1900)中的黄遵宪，邱菽园与这些名士的诗文酬唱构成了中国近代文人交流的日常生活图景，也构筑了近代中国文人与寓居海外的文人交游的历史图景。

同时，仕途彻底无望的邱菽园，在与中国旧文人的书信酬唱中也寻找着自己的精神原乡。因卷入康梁维新变法和自立会起义事件，邱菽园对仕途失望，此后更加勤于文人酬唱。李兴锐②曾计划将福建全省矿政交给邱菽园，并托同乡绅士陈伯潜写信相邀，不过邱菽园认为自己不堪重用，称"谢公山贼虚加号，揖客将军漫见收。拥彗谁当招骏骨，挥锄终恐笑龙头。翩翩黄鸟迷邦族，望望青山负絷舟。力绌翻怜贞疾在，荒滨五月尚披裘"③(1906)，以身体欠佳为由婉言拒绝了这次出仕机会。他有与陈海梅④酬唱的诗歌两首。其一是《陈香雪来函问讯诗以代答》(1903)："寥落文园况，年来只着书。秋风人病酒，海雨客离居。石卧随云冷，心斋在竹虚。偶然参偈法，结习未能除。"⑤其二是《酬陈香雪太史兼示林公孙惠亭》(1903)："故国年来风雨

① 邱菽园：《诗中八友歌》，台北：文海出版社 1977 年版，第 62 页。
② 李兴锐(1827—1904)，字勉林，湖南浏阳人。出身农家，家境清贫。1852 年加入团练，后追随曾国藩，历任湘军粮官，候补大名府知府，两江总督衙门营务总管。1872 年，曾国藩死后，李兴锐继续受到两江总督李宗羲重用，总办上海机器制造局。1889 年任山东东海道员，1895 年任长芦盐运使，1897 年任福建按察使。1899 年，调任广西布政使。1900 年，升任江西巡抚。1902 年署广东巡抚，1903 年署闽浙总督，1904 年任两江总督，两个月后病死于任上。
③ 邱菽园：《诗中八友歌》，台北：文海出版社 1977 年版，第 94—95 页。
④ 陈海梅，字香雪，福建省福州府闽县人，同进士出身。光绪二十四年(1898)，参加光绪戊戌科殿试，登进士三甲 79 名。同年五月，改翰林院庶吉士。光绪二十九年四月，散馆，著以知县用。
⑤ 邱菽园：《诗中八友歌》，台北：文海出版社 1977 年版，第 83 页。

深，江潭逐客狎微吟。剧怜美女伤谣诼，瘦尽腰肢力不任。"①再如1903年写陶模的诗歌②《故两广总督陶勤肃公挽诗》《读陶勤肃公形状因题》，后诗中有"诸将谁当马伏波，每缘外吏见薪劳"之句，皆可看出邱菽园的交游和人脉之广，也表现出他后期对政治的自我疏离。

　　落地南洋的邱菽园的心境是孤独的。一方面他不能返乡，怕遭打击报复；另一方面他因为破产，家道中落，因此也有了更多逃避世事的念头。他在《林琴南先生自京师讲次以铜镜砚子托巡洋使者远致之余》(1906)中写道："金城原合墨卿居，万里能通缩地壶。溪谷斩严招隐赋，声诗刻画拓松图。盘桓自拜韩陵赠，重载人传郁石俱。比似支机烦汉使，孤山梅讯未全孤。"③最后两句诗文虽提及老友问候，但其中所包含的孤独感还是跃然纸上。另外，《自责》(1907)"学耕未熟相牛书，行远徒牵载道车。偃塞石床芝盖盖，刁骚蓬鬓月梳梳。悲来夜半骑盲马，意外池中畜逝鱼。知否庄生蝴蝶化，梦时栩栩醒蘧蘧"④，《遣婢》(1909)"种得花枝乞与人，东君无计永留春。乌衣朱雀斜阳影，厮养牙郎落絮身。竹里樵青虚打桨，奁前小玉黯随尘。低鬟恋别牵萝屋，翠袖单寒谅主贫"，这些都是破产之后家道中落的邱菽园的自况，从中可看出其生活的窘迫和潦倒，以及更多落寞的感觉。

　　还有一例。邱菽园早年以诗得名，早期曾创作《玉笛诗》(1888)："唤取青莲笛一枝／前身尺八至今疑／梅花五月江城引／杨柳三春洛下辞／减字偷声听断续／呼龙召鹤按参差／风前谁为殷勤弄／长倚楼头快咏诗。"⑤这首诗被老师、同学传颂，为邱菽园赢得"邱玉笛"的美名。后来，他又创作了《续玉笛诗》(1913)："梅花五月江城引／杨柳三春洛下辞／廿五弦中过梦影／六千里外旧乡思／快酬李委停杯弄／健想刘琨倚月吹／赢得洞箫生谤去／南朝文锦悔丘迟。"⑥在诗的序言中言："是岁癸丑小春四日四旬，初度回忆童年十五居乡，咏玉笛诗颇蒙长老许可，由是浪窃时名，同辈竞援。昔贤谢蝴蝶郑鹧鸪故事，漫以丘玉笛相呼尔，时闻之，私心良喜，而不谓半生学问壮志无成，即坐

①　邱菽园：《诗中八友歌》，台北：文海出版社1977年版，第83页。
②　陶模（1835—1902），字方之，号子方，浙江省秀水县人。同治七年（1868）二甲进士，改翰林院庶吉士。后历任甘肃文县、皋兰知县。光绪元年（1875）冬任秦州知州，十年（1884）任甘肃按察使，次年擢直隶按察使，十四年（1888）又迁陕西布政使，十七年（1891）迁新疆巡抚，其后署陕甘总督，二十六年（1900）担任两广总督兼广东巡抚。光绪二十八年（1902）在广州病逝，赠太子少保，谥勤肃。著有《陶勤肃公奏议》12卷、《养树山房遗稿》2卷。
③　邱菽园：《诗中八友歌》，台北：文海出版社1977年版，第110—111页。
④　邱菽园：《诗中八友歌》，台北：文海出版社1977年版，第98—99页。
⑤　邱菽园：《诗中八友歌》，台北：文海出版社1977年版，第167页。
⑥　邱菽园：《诗中八友歌》，台北：文海出版社1977年版，第167页。

前此慕为骚人名士之过,滋足愧也。今者羁客炎荒,沿俗自寿从容宾友,杯酒平生赋诗一章,聊以言志,即用旧联作为起韵。"由"羁客""炎荒"等词,皆可见其远离中原之后的孤独心境及对原乡的怀念,同时,也看得出对童年的温馨回忆,恋恋不忘中原故土。

二、岗位意识的实践:早期南洋知识分子的文化经营

随着晚清的没落和民国的建立,传统中国知识分子的传统道路改变了。一批知识精英被迫放弃进入庙堂的理想,转移到了民间岗位上,在学术、教育、出版等相关岗位去实现自己的人生价值。"岗位意识"之"岗位"有两层意思:一是知识分子的谋生职业,即可以寄托知识分子理想的工作。譬如人文科学研究工作、教育工作、出版工作、文学艺术创造等等,其中教育与出版是现代社会中最重要的两个领域。二是知识分子的批评职能。在现代多元社会里远离庙堂的知识分子已无法做到"奋臂一呼而武人仓皇失措",但知识分子依然能作为社会的某种舆论力量而存在,这种声音或许微弱却可以起到一种平衡的作用。破产之后的邱菽园更多地是以编辑身份办报,以期在文化上努力和传承中华文化。新加坡早期的报人,如《叻报》创办后二十多年一直担任主编的叶季允、《星报》的编辑黄乃裳,都有传统文人转型的经历。以邱菽园主编的《振南报》为例,这份报纸 1913 年 1 月 1 日创刊于新加坡,1920 年 9 月 30 日停刊,报龄 7 年 9 个月。最初名为《振南日报》(督印兼发行人为方璧池),到 1914 年 4 月 25 日改名为《振南报》(督印兼发行人为邱菽园、方璧池),再到 1920 年 9 月 1 日改名《震南报》(督印人为 Lim Cheng San)。① 邱菽园在《振南报》上面刊载的文章主要是旧体诗词、笔记体文史著述和政论。他一方面因经济窘困而进入报社,从事大量编辑工作;另一方面是为了继承前辈左秉隆、黄遵宪以诗会友的传统,承担起关注现实、启蒙大众的责任,并继续追求自己的文化理想。②

---

① 《震南报》报社主席为林秉祥,董事有林秉懋、林文庆、李俊源、徐垂青、曾江水、陈祯禄、黄亚四、张顺兰、陈瑞和、林推迁、邱明时、林良文。关于邱菽园的编辑生涯,以王慷鼎的研究为参考。其论文有《邱菽园的报业活动》《〈天南新报〉史源探源》《邱菽园与〈振南报〉》《邱菽园与〈星洲日报〉》,收入王慷鼎:《王慷鼎论文集——南洋大学校友暨新加坡华文报刊调查研究》,新加坡:南洋学会 2014 年版。

② 黄遵宪晚年诗中有"沧海归来鬓欲残,此身商榷到蒲团。哀弦怕听家山破,醉酒还愁来日难。绕树乌寻谁屋好?衔雏燕喜旧巢安"(《寄怀邱仲阏逢甲》)、"三边烽火照甘泉,闻道津桥泣杜鹃。帝释亦愁龙汉劫,天况况值鼠妖年"(《感事又寄邱仲阏》),其中对晚清朝局的失望可见一斑。这种消极情绪在晚清文人中很普遍,当然也影响到邱菽园对祖国的情感,幸运的是,他没有消沉,而是在南洋继承前辈意志,开启南洋民智。

19 世纪移居新加坡的华人越来越多，主要是因为晚清政治的腐败和社会的不安定。黄康显与李元瑾合撰的《十九世纪二十世纪交界期间新加坡出生华人归属感之追寻》指出："1824 年，新加坡华人只占全人口的百分之三十一，1836 年增至百分之四十五点九，1849 年跃至百分之五十二点九，1891 年百分之六十七点一，而离开新加坡的华人人口每年只在三四万之间。土生华人也由 1878—1880 年的百分之六点五，增至 1901—1905 年的百分二十一点二，妇女人口也有迅速增加。这一切都显示华人有把新加坡当作永久居留地的倾向。"[①]"各处华侨，为数不少，计新嘉坡约十四万，槟榔屿及其附近属地共约十万，麻六甲约三万，白蜡约八万，石兰峨约十一万，芙蓉彭亨各约二万，柔佛约十万，共约六十万人。"[②]邱菽园从 1898 年开始长居新加坡，随着他在地活动的不断增加，在地华人越来越浓厚的思乡性的侨民意识和落地生根的本土意识之间的纠结也在其文学活动中有所体现。邱菽园的编辑和办报经验直接体现出他知识体系的变化。邱菽园的作品大多数收入《菽园赘谈》《五百石洞天挥麈》《菽园诗集》3 部著作中，而这些作品本是发表在他所创办和主编的《振南报》上的，"包括说部谈、舆地谈、历史谈、艺文谈、文学谈、物质谈、正名谈、哲理谈、技术谈、博物谈、风俗谈、学术谈、学理谈、技击谈、清谈、琐谈、丛谈、杂文、文苑、碎锦、新说、传记、集评、论议、滑稽、诗话、汇闻、杂俎，可说包罗万象，应有尽有。这里面，以文学批评及杂论或杂文性质的作品居多，其次是历史与哲理方面的作品"[③]。他一方面喜欢用中西类比的方式，阐释中国文明不输于西方文明，以扬我华族的自信心，代表作是杂文《化学原质多中国之物考》。其首段即说"古人所知，化学之事甚少，见于墨子诸书者，说焉而不详，其诞者则创为烧炼黄白之说，要皆肤庸不足信，百年来，泰西人士踵接中土，格致之学，乃明于世，而化学即格致中之一门"，接着对 64 种物质进行中西类比，结论是这些物质"皆中国自古所有之物"，[④]其中展现了维新人士尊重科学的思维，也可见维新派常存于心的师夷长技以制夷的思维。另一方面是对"民主""自由"等方面议题的涉及，如《缠足考》《不以帝称孔子辩》《风水不足恃》《破瓜解》《陋俗》《嫁归

① 转引自杨松年：《战前新马文学本地意识的形成与发展》，新加坡：新加坡国立大学中文系、八方文化企业公司 2001 年版，第 21 页。
② 薛福成：《新嘉坡领事官左秉隆禀报各处华民数（光绪十六年十月初七日记）》，光绪二十四年（1898），传经楼校刻庸庵全集本。
③ 王慷鼎：《邱菽园与〈振南报〉》，《南洋学报》1990/1991 年第 45/46 卷合辑，新加坡：南洋学会，第 87 页。
④ 邱菽园：《菽园赘谈·卷三》，香港：自印，1987 年版，第 15 页。

宁男子亦可称》《父父子子》《异代追谥》《算命无益》《电报创始》等等。这些知识性很强的杂文,借由报章的流通,对开新马两地民智起到不可磨灭的作用。

从岗位意识的角度来看,邱菽园破产之前,最值得一提的就是创办"丽泽社"。"丙申(按:1896 年)余来星坡蒙内地流寓诸君子委校文艺,继左、黄二领事'会贤社''图南社'后创'丽泽'一社,以便讲习。无论诗、古文、辞、时文、试帖、策论、杂体皆可分课,各自成卷,仿粤东学海堂例也。凡期月而一课之,冀可蝉联不辍,余初颇难其成,窃意南荒僻陋,岛屿林立,流寓文士散而不聚。声气难通,土著人材,童则失于正蒙,壮且溺于货利。求有一二心痛其意思能洽我,同源响我,宗教者已戛戛难之况。求其干城我,金兰我耶。而诸君子文兴正豪,坚持必行之,说乃以季秋举办初课,一时闻风奔辏,得卷千四百,有奇揭晓流寓十之九,土著十之一,亦云盛矣。……丁酉(按:1897)六月重履星坡同人,谋加扩充以通其势,命名曰'乐群'文社,专重实学,砥砺有功,庶求所以,日进有德者,其规模视昔为加广矣。"①丘逢甲之弟丘树甲曾介绍丽泽社:"当代有奇士,天南诗运开。书疑缃石室,居况近蓬莱。洞府镌云字,谈宗霏雪才。平生最心许,家集继琼台。不负此年少,著书今等身。江山柔佛国,诗酒谪仙人。慷慨论时事,高歌有鬼神。读君传世作,谈笑想纶巾。"②该诗盛赞邱菽园,可见邱菽园交友面之广,影响力之深。

邱菽园的文学创作活动的特点,首先表现在对本土文学工作者的培养和扶植上。在"丽泽""乐群"期间,邱菽园最大的贡献是培养了大量的本土作家。他曾总结道:"丽泽社中所得诗人如谢静希、萧雅堂、黄树勋、叶季允、陈伯明、李汝衍、卢桂舫皆流寓也,而尤以黄树勋为冠。"③同时,有一点我们必须认识到——这一批文人多为南来侨居的中国旧式文人——如"卷中所录丽泽社诗友多粤东人之流寓星洲者,其或以游客而入斯社,亦惟粤东人为多,如前得嘉应黎香苏醵尹、张琴柯别驾,皆是也"④,"星洲丽泽社子谢静希、黄树勋均喜为诗黄优,近体谢优,古体如骖之,靳莫能轩轾,黄所作已录卷三稿中,皆社课也。谢君近复自槟榔屿寓邸邮其平日手稿,质余星洲苦语幽思,尤与长爪郎为近"⑤。这些记载均表明了丽泽社诗友南来文人的身

① 邱菽园:《五百石洞天挥麈》卷二,观天演斋校本 1898 年版,第 29 页。
② 丘树甲:《五百石洞天挥麈题词》,参见邱菽园《五百石洞天挥麈》卷一,观天演斋校本 1898 年版,第 4 页。
③ 邱菽园:《五百石洞天挥麈》卷三,观天演斋校本 1898 年版,第 16—17 页。
④ 邱菽园:《五百石洞天挥麈》卷七,观天演斋校本 1898 年版,第 27 页。
⑤ 邱菽园:《五百石洞天挥麈》卷十一,观天演斋校本 1898 年版,第 13 页。

份，这也印证了早期南洋知识分子群体的构成方式。

其次，思乡情感与在地意识的纠结也表现在邱菽园对新加坡风物人情的再现上，体现着他对"长于斯"的第二故乡的亲近。新加坡的地景描写在邱菽园的诗中多有体现，这些描写为南洋历史提供了生动的佐证。《星洲》（1896）是最早的一首，这也是他以"星洲"命名新加坡的开始："连山断处见星洲，落日帆樯万舶收。赤道南环分北极，怒涛西下卷东流。江天锁钥通溟渤，蜃蛤妖腥幻世楼。策马铁桥风猎猎，云中鹰隼正凭秋。"①又如《新嘉坡地图》（1896）："抵章临孤岛，江山界画成。容张仙鼠翼，迹取猰㺄名。天堑资西戎，荒原没故营。百年新市里，尺幅起纵横。"②再如邱菽园在新马两地旅游过程中写作的《槟屿道中作》（1910）云"一湖绿水浸寒岛，空阔全收秋色早。领取南溟山外山，风帆斜日滨江道"③，《吉打道中》（1910）云"半远荠青苍，经冬常如滴。南土本毒淫，风轮更推激。四候独留温，三季随分析。勾萌万丛中，算几穷巧历"④，为我们留下了早期南洋的风物图。邱菽园的南洋风物题材诗中，代表作有《槟屿道中望极乐寺四首》（1910），诗曰"布金自助佛庄严，却借金容起众瞻。西域劫灰空极乐，薪传香火又南炎"（之一），"离岛荒荒夜气寒，金银宫阙涌云端。诸天欢喜游人颂，点缀南溟得大观"（之二）⑤；以及《留别槟榔屿八首》（1910）诗曰"人天去住渺何乡，偶逐蛮云觉梦长。举似浮屠容忏悔，槟城三宿过空桑"（之一），"马龙车水屑珠尘，电掣雷轰过雨新。自笑先生称落拓，江湖载酒十年身"（之三），"入耳乡音洽比邻，绵蛮到处尽黄人。援琴莫负钟仪意，不碍南冠客里身"（之六）⑥。其中有着落拓之气、晚境凄凉之感，又有怀乡的思绪，把邱菽园的侨居身份和思乡浓情表现得很充分。

邱菽园的佛学修养颇高。他晚年参佛，并与新加坡本地的高僧有所交流。与佛教人士的来往，可以安抚自己的离乡之情，因为与佛教亲近也是一种对中华文化的精神皈依。如《岛上月夜》（1913）便最能体现安抚离乡之情与对中华文化的皈依这两点："星洲明月无古今，今夕何年太寂生。千里尽随云外隔，十分偏向客中明。凄迷尘海鱼龙睡，萧瑟风林鸟鹊惊。遂令良宵容我独，孤怀灭烛尽深更。"在他早期的与佛友交流的诗作中，有很多的交游

---

① 邱菽园：《诗中八友歌》，台北：文海出版社1977年版，第42页。
② 邱菽园：《诗中八友歌》，台北：文海出版社1977年版，第42—43页。
③ 邱菽园：《诗中八友歌》，台北：文海出版社1977年版，第144页。
④ 邱菽园：《诗中八友歌》，台北：文海出版社1977年版，第144—145页。
⑤ 邱菽园：《诗中八友歌》，台北：文海出版社1977年版，第146—147页。
⑥ 邱菽园：《诗中八友歌》，台北：文海出版社1977年版，第148—149页。

记录。有《双林禅院访福慧和尚留题而去》(1901)诗前序："(僧福慧)方丈通迹海外，能通般若经，好为诗偈，余与作方外交时，过竹院，煎茶烧笋得少佳趣，一如杜陵之频造赞公矣。"[1]他曾访双林禅寺幻庵和尚[2]，有诗云"利欲驱人瘴海低，山前长恐武陵迷。留云团月烹新茗，刻竹幽吟拂旧题。二老赞公居与卜，三生圆泽案重提。便拟相从莲社隐，剧怜何肉并周妻"[3]（《幻庵和尚自榕垣重履星坡余再访之双林禅寺信宿乃返留赠一诗用初唐体》，1906）。另有《以诗代柬抵幻庵长老》(1907)云："闭关非惜草鞋钱，拭鼻谁甘俗作缘。清课南无莲舌里，真参西意柏庭前。茶香水味分泉滴，铃语钟声伴月圆。犹记东林曾有约，闲来借榻北窗眠。"[4]从这些诗中，我们可以看出邱菽园的佛缘之深。另外，禅意在他诗中的体现也十分值得关注。其诗《两广总督周馥[5]嘱丘逢甲黄景棠劝余出山余置不答或者疑之诗以见意》(1907)云"袅袅秋风动桂馨，烦君招隐挽长征。幽居谁逐虚空足，色授遍憎杂佩声。未耻徇参侪屈宋，岂闻酒困事公卿。骄心莫讶因贫长，众饮时看召步兵"[6]。《排闷》(1908)云"天中月色太高寒，海上珠光只独看。戴笠苦吟诗与瘦，拈花微笑佛同欢。休骑鹤背无长物，也识獐头有达官。一局棋枰何日了，可知黑白逊旁观"[7]。《杨侍郎率舰巡洋至坡询菽园或答不知》(1908)云"菽园本是空名号，惭愧身犹赁芜居。便许旁人作知己，漫劳热客驻飞车。窗前时有不除草，箧底难抛未了书。幸得桃花能解事，流来莫误武陵渔"[8]。这些诗中多有逃避世俗和官场的言辞，表达着邱菽园出世的态度，也体现了他参佛之

---

[1] 邱菽园：《诗中八友歌》，台北：文海出版社1977年版，第70页。

[2] 福慧禅师，福建刘姓人氏，出家于护国禅寺，受微妙禅师剃度为第一徒子，并得其法。禅师初号牧庵，晚号幻庵，博览古籍，兼通儒家言，禅诵至勤，兼修头陀苦行。尝慕近儒王懋宏老屋三间，破书万卷，吾愿足矣之语，见之赠诗。性笃孝，虽皈心禅界，每念亲恩难报，与人谈及先亲，辄流涕不已。光绪十八年(1892)，住持西禅寺，前后六年，重兴山门。后驻锡南洋，寂于双林寺。师能通《般若经》，好为诗偈，与石叻名士相唱和，著有《幻安诗草》。

[3] 邱菽园：《诗中八友歌》，台北：文海出版社1977年版，第95页。

[4] 邱菽园：《诗中八友歌》，台北：文海出版社1977年版，第102页。

[5] 周馥(1837—1921年)，字玉山，号兰溪，安徽建德(今东至)人。光绪二十八年(1902)四月，升任山东巡抚，并加兵部尚书衔。三十年(1904)九月，署两江总督兼南洋大臣。三十二年(1906)七月，调任闽浙总督，未到任。旋又调补两广总督。次年，以年老多病，奏请"回籍就医"。民国十年(1921)八月二十一，病逝于天津寓所。1904年，周馥就任山东巡抚时期，与其前任袁世凯联名上奏朝廷，要求济南、周村、潍县三地自开商埠，于5月获准。这是中国早期主动开放的通商口岸之一。

[6] 邱菽园：《诗中八友歌》，台北：文海出版社1977年版，第104页。

[7] 邱菽园：《诗中八友歌》，台北：文海出版社1977年版，第109—110页。

[8] 邱菽园：《诗中八友歌》，台北：文海出版社1977年版，第109页。

深。《即酬许允伯①》(1909)云"收拾狂名不值钱,敢云惇史继前贤。希文纵复先忧国,夸父难追已堕渊。碧血成仁多死友,浊醪排闷感长年。只余落拓星洲老,哀乐关怀渐近禅",末句更直接指出邱菽园晚年参禅的心态。《疑仙词》(1940)云"忽忽星洲年复年,未成佛去却疑仙。四三月并无寒季,二六当均不夜天。醉向杯中邀月饮,困来石上借花眠。诗魂倘逐凉风化,定在青山绿树边"②,其中的禅意很浓,邱菽园的佛学造诣由此可见一斑。

第三节　南下知识分子品格的坚守:潘受《海外庐诗》

　　1938 年末,郁达夫的南下促进了抗战文学的发展。郁达夫在逗留新加坡与流亡印尼苏门答腊期间,写下了相当数量的旧体诗,记述他的南洋经历与流亡时期的复杂心情。如郁达夫的《南天酒楼饯别王映霞》:"自剔银灯照酒卮,旗亭风月惹相思。忍抛白首名山约,来谱黄衫小玉词。南国固多红豆子,沈园差似习家池。山公大醉高阳日,可是伤春为柳枝。"③冷战时期大量的南下文人活跃在马来亚文坛,如凌叔华、孟瑶、苏雪林等人先后南下新加坡南洋大学中文系任教,他们在新加坡的任教、研究、交游以及创作活动,留下了冷战时期新马社会的宝贵历史图像。同时期从香港转道而来的汉素音,以其西方左派知识分子的视角对南洋大学以及南洋社会进行了深刻的思考和描写,又为我们提供了一幅迥异于台湾南来文人的图景。这些中国文人(包括南洋大学中文系的其他南来文人)在应对南洋大学各时期所面对的时代风云时体现出的态度、立场,以及文学姿态中所蕴含的对中华文化传承、国族集体记忆、在地的华文高等教育的关心和聚焦,为我们理解冷战与中国现代文学的关系留下了珍贵的精神资产。1957 年,一批志同道合的本

---

① 许允伯,即许南英,于咸丰五年十月初五日(1855 年 10 月 14 日)出生在西定坊武馆街许家内。许南英五岁初学唐诗,即能成诵,六岁举家迁至南门里东安坊马公庙(在延平郡王祠附近)。其父辟住宅四围空地,种植花木,名为"窥园",并自于园中开馆授徒。许南英先后从陈良玉、许凤仪、郑永贞、叶崇林等夫子,学业益进。光绪五年(1879)许南英中秀才,光绪十二年(1886)中举人,光绪十六年(1890)成庚寅恩科三甲进士(与夏曾佑等同年,状元是泉州府晋江县人吴鲁)。同年五月,著主事,分部学习。甲午战争时,在台南担任行政职务,襄赞刘永福。日军进入台南,他与刘等在英国人帮助下乔装逃到厦门,转汕头,在许子荣、许子明兄弟帮助下到东南亚的泰国、新加坡发展。年仅 3 岁的第四子许地山和原配吴慎、大兄梓修等家人随后到汕头,住在鮀浦(在今汕头市鮀莲街道)附近的桃都。从南洋回唐山后寄籍福建漳州龙溪,在广东做行政工作,辛亥革命后在漳州生活。民国六年(1917),许南英前往荷属东印度棉兰,因病去世。
② 邱菽园:《诗中八友歌》,台北:文海出版社 1977 年版,第 408 页。
③ 原载于《星洲日报》副刊《繁星》,1940 年 5 月 23 日。

地诗人成立了新声诗社。直到现在,该社仍在正常运作,是新加坡历史最悠久的华人诗社。

1957年前后,南洋大学中文系开设了旧体诗词写作课程,并于1960年代初出版了3部师生创作集。第一部是庆祝南洋大学第一届毕业礼的《云南园吟唱集》。当时中文系广邀新马著名诗人一同雅集吟诗。另外的《新加坡古堡纪游诗》和《南风词集》,则收录了中文系学生的诗词课程作业。《云南国吟唱集序》有言:"星洲海疆平远,独西南冈峦起伏,具雄奇郁纡之致。云南园一隅,则尤萧然以深,惠气钟毓,与海云相荡摩。故受性于人,诚朴而愿勤,有为而多力。邦之耆贤,顾瞻佳图而规远大,即于其地创立南洋大学。筚路蓝缕,以启黉宫。郁郁弦歌,于兹五稔。今当首届毕业庆典,适邻兰亭修禊之辰。"①序作者刘太希盛赞其中所收诗歌:"所谓笔落惊风雨,诗成泣鬼神,泻若江河,舒若烟云。"②刘太希亦有"南园桃李簪裾集,九畹滋兰气类亲。十五国风趋变雅,三千子弟乐成均。招来濠濮之间客,傲彼羲皇以上人。四面云山青到海,芳菲如接永和春"③之句。创作集中不乏对南洋大学传承中华文化之举的夸赞。如涂公遂作有"九万里风斯下矣,五千年史将何之。天涯葆此弦歌地,曾有人文蔚隽奇。我马玄黄原倦客,他山攻错是良师。今宵咏唱忘年乐,大雅方兴俩在兹"④;谢云声作有"如火如荼胜一时,此邦文化系安危。云南云师今朝倡,正是百花齐放时"⑤;佘雪曼作有"海国文星聚,上庠文教敦。车填武吉路,春满云南园。风掣华灯闪,诗成醉墨翻。兰亭如可接,一笑各忘言"⑥。创作集中也包括一些对新加坡本土事物的关怀之作,如佘雪曼作有《新嘉坡自治邦迎春词》:"狮岛月色妍如花,几多游子不思家。狮岛星光明如沙,海波潋滟萃物华。彩旗秀出星月斜,天教新民宁奢夸。独立桥畔沉吟久,一朝春回腾众口。百五万人齐仰首,举世邦国为尔友。奋发雄飞炬雌守,撷芷扬芬同在手。阳春初放愿初酬,矢忠矢勇为邦谋。异族同心居一洲,今见天地同体流。宇宙限隔安在哉,长泯千古种敌哀。"⑦

潘受(1911—1999)是南洋大学旧体诗的重要代表。潘受原名潘国渠,

① 南洋大学中文系:《云南园吟唱集序》,新加坡:南洋大学中文系1960年版,第1页。
② 原载于《星洲日报》副刊《繁星》,1940年5月23日。
③ 南洋大学中文系:《云南园吟唱集》,新加坡:南洋大学中文系1960年版,第7页。
④ 南洋大学中文系:《云南园吟唱集》,新加坡:南洋大学中文系1960年版,第7页。
⑤ 南洋大学中文系:《云南园吟唱集》,新加坡:南洋大学中文系1960年版,第7页。
⑥ 南洋大学中文系:《云南园吟唱集》,新加坡:南洋大学中文系1960年版,第7页。
⑦ 南洋大学中文系:《云南园吟唱集》,新加坡:南洋大学中文系1960年版,第48页。

字虚之,号虚舟,晚年号看云翁,祖籍福建南安。1930 年南来新加坡,任新加坡《叻报》副刊《椰林》编辑。1931 年任新加坡崇正学校校长。1940 年南洋各地派潘受为回国慰劳团团长并访问中国,1946 年回到新加坡。1953 年任新加坡南洋大学执行委员,1955 年任新加坡南洋大学秘书长。1960 年退休。1986 年获新加坡政府文化奖。1991 年获法国最高文学艺术勋章。1992 年获新加坡政府最高勋绩奖章。著有旧体诗集《海外庐诗》(1970)、《潘受行书南园诗册》(1984)和《潘受诗集》(1997)等。潘受的父亲是福建建宁府秀才,曾拜林纾为师。潘受素有家学,五六岁就开始涉猎古代诗词。10 岁时,他便从南安乡下到泉州培元学校读书,插班小学四年级。1927 年初中毕业。在培元学校念高中时,潘受参加全国拒毒运动的论文比赛,其参赛论文《拒毒运动与民族主义》被以时任北大校长蔡元培为首的评审团评为第一名,并由蔡元培亲自颁发金盾奖。17 岁那年,培元中学初中部聘请潘受为初中三年级兼职国文教师,当时潘受还是该校在籍高中生。高中毕业那年,潘受 18 岁,被培元中学聘为正式教员。1 年后,潘受辞去教职,南渡新加坡谋生。

潘受从小就接受新式的学校教育,同时受到当时五四新文化运动的影响,14 岁就开始从事新诗的创作。可是有一次父亲不经意说的"新诗一句也难以让人记住",让潘受意识到旧体诗的妙处。潘受认为古典歌词音韵比较强,容易记住,而五四新文化运动产生的新诗,并没有实现文学革命者的期待,于是他开始着力于旧体诗的创作。潘受这样说:"本人写诗,开始写的是白话诗。白话诗产生于一九一九年五四新文化运动,胡适发表他的《尝试集》,那时,本人才八九岁。不久,中国很多青少年跟风写起白话诗。又不久,古典诗词渐渐不见于报刊上了。本人写白话诗也已是十三四岁了。再过三数年,本人终于发觉音乐性是一首好诗不可或缺的要素。所以诗叫诗歌,作诗叫吟诗。于是转而注意起古典诗词。这一转,越转越深入,竟像是被什么东西迷住了,缠住了,想转回头也是转不出来了。"①

从五四文学的脉络上看,潘受与中国政商文三界交往密切。在日本侵占马来亚时期,潘受曾避难中国重庆,担任新加坡慰劳团领导,到抗战前线慰劳将士,曾经遇到过抗战名将李宗仁、卫立煌等人;后走遍四川、云南,在成都跟陈嘉庚会合。在重庆的 4 年,他认识了中国文化界诸多名人,如章士钊、于右任、沈尹默、老舍、刘成禺等。潘受认为当时很多的五四文人都开始

---

① 潘受:《潘受诗集·后记》,新加坡:新加坡文化学术协会 1997 年版,第 621—622 页。

重视旧体诗创作:"在四十年代初期的中国战时首都,环顾当时中国,几位白话诗的开路先锋,不写的不写了,如胡适最捧场的康白情,继续写的则如编过《新青年》的沈尹默、陈独秀、'创造社'的郭沫若,以至俞平伯、叶圣陶、朱自清等,无不'勒马回缰',如闻一多去写古典诗词了,举也举不尽,数也数不清。他如老舍、茅盾、顾颉刚、田汉,他们偶尔写写,也只是古典诗词。至于学衡派的吴宓、梅光迪、吴芳吉,更是坚守古典阵地,从不改变。连臧克家,也不时有古典式绝句出现了。……当白话诗初起时,大家认为古典诗词该打倒,因为难懂。现在则认为难懂的往往是白话诗。而且,古典诗词容易成诵,能背几首古典诗词的,到处有人;而白话诗则除作者本人或可背得出三数首外,读者谁背得出? 这些问题很值得有心人深思!"①潘受也是身体力行的杰出诗人。关于青年人写诗,潘受建议道:"很简单,如果他真的有兴趣,有中国文学根底,他可以去学、多读、多写,一定不会吃亏,也自然能得到享受和成就。人各有所好,各择所好就行了。……假使只让我指出一位的话,那就是杜甫;其实,李白、张籍、李义山、苏东坡也是我所爱的。"②

《海外庐诗》中的中国情怀与本土意识并存。作为南下文人,潘受曾谈及自己的爱国情怀:"本人收存在这集子里的诗,开始于 1937 年,那年二十六岁。前乎此所作,纵然有些是朋友们认为不错交相劝存的,也决计不收。因为一九三七年'七七'卢沟桥事变,日本军阀发动大规模侵略战争,是中华民族有史以来生死存亡的最大关键。本人是中华民族的一分子。这一年是本人最切齿痛心,最不能忘记的一年!"③他的诗歌中有着深切的对祖国时局的关注和浓浓的爱国主义情怀。《海外庐诗》第一篇《紫金山梅花》作于1937 年,诗中写道:"孙陵路接孝陵斜,间代英豪起汉家。千古春风香不断,紫金山下万梅花。"④《燕京杂诗》(1937)则云:"大刀出鞘凛纵横,荡决时闻杀一声。五百健儿喜峰口,记将血肉补长城。"⑤《重过金陵四首》(1946)又道:"鸩毒南皮叹建康,收京今见复员忙。月明一片江山影,如照徐妃半面妆。功成万骨不妨枯,北伐还闻说寄奴。风景欲怜新劫后,白门无柳可藏乌。城郭人民认是非,大江潮打众山围。夕阳再过乌衣巷,王谢空归燕不归。千秋虎踞龙盘地,一局蜂狂蝶闹春。风雨更能消几许,眼中花事渐成

① 潘受:《潘受诗集·后记》,新加坡:新加坡文化学术协会 1997 年版,第 622—623 页。
② 潘正镭、韩山元:《潘正镭、韩山元访潘受》,《联合早报》1997 年 8 月 17 日。
③ 潘受:《潘受诗集·后记》,新加坡:新加坡文化学术协会 1997 年版,第 620—621 页。
④ 潘受:《潘受诗集》,新加坡:新加坡文化学术协会 1997 年版,第 3 页。
⑤ 潘受:《潘受诗集》,新加坡:新加坡文化学术协会 1997 年版,第 10 页。

尘。"①《避寇归国卜居渝州嘉陵江滨春日多暇感时抚事集杜少陵句成五言律五十首》写作于1943—1944年，其一云："烈火发中夜，风云暗百蛮。窜身来蜀地，何路出巴山。天下兵常斗，春归客未还。卜居期静处，缓步有跻攀。"②这些抗日诗篇，有助于新加坡人民了解中华民族在生死存亡关头如何万众一心地抗击日寇。

潘受曾跟着第二战区司令李宗仁将军凭吊抗日名将张自忠，他为此写下了"天围大野风云壮，日落孤城鼓角悲"③的豪壮之语。再如《吴淞无名英雄墓为五年前一二八抗日之役死难将士葬处同人来献花圈记以此诗》凭吊的是前赴后继的抗日战士："小堪劫后过吴淞，新冢累累夕照中。但有花圈酬战骨，更无名字识英雄。艰难守土孤军奋，慷慨捐躯一死同。凭吊似闻嘶鬼马，怒声犹逐海潮东。"④1949年，他又写下了《送迎一首是日立夏》："送迎王霸了昏星，谁解台城柳苦辛。山尚龙蟠余旧姓，堂随燕去付新人。惊心一碧长江水，过眼千红昨日春。犹有后庭歌未歇，孔张脂粉倚风尘。"⑤此诗作时，中国人民解放军已经完成渡江战役，解放了南京。

随着人生步入中年，潘受的诗歌中有了一些人生的离愁和喟叹。如1954年写的《自题随笔》："世事浮云瞬变迁，渐伤哀乐入中年。欲从笔底搜残梦，难写人间尽短篇。隐豹文章非所比，荒鸡言语敢求传。黄金虚牝真轻掷，一笑兰膏苦自煎。"⑥他关注南洋的发展，诗中提及的南洋风物越来越多。如《南大戏剧学会公演钗头凤话剧将出特刊嘱为题句四首》(1953)："盟誓虽深海变田，沈园春剩柳翩翩。伤心一阕钗头凤，故事流传八百年。……胡马中原老益悲，况兼哀艳少年时。剑南所作皆天付，六十年间万首诗。"⑦

南下文人之间的交往也在潘受笔下有所记录，如《题凌叔华女士花卉写生五首》(1959)："才貌真当刮目看，要图富贵本非难。怪他一种书生气，从此风尘老牡丹。招来风来与众分，虚怀直节上青云。何时草木能参政，我欲高呼选此君。怀抱芳馨一往深，宛如泽畔独行吟。擎残翠盖当风雨，谁识荷花有苦心。炎黄苗裔有居夷，瘴雨千催百折之。终古此花根性在，西风何力破东篱。窥帘弄笔写芭蕉，便觉青藤不寂寥。还与画师参此味，世间听雨最

①　潘受：《潘受诗集》，新加坡：新加坡文化学术协会1997年版，第3页。
②　潘受：《潘受诗集》，新加坡：新加坡文化学术协会1997年版，第70页。
③　潘受：《潘受诗集》，新加坡：新加坡文化学术协会1997年版，第38页。
④　潘受：《潘受诗集》，新加坡：新加坡文化学术协会1997年版，第11页。
⑤　潘受：《潘受诗集》，新加坡：新加坡文化学术协会1997年版，第136页。
⑥　潘受：《潘受诗集》，新加坡：新加坡文化学术协会1997年版，第171页。
⑦　潘受：《潘受诗集》，新加坡：新加坡文化学术协会1997年版，第184页。

魂销。"①再如与郁达夫、陈嘉庚等下南洋活动的中国人的交游也出现在诗作中,如《次韵赠郁达夫先辈时君赋毁家诗后复偕映霞女士出国南来》(1939):"小劫神仙亦可嗟,最难家毁又成家。愁边诗酒皆新泪,梦里关河有乱笳。看到波生方爱水,折来刺在更怜花。何当一笑忘陈迹,重结鸳盟寄海崖。"②《怡和轩与诸友夜坐追话郁达夫之死》:"严警乌啼寇压城,当时共此议宵征。陆游家国于诗见,杜牧江湖载酒行。耿耿三年支万忍,迟迟一死换千生。招魂何处收残骨,徒博虞初说部名。"③其诗歌小注:"一九四二年二月达夫自新嘉坡围城出走,其小电船原为洪永安备以供余与永安两家眷属用着,约定五日黎明开往临近之苏门答腊小岛,余告知达夫及李铁民皆欲同行,先一夕乃同下榻怡和轩待发,达夫所携小行箧衣物数事而外有白兰地酒一瓶、牛肉干十余块,诗韵一部,曰舟中可唱和也。相与大笑,酒三人,立意将小电船坐位尽让与之,遂分途。达夫既至苏门答腊,化名赵廉,嗣为日寇所得,命充通译。三年间,全活甚众。寇降惧平日罪行多不能逃其耳目,又早知其人即郁达夫,乃密害之以灭口,竟无有知其死所者。"④《五言一百韵寿嘉庚先生七十》(1943),结尾部分"今公届古稀,皓首无往著。人争颂松椿,我泪窃盈掬。亦拟荐霞觞,公本厌酬酢。亦拟荐蟠桃,公本是方朔。裁云写诗篇,三揖三熏沐。公乎盍归来,中兴已可卜"⑤,将陈嘉庚的光明磊落和坚贞表现得淋漓尽致。潘受与陈嘉庚先生情谊深厚,作有《嘉庚先生挽诗四首》(1961),其中一首云:"一暝公何憾,哀凝四海思。江山借魂魄,神鬼慕须眉。却愧疏顽者,犹蒙奖爱之。临风余涕泪,吾似失亲时。"⑥

关于南洋大学的礼赞与回忆也是潘受诗作中经常会出现的主题。如《丙寅冬至后二日重过南园七绝八首》(1986):"风貌南园判昨今,旧踪路断已难寻。孑遗一树相思在,更与何人展绿阴。"(其一)"三色光环旗影杳,园荒亭坏莫回春。落成永忆当年事,士女欢腾十万人。"(其二)"虎倒龙颠抑塞才,物鸣总有不平哀。要知天下原无路,路是人人踏出来。"(其三)"娇莺言语谢文章,数典何妨祖可忘。金碧黯然图籍散,我余及吊鲁灵光。"(其四)"略似沧浪见楚词,此湖清浊美风漪。种松老圃无人识,照影重来立片时。"(其五)"旧寓山庐仄径斜,残基犹在草穿沙。后园不见华茂迹,脉脉西空自

---

① 潘受:《潘受诗集》,新加坡:新加坡文化学术协会 1997 年版,第 186 页。
② 潘受:《潘受诗集》,新加坡:新加坡文化学术协会 1997 年版,第 15 页。
③ 潘受:《潘受诗集》,新加坡:新加坡文化学术协会 1997 年版,第 108 页。
④ 潘受:《潘受诗集》,新加坡:新加坡文化学术协会 1997 年版,第 108 页。
⑤ 潘受:《潘受诗集》,新加坡:新加坡文化学术协会 1997 年版,第 82 页。
⑥ 潘受:《潘受诗集》,新加坡:新加坡文化学术协会 1997 年版,第 196 页。

晚霞。"（其六）"榛芜碧涌大门生，门尚庄严额削名。何止旧人零落尽，也无鹦鹉说华清。"（其七）"年来世事不堪论，话到喉头咽复吞。多谢海风吹雨过，暗将吾泪洗无痕。"（其八）①

潘受既是旧体诗的践行者又是守护者。他曾回忆："一九八五年广州诗社欧初社长和他们社里的一班师友到新加坡来，听众踊跃。他们邀我发言，我说：中国古典诗词早被打成一条死蛇了，现在又变成一条飞龙在天，中国文字外貌有变过，从来没有死过。能痛除恶草，痛革恶风，那末，中国诗歌的地位将永居世界第一，因为世界上只有中国字是一字一形，一字一音，一字一义，有无穷的灵活，无穷的变化，无穷的奥妙。有声，有色，有物，有则！"②他的《泰山四首》《归抵新加坡示尔芬》《悼亡室郑尔芬》等诗作都是他自己中意的作品。其中《尔芬周年忌辰挈二儿省墓遇雨》（1938）尤为动人："经年碑碣渐生苔，低首坟前抚百哀。心事不须吾再说，汗衫犹是汝亲裁。二儿呼母魂何处，一径飞花雨又来。欲去踟蹰还小立，九原双眼可曾开。"③正是这种对旧体诗词的热爱，使得潘受的诗歌中有一种自得自洽的文学感染力和一种自然清新的文学审美力量。

从晚清赴新领事左秉隆和黄遵宪、本土诗人邱菽园，到南下文人郁达夫、佘雪曼，再到落地生根的潘受、李庭辉④、林立⑤，百年来旧体诗创作在东南亚文坛绵延不绝，文脉不断，成为东南亚文学一道靓丽的风景线。现时旧体诗的创作虽然在东南亚地区已经不如从前繁盛，但旧体诗仍受到不同年

---

① 潘受：《潘受诗集》，新加坡：新加坡文化学术协会 1997 年版，第 306 页。
② 潘受：《潘受诗集·后记》，新加坡：新加坡文化学术协会 1997 年版，第 623 页。
③ 潘受：《潘受诗集》，新加坡：新加坡文化学术协会 1997 年版，第 13 页。
④ 李庭辉（Lee Ting Hui，1931— ），又名廷辉，常用笔名有曾徒、曾之徒、亚豸、亚子和秋帆等。祖籍广东清远，生于马来西亚怡保，7 岁时候入英华小学，21 岁时入马来亚大学历史系主修东南亚历史，1957 年获硕士学位。先后在圣安德烈中学、华侨中学教授英文，与苗秀为莫逆之交。1962 年被聘为新加坡大学历史系讲师，1964 年出任新加坡政治训练所副所长，1968 年被聘为南洋大学历史系客座教授，1969 至 1971 年担任新加坡政府教育部副提学官，1971 至 1972 年被聘为加拿大西安大略大学客座教授，1973 年起在新加坡东南亚研究所担任研究员，80 年代初转任新加坡国立大学历史系高级讲师，1985 年荣获哲学博士学位，1990 年被聘为东亚哲学研究所中国研究室主任直至 1992 年退休。曾任新加坡作家协会主席、全球汉诗总会秘书长。
⑤ 与李庭辉一样，林立也是学院派旧体诗人。他毕业于香港中文大学音乐系，之后获香港大学中文系硕士、加拿大英属哥伦比亚大学亚洲研究系博士学位，曾任教于纽约大学、香港城市大学，现任新加坡国立大学中文系副教授。著有《沧海遗音：民国时期清遗民词研究》。现从事有关海外汉诗的研究。除学术撰著之外，尚从事古典诗词创作，担任全球汉诗总会副主席及新加坡本地诗词刊物《新洲雅苑》主编。

龄层读者的欢迎。以新加坡为例,除了新声诗社①和1990年成立的全球汉诗总会一直努力不懈地在本地提倡旧体诗外,新加坡国立大学的一批学生也在2016年夏天成立了南金诗社,推动校园内的旧体诗研习和写作。2015年,全球汉诗总会创办了《新洲雅苑》半年刊,由林立担任主编,主要刊登本地作品,本地诗人和学生因而有了新的出版和交流园地。该刊旨在重振新加坡旧体诗坛的活力,唤起民众对于中华传统文化的关注,自创刊以来,已逐渐赢得社会各界的好评。凡此都证明,在可预见的将来,旧体诗仍会在新加坡华文文学界扮演着不可或缺的角色。

---

① 新声诗社成立于1957年,聚集了几十位专注创作旧体诗的诗人,历任会长有曾心影、叶秋涛、谢云声、陈宝书、许乃炎、李金泉、张济川、杨启麟、詹尊权等。出版物有《戊戌诗人节雅集纪念刊》(1958)、《辛丑端阳新声诗社雅集丹绒禺水榭特刊》(1962)、《新加坡新声诗社百年征课选辑》(1981)和《新加坡新声诗社诗词选集》(1989)等。

第二章 中国现代文学的传统影响：
鲁迅等人对现代东南亚华文文学的影响

东南亚华文文学深受中国现代文学的影响。20世纪初，因为中国时局不稳、民不聊生，东南亚地区迎来了多次的中国文人南下。这些文人多在教育界、新闻界、出版界工作，其中享有盛名的有谭云山、许杰、郁达夫、胡愈之、巴人（王任叔）、刘延陵、杨骚、林语堂、徐讦、凌叔华、苏雪林等人。他们都在东南亚各国居住过，从事过文学工作。还有一些过客，如老舍、巴金、徐志摩等人，在此逗留过一小段时间。当然也有没有到过新加坡的中国文人，如鲁迅、郭沫若、闻一多、张爱玲等人，但因为他们的文坛地位和文学影响，他们对东南亚文学的成长也起着重要的推动作用。除了本章中要分析到的许杰、郁达夫等南来作家的活动，近些年来，东南亚学界也有一些值得注意的研究成果。如周维介《南下的五四水手停舟靠岸星洲之后的足迹》介绍的是刘延陵（1894—1988）南来马来亚，在新加坡低调居住50年，专门从事英文文件翻译并偶有投稿报刊副刊的事迹。刘延陵是中国新文学史上第一本诗集《雪朝》的创作者之一兼主编，成名诗作是《水手》。"五四那火热朝天的年代，刘老其实与文坛中人交往频繁，他也积极参与各种文学活动，绝非隐身隐世、不食人间烟火的骚客，因此，当他在文学巅峰状态下骤然消失人海，不免叫人纳闷。他在五四初期20年代交往的文坛名士叶绍钧、俞平伯、许杰诸人，都不知刘延陵在30年代早已买舟南下，落户星洲，待他们察觉，40个春秋已悄然度过。"①张爱玲与东南亚华文文学的关系也是一直备受关注的学术话题。夏蔓蔓的《南洋与张爱玲》曾经从张爱玲的小说《红玫瑰与白玫瑰》《倾城之恋》《小团圆》、散文《烬余录》《谈跳舞》、电影剧本《六月新娘》《小儿女》《南北喜相逢》中寻找张爱玲笔下的南洋书写。她通过具体文本，大胆推测张爱玲的南洋情怀来自"（一）她二战在港大曾会晤过一位带给她

---

① 周维介：《编后札记》，周维介、潘正镭：《折柳南来的诗人：刘延陵新加坡作品选集》，新加坡：大家出版社2011年版，第323页。

初恋心情的南洋华侨男孩子;(二)她深受与南洋关系密切的母亲影响;(三)她受喜爱的'南洋通'作家毛姆感染"。① 这部专著从文本入手,很多发现都让人耳目一新,是近些年研究"南洋与张爱玲"的佳作,可惜的是,没有从文学思潮、文学传播与影响的层面去展开"南洋与张爱玲"这一话题,略有遗憾。

第一节　五四新文化与鲁迅在南洋:
丁翼《阿O外传》

中国五四新文学对现代东南亚华文文学产生了重要影响,而其中影响最深远的人物当属鲁迅。张天白认为:"南洋文化人,对于鲁迅先生有'师生关系'或什么往来的,恐怕非常之少,但是,对于鲁迅先生的认识,恐怕是再亲切也没有的。只看鲁迅先生生前著述,到处受人欢迎,和鲁迅先生逝世的当时,全南洋的文化人(只要是文化人),都表示万分的关怀与悼念,就知道南洋文化界怎样欢迎鲁迅先生的精神,和鲁迅先生对南洋影响之大。"②章翰(韩山元)曾这样概括:"鲁迅是对马华文艺影响最大、最深、最广的中国现代文学家。作为一位伟大的革命家、思想家,鲁迅对于马华文艺的影响,不仅是文艺创作,而且也遍及文艺路线、文艺工作者的世界观的改造等各个方面。不仅是马华文学工作者深受鲁迅的影响,就是马华的美术、戏剧、音乐工作者,长期以来也深受鲁迅的影响。不仅是在文学艺术领域,就是在星马社会运动的各条战线,鲁迅的影响也是巨大和深远的。长期以来,确切地说,自鲁迅逝世后的四十年,鲁迅的高大形象,一直鼓舞着人民为正义的事业而奋斗。鲁迅一直是本地文艺工作者、知识分子学习的光辉典范。我们找不到第二个中国作家,在马来亚享有像鲁迅那样崇高的威信。"③印尼著名华文作家黄东平在《一名与会者的心声》中坦承从事文学事业是受到中国新文学的影响,尤其是当年的左翼文学作家特别是鲁迅的影响。④

新马文学界注重鲁迅作品中的政治内涵和反抗精神,一定程度上忽略

① 夏蔓蔓(梁秀红):《南洋与张爱玲——解读张爱玲的南洋密码》,新加坡:玲子传媒私人有限公司 2017 年版,第 124 页。
② 张天白:《筹集鲁迅先生事业资金》,《晨星》1937 年 2 月 8 日。
③ 章翰:《鲁迅对马华文艺的影响(1930—1948)》,《鲁迅与马华新文艺》,新加坡:风华出版社 1977 年版,第 1 页。
④ 黄东平:《短稿二集》,新加坡:岛屿文化社 1997 年版。

了对鲁迅思想的深度发掘。早期的东南亚批评界和创作界并没有单独论及鲁迅，鲁迅最初在马华文学界的登场可以追溯到 1925 年，这个时候鲁迅的影响是巨大的，同时也呈现出两极化的趋势。一方面鲁迅及其文学作品已经开始广泛影响东南亚本土文艺，如拓哥呼吁我们要发出"赤道上的呐喊"①，南奎就认为南洋文学应该"呐喊几声"，要用微弱的声音去达到"呐喊者自呐喊"②的效果，鲁迅文艺观成为当时批评家重点演绎的对象。即使在鲁迅遭到中国部分左翼知识分子盲目批评的特殊时期，也有东南亚评论家站出来撰文力挺鲁迅，认为在南洋，如果能够有像鲁迅、张资平那样的写小说的作家，那就好极了，因为"鲁迅派能使人们的心受着打击，而张资平派却能使有点革命性的青年愤激"③。另一方面，当时东南亚文坛受到后期创造社和太阳社以及国际上左翼思潮的影响，在马来亚兴起了所谓的"新兴文学"，在政治立场和文学立场上，与当时"围攻"鲁迅的后期创造社和太阳社文人接近。1930 年 3 月 19 日，化名为"陵"的作者这样评价道："鲁迅、郁达夫一类的老作家，还没有失去了青年们的信仰的重心。这简直是十年来中国的文艺，绝对没有能向前一步的铁证。"④在这篇文章中，鲁迅被认为是阻碍中国新文学发展的"首席老作家"，是注重乡土风味的、接承 19 世纪左拉自然主义余绪的"肉感派"的消极落后者。另一位署名"悠悠"的作者认为鲁迅的作品属于过去社会的文学，已经不再适合现在的社会了，"现在所需要的是普罗文艺，鲁迅既不是普罗文艺的作家，我们只当他是博物院的陈列品"⑤。总体而言，20 世纪 20 年代末到 30 年代初，在新兴文学的左翼话语下，马来亚文坛对鲁迅是持批判态度的，究其原因，主要有两方面：一方面是当时马华文学界并没有很清晰的马来亚国族意识，更多地是将自己看作中国新文学在东南亚的一个分支，因此对鲁迅的批判自然会倾向于激进的后期创造社和太阳社，认为"南洋文艺的方向应该无疑义的是'普罗'底的……（我们不至于）只是希望着有鲁迅似的'绍兴师爷'的笔调描写这儿的人生"⑥；另一方面，则可能是出于地理、人文环境等原因，东南亚地区和大陆之间的文学交流不能同步，东南亚本地文艺工作者跟随激进文艺路线，一定程度上可以增加本地文艺（特别是南来文人）在中国文学母体中的分量。但

---

①　拓哥：《赤道上的呐喊》，《南风》1925 年 7 月 29 日第 2 期。

②　南奎：《〈星光〉今后的态度》，《星光》1926 年第 45 期。

③　则矫：《关于文艺》，《星洲日报》副刊《野葩》1930 年 4 月 23 日。

④　陵：《文艺的方向》，《星洲日报》副刊《野葩》1930 年 3 月 19 日。

⑤　悠悠：《提倡新兴阶级的文艺》，《星洲日报》副刊《野葩》1930 年 5 月 14 日。

⑥　滔滔：《对于南国文艺的商榷》，《星洲日报》副刊《野葩》1930 年 4 月 30 日。

吊诡的是,等到左翼文学的倡导在东南亚文坛产生了一定的效果,具有相当的话语权之后,本地文艺工作者又开始重新追随鲁迅,继承其开创的五四启蒙和国民性批判的文学传统。

1930 年中国左翼作家联盟成立,鲁迅成为中国左翼文坛的盟主,东南亚文艺界也开始调整对鲁迅的态度。东南亚文艺界不少作家把鲁迅当作导师,在写作中不断引用鲁迅的话作为自己写作的论据,而且鲁迅的一些文艺主张也被东南亚作家接受和传播,如马达针对当年的"两个口号"之争,认同鲁迅对于"国防文学"概念不清的认识,同时也批评当时左翼文坛的"关门主义"倾向。① 陈玉兰认为作家要继承鲁迅先生的实干精神,不要"空口争论"。② 阿生认同李润湖提出的提高文化水准的期望,不过也提醒批评文章不要像鲁迅笔下的阿 Q 那样无的放矢地批评同道。③ 当时马华文坛提出了"反封建的民族自由更生的大众文学"的口号,方修认为这一口号来源于鲁迅,直接响应了五四文学传统中重视思想启蒙、强调反封建反殖民的革命路线,是马华文学思潮的一次重要发展。④

1936 年 6 月鲁迅病重的消息传到马来亚地区,本土文艺界人士非常关注。南鸿在文章中表达对鲁迅的敬意,称鲁迅为"中国文坛的灯塔,黑暗与光明正在斗争中的指路碑"⑤。鲁迅病逝的消息传到东南亚后,当地华文报章发表了大量向鲁迅致哀致敬的文章。如《南洋商报》在 1936 年 10 月 20 日第二版刊出鲁迅逝世的消息。同一天,《星洲日报》《星中日报》《光华日报》都刊发了鲁迅逝世的消息和数十篇悼念性的文章,都强调鲁迅的逝世是文化界的大损失,向鲁迅先生之灵致敬,这些都让我们认识到鲁迅在东南亚文艺界的崇高地位。⑥ 1937 年 10 月,在鲁迅逝世一周年纪念的日子,东南亚文艺界、教育界、出版界、新闻界以及其他各界人士,在大世界体育场举行了盛大隆重的纪念大会,参加人数两千人。⑦ 大会主席是青年励志社负责

---

① 　马达:《对〈马来亚文艺界漫画〉的意见》,《星洲日报》副刊《晨星副刊》1936 年 10 月 6 日。
② 　陈玉兰:《马来亚文艺界零话》,《出版界》1936 年 10 月 23 日。
③ 　阿生:《手执钢鞭将你打》,《狮声》1936 年 2 月 18 日。
④ 　方修:《导言》,方修编:《马华新文学大系(一)·理论批评一集》,新加坡:世界书局 1971 年版,第 17 页。
⑤ 　南鸿:《鲁迅先生的病况》,《星洲日报》副刊《文艺周刊》1936 年 8 月 16 日。
⑥ 　章翰:《鲁迅与马华新文艺》,新加坡:风华出版社 1977 年版,第 35 页。
⑦ 　大会程序如下:一、全体肃立;二、向国旗行鞠躬礼;三、唱国歌;四、向鲁迅先生遗像一鞠躬;五、默念;六、唱挽歌;七、主席致开会词(青年励志社);八、报告筹备经过(茶阳励志社);九、报告鲁迅先生生平史略(业余话剧社);十、奏哀乐(爱华音乐队);十一、演说(每人五分钟);十二、唱挽歌;十三、散会。章翰:《鲁迅与马华新文艺》,新加坡:风华出版社 1977 年版,第 46 页。

人胡守愚，也是当时《星中日报》的编辑主任。报告鲁迅生平的是著名话剧家吴天，时任新加坡业余话剧社负责人。当天参加纪念大会的团体单位包括中国驻新加坡总领事馆、《星中日报》、上海书局、《新国民日报》、《星洲日报》、《总汇新报》、民众学校、华侨中学、福州会馆等 20 多家报业、学校、会馆等机构，大量的知识分子、工人、学生的参与对于扩大鲁迅的影响是非常重要的。

二战前东南亚文坛纪念鲁迅的活动，一直持续到 1941 年 12 月日本帝国主义入侵东南亚地区才告一段落。这一时期的鲁迅研究总体而言有以下几个特点：

首先是强调鲁迅战斗性的一面，突出他面对黑暗社会制度时的抗争精神。流浪认为鲁迅一生充满着反抗和战斗精神，他是封建宗法社会的逆子、绅士阶层的贰臣，同时又是"一些浪漫谛克的改革家的诤友"。[①] 再如《光华日报》(1937 年 10 月 19 日)发表了寄鸿的《抗战期中纪念鲁迅导师》，指出在国难严重、时局纷乱的当口，世界损失了一位革命导师文豪高尔基，中国方面也损失了一位文学青年的导师鲁迅先生，后者不仅是新文化运动的先驱，而且是提倡民族解放战争的文坛台柱。"鲁迅导师"的名头从这个时候开始不断出现在东南亚华人作家的表述中，而其中的"坚决刚毅的战士态度"则是最为东南亚文人所敬佩之处。[②] 还有志明的《纪念鲁迅先生》、白莎的《纪念鲁迅先生！》都强调鲁迅是中华民族的灵魂、伟大的时代巨人。[③] 南来作家张楚琨也提醒南洋文学界，学习鲁迅并不仅是学习他的行文措词造句，还要学习他那种泼辣英勇的战斗精神。[④]

其次是延续着对鲁迅的敬仰之情，强调鲁迅在东南亚知识分子心目中的崇高地位。李润湖认为鲁迅与巴比塞、高尔基一样，是人类思想主潮生出的"骆驼一般的文化导师"。[⑤] 丘康写于 1939 年的《七七抗战后的马华文坛》认为鲁迅先生是中国现代文学之父、所有进步阶层的代表者，对鲁迅先生是极推崇的，就如马华文艺界从他逝世之日起，以出特辑、开会等纪念方式，将鲁迅先生的战斗精神永远刻在马华文艺工作者的心上。[⑥] 章翰认为随着日本侵略东南亚的步伐加快，保卫马来亚，为马来亚人民的生存权利与

① 流浪：《悼鲁迅先生》，《星洲日报》"晨星"副刊 1936 年 10 月 25 日。
② 寄鸿：《抗战期中纪念鲁迅导师》，《光华日报》1937 年 10 月 19 日，第 22 版。
③ 志明：《纪念鲁迅先生》，《光华日报》1937 年 10 月 19 日，第 22 版。
④ 张楚琨：《〈读了郁达夫的几个问题〉附言》，《南洋商报》副刊《狮声》1939 年 1 月 24 日。
⑤ 李润湖：《悼鲁迅先生》，《新路》1936 年 10 月 21 日。
⑥ 丘康：《七七抗战后的马华文坛》，《星洲日报》1939 年新年特刊。

自由更生而战斗，成为社会运动的最重要任务。处在这样一个伟大的战斗的时代，马华文艺工作者更深切地感到向鲁迅学习的必要，要学习鲁迅的硬骨头精神。①

二战结束后，东南亚文坛开始慢慢走出战争的创伤，恢复元气。这个时期对鲁迅的研究多与当时东南亚地区的反殖民斗争、民族解放运动结合在一起，强调鲁迅不仅是华人的精神领袖，也是属于所有被压迫的民族的精神领袖。1947 年 10 月，时值鲁迅逝世 11 周年，关于鲁迅的纪念活动蓬勃开展起来。《星洲日报》于 10 月 18 日推出星华文协编的"纪念鲁迅先生特刊"，其中刘思《纪念导师几点意见》指出要展开鲁迅作品读研，组织鲁迅读书会，把鲁迅的作品翻译到东南亚来，从而对读者进行思想磨砺。刘思认为从思想领域和创作成就上看，鲁迅先生无疑是 20 世纪亚洲最伟大、最卓越、最辉煌的作家，糟糕的是他的著作主要是用华文写的，因此亚洲许多弱小民族国家就失去了欣赏和学习的机会，我们应该尽快翻译鲁迅的作品，应该使得参与弱小民族运动的战士们接受鲁迅先生的鼓舞。② 胡天也强调鲁迅的作品尤其是杂文，它有百发百中的威力，而且雄浑刚直，不避权贵，冷嘲热讽，直截痛快，这是鲁迅先生的伟大之处，鲁迅无疑是变革中国民族精神的主要先驱之一。③ 10 月 19 日，新加坡各界代表在小坡余街的海员联合会举行鲁迅逝世 11 周年纪念大会，出席人员数百人，大会主席汪金丁认为："鲁迅先生是民族的光荣，他的战斗精神，是中华民族精神的表现。"④著名报人胡愈之强调："鲁迅不仅是中国翻身的导师，而在整个亚洲亦然，他永远代表被压迫人民说话，对民族问题（的主张）是一切平等，教人不要做奴隶。"⑤同日，新加坡各界在大世界游艺场举行"纪念鲁迅文艺晚会"，表演的节目有 15 个之多，歌、舞、话剧都有，这是马华文化艺术界第一次纪念鲁迅的盛大演出。⑥

1948 年 6 月，英国殖民当局在马来亚实行"紧急法令"⑦，所有具有左翼

---

① 章翰：《鲁迅与马华新文艺》，新加坡：风华出版社 1977 年版，第 12 页。
② 刘思：《纪念导师几点意见》，《星洲日报》1947 年 10 月 18 日推出星华文协编的"纪念鲁迅先生特刊"。
③ 胡天：《略谈鲁迅的杂文》，《星洲日报》1947 年 10 月 18 日推出星华文协编的"纪念鲁迅先生特刊"。
④ 章翰：《鲁迅与马华新文艺》，新加坡：风华出版社 1977 年版，第 48 页。
⑤ 转引自《星洲日报》1947 年 10 月 20 日的新闻报道。
⑥ 参见章翰：《鲁迅与马华新文艺》，新加坡：风华出版社 1977 年版，第 49 页。
⑦ 1948 年英国殖民者颁布紧急条例（Emergency Regulations Ordinance）后，被驱逐的华侨剧增，根据《南洋商报》的新闻报道：1949 年 1 月 1 日有 606 名，2 月 5 日有 661 名，之后基本每隔一个月都有华侨及其眷被驱逐，如 1960 年 12 月 30 日就有 150 名华人被驱逐。

倾向的、进步倾向的民主力量都受到严厉的镇压，纪念鲁迅的活动就此停止了。一直到 1954 年 10 月 19 日，《南洋商报·文风》刊载"鲁迅先生逝世十八周年纪念专刊"以纪念鲁迅，其中有范婴羊的《鲁迅思想片段》，强调的是鲁迅的硬骨头与坚持抗争的精神，而对鲁迅思想中的五四启蒙并没有提及。1955 年 3 月 25 日，《生活文丛》刊发了一篇名为《向鲁迅先生学习》的短文，作者认为鲁迅当年面对的国民党反动派的白色恐怖，与当时东南亚各民族所面对的殖民统治下的冷战氛围是一样的，我们要学习鲁迅先生"独当一面地进行着艰苦卓绝不屈不挠的长期喋血奋斗"①。

随着 1950—1960 年代东南亚各国政治经济政策的调整，华人文化被有意打压之后，鲁迅的现实批判和反抗精神变成了一种传承在东南亚现代文人心中的地火。"马华文坛崇拜鲁迅都来不及，没人敢以鲁迅自居，与他平等观之，只敢视他为精神导师，亦步亦趋地跟随（他们想像的）鲁迅，拾其牙慧。……另一方面，在论述鲁迅的时候，他们也有很大程度的选择、更形乃至扭曲——比如马华文坛表现出来的鲁迅是如此的果断决绝、激进乐观，仿佛其行动的背后没有一丝一毫的犹豫和迟疑，也没有和共产党有任何不协调之处，然而如果仔细辨析鲁迅的文字，即可知道上述印象只是一个错觉。"②这种精神图腾式的崇拜在 1950—1960 年代，随着新加坡南洋大学的创立、槟城的钟灵中学刊物〔如沙漠风社出版的文艺杂志《沙漠风》(1954—1973)、逍遥天主编的《教与学月刊》(1960—1973)〕的创刊，南北呼应，迎来了一次高扬鲁迅精神的热潮。据 1950 年代活跃的左翼学生领袖林清如、陈国相等人的回忆，鲁迅的《阿 Q 正传》《祝福》都是 1950—1960 年代新加坡华校生的必读作品。1956 年出版的《耕耘》，有专门纪念鲁迅的特辑。孟毅认为 1950—1960 年代的新加坡作家苗秀、赵戎、絮絮、洛萍、谢克、于沫我等人的现实主义创作，都是循着鲁迅"着重于反映下层人民的痛苦生活和描写小人小事"的现实主义传统的优秀作品。③ 同时期的华文教育界也将鲁迅精神作为华文文学重要的教育环节。南洋大学的《大学青年》在第 6 期出版了纪念鲁迅先生逝世 25 周年纪念特辑，褒扬鲁迅的横眉冷对、针砭时事的斗争精神，让当时的进步学生将他视为精神偶像，以他的作品强调知识分子的

①　江佐：《向鲁迅先生学习》，新加坡：《生活文丛》1955 年 3 月 25 日。

②　张康文：《"马华鲁迅"与"东亚鲁迅"》，思想编委会编著：《南洋鲁迅：接受与影响》，新北：联经 2020 年版，第 197—198 页。

③　孟毅：《导论》，孟毅编：《新马华文文学大系·小说一集》，新加坡：教育出版社 1971 年版，第 13 页。

社会责任。① 这个时期的新加坡高级华文的教材,如林徐典主编的《华文》第一语文第三册,在介绍鲁迅的时候,也是强调其小说反封建、反旧礼教,替不幸的人们发出呐喊和带来希望,强调其杂文对社会的讽刺力量。除了新马两地之外,像越南的男高创作的《志飘》也"或多或少继承并发挥了鲁迅的创作风格"②。还有鲁迅在印尼、越南、泰国、缅甸等国的翻译本的播散,都是鲁迅影响力的表现。

值得一提的是,鲁迅的作品经常被南洋作家改写,成为极具生命力的文学典范。如阿Q的南洋之旅是一个非常有意思的话题,丁翼的《阿O外传》(1971)③开门见山地说要为阿O立传,说这个阿O是死了半个世纪的阿Q的孽种。小说通过类比,展示了鲁迅笔下的阿Q其人其行在南洋被延续的现象,继续着作家继承鲁迅国民性批判文学传统的自觉意识。方北方的短篇小说《我是阿Q》(1962)④讲的是做人要有阿Q精神,不要太钻牛角尖,借此对黑白颠倒的世风日下的现代社会进行讽刺。李龙的《再世阿Q》(1991)中,鲁迅笔下的阿Q投胎南洋,作者开宗明义,为这位南洋阿Q——Stephen Q——立传。孟紫的《老Q自供书》(1990)⑤、李龙的《再世阿Q》(1991)都是借用阿Q的南洋旅行,其现实批评目标直指新加坡的"讲华语运动""推广传统文化"的双语政策。南治国从赛义德旅行文学的理论出发,分析"阿Q"在东南亚地区的传播方式和影响、接受。他认为鲁迅笔下的阿Q众相欺软怕硬,有些狡猾自不待言,精神胜利法的种种表现也或隐或现地体现在南洋阿Q众相之中,而且新马华文作家笔下的阿Q还具有很多未庄的阿Q所没有的南洋色彩;同时南治国也指出鲁迅笔下的阿Q能让我们了解辛亥革命时期中国农村的社会现实和辛亥革命的不彻底性,南洋的阿Q众相则反映了殖民主义、资本主义之下光怪陆离的南洋社会现实。⑥

① 李慧玲:《"五四精神"在新加坡的传承与失落》,金观涛主编:《五四运动的当代回想》,新加坡:南洋理工大学中华语言文化中心2011年版,第242—243页。

② 黎氏宝珠:《从中国鲁迅的〈阿Q正传〉到越南男高的〈志飘〉》——人物形象之比较,参见王润华、潘国驹主编:《鲁迅在东南亚》,新加坡:八方文化创作室2017年版,第303页。

③ 丁翼:《阿O外传》,新加坡:万年青出版社1971年版。

④ 方北方:《笑的世纪》,新加坡:星洲维明公司1962年版。

⑤ 孟紫:《有子成龙》,新加坡:胜友书局1990年版。

⑥ 南治国:《旅行的阿Q——新马华文文学中的阿Q》,龚鹏程、杨松年、林水檺编:《第一届新世纪文学文化研究的新动向研讨会》,宜兰:南洋学社2002年版,第139—162页。

第二节　中国现代文学的南洋谱系：许杰《南洋漫记》

1919—1928 年是马华文学的肇始阶段。这个时期马华文学的文学关键词是"南来文人"、"现实主义"和"启蒙文学"。首先我们看看"南来文人"这个问题。高嘉谦以南洋南来文人的流动方式、文学生产面向归纳出 3 种移动类型：第一种是使节型，其文学实践担负着教化和传递新知的功能，如黄遵宪、左秉隆；第二种是因政治流亡而产生的文人群体，如康有为、梁启超等人，笔下所写的是文化寄寓也是政治反攻，对他们而言，他方地理即心灵版图的延伸；第三种是没有政治与文化光谱但因正与乱离时代碰上而被迫流离的义人，此类属于最大宗，如邱菽园、巴人、艾芜、郁达夫等，可称为名士型流离文人。① 方修这样介绍早期南来作家的情况："最近，笔者曾陪同一两位朋友，费了几个月的工夫，去追溯马华新文学发展的历史，结果发现马华新文学的起源，为期是很早的，当时的作者也很不少。可惜这些作者的身份，都已无法考知，直到一九二五至一九二六年间，才有几位作者，其生活情况可为我们约略了解一点。那就是谭云山、周钧、邹子孟、段南奎、常焱等几人。因为他们当时合编《星光》副刊，附在《新国民日报》出版（笔者注：应是《叻报》），刊物上常常有些启事或代邮之类，透露出他们的一点行踪，遗留给我们一点消息。在他们以前的一些作者，却就没有留下给我们这一类线索，这情形可能使到［得］编写早期马华文学史的人增加了不少的困难。"② 在同篇文章里，他还介绍了谭云山③的杂文《恭祝老先生》、周钧的诗歌《我底爱情》、邹子孟的诗歌《孤独的诗人》、段南奎的译诗《西北东南去来今》和常焱的短诗《长相思》《浮云》。④ 另外，1925 年创刊的《南风》上也出现了主要以

---

① 高嘉谦：《时间与诗的流亡——乙未时期汉文学的离散现代性》，王德威、季进主编：《文学行旅与世界想象》，南京：江苏教育出版社 2007 年版，第 7—9 页。

② 应之（方修）：《早期的一批马华文艺工作者》，《南洋文摘》1961 年 4 月 1 日第 2 卷第 4 期，第 61—62 页。

③ 谭云山（1898—1983），湖南茶陵人，笔名云山、T.P.，1919 至 1923 年就读于湖南省立第一师范学校，曾与毛泽东同学，1924 年来南洋，曾任教于新加坡工商学校，是 1925 年 10 月创办的新加坡《叻报》文艺副刊《星光》的第一任编者。1926 年 9 月创办另一文艺副刊《沙漠田》（隶属于《新国民日报》）。1928 年到泰戈尔创办的印度国际大学任教，曾任印度国际大学中国学院院长多年，1968 年退休。1983 年在印度菩提伽耶逝世。

④ 翻阅文艺副刊《星光》，我们还能看到子孟《诗的商榷》（评论）、《寄季弟》（新诗）、《秋心》（独幕歌剧）、《诗学浅说》（理论），常炎《也来谈诗》、了因《别辞》（杂文）等等，数量上相当可观。

编辑拓哥①一人挑大梁的南来作家创作。除了拓哥的小说《感冒》、诗作《流放》《梦境》《飞刀》、独幕剧《咖啡店里》等,还有梦书的小说《爱之死》、应平的诗歌。不过《南风》很快停刊。究其原因,"有母亲就没有父亲,有父亲就没有母亲的《南风》,自从出世以来,力弱身羸,鲜朋寡友,孤危极了⋯⋯砍柴挑水,买盐买油,只有一个人忙"②,可见新马华文文学的第一个纯文艺副刊处境的艰难。无论是《叻报》还是《新国民日报》,在早期马华文学的发展过程中,它们的贡献都是巨大的。而相较于中国同时期的文学成就,马华文学虽不及,但也自成一格。值得强调的是,为马华文学奠基的是中国南来作家。

早期马华文学建构过程中,许杰是其中的重要代表。许杰是五四新文学的重要小说家,与鲁迅关系密切,也深受其影响。鲁迅逝世前一个月曾回信给许杰,其中道:"来信收到。径三兄的纪念文,我是应该做的,我们并非泛泛之交。只因为久病,怕写不出什么来,但无论如何,我一定写一点,于十月底以前寄上。"③这封信是鲁迅生前最后一封书简。许杰也是早期南来作家的重要代表之一,其文艺活动主要集中在吉隆坡一带。④ 他对早期马华文学的贡献巨大。"吉隆坡目前虽然是马来西亚的首善之区,但在早期的马华文学发展史上,它却是一个比较后起的基地。就现有的资料看来,一九一九年马华新文学发轫以后的好几年间,新文学活动的据点始终是新加坡和槟城。⋯⋯吉隆坡地区的文坛的建立,应是一九二九年前后中国创造社作家许杰南来就任益群报总编辑,并躬亲主持该报副刊《枯岛》(一说为《岛上》)的编务以后的事。据说,许氏除了经常在该刊发表文章、提倡文艺之外,还不时到各团体去演讲,大力推动文运。因而,无形中成了当地文艺界

---

① 拓哥,生卒年不详,原名金拓,原籍江苏,笔名有梦苇、应平等,曾编《南风》副刊,附于《新国民日报》出版。后居日本,因爱情失意而自杀未果,之后事迹无证可查。

② 周维介:《从〈南风〉看新马华文文艺的雏形》,《亚洲文化》1983 年 2 月创刊号,第 30 页。

③ 许杰:《坎坷道路上的足迹(十二)》,《新文学史料》1986 年第 3 期,第 67—68 页。

④ 许杰(1901—1993),原名许世杰,字士仁,浙江天台人。常用笔名张子山、士仁、六叔、知山、许仪等。16 岁丧母,辍学 1 年,17 岁考入临海浙江省立第六师范学校就读,并于此后不久开始接触五四新文学。1920 年,因反对学校考试制度而被学校开除,转至绍兴第五师范,曾于 1922 年成立龙山学会和微光文艺社。师范毕业后曾任临海霞城小学教职,后转至上海,任旅沪安徽公学教员。1924 年安徽公学停办后,在绍兴公学、上海立达学园、宁波浙江省立第四中学等学校兼课,往返于上海、宁波之间,先后结识王以仁、巴金、郑振铎、沈雁冰、郭沫若、郁达夫、成仿吾、鲁彦、汪静之、匡互生、夏丏尊、丰子恺、方光焘、鲁迅、柔石等人,并参加了文学研究会,与创造社诸人也相交甚厚。1926 年出版第一本短篇小说集《惨雾》,之后又先后出版《漂浮》《暮春》《火山口》等作品,1927 年回天台接任县立文明小学校长职务,同年 4 月被捕。后重回上海,担任泉漳中学教职。1927 年出版论文集《明日的文学》。1928 年春天,到浙江宁海中学教书。1928 年,赴马来亚出任吉隆坡《益群日报》总编辑。1929 年底回上海建国中学教书,不久后出版《新兴文艺短论》(1929)、《椰子与榴莲》(又名《南洋漫记》,1930)。

的中心人物，有一群富有朝气的文艺青年环绕在他的周围。不久，许氏返华，加以马华文艺的进入低潮时期，吉隆坡的文运不但盛景难再，连已建立起来的文坛也失坠了。"①从中我们可以看出许杰对推动马华文学发展的功劳。

　　许杰以小说《惨雾》闻名于五四文坛。茅盾曾评论道："这一篇里，人物描写并不见得成功，但结构很整密。也有些地方不简洁，但全篇的气魄是雄壮的。"②来马后的许杰，在当地文坛很有号召力。除了担任《益群日报》总主笔之外，还有相当的文学活动，如与一些南来作家的交游。其中有张静淑（刘和珍的同学）、何显文（后来成为许杰之妻）、刘旭光、黄霭史、魏天育、彭女士（彭泽民的侄女）、林泽荣（淡秋）、章广田（耘夫）、蒋如琮（瑞青）、叶燕冀。他们之中很多人都是来马来亚投奔许杰的。许杰在吉隆坡建立了自己的同人圈子，其中包括一些当时还没有名气的中国作家。如梅林就曾回忆道："我一九二八年在吉隆坡搞学生工作时，曾经在许杰编的《枯岛》副刊（系《益群日报》的文艺副刊）上写稿。"③这些人都参与过五四新文化运动，其中很多人都在马来亚从事文化工作，他们也为五四新文化的南传做着自己的贡献。许杰主持的《益群日报》副刊《枯岛》之影响可概括为倡导"新兴文艺"运动和"鼓励南洋的文艺青年"创作。④　"《枯岛》在许杰的策划与编辑下，不但发掘不少爱好文艺的青年，而且也成为早期积极响应建设南洋文艺色彩与推动新兴文学的副刊。它是战前（按：指第二次世界大战）中马文坛的重镇，也是新马文学史上不可不提的一个文艺园地。"⑤许杰以南洋经历为题材的作品有散文集《南洋漫记》及收录其留居南洋期间文论的《新兴文艺短论》。

---

①　方修：《前言》，《老蕾作品选》，新加坡：上海书局（私人）有限公司 1979 年版，第 1—2 页。
②　茅盾：《中国新文学大系·小说一集·导言》，上海：良友图书印刷公司 1935 年版，第 31 页。
③　梅林：《东北现代文学史料·第二辑》，转引自许杰：《坎坷道路上的足迹（七）》，《新文学史料》1984 年第 3 期，第 77 页。
④　许杰的编辑活动可参考其自述：《坎坷道路上的足迹（七）》，以及《坎坷道路上的足迹（八）》，《新文学史料》1984 年第 4 期。
⑤　参见许杰：《坎坷道路上的足迹（七）》，《新文学史料》1984 年第 3 期，第 78 页。

　　许杰曾经在《椰子与榴莲》的序言中回顾自己的南洋生活和写作情况。① 这篇序言写于1927—1930年,这段时间中国五四新文学思潮已经影响到文化界的方方面面,而其极端的分支衍生出了革命文学。虽然我们不能明确指出许杰是在多大程度上受到革命文学的影响,但其散文内容中有大量的革命文学因子,如《两个青年》中被铁枷锁铐着的使"我顿时觉得那双黄鼪鼪的眼睛,表示出悲哀、羞耻、畏惧与愤怒的各种心理在似诉非诉的向我说话"②的马来人,同样被铐着的、让我感到"他的被压迫民族的无语的呼声"③的黑皮肤吉龄人(即印度人),以及因为学习中文而被英殖民者扣押的英校侨生爱莲,还有《棋樟山》中那病死很多人的防疫岛都可认为是对殖民统治者不满和现实社会不公平的黑暗面的反映。

　　值得指出的是,许杰这个时期的散文总有着很强烈的阶级意识。这一点与许杰在中国的经历有很大的关系,特别是在上海、浙江天台的经历。④ 许杰把"资本主义"理解为金钱至上、阶级对立,如"在这种地方,我们却可以觉到,资本主义的势力,是高于一切,关于中国的婚姻问题,似乎也因为资本主义的势力,渐渐的动摇了"⑤;再如"因为揩着资本家的油,能够坐汽车兜风,虽然在阶级意识发见得明显的时候,会骂自己为臭得意,出卖了自己的阶级立场等等的说话;但事实上总还是没有跳下汽车来,而且的确还是坐在汽车中东看西看,左顾右盼的臭得意。汽车在平坦的柏油马路上驶过,一种舒适、平稳轻快的感觉真使人有非做资本家,即做资本家或皇家的走狗,无论如何,非达到有汽车可坐之目的之概。同时,使人感觉到的,便是帝国主义者的眼光远大,手段的毒辣,经营的宏伟与敏捷,处处都使人拜倒"⑥。散

---

① 原序言为:"我在南洋的时间,仅仅是一年多一点;便在这一年中,却正是中国新兴文学为建设自己的理论的基础,与小资产阶级的文学及布尔乔亚文学斗争得最激烈的时代;南洋是中国的化外,我处在那里,关于国内的一切新的斗争的理论,及新的出版物,一点都没有看到;于是,我自己知道,我的思想便有些落伍起来。我是一个有小资产阶级性的青年,我在南洋的那种充满了帝国主义与资本主义的气味的社会里,自然是不能过得很惯;我虽然在那里生活,但我时常用我的仅有的社会学知识,去估量他们,去分析他们。我觉得,殖民地的普罗列打利亚革命,也是一件迫不及待的事。"参见许杰:《椰子与榴莲·自序》,上海:现代书局1931年版,第1—2页。

② 许杰:《椰子与榴莲》,上海:现代书局1931年版,第19页。

③ 许杰:《椰子与榴莲》,上海:现代书局1931年版,第20页。

④ 来南洋之前,时逢1927年"四一二"事件,许杰曾被诬陷为中共党员并被逮捕,后来被当地的知名人士金剑青保释。之后,他在中国共产党的帮助下,先后在上海、浙江、福建等地漂泊,直到1928年在上海遇到好友张任天。张任天当时在南京国民党中央党部工作,与陈布雷是浙江高等学堂同窗好友。正好马来亚吉隆坡《益群日报》致电国民党中央宣传部,希望派一名总主笔赴马,张任天便推荐了许杰。

⑤ 许杰:《椰子与榴莲》,上海:现代书局1931年版,第145—146页。

⑥ 许杰:《椰子与榴莲》,上海:现代书局1931年版,第34—35页。

文中,"我"和朋友关于"南洋的社会,的确是超了资本主义的稳定期,而渐渐的在露出矛盾及破裂的征兆"的对话,一方面展示出 1929 年世界经济危机下南洋经济的破败,另一方面也为我们展示了南洋殖民政府的统治策略及阶级压迫的无处不在。《马戏场中》中亦提及:"我以报馆者的资格,走入了号称祖国的艺术的结晶的国术马戏场;我被招待员领导着,坐入包厢的特别座上。……我的眼光在这一圈的椅子上转了一圈之后,我便疏疏落落地看见,几个在各种的伟大的宴会或伟大的典礼上的,该埠的华侨领袖,以及几个特别华丽的,大概是资本家的太太或小姐。我自己的心里,在受宠若惊的惊诧,怎么告我这种穷光蛋,也会被列入;与资本家、政府走狗,以及资本家的太太小姐们同一阶级了呢!"[1]这也难怪许杰自己说:"在我的作品中,我的主观的色彩,永没有如在这一本漫记中这么鲜明过。老实说,我是想试着用新的眼光,去衡量一切的。"[2]

在《K 女学的风潮》中有许杰对南洋华侨教育的描述。他认为南洋各地的校董根本就不懂什么叫教育,当遇到学潮的时候,提学司的态度让主人公感到愤怒。[3] 这篇散文的主角是报社记者"我",主人公无疑有许杰自画像的性质。文中 K 女校的女学生反映李姓教员不会教现代汉语,而要求校长换级任老师,但校长与李教员是同乡,反要求女学生返校,不然就开除学生,同时向提学司报告。校长本打算让学生写检讨书就算了,但提学司认为这些学生是共产党员,坚持要开除学生。许杰的《K 女学的风潮》《下嫁异族》《马戏场中》等作品主角都是记者,这可能与他在《益群日报》的工作经验有关。值得一提的是,像《枉生女士》(早期华侨女革命家)、《两个青年》(实写革命团体领导梁育连、英华)、《K 女学的风潮》(实写吉隆坡坤成女学学潮)

---

[1] 许杰:《椰子与榴莲》,上海:现代书局 1931 年版,第 94—96 页。

[2] 许杰:《椰子与榴莲·自序》,上海:现代书局 1931 年版,第 1 页。

[3] 原文为:"专门管理华侨的教育的,而其实却是专门压制华侨的学校发展的机关……自然,我们也可以晓得,帝国主义者殖民政府的殖民地的教育政策,是采取了半开明的态度,他在表面上是在提倡华侨兴办教育,但在骨子里,却是一心一意地想摧残华侨的教育的;我们晓得,他们的半开明的教育主张,具体的表现,是希望华侨多办低级的学校,可以造成一大批无思想的、帝国主义者的、忠实的顺民,但知识稍乎高明一点的,如华侨中学之类,便是他们所多方设计压迫、限制,甚至摧残的对象了。我们明了了这一点情形,我们自然会知道提学司对这位校长先生所表示的是一些什么。"许杰:《椰子与榴莲》,上海:现代书局 1931 年版,第 151—152 页。

中的革命青年都是吉隆坡历史中真实存在的人物。[1] 1929 年,因为许杰所写的社论以及所编的《枯岛》文艺副刊不为总经理熊升初所喜,又因文惹祸,他被当时的华民政务司传去训话的次数越来越多,还不断被殖民当局恐吓要将他递解出境。[2]

第三节　人格转变与南洋时期创作:
郁达夫《〈晨星〉的今后》

在 1920 年代的文学史上,创造社是我们不能忽略的文学社团。这是由一群留学日本的学生所组织的一个社团。当时的文坛,"为人生的文学"是一个比较主流的思潮。[3] 创造社是 1921 年 7 月份成立的,它提出的口号是"为艺术而艺术"。这种所谓的"为艺术而艺术",实际上以"为艺术"为借口,来要求文学更深刻地反映内心深处的那种矛盾和情绪,强调的是一种主观型的文学创作。这种叙事方法一直延续到今天,要求创作者把自己内心的困惑、矛盾、欲望、卑琐都倾吐出来。

1913 年,郁达夫随兄长郁华远赴日本求学。第二年郁华回国。郁达夫

---

①　梁育连曾经回忆道:"我那时还是十五六岁的少年,正在吉隆坡美以美教会英文学校念书,但已开始接触'创造社'和'太阳社'所提倡的革命文学和社会革命理论,开始接受了革命的洗礼。当时我把一些初学的习作投寄上述副刊,竟被采用登载出来,这就使我有机会认识总编辑许杰先生了。由于我的稿件署了真名,当地的共青团便来找我,把我吸收为团员。因此在某种意义上说来,许杰先生既是我写作上的导师,又是带我踏进革命门坎的引路人。"参见梁育连:《重拾五十年前的交情——回忆我和许杰先生在南洋的一段交往》,香港:《大公报》1983 年 4 月 22 日。

②　原文为:"当年我决定离开吉隆坡回国,既有政治上的原因,也有生活上的原因,还有经济上的原因。经济方面,就是我觉得自己不能因为报社的一点薪水,而忍受英帝殖民当局的压制。……我创办这个《枯岛》周刊,其宗旨就是想通过文艺的形式来宣传'无产阶级革命文学',只是因为那时在南洋吉隆坡不能讲这个名词,于是我就讲'新兴文学',含义是无产阶级是新兴的阶级力量,'新兴文学'实质上就是指的'无产阶级革命文学'。我时常写一点关于'新兴文学'的短论在《枯岛》上发表,多数是用的笔名士仁、六叔、小梦、知山、失名等等。这些文艺短论,在我回国之后交由上海明日书店汇集成书出版,这就是《新兴文艺短论》,这本书有点像我的《明日的文学》的续篇,进一步阐述无产阶级革命文学的成立及其特点等等。"由这段话我们可以看出许杰文艺思想的连贯性,寻找到他的文艺精神谱系的注脚。参见许杰:《坎坷道路上的足迹(八)》,《新文学史料》1984 年第 4 期,第 82—83 页。

③　无论是成员成分(蒋百里、周作人、郑振铎、许地山、瞿秋白、耿济之、孙伏园、沈雁冰、瞿世英等社会各方面力量)、期刊杂志的创办(《新社会》《小说月报》《文学旬刊》《文学周报》《诗》《文学季刊》等一大批文学杂志),还是对文学思潮的推动(如"问题小说""乡土文学")以及创作实绩,文学研究会及其主导的现实主义潮流实为五四时期文学的大宗。参见孔庆东:《1921:谁主沉浮》,济南:山东教育出版社 1998 年版,第 39—59 页。

独留日本，一直到 1922 年从东京帝国大学经济学部毕业。郁达夫留日的十年正是他自己的"沉沦"时期。1921 年 7 月，他发表了小说《沉沦》，"体现了一个病弱青年初解人情时的畏葸情绪和青春期的忧郁"①。小说集《沉沦》的出版，带给文坛的震动并不下于胡适在《新青年》上发表的白话新诗和鲁迅的《狂人日记》。当时，很多年轻人读了郁达夫的小说以后就竞相模仿，穿玉白色的香港衫，故意弄得人吊儿郎当的，坐没坐相，立没立相。鲁迅有一部小说《孤独者》，里面写到魏连殳家里的几个来客，一个个"大抵是读过《沉沦》的罢，时常自命为'不幸的青年'或是'零余者'，螃蟹一般懒散而骄傲地堆在大椅子上，一面唉声叹气，一面皱着眉头吸烟"②。可见，郁达夫给当时的年轻人带来的便是一种比较浪漫的想象空间。郁达夫生肺病，故而他小说里的主人公总是二十几岁，面貌无俗气，但亦无特别可取的地方，一个粗大的鼻子，脸上出现两个蔷薇似的红潮（生肺病的人两颊有红潮），穿了长衣，然后非常伤感的那种样子。这种有意刻画的不健康、七倒八歪的主人公形象在当时的文学创作上确是"异端"，颇具一种青春叛逆的色彩。

拿《沉沦》来说，中国留学生"他"被日本女人看不起，连歌伎都不例外。"他"想讨好歌伎，没想到歌伎不但不理会"他"，而且还到隔壁去招待其他客人，"他"因此倍感伤心，在自杀前悲愤疾呼祖国富强起来。小说中的"他"反复表达中国人在日本受到欺负，这一点未必可信，就拿郁达夫的朋友来说，郭沫若、周作人娶的都是日本太太，而且，郁达夫在日本也有关系密切的异性③。他自己的日子过得也很浪漫。但是，在创作的时候，他会进入一个特定的情景，根据内心深处的欲望、呼唤来设定客观的小说场景。郁达夫的叙事方法是特殊的，完全根据自己的主观情绪去设定故事情节和人物形象。

郁达夫的小说中什么是真实的呢？在他的小说里面，他的主观感情是真实的。就是说，他此时此地的那种悲伤、痛苦、自责、矛盾等心理都是真实的。有很多写郁达夫传的人，都是根据他小说里面的细节来演绎郁达夫在日本受到的欺负，这其实是有问题的。对于他的作品的阅读，一定要从他的文字里看到他的内心，而不是他的外在。郁达夫的代表作《沉沦》中有这么一段内心独白：

①　王富仁：《灵魂的挣扎——文化的变迁与文学的变迁》，长春：时代文艺出版社 1993 年版，第 170 页。

②　鲁迅：《孤独者》，《鲁迅全集 2》，北京：人民文学出版社 2005 年版，第 93 页。

③　在 1927 年 8 月 22 日的日记中，郁达夫提到："晚上去出席聚餐会，遇见了许多人，其中尤其以冰心女士为我所欲见的一个。她的印象，很使我想到当时在名古屋高等学校时代的一个女朋友。"参见《郁达夫全集（第五卷）·日记》，杭州：浙江大学出版社 2007 年版，第 218 页。

槁木的二十一岁！

死灰的二十一岁！

我真还不如变了矿物质的好，我大约没有开花的日子了。

知识我也不要，名誉我也不要，我只要一个安慰我体谅我的"心"。一副白热的心肠！从这一副心肠里生出来的同情！从同情而来的爱情！

我所要求的就是爱情！

若有一个美人，能理解我的苦楚，她要我死，我也肯的。

若有一个妇人，无论她是美是丑，能真心真意的爱我，我也愿意为她死的。

我所要求的就是异性的爱情！

苍天呀苍天，我并不要知识，我并不要名誉，我也不要那些无用的金钱，你若能赐我一个伊甸园内的"伊扶"，使她的肉体与心灵，全归我有，我就心满意足了。①（带点部分为笔者所标）

这一段内容非常赤裸和粗俗，但是，在这种粗俗里面，又似乎可以感到一种比较高的精神追求，或是这种精神追求的代名词。他对这个异性的要求很高，既要精神属于他、肉体属于他，又要同情他，由两相情愿到天荒地老。这段话把爱情的逻辑很有秩序地表达了出来。如果我们假定这是郁达夫真实的感情呼唤，那么他对于自己的爱情欲望的目标是相当高的，在现实生活当中他找不到这样的异性。于是逻辑变化了：第一句话说，如果有一个"美人"她真的爱我，"要我死，我也肯的"；第二句话中透露的标准却明显降低了，要求的只是一个"无论她是美是丑"的妇人；最后一句，甚至不再有任何要求，只要是异性的爱情就可以了。

从郁达夫的自传可以看出，他在日本嫖过妓，这也表明当现实生活中寻不到自己理想爱情的时候，他故意朝反面走，故意去喜欢一些妓女，去找寻根本就没有爱情的恋爱，通过这些来刺激和麻痹自己。郁达夫的情感已经扭曲，对于美好的东西有一种变态的欲望和爱护，这种变态的想法直接导致了他后来婚姻的失败。在他心目中，王映霞是个很美丽善良的女孩，他的生活中从来没有过这样一位出身名门世家的女子。他追求她并与她结了婚，

---

① 郁达夫：《沉沦》，北京：人民文学出版社 1998 年版，第 9—10 页。

这是一种对爱情浪漫的追求，但过程是不正常的。郁达夫追王映霞的时候，给王映霞写了大约 100 封情书，其中很多内容明显说了假话、作了夸张，这些都为他们日后的婚姻埋下了矛盾和隐患。如他与原配孙荃结婚是有感情基础的，两人的感情不坏。1926 年 11 月 21 日，郁达夫在日记里还提到买了二十多元钱的燕窝托唐有壬带到北京送给孙荃。在 11 月 23 日的日记中，郁达夫还回信叫孙荃好好保养身体。12 月 1 日的日记中称自己"接到荃君的来信，伤感之至，大约三数日后，要上船去上海，打算在上海住一月，即返北京去接家眷南来"。① 但是，郁达夫在 1937 年 3 月 11 日写给王映霞的信中却说：

> 我和我女人的订婚，是完全由父母作主，在我三岁的时候定下的。后来我长大了，有了知识，觉得两个人中间，终不能发生出爱情来。所以几次想离婚，几次受到了家庭的责备。结果我的对抗方法，就只是长年的避居在日本，无论如何，总不愿意回国。后来因为祖母的病，我于暑假中回来了一次——那一年我已经有二十五岁了——殊不知母亲祖母及女家的长者，硬的把我捉住，要我结婚。我逃得无可开逃，避得无法再避，就只好想了一个恶毒法子来刁难女家，就是不要行结婚礼，不会用花轿，不要种种礼式。我以为对于头脑很旧的人，这一法子是很有效的，哪里知道女家竟承认了我，还是要我结婚，到了七十二突变完的时候，我才走投无路，只能由他们摆布了，所以就糊里糊涂的结了婚。但我对于我的女人，终是没有热烈的爱情的，所以结婚之后，到如今将近满六载，而我和她同住的时候，积起来还不上半年。因为我对我的女人，终是没有热烈的爱情的，所以长年地漂流在外，很久很久不见面，我也觉得一点也没有什么。（带点部分为笔者所标）②

郁达夫在这封信里完全否认了自己和结发妻子之间的情感。另外，他在追求王映霞不顺利的时候，选择通过召妓和吸鸦片来发泄心中郁闷，这种做法本身就是对爱情的侮辱。③ 无论是从作品（《沉沦》）去反推郁达夫的人格，还是钩沉他与王映霞之间的婚恋经过，我们都可以断定：郁达夫的变态

---

① 参见林文慧选辑：《郁达夫日记》，台北：台湾图书馆 2000 年版，第 92 页。
② 参见林文慧选辑：《郁达夫日记》，台北：台湾图书馆 2000 年版，第 116 页。
③ 如 1937 年 2 月 13 日的日记中载郁达夫"走上法界的花烟间去，吸了三个钟头的鸦片烟"。参见林文慧选辑：《郁达夫日记》，台北：台湾图书馆 2000 年版，第 110 页。

心理是"沉沦"期青春病没有及时治疗产生的结果,他的一生都有着这种不太正常的精神欲望,而这些精神特质构成了郁达夫南来之前"浪漫颓废"的中心人格。

一、抗战时期人格转变及南洋办报经历

1937 年抗日战争全面爆发。这场战争影响着中国社会的方方面面,知识分子阶层也经历着痛苦的嬗变过程。1938 年底,胡文虎①驻福州的代表胡兆祥邀郁达夫赴新加坡任《星洲日报》编辑,得到了后者的应允。1938 年 12 月 18 日,福建省主席陈仪在省政府为郁达夫"祖饯",祝愿他们夫妇在新的环境中愉快地工作,允诺胜利归来时为他们"洗尘"。铃木在分析黎烈文、许钦文的说法后,肯定地认为:"考察一下郁达夫在新加坡的活动,他在抗日宣传和文化启蒙方面所做出的努力是一目了然,而南洋,尤其是新加坡,福建籍的华侨居多,因而他受命于陈仪,到南洋去作有关福建行政的宣传,似乎是极有可能的一件事。"②12 月 28 日,郁达夫抵达新加坡。③ 当时有友人访问他,他似乎已决计在南洋定居:"我这次来《星洲日报》做工,打算常住在南洋,不愿再回中国去了。"④

郁达夫的另一个人格面向在发展着,这就是知识分子的爱国情怀和忧患意识。郁达夫南来有以下几个原因。第一个原因是郁达夫为避开日本侵华的锋芒,另辟抗日战场,到南洋去做海外宣传。抗日战争时期,国内许多

---

① 胡文虎(1882—1954),福建永定县人,出生于缅甸仰光。1909 年胡文虎去泰国、日本等地了解医药行情,次年回仰光后,将中西药理相结合,制成既能外抹又能内服的"万金油",其中以"虎标万金油"最为著名。1908 年,他在仰光集股合办《仰光日报》。他独资兴办的第一家报纸,是1929 年 1 月在新加坡发刊的《星洲日报》。1931 年"九一八"事变后,海外华侨踊跃支持祖国抗战事业。为支援东北义勇军,胡文虎捐出 2.5 万银元。1932 年"一·二八"淞沪抗战爆发,十九路军浴血奋战,他闻讯后立即电汇国币 1 万元给中国红十字会;12 月下旬,又电汇 1 万元直接给十九路军总指挥蔡廷锴,并捐赠大批药品。1937 年卢沟桥事变后抗日战争全面爆发。胡文虎还亲自回国率领救护队参加抢救伤兵工作。1954 年 8 月,胡文虎因患胃病去美国波士顿医院动手术,回途经过檀香山时因心脏病发作去世。

② 铃木正夫:《郁达夫:悲剧性的时代作家》,李振声译,南宁:广西教育出版社 2000 年版,第 183—184 页。另外,徐重庆也持这种意见,参见《郁达夫远走南洋的原因》,《香港文学》1987 年第 7 期。

③ 郁达夫曾这样描述自己南下之前的经历:"我自抗战事起后,就到了武汉,以后一直地向各战场上跑。直至中央决计放弃武汉之后,始和政治部的诸同事分手;他们由桂林而去重庆,我则由长沙,经江西,而到了福建。从闽西北又跑到闽南,走了一圈,住了两月,就上这里来了。"参见郁达夫:《关于沟通文化的信件——答柯灵先生》,《星洲日报·晨星》1938 年 2 月 28 日,第 29—32 页。

④ 温梓川编:《郁达夫别传——在新加坡三年》,吉隆坡:《蕉风》1965 年 7 月号总第 153 期,第 62 页。

著名文艺家,如徐悲鸿、刘海粟、金山、王莹都先后赴南洋作爱国宣传,募集捐款,为抗日战争出力。另外,郁达夫在福建虽然有陈仪做靠山,但其实行动方面未必自由。蔡圣焜回忆当时的情况时曾提到:"抗战开始以后,达夫先生一反过去一段时间消沉的态度,工作非常积极,夜以继日地写稿,以笔诛日寇,唤醒国人同心协力,抗日救国。八九月间有一星期日上午,福州文化界假南街安泰桥附近某礼堂开会,我也曾参加,与会者发言非常激烈。达夫先生也即席发表了慷慨激昂的讲话。那天他精神特别兴奋,声音洪亮,号召文艺界积极开展抗日救亡活动,配合前线抗敌,会上决定成立'福州文化界救亡协会',公推达夫先生任理事长。该会大力出版刊物,发行通俗传单,初期工作颇为活跃。据闻该会在筹备过程中就遭到伪省党部与伪省保安处特务的种种阻挠。成立后工作蓬勃开展,国民党反动派惊恐万状,又用种种卑鄙手段进行破坏,闻伪省保安处谍报股股长张超(福建军统特务头子)来访时告说:该会有共产党分子,恐被利用,劝达夫先生辞职,陈仪也找他谈过话。达夫先生因之愤而辞职,决定离闽,该会就被迫解散了。"[1]许钦文回忆道:"我将离开福州内迁永安的前夕,达夫轻声对我说:'侨居在南洋的福建同胞,对于家乡的情况有点隔膜,有些行政的方针不了解。我想到南洋去做些宣传工作,把有些事情解释一下。所以我永安不去。我是总想再到外面做点事情的!'"[2]第二个原因是郁达夫想改变一下生活环境,以弥合他和王映霞之间的感情裂痕。曾与郁达夫同在福建供职的程星龄认为:"福建是华侨的故乡,陈嘉庚、胡文虎等华侨领袖都是福建人。但陈先生(指陈仪)不懂统一战线,认为华侨回来只是为了修祖坟,走走玩玩,他既不喜欢他们,也很看不起他们。其实华侨还是办了不少的事,厦门大学就是陈嘉庚办的。为此事我曾劝过陈先生,但他不听。他对华侨的偏见可以说是牢不可破。郁先生的去南洋,我看重要的目的是去散心解闷。郁先生是充满忧郁的,他的小说也是这样。至于说做华侨工作,充其量只能说是客观上以做文化工作造一点儿影响。陈先生是决不会派人的。"[3]第三个原因是郭沫若和郁达夫在 1938 年曾定下了复兴创造社的计划,初步计划办一个文艺杂志。"达夫先生希望这个计划能在星洲实现,后来果然在 1938 年 6 月 1 日创办了《星

① 蔡圣焜:《忆郁达夫先生在福州》,参见陈子善、王自立编:《回忆郁达夫》,长沙:湖南文艺出版社1986 年版,第 372—373 页。
② 许钦文:《回忆郁达夫》,参见陈子善、王自立编:《回忆郁达夫》,长沙:湖南文艺出版社 1986 年版,第 431 页。
③ 邹敏、丁仕原记录:《程星龄先生谈郁达夫(1981 年 1 月 3 日)》,《鲁迅研究月刊》2002 年第 9 期,第 51 页。

洲文艺杂志》，同《星洲日报半月刊》合在一起。他在'发刊旨趣'中明确提出了这一点。这个刊物请郭老题字，也含有两人合作复兴创造社之意。在《星洲文艺》里，每期都有达夫先生的写作，包括连载的'回忆鲁迅'。可是这个刊物寿命也不长，只出了六期，便随着《星洲日报半月刊》的停刊而停刊了。"①第四个原因是郁达夫悲痛于母亲饿死和兄长被暗杀的血腥事实，心中充满的悲愤之情开始转化为抗日救国的情怀。而这些都为郁达夫南下之后的人格转变作了重要的铺垫。

综上所述，我们能够感受到郁达夫南来前后，其个人思想（包括文艺思想）在发生巨大的改变，"感时忧国"的情怀开始在他心中占据愈发重要的地位。②

郁达夫于1938年12月28日抵达新加坡，和妻子王映霞暂住在南天旅社8号房。恰逢槟城星系报之一的《星槟日报》即将在1939年1月1日创刊，他受《星洲日报》社长胡文虎以及北马友人之邀，在南天旅社住了两天便和《星洲日报》主笔关楚璞结伴北上。郁达夫于1939年1月1日抵槟城访友，4日出席槟城文艺界人士的欢迎宴并致辞，5日晚与关楚璞南下返回新加坡，不幸所乘火车在仕林附近出轨——这次事件让郁达夫著成《覆车小记》。不过郁达夫没有受伤，之后由朋友开车到出事地点将他接去吉隆坡。郁达夫从槟城返回新加坡后，在1939年1月9日正式开始编辑《星洲日报》日版副刊《晨星》及晚版副刊《繁星》。在接编当天，郁达夫发表了一小段声明：

《晨星》的今后

自本日起，星洲《晨星》的一栏，由鄙人来负责编辑了。林先生的规模俱在，我是新来晚到，当然仍旧是一本林先生的规模做去。从前的诸位爱护本栏的作者读者，希望仍能依照旧日的爱护热忱，使本栏得日臻完善，放灿烂的光辉。

"晨星"两字，在中国旧词汇里，是寥落的意思，也是稀少的意思。

---

① 姚楠：《缅怀郁达夫》，转引自方修、连奇：《郁达夫佚文集》，新加坡：风云出版社1984年版，第187页。值得一提的是，早在1927年4月24日，郁达夫在日记中就表示过自己和郭沫若要整顿和扩大创造社。

② 夏志清认为"始于1917年文学革命的'新文学'，在1949年新中国成立时告一段落。……那个时代的新文学，确有不同于前代，亦有异于中国大陆文学的地方，那就是作品所表现的道义上的使命感，那种感时忧国的精神"。参见夏志清：《中国现代小说史》，上海：复旦大学出版社2005年版，第357页。

读者作者，若寥落起来，那就是鄙人之罪。可是星洲的此栏，若能日臻完善，日渐近于理想，使此小小的一个园地，得像稀少晨星之可贵而可珍，那就是鄙人之荣幸，亦即是爱护本栏诸君的大成功了。

更一推《晨星》之所以会寥落，会成稀少的原因，是由于光明的白昼的来临。现在的世界，若是将旦的残夜的话，那光明的白昼，不久也就可以到来了。英大诗人雪莱亦曾说过，冬天若至，春天自然不远。《晨星》这一块小园地，若能在星洲，在南洋各埠，变作光明的先驱、白昼的主宰，那岂不是祖国之光、人类之福？

我所以只在希望，希望得在本刊的这一角小田园，而培植出许多可以照耀南天、照耀全国、照耀全世界的大作家来。①

很明显的是，郁达夫已经由早年信奉文学作品是作家自叙传的创作理念，转为文艺必须与政治有紧密的联系："文艺假使过于独善，不与大众及现实政治发生关系的时候，则象牙之塔，终于会变成古墓。"②同时，郁达夫也表达了自己的文化理想，希望通过自己的编辑工作和文学指导典范作用，能培养出一批优秀的南洋本土作家。

二、五四文化精神的南洋传薪者及其文化贡献

郁达夫是鲁迅生前好友之一，郁达夫在文化上的象征意义远大于他的抗战活动的意义，他的文化活动是一种五四新文化精神的南洋传播。郁达夫在南洋期间，情感生活虽不如意，但工作事业上仍颇有成就。

第一，他在南洋办报过程中，大量培养文艺青年，传播五四新文化精神。郁达夫自己虽然受毁家之痛，但并没有忘记自己作为文化人的天职，以"为准备第二代民族的实力，为豫造将来建国的人才"③的眼光来看待青年作家。他说："这半月刊的目的，完全如我在致戴平万君那一张短信上之所说，想把南洋侨众的文化，和祖国的文化来作一个有计划的沟通；当国内烽烟遍地，敌人的残杀我妇孺，轰炸我不设防城市的'犯大历是姆'不停止之前，在海外先筑起一个文化中继站来，好作将来建国急进时的一个后备队。"④他曾为新马"民众义校""义安女校""树人学校"写过校歌，强调青年要担负起

---

① 郁达夫：《〈晨星〉的今后》，《星洲日报》副刊《晨星》1939 年 1 月 9 日。
② 郁达夫：《伦敦〈默叩利〉志的停刊》，《星洲日报》副刊《晨星》1939 年 5 月 4 日。
③ 郁达夫：《改善教师待遇问题》，《星洲日报》副刊《晨星》1939 年 5 月 27 日。
④ 郁达夫：《关于沟通文化的通信》，《星洲日报》副刊《晨星》1939 年 2 月 28 日。

国家民族兴亡的责任。郁达夫在《晨星》副刊，团结了一批当地的文艺青年。他不但给他们看稿，甚至在工作上、生活上给予他们支持。

新马当代许多重要的作家，如苗秀（卢绍权）、王君实（王修慧）、铁抗（郑卓群）、倩子、冯蕉衣（拉因）、吴冰、戴清才、高云览等都曾因为写作而与郁达夫接触，并受到郁达夫的提拔。① 苗秀在《郁达夫的悲剧》里回忆说："郁达夫很喜欢接近文艺青年，他那时候的寓所在中峇鲁，笔者不止一次到过他的寓所。他给我的印象很好，我觉得他的性格平易近人，毫无半点大作家的架子，对我们这些来访的搞文艺的年青人，非常欢迎，态度也极诚恳。对于年青的写作者，他更是奖励不遗余力。那时候，那些和郁氏最接近的马华写作人，包括铁抗、王君实，以及'吼社'那几个诗歌作者。"②

青年诗人冯蕉衣（1914—1940）因生活贫困一直被郁达夫接济。1940年有段时间，郁达夫把副刊的编务委托给这个二十多岁的青年诗人。1940年10月，冯蕉衣贫病而死。郁达夫为了纪念他，在《晨星》副刊用整版为他出纪念特辑，还撰写了《悼诗人冯蕉衣》一文。文中说道："诗人冯蕉衣，和我本来是不认得的，到了星洲之后，他时常在《晨星》栏投稿，我也觉得他的诗富于热情，不过修辞似乎太过于堆砌。所以他投来的稿，我有时候也为他略改，有时候，就一字不易地为他发表。经过了几月，他就时时来看我，我曾当面向他指出许多他的缺点。他听了之后，似乎也很能接受，近半年来，他的诗和散文，我觉得已经进步得多了。在去年，他曾告诉我找到了一个教书的位置，说是待遇虽薄，但生活却安定了一点。过了半年，他又来看我，说是失业了。我也曾为他留过意，介绍过一个地方，但终因环境不佳，那个地方也不曾成功。以后他就一直的过着失业的生活，受尽了社会的虐待，这可从他最近的诗和散文中看出来。"面对青年文学爱好者难以维持生计的窘境，郁达夫悲愤不已："冯君当然是作故了。他的死，是极不自然的死，是直接受了社会的虐待，间接他系受了敌人侵略而致有此结果的死。他还是一个纯真的人，没有染上社会腐化的恶习。他若是生在承平之世、富裕之家，是可以成为一个很忠实的抒情诗人的。但是侵略者不许他活，恶社会不许他活；致使这一位二十七岁的青年诗人，不得不饮泣吞声，长怀怨恨于地下。我们若想为冯君出气，若想为和冯君一样的诗人们谋出路，则第一当然要从打倒侵

---

① 另外，还有辜石如、林英屏、林英强、淮君、刘思、大白、文之流、艾蒙、漂青等作家都是郁达夫栽培的。参见姚梦桐：《郁达夫旅新生活与作品研究》，新加坡：新社1987年版，第224页。

② 苗秀：《马华文学史话》，新加坡：青年书局1968年版，第418页。苗秀因投稿而认识郁达夫，他的第一个短篇《红呢外套》发表在郁达夫主编的《星光画报》文艺版上，他很受郁达夫赏识。

略者,与改良社会的两件工作来下手。"①

　　王君实 1937 年来到马来亚,先后在柔佛州的拉美士及苏门答腊的占碑教书,其间为《星洲日报》的《晨星》《文艺》、《南洋商报》的《狮声》《今日文学》《南洋周刊》、《新国民日报》的《文艺》《新国民文学》以及《总汇新报》的《世纪风》等刊物撰稿。1939 年在给朋友信中,王君实言:"郁达夫先生来星洲已好几天了,听说要编《晨星》。前几天我尝同几个人去访问他,没有见到。我觉得他到了也是麻烦的事。如果他仍然是《采石矶》的黄仲则,则见到现在这群戴名世,情形是不喻而知的。鲁迅声声又说他欠缺'创造脸',自然这是可虑的事。最近,敝本家映霞女士出走的时候,他还在《大公报》登启事:'纷乱之世,男女离合,本属常事……'说起来,还是可爱的。因为这一点,我很想访问他,看看有没有'创造脸'。"②过几天,他果然见到了郁达夫。在同年 1 月 9 日致朋友的信中,他这样写道:"达夫先生已晤见,大约他也不喜欢现时的救国文学家,将来一定挨骂的。"③最初,王君实对郁达夫的选稿标准颇有微词。在书简里,他这样说:"郁氏编的《文艺》,你觉得怎样? 以我想,××一定气得要命! 而《晨星》,亦似乎编得奇怪,我碰了一次壁,张一情亦碰了壁! 诰祥、子山、啸平的稿,一律未蒙刊出。……《文艺》若是卓群编的,自然送去。但现在郁老择稿眼光甚为奇怪,明珠暗投,岂不可惜。故大胆交白获,并代他谢谢。"④但这种隔膜很快就消除了。郁达夫后来不但重视王君实等人的稿子,为他们的生活也提供了很多帮助。1941 年,王君实任《星洲日报》外勤记者。日本"南进"时期,郁达夫号召成立救亡团体,担任"新加坡华侨抗敌动员总会"文艺组主任,王君实任副主任。新加坡沦陷后,王君实留下未逃,在反抗日本侵略军逮捕时跳楼自杀。

　　1941 年底,适逢郭沫若 50 岁寿辰与创作 25 周年,郁达夫想在《晨星》出一个特刊,因而向新马青年作家们约稿。这次征文活动中,凡是稍有可取的文章都被刊于《晨星》之上,可见郁达夫对青年一辈的关怀。在他的这种无私帮助下,好多文艺青年的创作水平稳步提高。郁达夫对新马作家有着自己的期望。如作家温梓川笔耕不辍,郁达夫对他多有鼓励,称赞他是"朴素

①　郁达夫:《悼诗人冯蕉衣》,《星洲日报·纪念诗人冯蕉衣特辑》1940 年 10 月 17 日。
②　方修:《君实书简辑注》,《马华新文学及其历史轮廓》,新加坡:万里文化企业 1974 年版,第 45—46 页。
③　方修:《君实书简辑注》,《马华新文学及其历史轮廓》,新加坡:万里文化企业 1974 年版,第 46—47 页。
④　方修:《君实书简辑注》,《马华新文学及其历史轮廓》,新加坡:万里文化企业 1974 年版,第 54—55 页。

坚实"的作家,希望他成为"马来亚社会的忠实记录者"①。刘前度在《郁达夫在马来亚》一文里这样概述了郁达夫对青年文学爱好者的提拔:"他编的《晨星》,很喜欢提拔后进的写作人,只要内容好,写作技术成熟,都一一被录用。虽说他常常感到篇幅不多,要求投稿者写出的著作,最好不要超过三四千字,但是好的作品,往往超过这种范围,他都没有割爱,而尽量发表的。通常我投去,多数为近代欧美作家小说的译作,他很快就将它登载出来,这不是说他和我有什么特别交情,只不过表示他对欧美小说的重视罢了。其实我和他仅不过一面之交而已,记得他自己在《晨星》上,曾批评过温梓川的那本《南洋恋歌》,并阐述民间文学的重要性,希望马华写作人不要忽略此点,这实在是一句最切实不过的话。"②

第二,编辑工作及相关的经验也是郁达夫留给南洋文化事业的巨大财富。他的很多编辑理念后来被新马报人如姚拓、白垚等借鉴与吸收。③ 郁达夫在编《晨星》的 3 年期间,一直保持着一种蓬勃生气,所影响的作家包括铁抗(郑卓群)、老蕾、王君实、张曙生、戴淮君、李词佣、白蒙(艾蒙)、漂青、白狄(黄科梅)、刘思、清才、李冰人、蓝孔影、文之流(苗秀)、金石声等。郁达夫正是以《星洲日报·文艺副刊》为阵地,团结吸收了新马一代文艺青年,热心扶植引导他们;同时,他组织号召广大民众和文化人进行了一系列专题性的诗歌、散文、评论的写作,呼应中国的抗日救亡工作。为了充实副刊内容,郁达夫经常向中国的作家邀稿,如艾芜、萧红、楼适夷、柯灵、陆丹林、姚雪垠、许广平、冯雪峰、姚蓬子、老舍、汪静之、徐悲鸿、茅盾、黄药眠、欧阳山等都曾是他邀稿的对象。

郁达夫选稿编排非常认真。在接编副刊后不久,他就发表了一篇《编辑者言》,阐明自己的立场。在文中他也表露出自己对新马具体情况的不了解,希望能够逐渐适应:"在下这一次渡海南来,新就了《星洲日报·文艺副

---

① 郁达夫:《介绍〈美丽的谎〉》,《星洲日报》副刊《晨星》1941 年 5 月 9 日。

② 温梓川编:《郁达夫南游记》,香港:世界出版社 1956 年版,第 157 页。

③ 郁达夫编辑过的刊物及其时间:《星洲日报晚报·繁星》(1939 年 1 月 9 日—1941 年 9 月 30 日)、《星洲日报早报·晨星》(1939 年 1 月 9 日—1941 年 9 月 30 日)、《星洲日报星期刊·文艺》(1939 年 1 月 15 日—1940 年 9 月下旬)、《星洲日报星期刊·教育》(1940 年 4 月 7 日—1941 年 9 月 20 日)、《繁华日报》(1939 年 1 月—1939 年 9 月 16 日)、《星槟日报星期刊·文艺》(1939 年 2 月 5 日—1939 年 8 月)、《星洲十年》(1939 年 2 月 1 日—1940 年 1 月 15 日)、《星洲日报半月刊·星洲文艺栏》(1939 年 5 月 25 日—1939 年 9 月 10 日)、《星光画报·文艺栏》(1939 年 6 月 17 日—1941 年 9 月 30 日)、《星洲日报》(代主笔)(1940 年 7 月—10 月、1941 年 8 月)、《大华周报》(1941 年 1 月 1 日—1941 年 9 月 30 日)、《华侨周报》(1941 年 5 月 15 日—1941 年 9 月 30 日)。参见王慷鼎、姚梦桐:《郁达夫研究论集》,新加坡:新加坡同安会馆 1987 年版,第 88 页。

刊》编辑之职，测字摊儿摆起，已经有七八天了，大家自然也不免又将有一些想当然的猜测，就是说某某此来，星洲的《晨星》《繁星》《文艺》，又未来将出版的《文艺半月刊》，或将有一番大大的变革。……可是文艺的滋长，风气的造成，与夫新进作家的发现，决不是同捉鱼买物一样的简单的事情。况且只有一个人来掀起这广大的波浪，力量也有点儿觉得不够。因为我并不是一个全能的百科辞典家。"①在接编副刊一年后，郁达夫发表了《〈文艺〉及副刊的一年》，扼要地总结了他的编辑经验。大致上，他认为新马两地的投稿者，稿子写得过长，而"对于现实的取舍手段不高明"，认为抗战已经进入争取最后胜利的阶段，文艺必须配合当时的政治军事："我们写副刊稿件，不问是评论，或是创作，都应该向这一方向前进。"②这些都为后来的文艺编辑提供了重要经验。

第三，郁达夫在这一时期创作了很多有价值的作品，他的创作基本上是围绕抗日主题进行的。在答复日本作家新居格的公开信中，他表达了自己坚决抗日的决心："我在高等学校做学生的时代，曾读过一篇奥国作家Kleist 作的小说《米舍耳·可儿哈斯》，我的现在的决心，也正同这一位要求正义至最后一息的主人公一样。"③郁达夫批评当时一些人妄想日本人所谓的和平，指出"中国的民众，原是最爱好和平的；可是他们也能辨别真正的和平与虚伪的和平的不同。和平是总有一天会在东半球出现的，但他们觉得现在恐怕还不是时候"④。一般人以为郁达夫在新马所作的只是一些旧诗词以及几篇游记，如《马六甲记游》《槟城三宿记》等，再加上一些纪念文章。但综观郁达夫所有的创作，实际情形并没有这样简单。郁达夫在新马时期的遗作中存有一批短小精悍的政论，内容致力于分析当时的中国抗战以至世界大战的局势，鼓励新马侨社救亡工作，坚定读者们对于反法西斯正义战争必然胜利的信心。还有一系列的文艺短论，偏重于评述当时世界各国的文艺动态，也涉及一些文学艺术问题，如抗战文艺的取材、电影歌曲的制作

---

① 郁达夫：《编辑者言》，《星洲日报》副刊《晨星》1939 年 1 月 19 日。参见方修编：《马华新文学大系（十）·出版史料》，新加坡：星洲世界书局 1972 年版，第 365 页。

② 郁达夫：《〈文艺〉及副刊的一年》，《星洲日报·文艺》1939 年 12 月 31 日。参见方修编：《马华新文学大系（十）·出版史料》，新加坡：星洲世界书局 1972 年版，第 368—370 页。

③ 郁达夫：《敌我之间》，《星洲日报》副刊《晨星》1940 年 6 月 4 日。

④ 郁达夫：《敌我之间》，《星洲日报》副刊《晨星》1940 年 6 月 4 日。

等等。这两类作品，将逾三百篇，零零碎碎地发表在二战前的各大报纸副刊上。[①] 综合这些作品来看，郁达夫后期的思想有了很大的变化。他已经高扬起"天意似将颁大任，微躯何厌忍饥寒"[②]的意气风发，而减少了先前的"曾因酒醉鞭名马，生怕情多累美人"[③]的颓废忧伤情绪。

作为1940年前后新马文坛的领袖之一，郁达夫从1938年12月28日到新加坡，到1942年2月离马去苏岛避难，共在新马待了3年零3个月。在他的南洋经历中，文化活动和背后的爱国精神令人瞩目。1941年12月8日，日本侵略军从北马登陆，一路南下，新马两地开始了如火如荼的抗战。张楚琨回忆当年"新加坡华侨抗敌动员总会"时说："在这战火纷飞的日子，我和郁达夫天天见面，一起开会，一起对群众演讲，一起慰问星华抗日义勇军。这位发表过《毁家诗纪》的诗人团长，不是挂名，而是真干，热情洋溢地负起领导责任来。……我记得，晚上熬夜编了三个副刊的郁达夫，白天眼里挂着红丝，用沙哑的声音，对青训班做朝会讲话（他兼青训班大队长）。敌人轰炸加剧了，第二期青训班一百多人不得不分为四个中队，散布在金炎律南侨师范学校、后港、梧槽大伯公和爱同学校四个地方，他在轰炸中从一个地方到另一个地方，从不畏缩。他那瘦弱的躯体爆发着火一般的生命力，我仿佛看到一个为希腊自由而战的拜伦。"[④]

而二战后的十几年，正好是新马华人的国家认同改变时期。王赓武曾经这样表达："在二十年代和三十年代那个时期，这一历史认同，受到了来自中国的一种新的来势汹汹的民族主义的攻击，这种民族主义是建立在孙中山的民族观念之上的。……随后出现的是，对当地华人变为日渐真实的中国民族主义认同，那是归功于从中国招聘来的许多教师和报人对这样一种认同的努力宣传。尤其是数以百计的华人中小学的建立，更为下一代巩固了这种身份认同，而日本人在中国的扩张活动而导致的中日战争以及最终

---

① 郁达夫南来所发表文字的分类与篇数：

年份	随笔	政论	文艺评论	序文	发刊辞	演讲词	启事	编者按	社论	书信
1939	58	25	23	1	2	6	32	5		8
1940	25	25	7	2	1		16	1	27	3
1941	28	3	2	2		1	11	3	13	1

此数据来自王慷鼎、姚梦桐：《郁达夫研究论集》，新加坡：新加坡同安会馆1987年版，第89页。

② 郁达夫：《乱离杂诗十一首》，郑子瑜编：《郁达夫诗词集》，广州：宇宙风社1948年版，第33页。

③ 郁达夫：《钓台题壁》，郑子瑜编：《郁达夫诗词集》，广州：宇宙风社1948年版，第6页。

④ 张楚琨：《忆流亡中的郁达夫》，《张楚琨诗文选》，北京：华侨出版社1994年版，第142页。

对东南亚的侵略，使这种身份认同更为强烈，更富感情色彩。"①由此可见，在新马这两个"中国认同"强烈的国家中，研究郁达夫等南下文人的文化贡献和历史功绩，以及他们对新马两个新兴国家诞生所起到的建构作用，其意义是深远的。而对于郁达夫个人来说，正是在这一过程中，他完成了自己人格的转变。

　　从百年前五四新文化运动南传东南亚，到许杰、郁达夫、胡愈之等南下文人的短期逗留与文学影响，再到东南亚各国民族解放运动的热潮和鲁迅风格的流传，最后到对鲁迅其人其文进行学术性的探讨与研究，"五四旗手""民族魂""精神传承"一直是东南亚鲁迅研究的关键词，我们可以把东南亚对鲁迅的研究历史视作中国文学海外传播影响力的重要表现。但东南亚地区各国中文教育参差不齐，无法保证有系统地培养中文人才。加上各高校的师资阵容也不尽相同，如马来西亚尚有本土学者的同人群体，包括马来亚大学中文系的潘碧华、张惠思、蔡晓玲，博特拉大学中文组的庄华兴、林春美、郭莲花，拉曼大学中文系的廖冰凌，新纪元大学学院中文系的伍燕翎，以及南方大学学院的安焕然、许通元等本土学者；而新加坡高校师资多为国外学者，如曾任教于南洋理工大学中文系的澳籍华人张钊贻，曾任教于新加坡国立大学中文系的原籍马来西亚的王润华，现任教于新加坡国立大学中文系的中国籍学者容世诚、徐兰君等。东南亚高校之中中文系普遍都被边缘化，其中中国现代文学研究的教职有限，基本上中文系也就一两位教授中国现代文学的学者，研究力量相对薄弱，所以，未来鲁迅研究在东南亚仍须努力。

---

① 　王赓武：《东南亚华人的身份认同之研究》，《中国与海外华人》，香港：商务印书馆（香港）1994年版，第236页。

第三章　中国现代文学的传统影响:鲁迅等人对当代东南亚华文文学的影响

第一节　人道主义情怀与鲁迅影响:方北方《迟亮的早晨》

方北方的早期作品中,除了现实主义艺术手法,还有浓厚的人道主义情怀。① 如他创作于 1944 年的诗《教授卖书》即是一例:"长沙失守,衡阳即日告急/国民党军一样彷徨失措/桂林放弃的谣言已把民心摧毁/教授不得不携妻带儿逃往桂林去//物价腾涨迫使关金币值猛跌/万金买不到一杯开水的法币变成废纸/拖欠了八个月的薪金就是领到手/今日过得了明日还是囊空如洗//掺杂砂石与稗子的碎米粥再也没有/没钱买柴炭开水也没法子煮/大人可以挨饿儿女却嗷嗷待哺/生活随着气氛的紧张一日比一日难度//师母早已把'防身'的首饰抛入金铺/教授毫无办法只好向仅存的书册投注/卖掉心爱的书,何曾不是卖掉自己的命/不这么割痛儿女的肚皮已经顶不住。"

① 方北方(1918—2007),原名方作斌,生于中国广东省惠来县。1928 年随父南来槟城投靠伯父,同年父亲病逝,1930 年 1 月就读于槟城丽泽小学三年级,1934 年升入钟灵中学。1937 年 5 月回到中国汕头,6 月进入惠来县立一中读初中二年级。1942 年高中毕业,次年考入广东南华学院。1946 年完成了第一部长篇小说《春天里的故事》(8 万字)。1947 年 4 月搭"夏美莲"号经曼谷返回马来亚槟城。1948 年开始,先后于北海中华小学、孔圣庙中华中学、韩江中学、麻坡中化中学任教,1964 年重返韩江中学,1989 年卸任韩中校长。1954 年中篇小说代表作《娘惹和峇峇》(槟城:康华出版社)出版。有中篇小说代表作《出嫁的母亲》(吉隆坡:马来亚出版社,1953)、《说谎世界》(新加坡:青年书局,1960)、《槟城七十二小时》(新加坡:青年书局,1961)、《每天死千人的古城》(新加坡:文工书店,1962),散文集《北方散记》(槟城:学生文丛社,1954),短篇小说集《两个自杀的人》(槟城:新宾书局,1952)、《思想请假的人》(新加坡:青年书局,1959)、《江城夜雨》(槟城:北方书屋,1970)、《爱屋及乌》(槟城:韩江中学,1975)。其长篇小说代表作包括:"风云三部曲",即《迟亮的早晨》(槟城:文汇图书,1957)、《刹那的正午》(新加坡:东方文化企业,1962)和《幻灭的黄昏》(槟城:北方书屋,1976);"马来亚三部曲",即《头家门下》(新加坡:教育出版社,1980)、《树大根深》(吉隆坡:铁山泥出版公司,1985)和《花飘果堕》(吉隆坡:马来西亚华文作家协会,1991 年初版时名为《五百万人五百万条心》)。曾任马来西亚写作人华文协会第一届副主席(1978—1979)及第二、三届主席(1980—1984)。1989 年荣获马来西亚第一届马华文学奖。1998 年获第六届亚细安华文文学奖。2000 年获亚洲华文作家文艺基金会颁发的终身成就奖。

另外还有一些诗歌，如《在嘉陵江上》(1939)、《吐泻症流行》(1942)、《抓丁》(1944)、《疏散》(1944)等，都带着典型的中国抗战文学的风格，也践行着中国现代文学中现实主义创作的艺术特点。① 必须指出的是，一些马华作家对方北方小说中的"现实主义"和"人道主义"颇有微词。如黄锦树认为："从他的《花飘果堕》这部大量抄袭社会言论的非文学作品文学实践上的彻底完蛋中，我们可以看出马华现实主义在二十世纪末在理论和实践（不论是社会的，还是文学的）的双重破产。"②那么我们应该如何看待方北方所持守的现实主义艺术手法呢？

马来西亚建国之初，很多的马华文学作品明显带着中国现代文学的印记。③ 方北方的短篇小说《古屋里的人》(1949)类似中国作家夏衍的《上海屋檐下》，小说中出场的人物都住在一个古屋中，其中有头家、估俚、小贩、车夫、报人、校长、教员、书记、歌女、舞女，演绎着市民的日常生活。中篇小说《说谎世界》(1960)明显仿写张天翼的《华威先生》，刻画了屠叔公这个假心办教育，实则沽名钓誉的伪慈善家。那么，该如何看待方北方的现实主义所属的文学谱系呢？ 如果要解决这个问题，我们先要梳理一下中国现代文学中的现实主义创作的线索。中国现代文学产生于五四时期，五四文学的基

---

① 毋庸置疑，方北方所接受的"现实主义文学"影响来自中国。他曾在 1973 年撰文介绍中国现代作家，其中包括鲁迅、胡适、鲁彦、茅盾、朱自清、郭沫若、丁玲、巴金等。通读全文，我们会发现方北方对鲁迅的"时时抓紧现实的核心""战士的姿态"、巴金"诅咒封建、愤恨旧制度，具有爱人类与人类爱德热情"尤为赞赏。参见方北方：《现代中国作家的认识》，《方北方全集 11·散文及杂文》，吉隆坡：马来西亚华文作家协会 2009 年版，第 301—333 页。而另一次演讲中，他曾回忆说自己的写作兴趣开始于学习时代，在 1937 年返回中国求学时期曾经大量接触中国现代作家作品。参见方北方：《写作是怎么一回事？》，《方北方全集 15·评论卷 3》，吉隆坡：马来西亚华文作家协会 2009 年版，第 301—333 页。

② 原话为"严格来说，正是在作家夸夸大谈'创新已是一种进步的潮流'的同时，从他的《花飘果堕》这部大量抄袭社会言论的非文学作品文学实践上的彻底完蛋中，我们可以看出马华现实主义在二十世纪末在理论和实践（不论是社会的，还是文学的）的双重破产"。参见黄锦树：《马华现实主义的实践困境——从北方的文论及马来亚三部曲论马华文学的独特性》，江洺辉主编：《马华文学的新解读——马华文学国际学术研讨会论文集》，吉隆坡：马来西亚"留台"校友会联合总会 1999 年版，第 127—128 页。

③ 从 1959 年 5 月号到 1964 年 7 月号，《蕉风》杂志随刊附送"蕉风文丛"，其中包括大量的中篇小说，如李士源《烈火的音响》、姚拓《黑而亮的眼睛》、黄崖《浪花》、黄戈二《铁蒺藜内》、黄崖《三十四岁的小姐》、黄崖《十字架上的爱神》、原上草《诗人方如梦》、余问苍《懦夫》、山芭仔《无形的谋杀》、张寒《夕阳》、梁园《偷心记》、黄崖《人·神》等马华建国初期的重要作品。同时期，1964 年曙光出版有限公司出版了"文艺丛书"（第一辑），书目为：梁园《自由与枷锁》（长篇小说）、黄崖《急流》（长篇小说）、陶焰《征鸟》（中篇小说）、蔡文甫《女生宿舍》（小说集）、原上草《房客》（小说集）、陈孟《报复》（小说集）、高秀《三个青年人》（小说集）、忧草《青春的悲歌》（散文集）、沈安琳《自由的召唤》（散文集）、马汉《嘴脸》（小说集）。这些作家的创作和出版活动都推动着马华本土文学的发展。

本特征是启蒙精神的高扬,这种精神包含着"民主与科学""人性至上""现实主义关怀",甚至还隐含着社会主义等方面的文学理想。从启蒙文学到革命文学再到左翼文学,这是五四文学发展的一个发展方向;而以周作人为代表的美文,一味追求作品的艺术价值,又是另一个发展方向。在这两个发展方向之间,启蒙思想本身还有着自身的逻辑,它在后五四时期演变成人道主义。其践行者基本上还是坚持启蒙主义,并且按照启蒙主义的理想来指导文学创作,类似于所谓的"民主主义"和"自由主义"作家,可把这种创作手法称为"人道主义创作"。① 这种人道主义至少有以下几个特色:第一,他们还是坚持对社会进行无情的批判,对于社会的阴暗面、对于人性的黑暗处给予充分的揭露。第二,五四时期的启蒙主义者都持有自己的信仰和理想,但持人道主义观念的作家大多并没有明确的社会理想。他们更多的是把社会理想转换为一种人性的因素。特别是 1930 年代之后,很多作家看到了大革命的失败,就转向良知的立场去批判社会。在这个时候,作家背后所持的信仰和理想已经显得不重要了,重要的是他用人性的立场来对这个社会中的不公正问题提出抗议。五四运动之后,很多作品都带有这种浓厚的人道主义色彩,如叶圣陶《倪焕之》、柔石《二月》、巴金《家》等。从方北方的经历来看,他的文学经验和文学资源大多来自这一种人道主义创作,方北方颇受这种人道主义文学思潮的影响。

《迟亮的早晨》("风云三部曲"之一)是方北方影响最大的长篇小说。该书在 1957 年 7 月初版时印刷 4000 册,4 个月后再版 2000 册,不到 2 个月再次售罄,"三版的书在一个月内又售罄了,于是新马不得不准备于十一月进行第四版"②。在小说初版时,方北方明确表达了作品的人道主义情怀:"本书虽然是写两对男女大学生的恋爱故事,中心内容却着重在反映抗战到胜利这一过程的后方社会;表现中国人民生活在抗战时代中的意识形态,怎样由积极而转成低沉,再由低沉而趋向积极,可以说是八年对日抗战中的一段插曲。……于是为了纪念这段由同胞用血写成的历史,便成为本书的写作动机。"③如果将方北方的作品放在中国现代文学的现实主义谱系中,它的艺术水平相当于中国"左联"文学中的《八月的乡村》(萧军)、《二月》(柔石)

---

① 这里我们必须限定一下这个用语。启蒙主义在中国现代文学中是比较主流的文学思潮,人道主义是它在中国现代文学演变中的一个变态。那么周作人、左翼就没有人道主义吗?不能这样说。笔者在这里只是设定这个框架,这个思潮我就称它为"人道主义"。在本章中,笔者所用的"人道主义"是一种有别于革命文学的信仰,指的是一种秉着知识分子良心的文学创作。

② 方北方:《〈迟亮的早晨〉四版题记》,《迟亮的早晨》,槟城:北方书屋 1978 年版,第 4 页。

③ 方北方:《〈迟亮的早晨〉后记》,《迟亮的早晨》,新加坡:新马文化事业公司 1963 年版,第 256 页。

等作品。众所周知,中国现代文学中的"左联"文学阵营内部可分出倾向于鲁迅的一支和倾向于周扬的一支。方北方的作品偏向鲁迅一支,是一种比较追求真实的现实主义,但与中华人民共和国成立后的"社会主义现实主义"没有多大联系。①

方北方的"风云三部曲"最大的特点是其中蕴含的启蒙精神。他在1993年发表的一篇文章中写道:

> 文学是改造人的精神的最佳办法(鲁迅语),也是解决问题最实用的工具。这样爱好文学的写作人,自觉投入精神革命行列,为芸芸众生作出贡献,自然名正言顺了。……提高作品的创作艺术,配合具有社会意义的内容,自然可以提高华文文学的健康性,从而减少作为个人消遣的游戏文学。因为艺术不是为个人而存在,而是为社会服务才表现它的价值。且健康的创作内容,自也决定必须以坚实的艺术作为表现。可见提高表现的艺术价值,配合建立博爱精神的主题,是同样的重要。②(着重号系笔者所加)

这段文字中的"改造人的精神"、"解决问题最实用的工具"和"博爱精神的主题",都涉及人道主义的基本内涵。"风云三部曲"中洋溢着梦回风云时代的豪情,不过方北方的描写并不是依据中国左翼文学的那种"胜利—胜利—更大的胜利"的写作模式,而是描写一种"惨胜"的抗战图景。"惨胜"一词也表达出"风云三部曲"是"为了纪念这段由同胞用血写成的历史"的写作动机。③ 他的这种现实主义至少在三个方面接近鲁迅—胡风一支的启蒙文学传统。一是对现实生活的血与火的描写。方向等人从广州逃难出来的过程中,一路上被日军飞机追踪。方北方写出了面对死亡时,人们表现出来的恐惧:"我看见很多人伏在田茔下的泥沙上,把身躯紧缩起来;头也几乎要钻

---

① "现实主义"在中国现代文学中的发展是一个复杂问题。从左翼文学阵营来看:从茅盾、郑振铎等人1920年代引进左拉的自然主义(旨在追求"真实"),到1930年代"左联"时期鲁迅与周扬对现实主义的不同理解(一个坚持启蒙精神和国民性批判,一个坚持文学的"传声筒"作用),再到1940年代毛泽东的《在延安文艺座谈会上的讲话》和胡风的"主观现实主义"(一个强调文学为工农兵服务,一个强调启蒙和揭露"精神奴役创伤"),这种关于现实主义的争论到1949年之后被归化为"社会主义现实主义",一直到1978年以后的新时期文学,才开始出现新的变化。

② 方北方:《通过文学改造亚洲人的精神——亚洲华文作家现阶段的使命》,《蕉风》1993年1、2月号总452期,第18页。

③ 方北方:《〈迟亮的早晨〉·后记》,《迟亮的早晨》,新加坡:新马文化事业公司1963年版,第256页。

进泥土去了。……十分钟内,大地死一般地静,敌机屠杀了不少人命后,才发出胜利的狞笑飞去了。于是逃避在各个角落里的人,才像蚂蚁被击破了窝一样,开始慌张地奔走出来;大家议论纷纷,但每一张脸孔都是紫色的、惊慌的;接着男人女人的哭声,也从各个角落里发出来。"①小说中出现了游击队,不过方北方并没有指出他们与中国共产党的关系,少了主题先行的概念化书写。二是对抗战中黑暗现实和人性弱点的揭露,如对逃兵的描写:"我看见两个发枪追赶逃兵的凶徒……向那个被射中背部的逃兵头上摔下去;那个逃兵就这样被摔破了头,眼睛也跳到地下去,断气了。"②这段描写没有回避士兵的脆弱心灵,还写出了同类相残,没有了一般革命现实主义对人物的过分拔高,显得真实了很多。小说继承着鲁迅国民性批判的文学主题。文中提到,在抗战爆发之后,"政府不但未能为地方造福,为人民改善生活,反而贪官横行、污吏霸道。今天催租,明天迫粮,苛捐杂税,害到乡民无可喘息,民不聊生"。③ 政府并没有因为抗战的爆发而变得清廉,腐败依旧。方北方对不问老百姓死活的凶残卫兵、囤积药品的卑鄙医师、意图抢占吴素芬的高官以及方向的无辜被捕等人物和事件的描写,都揭露着这个问题,体现着他对民生疾苦的关注。三是方北方对知识青年爱国热情的描写,这些描写十分接近现实。如"同学们! 大家起来! 担负起天下的兴亡……巨浪! 巨浪! 不断地增涨! 同学们! 同学们! 快拿出力量,担负起天下的兴亡!"④这段歌词来自抗日歌曲《毕业歌》,而非 1949 年后的某些革命历史题材歌曲,抒情的方式也有别于中华人民共和国成立之后的革命题材文学。这些青年人的激情在今天看来仍弥足珍贵,这是方北方对已逝的激情岁月的赞美。这些创作的面向,使得方北方"风云三部曲"中充满对战争中人性挣扎与考验的思考,也触及鲁迅—胡风这一支现实主义的重要特征:"国民性批判"和"精神奴役创伤"。

"风云三部曲"关注人的命运,"虽然文事劣拙,却能忠实地把这时代里的残暴与善良,新事物的萌芽、蜕变、成长,旧事物的颓败、分崩、绝灭,少数人的钻营、盘削、荒淫无耻,多数人的贫困、饥饿、庄严地工作,以及人与人的互相轻蔑、践踏,和弱者的哭泣、惨呼、怒吼、暴叫等一切复杂的样相构成了

---

① 方北方:《迟亮的早晨》,新加坡:新马文化事业公司 1963 年版,第 30—31 页。
② 方北方:《迟亮的早晨》,新加坡:新马文化事业公司 1963 年版,第 41 页。
③ 方北方:《迟亮的早晨》,新加坡:新马文化事业公司 1963 年版,第 80—81 页。
④ 方北方:《迟亮的早晨》,新加坡:新马文化事业公司 1963 年版,第 66—67 页。

它的画面"①。小说主人公方向、张逸人、吴素芬等作为进步青年的代表，有着敢为天下先的爱国情怀，积极参与抗日战争。他们的抗战经历和战后美好的道德情操是三部曲的重要叙事线索。方向和张逸人本是赴中山大学求学的知识青年。在校外租房的时候，他们结识了房东的女儿吴素芬。初入社会，他们就了解到吴春山被骗的事情，社会的阴暗面由此在文中得以揭露。随后，他们几个联合起来发动洪小姐追求个人的幸福，字里行间又在抨击着封建社会旧有的婚姻制度残留。在《刹那的正午》（"风云三部曲"之二）中，方向带着小牛去香港找寻吴素芬。在夜校工作期间，他从沈大良那里知道抗战后的接收大员莫文德"除了把军胎、麻袋等东西分赃外，其中最主要的一百七十七箱特种药品，莫主任就以特种地位与权力，像吃人参果一样，企图把它独吞下去"②，其中的批判锋芒直指当时追求"五子登科"的国民政府官员。而同一部小说中出现的飞扬跋扈的驻防中国的美军——"回来时，看见街头五辆美式的坦克车，车上各载着一位头缚粉红色纱巾的漂亮女人，横冲直撞，如入无人之境，从我对面驶来。我还没有看完第五辆，开始先锋的那一辆，已经把街边一摊卖熟食的档子撞得人仰档飞。我马上跑上去看，档主已不省人事，那五辆赫赫的坦克车却绝尘而去"③，勾勒着彼时中国任人宰割、仰人鼻息的弱国形象。在《幻灭的黄昏》（"风云三部曲"之三）的"后记"中，方北方指出了自己这部长篇小说的批判性："《幻》书着重于四十年代末期中国人民进行反战与要求实现和平建国的表现上，从而反映中国抗战时期年轻的一代，在历尽八年艰辛的抗战之后，如何为了建立新国家观念，而不惜牺牲，积极进行和平工作，从中暴露当权派没落的根本因素，与民族生机苗长的过程，以及国民政府退出大陆的经过。"④"风云三部曲"对社会和人性阴暗面的充分揭露折射出方北方浓郁的人道主义关怀。

在"风云三部曲"中，方向与表哥张逸人、表嫂吴素芬之间的情感纠葛是另一条重要线索。方向起先暗恋着吴素芬，但当知晓吴素芬喜欢表哥的时候即自动退出。后来张逸人参加了游击队，在政府军围剿时牺牲。方向担起照顾寡嫂和表侄小牛的重担。全面抗战时期和解放战争时期，方向一直保护着这一对孤儿寡母。在 10 年的岁月里，一方面方向始终不渝地爱着吴素芬，另一方面，吴素芬觉得自己配不上方向，一心要与他保持距离，克制自

---

① 方北方：《〈迟亮的早晨〉三版题记》，《迟亮的早晨》，槟城：北方书屋 1978 年版，第 6 页。
② 方北方：《刹那的正午》，槟城：北方书屋 1978 年版，第 162 页。
③ 方北方：《刹那的正午》，槟城：北方书屋 1978 年版，第 125 页。
④ 方北方：《〈幻灭的黄昏〉后记》，《幻灭的黄昏》，槟城：北方书屋 1978 年版，第 219 页。

己的情感,希望方向能够找到自己理想的爱人。在方北方的笔下,方向和吴素芬追寻的是一种理想的爱情模式,认为有爱情的、互相尊重的婚姻才是完美的。方北方既严肃而又理想化地对爱情进行探讨,最终上升到什么才是理想的爱的问题上。在这个爱情故事里,方向尤为有趣。这个人物在小说中有着人道主义者特有的牺牲精神,他如侠客般救孤恤寡,同时尊重并默默爱着吴素芬,为小说镀上了一层温馨的人性色彩。

"华侨的被土人同化,其原因并不是很单纯的,历史上的公例:两个民族的接触,文化较低的一方一定被文化较高的一方所同化。土人的文化自不及华侨的高,华侨反而被其同化,其最大的原因,便是华侨和祖国的隔绝;其次的原因,则因当时冒险渡海到南洋的,多是迫于饥寒的农村破落户,他们的文化程度,原来便在水准之下。在南洋住下两代三代后,祖国给他的意识已渐模糊,被异地的环境长时期的融冶,自然而然便会被其同化,三十余年以前,清政府未注意到华侨问题。当时南洋和祖国的隔绝很深,土生华侨之被同化者在这时最厉害,他们既不知祖国是怎样的一个情形,所受的却又是当地殖民政府的愚民教育,又被土人环境长久的包围,自然的便要被同化了;及至国内感到华侨问题的重要,而觉悟的华侨又感到自身在海外之地位,一面参加祖国的革命运动,一面努力华侨教育的发展,吾侨社会于是为之一变,而被同化的程度也就渐自低减。其次,我国政府不能给华侨生存上以实际的保障也是使华侨不得不为土人同化之一原因……南洋各地的华侨,他们被土人同化而入了外籍的,不自知其为中国人的固不必论,祖国意识尚未完全消灭的侨民,他们之所以愿舍弃祖国而入外籍者,十九也是抱着这一个见解的,中国政府的无作为,真也难怪侨胞愿舍弃祖国而入外籍。"①这种情况引起了江应樑等学者的关注。汪应樑在这篇文章中继续指出:"现在各属统治者,正加紧其同化政策。吾侨当此之时,如欲由绝途中寻得出路,依靠软弱无能的政府是不行的,所以还是要自己起来自救,自救之道,我们在可能范围之内,去发达华侨的文化事业;尽力增进华侨与祖国间之关系;努力取得当地的平等待遇。这样,才能免同化的危险。"②

《峇峇和娘惹》是方北方的中篇小说代表作,探讨的是马来亚社会中的

---

① 江应樑:《华侨与土人同化问题》,《南洋情报》1932 年第 1 卷第 2 期,第 43—44 页。
② 江应樑:《华侨与土人同化问题》,《南洋情报》1932 年第 1 卷第 2 期,第 43—44 页。

峇峇和娘惹这一特殊华裔子孙的教育问题。① 峇峇和娘惹的存在是新马社会的特色，是华人与马来亚土著同化的结果。方北方的这部小说展示着接受"独立自主的国家的教育"的华侨和"长期受殖民地的书籍教育"的峇峇和娘惹在世界观和人生观方面的矛盾。② 小说中李天福的故事是一个引子，引出方北方对这一族群的严肃思考。林娘惹是华人李天福的再婚妻子，她按照自己所处社群的习惯，培养自己与前夫所生之子林峇峇，让他接受英校教育，并告诉他华人传统的不堪。结果林峇峇不仅对继父冷淡，而且对亲朋戚友也毫无礼貌。后来，在英式教育培养下，林峇峇过分追求自由开放，生活无度，放荡不羁，把生母林娘惹活活气死，把太太逼得跳河自尽，还在日军占领马来亚期间做了无耻的汉奸。小说的结尾部分，由林娘惹的孙子林细峇现身说法，对娘惹文化中的崇英教育进行了反省，肯定了华人传统文化的价值。

　　方北方的后期代表作"马来亚三部曲"反映着新马华人从心向中国转向本土认同的过程。《树大根深》（"马来亚三部曲"之二）的创作时间在"三部曲"中最早，只是因为内容涉及政治敏感问题而推迟出版。这部小说试图反映华人从漂泊南洋到落地生根的过程。小说中的很多主要人物都有着中国经历，如华义因保护郭沫若而遭通缉。小说讲述了早期华工华仁（橡胶园主）、华义（金保兴盛矿业公司财副，掌管文牍工作）、牛伯（金保兴盛矿业头家）、胡大利（吉隆坡秋吉律大利商行老板）、庄佬（吉隆坡庄发兴宝号）的南来经历和南洋创业的艰辛，将华人南洋历史贯穿其中——过番、猪仔、马共、新村、紧急法令时期、华玲和谈、黄色文化等历史关键词不断出现，也将华族重要的历史人物带入小说。小说讲述了"华人祖先，昔年所过的非人生活，怎样摆脱'猪仔'身份的契约，艰辛从事创业；而于战前经过日军南侵的洗劫，战后复遭紧急法令的政治牵连，千辛万苦，受尽折磨，才奠下家园的基础。进而摆脱殖民地生活，献身于建国而牺牲"，以一个个具体华人的艰辛

① 早期华人移民因为当地移民社会内无华人妇女，不得不与当地妇女结婚，特别是与爪哇、巴厘岛信神佛及印度教的妇女结婚，两者所生混血子女，在马来亚则称为"峇峇"（baba，男）或"娘惹"（nyonya，女）。在母亲的教养下，他们不会说纯正的闽南方言，在家庭用语上采用一种峇峇中国话（Baba Chinese），亦称"巴刹马来话"（Bazaar Malay），系将马来语与闽南语混合而成，又间或混入英语与荷兰语的文字和语法，与真正的马来语不同。在饮食方面，混合当地土著和中国食法，而菜肴风味偏向辛辣。在衣着方面，峇峇多采马来人服饰，将正式所着上衣配加纱笼。峇峇的政治意识是服膺土著意识形态，而不再关心中国的政治与社会，有着极浓厚的崇荷和崇英意识。参见李恩涵：《东南亚华人史》，台北：五南图书出版公司2003年版，第186—187页。1984年，方北方曾分析这一种群与华族的关系。参见方北方：《〈娘惹与峇峇〉·日译本序》，《方北方全集14·评论卷2》，吉隆坡：马来西亚华文作家协会2009年版，第272页。
② 连士升：《连序》，《娘惹与峇峇》，槟城：康华出版社1954年版，第1—2页。

求生存的故事象征和映射着华人南洋移民的艰辛历史。① 另一部长篇代表作《头家门下》("马来亚三部曲"之一)的创作主题也非常明确:"马来亚第一代的华人头家,多是从中国南来,具有传统的伦理观念,大都由刻苦耐劳,以悭俭与啬啬起家。头家第二代人物,仍保存着浓厚的民族思想,由于突破保守的局限,多能继承父业,甚至大部分青出于蓝。头家的第三代人物,已经逐渐产生效忠居留地的国家观念,有些甚至已兴趣于从事社会主义的建设;不过有的由于养尊处优,为所欲为,而把公父祖业花光的也不少。"②小说讲的是马来西亚华人社会中一个华人富豪家族的恩恩怨怨:德林有限公司董事长史德林突然去世引发了家族财产之争。作者以史德林死后财产分配为悬念,在公布遗嘱之前,让所有的史家后代在对权、钱的追逐中显露原形。

第二节　接续鲁迅风的文学影响力: 英培安《安先生的世界》

早期英培安③以现代主义诗歌创作扬名新马文坛。和很多新马诗人一

---

① 方北方:《〈树大根深〉再版题记》,《树大根深》,吉隆坡:铁山泥出版公司1988年版,第5页。

② 方北方:《〈头家门下〉后记》,《头家门下》,新加坡:教育出版社1980年版,第354页。

③ 英培安(1947—2021),生于新加坡,祖籍广东新会,义安学院中文系毕业,1960年代新马主要现代诗人之一,笔名孔大山,曾办文学杂志《茶座》《前卫》《接触》《蜗牛》。1994年8月到1995年4月曾旅居香港,后返回新加坡开书店,之后成为职业写作者。作品包括诗集《手术台上》(新加坡:五月出版社,1968)、《无根的弦》(新加坡:草根书室,1974)、《日常生活》(新加坡:草根书室,2004),戏剧集《人与铜像》(新加坡:草根书室,2002)、《爱情故事》(台北:唐山出版社,2003)、《石头》(新加坡:城市书房出版,2020),杂文集《安先生的世界》(新加坡:茶座出版社,1974)、《敝帚集》(新加坡:草根书室,1977)、《说长道短集》(署笔名"孔大山",新加坡:南洋商报,1982)、《园丁集》(香港:山边社,1983)、《人在江湖》(新加坡:文学书屋,1984)、《拍案集》(1984)、《破帽遮颜集》(新加坡:文学书屋,1984)、《风月集》(新加坡:草根书室,1984)、《潇洒集》(新加坡:草根书室,1985)、《翻身碰头集》(新加坡:草根书室,1985)、《身不由己集》(新加坡:草根书室,1986)、《蚂蚁唱歌》(新加坡:草根书室,1992)、《阅读旅程》(新加坡:城市书房,2016),中短篇小说集《寄错的邮件》(新加坡:草根书室,1985)、《不存在的情人》(台北:唐山出版社,2007)、《影子里的人》(新加坡:玲子传媒私人有限公司,2014)、《瞧这个人》(新加坡:城市书房,2021),长篇小说《一个像我这样的男人》(新加坡:草根书室,1987)、《孤寂的脸》(新加坡:草根书室,1989)、《骚动》(台北:尔雅出版社,2002)、《我与我自己的二三事》(台北:唐山出版社,2006)、《画室》(台北:唐山出版社,2011)、《戏服》(台北:唐山出版社,2015)和《黄昏的颜色》(新加坡:城市书房出版,2019)。其中《一个像我这样的男人》获1987—1988年新加坡国家书籍理事会书籍奖。2000年12月,英培安应台北文化局邀请参与"都市吟游:2000国际作家驻市创作",他的长篇小说《骚动》获2004年新加坡文学奖,《我与我自己的二三事》被香港《亚洲周刊》选为2006年十大中文小说,并获得2008年新加坡文学奖。其中戏剧集《爱情故事》中的《爱情故事》一篇"作于1980年1月,1989年8月重写,2002年6月第三稿"(参见英培安:《爱情故事》,台北:唐山出版社2003年版,第73页);另一部戏剧集《人与铜像》中的《人与铜像》一篇"作于1969年4月,1989年9月改写,1992年10月第三稿"(参见英培安:《人与铜像:英培安戏剧集》,新加坡:草根书室2002年版,第99页);《寄错的邮件》未注明写作时间。因这些话剧剧本仅有3篇,所以本书不论及英培安的话剧创作。

样，他的诗歌创作颇受中国台湾地区现代主义诗歌潮流的影响。1968 年 9 月 20 日，他曾经写下这段话："我的诗很受痖弦的影响，如果我要继续写诗，我一定要想法子跳出他这厚而大的影子。"①英培安早期的现代诗，沉迷于对现代诗艺的模仿，暂时还没有将诗艺与现实结合的想法。1966 年 10 月的《渡河者》，相较于同时代的温任平，没有挥散不去的屈原意象，仅为抒发一己之情，诗歌底色明朗："晚霞不再于你脸上飘泊了/黄昏阑珊走过//什么时候可以涉水渡河呢/河水也暖了，对岸没有蒙蒙烟雨/渡河者呵，渡河者/什么时候你去涉水呢/去远远的虹上，去采芙蓉/捧满手典美的清芬/渡河者呵，什么时候……"②一直到 1967 年 10 月 17 日创作的《在夜晚，夜晚十二点钟（白沙浮写照）》，诗中第一次出现了新加坡的底层社会生活图景——白沙浮上除了疯狂的富人之外还有饥饿的擦鞋童、三轮车夫、鸦片鬼、乞丐和妓女等等。1968 年 5 月 5 日创作的《手术台上》是英培安的经典诗作，"爱情像一枚膺币，在水门汀上敲不出一点声音"③，言说着当下的爱情经不起现实的考验，但她总是"发亮"，让大家为她着迷。一组"生活是……"也揭开了现代生活中人生存的无奈、无趣。而诗中重复的那两段——"而我们是电视机，是巴士站，是钢骨水泥……唯独语言不是情感交通的符号"④，无疑是现代都市人的情感写照，强调工具理性的生活挤压得人失去了自我。

　　1960 年代至 1970 年代，英培安与一些思想左倾的知识分子有过接触⑤，文学观念和诗歌风格开始转变。他回忆说："后期我办《茶座》的时候，其实我已经跟现代派分手了。本来我和瑞献是很好的朋友，因为我写了一篇文章批评他，他不高兴。我这个人就是这样坏。本来是一群搞现代诗的人，包括谢清、南子，他们先到我家聚会，下午再到瑞献的家，几乎每个礼拜都这样。后来就觉得写现代诗没有意思，太过个人，我的诗风也开始转变，

① 英培安：《后记》，《手术台上——英培安诗集》，新加坡：五月出版社 1968 年版，第 89 页。
② 英培安：《手术台上：英培安诗集》，新加坡：五月出版社 1968 年版，第 25 页。
③ 英培安：《手术台上：英培安诗集》，新加坡：五月出版社 1968 年版，第 63—64 页。
④ 英培安：《手术台上：英培安诗集》，新加坡：五月出版社 1968 年版，第 63—64 页。
⑤ 英培安回忆在办《前卫》杂志的时候，"时常和这些读'南大'政行系的朋友在一起，他们反而比较左倾一点"。在办《蜗牛》杂志期间，"《蜗牛》的成员其实是蛮多人的，都在大巴窑那儿活动。有些人还住在那边，像任君他们，弄一个小图书馆，在大巴窑我的家，在那边读书、讨论。其实，我们基本上是为了办那份杂志，那群人包括社长张克润。利国后来不是在 1980 年代被捕吗？她被捕之后出来，我们才知道原来政府已经注意我们那个地方了，她告诉我那些人说，外面这么多鞋子……《蜗牛》出版后，就在前卫卖。那时黄金戏院上映一些中国电影，左派的书比较好卖，所以我卖的多半是左派的书，到最后几乎左派的书都在前卫卖：那些中国出版的书、posters［海报］、音乐、毛泽东诗词……"刘燕燕整理《办杂志与开书店奇遇记——英培安访问录》，新加坡：《圆切线》2003 年 4 月总第 6 期，第 297、299、300 页。

转为民歌式的风格,写一点浅易的,Bob Dylan[鲍勃·迪伦]式的。"①大概在1974年写作《安先生的世界》前后,他开始摆脱台湾地区现代主义诗歌潮流的影响,创作中有了更多的现实关怀和启蒙意识。这个时期,英培安的诗歌也有了一种沧桑的感觉,让读者能够感受到他内心受创和滴血的痛楚。1969年1月完成的《豹》,写出了与中国大陆诗人黄翔的《野兽》相似的感觉。这种跨区域诞生相似主题的文学现象非常有意思,联系英培安早期倾向左翼思潮的创作取向,我们可以看到诗中蕴含的反抗姿态,如其中一段:"完成那种无用的姿势/他终于蜷伏/在他伏过的阴暗上//有人走过/直叉入整块的笑声和猩泪/提醒他,叫他忘记昨日新鲜的血/一张不能扩疆的钉床,他的腰上/一件永不脱色的栏栅。"②

《儒生行》(1974年1月31日)中的一段——"自从你寂寞整装/焚去夫子二千年的乱梦,破旧的/遗容。此去/既不藏星图与/剑术;亦不着/齐鲁的/衣冠//而你深明/远道漫漫则是披肩的霜露/或饮易水/或食首阳/甚或造次颠沛/竟俨然如/一介儒生"影射的是新加坡打压华文的语言政策,透露出英培安对华人传统文化的命运的担心。《儒生行》和同时期创作的《乡愁》(1974)、《老人》(1974)、《歌——献给所有为正义牺牲的人》(1975)、《儒生行之二》(1977)、《良宵》(1978)、《悲歌》(1978)、《怀人》(1978)可看作英培安整个创作历程的重要转折。他自己也说:"我写诗。文坛的朋友较注意的是我的诗——现代诗。杂文,是我的另一面。注意我的杂文的朋友,很多并不看我的诗,有的甚至劝我不要浪费时间去搞现代文学,多写些《安先生的世界》之类的大众化文章。……'谁能塑起自己的肖像,然后用自己的手,毅然把它摔碎。'这是几年前在手术台上的诗句,这问题也一直在我脑里踌躇了很久,无论如何,总要解决的。惧于破的人,就绝不能立。断臂之痛固难忍,而这种痛,却是一个有原则、肯思索的创作者所必要的。"③从这时开始,英培安将创作注意力转移到杂文上,而这一转就是20多年。

英培安自言"我个人亦较喜欢写杂文"④。《安先生的世界》是1974年结集出版的杂文集,从中看得出英培安的批判精神。文集中的《李总理为什么要对付新闻界》(1971年6月)、《韩财长自掏腰包》(1973年2月),杂文笔

---

① 刘燕燕整理:《办杂志与开书店奇遇记——英培安访问录》,新加坡:《圆切线》2003年4月总第6期,第299页。
② 英培安:《无根的弦》,新加坡:茶座出版社1974年版,第6页。
③ 英培安:《自序(1974年5月16日)》,《安先生的世界》,新加坡:茶座出版社1974年版,第2页。
④ 英培安:《自序(1974年5月16日)》,《安先生的世界》,新加坡:茶座出版社1974年版,第1页。

法戏谑，言语中充满讽刺，很能撩拨新加坡政府的政治敏感神经。以下为《李总理为什么要对付新闻界》中的一段：

> 李总理天天在忙，席不暇暖。在国内，他建组屋给我们住，使我们居者有其屋；改良教育，使我们的儿女都懂英文，有工艺可学；建联络所，使青年们有歌唱比赛看，不至于流浪街头，为非作歹。在国外，他周游列国，为新加坡日夜奔波，替我们在世界上打下美好的声誉。李总理是个崇高的人，是新加坡青年的父亲意象。他为我们做了那么多事情，天呀！最后我们骂他是个独裁者！
>
> 不过有人说李总理太累了，他想退休，不要做我们的父亲了。但我们都热爱他，不舍得他下台。李总理知道，下一届或下下一届，大选后他仍会再当总理。因为他是那么地爱新加坡，他是个崇高的人，他的责任心是那么地重，要做的事儿是那么地多。国民阵线的雷文波先生说："李总理同时在执行总理、内政部长、内政治安主任、报章执照局长、总检察局长、高级主控官、法官等人的职业。"

新加坡是一个典型的后发型国家。从 1965 年脱离马来西亚联邦后，它开始了自己的发展之路，后在 1970 年代成为亚洲四小龙之一。城市国家如何发展在世界上是少有经验可以依循的。在李光耀的带领下，新加坡开始走上独具特色的强国之路。"强国"就意味着国家和人民要经历改革的阵痛，新加坡也不例外。作为知识分子的英培安对这个发展过程中新加坡所经历的事件进行了反映。综观其所有的杂文创作，其创作主题可归纳为以下几点：

第一，批评现政府的不合理政策。在这些杂文中，英培安不断地召唤着自己的精神偶像。英培安坦言"六十年代读书的年代喜欢反传统。读鲁迅，读李敖"①，还有伏尔泰、雨果、左拉、萨特也是他的精神偶像。他的杂文创作主题鲜明，很多次都触动到新加坡政府的敏感神经。② 如抨击新加坡政

① 林高：《与英培安聊起那些年月》，《孤独瞭望：英培安小说世界》，新加坡：八方文化创作室 2019 年版，第 7 页。

② 1983 年 4 月到 1984 年 10 月，英培安在《联合晚报》写专栏，后来"据编辑告诉我，因为某部门打电话给报馆，表示对我的一篇叫《笑话二则》的文章不很高兴。不知道电话在别地方的报馆有多大的威力，在我们这儿是不小的，至少我的《人在江湖》便立刻不见了。"参见英培安：《几句话》，《身不由己集》，新加坡：草根书室 1986 年版，第 5 页。

府 1980 年代中期推行的新儒家政策①,他以五四新文化思想反驳这种政府行为。《出术》讽刺学者拔高孔子地位,还有《七出》《节烈女》《真理》《奴》都对儒家思想提出了自己的质疑。还有一些谈论新加坡发展过程中的重要问题的杂文,如《书价》《知识垄断》《谈教育》等谈到双语教育对华文的影响;《踏实的态度》(1984 年 2 月 23 日)谈到新加坡的语言政策,认为新加坡官方"母语是民族的灵魂,英语是国家走向成功的武器。基于国家与民族的利益,双语政策是唯一的成功之道,此外别无他法"的说法中暗藏玄机,实则是讲"国家要进步,语言要沟通,就从今天起,大家学——英语";《游离青年》《制造厂》谈及新加坡金字塔式教育的缺失;《花花公子》《政绩》《光着屁股的上帝》《男主外,女主内》等作品谈到新加坡政府的家长制统治。另外,文集中亦有对新加坡历史上重要事件的评论,如《人民的历史》俨然是对南洋大学的缅怀与致敬。《星洲日报》和《南洋商报》两报合并成《联合早报》的"报殇"事件则反映在《合并》《好的报纸》《开玩笑》《阅读风气》中。

第二,关注新加坡华文教育问题。《书价》《华文书业》表达了对华文书业经营状况的担忧。《薪水》《现实》反映了新加坡中学教育重文轻理的现象。《每逢佳节倍思亲》批评了新加坡政府对华文的"实用"政策。《语文与文化》则较前面一篇更加犀利。另外,《语文与传统文化》《语言与文化的研究》《英语》《邯郸学步》《大胆?》都批评了政府的语言政策。《龙的悲哀》对"迫子成龙"的父母们提出警示。《如果时光能倒流》(1989 年 3 月 12 日)中提到:"对新加坡教育的政策,李总理在作抉择的时候,他一定认为是最好的。所以现在实在不必喟叹。因为,他现在仍然是可以抉择的。要保留华校很容易,只要政府真正的重视华文,真正的重视受华文教育的人才,华校自然会留下来。否则,不管教育制度怎么改都没用;新加坡人和新加坡政府

---

① 1982 年 2 月,新加坡第一副总理兼教育部部长吴庆瑞宣布将把"儒家伦理"作为中学三、四年级学生道德教育的选修课程,同年,新加坡政府请来了熊玠(纽约大学政治系)、吴元黎(胡佛研究所)、唐德刚(纽约市立大学亚洲研究系)、吴振鹭(台湾师范大学教育系)、余英时(耶鲁大学历史系)、陈真爱(密歇根大学东亚研究与教育文化教育咨询规划)、许倬云(匹兹堡大学历史系)和杜维明(哈佛大学东亚语言文化系)等学者来新。"他们在百忙之中参观访问了中小学、社区组织和新加坡国立大学的几个系。在访问结束时,他们每个人都提交了一份报告,其内容是他们个人的观察以及有关我们开设中学儒家伦理课程的建议。"参见王孟林:《序》,杜维明:《新加坡的挑战——新儒家伦理与企业精神》,高专诚译,北京:生活·读书·新知三联书店 1989 年版,第 2 页。另外,李光耀也发表了《加强双语维护传统》《发扬待人以礼美德》《创造成功的条件》《恪守五伦奉养父母》《维持三代同堂家庭》等政论推进这场运动。可参见李光耀:《李光耀40 年政论选》,新加坡:新加坡报业控股华文报集团 1993 年版。

一样，很实际的。"①另一篇杂文《华校生与华文教育》(1991 年 11 月 1 日)则直接把批判的矛头指向了新加坡政府的双语化教育："这情形不是不可能出现的。我们不是说重视双语人才么？但社会重视的是什么样的双语人才？我们看到英文好的华校生(所谓好是能讲能看能写)被高高在上的单语精英(只能说英语)压得喘不过气；我们也看到媒介大肆宣传所谓'懂华文'的英校生(只懂得讲华语或看浅易的华文，但不会写华文)，但很少(几乎是没有)媒介赞扬一个不但会讲而且会书写英语的华校生。华人讲华语，本来应该是当然的事，但从我们的讲华语运动看来，华人会讲英语倒像是当然的，不过讲华义的华人居然学会了华语，就好像一个英国白人学会讲华语一样，是了不起的事。"②

第三，国民性批判主题。如《旁若无人》《数字》《消费狂》《种族偏见》《职业》《公德心》《小贩》分别谈到公共场所高声喧哗、新加坡人重视数字、人的金钱观、种族关系、职业贵贱及人的地位、乱扔垃圾以及忌妒心理。另外，《白领阶级》中的人物米尔斯认为"中产阶级(白领阶级)普遍的无能和混乱，很令人不安。他们没有社会地位，所以不知何去何从；他们摇摆不定，犹豫不决。在意见上混乱踌躇；在行为上，散漫而缺乏连续。他们可能在政治上容易激动，但是却毫无政治热情。他们是一个合唱团，没有人敢独自发怨言。米尔斯说的是美国，看起来倒有几分在形容我们这儿的白领阶级，或者这就是白领阶级具有的特性吧"③，明写美国人，实写当下新加坡人之缺乏思想。

第四，对新加坡文学创作界的建议。《自由的心灵》犹如他的创作宣言："一个真正幸福、自由、民主的社会，并不怕作家挖社会的疮疤；一个真正充满疮疤的社会，才怕作家掀它的底牌。文学艺术的风气，也能是政治的风气；一个社会的文学创作，是丰富多彩，还是单调贫瘠，也可以反映出该社会的人民是能挺着胸膛大声讲话，还是只能弯腰曲背，低声下气。……文艺工作者讲究艺术良知，有艺术良知的文艺工作者，才能创造出好的作品。所谓艺术良知，并不仅限于创作技巧上的认真，也是指面对生活。对真理的认真，要认真去面对生活与真理，他就必须有完全自由的心灵。这样，他的思想才会更开放，他的视野才会更开阔，他的认识才会更有深度，他的作品才

---

① 英培安：《如果时光可以倒流》，《蚂蚁唱歌》，新加坡：草根书室 1992 年版，第 50—51 页。
② 英培安：《华校生与化文教育》，《蚂蚁唱歌》，新加坡：草根书室 1992 年版，第 122 页。
③ 英培安：《白领阶级》，《蚂蚁唱歌》，新加坡：草根书室 1985 年版，第 24 页。

会更真挚感人,更能为时代作证。"①而杂文《蚂蚁唱歌》(1992 年 5 月 1 日)可以看作对本地商业化浪潮下知识分子一如蚂蚁的悲鸣:"其实,我们也不能说新加坡人不关心艺术文化。但新加坡是个非常商业化的社会,商业化社会是讲究广告与包装的;所以,在这儿,如果你要唱歌,你是鸭子或是乌鸦并不重要,重要的是你须先把自己装扮成黄莺,而且常要在媒介亮相,不断地高喊漂亮动听的口号,宣传自己是捍卫歌唱艺术的烈士,准备为歌唱艺术做出壮烈的牺牲;如此这般,自会有不少自认是热心文化艺术的大人先生们大大地感动,给你热烈的支持和掌声。"②

第三节 张爱玲文学风格的追随者:李天葆③《盛世天光》

李天葆的《桃红刺青》曾获 1990 年首届客联小说奖第一名,这也是他的成名作,人物原型来自李本人的童年记忆。④ 小说女主角桃红是"自小在乡下被养母带大,过后找个土生的豪客出高价买了初夜。小地方待不下去,养母便托熟人带她们到城里的旅馆接生意,每个月扣些钱拿回去孝敬她"的妓女中的一个。⑤ 在做皮肉生意的青楼生涯中,她本不该有爱情,可偏偏对粉刷工人阿商产生了感情。但妓女从良谈何容易。三虎堂的昌哥将阿商勒毙并弃尸矿湖,桃红失去了对生活的兴趣,在妓女生涯中沉沦。不过她在梦里

---

① 英培安:《自由的心灵》,《风月集》,新加坡:草根书室 1984 年版,第 102—103 页。

② 英培安:《蚂蚁唱歌》,《接触》编辑室 1992 年 5 月 1 日第 12 期。转引自英培安:《蚂蚁唱歌》,新加坡:草根书室 1992 年版,第 129 页。

③ 李天葆(1969—),生于马来西亚吉隆坡,祖籍广东大埔,17 岁开始写作,现任独立中学教师。出版著作包括散文集《红鱼戏琉璃》(吉隆坡:代理员文摘有限公司,1992)、《红灯闹语》(雪兰莪:乌鲁冷岳兴安会馆,1995)、《没有别的,只有存在》(吉隆坡:马来西亚华文作家协会,1998)、《雨花云蕊旧月落》(新加坡:月台出版,2019),小说集《桃红秋千记》(吉隆坡:马来西亚华文作家协会,1993)、《南洋遗事》(吉隆坡:中华独中,1999)、《民间传奇》(吉隆坡:大将出版社,2001)、《槟榔艳》(台北:一方出版社,2002),长篇小说《盛世天光》(台北:麦田出版社,2006)、《绮罗香》(台北:麦田出版社,2010)、《浮艳志》(台北:麦田出版社,2014),口述报告《艳影天香:粤剧女武状元蔡艳香》(吉隆坡:艳筠,2012)。

④ "我把笔尖指向这烟尘喧嚣的现实,从记忆里,生活小插曲里找寻熟悉而动人的面影——是太阳大厦边侧一旁旧旅馆,极窄的巷子,门洞都是古式弹簧小门,大红、粉绿、水蓝……各色不同,总有三大种族男人持钢盔,静静地出入,啪一声,门弹开去,人便闪了过去,女人有时也出现,白幽幽的粉霜涂在脸上,唇边一瓣红,眼睛眯成一条线,是阳光照下来了;整十多年前的提着书包,默默走着,似乎也觉得这是个怎样的女人。仅只在花街柳巷走过,凭着模糊的印象,便写出了一个妓女桃红的故事。"参见李天葆:《染香罗,剪红莲》,《红灯闹语》,雪兰莪:乌鲁冷岳兴安会馆 1995 年版,第 117 页。

⑤ 李天葆:《桃红刺青》,《桃红秋千记》,吉隆坡:马来西亚华文作家协会 1993 年版,第 11 页。

还是想着阿商，每每"桃红恍恍惚惚地追上去，走进热沉沉的梦里，她希望永远不再出来，永远不再，她愿意"。《秋千，落花天》中的简描花在姐姐描凤的制衣店借住，爱上与之朝夕相处的伙计燕官。姐姐认为燕官人品不佳而将之赶走。简描花和桃红一样，也只能在记忆中寻找着自己的爱情："从前抛在海角天涯的感觉一点点扣着心门：是落花天，阿宝还没长大，粉嫩雪白的让她抱着，站在窗前看风景；燕官从树后踱出来，搔搔头，笑了。描花觉得很温暖，仿佛在这里有了丈夫和儿子。再看，他用力推送秋千，那块木板拉扯起两条绳索，高高地在她心里的天空划开弧线，长长久久的在飞荡着，不会消失。"①这样的描写颇有"哀而不伤"的感觉，含蓄而让人心痛。

李天葆在小说中试图构建一个明显的南洋女史谱系。《花田错》是李天葆较早探索女性命运的小说。小说中的田赛红在家庭中是一个非常强势的女人，每每对软弱的丈夫花继仁指手画脚。为了摆脱花大姐的经济要挟，她出去做饭档洗碗工，又做过几次生意。姑嫂之争逼得田赛红只能选择绝地反击。在一次貌似轻松的闲聊中，她向邻居爆料花大姐的女儿阿细未婚先孕的家丑，从而一下子扳回局势——一个类似张爱玲笔下的曹七巧的人物形象出现在我们面前。《腊梅二度》讲述了女性主动追求个人幸福的觉醒过程。腊梅每晚替丈夫阿融看守香烛摊，阿融却在外面包养二奶。薄饼摊主麒麟时常关心着苦命的腊梅，随之而来的风言风语引发了一场家庭风暴。和田赛红一样，腊梅离家自主，先做洗碗工，后开档卖客家笋饭。这篇小说有一个亮点，就是对女性"同性相残"的处理。文中，"二奶"起先踌躇满志——"女人满头蓬发，套一件男人恤衫，短裤底下是白松松的腿，十指血红，蜡黄脸上眉毛拔细，唇色紫艳艳的；拎着饭盒，正往麻将馆走去"②，可等她"转正"后，她一样延续了腊梅的命运。同性的竞争，胜利的一方永远不是女性，而是处于威权地位的男性。由此可见，女性自我觉醒的过程是多么的艰难。

《盛世天光》是李天葆目前最重要的长篇小说。小说各章篇目分别是："第一卷 花开金银蕊""第二卷 花飘惜红，蝉落池影""第三卷 月映芙蓉""第四卷 芳艳芬"。各篇以小说中的女性命名之，其中的女史谱系相当明显。杨金蕊一生进取，执掌吉隆坡最闻名的梅苑酒家，故事就由这个地方开始：酒家"原址在陆佑东兴楼公司那一排的前边，只是传说六十年代间曾一度易

---

① 李天葆：《桃红刺青》，《桃红秋千记》，吉隆坡：马来西亚华文作家协会1993年版，第77页。
② 李天葆：《腊梅二度》，《桃红秋千记》，吉隆坡：马来西亚华文作家协会1993年版，第96页。

手,后来八十年代东山再起。创办人钟嘉裕,广东台山人,二十年代闻人,隆市里一条小路曾以其命名之,直到独立后才改换马来历史伟人的名字。但前朝旧称依稀有人记得:'惹兰嘉裕',不过已忘记他是何许人,还有那么一间'梅苑'。其独子钟贵生大概是'虎父犬子'。后世撰述资料者大都忽略他——至多是当作梅苑的少东主罢了。然而钟嘉裕的儿媳妇杨金蕊却颇有名声"。① 而后,金蕊(女人)与酒家(历史)开始了互相纠结的历史过程。这位钟家儿媳,当年为了能够成为梅苑少夫人,在妹妹银蕊出水痘之际替妹出嫁,圆了自己的富家梦。后来,银蕊嫁到南洋。为了维持体面,金蕊很长时间不认这个出身寒微的妹妹。金蕊的女儿玉蝉,因为其女儿身从小就不为母亲所喜,在母亲的威压下变得内向而自闭:"通常是从梅苑回来,午睡前那一段空当,玉蝉就会随着女佣穿堂入室,打起帘子,会见母亲。她总是略俯下头,问:'吃过了没有?'都属于起居饮食的问题,由底下人一一回答。末了,才要玉蝉叫一声:'阿娘安好。'声音哑哑怯怯,带三分畏惧。这母亲不耐烦地一挥手,即表示要送玉蝉走了。一个小女孩几乎走不近亲生妈妈的身边,从来没试过撒娇笑闹,耳闻轻柔的催眠曲。"②后来,玉蝉被日本兵轮奸而生下蝶芬、黛芳二女,她们继承了金蕊的泼辣心计和未知父亲的野蛮性格。小说的另一条女史线索以银蕊为中心。银蕊是唐山出身,本是钟家少爷相中的结婚对象,但被姐姐抢了出嫁机会。不久后下嫁南洋卖面郎阿勇,生下一女惜妹。惜妹自小讨厌大姨金蕊的飞扬跋扈和父亲的胆小懦弱,后来爱上滥好人范舟桥,生了两个女儿。可大女儿月芙失足坠楼摔死,二女儿月蓉难产而死,正应了红颜薄命的说法。男性社会对女性的伤害可谓重大:日本强盗轮奸玉蝉(致使其精神失常)、张雨亭追求月芙(逼得她不慎坠楼死亡)、景明强奸月蓉(月蓉后来难产而死)……由此可见,男性一旦靠近,女性就只有被伤害或者死亡的份儿。一直到小说的最后,蝶芬与一个编制竹帘的男子成婚,生育一女,百年的女史谱系才归于平静。李天葆也借此表达平静的日子才是生命的真谛的想法。

李天葆所营造的是一个类似"母系社会"的血缘体系。在《盛世天光》中,杨金蕊(钟贵生)——→钟玉蝉(日本兵)——→蝶芬、黛芳——→蝶芬,杨银蕊(何阿勇)——→何惜妹(范舟桥)——→范月芙、范月蓉,这一脉传下来的都是女性,男性在这个谱系中居于次要地位,如离家出走的钟贵生、终日劳累的阿

---

① 李天葆:《盛世天光》,台北:麦田出版社 2006 年版,第 19 页。
② 李天葆:《盛世天光》,台北:麦田出版社 2006 年版,第 65 页。

勇、滥好人范舟桥，他们在整个女史谱系的历史中显得微不足道。而母系谱系中，虽然同性相争一直存在，但又每每荡漾起同性之间的关怀，如惜妹看望被奸成孕的玉蝉时，内心所想是"如今觉得金蕊到底是有一套自己的生存法则，一个女人撑着半边天，不简单，不会只靠那几个下流下三滥的招数"①，对大姨的为人有了些许理解。杨金蕊是个外强中干、内在空虚，在权力的重压下物化了的人物，七十多岁的她还得维持着梅苑酒家："立在梅苑门前，天光炽烈，艳阳高照。金蕊一笑，钟家那批亲戚要她把账目交出来，哪里这么容易……汩汩流动的血，胸口一起一伏。她望望天色，走入梅苑；这个姿势，多年前早已有人见识过了。"她成了小说中的悲剧人物。而杨银蕊则是小说中善良品格的代言人，她是阿勇一家的精神支柱，后来的月蓉身上隔代遗传着她的善良性格。整部小说中，银蕊的鬼魂不时出现，支撑着丈夫、姐姐、女儿的精神，使得小说在真实与虚构间多了一些美好的但让人心痛的品质。

一、追忆中重构的南洋风物

李天葆的小说给人最大的感觉就是"怀旧"。② 他曾经说过："我特别眷恋一些脱离时间而独存人世的传说故事，也许是基于人生无常，不得不从古老的天地里寻觅永恒安稳的感觉，一如老人依赖过去的美好岁月来继续活下去。……我喜欢俗世，可是每当跟人群格格不入的时候，便会逃回这个浮游于现实之外的梦土里——无论是彩绘的聊斋图画，还是李贺那阴森幽冷的鬼诗"③，"故此一切的人和事物已不能给我任何支助，还剩下什么呢？剩下的是靠自己建筑起来的幻想楼阁。这里每一个梯级，每一个窗户……从不曾拒绝我的来临，不管细雨黄昏或是星光满天"④。在这些写作心理的作用下，李天葆的小说自然带上了浓厚的怀旧色彩。

《旧乐园巷》是由一组短篇小说构成的中篇小说，讲述的是旧乐园巷这条百年老街的兴衰历史，其中透露出浓厚的怀旧情怀。首先映入我们眼帘的是一段歌女试图从良的故事：歌女影姑（张兰影）看上了老实巴交的书报

---

① 李天葆：《盛世天光》，台北：麦田出版社 2006 年版，第 112 页。

② "李天葆的最初的创作'原素'，文学气质是受那些绮丽光彩而又带点传奇的旧小说所感染，从而陶冶了心灵。因此他开始写小说，就避开现实，尽情在他的小天地里幻想，制造出一则则浮想联翩的神奇故事。……迷恋古典的情怀，一直是李天葆创作上的特色。"参见李忆莙：《新生代小说家李天葆之论述》，《南洋遗事》，吉隆坡：中华独中 1999 年版，第 203 页。

③ 李天葆：《桃花女》，《红鱼戏琉璃》，吉隆坡：代理员文摘有限公司 1992 年版，第 14—15 页。

④ 李天葆：《伤》，《红鱼戏琉璃》，吉隆坡：代理员文摘有限公司 1992 年版，第 19 页。

摊老板阿杨,她渴望与"这么一个男人,诚恳老实的过日子,跟从前的大哥一样——阿杨的手像他,粗糙厚实,唤醒了当初贫穷卑微的回忆"。① 可是久经欢场,从良何其不易,"她走不回头了,这一生已不能确保做一个贤妻。每天睡到日上三竿,太阳渐在镜台上才愿意起床,兰影实在惯了——站在歌台上,笑盈盈地唱起《洗澡曲》……现今她只管将风情卖弄,也不见得有什么损失"②。在《旧乐园巷之二·昙花》里,琼花的男友阿堂死于私会党的报复。在对阿堂的思念中,琼花的心态慢慢变老:"镜光流离里,她的杏眼笑容,依旧美丽,只是却很快就要过去了;是昙花,夜半无人,静静绽开,花容灿烂,月过树梢之后,它则萎缩低垂……如果再不离开这里,她会一天天在此终老,那时不过是个以点痣为生的老妇。"③历经痛苦后,她接受了阿杨对自己的关心,也体会到平淡爱情的甜蜜,正如她手握阿杨给她的铜钱时,那种"刹那间,鼻端微酸,却另有一种淡淡的甜蜜在里内沁出"④的温馨感觉。《旧乐园巷之三·眉凝霜,艳歌渺渺》讲的是琼花姐姐檀香的遭遇。她在酒廊卖场,在不同的恩客之间徘徊,心里的寂寞是无边的,仿佛"像死了的花魂,在废园里徘徊;昔日花香春意闹,竟抓不住了。檀香很想有人在她身旁再说一说那些温存话"⑤。自暴自弃的她,也在自我封闭着心灵。她从来没有向妹妹琼花说出自己去卖唱的原因:父亲金潮"迫她嫁别人做填房,她才不顾一切到碧桃记做工"⑥。个性倔强的她自认为可以一力扛起自己的辛酸痛楚。她一生都恨着自己的父亲,但亲情是永远没法斩断的。在小说末尾,檀香面对着垂死的父亲时,突然感到"脸上像有什么东西在流动;头俯下来,那泪一颗颗,落在水盆里"⑦。在这里,檀香心中那对父亲的无声歉意、对已逝青春的怀念,使得小说浮上了一层温馨的人性光辉。

境过时移,阿杨、影姑、琼花、阿堂、檀香等老一代的人一一老去,在小说中展示着百年老街翻天覆地的变化:"这些年来,乐园巷渐变成老旧寒伧的名词了,繁华风光皆由后边的那一区承受——新起的一座座大厦,购物中心,在稍远的南园也老早辟为金河广场。高耸入云的楼房夹着这一条老巷子店铺,格外对比强烈。阿杨自己没什么所谓,也惯了,住在这里仿佛生了

---

① 李天葆:《南洋遗事》,吉隆坡:中华独中 1999 年版,第 63 页。
② 李天葆:《南洋遗事》,吉隆坡:中华独中 1999 年版,第 64 页。
③ 李天葆:《南洋遗事》,吉隆坡:中华独中 1999 年版,第 104 页。
④ 李天葆:《南洋遗事》,吉隆坡:中华独中 1999 年版,第 105 页。
⑤ 李天葆:《南洋遗事》,吉隆坡:中华独中 1999 年版,第 113 页。
⑥ 李天葆:《南洋遗事》,吉隆坡:中华独中 1999 年版,第 133 页。
⑦ 李天葆:《南洋遗事》,吉隆坡:中华独中 1999 年版,第 134 页。

根，即使再没颜褪色，还是觉得可亲可恋……如自个儿的一条跛腿，一拐拐走着，从不觉得怎样。"①新的一代在冥冥之中，延续着老一代人植下的"孽缘"。阿杨的儿子云豪跟张兰影的女儿莲卿相恋。云豪摆着一个租书档，而莲卿继续着母亲"卖肉"的生意，成了按摩女郎；女儿生来和她的大姨檀香一个脾气，总顺不了琼花的心意。在莲卿心里，她和云豪的感情，就像"那双云豪陪她去买的拖鞋，却搁在门边，一前一后，进不了房内"②。整本《旧乐园巷》追忆并还原着一段南洋市民的历史，一如昙花，花不常开，但花香永存。

李天葆笔下有着大量的对南洋风物的描写。③ 首先是他对南洋服饰的介绍，其中满带着他的怀旧情怀。如"盒面的标签纸样，看了只令人失望：太好玩了，一片热带椰林海滨的旖旎风光，一男一女张开一方毛毯在野餐，男的握住红白相间大洋伞屈膝坐着，女的比基尼打扮玉腿交叉斜睨对方，两人隔着的就是那盒'吉隆坡旺记公司驰名烧鸡蛋糕'；不是五十年代也属于六十年代吧？我如获至宝把标头纸撕下，收藏起来"④。这种南洋服饰的描写在《盛世天光》里处处皆是，小说艳丽的底色一览无遗："如今有一班商会的老板仍然会记得梅苑少东主夫人，穿着葵花色窄身小袄，或幽紫通纱蕾丝娘惹裙，坐在柜台上嘴角含笑，声声唤着头家，报上时新菜肴；有眼福的可以看见她莲步姗姗地充当领班，送他们到楼上的'明月厅''明珠厅'"⑤；"金蕊禁不住要去瞟迎面的大镜子，见自己粉藕色琵琶襟紧身衫子，底下是火红绣镶着凤凰牡丹的长裙，她的一把黑色洒金折扇欲开未开，反而扇子垂下来的翠绿流苏鲜亮地映衬出腕间的一段莹白——他们洋鬼子以为只有瓷器才有的

① 李天葆：《南洋遗事》，吉隆坡：中华独中 1999 年版，第 136 页。
② 李天葆：《南洋遗事》，吉隆坡：中华独中 1999 年版，第 136 页。
③ 李天葆曾经自言："另外，通俗一点的，如漫画，我倒是常看；喜欢郑问、蔡志忠……还有日本的池上辽一，他的人物具有火与铁一样的魅惑，暴力情欲揉合得极好，却不含半点造作，邪得理直气壮。也爱看传统的连环画，什么改编自聊斋志异今古传奇拍案惊奇，皆爱不释手。因此，特别迷恋风格相近的年画，一幅幅，华丽而世俗，绘的是穿红肚兜的胖娃娃，笑吟吟地抱着金鲤鱼，身后还有繁复琐碎的花花草草，大红艳红桃红绯红……红得拥挤喧哗，令人心安。说来说去，常翻的大多数是人物画册。西洋人物画的美，当然没得说，而中国的，最钟爱的就是《簪花仕女图》：五个贵妇人，头顶簪着荷花、牡丹、红花、芍药、海棠，身穿轻罗纱，在花园里散步，只见辛夷花正开，仙鹤栖息，她们逗小狗、摘花、拈蝶、乘凉、冥想……永远的盛夏，经过无数的世纪，簪花仕女的夏日仍未过去，花里总是悠悠慢慢的年月，喧闹纷纭的世事隔在外面，走不进来。就这样，她们成了永恒。"参见李天葆：《我的游戏笔记》，《红灯闹语》，雪兰莪：乌鲁冷岳兴安会馆 1995 年版，第 99—100 页。
④ 李天葆：《后记：烧鸡蛋糕和风月情浓以外》，《民间传奇》，吉隆坡：大将出版社 2001 年版，第 185 页。
⑤ 李天葆：《盛世天光》，台北：麦田出版社 2006 年版，第 21 页。

白,竟然在东方女子身上找着了,而且莹白柔腻,自有一种血气鲜丽"①。另外,南洋节庆礼俗已经变得与祖国的不太一样:

> 华人在南洋生活了好几代,世俗民风当然也暗中渐换了,变了些许花样,又另加了别的——纵使如此,潜伏在人心背后的文化图案,仍保留过去的色泽和笔法……跟我们熟悉的天上神仙调侃:哪怕是一件观音诞的纸制绮罗,也忍不住手痒,以凡人标准为她打扮——大日子,应该比平常不一样。烧香祈祷,大概不必预先知会……深谙世情人心的观音肯定会宽容接纳,在远处嫣然颔首。②

　　南洋食物在李天葆的小说中也变得日常化,如《岁末琐记》中"我"手拿着马来人卖的汉堡包,"乘着太阳晕黄,不大伤人的当儿,我走过五脚基,买了块蜜瓜,一边吃着,便踱到小巷小弄叫云吞面莲子百合糖水;或在路旁的嘛嘛档坐着,点一客印度烙饼,一杯奶香浓郁的拉茶……要不然就索性在摊子,买芋角、韭黄沙葛煎饼、糯米夹翡翠绿椰浆糕……望了望透明袋子里,一片油亮缤纷,很丰足的样子。终于停在花姐那儿,要了杯黄糖豆浆,迎着车声市音,微笑喝下去,咕噜咕噜——就这样,没什么可烦的了"③;再如《幽幽水色》中写道:"凉茶是经常煲的,那是当年父亲的方子:菊花、元参、干葛、灯心、麦冬、生地、甘草等。一有嘴焦头热,就去买材料,煲出来一大锅黑黝黝的水,隔渣之后,夜里倒来饮了一碗,睡得也比较稳——据说是有安神的作用"④。同篇散文中,还有竹蔗水、龙眼冬瓜露、六味糖水、薏米水、红豆水等南洋饮品。又如《草图简说》:"妈妈能做出极好的客家笋饭。薄得几乎透明的皮儿,隐隐约约可看见里面的馅:笋丝、香菇丝、猪肉碎、豆腐干丝……有些老人家怕笋丝招风,妈妈又改放眉豆,叫豆板,是她独创的。"⑤这其中的糖水、印度烙饼、拉茶、凉茶等等,都营造着一个个老南洋的图景,而这种种都成为李天葆小说的亮点。

　　前文中的南洋服饰、南洋食物和节庆礼俗都建构着 20 世纪前期老南洋的日常生活场景。《州府人物连环志》曾荣获第二届花踪文学奖小说首奖,

① 李天葆:《盛世天光》,台北:麦田出版社 2006 年版,第 42—43 页。
② 李天葆:《绮罗金剪记》,《民间传奇》,吉隆坡:大将出版社 2001 年版,第 11 页。
③ 李天葆:《红灯闹语》,雪兰莪:乌鲁冷岳兴安会馆 1995 年版,第 42 页。
④ 李天葆:《红灯闹语》,雪兰莪:乌鲁冷岳兴安会馆 1995 年版,第 49 页。
⑤ 李天葆:《红灯闹语》,雪兰莪:乌鲁冷岳兴安会馆 1995 年版,第 89 页。

用"糖葫芦串"的叙事方法，讲述着仇凤堂、玉霓虹、灯花嫂、阿欢、金树和香芸等人的生活经历，这种叙事方式明显借鉴晚清韩邦庆的《海上花列传》——"最近的《州府人物连环志》，索性不太去理完整的故事情节，只一心把当时流落南洋的唐山人带出来，来回穿梭，交错而行，是绣花针扣双针，图未就，花线仍在游移……七情六欲浮上来，西沉的日头红晕，落在茨厂街，贩夫开始摆摊子，我迷迷糊糊中，在此处寻找旧日的空气，以花露水熏染了前朝罗衣，再走了时光昏黄的过去，到莲藕塘里，偷剪了一枝红莲，写进小说里"①。在这篇小说中，"州府"是南洋的代名词，李天葆的笔触涉及的是南洋移民早期的南洋生活。小说开场就是对南洋的介绍：

> 脱下老花眼镜，挂起乌木算盘，把印着"吉祥布庄"鲜红宋体字的账簿都合上了；仇凤堂乘着时辰还早，便换去汗衫，吩咐伙计仔细店面，然后走出门去。也不坐三轮车，尽自撑开伞，油纸气扑鼻，抬眼，伞面金黄；顶着火镜子，炎热得遮也遮不了；满街满巷都金晃晃，但他对南洋州府的太阳已见熟认惯。②

仇凤堂是玉霓虹的恩客，供给着她的吃穿用度。不过玉霓虹很明白欢场之上，男无情女无义，连唐山的亲娘也只为了钱，州府反倒成了自己的安身立命之处，"纵使不是自己的原乡，却比任何一个处所都亲。唐山算什么？穷山恶水的，做梦也没梦过，加上阿娘的需索无度，实在受够了。那次自己堕胎，流了几天血，差点死去；玉霓虹发现什么都是不可靠，只有身边的一点值钱的东西。她笑吟吟捧出描金八宝箱，里面有珍珠耳坠、赤金镂花戒指、翡翠镶雨点花项链……没有爱，没有亲人，她只愿意冰冷的珠光宝气拥着自己"③。灯花嫂则是孤身赴州府谋生的唐山寡妇，在南洋孤单地过着日子，只能在偷来的金手镯上感受些许温暖："灯花嫂熄去火光，镜里异艳的星芒没有了。她如今念念难忘，那手腕刚脱掉镯子后的余温。"④阿欢是"民生当"老板，漂泊到南洋的灾难岁月时时萦绕在他的心中："耳边响的却是在汕头上船后，海在外面叫啸的声音，当时里面一片黑，好多人挤着，腥味蒸散，船身晕晕晃晃，摇不完地摇；有人吐、病，时间停在半空，实在不知道生或死。

---

① 李天葆：《染香罗，剪红莲》，《红灯闹语》，雪兰莪：乌鲁冷岳兴安会馆 1995 年版，第 117—118 页。
② 花踪文学编委会：《花踪·星洲日报·文汇 2》，吉隆坡：星洲日报 1993 年版，第 79 页。
③ 花踪文学编委会：《花踪·星洲日报·文汇 2》，吉隆坡：星洲日报 1993 年版，第 82 页。
④ 花踪文学编委会：《花踪·星洲日报·文汇 2》，吉隆坡：星洲日报 1993 年版，第 84 页。

他笑了笑,现在算好了。真的,在唐山,吃得不饱,养头猪,一年还是瘦巴巴;闹瘟疫,猪死了,乡人不管就煮来吃,有的吃后跟着中瘟。阿欢的娘就是这样没了。他自己暗地盘算,来州府是唯一出路;一年到头,总有一大批后生上了船。阿欢由不得自己,至少也胜过在围屋里等死……那实在是连土匪都不来的地方。"①金树跟着自己的未婚妻赛月琴一起来州府讨生活,可"从前她是未过门的妻,如今她当然看不起他"②。而香芸则总忘不了自己把九个月大的女儿卖掉,只因自己"留在娼门里,迟早也会走上相同的路,只有让她跟别人,才能过好日子"。③ 这是一群沦落天涯的"唐山人":

> 从唐山远到州府的女人,不管身世荣辱,一生中只拼搏这么一次:有花牌、有灯光、有笑语、有无数的男人、有一对对贪婪的眼睛、有青春柔腻的肉体——虽然稍现即逝。然而,没有爱;她错过一次,便从此失去;如今他来找她,其实也算是苦涩的慰藉。但男人不可能再爱她。……她索性整只手放在窗外,要找回什么。渐渐地,斜阳掩盖,骨肉融化,一切变得无影无踪。一个炎热的大白天,过去了。④

二、张派传人的"苍凉"传统

张爱玲笔下的"苍凉"风格一直是众多现代作家模仿的对象。李天葆承认自己对张爱玲的模仿。他曾说:"文人无行——模仿张爱玲就是最大证明了。模仿有什么好处?创新是辛苦的,一步一脚印,怎及站在大师肩膀上省心,以绵丽华丽的风格当包裹的遮羞布,以别人写过的上海转化为旧时代南洋,写不下去便顺手拿出经典翻翻,还得奖呢。我也不妨自揭底牌,描花描凤是曼桢曼璐,桃红是葛薇龙,田赛红是丁阿小,水香是月香;《桃红闹语》的'闹语'是'流言'——一件脏,两件也是秽,像某些风尘女子下海的理由。"⑤李天葆也曾讲述自己和张爱玲之间的缘分:"只记得初中二投过一篇《尊孔行有感》,发表在马来亚《通报》的'通苑'版,算是首次见报;同版还有张爱玲《小艾》出土的消息。命运的戏剧性往往如此——两者都与我息息相关。"⑥

① 花踪文学编委会:《花踪·星洲日报·文汇 2》,吉隆坡:星洲日报 1993 年版,第 84 页。
② 花踪文学编委会:《花踪·星洲日报·文汇 2》,吉隆坡:星洲日报 1993 年版,第 86 页。
③ 花踪文学编委会:《花踪·星洲日报·文汇 2》,吉隆坡:星洲日报 1993 年版,第 88 页。
④ 花踪文学编委会:《花踪·星洲日报·文汇 2》,吉隆坡:星洲日报 1993 年版,第 88 页。
⑤ 李天葆:《葆家信笔》,《蕉风》2005 年 7 月总第 494 期,第 28 页。
⑥ 李天葆:《重头回望》,《蕉风》2005 年 7 月总第 494 期,第 64 页。

　　李天葆笔下的"苍凉"一词最早出现在小说《相见千回都是梦》中：坐在电影院里，"静静无声，不发一言，许是因为太寂寞，日子难过，进来戏院躲避，这种无聊更带着一丝苍凉"。① 其他的作品中也有出现，如"岁月的芬芳，一掠过，不是当年了"(《天光飘香屑》)，"有了另一个自成的生命，慢慢地走远了"(《灯照影生花》)。李天葆作品的张爱玲风格的形成原因是多重的。首先与他的成长环境有关。李天葆在青少年时期很孤僻："一般人那种快乐的青少年我是没有的，因为我也不是很喜欢交朋友，朋友也不是很多，也不是很喜欢参与那些游戏玩乐，甚至其实我也不是很喜欢读书，也不很勤劳读书，不是很勤劳的学生。我只是喜欢看书。"② 其次是三岛由纪夫对他的影响："中学时期很迷三岛由纪夫的小说。他笔下的男主角，一个个清俊而惨白，有的沉溺在蔷薇异色恋里追求短暂的欲，然后自毁死去；有些为了保存完美，不惜火烧金阁寺……最有代表性的是《丰饶之海》前三卷，全书叙述一个美少年早夭轮回托生三世的宿命悲剧……人一老，棱角光辉磨平了，再不幸的便沦为普通庸俗辈，笑嘻嘻哈哈着腰，彩虹幻梦在身后缓缓消失，一步步投身污浊肮脏的水流里，不再怀有倨傲的纯真；打一个滚，风尘满面，眼角眉宇之间的灯影统统熄了下来。从前的辉煌提也不用再提了。"③ 另外，参加工作后的种种不顺利，也让他每每感到郁闷不快。④ 这种种都奠定着他的性格和怀旧的风格。

　　李天葆小说的很多段落都表达着这种"苍凉"的小说底色。他对吉隆坡的今昔变化颇为关心。金蕊最后对故乡的回顾，自悼漂泊一生的孤独："老火车站的餐厅里有灯影荔枝红，我瞥过一眼，缓缓走出去，走过去，不敢回头，从此就这样老去……人生该来的，意料之外的，发生在自己身上，发生在吉隆坡身上；怀着旧有记忆里的我不认识她，她也漠然地历尽沧桑下去。"⑤ 当简描花的爱情被姐姐阻挠后，"描花的心一口口被腐蚀掉，却不觉得痛。她木木的走上阁楼，窄小的地板上，空无一物，他不在了，唯见那扇天窗外的太阳，涌过来是一片金沙金尘，寂静中带着荒凉。风吹过，她的瞳仁也似乎有烟雾蒙蒙在扫掠；隔了好久，从眼里坠落的不知是泪，还是炎炎荒漠下着的雨"。⑥ 这些组成了凄美、凄凉的人世间。另外，李天葆的色彩感非常好，

①　李天葆：《红灯闹语》，雪兰莪：乌鲁冷岳兴安会馆 1995 年版，第 40 页。
②　李天葆、陈志鸿：《虚幻也是一种存在：访李天葆》，《蕉风》2005 年 7 月总第 494 期，第 49 页。
③　李天葆：《绮丽男》，《红灯闹语》，雪兰莪：乌鲁冷岳兴安会馆 1995 年版，第 96 页。
④　李天葆长期工作不定，在编辑、教师的职业选择中换来换去。
⑤　李天葆：《代序：都门梦忆》，《盛世天光》，台北：麦田出版社 2006 年版，第 4—5 页。
⑥　李天葆：《秋千，落花天》，《桃红秋千记》，吉隆坡：马来西亚华文作家协会 1993 年版，第 75 页。

如"靠近窗台底有个竹箕,上面铺着张旧报纸,躺住的是好几颗苋菜,叶身像吐了一口血,伤口渐渐扩大,散成整个巴掌大的血印,色泽却又慢慢淡去,寂寂的一片红,如经水一洗,艳丽便会褪没"①。2009 年,李天葆获得第 32 届《时报》文学奖,当时有评审委员就表示其作品具有张爱玲的风格。② 那么是哪些因素构筑起李天葆的这种"苍凉"风格呢?

首先,一如张爱玲,李天葆对意象的运用非常成功,如"月亮""风"等意象。在月亮的意象塑造上,李天葆的功力不在张爱玲之下:"近天亮,乐园巷上空便挂起一片水蓝布幔,月亮斜照,光色里有冰凉意"③"天边升起一弯月牙,是一柄梳子,梳着夜的发,浓浓无边的发"④。第一次出现"风"的意象是在《腊梅二度》中:"一股风,凤仙花舞腰,妇人背后只觉得冷,喃喃道:'什么鬼风,吹得人好寒。'然后径自回屋熨衣,乏了也就回房睡去。"接着,"腊梅抚脸,火烧一般;她拿起棉包,想哭。此时,神前灯火已熄了";最后"风掠过,妇人的发飘飘欲飞,卷成花。麒麟惘惘的立着,等着腊梅的身影没在后廊,他便也走了"⑤。小说中的"风",第一次是带给腊梅病痛的寒风,第二次是腊梅离家出走的心情,最后一次是腊梅所遇到的春风,命运由此转折。后来的《水香记》《旧乐园巷》都出现了风的意象。每次"风"的出现,都直接带出小说人物的心情,渲染着小说的情境。在李天葆的小说中,这种怀旧风格颇似张爱玲,既有苍凉的艺术风格,又有传奇的故事底蕴,这也难怪王德威毫不犹豫地将其归入"张派传人"之中。⑥

其次,对民间生活的关注也是李天葆的特色之一。李天葆笔下的女性都是一些命运多舛的江湖人物,包括妓女、按摩女郎、情妇、歌女等等。这让他的小说充满着传奇色彩。李天葆笔下的女性总是那么苍白而异样,多被

---

① 李天葆:《水香记》,《桃红秋千记》,吉隆坡:马来西亚华文作家协会 1993 年版,第 110 页。

② 评审意见如下:"同样获得七分的《指环巷九号电话情事》,文章背景在马来西亚,一位受了伤不能出门的未婚男子,在一个小空间屋子里,透过电话表现不同情感的现代故事,虽是现代,其文词叙事却很怀旧,字句精练紧凑且完整,深受多位评审的喜欢。季季与陈芳明均觉得此作品的文字叙述像张爱玲,对生活诸多琐事描述精确却有余味。评审们大多数都认同:此题目是所有作品中最好的,创作者利用谐音为故事内容的象征,如'指环'象征套住,意味着主角被拘在一个小屋子里;'九'是远久的谐音;'情事'包含了亲情、感情、同志之情等,电话是对外的沟通桥梁。"参见陈仕哲记录整理:《短篇小说组决审记录·惊喜新语言》,载《中国时报》2009 年 10 月 26 日。

③ 李天葆:《南洋遗事》,吉隆坡:中华独中 1999 年版,第 63 页。

④ 李天葆:《水香记》,《桃红秋千记》,吉隆坡:马来西亚华文作家协会 1993 年版,第 121 页。

⑤ 李天葆:《腊梅二度》,《桃红秋千记》,吉隆坡:马来西亚华文作家协会 1993 年版,第 94—95 页。

⑥ 王德威的原话是:"李天葆是南洋张派代表,文字典雅。"参见陈芳:《文学可以"发愤以抒情"——王德威教授专访》,《明报》2008 年第 43 卷第 10 期(总第 514 期),第 50 页。

李天葆涂抹上怀旧色彩。正如他的自序所指："本册专门刊载文艺青年李天葆之文字产物，细看全篇，只觉得空洞无物、空虚乏味、范围狭隘、滥情怀旧，只注重形式上的追求，内容呈现一片苍白，毫无半点社会意识，总结是为了写而写，吟风弄月，贩卖少年愁，无病呻吟，实不可取也，如诸位看官不信，请翻开下一页细看究竟——是为序。"①不过这种对边缘小人物的塑造，使得李天葆的小说展现出一种用民间叙事超越正史叙事的企图。以《盛世天光》为例，李天葆将马来西亚 1957 年建国以来的重要大事件都化入小说之中。在 1930 年代南洋支援抗战的时候，"南洋州府还未进入日治时代，梅苑酒楼的生意一直很好——但唐山的烽火战事倒没断过，这里的人一方面筹钱抗日，拯救同胞，一方面还觉'萝卜头'不至于把魔力伸向南方，即使来了，至少也有英国红毛兵抵挡；况且长久以来，洋枪洋炮，到底仍是红毛人在行，怎样都轮不到东洋鬼张牙舞爪"②。对于自 1942 年开始的三年零八个月的日本殖民历史，南洋居民"依旧觉得心悸——到处可听见奇惨无比的听闻，有的村落一夜之间消失；村民被屠杀殆尽，若不是有漏网之鱼，日后也无法追算旧账。八十年代电影《血的纪录》一片上演了两个月，忽然唤醒了蒙尘封锁了的记忆匣子，有的不过当作是威严耸动的猎奇，但绝大多数五六十岁的人却震撼一如当年——尤其是老吉隆坡，一说起日治时期的南益大厦，就不寒而栗，如今夜里仿佛可以隐约传出受刑的惨叫"③。对马来西亚独立之初的历史图景建构，比如"战后的五十年代不像战时的忧心忡忡，小巷里经常有时髦男女，皆戴上太阳眼镜，连年轻马来女子也不例外：一袭蜡染热带花木图案长裙，通花薄纱蒙头，在南洋日似火底下，露出一双杏眼，和浅褐色皮肤，一个个在小杂货店买咖喱香料。远处时而传来可兰经诵经的吟唱，一声拖得长长的，总在天色昏昧的清晨或黄昏出现"④。对 1969 年的"五一三事件"，最早的描写出现在《秋千，落花天》中："入夜，市区发生了殴打和烧车事件，引起暴乱；不久，收音机的新闻报告中宣布戒严。街上冷冷地站着红头兵，相隔四五步就有一个，手里都握着漆黑的警棍。"⑤对"马共"的描写如"说起共产党，一般人只有同情，一种几乎是感情上的自然反应，亲友之间总有几个是热衷解放事业的，继而无端的失踪，恐怕是进入森林报到，反殖民

①　李天葆：《序》，《红鱼戏琉璃》，吉隆坡：代理员文摘有限公司 1992 年版，第 1 页。
②　李天葆：《盛世天光》，台北：麦田出版社 2006 年版，第 76 页。
③　李天葆：《盛世天光》，台北：麦田出版社 2006 年版，第 89 页。
④　李天葆：《盛世天光》，台北：麦田出版社 2006 年版，第 154 页。
⑤　李天葆：《秋千，落花天》，《桃红秋千记》，吉隆坡：马来西亚华文作家协会 1993 年版，第 69 页。

地反资本主义,身负解放全民族之使命……但老于世故的市民谈到一半,便住了嘴,在茶室里喝咖啡也不大提起"①。值得一提的是,李天葆还很热衷于对南洋的私会党②的描写,最早的一篇是《观音菩萨》。小说中的阿麟15岁失学,后来因为工作艰难而离马赴台加入黑帮。妈妈在他临走的时候给了他一张黄符,希望观音菩萨保佑他平平安安。母亲后来病死在大马家中。为了减缓对母亲的歉疚,他把自己背上的刀疤刻成一尊观音菩萨,以此在生活无着、生命都无保障的重压下,寻找着一丝丝的慰藉。另外,《万年红》中的洪门、《旧乐园巷之二·昙花》里的红山老帮等等,都是李天葆对20世纪中期南洋私会党的成功的艺术想象。

李天葆表示过写作已经成为他的生活习惯:"当你写成习惯之后,也许写得比较少,或者没有那么频密,但是你还会一直在写,那是一种写作的习惯:你已经习惯把你所感受的东西用文字来表达,这样的一个手续你已经掌握了。"③对于近二十年来一贯的小说"怀旧"式的笔法,李天葆自知很多人不喜欢:"谁耐烦看那种一大篇不大分段的旧体文字?内容竟是千篇一律的妇人女子,背景五六十年代?自己不厌,别人听见也厌了,遑论细心拜读。"④不过他还是充满自信:"写文章不过是有话要说,或者重新描摹那曾令自己震动的刹那感觉——散篇零章,聚集起来,就属于一个整体,从中翻阅,几乎可以看出人的个性,即使是侧面,也还算是收获。这本集子里,大概有自己一点面影了。"⑤李天葆的笔墨有意地往生命沧桑里面挣,小说中大量出现"沧桑""悲哀""哀伤""凄怨""冷冽"等词语。他在自己单一的艺术风格中寻找灵魂慰藉的处所。这种单纯的艺术风格一纯到底,反成了李天葆独步马华文坛的特色,也是成就他的重要原因。

新马华文文学同中国现代文学几乎同步诞生,而且在它不同的发展阶段,都受到了中国文学传统的长期影响。当我们的视野聚焦于五四新文学

---

① 李天葆:《盛世天光》,台北:麦田出版社2006年版,第142页。
② 私会党又称秘密会党,源自中国的反清复明组织"天地会"(别称三点会、三合会、三星或洪会)。它随南来的华人于17世纪传到马来亚。因为私会党之间经常为一些小事或经济利益发生械斗,造成社会动荡和不安,1896年英殖民政府颁布《镇压危险社团法令》,开始对会党进行控制。不过,私会党的势力一直存在。参见林水檺等合编:《马来西亚华人史新编》(第三册),马来西亚中华大会堂总会1998年版,第352—254页。
③ 李天葆、陈志鸿:《虚幻也是一种存在:访李天葆》,《蕉风》2005年7月总第494期,第47页。
④ 李天葆:《后记:烧鸡蛋糕和风月情浓以外》,《民间传奇》,吉隆坡:大将出版社2001年版,第187页。
⑤ 李天葆:《填充题——自序》,《红灯闹语》,雪兰莪:乌鲁冷岳兴安会馆1995年版,第1页。

的作家，会发现他们的杂文、小说、诗歌等作品都对东南亚作家的文艺创作产生了绵长的影响。从张爱玲、李天葆这一支，可以一窥五四文学的脉络。李天葆究竟是不是"南洋张爱玲"，他有多少模仿的成分，或许并不重要。在"影响的焦虑"下，他承继了张爱玲而不自知。我们更应该拨开这个"南洋张爱玲"的标签，去看看五四的文脉是如何落到一个马华作家的作品中，并延伸和异形的。李天葆继承了大陆新文化运动启蒙中的女性意识，将其移植到南洋的国度里。他关注女性，去书写一个个阴柔化的唯美意境，去描摹一个个母系社会的女史谱系——以一个性别模糊化的作家身份，一个弱化男性气质的女性视角。这些既是他对张爱玲的继承，又是他对五四精神的一种内化与反思。

另外，东南亚新生代重要作家梁靖芬受沈从文的影响，也造就了《五行颠簸》里六篇主题不一的短篇小说，其中的《土遁》可以看出梁靖芬在小说写作上突破马华文学符号化的尝试和驾驭语言的能力的展示，其中不仅运用较多的马华方言，而且也有大陆北方方言的存在。黎紫书在序里评价她："我认得她那种对文学创作悠悠荡荡的姿态，晓得在那近乎怠慢的态度底下其实隐着傲气。尽管不常在文学竞赛中冲刺，她却在数量不多的小说创作中积极思忖着摆脱与突破，慢慢探索着自己心目中真正的好小说。"[1]不得不说，从《朗岛唱本》到《五行颠簸》，梁靖芬一直在寻找自我超越的方法，并勇于尝试，才有了小说里可见的自我形象。

一颗有生命的种子，从大陆飘到南洋，对于五四的遗风，东南亚华文文学到底继承了多少？这种延伸绝不是静止的模仿，而是一种动态的赓续，也是研究者要继续深入研究该论题的重要原因。

---

[1]　梁靖芬：《序》，《五行颠簸》，八打灵再也：有人出版社2013年版，第8页。

第四章　中国现实主义的流变：
东南亚华人作家的现实关怀(上)

黄万华在分析马华文学中的现实主义的时候,认为"现实主义作为对二十世纪华文文学产生过最强大、最持久影响的理论话语,本来包含了如下三个原则：典型性、客观性、历史性。这三个原则所包含的思想力量和所激发出的文学魅力对新马华文文学一直是一种理想境界,从而使得现实主义文学在很长一段时期里构成了马华文学的主流形态。几代马华作家依托现实主义开拓出了马华文学的最初天地。但由于马华文学同中国新文学的特殊关系,也由于马华社会在二十世纪上半叶的特定文化语境,现实主义在马华文学的实践中也发生了种种变异,其中从中国文学移植来的'价值预设'和集体认知大于个体创意,造成了马华小说的某种非自足和不成熟形态"①。新马文学是海外华人文学中成就最大的,从百余年的发展历史进程来看,特别是从 19 世纪末新马文学诞生到 1960 年代中期新马分家这个历史时期,中国现代知识分子南来新马(简称"南下文人")的文学影响和近代中国民族革命思潮影响下形成的战争文化心理,无疑是对新马现代文学影响最大的中国因素。新马两地文学史研究界,对南下文人的研究起步很早。不过,随着新马两国的独立,新马研究界为了彰显自己本土文学史的构成,更关注本土文艺的文学史起源。在新马文学研究史上,本土文学的起点被杨松年提前到了 1925 年,认为 1927 年《荒岛》创刊、1929 年《南洋商报》创刊,以及丘士珍②中篇小说《峇峇与娘惹》、林参天长篇小说《浓烟》的问世是本土文学诞生的重要标志。③ 值得指出的是,杨松年的观点过于保守,其实丘士珍、林参天都来自中国,属于南下文人创作群体,文学题材的本土化只是作家创

---

① 黄万华：《新马百年华文小说史》,济南：山东文艺出版社 1999 年版,第 39 页。
② 丘士珍(1905—1993),原名丘天,又名家珍,曾用笔名废名,福建龙岩人。少时与同乡马宁(1909—2001)、丘絮絮(1909—1967)(这两位后来都以南下文人的身份活动于新马一带)师从龙岩名士苏庆云、游雪,受新文化思想影响。在厦门的福建印书馆创办进步刊物,不久受到国民党政府通缉,被迫南下新加坡。1949 年返回中国,定居福建龙岩。
③ 杨松年：《新马华文文学论集》,新加坡：南洋商报 1982 年版,第 6—9 页。

作取材的选择,是作家现实主义创作精神的体现,研究者不应太执拗于是否将其列为新马本土文学起源的代表。南下文人参与了新马文学的构成,这是个不争的文学事实。这一点,就算执着于本土化的本土研究者也不得不承认:"自紧急法令后,取材中国的作品虽然不再出现,但是在表达此时此地的路向上,《在延安文艺座谈会上的讲话》仍旧是挥不散的影子。许多文艺著作的内容虽说是针对本地现实,不过基调仍是'文艺服务工农',对照'延安讲话'及反殖时期本地论著,可见十分明显的痕迹。"[1]

南下文人的数量是庞大的,骆明曾统计过 1920 年至 1965 年间出现在新马的南下文人,他对"南下文人"的定义是"曾经涉足新马或后来定居在此地的、由中国而来的作家,包括以下几个方面的概念:1.当时具有中国身份的中国作家,著名的有参加'五四'运动的'水手'作者、名诗人刘延陵及郁达夫等;2.在新加坡从事有关华文文学创作的写作人;3.曾具有中国身份、后定居在新加坡的作家和文学创作人;4.曾在新马出生并活跃于新马文坛、后返回中国或到西方定居的文学创作人;5.南来作家以 19 世纪 20 年代以后至新加坡独立时为主,具体时间为 1920 年到 1965 年"[2]。王宝庆主编的《南来作家研究资料》提供了这段时间的南下文人名单(表 4-1)。

表 4-1　1920—1965 年南下新马两地的中国文人

南下时间	南下文人姓名
1920—1930	艾芜、巴金、陈炼青、方北方、斐楼、傅无闷、郭秉箴、韩觉夫、洪灵菲、洪丝丝、胡浪曼、胡一声、老舍、李梅子、李铁民、连啸鸥、林参天、林连玉、林鲁生、林姗姗、林仙峤、林岩、柳北岸、潘醒农、秦牧、丘士珍、谭云山、拓哥、王仲广、吴广川、许杰、徐君濂、薛残白、杨骚、原上草、曾圣提、张楚琨、郑文通
1930—1940	白荻、白路、陈清华、陈汝恫、陈文旌、丁之屏、东方月、杜边、杜门、冯蕉衣、方修、高云览、黄葆芳、黄大礼、黄望青、姜凌、金枝芒、老蕾、李冰人、李润湖、梁若尘、林佚、林英强、凌峰、流浪、刘思、刘延陵、李子政、卢斌、马宁、玛戈、任宇农、铁抗、潘受、王哥空、汪金丁、王君实、王秋田、韦晕、文彪、吴得先、吴继岳、吴柳斯、吴天、谢松山、絮絮、许云樵、叶冠复、以今、莹姿、郁达夫、于沫我、曾铁枕、张曙生、张天白、普洛、郑子瑜、芝青、周继昌、朱绪

① 　詹道玉:《战后初期的新加坡华文戏剧(1945—1959)》,新加坡:新加坡国立大学中文系、八方文化企业公司 2001 年版,第 39 页。

② 　王宝庆主编:《南来作家研究资料·导论》,新加坡:新加坡国家图书馆管理局、新加坡文艺协会 2003 年版,第 10 页。

续表

南下时间	南下文人姓名
1940—1965	艾骊、巴人、白寒、白塔、冰梅、曹兮、常夫、陈秋舫、陈残云、陈伯萍、沉櫎、蔡高岗、杜运燮、茀特、韩萌、汉素音、黄润岳、黄尧、胡愈之、金礼生、老杜、李廉风、力匡、李汝琳、李星可、连士升、凌叔华、刘伯奎、刘以鬯、刘尊棋、卢涛、洛萍、马宗芗、梅秀、孟瑶、米军、彭士麟、邱新民、彭松涛、沈安琳、沈兹九、苏宗文、王恢、王梅窗、王秀南、无涯、夏衍、萧村、萧劲华、邢致中、杏影、许诺、许建吾、许苏吾、杨嘉、杨樾、姚拓、叶世芙、姚紫、云里风、张济川、张肯堂、张漠青、郑达

第一节　南洋社会弊端与文学反映：林参天《浓烟》

海外华人一贯喜欢在修建寺庙、义冢、会馆、祠堂、学堂方面投资，以维系华族传统不堕于异邦。林参天于 1927 年南下，在华校任教 37 年，其长篇小说《浓烟》是二战前马华文学界出版的唯一单行本长篇小说，是反映 1930 年代马来亚华教问题的集大成之作。《浓烟》写于 1935 年，当时林参天已在南洋任教 8 年之久，写这部书是出于对南洋华教中存在的严重问题的忧虑，希望根据切身经验，向外界揭露教育界中的种种问题。他说：

> 《浓烟》是一本关于南洋华侨教育问题底小说。华侨教育目前问题底严重，凡是在南洋教育界服务过的人们，谁也不会否认的。我写这本小说的目的，是想把这些严重的问题，提供一部分出来，给关心南侨教育底人士，作个参考的资料。我在南洋办过九年教育，足迹遍马来亚半岛，教员做过，校长也做过。对于南侨教育虽不能说洞烛其隐，但是它的内幕，不论好的，或坏的，我都亲身经历过。……南侨教育在现阶段，是笼罩在浓厚的烟雾中。我们现在既没有能力来解决这严重的问题，那末不妨把困难处赤裸裸地宣示出来，也许国内外的聪明教育家，会代我们找出一条光明的道路来。[①]

《浓烟》全书共分 20 章。故事主要发生在 1920 年代末马来半岛东海岸一个名叫"啼儿岛"的国民学校里。第一章至第七章，故事主要叙述国民学

---

① 　林参天：《自序》，《浓烟》，上海：生活书店 1936 年版，第 1—2 页。

校的校长周俊士和教务主任毛振东到新加坡的红灯码头迎接刚从中国请来的两位教师，并把他们带回啼儿岛，拜会学校董事会的总理。其中穿插了很多对沿途景物的描写。如第七章对马来甘榜的描写："过了椰林就是一片平原，十几座'阿搭'屋，无秩序地竖着。屋底形式都一样的。地上打下几十只五六尺高的木桩，屋架在那木桩上，有的壁是板的，也有的是篾的，顶上盖的是'阿搭'叶。周围有开小窗，窗口挂了红色或黄色的窗帘，窗门前面有的挂一个椰壳栽的花草，有的挂一只鸟笼，一只斑鸠似的小鸟儿在笼子里咕咕咕地叫着。据说这种小鸟性好斗的，马来人常喜用它来赌博，好像斗鸡、斗牛、斗蟋蟀一般，每次胜负，几十元、几百元，都说不定。……这些是有钱人家的住宅，至于无产阶级呢，就是搭了一座竹架，盖些'阿搭'，简陋得连风雨都不能蔽呢。"[①]这样的段落描绘了 20 世纪早期马来亚风土人情的历史图景。第八章开始出现这部小说的主要叙事线索：一条是受五四运动影响的学生向墨守成规的校长提出要求——发扬"五四精神"，反对藤条政策这种公开体罚；另一条是聘请英语老师一事是由董事会根据私人的关系，而不是由校长根据教学要求而作决定的。第九章至第十三章主要描写了一次学潮，学生打出"反对奴隶教育"的口号以反对新来的英语老师（印度人）的体罚教法。英语老师误认为学生骂他为亡国奴而打了学生，结果学生集体罢课以示抗议。第十四章揭示董事会在用人方面的干预，章名为"两个干娘的营垒"——两位女老师为了保住各自的饭碗，分别认了两个有钱有势的董事的妻子做干娘，而当董事会要裁减人员时，这两位干娘为了保住各自的干女儿而相持不下。后 6 章除穿插描写经济萧条影响到办校财政以及其他社会活动外，继续展开如何教书育人方面新、旧两种思想的斗争。在元旦的全校集会上，代表新思想的教务主任毛振东在发言中指出藤条教法的危害，不指名地批评了打人的印度教员，引起董事会保守派的反对。他们在背后诬告毛振东为共产党员，要求辞退他。毛振东知道后主动辞职，离开啼儿岛前往印度学习。后来印度教员在学生的反对下也自行辞职。小说中阶级分野、启蒙因子等等话语，无疑给这部小说涂上了浓厚的左翼色彩。

王赓武这样理解海外华人教育的传承问题："随着十九世纪末从东南亚回中国家乡的交通大为改善，一部分家境更为富裕的孩子还能够回祖国深造。至于那些中文程度较差、尚无法阅读中文原著的孩子，可以用他们自小就掌握的当地语言来阅读那些已翻译成越南文、泰文、高棉文或马来文的中

---

① 林参天：《浓烟》，新加坡：青年书局 2005 年版，第 81 页。

国古典故事。正是通过这种途径,他们不但把一部分中华神话历史传递给了自己的下一代,同时也把中国文学和一部分中华传统价值观念介绍、传播给了当地读者。……在二十世纪的上半叶,众多的华文学校在东南亚各地涌现,而且大多仿效中国国内的学校,所使用的教科书也是在中国国内出版的。于是乎,在长达五十年的时间内,华校将中国历史极其有效地传播给了自己的学生们。尽管当地政府时不时地会坚持把一些本土的历史编写入华校的教科书中,可中国历史、中国人物传记、中国诗词和小说仍然是海外华人族群生活的主流内容。"①《浓烟》揭露了南洋华教中的许多问题,例如校董分家、教材不合用、教师素质不高、教师生活无保障等等,如对董教之间的关系的描写:"董事部和教务部都有。有时教员会和董事冲突的很厉害;有时教员和教员意见闹得很深;有时董事为了各方的私人,会立起坚固的壁垒,因此影响到学校。校长和教员打架,教员和董事用武,这都成了南洋教育界司空见惯的事了。所以南洋教育界的位置,丝毫没有保障。"②"南洋董事,根本便不懂什么是教育,所以开起会来,正题是不会讨论到的,所议的都是一些不关重要的事情。如果议案到了发生困难的时候,谁也不能为正义,为主张而坚持他的提案。大家都为了商业及友谊的关系,彼此不肯为公事而失了私情。到了最后,不是叫咖啡嘻嘻哈哈谈了一阵散会了,便是由另一个人出来提出一个中庸的提案,把这事调和了。"③"南洋华侨教育的命脉,全操在南洋华侨工商业的手中,世界经济恐慌,影响到南洋工商业的衰颓,所以华侨教育的命运,也因此可以决定了。"④类似的表达出现过很多次,为我们理解那个时代提供了重要线索。特别是里面有一段描写——"啼儿坡国民学校的经费,当然也和其他的华校一样,完全靠华商力量的供给。月捐,货捐,学费,这些是国民学校的经常费。它还有两宗特殊经费的来源:一是每年阴历新年的赌博捐;一是两只华商经营的轮船的特捐。每次新年,赌捐可抽得四五千元,轮船每年捐助两千四百元,单就这两笔捐款,已占去国民学校经费差不多有一半数目了。其余半数,学费和月捐,数目并不怎么多;货捐除了胶锡之外,要算鱼捐最多了。这间啼儿国华人唯一的文化机关,便靠着这些捐款,维持了十几年"⑤,也真实地反映了马来亚华侨教育发

① 王赓武:《从历史中寻求未来的海外华人》,钱江译,《华侨华人历史研究》1999 年第 4 期,第 4 页。
② 林参天:《浓烟》,新加坡:青年书局 2005 年版,第 27 页。
③ 林参天:《浓烟》,新加坡:青年书局 2005 年版,第 198 页。
④ 林参天:《浓烟》,新加坡:青年书局 2005 年版,第 220 页。
⑤ 林参天:《浓烟》,新加坡:青年书局 2005 年版,第 220 页。

展的一些特点。①《浓烟》更集中地反映的是华人社会中新旧两种思想的冲突，主要表现在是否应贯彻五四运动精神。董事会是极力反对新文化运动的。如董事会总理在一次会上这样指示校长："这些学生常常在街坊和长辈辩论：什么自由恋爱啦，婚姻自主啦，什么宗法社会的罪恶啦……我活到这么大年纪，没有见到青年这样混蛋的……你回去和毛先生（教务主任）讲讲，叫他总要约束约束学生才是。"②这类话题几乎贯穿全书，在董事会与学生之间关于支持和反对藤条教法的斗争之中，包括五四思想的输入，都成为教师和学生之间互相斗争、妥协的重要内容。

　　林参天在中国长大，青年时期接受五四运动的影响，他在新马生活了 8年才动笔写这本小说，对于南洋华教问题已有深入的了解。《浓烟》和《热瘴》③合起来意思就是"乌烟瘴气"，跟小说内容非常贴近。《浓烟》有着时代的背景，不过林参天没有在作品中提到。英国殖民政府在 1920 年开始对华教实行直接管理，要求所有华校登记注册，接受政府管理，华人教育家宋森曾因带头反对此条例而被殖民政府驱逐出境。④ 联系马华新兴文学运动因其反殖民色彩而在 1930 年左右被压制的历史背景，我们大致可以了解林参天小说中不谈政治的原因。这种启蒙思考又与对华人性格的反省关联在一起，如："中国是富于保守性的民族，什么东西现成的便是好的，完美的；新奇的便看不上眼，而且还会排斥它。所以五千年来的文化老是在一个圈子里跑，不会长进"⑤；"（尤女士）竟忘记了除了金钱目的之外，还该负起推进华侨教育的使命。但是我们不能苛责尤女士一个人，在南洋这种商业社会里，其实，什么东西都是商业化呢！"⑥而另一部长篇小说《热瘴》更是批判华教商业化，受控于董事会，可董事们缺少办教育的经验，常常把教育搞得乌烟瘴气。虽然"《热瘴》对当时华文教育的消极面的暴露颇为淋漓尽致，可惜却完全没有体谅到华族社会一路来建校兴学的巨大意义……同时作者视野狭

---

①　早期马华教育方面的研究，可参见郑良树：《马来西亚华文教育发展史（第一分册）》，吉隆坡：马来西亚华校教师会总会 1998 年版。

②　林参天：《浓烟》，新加坡：青年书局 2005 年版，第 105 页。

③　《热瘴》初稿完成于 1937 年 8 月，因为出版情况不好，一直到 1961 年才由新加坡青年书局出版，出版前林参天对其进行了修改。

④　C. L. Sharm，"Ethnicity, Communal Relationship and Education in Malaysia"，in Southeast Asian Journal of Educational Studies，Singapore，1980. p. 16.

⑤　林参天：《浓烟》，新加坡：青年书局 2005 年版，第 140 页。

⑥　林参天：《浓烟》，新加坡：青年书局 2005 年版，第 197 页。

隘,几乎完全未能超出董事与教员的矛盾问题"①,但这部小说的启蒙意义还是正面的。

早期马华文坛除了林参天的这两部巨著,李西浪的《蛮花惨果》(1925年1月31日至9月4日《新国民杂志》连载)以及海底山的《拉多公公》(1931)都是战前马华文学所取得的重要成就。前者被认为是萌芽时期马华小说中"结构严密的中篇创作"②,后者被誉为"新兴小说中技巧最圆熟、篇幅最长的一篇"③。吴仲青《辜负你了》(1927)、谢野《国难》(1932)、吴天《伤兵医院》(1937)、张一倩《一个日本女间谍》(1938)所讲述的都是中国故事,而林参天《浓烟》(1936)、林棘《新年》(1936)、铁抗《试炼时代》(1938)和《义卖》(1940)、乳婴《八九百个》(1938)、金枝芒《弗朗工》(1938)等作品中关于本土题材的创作成功则彰显着马华文学的本土性的追求。那么,如何在方修所淘洗出来的作品及他没有注意到的作品中寻找早期马华文学的经典?马华文学与"侨民文艺"的关系如何?④ 这一系列的相关问题,对于马华经典的寻找、文本的细读以及由此而来的早期马华文学研究的突破,都是很有意义的。

第二节　新加坡历史和小人物形象:苗秀《火浪》

在抗战时期,新马华人还是认同中国是自己的祖国。祖国有难,国民自是要奋起支持。这一时期,除了筹募助赈、抵制日货、实行罢工、文艺宣传之外,还有大批新马侨胞回国服务。仅抗战爆发的前两年,就有千人以上的青年侨胞或投往陕北抗日大学与陕北公学,或奔赴各战场参加抗日救亡工作。⑤ 二战结束之后,随着世界范围的反殖民地斗争潮流的涌起,再加上抗

---

① 赖淑敏:《马华长篇小说〈热瘴〉的读后感》,新加坡:《南洋大学中国语文学报》1973 年第 5 期,第 55 页。

② 方修编:《马华新文学大系(三)·小说一集》,新加坡:世界书局 1970 年版,第 4 页。

③ 方修编:《马华新文学大系(三)·小说一集》,新加坡:世界书局 1970 年版,第 10 页。

④ 在评价早期马华文学性质的时候,以多在 1960 年曾经这样概括:抗战前后,"本地出生的写作人为数极少,他们既对中国隔膜,当然一百巴仙是写本地题材了。所以那时马华文艺界未能全面地去发掘当地题材,整个姿态还是属于侨民文艺。现在情形就相反了,当地出生的写作人比量上占了绝大多数,写中国题材的也再不引起人们注意了;所以一切南来的文艺工作者都脱下他们那侨民文艺的包袱,成为一个忠于现实的作家。也就是说已经马来亚化了"。参见南洋大学中国语文学会编:《马华文艺的起源及其发展》,新加坡:狮岛书报社 1964 年版,第 13 页。这段话可以帮助我们理解南下作家身份的变化。

⑤ 吴逸生:《抗战二周年与华侨》,《南洋商报·七七抗战二周年纪念特刊》1939 年 7 月 7 日。

战时期新马社会国家意识的发展，新马之地洋溢起越来越浓厚的本土认同。崔贵强认为，二战前后马来亚华人社会政治认同的变化可分为3个时期：第一个时期是自1945年至1949年，大多数的华人心属中国，只有少数受英文教育的华人能认同当时马来亚政局而领导华人参与建国；第二个时期为1950年到1955年，因中华人民共和国的建立，世界上形成了冷战格局，英殖民者在马来亚大举清除马共的军事斗争，开始有部分华人做出争取当地公民权、参政权的种种努力，但大部分的华人还是囿于传统习惯而对政治选举不感兴趣，未能争取主动参加全国普选；第三个时期为1956年到1959年至今，特别是马来亚联合邦独立之后，华人公民权与参政权问题已经基本解决，绝大多数华人的马来亚认同问题也已经解决。不过华人作为马来亚国家的一个少数民族，在实际政治权力与经济权力的分配、政权控制在语文教育问题与土著民族特权等问题的实践上，争议仍然很多。① 而李恩涵更直接地道明："东南亚各国的华人或华裔，实际都已是各该国的公民，为各该国的少数民族之一了。他们绝对不是华侨。特别是中国自1954年之后正式废弃过去行之多年的'双重国籍'政策、实行'单一国籍'政策之后，由华人自己在当地国国籍与中国国籍之间，自行选择其一；选择了当地国国籍的华人（裔），已经在法律上割断了与中国的纽带关系。他们只能算是中国人在他国的亲属，而不再具有任何'华侨'的身份了。"②方方方也通过自己的创作自觉地参与了这一国家意识建构的过程，如在"风云三部曲"的写作中，主人公就一直自曝家在马来亚。③

　　苗秀④（1920—1980），新马重要作家，原名卢绍权，常用笔名有文之流、闻人俊、军笳、夏盈、苗毅等。祖籍广东三水，出生于新加坡。曾任银行书记、《星洲日报》翻译，1948年至1950年主编《晨星》文艺副刊，后为星洲华侨中学英文教师、南洋大学中文系副教授，曾任新加坡作家协会副主席。陈

---

① 崔贵强：《新马华人国家认同的转向(1945—1959)》，新加坡：南洋学会1990年版，第5页。
② 李恩涵：《东南亚华人史》，台北：五南图书出版有限公司2003年版，第28页。
③ 根据其子方成的回忆，方北方曾经"手指向墙壁上日历里的31.8.1957,他郑重地对着年幼的子女宣告：我们新的国家诞生了，我一定学好马来文！"参见方成：《方北方小传》，《方北方全集1·小说卷1》,吉隆坡：马来西亚华文作家协会2009年版，第11页。
④ 苗秀代表作品有：《新加坡屋顶下》(新加坡：南洋印刷社,1951)、《旅愁》(新加坡：南洋印刷社,1953)、《第十六个》(新加坡：南洋印刷社,1955)、《年代和青春》(新加坡：南大书局,1956)、《边鼓》(新加坡：青年书局,1958)、《火浪》(新加坡：青年书局,1960)、《红雾》(新加坡：新马文化事业公司,1963)、《小城忧郁》(新加坡：新马文化事业公司,1964)、《文学与生活》(新加坡：东方文化,1967)、《马华文学史话》(新加坡：青年书局,1968)、《人畜之间》(新加坡：教育出版社,1970)、《残夜行》(新加坡：大地文化,1976)。

实认为苗秀的创作大致可以分为两个时期:第一个时期为新加坡独立(1965年)以前,主要作品有短篇小说集《旅愁》《第十六个》《边鼓》《人畜之间》《红雾》、中篇小说《新加坡屋顶下》《年代和青春》《小城忧郁》和长篇小说《火浪》。第二个时期为新加坡独立以后,主要作品有散文集《文学与生活》《马华文学史话》、长篇小说《残夜行》。①

抗战题材的作品是苗秀文学创作中最优秀的篇章。他自己也一直决心好好地经营自己笔下的抗战题材。如在《火浪》的序言中,他言:"我曾经不自量力,许下宏愿,要把近三十年来,马来亚这个殖民地社会的历史动态刻划下来。因为我觉得活在这么一个时代里,却让时代留下一片空白,这是一种罪过。……因此我计划写若干部长篇。每一部长篇反映着一个历史阶段,或者是历史动态的一面。不能连锁到长篇里的一些历史事件,可以写成中篇,甚至不妨写成短篇。这些作品分开来虽然各自独立成篇,但却互相关联。小说里的有些人物,在这部作品里登场的,也可以在另一部里出现。这些作品结合起来是一个有机的整体,读者能够从其中看到整个时代的面貌,动态。"②《年代和青春》(1956)是苗秀的第一部抗战题材的中篇小说。小说以战乱时期的知识分子的命运为主要线索,开头就描绘出沦陷后的新加坡的战火图景:

> 悲剧该是从这里开始的。
> 一九四二年二月十六日,黄昏。事实上,这些日子来,这个殖民地海港正在燃烧,大半片天空凝结了黑色的浓烟,一颗太阳老是躲在烟层的背后,难得露出面来。所以是黄昏抑是白昼?你难得分个明白。
> 在这个围城里的人民,多少都失掉了时间的观念。白天得防备那些来自近郊跟柔佛海峡那边敌人的炮弹,连吃饭的时间也没得。到了黑夜,炮声算是暂时歇下去了,可是敌人却不给你喘息的机会,刚闭上了沉甸的眼皮,耳边又响起了防空警报,迫得你赶紧爬下来,跑到骑楼下躲进砂包堆后面,或是缩进防空室里……③

当主人公阿文混在难民群中逃回新加坡的时候,"新加坡完全变了一付面目,大街小巷堆满了垃圾,到处是尸体,腐烂了,淌着黄黄的尸水,空气里

---

① 陈实:《苗秀简介》,参见苗秀:《新加坡屋顶下》,桂林:漓江出版社1987年版。
② 苗秀:《写在〈火浪〉前面》,《火浪》,新加坡:青年书局1960年版,第1页。
③ 苗秀:《年代和青春》,新加坡:南大书局1956年版,第1页。

荡漾着尸臭,也洋溢着死的气息。苍蝇嗡嗡的满天飞,日本特高科的走狗,也仿佛这些苍蝇那么到处出现……"①在彷徨中,他慢慢找回先前所参加的文艺小组和认识的文艺界成员,包括话剧团的女主角丁莹、擅长写杂文的林秋、卖戏票的萧云、文艺小组的组织者老智等人。老智是这支抗日活动小组的领导人。他生活经历丰富,曾在中国广东陈济棠将军手下当过兵,后来带着自己绘的一百多幅汉画,漂流到新加坡,以卖画和写杂文为生。在日本侵略马来半岛之初,老智从东海岸一路南逃,穿过彭亨腹地,混在难民群中,沿着联邦铁路逃亡到新加坡。另一个小说人物两樵,一直蛰居在郊外读书。与两樵同类型的人物张来后来在长篇小说《火浪》中出现过。

相对于长篇小说《火浪》,中篇小说《年代和青春》仅仅是一个抗战图景的小篇章。《火浪》是苗秀抗战题材中最重要的作品。小说以青年夏财副、林玲等人物在新加坡陷落前后的经历,展现出抗战暴风雨来临前的动乱时代图景。小说第一个线索是某小银行一干人等的社会活动,其中有肠肥脑满、盛气凌人的董事长周梅圃,谄上压下、心计颇深的主任丁芝堂,曲意逢迎、欺骗上司的方进森,冷眼旁观银行诸事的财副夏恩,凭裙带关系暂住银行的"密斯脱香港",等等。周董事长的独眼三公子看上了林玲。林玲的姐夫方先生为了攀上周董事长这个亲家,拼命怂恿太太林珠去林家做工作。另外,小说以夏财副的逃亡生活为例,展现了新加坡底层人民在日军统治下的悲惨生活。小说中每次出场皆显得盛气凌人的周梅圃是一个政治和经济上都擅长投机倒把的小商人。买办出身的他用自己的财产投资了一家华侨资本银行,一人独占三分之一的股份,所以顺利地成为这个银行的董事长。日军没来的时候,他出任某帮赈灾委员会副主席,还荣膺"我侨之光"的太平局绅所授予的称号;当听说日军要来了,他连续几天登报表明自己与赈灾委员会无关,后来成了汉奸。经济上,周梅圃偷卖日货,偷偷地破坏抗日活动。他认为赚钱是最保险的。日军要攻陷新加坡的时候,他因为根基在本地而没办法出逃。他与三姨太老七谈到移民的问题时,也牵扯出了当时富商们的生活处境:

　　　"嗐,人家不是不想走,走不动呀,你都不知道人家的苦衷……"男的叹了口气。

　　　"呸,你舍得离开新加坡? 上个礼拜阿莲那个赵三爷要去雪梨(即

―――――――――――――

① 苗秀:《年代和青春》,新加坡:南大书局1956年版,第2页。

'悉尼'),只要你肯出三千扣钱,人家便答应替我们办好护照,你却把一占钱看得比牛车轮还大!"

"哎,你真气死人! 打起仗来,我一点现款都收不起,三千扣不打紧,不过手头无镭(即"钱")去到那边怎样过日子……人家赵三爷早就在澳洲方面银行有存款,我们怎样学人家……"①

小说的第二个线索是夏恩、林玲、梅挺秀、姚红雪、大碌木、曹玉贞、朱八戒、阿庄、郑远等人的抗日救亡活动。林玲是一个典型的小资产阶级女性。在日军压境之际,她并没有多少危机意识,只希望"人家容许我继续过眼前的日子就好了"②。她和夏恩的恋爱过程也是很浪漫的。直到后来,她参加抗日活动也是一步步被夏恩等人感染,慢慢体会到时代赋予的热情。梅挺秀是抗日文艺小组的领导人。他性格豪爽。"在林玲眼里看来,这梅挺秀是个神秘人物,这鬼从来没有固定的职业,住址也难得有个固定的,老是在朋友中间东'拢帮'一下,西'拢帮'几天。这家伙是个活跃的抗日救亡分子,在他老把握下的青年干部着实不少。"③他是小说中抗日活动的组织者和领导人。夏恩是一个热血青年的形象。他觉得自己生活在一潭死水中,不甘心于每天跟丁主任、蔡福招、方先生这一些鄙琐、势利的灰色小人物为伍,只有投身于抗战活动的时候,他才感到快活。夏恩、林玲的爱情故事虽然还停留在走出家庭这一五四文学的命题上,但苗秀对两个人的心理描写很见功力。在抗战和前途面前,两个人都有着不小的困难。以林玲为例,与封建旧家庭的决裂过程是艰难的。参加抗日活动之初,在夏恩的鼓舞下,她曾经幼稚地认为"自己的困难的处境可能因为这一场战争而得到解决"④,但事情并没有那么容易,当初期的兴奋慢慢地消失后,她又回到过去的苦闷中,"觉得她没有足够的气力打封建的旧家庭里挣扎出来"⑤。这个时候,姚红雪成为她的精神偶像。"这姚的也曾经是盲婚下的牺牲者,但她却像易卜生笔下那个娜拉一样,毅然的抛了那个峇峇的丈夫,走出了家庭,打怡保跑出来新加坡,一直到现在过了好几年的独立生活。她老晚上在'大世界游艺场'卖门票,白天跟人缝衣过活,但大部分的时间都用到救亡工作方面。"⑥林玲"打这新

---

① 苗秀:《火浪》,新加坡:青年书局 1960 年版,第 213 页。
② 苗秀:《火浪》,新加坡:青年书局 1960 年版,第 14 页。
③ 苗秀:《火浪》,新加坡:青年书局 1960 年版,第 19 页。
④ 苗秀:《火浪》,新加坡:青年书局 1960 年版,第 153 页。
⑤ 苗秀:《火浪》,新加坡:青年书局 1960 年版,第 153 页。
⑥ 苗秀:《火浪》,新加坡:青年书局 1960 年版,第 154 页。

的接触中汲取了很大的鼓舞，一种新的勇气又慢慢地滋长起来"①。

《残夜行》描写的是在侵略者的铁蹄下，新加坡人民的生活和反抗经历。比起《火浪》，《残夜行》的内容少了一些，不过就人物描写之细腻而言，两篇小说不相上下。《残夜行》以从良的叶莎莉（叶萍）和雷振为主要人物。前者有过少年时被长辈诱奸、被卖为妓女、被林姓华侨娶为妾、逃出魔爪从良的经历，她这次逃到新加坡，一心想摆脱以前生活的阴影，巧遇雷振。雷振本是联邦的一名普通工作者，无意之中碰到了抗日分子身份的女友白芬，目睹抗日队伍被剿灭。带着对白芬深深的愧疚，雷振出逃到新加坡。小说讲述了两个人在新加坡的奇遇。这部小说是一部残篇，很难看出后面的情节，但是在对人物描写的拿捏上已经有了很大的提高。②

苗秀曾计划写一组长篇，包括《小城恋》《年代和青春》《苦雨》《火浪》和一些短篇小说。"在这个计划下，我动手写第一部长篇《苦雨》，那是一九四七年。这工作开始得不是时候，才写成了开头几章，我的母亲不幸逝世了。对我这是一个无比惨重的打击，我长久地悲伤着，不能执笔。等到重新勉强拿起笔，断断续续写成它，已经是一年多以后了。这期间，客观环境又经历了一番巨变，我那本反映一九四五年——一九四六年初光复初期，马来亚社会进步与反动势力两大集团斗争的《苦雨》，在还没有写完就注定它永不见天日的命运了。……那部《苦雨》，埋在故纸堆里整整十年，在一年多前的一次清除废物当中，终于给我丢掉了。"③相较起胎死腹中的《苦雨》，《火浪》《残夜行》这两部长篇小说的命运要好得多。这也暴露出马华文学界普遍存在的一个问题，就是作家的作品很多时候出于主客观方面的种种原因而未能出版，终至佚散。这确实是很无奈的事情。

这三部小说的共同特点就是很明显地将故事置放在新加坡乃至马来半岛沦陷的历史中。如《火浪》中清楚地告诉读者战争的发展过程：1941 年 12月 8 日，日本陆战队在哥打峇鲁登陆；12 月 10 日英国海军远东地区的"威尔斯太子舰号""击退号"被日空军击沉；12 月 11 日槟城遭到日军轰炸，12月 17 日英印军队从大山脚撤退，槟城失守；接下来的二十多天里，霹雳河防线失守，怡保、金宝、美罗、安顺等城市失守，北马全部沦陷。1942 年 1 月 7 日，

---

① 苗秀：《火浪》，新加坡：青年书局 1960 年版，第 154 页。
② "《残夜行》廿二章开始写作于一九六二年春，其时值友人黄克先生接编《南方晚报》文艺副刊《新地》，承其不弃，得在该副刊连载，其后《南方晚报》停刊，《残夜行》遂中途辍笔。其残稿稍后复在谢克兄之《新生代》刊出。以后为了生活，无暇及此，始终未曾续写，《残夜行》因而成了断尾巴的蜻蜓。"参见苗秀：《残夜行·后记》，新加坡：大地文化 1976 年版，第 163 页。
③ 苗秀：《写在〈火浪〉前面》，《火浪》，新加坡：青年书局 1960 年版，第 1—3 页。

日军突破仕林河防线,印度第十一师全军覆没;1 月 8 日,日军占领雪兰莪州最北边市镇丹绒马林;1 月 11 日,马来亚联邦首府吉隆坡陷落;1 月 20 日,日军攻破了麻坡这道马来半岛最后的防线,英军、澳洲军、印度锡克军共十几万人退守新加坡;1 月 31 日英军炸毁柔佛长堤;2 月 15 日,日军从陆海空三方面包围新加坡。再加上《残夜行》中的武吉知马大屠杀,苗秀的抗战题材作品就是在这样宏大的时代背景下展开的,读者能够从中嗅到时代风潮中的血与火的味道。

苗秀笔下的抗战图景带有很强的原生态气息。如《旅愁》(1953)中对参加抗战的女青年的描写:"哼,什么女先生,一天到晚跟些毛手毛脚的男人搞在一淘。丢那妈,不信,今晚你到前街那边什么会瞧瞧……妈的,三更半夜,男的女的,嘻嘻哈哈,真不成体统。别人家赚钱的私门子,也有个忌讳嘛。"①苗秀的立场虽然倾向左翼,但对学生运动颇有保留。这篇小说其实是《火浪》的一部分,他自信地认为"这是一九四七年写的东西,无论在文字风格抑或情绪方面,跟本集其他各篇都有极大的迥异"②。《浮渣》(1940)中有过这一段描写:

> 财叔虽然在折毛毯,心里头却老惦记刚才李七的一句话:"今天又要买花了。"今天如果他上街收利息准得多少买一两朵纪念之花,又要花钱了。不买是不可以的,那些卖花队的家伙会给你一顿教训:什么这是救国的事情,凡是国民一分子都得尽一点责任,不能推委的。特别是那些女学生,他们不管你已经买过了多少朵花,硬把花插在你的襟头上,不客气地把钱箱高高擎在你的鼻尖,扯手扯脚地向你讨钱。
>
> "嘿,都是那些什么新学堂教出来的! 当家长的可也太没点管教了,让孩子们胡闹,国家是这些小鬼头救得来的么?"③

这篇写于 1940 年的《浮渣》,曾经发表在郁达夫主编的《晨星》上。苗秀自认"这多少可以代表我在战前初期学习写作时的作风"④。这篇作品与其他作品最大的不同就是其中对契诃夫风格的超越,更多地接续着胡风"主观现实主义"的文学传统。胡风一脉的文艺理论坚持着五四启蒙主义精神,其

---

① 苗秀:《旅愁》,新加坡:南洋印刷社 1953 年版,第 21 页。
② 苗秀:《旅愁》,新加坡:南洋印刷社 1953 年版,第 111 页。
③ 苗秀:《红雾》,新加坡:新马文化事业公司 1963 年版,第 111 页。
④ 苗秀:《校后记》,《红雾》,新加坡:新马文化事业公司 1963 年版,第 115 页。

笔下的现实主义并没有经过人为的过滤与抬高。苗秀在一篇介绍性论文中这样表达对胡风的敬仰："他举出俄国的伟大文艺批评家白林斯基，跟中国的文艺批评家胡风为例，白林斯基给予俄国现实主义文学发展以巨大推进的力量，中国的胡风，则曾经用他的正确的严肃不苟的文艺批评，为中国荒凉的文艺批评界，奠下一块坚实的基石。"①如《火浪》中夏恩、林玲最初参加抗战文艺小组的动机，一个是为了教育林玲并使她成为自己的同路人，其中掺杂着个人的私心，而另一个为的是摆脱周梅圃给自己的压力，一心要挣脱家庭的束缚。小说对这些都未遮掩，写出了真实的抗战时期的生活图景和人民心声。小说中，抗日小组很多组员参加革命的动机并不是很崇高。如郑远参加革命，是因为日军飞机轰炸了他任教的小学校，没有了学生，学校关门人古，再如小组中的丘腾芳，每次号召锄奸的时候他最积极，但日本人真正来到新加坡的时候，他很快就成为汉奸。另外，文艺小组的理论家贾飞也成为日军特高科的红人。这些都写出了革命队伍本身就有着这样那样的缺陷，人员也必须在抗战的烈火中才能得到锤炼。小说中还有一段对抗战中的人们并不得战争章法的描写，真实展现出人们在战争面前的紧张与茫然："一提到打游击来，他夏财副又记起自己和林玲最近参加'文化界抗敌工作团'主办的那个战时工作干训班。里头的一课是讲解游击战略的。讲课的那位满口江浙土音的老先生，打香港来新加坡还不够一年。自己在中国从来没有打过游击。来到这里以后，也从没走出新加坡范围一步。他老是因为最近在一家中文报纸上发表过一篇关于这方面的文章，所以大家就请他老来主讲这一课。他本人，也跟这儿大多数人的看法一致，认为马来亚的地理环境跟中国不一样，绝对不能够打什么游击的，单单那森林里的瘴气就没法容许游击队生存。"②对这种细节的描写，在革命现实主义作家眼中，确有给抗战泄气之嫌，但其真实性却增强了很多：

> 这问题不仅苦恼着夏财副一个，也苦恼许多别的热情的青年伙子。他们也像不久之前的这儿"干训班"的那个打浙江来的"尊师"一样，对这个问题起了疑问。他们认为马来亚的地理形势跟中国不一样，不适宜于什么游击战术。主要是没有大后方。其次，当地的不同的民族，一向又没有建立起抗敌救亡的各民族统一阵线。没有广大群众的支持，

①　苗秀：《建立马华文艺批评》，《文学与生活》，新加坡：东方文化1967年版，第7页。
②　苗秀：《火浪》，新加坡：青年书局1960年版，第189—190页。

游击战术行得通么？何况这地带到处都是不可穿逾的原始密林，在这样的鬼发愁的地方，不等敌人到来，自己便给山岚瘴气、毒蚊、大伯公、山蛭、疟疾，消灭了。①

苗秀的抗战题材作品中满带着知识分子的原始正义，在有些段落中，语气并不那么平和，如"这末，第二天'华侨协会'这个伪政府维持会的招牌便挂出来了。同时那个出入腰眼都挂的有长剑的满脸烟油的家伙的大名也红遍了整个殖民地社会，谁不晓得日本军政监部当今的红员黄堆金嘱托这个大名；他老是'华侨协会'三跪九叩才请出来的顾问，这个殖民地的支那人的救世主。能够认识黄堆金嘱托是一种无上的光荣，只要替黄堆金嘱托拿过一张上厕用的大便纸，面上也增了一层光彩。其实，在'昭南军政监部'的东洋鬼子眼里，他姓黄的不过是一个第十八等的奴才吧了！"②而"打吊桥那一端，涌出了蛮长的行列，男的女的青年、学生、工人，在雨濛濛中挺进，步伐是那么整齐地。开头行列是默默地前进着，过了桥后却突的响雷一般喊起救亡口号来"③，描写的是当年新加坡的"华侨义勇军"。这类对华人抗战的描写，也为那个时代保留下了一幅珍贵的历史图像。

苗秀在小说中还对当时马来半岛的种族关系进行了描写。如《年代和青春》中有这样一段描写："这黄昏，来这儿海滨散步纳凉的，就这么少，只有一些马来人跟印度人，支那人却难得碰到几个。这些日子，马来人跟印度人是比较吃香的。可不是嘛，这一次马来亚半岛的攻夺战役，他们'大日本皇军'，可得到他们甘榜里的马来人帮忙了不少，在好些战线上，日本鬼子兵的迂回包抄战术所以得到成功，还不是靠了这些无知的向导？对于那些印度人，他们东洋鬼也多少笼络他们；这几天来，这个殖民地正闹哄哄的在组织什么'印度国民军'，《昭南日报》天天嚷着让这支国民军开到新德里去，解放印度。假如把这个'共荣圈'里的顺民奴隶分起等级来，那末咱们这些支那人只好排在末一级了。"④

苗秀正面描写抗战的小说不多。《红雾》创作于1945年12月，借着区老叔无意之间撞见自己儿子黑三的抗日行为，从侧面描写了新加坡的抗日

① 苗秀：《火浪》，新加坡：青年书局1960年版，第295页。
② 苗秀：《年代和青春》，新加坡：南大书局1956年版，第18页。
③ 苗秀：《年代和青春》，新加坡：南大书局1956年版，第28页。
④ 苗秀：《年代和青春》，新加坡：南大书局1956年版，第75—76页。

斗争。小说中言"抗日分子都是××党"①，没有明言是不是共产党。《在途上》(1946)也是从旅客的视角看到被围剿的抗日游击队，小说中只有"断崖上，殷红的火光中，出现了一串衬在那红幌幌的天幕变得灰黑的人形，沿崖边向南蠕动"②，以及老百姓口中的"还会有好野嘛，前几日山老鼠，在那边做低他们一个，而今他们都来'清芭'啦……嘻，那些山老鼠一得手了就跑回芭洋，只苦了我们这些山巴卡"③等描写，还是没有正面的抗日分子描写。

　　苗秀本身的一些经历让他能够和一些小人物产生共鸣。他的生平好友韦晕在战后施行"紧急法令"的时候，有一次被一名姓邱的便衣暗探跟踪。苗秀当时很紧张。幸亏报馆的杂役一看到暗探找苗秀谈话，就悄悄地把苗秀存放的一些文件拿走，让苗秀转危为安。这种阴影一直伴随着苗秀，在日后与一些文艺青年的交谈中，他一谈到政治问题，就或沉默，或把话头岔开。"这是一般人误会苗秀个性高傲。其实是苗秀的政治机觉性作祟。他亲见不少朋友平白的自行失足落水，而时时提心吊胆罢了。"④甚至有一次，韦晕问苗秀为什么很少照相，苗秀倒是反问他："你没有读过《薛刚打烂太庙》那部小说么？政府因为他逃亡，就'画影涂形'贴在出入城门口，去捉拿这个钦犯哪。铁抗不是他颊上那片胎记，给鬼子兵'检证'检去了么？多了一张照相，落到鬼头手中，不就像阿 Q 头上那小辫子，方便赵太爷去抓么？"⑤而且从作家性格来看，苗秀性格中有很强的忧郁特质。他曾这样描述自己的创作心态："写这些东西的时候，我还非常年青，如果读者还不能从中很强烈地感到一个年青生命应有的欢欣和燃烧的热情，那是因为苦难的时代给予作者的负荷太重，正像一株压缩在石块下的小草，虽然靠了它的坚强的生的意志，没有枯萎，但也必然得不到正常的发育、成长，只能曲曲折折的活着了。"⑥

　　苗秀对灰色小人物形象的塑造很受契诃夫的影响。他在很多文章中都表明对契诃夫的推崇，如"拿我们所公认的几位大师来说，像俄国的契诃夫、法国的莫泊桑、美国的奥·亨利，以至高尔基，这些大师们对短篇小说都是曾经有过辉煌贡献的"⑦，"我虽说念的是英文，可是对于英国文学向无好

①　苗秀：《红雾》，新加坡：新马文化事业公司 1963 年版，第 17 页。
②　苗秀：《红雾》，新加坡：新马文化事业公司 1963 年版，第 28 页。
③　苗秀：《红雾》，新加坡：新马文化事业公司 1963 年版，第 27 页。
④　韦晕：《立此存照》，韦晕《余尘集》，吉隆坡：野草出版社 1998 年版，第 132—133 页。
⑤　韦晕：《立此存照》，韦晕《余尘集》，吉隆坡：野草出版社 1998 年版，第 132—133 页。
⑥　苗秀：《题记》，《红雾》，新加坡：新马文化事业公司 1963 年版，第 1 页。
⑦　苗秀：《边鼓·跋》，新加坡：青年书局 1958 年版，第 99 页。

感,总觉得它是暮气沉沉的,却醉心于俄国作家,耽读契诃夫、蒲宁、安特烈叶夫、高尔基诸人的作品"①。再如"前年,《旅愁》出版以后,朋友们都指出我受了契诃夫很大的影响。不错,契诃夫是我所尊敬和耽读的作家之一,并且,我承认我一路来都带有忧郁的气质的,虽说我极力避免在我的作品里流露我的忧郁,但有时也难免传染给读者。不过,一般所认为契诃夫式的'阴冷',我自信并没有出现在我的作品里过"②。以短篇小说《婚礼》(1957)为例,小说中编辑部里的人事关系复杂,"报馆把持在几个头家的皇亲国戚手里,整天在头家面前搬弄是非,明争暗斗,你排挤我,我排挤你。像他余洁之,既不是头家的'自家人',如果不是凡事不闻不问,装聋作哑,怕不早就给滚蛋了嘛。这几年来,他老就亲眼睇见多少人给滚了出来的"③。小说的结尾部分,本抱着去开开眼界的心思来参加同事陈玉小姐的婚礼的余洁之,看到桌子上每席收费四十块钱,却仅仅摆着一壶奶茶、一小盘蛋糕、一小盘三明治、四块冰淇淋,在听着酒席中讨论的洋楼、礼服、钻戒、婚纱、人事关系等等的时候,头昏脑涨,先行离席,以图清静。

在《火浪》等抗战小说中,苗秀对小人物形象的刻画就很成功,如方进森的形象。更加集中地描写小人物形象的是他的短篇小说集《人畜之间》和其他短篇小说。如南洋移民形象,《上一代的女人》(1953)中的"她",是一个没有名字的南洋早期移民,"她"在中国南部一个穷僻的农村里长大,在丈夫死后背上了克夫罪名,被迫下南洋,认为自己赚了钱之后就不会有人瞧不起自己了:

> 跟她的同一县份的女人们,来到番邦以后,十个有九个当了建筑女工跟树胶厂的女工,说她们垄断了这个殖民地上的这两个职业部门一点也不过分。她到了新加坡第二天就找到了同乡亲属,第四天就跟别的同乡那样,扎起了火红的领巾,当了挑泥女工,出卖劳力,替这个殖民地的白种人盖高大的洋房。每天得做十小时的活儿,换来五角钱的报酬,在穷苦惯了的乡下女人看来,这已经是一个可观的数目了。她老省吃省用的,每月把辛辛苦苦积下来的钱汇到唐山乡下男家去,她的翁姑跟小叔因为她居然偷跑了到番邦去,已经不再承认她是家里人,可是照样拿她的钱,要是汇迟了几天,就来信催她汇钱帮补家用,他们认为这

---

① 苗秀:《记郁达夫》,《文学与生活》,新加坡:东方文化1967年版,第56页。
② 苗秀:《第十六个·自序》,新加坡:南洋印刷社1955年版,第2页。
③ 苗秀:《边鼓》,新加坡:青年书局1958年版,第58页。

是她的责任。①

"她"再嫁后，第二任丈夫因车祸而死；"她"三嫁后，又被第三任丈夫欺骗，儿子被带走，自己又重新孤身一人漂泊南洋。熬过日本军队占领马来半岛的三年，英国殖民者重返马来半岛，但积劳成疾的"她"已经没有力量再工作了，只能替人缝点衣裳度日。这篇小说以女人"她"的人生经历为线索，生动地展示了南洋早期移民的生活甘苦。

妓女也是苗秀小说中常见的刻画对象，如《太阳上升之前》(1953)中的妓女黑凤为了不被征调去服务日本军人而提前逃离小城。话剧《夜》(1955)中第一次出现苗秀笔下少有的卑鄙舞女形象：初出来"捞世界"的窃贼张雄，在与舞女安娜聊天的过程中，对她放下戒备，最后被安娜招来警察，张雄不但被捕，还被安娜诓去了先前偷盗的金手链。安娜前后性格的变化，情节的陡转是这篇话剧的成功之处。《二人行》(1952)在书写小偷高良的行窃经历时出现了妓女形象："一丈外的街灯下兀的出现了一个时髦的年轻女人。他光看到一个背影。一脑袋的蓬松头发。一件赭红的小马甲，露出两只雪白的小臂膀。一条不短不长的黑裙子。臂弯上挂了一个也是红色的大得跟那瘦削的肩膀不相称的手提袋。"②高良抢到妓女的皮包后，小说的情节陡转："他高良翻过这张小照片来，随意看了看，可徒的爬起来，把那张照片凑近贴在天花板底的那盏昏黄的电灯，仔细的睇了半天。他老依旧不相信自己的眼睛，他揉了揉眼珠子，再凑近那盏电灯去端详，噢，一点不错：是那个抱着椰树杆，嘻开嘴巴傻笑的十二岁的男孩子，在这个男孩子脚下坐着那个九岁的女孩子，她噘着一张小嘴，满脸不高兴的神情。——是了，他高良记起来了，这个孩子跟那个女孩子刚刚为了争夺爸爸买回来的那一块云片糕而吵起来。……他高良拿起另外那帧签了名的照片，跟那张小的比对了一下，虽说人是长大了，并且加了那末浓浓的人工修饰，那尖尖的下巴，那两片拢得紧紧小嘴唇，那整个的轮廓，依旧跟呆在椰树脚下那个九岁小女孩差不多，那么说自己刚才抢劫的是自家的妹妹了。想到这个，他高良觉得又惭愧又欢喜，惭愧的是自己居然打抢起妹妹的东西来，同时高兴的是，那失踪了多年的妹妹竟然还活在人间。妈姆在世的时候，常常想起妹妹来就哭，老以为她多分是死了，想不到她还活着，并且还跟自己在这个大城市里碰头。"③而

① 苗秀：《第十六个》，新加坡：南洋印刷社1955年版，第64页。
② 苗秀：《旅愁》，新加坡：南洋印刷社1953年版，第30页。
③ 苗秀：《旅愁》，新加坡：南洋印刷社1953年版，第34页。

小说的结局中,妹妹倒在暗探的怀里的一幕,让高良深感耻辱,尽显社会底层小人物生活的无奈。

　　小市民形象在苗秀笔下塑造得非常成功。《人畜之间》(1958)描写的是费老师在小学校兢兢业业地工作,还染上了肺痨这一职业病,然而最终却在一次教育部的改革中被辞退的故事。小说中费老师与一只老狗的情谊,反映了现实生活中人与人之间的感情有时还不如人畜之间的感情深厚。而《门槛》(1959)中好不容易寻到教职的"我"在校长的算计下,最后只落得一半的薪水,教书过程中的尔虞我诈让"我"失去了继续从教的勇气。《深渊的城》(1953)讲述的是一个小市民家庭被黑暗社会折磨的故事。韩少奶想在麻将桌上赚钱贴补一点家用,没想到遭七姑陷害被逼得走投无路而成为妓女,"事后,她韩少奶发现这个余三少是个流氓,职业的捞家。七姑给她介绍说这鬼是'太爷'(小老板),老子在漆木街开洋货店的,这些都是鬼话。实则他们都是串通了骗人的,七姑家里那个麻将局就是一个骗局。那鬼除了骗财,还要劫色。她韩少奶就是上了这鬼跟七姑两个串通摆下的圈套"①。小说中,韩少奶并没有良心泯灭,她帮助了濒临险地的甘少奶脱险。这篇小说出现在反黄运动中,可说是一篇反映现实的作品。当时的新加坡有一些淫媒,他们打起"住家人"的招牌。因为许多饱暖思淫欲的人,玩腻了娼妓,就想换口味,认为"住家人"比较新鲜,所以"住家人"这些变相妓女就受到追捧。②《女职员日记》(1955)讲述的是职场女性的办公室生活。苏小姐被经理骚扰着,在高薪水的办公室工作和低薪的平民学校工作间,她艰难地抉择着。苗秀在描写女性形象的时候,都给她们镀上了一层知识女性的色彩。其中的苏小姐平日里阅读着茅盾的《腐蚀》,在这些新文学作品中汲取着与丑陋现实抗争的精神源泉。《最末一个离开的》(1954)通过万春酒铺的小伙计阿能的眼睛来观察茶客阿卓。阿卓每天都在酒铺里喝酒,为的是观察过路的暗娼,看其中有没有离家出走的妓女出身的妻子。小说中"不晓得打从什么时候开始的,这一排小屋变成了这殖民地城市的生活里头许多污点的一个。每天天色一暗下来,昏黄的街灯下跟木屋里透出来的火水灯的微弱的亮光中,便浮动了好些抹了廉价脂粉的贫血的女人脸孔,跟着出现了一些贪婪的男人的眼睛,经过了选择、挑剔、讨价还价以后,两条黑影就消失在一间小屋里,个人满足个人的欲望去了"③,以及"西头那一排木屋门前,街灯

①　苗秀:《第十六个》,新加坡:南洋印刷社1955年版,第24—25页。
②　白荻:《孽债》,方修编:《白荻作品选》,新加坡:上海书局1979年版,第105—106页。
③　苗秀:《第十六个》,新加坡:南洋印刷社1955年版,第72页。

下,在半明半暗中,还有些影子瑟缩在那里。在生活那条沉重的鞭子的鞭笞下,那些不幸的女人,也顾不得夜寒了,她们都闪灼着饥饿的眼睛,担心着明天的面包"①,都写出了1950年代初期新加坡经济不景气时期的社会现实。

另外,《钟摆》(1955)里在生活重压下,没有精力参与往日的文友聚会的莫振;《黄瓜婶想不通》(1959)中新加坡底层老百姓的生活困境,"她黄瓜婶不是不晓得,这些日子,不少人像阿牛妈那样,打人家店里倒出来的垃圾堆翻捡一些还没完全烂掉的葱头、干蒜、青菜、马铃薯,或者碰着人家起落货,把掉下地来的黄豆、绿豆捡回来,整理一番,随后,在马路边,摆个小摊子,五占一堆一角一堆,卖给这个城市的一些穷人"②;《乔迁喜》(1955)中搬进政府安排的组屋房的汪淡心一家,一方面好不容易在心理上能够接受这个组屋昂贵的日常消耗,"这当子,仕这所新房子,单租金一项一个月就得付出六十扣,比从前住牛车水的当口,多付出四十扣。以前住在牛车水的时代,自己上行里办事,两个女儿一个男孩上学,都是跑路的,不需要一分钱的车费,现在,自己每天得搭巴士车,来回车票四角,儿女们上学得搭校车,每人一个月十五扣。这末,他老计算一下,一个月凭空多了整百扣的支出,占去了自己一个月收入的三分之一以上"③,另一方面又要面对组屋下雨天漏水的突发状况——真是一幅幅精打细算、忙忙碌碌的平民百姓的日常生活图景。

第三节　小资情调与悲悯情怀抒发：原上草《乱世儿女》

原上草④是老一辈马华作家中很有书卷味的一位。他从小就爱读书,文言白话都看。家中没有藏书,他就把父亲唯一购置的药书和手抄符箓都当作书来阅读。乡里没有书店,他便四处打听,从熟人或者长辈手里明借暗

① 苗秀:《第十六个》,新加坡:南洋印刷社1955年版,第84—85页。
② 苗秀:《第十六个》,新加坡:南洋印刷社1955年版,第21页。
③ 苗秀:《第十六个》,新加坡:南洋印刷社1955年版,第149页。
④ 原上草(1923—2000),祖籍中国广东梅州,原名古德贤,笔名有沙风、原上草等,早期当过会馆书记、锡矿山工人、教员、戏院广告员、小贩及小商人等。后出任《学生周报》编辑、《建国日报》"大汉山"文艺版主编、《大众报》"大众文艺"版主编、《马来亚通报》"文风"文艺版主编等职,1977年曾出任大马华文作家协会第一任主席。著作包括短篇小说集《韭菜花开》(吉隆坡:蕉风出版社,1961)、《房客》(八打灵再也:曙光出版社,1964)、《水东流》(吉隆坡:马来西亚写作人[华文]协会,1981)、《风雨榴莲坑》(吉隆坡:大将出版社,2001),中篇小说集《诗人方如梦》(吉隆坡:蕉风出版社,1963),散文集《万家灯火》(八打灵再也:建国日报社,1976)、《原上草散文选》(吉隆坡:马来西亚华文作家协会,1991),长篇小说《乱世儿女》(吉隆坡:铁山泥出版有限公司,1985)。

取,书本到手便欢欢喜喜,晚上躺在煤油灯下就着书本打瞌睡。据他回忆,童年时夜市上偶尔会出现卖书人,"我虽是一个大孩子,也学着成人的模样霸占好一个位置,心中充塞无法形容的喜悦,但仍忘不了随时留意卖书人的脸色,一边诚惶诚恐地东摸西摸,迅速抽出一本匆匆阅读起来。读合心意的书最容易着迷,自己紧记着到适当时候放下来,然后牢牢记稳,预备明晚赶早些,好继续阅读未完的篇章。明晚来时发现原物仍在,只是方向稍有不同,一颗心自有无比的快乐。若是找不到它的芳踪,想是落在不知名的购者手里,那般悒悒不欢的心情,唯有自己才能体味了",多年后,"年少时的事迹是久远了,爱书的习惯似乎不曾因时光的流逝而冷漠"。① 他也是作品很早亮相在《蕉风月刊》的马华本土作家,如小说《开会》(1958 年 8 月 10 日第 67 期)、《斗争》(1958 年 11 月号第 73 期)、《捉赌》(1959 年 3 月号第 77 期)、《搬家》(1959 年 5 月号第 79 期)、《归来》(1959 年 9 月号第 83 期),散文《村居散草》(1959 年 1 月号第 75 期)等等都是他创作于马来西亚建国初期的重要作品。作品以底层知识分子为主要塑造对象,倾向浪漫主义风格,情感表达以沉郁为主,这些都构成了原上草创作的基本特征。原上草的散文创作经常被人赞赏,如"原上草先生的散文是很受读者欢迎的"②,"原上草先生的散文越写越精彩,《赭色的河》虽只是短短的数百字,但它的内容比许多数千字的散文更为丰富,目前很少作者能用简练的文字去表现丰富的意境了。……今日的马华文坛,散文作者越来越少了,较优秀的散文作者更是少之又少。我们实在期望能有更多的作者从事散文创作"③。原上草也曾经谈到自己对散文的偏爱,本章将结合他的散文来分析他的文学世界。④

对底层知识分子形象的成功塑造是原上草作品的重要特点。其早期代表作《韭菜花开》明显有着中国现代作家柔石《二月》的影子:萧涧秋在芙蓉镇的遭遇在重演,身为小学教员的"我"因为关心贫苦学生施俊发,导致村民怀疑"我"与施俊发的姐姐秀梅之间有暧昧关系,"我"被学校董事长警告后离职,主动离开了山芭这个是非之地,若干年后再听到施家消息的时候,一

---

① 原上草:《书摊》,《原上草散文选》,吉隆坡:马来西亚华文作家协会 1991 年版,第 71—73 页。

② 《编辑的话》,《蕉风月刊》1968 年 6 月号总第 188 期,第 2 页。

③ 《编辑的话》,《蕉风月刊》1968 年 8 月号总第 190 期,第 2 页。

④ 原上草曾经在不同地方谈到过自己喜欢散文创作,如"我一开始学习写作就喜欢写散文,也许由于个性的相近罢,对散文我有特殊的爱好"。参见原上草《写在出版前》,《万家灯火》,八打灵再也:建国日报社 1976 年版,第 1 页。另有一例:"'散文'是很难写得好的文体,偏有幸自己一开始写作时就喜欢上了。……说实话,我还是喜欢'散文',不管写得好不好,继续的写是我不移的心愿。"参见原上草《后语》,《原上草散文选》,吉隆坡:马来西亚华文作家协会 1991 年版,第 147 页。

切已经物是人非。《搬家》里面的"我"是一位偶有文章发表的小财库（办公室文员），善良无心计，先是被高佬福误会对葵嫂女儿阿香有意思，后来在葵嫂和高佬福吵架时"我"去劝架，被高佬福不问青红皂白地打，"我"被迫还击后更被人"确证"与阿香有染，被迫搬家。《开张大吉》中不谙商道的"我"被老朋友老吴所骗，最后血本无归，而整个受骗过程中"我"的懦弱性格更是让读者看得心中泛起不平之气。《一夜》以进城找工作的青年人朱学文在一天之内的遭遇为线索，讲述了这位希望"能够在这里找一个出路，希望有朝一日能够让老爸晓得，他强要走出了无生气的家乡，到大城市来打天下是走对了"的青年人，看到夜不思归、偷机打牌的姑丈，还有在繁华都市中不停消费而入不敷出的"大财库""大画家"，决定第二天告辞返乡。《好女婿》写"一个可怜的小人物的觉醒，甚为感人"①。还有《同行之间》，有论者评论这篇小说"有原上草的一贯笔法，轻松、幽默，却活生生地刻画了某一小阶层人们的恩恩怨怨，结尾戛然而止，却有余音之妙"②。这几篇以底层知识分子为题材的小说都带有强烈的小布尔乔亚气质。主人公颇似流浪知识分子，居无定所地在都市里漂泊。他们本身带有强烈的对民主自由的向往和对人道主义信念的执着。小说中的一个个生动的故事为我们展示了马来西亚社会中小资产阶级知识分子的生存状态。

　　值得指出的是，原上草笔下所塑造的人物少了巴尔扎克、司汤达等欧洲批判现实主义作家笔下的拉斯蒂涅、于连等人物形象的复仇性质的抱负，更多的是一种处于边缘状态的底层知识分子形象。他们对社会人生有着一种自觉的人道主义情怀，同时也经常会为物质与精神、现实与理想的冲突而纠结。散文《莫名其妙》中的"我"便是一例：在现实功利的诱惑中，"多少年来我就为了一种莫名其妙的理想，而如此折磨自己，谢绝了世俗的应酬，放弃了种种追求享受的权利，当然我是感到痛苦的。因此在极度疲乏而引起心慵意懒的时候，我就要埋怨起自己来"。但平静下来后，看到灯光，他觉得"要不是有几点儿灯光，人世一定更加黑暗了"，这其中"灯光"的隐喻性非常显著。而后"我"的知识分子的责任感强烈起来："我不是在刻板地应酬生活，而是在完成良知的重托。工作追寻的是代价，我所追寻的是真实、善美和理想。纵使没有谁能了解，尤其在这样一个讲究现实利益的社会，自己能了解而体谅自己的苦心，那也是值得安慰了。"③而另一篇散文《难为写作

① 《编者的话》，《蕉风》1962 年 8 月号总第 118 期，封二。
② 《编者的话》，《蕉风》1963 年 1 月号总第 123 期，封二。
③ 原上草：《工作》，《原上草散文选》，吉隆坡：马来西亚华文作家协会 1991 年版，第 80、83 页。

人》也道出了底层知识分子的生存状态：

> "写作"这回事到底是什么玩意？照一般的说法，就是对外界事物心有所感，然后有条有理的用文字把它写下来；简单地说就是写文章。常常写文章的人就称做"写作人"。古时候的写作人非常有地位，给社会另眼相待，好像"十年窗下无人问，一举成名天下知"，就等着做官去了。当今的写作人又号称"爬格子动物"，地位超然，也是给社会另眼相待，等于视如不见，终其一生似乎没有什么前途可言，只能帮忙填填报屁股，赚那点可怜的稿费作为帮补帮补日用钱而已。①

除了由经济基础决定的贫困之外，原上草笔下的底层知识分子多有多疑、自卑的性格特点，多多少少有些精神缺陷。他的散文所塑造的人物在心理上多显阴暗，对周遭人群怀有莫名的反感甚至敌意。如散文《车厢里的小孩》写的是一个印度小男孩可能因为坐错了站而独自在巴士车上，本是一件很平常的小孩与大人走散而迷路的事情，文中却这样描写——"车厢里寥寥几个搭客陆续向小孩掠过奇异的一瞥，有些嘴角噙着微笑，似乎心照不宣；有些无精打采，瞠目望向车窗外。又一个站头，小孩终于下车了。他在人家一连串的催促中慌忙撑起小身子，随着一些快活的嬉笑声，一些不甚善意的目光相送下爬落车厢去了。巴士车继续行程。我转身朝车窗外向后看，看不见他的小身影，回过头，眼前似乎出现那双黑白分明的眼珠子，带着惶恐和疑惑怔怔地瞧人"，②给这件平常事镀上一种浓厚的不祥之感。散文《书》中当买书的青年人自豪地向店老板宣布自己看完了书架上所有的奇幻小说时，店老板没有像正常的生意人那样称赞客人，反倒"笑了，对着神经兮兮的他说：'如果你以前念书时候肯一直这么勤力用功的话，现在早就可以考上博士！'"③年轻人"长久没有作声，脸色阴沉得很"④，本是得罪了人，可店老板却更加自得于己，揣测"是我无意中的开心话得罪了他，还是他忽然省起浪费了那么多有用的时间和精神，心里懊悔莫及"⑤。此处情节的推进逻辑很奇怪，不过作者确实深刻地刻画出了一个心理颇有些阴暗的知识分子

---

① 原上草：《原上草散文选》，吉隆坡：马来西亚华文作家协会1991年版，第140页。
② 原上草：《原上草散文选》，吉隆坡：马来西亚华文作家协会1991年版，第22页。
③ 原上草：《原上草散文选》，吉隆坡：马来西亚华文作家协会1991年版，第32页。
④ 原上草：《原上草散文选》，吉隆坡：马来西亚华文作家协会1991年版，第32页。
⑤ 原上草：《原上草散文选》，吉隆坡：马来西亚华文作家协会1991年版，第33页。

形象。

小说《泪》里面的主人公阿龙自认是"一个念完高小的农家孩子，而又素有高材生之誉的天才学生"①，他的志愿是继续读书，却因为家境不好被迫做了建筑工人。初到工地，"什么都能引起他的悲哀：粗陋得有如家里猪寮似的公司屋，阒无人烟的只潜伏幽灵的工厂地带，沉重的锄头，笨重的锹，乌蛇一样的铁轨，贪婪得老张大着嘴巴的泥斗车，随时发出汗渍味的伙伴，只有鱼干跟咸蛋的饭餐，这些不像是被配作徒刑的犯人生活么？他受骗了，当夜他流下一大堆的眼泪"②。在工作中，他先是瞧不起工友，认为"这些脸孔似乎都有一点共同的标志：刻板、愚昧、粗鲁、厚皮"③，但一场工伤事故后，工友们的照顾让他深思：

> 他发现了一条真义：人家把他看成一个自己人。他不再奇怪了，他开始心里感到万分的不安，不安的情绪包含了羞愧和懊悔。过去他是怎样的把他们看为跟自己毫无关系的人，同是来自各方寻求一碗饭吃而只各顾各的陌路人。他错了，他们并不粗鲁，相反的他们倒懂和好着他们大伙儿，懂得失去了家庭温暖的人是应该互相慰藉，无分彼此的融洽在一气。自以为高尚即是自愿在他们中间筑起孤独的篱墙，这是多么的愚蠢，实在说自己也许比他们多认识几个字，多认识几个字总及不上在寒夜里请大伙儿喝咖啡乌，这样的受人尊敬和感动！④

小说的最后，阿龙向财富(书记)请求支钱回家遭到拒绝，工友们便筹钱借给他回家治病。整个小说分阶段地、惟妙惟肖地勾勒了阿龙这位小资产阶级知识分子在工人阶级的关怀下情感成长的过程，他从刚开始的清高、自负、与世隔绝慢慢回归到纯朴、自然的精神正常状态。

《水东流》讲述的是一个迫于现实环境不敢去追求自己爱情的人的故事。小说中的他在初恋和婚姻之间纠结，结果两边都不讨好，一边是无望的初恋爱情，一边是被他自己搞得一塌糊涂的婚姻。这是一个对感情不负责任终至无所得的人。在夜色中，"我不禁由此想起那位固执任性的老人，生

① 原上草：《韭菜花开》，吉隆坡：蕉风出版社 1961 年版，第 57 页。
② 原上草：《韭菜花开》，吉隆坡：蕉风出版社 1961 年版，第 59 页。
③ 原上草：《韭菜花开》，吉隆坡：蕉风出版社 1961 年版，第 59 页。
④ 原上草：《韭菜花开》，吉隆坡：蕉风出版社 1961 年版，第 63—64 页。

命一如搁浅在东流水中的枯木,日夜株守无边的寂寞,缅怀一个残缺的春梦!"①

长篇小说《乱世儿女》是对马华底层知识分子形象进行刻画的重要作品。这部作品是自传体小说,原上草说本想从 1941 年"风声鹤唳的马来亚沦陷前夕起,到重现光明的初期为止,写出一个小乡动乱的情况和自己的流浪经历。后来经过一番考虑,觉得小说的题材还是分为两个阶段来写比较合适,所以当我写到回乡以后,认为已经作了交代,可以作一结束"。在这篇"后记"中,他还承认自己这篇小说基本上是自传性质的。②另外,在人物形象塑造上,"我"这个流浪型的知识分子,让人想起艾芜的长篇小说《南行记》,原上草写道:

> 每天我都起身得很迟,这不是我喜欢的习惯,无奈我在老宗亲的善意安排下,在他负责的部门当一名劈柴烧火的工厂小工,每晚十一时报到,回程时往往已闻到报晓的鸡啼声。这真是一份使人丧气的工作,每当抡起整五斤重的大铁锤对准凿子向一块块大木柴拼命,以便供应五至六个大火炉所需要的时候,我真懊悔当初对老宗亲的善意答允得太快了。我还不过是一个十七八岁的毛头小伙子,个人并不精壮,经不起夜夜精神的透支和体力的折磨,人的确是感到极度的疲惫和厌恶。可是,家里从父亲打下都赞成我干这份有五角钱报酬的工作,他们的意思是以我这个文弱书生型的公子哥儿,能赚得这点钱已经是大出意外,没有什么好再嫌弃的地方了。③

这个在工会里帮工的"我",住的是被称作"马来棚"的二层排屋,"楼下用木柱子间隔着,四面通风,阳光和空气十分充足,只有屋子后座和楼上用锌板封密,才算是可以住人。整座屋子除了后座包括天井敷上三合土外,一进入齐人头般高的正门就嗅到天然的泥土潮霉味。它的诞生历史肯定是可以追溯到我未出生以前一段很长远的日子,跟当日矿山草创时期有不可分割的关系"④。父亲、母亲、婆婆、"我"四人相依为命。时局越来越紧张,当局更进一步开放大片处女芭地,鼓励当地人民进行垦殖,促进粮食生产,用意是

① 原上草:《水东流》,吉隆坡:马来西亚写作人(华文)协会 1981 年,第 19 页。
② 原上草:《乱世儿女·后记》,吉隆坡:铁山泥出版有限公司 1985 年版,第 161 页。
③ 原上草:《乱世儿女·后记》,吉隆坡:铁山泥出版有限公司 1985 年版,第 11—12 页。
④ 原上草:《乱世儿女·后记》,吉隆坡:铁山泥出版有限公司 1985 年版,第 12 页。

以防万一,在避免战乱中因米粮断绝而闹饥荒。"我"、老何、洋葱头、罗地脚、靓仔苏和山东炮六人组成一个种植小队开始进山垦殖。而后日军进犯马来亚,"我"开始了一路漂泊的生涯,做过矿工、打石工人、日军的劳役。这一路的漂泊,特别是漂泊中的心境变化,可看作马来亚知识分子炼狱般的遭际和民族发展的隐喻。

原上草的作品中带着浓重的忧郁色彩,这一特点基于他对生活的熟悉。如散文《巴刹》中有这么一段:

> 先生,你有到过"巴刹"里去么? 那地方好不热闹,前也是人,后也是人,你简直不知怎样跑才好。当然,你到那里去的意思不是为了散散闷儿的,不比邪些娘儿们有那么高的兴趣,把"巴刹"当作每天例常会面聊天的乐园,买菜买点儿什么像是附属的琐事。试瞧! 这里那里都是一团糟,鱼腥味呀,肉膻味呀,以及不明不白的气味薰得你想作闷,多站一会简直就是活受罪。还有,那打架一样的声浪实在叫人不好受,顶糟糕的还是一些唱歌不像唱歌,哭号不像哭号的怪嗓子,此起彼伏地老在你耳边缠绕,想要思索一点儿事情也不行,好不讨厌。不过,这也不能多怪,"巴刹"就是大众生活的开始站,生活本就是紧张的啊![1]

表面上看,原上草似乎对巴刹很反感,不过很快他的笔锋一转——"先生,不瞒你说,从小我就喜欢了'巴刹',尤其是在清晨,只要听到一片断断续续的叫卖声,就是还躺在床上也要睁大着眼睛,想像那边的热闹情景"[2],道出了自己对原生态的城市生活的热爱。

他的散文名篇《草坡上》,描写了一位隐居乡里忧郁度日的孤独者形象:

> 从难于计算的日子里,他就在这么寂寞的环境下安居,听惯林风的悲鸣,山雨的哀泣,木然地过活。没有亲朋,没有希望,孤独和落寞是他的伴侣。

> 青青草,长高又萎黄。木叶飘落在四野,厚厚的叠成样的地毯,里头隐藏着小虫,夜来怀抱快乐的心情唧唧叫,一时高昂,一时低沉,继续到天明。

---

[1]　原上草:《万家灯火》,八打灵再也:建国日报社 1976 年版,第 81 页。
[2]　原上草:《万家灯火》,八打灵再也:建国日报社 1976 年版,第 82 页。

　　他,是那么安详,满足于深深的凄清;满足于眼前小小的天地。虽然他有时也感到生活单调,莫名的厌倦,那是偶然从心扉里飘出一片情感的薄羽,渴望寻找倾吐情愫的对象,而轻轻掀开那道紧拴的门扉。却因有如畏光的耗子,偷偷一瞥外头的花花世界,终是让一声长长的太息,推他重新亲近无尽的寂寞。

　　他才登上中年的阶段,却对世情抱着浓重的厌倦,意志消沉,鼓不起勇气对生活的热忱,只求世界遗忘了他,他也遗忘了世界。所以,从某个时候起,他便在这块人迹罕至的地方结庐安居,悄然送出如流的岁月。从来没有人前来拜访他。他也不爱出门去,惟一引为良伴的是寂寞。①

这篇散文中的孤独者犹如原上草的自况,孤独、敏感、脆弱等知识分子忧郁气质是其作品的艺术风格,同时也是原上草本人的重要性格。自传性是原上草作品的重要特点,在他的很多作品中都可以找到他的生活经历。如散文《叔娘》中写道:

　　父亲只有一个弟弟,在我还是大孩子时娶了叔娘。叔娘从中国乡下来,身材结实而稍带点肥胖,外表看来和霭[蔼]可亲,可惜和我的母亲合不来。也许婆婆比较爱惜小叔,因此喜欢站在叔娘一边说话,我不能对婆婆表示什么,但对叔娘多少留不良的印象。等到大家搬开了,见面日少,我和叔娘之间便形成隔膜,不相闻问。后来我渐渐成长,随着"大东亚圣战"的炮声离家流浪,在不知不觉里辗转回到满目怆凉的家乡。这等母亲已经谢世,父亲和二弟不知流落何方,我找到了在一间食堂里做事的叔父,也找到了住在偏僻木屋里的婆婆,以及叔娘和几个小弟妹们。……

　　我不曾和叔娘闹意见,她每天任劳任怨,在矿场上当一名劳工,闲下来又往数英哩外的荒野开芭耕种,以长者身份来善待我们这群孤儿们。我所以要离开她而去,原因是我在矿场找了份工作,为了工作上的方便,搬进了一间职员宿舍里。不久后婆婆和几个小弟们又搬出来和我共住,无形中叔娘和我们逐渐疏远了。有时在上工途中偶然相遇,彼此引起一阵的惊喜,慢慢地就很少相见,听说是已经抛下矿场的工作,

① 原上草:《原上草散文选》,吉隆坡:马来西亚华文作家协会1991年版,第31—32页。

带着两个小儿女进芭场去，一心一意务农去了。

……到后来我方才稍为明白叔父心中一些隐藏的愁苦，有两位熟悉的女人在闲谈中提到叔娘，无意间听到其中一个的叹息。

"一个女人，又住在山芭里，有什么办法呢？"

叔父走了，步我以前的后尘出外去流浪。婆婆是痛惜他的，从她老人家的眼神里，我看出她对叔父内心痛苦的了解。可能她还在怀疑，她所信赖的好媳妇是不会背弃丈夫和她而去的，何况大家都和谐相处得那么多年了。但年青的叔娘是变了，她在最需要互相合作，艰苦奋斗的人生历程中毁了自己的幸福，跳进一道罪恶的罗网里。她是出于自愿吗？到底是谁的过错呢？战争是许多悲欢离合故事的导演者，叔娘竟不幸当了其中一位渺小的配角，可怜的叔父更是以悲角告终，听说他在外并不得意，和平来临前也是最动乱的时候，他想起这里的家，就在归途中遭至意外，连埋骨所都不知在何处。

…………

一抔黄土，掩盖了尘世所有的恩恩怨怨，可惜在生者心里，不幸却永远留下一道拭抹不除阴影，这实在是长眠于地下人所预料不到的；也是有限的人生中一件大憾事了。①

这篇散文可以看成原上草很多创作的基本心理状态，特别是最后一段更可以看作是原上草所有创作的主题：满带怀乡情结的悲天悯人情怀。原上草作品中的这种悲天悯人情怀体现在以下几个方面。

第一，原上草作品中的怀乡情结。他唯一的长篇小说《乱世儿女》就是一例：小说中的主人公不断地在流浪与还乡之间徘徊。其散文中流露的怀乡情节更多、更明显，如《乡情三曲》。另外，像《红灯笼》《一重山，两重山》《悠悠旧时情》等散文都是回忆故乡人和事的佳作，其《寂寞的老人》中的老人在迁居后，"抱着陌生的心情在属于自己的新居安定下来。几个房间租出去，自己在厅里的一角安个小位置。从此他闻见满屋刺鼻的油漆味，消失了自然花草的芬芳。也再也闻不见亲切的猪嚎声，只有晨昏的远鸡唱起幽幽的太息。几十年来的辛勤劳碌，他现在是真正闲适下来；但总在心头感到一份莫名的空虚，那是对以往的怀念，和对自己老去成空的感触。日子在他犹疑不安中平淡过去，专程去拜访的脚步也越来越稀落。他已经无所事事，门

---

① 原上草：《叔娘》，《原上草散文选》，吉隆坡：马来西亚华文作家协会 1991 年版，第 60—63 页。

边一张长条凳,任他守尽整个早晨和黄昏。一根藤手杖,伴他来去在生活的长路上。孤单,寂寞。他又回复到往日的心境中,逐渐感触到前所未有悲凉味。……不久,他终于病倒了,病中并不见有人来问好。还是由一些好心人把他送进医院去,在院中他更是寂寞了。几天后,他就像一根自生自灭的小草,悄悄枯萎在不为人知的自然角落里"①。这段描写中故乡老人的形象在读者眼前浮现出来,而散文中的那种凄清孤独的氛围更是震颤人心。在散文《住》中,原上草怀念着乡村中纯朴自然的人际关系,心念着:"住在乡村似乎有个好处,家家户户分别而居,猪栏鸡栅界限分明,环境清幽,生活简单是另外回事,好在邻里间情感融洽,见面如逢久别的故人,洋溢着一片浓厚的人情味。而且住在这里并不困难,纵使一幢草舍,一幢店屋,租金也是一般人的能力所能负担得起,并不需要分租,更不必为租期将届而引起烦恼,怪客气的屋主总那么容易应付,决不像都市中那些房东面目望而使人生畏。"②其实未必城里的房东就真的"面目望而使人生畏"。原上草在文中通过几个例子来说明自己的想法,散文的最后一句"搬开去,在这人情味薄的大城里,又能搬出什么结果来呢"③,让读者能深深地感受到他的怀乡情结。而散文《过年》中关于春节的描写,其中的怀乡情感更加强烈,文章开头说孩子们"哪里了解大人的苦衷",似乎在告诉读者他的怀乡角度不一样,散文中多的是对贫寒农家过年的真实描写,笔触之中满带着忆旧的情感。当少不更事的"我"问母亲为什么家里只杀一只鸡过年的时候,母亲回答说:"一只也够了,等你大了能赚钱时,再杀多几只肥肥大大的。"④与怀乡情结相连的是他对故乡人和事的真挚怀念,如《随笔两章·一年》中的友情描写,散文《青青的薯苗》中对母亲的回忆。

第二,他的小说创作中有着强烈的人道主义的情怀。比如,他在早期小说《疯子》中刻画了两个疯子。其中一个是马来人"沙都仙",每次乞讨他只收"沙都仙"(一分钱)。一个日常可见的疯子,在原上草的笔下却颇具神采:"除了讨钱、睡觉,'沙都仙'还有另外紧张的工作:他每天必需巡遍整个街市,拾烟蒂是主要,地上的食物也是搜罗的对象,然后逐渐光顾到每一处角落的垃圾箱,举凡果皮、烂鱼、香蕉、菜茎、咸鱼、饼干、葱头等等都好好的拣出来,把身上那套终年穿着的有四个口袋的对襟大衣都塞得满满的,到了这

---

① 原上草:《原上草散文选》,吉隆坡:马来西亚华文作家协会1991年版,第68—69页。
② 原上草:《原上草散文选》,吉隆坡:马来西亚华文作家协会1991年版,第70页。
③ 原上草:《原上草散文选》,吉隆坡:马来西亚华文作家协会1991年版,第108页。
④ 原上草:《原上草散文选》,吉隆坡:马来西亚华文作家协会1991年版,第125页。

种情形下他似乎已感到满足,慢慢找个清静的所在坐下来,掏出衣袋里的烂鱼或者其他的食物细细的吃着。……白天,'沙都仙'徜徉在街市上;晚上,他失了踪;没有人知道他歇宿在那里。等到明天太阳出现的时候他又一同出现,就像住在太阳里面一样,叫人感到莫大的迷惑。"①另一个疯子是阿显,他只会挑水,平时大家都很尊敬他,因为他很卖力地担水,从不取酬,他后来的遭遇则让人倍感心酸:"沦陷初期市内十室九空,米饭成了比金子更重要,阿显的水没有了主顾,昔日当然的主顾也不再认得他,因为谁也不愿意用可爱的米饭来换不中用的水。水既失了销场,只懂得挑水的阿显立刻陷进了苦境,水桶搁了好几天,人也变得有神没有气。那时候,我家恰巧跟他住在间隔壁,一连两晚听他呱呱叫,大概是抵不住过度的饥饿。第三晚静下来,听跟他同屋人说阿显在一个清晨挑着七八个火油桶走了,看样子他想迁居到离这儿十多哩的邻埠找生活去;没有车,当然是跑。几天后又听人说阿显果真想到邻埠去,可是没有跑到,却在半途遇着日本兵,不明不白的牺牲在他枪尖下。"②之后,"埠里人再也看不见阿显,跟失踪的'沙都仙'一样,大家都不愿再谈起这个疯子的名字。是的,横竖死了,横竖又是疯子,常人对疯子起了怀念究竟是不可思议的一回事啊!"③

　　另外,对马华底层社会人物各式各样人生的反映也是原上草小说悲悯情怀的重要表现。值得一提的是,作为知识分子的原上草,其笔下的悲悯情怀中满带着启蒙的色彩。《神杖》中的老阿伯是乡间公认的半仙。他手上有两件法宝:一是两尺见长的神杖,一是两尺见方的豆腐印。其中的神杖,"浑身墨黑,不大,像狠心的先生们所执的藤鞭子般粗细,一端镶上白铜圆顶子,周时磨得油亮,光可鉴人,这么一根,握在巴掌里太短,放在口袋则太长,既不能利用为手杖,也不能利用作为烟筒,看情形只合利用作为瘙痒,老阿伯的确有时用来瘙痒,有时也用来赶赶苍蝇蚊子,不用时老是挟在两腋之间,不管是行街看戏,或是过埠吃风"。④一次给刘嫂子看病的时候,这根神杖竟被老阿伯敲断了——小说笔调幽默,在轻松的行文中让假半仙无所遁形。《短见》中的徐老伯是家里精于算计的威权人物,他对家人不是不好,到了年关,他满脑袋想的就是"做上生意年终必须应酬店家的来往帐目是一回事,繁文缛节的家庭各项开销又是一回事,这些可能叫他皱眉,但不能叫他一见

①　原上草:《韭菜花开》,吉隆坡:蕉风出版社1961年版,第49页。
②　原上草:《韭菜花开》,吉隆坡:蕉风出版社1961年版,第53页。
③　原上草:《韭菜花开》,吉隆坡:蕉风出版社1961年版,第53页。
④　原上草:《韭菜花开》,吉隆坡:蕉风出版社1961年版,第73页。

着三个女儿的那副愁眉苦脸"。① 为什么呢？原来他曾借用了女儿和媳妇的金银首饰去周转生产。本来一碗水要端平的事情,可是徐老伯偏偏觉得媳妇阿狗嫂的首饰可以缓一缓,只因为阿狗嫂本是自家的雇员,便先赎出当铺里女儿的首饰。最后,媳妇不满意公公的处理方法,一场家庭纷争开始了。小说中徐老伯倚老卖老的野蛮嘴脸刻画得很有深度。《诉》里面死要面子的金泰叔、《左邻右舍》中成日搬弄是非的林大嫂、《五块钱》里为富不仁的伪君子朱红鼻、《带工》里狐假虎威的黄金仔、《后来娘》中心肠毒辣的后母、《妈妈哭》里那失足的单亲妈妈、《爸爸怨》中那注定无妻缘子禄的老父亲、《微尘》里面那个性格颇似鲁迅笔下阿Q的崩牙朱等等,一个一个鲜活的人物在原上草笔下暴露出各自的个性缺点,烛照在原上草特有的悲悯式的启蒙思想下,从而为马华文坛贡献出一组个性鲜明的人物形象,也为我们还原着逝去时代的马华社会图景。

随着方北方、姚拓、方修的先后谢世,马华资深老作家的创作阵营也慢慢缩小。长江后浪推前浪,一些步入知天命之年的作家也逐渐成为马华文坛的重要力量,资深作家的名号似乎又要被重新定义。无论如何,马华资深老作家们的创作是马华文坛的重要组成部分,他们是马华文坛绝对不能忽略的力量。当代人受网络文化影响太大,一般不太能欣赏清纯优美的作品,原上草的散文中的抒情风格今天看来未免幼稚了些。但通过重新阅读和体验,并结合马来西亚建国之初那种富于青春情怀的时代精神去解释与鉴赏,这就有了历史感。"我们不但有很丰富的文学题材,也有很丰富的文学传统。我指的马华文学的传统。很多人觉得传统应该到中国文学中去汲取,不知道我们自己也有。年轻一辈的作者有的不仅觉得年老一点的作家的作品已经落伍,事实上是认为方北方和韦晕的时代已经结束。现在大马作协所举办的源头活水或者松柏常青活动,正如文学史展一样,不过是一种怀旧或敬老的形式而已。事实可能也是如此。但是,一个时代的结束,就意味着它的传统的存在。文学和其他一切文化样式一样,都是人类求生奋斗的纪录。前辈作家的文学作品不但在不同程度上反映了那个时代马新社会发展的生活面貌,也记录了族人反抗压迫的可贵的精神面貌,不仅是今天人们研究历史和从事文学创作的借镜,也是今日我们反对压迫争取美好生活的精神力量。它们都是我们重要的文化遗产。我们常说要寻根,难道那也不是

---

① 原上草:《韭菜花开》,吉隆坡:蕉风出版社1961年版,第81页。

我们的根吗？不少的外国学者现在正在研究六十多年历史的马华文学，在澳洲的莫倚梅女士从马华文学第一部长篇小说即林参天的《浓烟》中，研究早期马来亚华人社会的历史。难道我们自己对自己文学的传统一无所知，最后还必须从外国学者的研究中去寻找传统吗？"①由此可见，尊重马华、东南亚华文文学的现实主义文学传统十分重要。

① 吴岸：《马华文学的再出发——一九九〇年五月廿六日在全国写作人交流会上的演讲》，《马华文学的再出发》，吉隆坡：马来西亚华文作家协会1991年版，第9页。

第五章 中国现实主义的流变：
东南亚华人作家的现实关怀（下）

马华文学史研究专家方修一直关注马华文学的现实主义传统，他在《马华文学的主流——现实主义的发展》一文中，以中国现代文学为参考系，把中国现代文学分成五种形态的现实主义，接着用他对中国现代文学中的现实主义文学的理解，去认知和划分马华新文学的现实主义传统。①方修坚持认为马华文学的主流是现实主义传统。他对马华新文学中的一些作家作品的评价也是以"现实意义""现实的批判"为评价标准，如"马华新文学发轫的最初几年，大概由一九一九年到一九二五年年中，一般重要作品的创作倾向，是属于客观的现实主义。如陈桂芳的《人间地狱》，写一对社会上有地位的夫妇，干的是迫良为娼的勾当。一天，他们大摆酒席祝寿，门前嘉宾满座，屋子里却在拷打一个刚买来的少女，迫她去接客。作者揭露了上流人物的假面具，就像叶绍钧的《潘先生在难中》那样，固然也有一定程度的现实意义，但我总觉得不够深入。客观的现实主义的作品，以后还是继续出现着，即使在今天也还是常见的。但到了一九二五——一九二七年这个阶段，它就不再是主要的创作倾向。一般重要作品的创作倾向，主要是批判的现实主义。这里可以吴仲青的《辜负你了》为代表。……这篇小说对于现实的批判比较上述的陈桂芳的《人间地狱》深刻了些，所触及的问题也多了些，可以说是较高一级的作品。……一九二七年底至一九三〇年底，又是一个阶段。这个阶段有两个主要的创作倾向并行不悖。一个是比较成熟的批判的现实主义。可以曾玉羊的《生活圈外》为代表。……这篇作品写出了帝国主义的经济活动左右着殖民地人民的命运，比较上述的吴仲青的《辜负你了》又更具有本质意义。所以我们说它是比较成熟的批判的现实主义作品。这个阶段的另一个主要的创作倾向，是新兴的浪漫主义。新兴的浪漫主义这个名词，不见于理论书，这是我杜撰出来的。……这里要讲的新兴的浪漫主义。

---

① 方修：《马华新文学的发展与分期——〈马华新文学史稿〉初稿绪言》，《新马文学史论集》，新加坡：新加坡文学书屋1986年版，第355—357页。

这可以说是较高一级的浪漫主义。这种创作倾向在一九二〇年代中期以后出现于中国文坛。当时蒋光慈、胡也频等人所写的普罗文学，就是属于这种创作倾向。这种新兴的浪漫主义作品，一般具备两个特点。第一是力求表现新兴阶层的思想、立场、愿望；第二是出现一些新型的人物形象，譬如职工运动者、农村工作者、学运工作者、北伐革命的英勇的战士等等。当时马华文学也受到影响，这类作品渐渐风行起来。大概在一九二七年初就有了理论的介绍。一九二七年底开始出现了一些不大成熟的创作，譬如陈晴山的《乘桴》和槐才的《红毛路上杂感》就是。到了一九三〇年，一般作品就比较成熟。例如诗剧《十字街头》，便是当时的一个名篇。……这个阶段的主要的创作倾向，虽然是批判的现实主义和新兴的浪漫主义两者平行并存，但现实主义的倾向仍然是很明显的一个主流。一九三一年开始，直到今天，是另外的一个发展阶段。在这个阶段中，批判的现实主义已经退居次要地位，新兴的浪漫主义作品也很少见了。一般重要作品的创作倾向，是批判的现实主义与新兴的浪漫主义的结合，因而很多创作就成为了新旧现实主义过渡时期的作品。……五十年代的反黄运动时期，整个六十年代，以至今天的七十年代中期，基本上还是三十年代初期到新马沦陷前的主要创作倾向的延续。也就是说，许多作品都是处在新、旧现实主义过渡期的形态，沿着朝向新现实主义的方向的道路在行进着。例如今年本地演出的艺术剧场的《第二次弃》《阿添叔》，南方艺术团的《成长》等戏剧，就都是这一形态的创作。相信这样的情况还会继续一段时日，其中一个原因就是写作人中占大多数的一般知识分子，其思想改造，本来就不是一件简单的事。当然我们也应该指出，在这一个漫长的阶段中，也先后有了一些真正的新现实主义的作品出现过，只是数量不多吧了"。① 方修的马华文学史建构立足于现实主义作品至上，吴岸曾经谈到方修及其史著："具有七十年历史的马华文学是一部怎样的历史呢？ 在七十年代以前，它是很具社会性的。杰出的文学史家方修先生经数十年的收集研究，为它整理出一部光辉灿烂的纪录，并以丰富的事实，说明它所具有的现实主义的特征。"②

关于现代主义文学，方修很少提到，在年度综述中仅在 1967 年提到柯戈与英培安两人在《蕉风》上关于"战后马华诗歌发展问题的论争"，这是方

---

① 方修：《马华文学的主流——现实主义的发展(1975 年 11 月 16 日在新加坡艺术剧场讲)》，《新马文学史论集》，新加坡：新加坡文学书屋 1986 年版，第 357—360 页。
② 吴岸：《马华文学的展望——一九八九年十一月一日在新山中华公会青年团主办文学演讲会上的讲话》，《马华文学的再出发》，吉隆坡：马来西亚华文作家协会 1991 年版，第 16 页。

修第一次在年度综述中提及《蕉风》这份带有很浓厚的现代主义革新色彩的纯文学期刊。① 还有一次是在 1975 年的综述中,提到了温任平主编的《大马诗选》。在方修眼里,现代主义诗歌是"低级趣味的作品",是"莫名其妙的所谓'现代诗'"②,这些想法是他文学视野受限的表现。但方修有关新马文学现实主义传统的既有研究,是我们治东南亚华人文学史的学者永远绕不开的重要学术财富。我们这一章将以方修的文学史研究为线索,介绍百年东南亚华文文学现实主义的文学传统的传承与流变。

第一节 从闺阁到社会的文学关怀:蓉子《又是雨季》

蓉子③是新加坡闺阁文学的代表,她曾是家庭主妇,有段文字这样描述她:"蓉子,一个正牌潮州人。喝工夫茶,听潮州歌。四岁离家,八岁去国。幼失扶持,长无所依。年十五,漂泊四方。生性乐观,心常自宽。……十年经营阳光疗养院,已从院长荣升老顽童。婚姻抛锚,二子堪慰,长为外交官,次为西医。三代同堂,连任掌门。"④蓉子并非科班出身,不过论勤奋,在新华女作家里无出其右者。她自承:"四年华文小学,加三年英文中学,我处处感觉自己读得太少,学得不够,无时或忘于求进,终于由随笔写到散文、小

---

① 这一点马华文学界向来对方修颇有微词,如"然而蕉风三十周年,到底还是马华文坛盛事,尽管有所谓文史家编马华文学史从不提及《蕉风》,《蕉风》三十年来所传递的香火,却是绵延不息!"参见川谷《引以为荣——蕉风创刊 30 周年纪念特辑》,《蕉风》1985 年 5 月总第 384 期,第 9 页。

② 方修:《一九六八年的马华文艺界》,《新马文学史论集》,新加坡:新加坡文学书屋 1986 年版,第 224 页。

③ 蓉子(1949—),原名李赛蓉,笔名有秋芙、江采蓉、莫愁等,生于广东潮安,1957 年 2 月南来马来亚柔佛州笨珍,1965 年 2 月移居新加坡,2007 年创办中国苏州工业园新宁诊所,现为其公司负责人。曾任杂志社编辑、写作人协会理事、新加坡作家协会副会长、《联合早报》专栏作家,现为知名实业家。著有小说集《初见·彩虹》(新加坡:华尔敦书籍文具店,1978)、《又是雨季》(新加坡:泛太平洋书业[星]私人有限公司,1979)、《蜜月》(泛太平洋书业[星]私人有限公司,1979),中篇小说《伴侣》(新加坡:人民书局,1982),散文集《星期六的世界》(新加坡:教育出版社,1977)、《蓉子随笔》(新加坡:教育出版社,1979)、《白啤酒》(新加坡:启business事业 1985 年版)、《中国情》(新加坡:新加坡作家协会,1994)、《百万之爱》(新加坡:金阳出版社,1995)、《谁道风情老无份》(金阳出版社,1996)、《芳草情》(新加坡:健龙科技传播贸易公司,1998)、《老潮州》(新加坡:友联书局,2000)、《今夜,我想新加坡》(新加坡:玲子传媒私人有限公司,2008)、《城心城意》(新加坡:玲子传媒私人有限公司,2008)、《文化钟点工》(新加坡:八方文化创作室,2016)等;另有作品合集《悠悠中国情:蓉子卅年作品选集》(新加坡:十二意映,1999)、《烛光情》(新加坡:SNP 综合出版私人有限公司,2000)、《阳光下的牢骚:蓉子卅年作品选集》(新加坡:SNP 综合出版私人有限公司,2000)。此外,小说《轨外》被拍成电视剧。

④ 蓉子:《阳光下的牢骚:蓉子卅年作品选集》,新加坡:SNP 综合出版私人有限公司 2000 年版,封二。

说。至今算来,也出版了七八本书,可是我还没老,我的进展就已停顿,将来,就以过去的成绩来作文人的本钱吗?……趁着这时候的醒悟,我决心要加强自己的写作能力,以期写出有进步的作品。另方面,也希望借此证明,华文是能靠自学搞好的。"①"没有机会多受教育,是我最大的憾事。然而,作品好坏,是作者的能力问题,我不会以自身受教育少而原谅自己的缺点。我相信自己将会得到更大的进步,因为比起其他人,我是较有时间写作和学习。"②

毋庸置疑,蓉子的创作有着很强烈的闺阁文学的气质,"我所写的小说,大多数都会带有一些真实性。《又是雨季》乃改写自本地新闻;《短暂的过客》是我在医院碰见的真人真事。《凯凯的日记》写的是我一个朋友的孩子……其余几篇,故事虽属虚构,却是生活中所见所闻的人物"③。她十分热爱文学:"30 余年前,我被迫放弃学业,到工厂去当女工。每日早晨上工时候,见人家背书包上学,心里的酸楚无法形容,夜晚放工,常蒙被暗泣。为什么人人有机会读书,我就没这福分! 那时候,我离家在外工作,随身两个杂货店讨来的纸袋,一袋放几件表姐们穿过的旧衣和日用品,一袋装书本,有章回小说,有地方戏剧本,都是表姐们不要了的,只有《古文观止》,是向同学借的。这些年伴着我的读书梦到处流浪,我到哪里工作就带到哪里。1965 年,我在一家黄梨厂当女工,几个女孩子商议着趁着假期到新加坡玩耍,我一点兴趣都没有,后来听说她们将顺道到南洋大学,看看云南园,我急忙嚷着跟她们一块去。"④

蓉子的文学作品起步于少女情怀,代表作是《初见·彩虹》。"我哪敢挑剔! 先后也曾做过几份工,打字员,小书记,薪水低得只够吃饭,我都做了。但是,我受不了那些嘲笑和讽刺,同事们老爱在我面前拿大学生做话题,笑我白读大学四年,领的薪酬比中四生还低,笑我舍不得花钱,连午膳都吃家里带去的面包;老人更是逢人便指着我,告诉人家,他请了个大学生当小书记,有时更当客户的面差使我去替他买用品。我简直快成了他的打杂了。"⑤"想到这里,她忽然觉得自己是天下最受委屈的人。小孩子,可以向父母撒娇;丈夫,是一家之主;上司,握有下属去留的大权;家里的佣人,去留

①　蓉子:《白啤酒·序》,新加坡:启出版事业 1985 年版,第 1 页。
②　蓉子:《又是雨季·后记》,新加坡:泛太平洋书业(星)私人有限公司 1979 年版,第 154 页。
③　蓉子:《伴侣·后记》,新加坡:人民书局 1982 年版,第 154 页。
④　蓉子:《那云端的南大》(1995),《阳光下的牢骚》,新加坡:SNP 综合出版私人有限公司 2000 年版,第 129 页。
⑤　蓉子:《初见·彩虹》,新加坡:华尔敦书籍文具店 1978 年版,第 4 页。

凭她自己的高兴;而自己呢? 却要伺候每一个人的脸色,包括佣人在内。"①

步入婚姻生活后,蓉子开始了一些描写家庭世俗生活的小说创作。代表作是《轨外》(1976)。"人家都说,养女儿是一种风险,到了十五六岁就要特别注意、担心。一路来,我们总是很放心地让孩子自由活动,从来不去理他们在外的行动。"②而现实中大儿子吸毒、乱交女朋友等行为,让小说女主人公忙得焦头烂额,最后实在忍受不了大儿子的荒诞行径,选择报警,但结局是受到丈夫的责怪——"忠信暴怒地叫着:'你让我丢脸,现在朋友们都知道我有个吸毒的儿子,将来人们也会说:你家有个坐牢的儿子! 你说,我还有脸吗?''你没有脸是活该! 谁叫你不尽教导的责任?'"③由此可见重男轻女的潮州旧风俗对女性的伤害。不论是袖手旁观不管家务的满脑生意经的丈夫忠信,还是青春叛逆毫无家庭教养的长子尤暄,甚至包括弱不禁风且毫无主见的次子尤晖,整部小说中对女主人公生命中最重要的三个男人的描写都是批判性的。《短暂的过客》中,回家后面对冷冷清清的家,"朝云也懒得去理她,六点多出门,工作到现在,浑身骨头都溶进肉里去,哪有精神理女儿这么多! 她收洗好带回的饭盒,又从饭锅里添了些饭,冷冷的,就和着桌上盘底的残菜吃"。④ 大女儿上了骗子的当,怀孕生子,又因为父亲长期吸毒,所以小孩脑积水,"头奇大,双眼往上吊,看上去完全不像正常的孩子,就是哭,也哭得不洪亮!"当医生告诉朝云小孩活不长之后,"回家途中,她抱着孙子,看着想着,这条可怜的小生命,他不久就会消失,他只是到人间来做个短暂的过客,是谁让他来的?"⑤一个善良但又无助的老女人形象跃然纸上。闺阁小说的代表作《又是雨季》,讲的是婆媳关系的难处。开头部分萧咏萍一个人在雨中等待离家的丈夫:

> 风在吹,雨在洒,我已在这里来回走了整个晚上。斯明,你呢? 你在哪里?
>
> 你从来没有逾时不回家,但是,今夜你去了哪里?
>
> 平日下班的时候,你总是准时地出现在家门口,三年了,整整三年,你从未把我丢下自己去寻乐。而昨晚,等了你一小时、二小时、三小时,

① 蓉子:《初见·彩虹》,新加坡:华尔教书籍文具店 1978 年版,第 13 页。
② 蓉子:《又是雨季》,新加坡:泛太平洋书业(星)私人有限公司 1979 年版,第 58 页。
③ 蓉子:《又是雨季》,新加坡:泛太平洋书业(星)私人有限公司 1979 年版,第 75—76 页。
④ 蓉子:《又是雨季》,新加坡:泛太平洋书业(星)私人有限公司 1979 年版,第 78 页。
⑤ 蓉子:《又是雨季》,新加坡:泛太平洋书业(星)私人有限公司 1979 年版,第 89 页。

饭菜热了冷,冷了再热,依然不见你的踪影。好几次,我走到窗前去望,想看看你那辆深红色的车子到了没有;也有好几次,远远一团红色的影子疾驰而来,我欣喜地以为是你。我心里的一个好消息要等着让你知道,让你惊喜。车子一辆辆地过去,没有一辆停下来,心头翳塞,"过尽千帆皆不是"的失望令我有些恨你。

打电话找遍你所有朋友同事的家,没有人知道你的去处,你的同事阿生告诉我,今天他没见到你去工厂上班。这一整天整夜的时间,你去了哪里? 斯明![1]

《迟升的太阳》用的也是蓉子擅长的苦情笔法,先写家庭不和睦,然后出一件大事来挽救家庭。这篇小说中,妻子秀苹嫌弃丈夫赖发开运土卡车赚不到钱,再加上受到隔壁强嫂的挑拨和教唆,整日沉湎于麻将桌上,长期忽视四岁的幼子小清。后来丈夫赖发在工地出了翻车事故,小清因胃里长东西需要动手术,两人都进了医院。面对这样的家庭悲剧,秀苹才幡然醒悟,意识到自己过去的行为荒诞,于是改邪归正。

书写中国情是蓉子后期创作的重心。这与蓉子的中国生意有关。她从1980 年代开始往返于中国、新加坡两地,纵横政商两界。"最亲切的文字,莫过家书。一纸薄薄,从头到尾没有浪费的空间,里面句句带着乡语,写的是最平凡的事,用的是最通俗的文字,一切是自己熟悉的。10 年、20 年,读来情感如新,回味无穷。"[2]"中国乡下人善制菜干,白菜干、梅菜干我都试过,觉得不大好吃。唯独娘家寄来的芥菜干好。……我将它分散,一包包送人,土生土长的没见过这种菜,细问是什么东西,要怎么煮,怎么吃;有的则带着怀疑的眼光:这东西好吃吗? 那些上了年纪从中国移民而来的,则如获至宝,感叹着好久没吃到这东西了! 过些日子再碰见他们,问问菜干如何,说好之余,就是一句:只有我们两老吃,年轻的都不要! 我也爱吃,孩子们却都不欣赏。情形一样。同一样东西,喜爱的程度差得这么远,惟一能解释的理由大概是这样:我们吃东西,用感情去品味。"[3]她会关注在下一代华人中维系中华文化的重要性:"初中,他的华文不进反退,几乎全无兴趣,夜夜课读,总要生气。迫于无奈,引进武侠小说。初时不肯就读,只得严令勒逼。限他读完金庸《天龙八部》的前 20 页。书中情节引起他的浓厚兴趣,自此爱

---

① 蓉子:《又是雨季》,新加坡:泛太平洋书业(星)私人有限公司 1979 年版,第 90 页。
② 蓉子:《阳光下的牢骚》,新加坡:SNP 综合出版私人有限公司 2000 年版,第 46 页。
③ 蓉子:《阳光下的牢骚》,新加坡:SNP 综合出版私人有限公司 2000 年版,第 47 页。

上武侠小说。西毒北丐黄蓉杨过是我们共同相识的人物。"①"他虽然读了中国文学史、文化史、古汉语、诗词小说等,语文运用仍未流畅,盖因学习断层。工作上不用,缺少磨炼。为此,又剪下马来西亚南洋商报张木钦的文章,告以:这位大学文字功力深厚,且又诙谐有趣,读之既可消闲,亦能学习。知你忙碌,三五日读一篇可也。"②

蓉子在许多不同的场合表达出自己对中国的情感:"中国社会龙腾虎跃,变迁巨大,飞奔的脚步,留下深浅不一的足印。生而有幸,赶上这年代,看中国改革开放,故土繁荣兴盛,欣喜之余,自不免有些感触!因工作关系,近年大半时间在中国,匆忙中,走过许多大大小小的地方;喜见神州大地,到处充满活力,所见所闻,有令我心情振奋的,也有令人感到沉重的!"③《中国情》是其代表。中国情指的是"中国国情",对于中国人来说是常识,但对于新加坡华人来说,算是一种中国国情普及。如她在《请你与我同行》(1991)中提到自己当年去日本办货,每月五大箱子,拎不动就用膝盖推,回来腿上东一块紫西一块青而箱子照旧完好无损的光荣历史。"全程三百六十公里,险过早期的云顶路,兼之路窄天雨,车绕山弯,一天来回,捡命回来确是言不过实。当晚作记录、写计划,又至深夜,次日传真、打长途电话、商讨价钱、复印图纸、包扎样本,合同签定已是凌晨。……为了一个贵族的游泳池,我遍寻美石,终于不虚一行。从深圳石厂,我又带回更多样本,拖到新加坡,由肩膀痛到脚底,足足一星期。"④另外,《医生风光》里对中国医院环境的批评,《中国的银行》中批评中国银行无须身份证而能化名存款的情况,《今晚与总经理吃饭》《请干一杯鲜血!》《请你跳舞》中对中国商界某些唯利是图之人及酒桌文化的批评,《向祖宗交待》《中国父母的隐忧》中对中国重男轻女的成规旧习的批评,《街景》中对私人客车抢搭客现象的批评,《外省人》《南乞北丐》中对流窜在中国大城市里的乞丐乞讨形象的描写,等等,极具批判力度。如《总经理的茶罐子》中写道:"在中国公司越大越老,包袱越重,沉重得令经营者拼死力也无法翻身。因为他们必须养活退休者,假如退休后还活二十年,公司便负担他二十年的工资。年复一年,退休者人数庞大,有者可占人数的一半。执掌者何处借仙丹,医那不治之症?"⑤这段描写直指中国国企

① 蓉子:《伴读》,《阳光下的牢骚》,新加坡:SNP综合出版私人有限公司2000年版,第64—65页。
② 蓉子:《伴读》,《阳光下的牢骚》,新加坡:SNP综合出版私人有限公司2000年版,第66页。
③ 蓉子:《中国情·序》,新加坡:新加坡作家协会1994年版,第1页。
④ 蓉子:《请你与我同行》,《中国情》,新加坡:新加坡作家协会1994年版,第5页。
⑤ 蓉子:《中国情》,新加坡:新加坡作家协会1994年版,第58页。

改革的弊端与沉疴,其中的批判现实主义精神非常鲜明。

蓉子从一个海外华人的视角,展示了中国改革开放以来的经济进步。如《吃在中国》:"1984 年到中国,乡下人连小虾也没见过,我煮排骨汤捞起的泡沫,母亲赶在我倒掉前抢去送给邻人,博得连声感谢。弟弟吃了二十餐鹅肉,还要求继续,我跟着他们捱了四十四餐,最后独享青菜。当时的城市,尚未有燕窝鱼翅,鳗鱼鲜虾已是上品了。现在款客,必有六贵:XO、鱼翅、鲍鱼、龙虾、烧螺、燕窝。余者盘盘碟碟,居多半吃半倒。"①"华人历来喜欢吃补品,七八年前可口可乐在中国极为抢手,人们认为此物有补,一口气可以喝下三几罐。"②"当年舍弟情况亦如此,因家穷,亲事屡谈不成。后来我寄去两包旧衣服,一些药品,弟弟的亲事一谈即成。"③种种描写,展示着改革开放初期中国城市居民的生活水平低下的历史情况,以及今昔社会经济翻天覆地的历史变化。《黄皮肤的感情》是蓉子对中国社会剧变下精神与物质文明严重失调现象的描写最具批判性的文章,其中指出:"过去多少年,海外华人与中国人虽然处于不同的政治体系,彼此始终都很关怀。如今在日渐频密的交往后,反而发觉对方的思想与态度,与自己的距离日益明显。一位新加坡年轻人告诉我:我们有自己的社会规范、做人准则。一去到那里,发现那是个完全不同的社会,感到很混乱、很迷茫。……一个中国青年说:除了物质享受,其他的没这么容易赶上。这样的发展,真使人不感乐观。可喜的是,现实狂潮下,仍有一些人力挽狂澜,他们埋头工作,他们疾声呼吁,他们正直不阿,甘于淡泊,勇抗巨浪。海外华人过去的狂热,将淡灭于第二三代,这股深浓的亲情,化为理智的友情,以不同的层次和素质,建立在比较个人的交往中。黄皮肤的感情,将开始另一个新的时代。"④蓉子说:"本文曾被改题为《破碎了的神州梦?》,在联合早报众议园发表(老编删去结尾三段),刊出时,曾引起一阵冲击,无从解释,特将原义录出。"⑤《中国情》这本书出版于 1994 年。1990 年代初期正值中国经济起飞时期。经济高速发展的时候,总是泥沙俱下,藏污纳垢。蓉子在这一时期的创作,都植根于她在中国经商和省亲的亲身经历,作品反映着中国社会的某些方面,提出了很多诚恳的忠告,也试图为物质至上的新时代中国社会作一些提醒,表现出她强

---

① 蓉子:《中国情》,新加坡:新加坡作家协会 1994 年版,第 87 页。
② 蓉子:《蒙大驾光临》,《中国情》,新加坡:新加坡作家协会 1994 年版,第 89 页。
③ 蓉子:《嫁给一堆番薯》,《中国情》,新加坡:新加坡作家协会 1994 年版,第 91—92 页。
④ 蓉子:《黄皮肤的感情》,《中国情》,新加坡:新加坡作家协会 1994 年版,第 169 页。
⑤ 蓉子:《黄皮肤的感情》,《中国情》,新加坡:新加坡作家协会 1994 年版,第 170 页。

烈的批判现实主义精神。

第二节 绑架岁月和拒绝遗忘历史：希尼尔①《变迁》

希尼尔曾经说过自己的早期创作是"无止境的举重游戏"②，他的诗作和微型小说创作的数量很多、质量很高。他曾回顾自己十年间陆续发表的作品："在整理十年来陆续发表的作品时，有这么一个自觉：在取材上已潜意识地从处理某个特定时空的事物到触及一组较大规模的社会现象，至于手法则从平稳落实转为尖锐荒谬，并带有很大程度的实验色彩。我把这种转变'归功'于培育我的乡土上那个特殊的社会。现实中的故事仅仅是一系列未完成的情节在等待延续，'现实'已转换成'历史'，为了防止过度的时空健忘及心灵上的无限麻木，微型小说往往是纪录这些片段的最佳工具。假如允许时光倒流，一切重来，我还是会提笔——再关怀这块狭小的土地上那片美丽的空间，虽然一切依旧十分苍白。"③"个人特殊的文学信念""对迷失的传统根源的唤起""对社会带有批判式的关怀""很大程度的实验色彩"④等等，都是描述希尼尔小说的关键词。

希尼尔的诗文中每每露出作家心中的原始正义。《退刀记》(1982)中老妇人退货的原因是刀为"日本制造"，而老妇人对日本侵略新加坡时犯下的罪行难以忘怀。相较于同时期的《野宴》(1982)、《军刀螃蟹》(1988)等等作品，这类充满原始正义的作品中写得比较好的是《横田少佐》(1987)。1982

① 希尼尔(1957—)，原名谢惠平，祖籍广东揭阳，生于新加坡的加冷河畔。1974 年开始创作，1982 年、1993 年分别获得金狮奖小说组、诗歌组首奖，1992 年荣获亚细安青年文学奖，曾两度获得新加坡书籍发展理事会颁发的书籍奖。著有微型小说集《生命里难以承受的重》(新加坡：新加坡潮州八邑会馆，1992)、《认真面具》(新加坡：SNP 综合出版私人有限公司，1999)、《希尼尔微型小说》(新加坡：玲子传媒私人有限公司，2004)、《希尼尔小说选》(香港：明报出版社，2007)、《恋恋浮城》(新加坡：玲子传媒私人有限公司，2017)、《退刀记：希尼尔微型小说》(新加坡：玲子传媒私人有限公司，2018)、《丹那美拉的潮声：微型小说·闪小说》(新加坡：玲子传媒私人有限公司，2021)等，诗集《绑架岁月》(新加坡：七洋出版社，1989)、《轻信莫疑》(新加坡：新加坡作家协会，2001)；编有《五月情诗选》(新加坡：五月诗社，1998)。现为新加坡作家协会荣誉会长，世界华文微型小说研究会副会长。

② 参见希尼尔：《生命里难以承受的重·后记》，新加坡：新加坡潮州八邑会馆 1992 年版，第 188 页。

③ 希尼尔：《生命里难以承受的重·后记》，新加坡：新加坡潮州八邑会馆 1992 年版，第 187—188 页。

④ 希尼尔：《生命里难以承受的重·后记》，新加坡：新加坡潮州八邑会馆 1992 年版，第 187—188 页。

年日本教育界篡改教科书事件，引起中、韩等亚洲国家的不满与抗议，1986
年此事余波未平，日本官方又强加诡辩，坚持"战争无罪论"。这种逃避史实
的心理状态与歪曲历史的卑劣行径所产生的后果，是大多数日本青年对日
军过去所犯的罪行一知半解。希尼尔有感于此，写下这篇小说。小说中的
横田先生是日本战后出生的青年人，其祖父横田少佐曾经在二战期间南下
新加坡，曾是"昭南市政会"成员。小说中没有直接谴责的文字，只是把一些
对历史的反思融入字里行间，让读者自行体味，如：

> "横田先生，你应该随你的祖父一同前来才对，他可以告诉你更多
> 的过往。不是吗，不久前就有一批前朝遗老来这儿威耀一番。"
> "哦，不，家祖以前只在这儿居留一段非常短的时期，后来因病回
> 国。——何况，近年来他不良于行……"
> "不然，他会再度南下'进出'一番？……"我有点冲动地打断了他
> 的说话。
> "历史是一切过往的见证，谁也不能改变它的评价。"
> "是的，祖父说过，他们当年被遣派担任保护八十万市民日常生活
> 的职责是有待评估的。"
> 　我的天！我不再开口。脑子里有点儿混乱。大屠杀、良民证、共荣
> 圈、宪兵队、慰劳所、奉献金等等似曾相识的名词，在我脑海里翻
> 滚着。①

　　小说中新加坡人蜂拥进入日资的崇光百货公司购物和西城秀树在新加
坡的演唱会的轰动，在另外一个层面，表达了希尼尔对后殖民(经济殖民)状
态下新加坡社会的思考。这种原始正义是希尼尔早期小说中透露出来的，
并不是有论者所述的"密切经济关系与积极文化交流的不客气的代名
词"②。同时期的诗歌也满含原始正义。如《始凌湄》(1982)，题目中的"始
凌湄"(Sarimbun)位于新加坡西北岸，是二战期间日军侵占新加坡的最初登
陆处，此诗因"撩起几许当年沦陷之怀"③而作：

---

① 　希尼尔：《希尼尔微型小说》，新加坡：玲子传媒私人有限公司2004年版，第21—22页。
② 　伍木：《向历史认罪——读希尼尔的〈横田少佐〉》，希尼尔：《生命里难以承受的重》，新加坡：新
　　加坡潮州八邑会馆1992年版，第69页。
③ 　希尼尔：《绑架岁月》，新加坡：七洋出版社1989年版，第15页。

一片粼波，万里碧恋

履带车又狠狠地在后方吼叫

茅草深处，竖枪

一脸无措的惊慌

侧身，听江水东去

仰望，看风云诡变

而那个传说越嗅越浓，带有血腥

谁不相信，昭南不远

在潮声与枪声之间

在狼牙与白骨之间

新砌的炮垒错误地朝南

我们注定要失身

一九四二年，始凌湄，你被踩躏得最澈底

一排排冷血的凶煞破浪而来

水平线上

阵阵枪声掠过黎明

一场激战还未开始

便草草收场

长长的血路从这里划起

无辜或无知

茫茫命运不知从何折起？

无情铁腕下

千般愤忾往上冲

三年又八月，满城皆英豪

犹如昨夜的我们

守着千疮百孔的堞垣

总想该有把剑

向这星灿星灭的江面

追魂

——1982 年 7 月 4 日《南洋商报·文林》

还有一篇名作《布拉岗马地》(1989)：

呵呵，回去，回去。

我说老家那儿要建房屋时，老爸高兴得睡不着觉：

"可以回去啦？我早就说过不要搬的，那些地方多清凉，多自由——"

是我说要到城里去的。那年，一个满脑子理想与梦想的年轻人，说什么也不肯蛰居在这个偏僻落后的小地方。

接着，又建议把临海的木屋卖掉，全家搬到高耸的祖屋去。

那年，土地征用法令完成了我的心愿。

临走前的一段日子，老爸每晚都爬到地势偏高的小山坡，抽着烟，喃喃自语。

"……日本占领时期，凸角那边的海湾，杀死了不少人——"

或者他指着那个堆有大凸石的小岛，说：

"——以前英军的大炮舰，曾经撞到上面去！……"

最后一夜，还记得他这么说：

"看到对岸吗？以前就叫做龙牙门……"

朦胧中我们不知道他指的是何处，好像是灯火突明突暗的码头。

那年，我们就搬到城里去了……

回去。呵呵，回去。多年以后老爸躺在床上想回去老家。

我说圣淘沙要建不少房屋。他说：什么？

我说布拉岗马地要建不少房屋，他十分兴奋。

"可以回去啦？我早就说过不要搬的，那地方——"

好好，回去。我说。虽然那些房屋是建给游客住的，虽然医生说他过不了这个中秋。中秋后七天，我与二哥、五弟、小妹及几个小侄一同陪老爸去圣淘沙。

忘了替他买船票，进出码头时，我们围聚在一起，遮遮挡挡的，总算过了关。

我们坐单轨车，经过许多熟悉的地方。在靠海的车站，仿佛看到老爸当年出海的船只。

站在地势偏高的小山坡上，我指着对岸说：

"那是什么？"

"箱运码头！"小侄女回应。

"老爸的龙牙门。"三哥说。

　　而我们来迟了,布拉岗马地。趁着小侄们在附近的草坪上嬉戏的当儿,我们把老爸的骨灰轻轻撒下。

　　毕竟,他回来了……①

　　"读希尼尔的诗,由于作品都是植根于新加坡的土地与文化传统上,我处处都感觉到被连根拔起的悲痛,被连根拔起后之恐惧感。生活在急速现代化的新加坡,从乡村到城市,从亚答屋到组屋,从脚踏车到地铁列车,从烤番薯到肯德基家乡鸡和麦当劳的汉堡包,对三十岁以上的新加坡人,都曾遭受连根拔起的身心的感觉。"②"希尼尔的小说,就像他的诗,是表现新加坡的土地与文化传统在急速变化中,新加坡人所遭受到连根被拔起的困境。"③《五香腐乳》(1981)里面,从小被外婆带大的"我",在赴外婆七十大寿的路上,碰到了偷腐乳来孝敬外婆的小孩子;结尾处"我"突然发现自己的婆婆也喜欢吃五香腐乳,颇为温馨。《远航的感觉》(1985)里去国三载后返家的"我",在母亲翻出抽屉里的明信片时被感动了,决定留下陪伴母亲。《咖啡小传》(1987)则书写了在朴素村落里坚持"三代单传的咖啡馆"的故事。

　　希尼尔 1990 年代早期的作品第一个特点就是原始正义。《异质伤口》(1992)中的男主人公因为爷爷死于日寇之手,而选择与自己的恋人日本女子早春芳子分手。文章的最后一段写道:"男子默不作声。良久,拿起报纸,翻阅,翻阅。翻了好几版,都是一大版的 SONY,不见 SORRY。"④其中的攻击锋芒又指向了日本人没有反省和经济上对新加坡的后殖民主义统治策略。《认真面具》(1992)描写了侵略过新加坡的日本军人数十年之后重返新加坡时的忏悔。可忏悔的过程中,日军老匹夫浩原没有什么真诚之感:"不可能啊,你看,这些地方我不也曾去过","这些是真的吗?"⑤凡此种种都让浩原的忏悔变得轻飘。小说最后,浩原言:"我记得家乡有一座千面卧佛,每当弟子在佛前忏悔后,深夜,佛前总有一张张撕落的面具,随风飘逝,以示新生……"⑥那一张张"撕落的面具"似乎暗示着浩原以及日本军国主义的亡

①　希尼尔:《希尼尔微型小说》,新加坡:玲子传媒私人有限公司 2004 年版,第 32—34 页。

②　王润华:《一本植根于文化乡土上的诗集——序希尼尔的〈绑架岁月〉》,希尼尔:《绑架岁月》,新加坡:七洋出版社 1989 年版,第 2 页。

③　王润华:《〈华人传统〉被英文老师没收以后——希尼尔微型小说试探》,希尼尔:《生命里难以承受的重》,新加坡:新加坡潮州八邑会馆 1992 年版,第 1 页。

④　希尼尔:《希尼尔微型小说》,新加坡:玲子传媒私人有限公司 2004 年版,第 82 页。

⑤　希尼尔:《希尼尔微型小说》,新加坡:玲子传媒私人有限公司 2004 年版,第 76 页。

⑥　希尼尔:《希尼尔微型小说》,新加坡:玲子传媒私人有限公司 2004 年版,第 77 页。

魂并没有忏悔重生。这篇小说曾获得 1992 年第 1 届亚细安青年文学奖首奖——1992 年也是新加坡沦陷 50 周年，其意义颇为重大。《让我们钓鱼去！》(1996)中写到"忠邦海域""先辈们当年沉迷于鸦片烟中，无奈地把钓鱼礁给抵押了"。① "只有渔船，没有舰队"和"甲午隐鱼"都指向对百年前甲午战争的缅怀和反思。而在收录 1990 年代微型小说的《认真面具》中，希尼尔言："集子里部分的作品恰恰承担了记忆与记载的功能，并视为抗拒历史健忘症的最基本努力。"②

第二，希尼尔在这个时期也开始写作一些怀念中华文化的微型小说，如《舅公呀呸》(1990)，小说在叙述"我"的课外书《华人传统》毁在"金毛狮王"手上的时候，表达了对中华传统遗失的关注：

> 在奥格斯汀陈主任前我不知如何开口，与以往朝见他的同学一样，例常地签了名，罪名是"上课时间阅读不良刊物"，还要见家长。
>
> 回去后，我心慌，求助于舅公，而画册，我是无法奉还给他了。
>
> 舅公正在呷咖啡，不知怎么的，我把事情原本地告诉了他后，他一抽痉，呛咳了起来，满脸通红。
>
> 良久，他深呼吸，呀呸地吐了一口浓痰，摇着手说：
>
> "没关系的，你只不过丢失了一本书罢了。"他举杯—— 那杯怀香、代代香的浓咖啡，轻呷一口润润喉：
>
> "他们却丢失了一个传统！"③

希尼尔笔下也有经济发展主导下新加坡社会的世风日下，亲情淡漠。如《南洋 SIN 氏第 4 代祖屋出卖草志》(1995)讲述的是后辈为了两百万元的卖屋费逼着父亲签名卖屋的事情。《例常会面》(1997)中离婚后的父亲娶了同学德昌的母亲，在一次法律规定的例常会面中，父亲请"我"吃麦当劳，同时也给我开了个因特网的户头，德昌得到了母亲送给他的 GSM 手机，小说写出了离异家庭遗留下来的亲情隔膜和亲子关系的问题。《移民》(1997)中写到去世的岳父要为经济发展的浪潮"让路"——"就在岳父移民天国另一方的那个清明，他的旧居，有一只只嚣张的推土机，正横冲直撞狠狠地吼叫

---

① 希尼尔：《认真面具》，新加坡：SNP 综合出版私人有限公司 1999 年版，第 101 页。
② 希尼尔：《认真面具》，新加坡：SNP 综合出版私人有限公司 1999 年版，第 128 页。
③ 希尼尔：《生命里难以承受的重》，新加坡：新加坡潮州八邑会馆 1992 年版，第 140 页。

着！——铲平了他老人家的宁静墓园，建我们追逐的彩虹家园"。① 《变迁——二十世纪末南洋刘氏三代讣告实录》则是这个时期希尼尔描绘新加坡社会结构变迁的代表作：

之一：

夫

哀启者：先颜忠清刘府君恸于一九七三年三月三日寿终正寝，享寿积闰六十有三。儿孙等随侍在侧，亲视含殓，遵礼成服，泪涓于三月六日恭请灵宝皇坛广善法师设坛诵经一宵，择订于三月七日下午一时由丧居扶柩发引至蔡厝港华人坟场安葬。忝属

姻亲世族乡友　　谊　　哀此讣　　　　闻

未亡人：唐大妹

兰姐：周桂莲（在中国）

孝男：刘国光（在中国）　　　　　　　孝媳：王丽花（在中国）

　　　刘国宗　　　　　　　　　　　　　　　李玛莉

　　　刘国耀　　　　　　　　　　　　　　　陈四妹

　　　刘国祖　　　　　　　　　　　　　　　林静霞

　　　刘国维　　　　　　　　　　　　　　　曾银娣

　　　刘国传（在英国）　　　　　　　　　　Flora Ong

　　　刘国统（在日本）　　　　　　　　　　横田芳子

孝女：刘淑贞　　　　　　　　　　　　孝婿：Sidney Johnson

　　　刘淑娟　　　　　　　　　　　　　　　林维仁

孙男：刘济光（在中国）

　　　刘济德　　刘慧芳　　　　　　　孙女：刘素云

　　　Joseph Lau　　　　　　　　　　　　Nancy Lew

　　　刘济伟　　　　　　　　刘慧玲

　　　刘济成

　　　Lawrence Lew（在英国）

---

① 希尼尔：《生命里难以承受的重》，新加坡：新加坡潮州八邑会馆 1992 年版，第 140 页。

服内尚有国内外家属人数众多,恕不尽录。

同泣启

之二:

我们的至亲刘国宗君恸于 1983 年 3 月 3 日西归,享年四十有八。

定于 3 月 6 日晚上举行追思仪式,3 月 7 日上午 11 时发引至蔡厝港基督教坟场安葬。

谨此敬告各位亲友

妻　:李玛莉

孝男:Joseph Lau　　　　　　　孝媳:Muriel Kanner(在澳洲)

孝女:Nancy Lew(在美国)　　　孝婿:赵大卫(在美国)

孙男:Douglas Liu

同泣启

之三:

JOSEPH LAU

Age 37

Called home to be with the lord on 3rd March 1993, leaving behind beloved. Cremation on 5th March 1993 at Mount Vernon.

Deeply mourned by:

Wife:　　　　　　　Muriel Kanner

Son:　　　　　　　Douglas Liu(Australia)

Sister:　　　　　　Nancy Lew(USA)

Brother-in-law:　　David Chao(USA)

and Lau/Lew/Liu families and relatives

——1993 年 4 月《微型小说》季刊第 4 期①

---

① 另参见希尼尔:《希尼尔微型小说》,新加坡:玲子传媒私人有限公司 2004 年版,第 83—85 页。

另外《回》(1994)中不同年代的毕业生用不同的语言来致词的浮城初级学院50周年金禧校庆——1950年代毕业的两位代表用"国语"(普通话,Chinese)和"母语"(方言),1960年代的两位代表用"母语"(不是方言)和"英语"(Queen's English),1970年两位毕业代表用"英语"和"英语"(Singlish),1980年代两位毕业代表用"第一语文(指英语)"和"第一语言(应该是华语)",1990年代的三位毕业代表用"第一语文"、"第二语文"和"第一语文(竟然是华语)",俨然各个时期新加坡语言政策下民众使用语言状况的介绍。而小说最后,大会主席在历届学长代表致词后,邀请第一任校长——99岁的老人——上台以双语献词,反讽之意尽在其中。

第三,希尼尔小说中有颇多新加坡世事人情的描写。如《解雇日》(1981)中爸爸实际上已经失业,不过为了让家人不为自己担心,他隐瞒自己被解雇的事实,最后被儿子拆穿。《将戒酒》(1982)类似于欧·亨利名作《麦琪的礼物》,爸爸因醉酒而忘记载妈妈,导致妈妈的金项链被抢。歉疚之下,爸爸凑钱为妈妈买了一条新项链,之后让儿子拿去给妈妈,说是找到了。妈妈明白父亲的心意,让儿子去买酒回来给爸爸,而此时的儿子"回头看看爸,他抱着小侄,悠然且得意地吸着烟,望着平静的大海,偶掠微风,掀起一条白浪"①。夫妻之间的小吵闹和复合过程为小说蒙上了温馨的色彩。

新加坡人的婚恋关系这个社会话题在希尼尔笔下,变成小说《一件小事》(1982)中老同学聚会笑谈中的同学离婚事件。另外一篇《绿云》(1988)写到丈夫怀疑妻子偷汉子,带着朋友偷袭,后来发现是个误会,纯属丈夫乱想。还有小说关注到新加坡新一代对物质生活的追求,如《金花》(1987)里面的金花母亲实际上是某大厦的清洁工,而金花跟"我"在一起的时候,对物质条件的追求完全不像穷人家的小孩。又有创作提及新加坡人对历史的遗忘,如《鸡肉物语》(1989)中的七舅是个"传奇式的人物,一度搞街头斗争,一度走入森林打游击的战士"②,家宴上众人看似激情地跟七舅聊着历史,可家人更关注的是桌上的鸡肉,历史只成了桌上的闲谈。

时事也是希尼尔一直关心的题材。如《生命里难以承受的重》(1990),用动物的视角讲述了三头大象大闹德光岛的故事。小说篇尾写道:"当天傍晚,我们全被捕了,虽然我一度惊慌拒捕,因为我害怕那些强烈的麻醉药。我们听天由命。被遣送回去与否,任由他们摆布,只希望不要被提控为偷渡

---

① 希尼尔:《生命里难以承受的重》,新加坡:新加坡潮州八邑会馆1992年版,第27—28页。

② 希尼尔:《希尼尔微型小说》,新加坡:玲子传媒私人有限公司2004年版,第25页。

者！我们怎么会是偷渡者呢？其实,在我们自由的大象王国里,只有深广的林野,没有国界！"①还有都市人生活的无奈和压力,也是希尼尔笔下的重要主题,如《适度面具》(1996)的第三节："营营役役十寒暑/最终是难逃劫数/有口沫在风中飞舞/视觉尽是幻影,有颠倒的/脸皮,沾满扭曲的记忆//从高处往下传的尽是光怪的伎俩/往前推的仅是陆离的计谋,他不得不/回避。临别,遗憾未能端详/保佑合境平安的土地公。据说/昨夜,它被众生卷着/一同被裁退。"②

在1990年代后期的小说创作中,希尼尔的艺术实践一直没有停止过,如"《辑2》中的作品,如《变迁》《让我们一起除去老祖宗！》等篇尝试在文学教条的'度'限里另添新章节,以完成颠覆传统文体的新体验。……《辑3》中的新闻小小说是个人颇偏爱的文体,现实事件与小说情节的叙事镂辑及渗透,再辅以叙事结构的反讽、戏谑与后设,自成一种辩证张力"③。寓言小说的实践表现在《金鸡王朝的最后一本奏折》(1994)中。该文讲的是金鸡国如何在腐败的大臣的糊涂行事下灭亡,其实就是对日军侵略新加坡的另类书写。全文如下：

　　[奏折为王朝的最后一位元(阉)鸡所存,现陈列于银狐历史博物院之"对外进出史迹"展览馆内]

　　话说丁酉年(贞冠十二年)春,狐国派遣特使邀约鸡皇陛下及文武百官前往银狐王朝作亲善访问。经军机处漏夜传谕召集会议商策后,复奏：鸡与狐乃是世仇,近数世纪更饱受狐国的干扰与侵凌,全赖以割地赔金或嫁鸡和藩的方式以求存……基于上述历史因素,鸡皇亲下一道朱谕,派钦差大臣协办大学士鸡白切,带领八大翰林等前往狐国收集情报一个月。

　　鸡白切等在山外青山笼外笼的西狐环保公园笙歌曼舞了三十日后,始带依依不舍之心情回朝。复奏曰：狐国的狐民生活勤俭,日出而作,日入而息,相亲相爱,温文有礼,全无先祖粗暴之品格,更何论凶残撕杀之天性……

　　鸡皇半信半疑,再派兵部尚书鸡扒作实地探察半个月。

①　希尼尔：《生命里难以承受的重》,新加坡：新加坡潮州八邑会馆1992年版,第32页。
②　希尼尔：《生命里难以承受的重》,新加坡：新加坡潮州八邑会馆1992年版,第42页。
③　希尼尔：《认真面具·后记》,新加坡：SNP综合出版私人有限公司1999年版,第127页。

鸡扒等平时大虫大谷吃得脑满肠肥,不宜远行,竟私自在边界黑狐江一带驻扎。与此同时,又与别有居心的狐国守军一同狩猎烧烤作乐。十五日后归朝,上奏:狐国军队,对在边境讨生活的鸡民十分友善,且不时予以粮食与住宿上的协助。考察期间,赠送我军最新的"飞毛狐"导弹数十枚……

摆在金卵殿外的"飞毛狐"导弹闪闪发亮,让众大臣围观。鸡皇狂喜,为狐国的诚意所感动。谁料垂笼听政的虚太后仍有所顾虑。鸡皇不悦,只得再派藩王鸡不理等前往探测实情三日。

鸡不理启程日,狐国特使已经送腌虫万箱,曰:边城一带河水泛滥,不便通行……此番话正中鸡不理下怀,收了大礼后,即回王府,闭门作奏折:有关鸡狐两国双边合作发展经济的十大备忘录……

奏折呈上后隔年(即贞冠十三年),鸡皇率领文武百官启程前往狐京。进入京城后,城门随即关上,所有官员全被囚禁于一特制的大笼内。鸡皇大怒,怒对众臣:

"那些考察奏折,怎么全部都是——"

"谎言!"狐王代曰,并引吭高呼:

"灭金鸡王朝者,乃纲纪散漫之鸡官也。只要利用鸡性的弱点,再加上一点点时间,就能将你们一笼打尽。——提供这项策略的参谋者,是一位被你们遗弃的卑微的元老鸡——他被阉割后,已丧失鸡性!"

翌年,鸡皇在狱中做了一首"故国不堪回首月明中"的《虞美鸡》后,被一种叫做"牵鸡药"的剧毒所害,其他大臣则先后被赐死。金鸡王朝遂亡。

　　[王朝的最后一位元老鸡,仍保留了三张奏折的复制本,并书有他的草批:狐性千年不改,狐言绝不可信!]

　　　　　　　　　　　　　　——1994 年 6 月《文学》半年刊第 33 期①

在微型小说集《认真面具》的"微型视窗"中,希尼尔一次性推出《变迁》(1993)、《回》(1994)、《后设行动训练摘要》(1994)、《新闻加工练习》(1994)、《禁忌的游戏》(1995)、《姻亲关系演变初探——一份新的伦理关系调查与分析报告》(1995)、《让我们一起除去老祖宗!》(1992)、《关于"春"的几种传说》

---

① 另参见希尼尔:《认真面具》,新加坡:SNP 综合出版私人有限公司 1999 年版,第 45—47 页。

（1991）以及《之乎者也——让我们习惯大义 X 亲》（1998），对戏剧入小说、新闻入小说、网络入小说、语言学结构入小说、档案体小说、备忘录体小说、成语入小说等等新小说体裁进行了实践与创新。

收录希尼尔 2000 年微型小说的《希尼尔小说选》里，希尼尔继续保持着对日本（东洋人）的原始正义（《我的来世不是梦》[2000]、《运气》[2002]、《我来到了马尼拉》[2003]），对世界各地专制行为的抨击（《I&P》[2002]），以及对华人传统，特别是语言文化流失的担忧（《大家学潮语》[2003]、《就在半懵半懂之间 SMS 给老妈》[2005]、《王朝继续沉淀》[2006]）。而更值得注意的是他在微型小说上的继续实践，如《收藏弃约》（2001）中关于购买弃约的市民拜金心态的寓言，《成语练习》（2002）中以成语来反映社会问题，《没有人 e-mail 给局长》（2002）中抨击误砍古树的房地产商。这些作品或以小说体式多样化，或以寓言小说的形式，或以隐于其后的现实关怀等方式，表现着希尼尔在小说创作方面不懈的追求和努力，而其中《陪の手》（2006）中对为了增加收入而为客人提供"附加服务"的按摩女的沉沦心理的分析，此处展露的艺术技巧以及对新加坡现实社会的关怀，可以看作希尼尔未来发展的可能。

第三节　都市国家今昔历史的挖掘：
谢裕民①《重构南洋图像》

谢裕民和兄长希尼尔都是少年成名。谢裕民的很多作品集的封面都是由兄长来设计，如《重构南洋图像》《m40》《放逐与追逐》，可见兄弟俩之间关

---

① 谢裕民（Chia Joo Ming，1959— ），出生于新加坡，祖籍广东揭阳，曾用笔名依汎伦，曾主编过华文报纸娱乐版，也担任过电视台编剧，1993 年获新加坡新闻与艺术部颁发的"青年艺术奖"，1995 年受邀参加美国爱荷华"国际写作计划"，现为新加坡《联合早报》副刊编辑。著有散文集《六弦琴之歌》（与齐斯[希尼尔笔名]合著，新加坡：牡羊文化私人有限公司，1979），小说集《最闷族》（新加坡：富豪仕大众传播机构，1989）、《世说新语》（新加坡：新加坡潮州八邑会馆，1994）、《一般是非》（Singapore：Full House Communications Pte Ltd，1999）、《重构南洋图像》（Singapore：Full House Communications Pte Ltd，2005）、《谢裕民小说选》（香港：明报出版社、新加坡：青年书局，2007），中篇小说《m40》（新加坡：青年书局，2009），长篇历史笔记小说《甲申说明书》（新加坡：青年书局，2012）、《不确定的国家：李光耀与新加坡》（台北：时报文化出版企业股份有限公司，2023），长篇小说《放逐与追逐》（新加坡：富豪仕大众传播机构，2015）、《建国》（新加坡：富豪仕大众传播机构，2018）。《世说新语》获 1996 年新加坡书籍奖，《重构南洋图像》获 2006 年新加坡文学奖，《m40》获 2010 年新加坡文学奖，也入选台湾《文讯》杂志主办的"2001—2015 华文长篇小说 20 部"。《建国》获《亚洲周刊》2018 年度十大小说。

系之密切。他们一起在 1979 年推出了散文合集《六弦琴之歌》,当时文坛前辈姚紫、杜南发也是对他们青睐有加。谢裕民曾公开表示:"更感激——姚紫先生的提掖与长久以来的鼓励!"①而杜南发赞扬谢裕民是"一个充满理想,却能脚踏实地的行动派"②。这些作品创作在 1977 年前后,当时两人 20 岁不到。谢裕民发表的最早作品是《去向何处》(1976 年 6 月 21 日),散文中的少年人在街头无目的地漫游,一路上回忆着读书时期的快乐,也联想着人世间的很多无奈。这是一篇相当成功的意识流小说,充满着强烈的青春期少年人的躁动和不安定情绪。结尾处"走于路上,街道是车水马龙的,我不知道要去哪儿,我乱穿于马路间;我听到车笛声在响;我听到有人在骂我;我看到很多奇怪的眼光,渐渐地,我的视线模糊了……大力地摇摇头,我沿路而走,上哪儿去并不重要,我根本不知道要上哪儿去;我本就没有目的"③,这一段似乎也成为谢裕民后来不断追求艺术新变、多面反映新加坡社会与历史的预言。

殷宋玮认为谢裕民的早期创作,"十八岁以'依汎伦'之名和哥哥希尼尔(齐斯)合著《六弦琴之歌》,在写作上你经历了为赋新词的惨绿少年期,成年后开始一些较大题材的架构(如小说《归去来兮》),到今天有些谈笑用兵的调理红尘徒乱的人间事。"④

谢裕民又被称作"闷吃少年",这跟他的第二部小说集《最闷族》有关。这部小说集中除了少数作品的主题比较深远之外,像《两代风流》中提及华校学潮、《乡愁咖啡》中写到中国认同,其他绝大多数作品都是对都市世俗生活的浮世绘描写,可谓是一个都市风流短篇小说系列。《四人帮》(1983)聚集于都市男女的滥交,阿非、安、蓉儿、乔、林子明、施美云等人的情感宣泄和无尽的青春力比多的发泄被书写得淋漓尽致。《红砖墙》(1985)中的"他"一而再地约女友爱莲的同事"她",出轨之后的情感让他们很浪漫但又非常不合常理,直到遇到那堵类似《倾城之恋》的矮墙,"他"才开始坚定自己情感的方向,"在这个不安的时代,恒久的见证一段感情"⑤。熟悉新加坡历史的人都知道,从事新闻业的谢裕民在这里暗指的是 1983 年前后的《南洋商报》和

---

① 依汎伦:《六弦琴之歌·后记》,新加坡:牡羊文化私人有限公司 1979 年版,第 203 页。
② 杜南发:《依汎伦小说和新加坡城市文学》,《最闷族》,新加坡:富豪仕大众传播机构 1989 年版,第 2 页。
③ 谢裕民:《六弦琴之歌》,新加坡:牡羊文化私人有限公司 1979 年版,第 111 页。
④ 殷宋玮、谢裕民:《江湖气的知识分子》,《世说新语》,新加坡:新加坡潮州八邑会馆 1994 年版,第 173 页。
⑤ 谢裕民:《最闷族》,新加坡:富豪仕大众传播机构 1989 年版,第 33 页。

《星洲日报》合并事件。《最闷族》中所收录的短篇小说都延续着他早期文学作品《六弦琴之歌》中营造的颓废城市气息。值得一提的是阿非的形象，让人想起了王家卫《阿飞正传》中的阿飞(张国荣饰)，一样的颓废，一样的迷失在原生态的男女情感世界。

1990 年代初出版的《世说新语》这部小说集延续了前面两部小说集中的城市书写，不过更细致，细致到都市生活的方方面面。作者以"无论是莱佛士登陆之前或之后，无论是一百五十人或两百八十万人，他们都只为了生存"①为扉页文字，足见他执着于刻画新加坡这个城市国家都市生活的一面。其中写到都市人在性方面的开放，如《侄儿的生日》(1993)、《孔子之吻》(1993)中都市少年的性早熟与开放，《夕阳春暖》(1992)中的老年人看"A片"以提高晚年的"性福感"。也写到都市白领的生活负累，如《一周日光》(1993)中主人公各种病痛缠身，蛀牙、失眠、脊椎痛、脱发、痔疮和感冒，天天不闲。还写到新闻媒体上透露的各种犯罪现象，如《假期剪报》(1991)中大标题有"老千集团、赌窟、波霸、迷奸、枪杀、追砍、私处、婚外情、丑闻""偷窥、第二春、献身、洗黑钱、大耳窿、姑爷仔、养小鬼、口交、ABC 小姐"②。同时提及了都市人的无安全感，如《放学》(1993)中"我太太却不这么解释，她从一个实践者的角度来看问题：一、交警不可能天天来；二、孩子们可能不懂得自己回家；三、家长担心孩子下了课不回家"③；《邻居》(1993)中不安防盗网的邻居被隔壁左右视为另类；《贼》(1993)中大家忙着防盗防贼。针对都市小孩被家庭忽视的问题，谢裕民在文中透露出隐隐的担忧，如《孩子有问题》(1991)："我不懂那些专家后来怎么回答他们。当然，专家们也教我一些基本的青少年心理常识，但是，有很多问题，我依旧无法回答，有个孩子打电话来这么说：'叔叔，我好无聊，跟你聊聊天，可以吗？'可以吗？我没回答他，那是电话录音，时间是凌晨两点十二分。"④他也关注到华人传统的流失，如《论文》(1992)、《或者寻人启事》(1991)中逐渐消失的华族文化标志物和历史遗迹，《投稿》(1993)中儿子满纸的错别字。从《虚火》(1993)中青年人在职场中的奋斗和随波逐流，《没有人捡起掉在楼梯口的言论》(1991)中楼梯口没人理睬的一封信，都可看出都市人的冷漠；《投诉》(1993)中则写到新加坡公务部门的推诿和无效率的工作。这些都是这部小说集中的佳作，大致

①　谢裕民：《世说新语·序言》，新加坡：新加坡潮州八邑会馆 1994 年版，第 1 页。
②　谢裕民：《世说新语》，新加坡：新加坡潮州八邑会馆 1994 年版，第 11 页。
③　谢裕民：《世说新语》，新加坡：新加坡潮州八邑会馆 1994 年版，第 15 页。
④　谢裕民：《世说新语》，新加坡：新加坡潮州八邑会馆 1994 年版，第 30—31 页。

的创作内容都集中在"语文教育"、"时代的荒谬"和"新加坡人"三个名词上。① 这些印证着谢裕民这一代新加坡作家的困惑:"我除了是末代华校生,也是末代工科生,甚至是末代战后婴儿潮。写稿因为念书的时候(七十年代初期)不好好念书,喜欢武侠小说,爱胡思乱想。这种胡思乱想在接触到台湾地区正统文艺后成了遐思,那是七十年代中期的闷呓青年。八十年代初期,社会歧视已经改变了,不过还有一点理想,所以写稿也十分正经。到了八十年代中期,整个社会的观念起了变化,大家都不再谈抽象的理想,而只谈实际的理想——过更好的日子。"②

进入 1990 年,谢裕民在这个时期的都市文学创作水平达到了自己的写作高峰。《国语》(1996)似乎有点文不对题,并没有讨论什么新加坡语言政策或者语言教育问题,指的是"阿国的言行"。阿国是小说人物,是"我"公司同事,他深谙新加坡社会中的种种 Complain(抱怨)文化:

> 最方便的还是 complain,比如有人乱停车,直接找 HDB 的 car park 组;有人半夜还在唱卡拉 OK,或楼上晒衣滴水、冷气机滴水,直接找邻里警岗;电梯有人小便、周围环境不卫生,就找市镇理事会。你看,随时有人为你服务,多方便。上面都是阿国以前的经验,那时他还住组屋。现在住进洋房,他还是有得 complain。Complain 什么? 多得是,人家把车停在他家门外,阻碍交通;路边树太少,太热了;路边的树不适合,太多蛀虫;星期天垃圾车来得太早,扰人清梦……反正,都有得 complain。每一回听他精彩的转述,我总在想,这样也能 complain?③

阿国认为"社会出了一些问题,或社会上有人犯了错误,我们应该给予指正,否则,就是我们的错。特别是关系到社会福利的部分,我们更要负起监督的责任,这也是身为一个国民的部分责任"④。不怕停车拦住后面的车,因为"我挡住他的去路,他可以去 ROV 告我,但是他不能以手势污辱我啊! 这是个讲法律的国家"⑤;他会投资房地产,他的名言是"新加坡人的嗜

① 殷宋玮、谢裕民:《江湖气的知识分子》,《世说新语》,新加坡:新加坡潮州八邑会馆 1994 年版,第 172 页。
② 殷宋玮、谢裕民:《江湖气的知识分子》,《世说新语》,新加坡:新加坡潮州八邑会馆 1994 年版,第 174 页。
③ 谢裕民:《一般是非》,Singapore:Full House Communicatons Pte Ltd 1999 年版,第 19 页。
④ 谢裕民:《一般是非》,Singapore:Full House Communicatons Pte Ltd 1999 年版,第 19 页。
⑤ 谢裕民:《一般是非》,Singapore:Full House Communicatons Pte Ltd 1999 年版,第 14 页。

好是收集房子，所以，什么时候买房子都是最好的时候"①，最后成为"只需要卖掉洋房，搬进三房式就能过下半辈子"的上层阶级②；他会在公司的用人合同中找到员工的权益，为自己争取津贴和福利，当然也让公司的人受惠于此，在他看来规则是人想出来的，福利是争取的，永远不会完。问题是，如何争取对自己是最有利的③。

谢裕民的这篇小说明显有着对新加坡国民性的批判的意识，除了前面谈到的阿国的生存原则之外，小说中的阿国好算计，以最大化自己的利益为工作目的。如阿国喜欢占同事的便宜，一毛不拔，从不慰劳帮助他完成每月业绩的同事；再如心机颇深，算计同事，强行要求陪"我"去美国出差，明着说不让家人过来旅游，暗地里背着"我"买好家人的机票，原因是怕"我"迟回新加坡，老板不批。他秉持的是"我不在乎做坏人，我已经习惯了。……办公室有办公室的形象，我要的形象是能做事，就是：阿国做事你放心"④的实用主义法则。

同时，阿国又是一个非常精算于生活各方面的人精。如如何使用信用卡，"这里边还大有学问，比如今天几号？哪张卡结账了？哪张卡还有汽车抽奖？哪张卡能累积分购物时折扣？各种好处加在一起，应该用哪一张卡？用到几时应该换哪一张卡？"⑤他重视儿女的教育，用自己岳母的地址为女儿报读学校，还建议"我们"通过捐助学校和当义工来争取进入名校的捷径。"事实上有同事认为，阿国做的每一件事情，除了为自己外，就是为他的家人。"⑥这讽刺的是典型的利己主义至上的新加坡人。

小说结尾一句"Anyway，阿国仍继续在关心他的社会，做他的生活的主人，监督这个社会。对了，阿国叫王国民。你可能认识他"⑦，明显借鉴了鲁迅的《阿Q正传》，画龙点睛，表达着作者对当代新加坡人个人至上的功利主义的批判。

《三先生庙》(1995)中讲述的是一个华人小庙宇被大公司收购的故事。主人公"我"是公司中人，而小庙宇正好是"我"公公所建的，因为庙宇被公公转赠给了别人，"我"的身份变得尴尬："我他妈的现在也不知道在做什么，这

① 谢裕民：《一般是非》，Singapore：Full House Communicatons Pte Ltd 1999 年版，第 16 页。
② 谢裕民：《一般是非》，Singapore：Full House Communicatons Pte Ltd 1999 年版，第 17 页。
③ 谢裕民：《一般是非》，Singapore：Full House Communicatons Pte Ltd 1999 年版，第 23 页。
④ 谢裕民：《一般是非》，Singapore：Full House Communicatons Pte Ltd 1999 年版，第 25 页。
⑤ 谢裕民：《一般是非》，Singapore：Full House Communicatons Pte Ltd 1999 年版，第 29 页。
⑥ 谢裕民：《一般是非》，Singapore：Full House Communicatons Pte Ltd 1999 年版，第 35 页。
⑦ 谢裕民：《一般是非》，Singapore：Full House Communicatons Pte Ltd 1999 年版，第 39 页。

块地原本是我公公的,现在证实不是我们的,这还不要紧,我现在还倒过来,帮别人来买这块地,我他妈的真的不知道在做什么。"①更重要的是,我在负责沟通家人和公司老板的过程中,钩沉了一段家族历史,也接触到新加坡早期华人的历史:"我随手翻阅,都是一些地方开拓与种植的记录。有一张还附上照片,年轻的垦荒者带着华人的忠耿与坚毅,因不习惯而有些胆怯地立于英殖民地官员身边,看着镜头傻笑。这是我第一次看到公公的样子,也是第一次接触到有文字记载关于他的成就。所有神话式的传言这一刻才转成真实的史迹。但我仍不明白,从一开始就不懂得,这么一个平凡的移民,凭什么开辟那么一片大土地,还筑路、建学校。为什么历史没有他的名字?是历史忘了他,还是他不需要历史?如果是前者,那历史为什么会忘了他?是后者的话,那他为什么不需要历史?这小岛,有多少像他这样平凡的移民?"②

后面的两个短篇小说延续着谢裕民关于都市凡俗人生的书写套路。《我的青春小鸟》(1994)讲述的是母亲和"他"之间两代人的隔膜。当莲姨转述出走的母亲的想法是让他早点结婚,让她有孙子抱的时候,"他装着仔细、耐性地在听,心里却在想,原来他妈妈一直希望他能结婚,他却还想多陪她几年。真是狗咬吕洞宾"③。《铁丝洞的旅游风景和社会责任等》(1997)讲述的是小岛国的生存空间之逼仄:"住在新加坡有两样东西是奢侈的,一是视线不被挡,另一样是运动。虽然人与人之间的关系越来越疏远,但是屋子却越建越靠近。说得夸张一点,你拿着竹竿晒衣服,往前伸可能会伸进别人的厅里,刺破人家的电视机;往后拉,不小心的话也许会戳破自己家的电视机。很多时候我们出国旅行,看什么好山好水,其实不过是舒展一下自己的视野。专家们说,住得太密不好。谁不知道?但是有什么办法?人在城市!城市社会有很多东西很奢侈,也有很多神话,运动就是其中一个。城市人怕死,看病贵过死,无奈住得太密容易被疾病看上。专家们认为,最便宜、有效的抗病办法是运动。只是,运动成了神话之后一点都不便宜,至少比去shopping贵,shopping不必包手包脚,像受伤一样;还有,运动场上穿的绝对不比去shopping的装扮便宜。难怪这么多人喜欢shopping。……不过,我这才发现,我们家附近没有地方可以跑步。"④等我找到跑步的地方——

<hr>

① 谢裕民:《一般是非》,Singapore:Full House Communicatons Pte Ltd 1999年版,第84页。
② 谢裕民:《一般是非》,Singapore:Full House Communicatons Pte Ltd 1999年版,第107页。
③ 谢裕民:《一般是非》,Singapore:Full House Communicatons Pte Ltd 1999年版,第141页。
④ 谢裕民:《一般是非》,Singapore:Full House Communicatons Pte Ltd 1999年版,第153页。

一处可以从铁丝网洞爬进去的小学校操场，但又不解为什么这个铁丝网不断地在破洞和补好之间变化时，遇到了昔日的高中同学（今天的小学校校长）。校长说："我们的社会太重视责任了，所以，任何东西的设立，第一个和最后一个想到的都是：谁必须负责任。原本这个也是应该的，总不可能事情发生了，大家都推说不关他的事。问题是，这个游戏玩开了，大家熟悉了游戏规则，任何对自己不便或者不利的事，总要找个负责人来出气。……其实我们的社会需要很多像篱笆洞这样的沟通管道，篱笆内的东西因条例的缘故，不能向外开放。不过，如果你进来了，我会当作不知道，不理你，让你用我的设备。但是，意外发生了，你不能来告我，说我没把篱笆洞封补上，如果再被弃开，只是我们没接到投诉，都不会主动去封补。这是另一场游戏规则，大家一样要遵守，否则就不能玩了。"①

谢裕民似乎对自己的创作成绩总是很谦虚："写稿实际上没有那么'严重'，没有几个人会对社会有什么影响，更多的时候既达不到艺术性，也没有商业价值。写作者最怕高估自己。写稿的人最好别去想你提到的'问题'或其他属于稿件完成后的问题，那样的浪费时间是很冤枉的。"②

新加坡每到 7 月、8 月就洋溢着浓浓的国庆气氛，街头是满眼的国旗、社区居民大合照，到处都写着庆祝新加坡多少周年，国家媒体 MediaCorp 的纪录片、电视剧都在回顾新加坡的建国历程。华文作家们也开始了自己的寻根之旅，其中成绩最好的就是谢裕民的几部寻根小说。早在《假如你到马尼拉》（1991）发表后，这个小说虚构出自己家的老保姆回菲律宾的新加坡街开了一家"林太福建面线羹"，就有菲律宾读者来信问具体的地址。这个点可能启发着谢裕民，让他认识到小说的虚构的力量，从而让他开始研究新加坡的历史资料，开始了后期的历史题材方面的小说创作。

如果说早期的谢裕民因为生活经验和阅历只能着力于对他所熟悉的城市世俗人生的表面化（浮世绘）的描绘，那么进入 21 世纪之后的谢裕民，在长期写作实践之后，厚积薄发地拿出了新加坡中生代最优秀的小说作品。大体上他近期作品的主题就是致新加坡华人（社会）终将逝去岁月的文化情怀，颇有为新加坡寻根的写作倾向。加上谢裕民自己也承认自己"原来已在

---

① 谢裕民：《一般是非》，Singapore：Full House Communicatons Pte Ltd 1999 年版，第 171—172 页。
② 谢裕民：《游戏：找苹果——谢裕民与吴秋莲的对话》，《一般是非》，Singapore：Full House Communications Pte Ltd1999 年版，第 188 页。

'寻根文学'的路上"①,我们可以将谢裕民的创作视为 21 世纪新华文学中寻根文学的重要代表,这类作品包括旨在追缅祖辈家族之根的怀乡小说集《重构南洋图像》(2005),书写新加坡中年人当下人生境遇与现实处境的《m40》(2009),以及青春成长小说《放逐与追逐》(2015)。

《重构南洋图像》就是惯于都市书写的谢裕民开始尝试文化寻根之旅的重要转型之作。这部小说集中成就最高是《安汶的假期》,从 1997 年 11 月 25 日起笔,前后修改 5 稿,2004 年 5 月 25 日改定。这是一篇寻找祖辈来源的寻根小说。"我"跟着父亲去印尼马鲁古群岛的安汶岛寻找十世祖父的遗存和曾祖父的足迹,同时穿插着荷兰女子 Jolanda 与我讨论的荷兰殖民时期的东印度公司的历史。整部小说穿插讨论历史,很有气势。小说中有一段"我"和父亲的对话:

> "不过这样也好。"我爸爸说,"因为老是在变化,所以对所谓根、祖国、认同的观念都非常质疑。比如说你,你的祖国其实决定在我,而我又决定在你公公。如果当初你公公没离开印尼,现在你跟你弟弟妹妹就是印尼人,又或者我跟你公公去了中国,你跟你弟弟妹妹现在都是中国人。"
>
> 印尼人? 中国人? 我从没想过,倒联想到另一件事。"原来我们都有印尼土著的血统,我们有六代人跟土著结婚。"
>
> 我爸爸借题发挥:"对啊! 所以有时候在想,我们的血统到底要追溯到哪里? 三代前有印尼土著的血统,再往前原来还是明朝贵族。谁知道再往前追溯,会不会不是汉人?"
> ……
> 他肯定已经思考过,所以答案快而简单:"你在一个地方生活久了,就是那里的人,不管你愿不愿意,承不承认,你的行为举止都是。当然,一个人在思想、性格的形成期,在一个地方生活,最容易认同那里。"②

这段对话中对根的认识,再加上小说中父亲曾言"一个人的祖国由不得他自

---

① 当林康问谢裕民是不是一直在开拓寻根文学的方向,谢裕民的回应是:"再说'寻根文学',以前——至少是《一般是非》之前,确实写一些'寻根文学',就是没人提起。现在没想去写,又是经你提起才知道,原来已在'寻根文学'路上。"参见《添加物:谢裕民与林康对谈录》,《重构南洋图像》,Singapore:Full House Communications Pte Ltd 2005 年版,第 142 页。

② 谢裕民:《重构南洋图像》,Singapore:Full House Communicatons Pte Ltd 2005 年版,第 75 页。

己来决定"①,在在表现着华人花果飘零的离散心态。

《m40》的小说名是"男人四十"(man is 40)的缩写。这部长篇小说从2001年7月28日起稿,2009年1月24日修改完毕,历时8年,可谓谢裕民苦心经营多年的作品,也是谢裕民创作题材的集大成之作:都市题材＋寻根题材。刚过四十岁的"你",有房有车有妻子有儿女,但一直忧虑"不知道会不会像你爸爸,在所有记忆被连根拔起后枯萎掉"②。"你"出身贫苦人家,草根出身的"你",种种挥散不去的生活习惯都让"你"一再回到甘榜时代。如逛超市,"我无法自拔地巡视所有的蔬菜,估计它们如何栽种、何时收割,送到市场有多久。你太太如果在场,又会对她女儿使眼色:'跟菜农爸爸逛超级市场就是这么没趣。'你也自觉没趣,知识只能让自己没有吃"③。

妻子和孩子结伴出游之后,大水沟成为"你"常去的地方,回忆着过去和现在。首先面对的是职场纷争。主要对手3T是个颇有城府的职场老人,也是"你"的同事,他费尽心机想去新子公司:

> 第二天开会前半小时,3T来找你,说已跟Dom谈了,他要去,Dom也同意。你当然意外,怎么可以这样,不过会还是要开的。开会时Dom问起,你想人家都跟Dom说了,只缺乏正式的形式,于是说:"让3T去好了。"
>
> Dom用不可思议的眼光看着你,不像已与3T达成协议,不过他立即以笑声来掩饰:"好!谁去都一样。"你看着3T开心地笑着的刹那,知道自己已在3T的局里。他根本没跟Dom说。④

这个回合的胜败,似乎让3T成为后来的总公司老板。Dom辞职之后把位置给了"你",众人错愕,各种说法流行,不过"你对所有说词除了'没意见'之外,也欣赏每一个创作,并逆向思考,怎么样的动作才会引起他人的误读。当然你也知道,这些office politics从集团或Dom的角度来看,只是一般的人事调动,繁复的布局都为了机构的未来,单拿自己与3T的这一段来放大,完全因为你不喜欢3T。如果从你昨晚告诉Dom的'圈形金字塔'的论调来看,像你,像3T,像集团里与你们同级的donkey,都只是权力核心横切面显

---

① 谢裕民:《重构南洋图像》,Singapore:Full House Communicatons Pte Ltd 2005年版,第115页。
② 谢裕民:《m40》,新加坡:青年书局2009年版,第10页。
③ 谢裕民:《m40》,新加坡:青年书局2009年版,第46页。
④ 谢裕民:《m40》,新加坡:青年书局2009年版,第60页。

现的梯子的中下一段,所有的竞争最后都可能是白忙一场"①。最后 3T 辞职,"不知道为什么,你并没暗地欣喜,毕竟走了一个你不喜欢的人与竞争对手;浮现的是让你意外的怜惜之心,而且还想过打个慰问电话给他,好坏大家同事一场。你没打,革命情谊已久远走调;也不完全同情他,大家同在一屋檐下,更多的是不寒而栗"②。

小说最感动人的是其中对亲情的寻回。"你"出身于一个大家庭,兄弟姐妹六个,在忙碌的都市中,大家的交流并不多。小说中的"你"借太太和小孩去吉隆坡玩的空闲,去拜访大姐阿美并且蹭晚饭,去二姐阿兰工作处请她吃午餐,找四妹阿华吃午餐,找三哥阿呆吃晚餐。最感人的是跟阿呆吃饭:

> 阿呆一面吃,一面跟从电梯出来的人打招呼,遇到比较熟的,还指着你说:"我弟弟!"你只好一面吃一面礼貌地回过头去打招呼,还真怕遇到熟人。
>
> 阿呆显然因为弟弟来了,开心得很,把你太太、女儿、儿子的近况一一问过,再说:"你儿子放假如果晚上没有事,可以来我这里玩。"家里的小孩,也只有你儿子年龄比较小,还肯听这个呆伯伯的话。③

小说中还有着对华人文化的缅怀与担忧,其中最经典的一段就是主人公酒后在下水道午睡,迷迷糊糊梦到木雕大伯公和白鹭的对话:

> 那细长的声音说:"这里越来越不适合我,虽然我在这里出生。等我们那里好一点,我就回去。"
>
> 沉平的声音回:"你还能说回就回,我们来了就走不了。他们现在不需要我们,随便就把我们丢掉。唉!我来了他们这里一百多年了,庙说拆就拆,神说送就送。"
>
> 细长的声音问:"那你怎么会到这里来?"
>
> 沉平的声音说:"我那座庙要拆,他们送神,把我们放在地上,一个小孩拿我来玩,玩了一阵就把我丢在树下,然后就捡到这里来。"
>
> 细长的声音说:"我也不想来这里,只是外边更糟。"
>
> 沉平的声音说:"我知道。我倒无所谓,我们最终要归土。只是外

---

① 谢裕民:《m40》,新加坡:青年书局 2009 年版,第 61 页。
② 谢裕民:《m40》,新加坡:青年书局 2009 年版,第 129 页。
③ 谢裕民:《m40》,新加坡:青年书局 2009 年版,第 143 页。

边那些人，如果还要我们的时候去哪里找？"

　　细长的声音说："你放心，他们会去找新的。"①

　　小说也关涉了华人方言之殇，钩沉的是新加坡 1979 年的"少说方言，多讲国语"的华语推广运动；小说还由日本侵略南洋之后留在新加坡的一个日本佬，串起了与日本殖民新加坡历史的关联。以上种种，最后在"你"跟着日本老兵的脚印走出大水沟的时候，才发现大水沟离实里达水库不远，而且"穿过一片树林，意外地，最大的支流旁有不少人在钓鱼。你停下来，四处张望，发现河旁的树丛有一条小径，你决定一试。不到五分钟，竟然看见了组屋与地铁。风景怎么变化的如此之快，而且有些熟悉。你尝试想像从组屋与地铁的角皮有回来，这才恍然大悟，原来就在实里达河上段或其支流。你每次要去义顺找你大姐，经过实里达河，都会在车里望过来，利用三几秒的时间寻找老家，那时每每在想，那究竟是哪里？没想到，就这样误打误撞来了。……你意外，有些激动，为了看得更清楚，跑到一条较小的支流，涉水而过，这河堤没有树丛挡住视线，整棵梦中的老树便完整地耸立于前方约一公里的草丛中。你坐下来，像小朋友将最好吃的食物留在最后才吃，慢慢地环视四周，最后才将目光落到老树上。老树仍在那里，仍是那里最高的树木，因为高，在荒丛中不免有些落寞，而且，老了，单薄了。老树其实一直在那儿，是老家的地标，高高地耸立于村里众锌板屋、阿答屋与农地之上。小时候不管跑到哪里玩，看到老树就知道快到家了"。②

　　致终将逝去的青春和历史似乎是《放逐与追逐》(2015)中最大的主题。这部成长小说的线索很简单，就是男主人公陈福良的三段人生经历，主要讲述他与三位不同时期出现的女性的恋爱和婚姻生活，但小说最精彩之处是通过主人公与三个时期中的人和时代的互动，较完整地展现了 1965 年新加坡建国(陈福良出生于 1960 年)之后新加坡社会价值和国族意识的变化过程。

　　小说中第一个时期的女性人物是中学同学秋云。她是印尼华人。中二的时候，级任老师让福良为她补习华文。在补习过程中，出身于富豪之家的秋云也在帮助福良学习英文、数学；同时也从人格方面，让出身于乡村的福良一直坚持学习，没有像少年时期的朋友一样，或械斗死亡(红龙)，或加入

①　谢裕民：《m40》，新加坡：青年书局 2009 年版，第 71 页。

②　谢裕民：《m40》，新加坡：青年书局 2009 年版，第 153—154 页。

私会党(弟仔、鸦片仙),或私奔怀孕(黑金)。因为父亲送秋云去英国读高中,福良和这位初恋情人的感情在两地分居后越来越淡,最后无疾而终。这个故事展现的是 1970 年代的新加坡,其中英校华校的教育制度、私会党的猖狂械斗、"丽的呼声"的音乐广播、港台武侠和言情小说、各种港台流行音乐,都展示着那个时代的风采。第二个时期的女性人物是陈福良服兵役时期认识的 Eileen。此时进入了 1980 年代,年轻人出入于各种舞厅,流行的明星是钟楚红、甄珍,人与人之间的语言是中英文掺杂的新加坡华语,连军营中都以颜色来划分与士兵交流的语言:"福良后来才知道颜色名牌的辨识作用,深绿色代表讲英语,橙色代表讲华语,红色代表讲福建话,是所谓的福建兵;带着小片颜色表示还能讲其他语言。"①在经济飞速发展的四小龙时代,Eileen 辞去工作,在内衣厂当全职 model,也默认了与内衣厂老板儿子的恋情,与福良分手。从文学隐喻的角度,如果说秋云代表的是新加坡建国初期华人传统中纯真和坚贞的女性形象,那么 Eileen 代表的就是经济飞速发展中有理想、有追求但又认为物质至上的女性形象。而第三个故事中的许小愿则是一个完美的现实女性。她家教严格,父母是厦门大学毕业的高才生,家里规定每周六有 Family Day;她有一个满腹经纶的义父傅淳,是满清贵族之后,久经历史风雨,他的言行影响着小愿和福良。这些都让许小愿成为一个聪明而且心智成熟的女性。她善解人意,每次都知道说话留三分,为自己和别人留一个回转的余地。"福良想,为什么刚开始会不喜欢小愿?应该是出身吧! 家教太好成了施予人的压力。熟悉后,她放下身段,身边的人则因熟悉而习惯,视而不见她的'家教太好'。他喜欢她的气质,顾虑的也是她的气质。福良知道自己,在小贩中心长大,经过这几年的改变,顶多是个 technician。这不是妄自菲薄,气质骗不了人,所以一开始不是不喜欢小愿而是回避。"②

福良和小愿最后顺利结婚。婚后一个在新加坡,一个被公派到台北;等小愿回新加坡后,福良又被公派到上海。同时期,小愿的哥哥许可一家在香港工作,小愿父母也开始海峡两岸跑。四地的生活和人脉被谢裕民编织到小说中,展现着新一代新加坡人的开放性,但也透露出人们对原乡何处的隐隐担忧。就像小说中,福良再也找不到童年时住过的组屋。"城市重建,他是被重建的部分。他的大部分人生也被重建,不再有记忆,不再是'闪亮的

---

① 谢裕民:《放逐与追逐》,新加坡:富豪仕大众传播机构 2015 年版,第 87 页。
② 谢裕民:《放逐与追逐》,新加坡:富豪仕大众传播机构 2015 年版,第 141 页。

日子'。'我也许,也许我还记得你,我也许把你忘记。'罗大佑唱。"[1]这种感叹也暗含着谢裕民对当代新加坡的反思与关怀。除了岁月,流失的还有新加坡的传统,一方面是华文教育被摧残,如福良从大学退学的原因:"我大学是不想念才离开的。我不喜欢那环境,虽然是中文系却是英语环境。"[2]另一方面就是华人文化和传统价值的流失,正如"福良一个人逛台北,感受新加坡正在流失、消失的人情味与小吃,这些都让他日后留恋;虽然台湾地区也在流逝,但速度不比新加坡"。[3]

"小愿过后告诉福良,这次'非正式'见面,最开心的是看见大嫂的病好多了。许叼两年到香港念书,留太太在新加坡教书,去年因为工作压力太大,患上精神衰弱症状,跟许可到香港去。福良不解:'你大嫂不是教了好几年了?'小愿解释:'以前是华文课本,去年全换成英文的。'福良喊起来:'Oh! My God!'"[4]到了小说的结尾部分,大嫂在香港重拾教鞭,用华语教学,恢复了正常。这似乎是谢裕民给新加坡开的一剂药方:重拾传统,才能重新找回华族之根,重拾民族自信心。

殷宋玮曾说:"谢裕民喜欢强调他的'俗'和'没有墨水',认识他的人都知道他性情真率,江湖气颇重,最受不了附庸风雅的文人和苍白无血的知识分子。可是他经常暗暗用功,不讲理论并不意味他不懂理论,对时局的关注及分析,绝对担当得起'江湖气的知识分子'。"[5]这个评价如果是用来概括21世纪以来的谢裕民小说,那就无法概括其创作全貌了。谢裕民一直在寻找新加坡的出路,当下都市生活的浮世绘、祖辈历史钩沉、对华文教育政策的反思与新加坡人命运的关怀,都是他的小说试图要描述和阐释的对象。谢裕民自言"年纪越大,越贴近生活,越认识并体会生活的俗。有一阵子还玩味着'俗不可耐'的表面字意,'俗'是不是也可以有几个阶段或层面,比如'俗,不可耐','俗,不,可耐','俗,不,可,耐'。一直希望能捕捉生活中一些

①　谢裕民:《放逐与追逐》,新加坡:富豪仕大众传播机构2015年版,第153页。
②　谢裕民:《放逐与追逐》,新加坡:富豪仕大众传播机构2015年版,第136页。
③　谢裕民:《放逐与追逐》,新加坡:富豪仕大众传播机构2015年版,第182页。
④　谢裕民:《放逐与追逐》,新加坡:富豪仕大众传播机构2015年版,第161页。
⑤　殷宋玮、谢裕民:《江湖气的知识分子》,《世说新语》,新加坡:新加坡潮州八邑会馆1994年版,第166页。

零碎,一些俗生活,一些生活俗"①。这种介入现实的精神,让他的小说创作成为当下新加坡文学的高峰,也是他攀登更高峰的基点。

　　五四文学在中国的发展自 1927 年前后发生剧变:一支以革命文学的形式发展,到 1930 年以鲁迅为"盟主"的"左联"成立,再到后来的抗日根据地—解放区文学,直至成为新中国文学的主流,其文学形式继续追求启蒙文学的传统,批判国民性和旧社会的黑暗,直至发展成为"新的人民的文艺"②,追求文学为工农兵服务;另外一支则是以人道主义的形式发展,创作主体是自由主义、民主主义作家,以周作人、徐志摩、林徽因、老舍、沈从文、巴金、曹禺、张爱玲等人为代表,他们关注社会现实,也批判旧社会的不合理制度,但更关注文学创作形式上的新变。从南下文人林参天到本土成长起来的苗秀、原上草、蓉子、希尼尔、谢裕民,东南亚华文文学一方面展示着现实主义文学传统在"南下文人—本土作家"之间的代际传承,另一方面在强调五四文学与现实主义传统之间互相交集的同时,也展示着东南亚华人作家对中国文化的关注,对在地生活的热情关注,对反映自己国家和人民现实生活的执着,从而还原东南亚华人作家现实主义传统的嬗变过程,展现出东南亚华人作家现实主义传统的在地特征和本土色彩。

---

① 《What is your PLAN? 谢裕民与彭飞对谈录》,《m40》,新加坡:青年书局 2009 年版,第 169—170 页。前辈林高也赞赏谢裕民文笔接地气:"读你的小说,觉得语言到了你手里都能随人物身份、环境氛围、题材可能潜藏的信息等因素作适当的调整。譬如《放》的叙事语言,读者能感受到那年代的心理氛围,这是你着力之处。"请参考《写坏了也得写:林高、谢裕民对谈》,《放逐与追逐》,新加坡:富豪仕大众传播机构 2015 年版,第 237 页。

② 周扬认为"'文艺座谈会'以后,在解放区,文艺的面貌、文艺工作者的面貌,有了根本的改变。这是真正新的人民的文艺"。周扬:《新的人民的文艺——一九四九年七月在全国文学艺术工作者代表大会上关于解放区文艺运动的报告》,北京:新华书店 1949 年版,第 1 页。

第六章 左翼文学的南洋传承:抗战文学、汉素音和金枝芒等左翼作家的文学作品

谢诗坚认为"中国革命文学与马华左翼文学之间有紧密的关系,甚至可以说后者是前者的产物。马来西亚与中国在社会性质上有相同之处,中国是半殖民地半封建社会,而马来西亚则是半封建性质的殖民地,两个国家都面临着实现现代性和现代民族国家的双重任务。此外,当时的马来西亚文学的主体基本上是华人(本土马来人文学尚未被发展起来)。由于初期主要是从中国移居的华人,他们用华文写作;马华新文学也就在'五四'新文化运动的基础上发展起来,并且在同一个时期接受中国革命文学的传播而称之为'新兴文学'(用以代替比较敏感的'无产阶级文学'的字眼),是为马华左翼文学的开端"①。他同时认为"'马华左翼文学'是泛指 20 年代到 70 年代整整半个世纪的文学主潮,它主导了马华新文学(包括新加坡)的大潮流,与中国的'革命文学'相互拥抱。不论是中国的'革命文学'或'马华左翼文学',在那个风雷激荡的年代,是沿着一条毛泽东文艺思想的路线,一前一后地一起成长,并一起消逝于文学领域中"②。谢诗坚关于马华左翼文学的论断虽然有所偏颇,特别是将马华左翼文学的起点放在 1926 年(大革命失败前夕)、终点放在 1976 年(中国"文革"结束),而且在整个文学思潮建构上,将"中国革命文学与马华新兴文学""中国抗日文学与马华统战文学""中国建国文学与马华文艺(民族文学)独特性""中国'两结合'文学与马华爱国主义文学""中国'文革'文学与马华革命文学"直接移置在一起,有简单粗暴的嫌疑,但平心而论,谢诗坚在左翼理论和相关理论的建构与材料的搜集整合上是很有见地的,自成一家之言。

如果参照东南亚相关历史,1922 年 11 月 5 日至 12 月 5 日,共产国际在

① 谢诗坚:《中国革命文学影响下的马华左翼文学(1926—1976)·绪言》,槟城:韩江学院 2010 年版,第 10 页。

② 谢诗坚:《中国革命文学影响下的马华左翼文学(1926—1976)·绪言》,槟城:韩江学院 2010 年版,第 11 页。

莫斯科召开第四次代表大会,在民族和殖民地问题上,提出了建立反帝统一战线的口号,显示出它对亚洲革命运动的重视。大会还通过了《关于东方问题的总提纲》,提出世界革命的重心要转移到东方,"拥有殖民地的国家的共产党必须向这些殖民地的劳工和革命运动提供系统的思想和物质援助……属于共产国际的所有政党都必须不断地向工人群众解释反对帝国主义在落后国家统治的斗争的重要性。为此,在帝国主义国家工作的共产党应在其执行委员会中设立特别殖民地委员会"[①]。1918 年新加坡成立了真社,是广州心社的南洋分支,其成员包括新加坡的胡笃初、范章甫、张洪成、吴钝民,印尼的白苹洲、王雨亭等人。1919 年 6 月、7 月,真社在英属马来亚发动抵制日货运动。仅在新加坡一地,日货销量锐减 80%。吴钝民在吉隆坡联合一批国民党左翼人士,如林青山、林剑魂、罗文兴和黄重吉等人,集资创办了名为《益群报》的左倾报纸,由无政府主义者吴钝民出任主编,每期销量达到1700 份。而在印尼,1921 年就有印尼共产党领导人达梭诺、巴斯和马林三位途经新加坡,转往上海和莫斯科。这些都是早期左翼政治在东南亚的发展。而左翼文学也在这种背景下呼应时代潮流,应运而生,为东南亚各国的民族解放运动贡献自己的力量。

第一节　战前抗日文学的战斗精神:王君实《海岸线》

随着五四运动而产生的新一代中国知识分子,秉承着启蒙的、批判的现实主义精神,一方面与国家权力及大众有一种对抗关系,另一方面又受到俄罗斯文学的影响——以托尔斯泰为代表的民粹主义思想不断地让中国知识分子产生忏悔感,加上中国知识分子一直都有着庙堂情结,于是又与国家权力及大众有一种互相吸引、互相转化的可能性。这样就使得知识分子与国家权力及大众的紧张关系缓和。这种转化的可能性,构成了左翼文学心理机制形成的基础。在左翼文学里边,知识分子要批判政权,但不是无目的的,批判的最终目标是应有一个新的政权来代替这个旧的政权。而且,中国知识分子要代表民众说话,要为民众的疾苦说话,要为民众而斗争,这样就出现了大众文化、大众立场。知识分子批判政权的传统和代表大众的传统

---

① 参见 Xenia Joukoff Eudin and Robert C. *North*: *Soviet Russia and the East*, *1920—1927*: *A Documentary Survey*, p.237。转引自罗武:《南洋共产党史实钩沉》,雪兰莪:策略资讯研究中心 2023 年版,第 5—6 页。

结合起来,就推动了左翼文学运动的产生。左翼文学运动的产生,除了上面提到的两种传统外,还必须有一种推动知识分子的心理动机,那就是原始正义。"正义"这个概念是相对的,不同的阶级有不同的正义。原始正义,就是以人类生命为标准,当人看到同类中别的生命受到威胁时,由衷地产生一种同情。

从思想层面来说,左翼文学是有思想来源的。五四运动时期,最受知识分子欢迎的西方思想是社会进化论,不过其他一些思潮也进入了中国。如苏联十月革命思潮就给予了中国知识分子很大的刺激。社会主义本来是一种思潮,后来就变成了一种社会运动,促成了国族意识的兴起。左翼思潮最初的动机之一便是原始正义,是知识分子看到中国农民的痛苦后产生的对统治者的一种愤怒。如1928年发生的革命文学论争,论争的一方是代表了左翼思潮的年轻知识分子,主要是太阳社和创造社的成员。他们都是大革命失败后逃出来的,跑到租界,面对血淋淋的屠杀世界,就产生了一种原始正义。后期创造社原来的一批人也参加了革命,参加了北伐,如郭沫若、郁达夫、成仿吾,这批人在大革命失败后也回到上海。他们本来就是启蒙主义知识分子,与鲁迅都有交往。他们联合并推举鲁迅为"盟主",成立"左联"。一方面左联是党领导下的组织,另一方面一大批有原始正义感的知识分子出于对社会黑暗的反抗而参加"左联",包括胡风、萧红、萧军、巴金、丁玲、田汉、周扬等人。

毋庸讳言,早期马华文学的发生和发展完全受中国文学的影响,马华文学左翼思潮大体来源于中国左翼文学。1931年的"九一八"事变对马华社会是一个很大的冲击。南下文人在马来亚这块华人聚居地用文艺的形式呼应和支援着中国国内的抗日救亡活动。这个时期(1931—1937)的南下文人包括林参天、陈如旧、丘康、铁抗、王哥空、李润湖、吴天、文翔、英浪、孟尝等人。从1937年7月7日的卢沟桥事变到1942年2月15日马来亚沦陷,马华文学开始进入活跃期,大批南下文人负起宣传抗日的历史责任,直接参与和领导着马华文艺,如郁达夫、金丁、张一倩、巴人、杨骚、陈残云、上官爹等人,可谓群英汇聚,马华文学的创作水准也提高了一大截。而且,在殖民政府的默许下,在相对自由的环境中,文学问题、社会学问题以及哲学问题都在被热烈地讨论着。这个时期是南下文人最活跃的时期,也是战前马华文学取得最辉煌成绩的时期。林锦这样归纳1937—1941年新马文学理论的成就:

　　在战前,新马华人非常关心中国的兴衰和人民的安危。中国的局势有什么改变,他们立刻作出反应。"七七"事件发生,全面抗战开始后,新马华人各界各阶层都卷入抗日救亡的狂潮。他们展开了各种各样的救亡活动,如筹款助赈、抵制日货、实行罢工、回国服务、宣传救亡等等。

　　在这样的一个大时代,中国危在旦夕,促使新马的文艺作者,紧紧地结合在一起,用他们的笔尖,支持着抗日救亡的大业。抗战文艺运动随即如火如荼地展开,在理论创作、戏剧表演等方面,都呈现了百花齐放的局面,尤其是文学理论,更是空前繁荣。

　　这时期的副刊编者和文艺作者,认真地对待文学这种宣传武器,游戏文字、灰黄作品销声匿迹,个人的牢骚,游客的愁思,也很少出现。他们关心的,是文学如何发挥最高的救亡力量,他们所写的,是如何推动新马的文运,使它配合抗日救亡的目标。①

　　"抗日救亡""救亡活动""文学这种宣传武器"等词,都是"战争文化"的重要体现。李泽厚认为"五四时期启蒙与救亡并行不悖相得益彰的局面并没有延续多久,时代的危亡局势和剧烈的现实斗争,迫使政治救亡的主题又一次全面压倒了思想启蒙的主题"②,"现实斗争任务要求马克思主义中国化,和在各种方面(包括文化与文艺领域)强调民族形式的形势之下。所以,无论是北伐初期或抗战初期的民主启蒙之类的运动,就都未能持久,而很快被以农民战争为主体的革命要求和现实斗争所掩盖和淹没了"③。陈思和曾经归纳中国当代文学中战争文化心理的三个特征:"明确的目的性和功利性,文学宣传职能与文学真实性的冲突","二分法思维习惯被滥用,文学制作出现各种雷同化的模式"和"英雄主义和乐观主义基调的确立,社会主义悲剧被取消"④。这些论述中谈及的文学功利性、二分法思维和革命乐观主义也是新马文学中战争文化心理的重要特征。

---

① 林锦:《战前五年新马文学理论研究(1937—1941)》,新加坡:同安会馆1992年版,第234页。
② 李泽厚:《启蒙与救亡的双重变奏》,《中国现代思想史论》,上海:东方出版社1987年版,第32页。
③ 李泽厚:《启蒙与救亡的双重变奏》,《中国现代思想史论》,上海:东方出版社1987年版,第35页。
④ 陈思和:《文学观念中的战争文化心理——当代文化与文学论纲之一》,《鸡鸣风雨》,上海:学林出版社1994年版,第3—28页。

　　战前马华文学的时间跨度仅限在 1937 年到 1942 年之间,主要作家包括王君实①、胡愈之②、铁抗③、张天白④、流冰⑤、老蕾⑥、叶尼⑦、金丁⑧、

---

① 王君实(1918—1942),原名王惠风,祖籍广东澄海,笔名有王修惠、王乐怡、蓝田玉、白登道、横光、陈清浓、朱丽叶等,广东中山大学肄业,1938 年南下,活跃于新马文坛。1942 年日军"检证"时期,坠楼自杀,年仅 24 岁。

② 胡愈之(1896—1986),原名学愚,祖籍浙江上虞,1941 年 12 月应聘来星主编《南洋商报》,一直到 1942 年新加坡沦陷避难于苏门答腊岛。战后返新办报,再度撰与争论,直至 1948 年 3 月返回中国。

③ 铁抗(1913—1942),原名郑卓群,笔名铁亢、明珠、君羊、金铁皆鸣、金鉴、金箭、里纯,祖籍广东潮阳。17 岁开始创作,在汕头印行过一册薄薄的小说集。之后到上海、武汉、重庆各地,从事文艺活动。1936 年冬南下新马,加入本地文艺行列。1937 年初起在《晨星》副刊发表作品,1937 年中至 1938 年底,接编《星洲日报》的《文艺》副刊,经常在该刊撰写文学短论及短篇小说。1939 年 5 月到年底,接编文艺界同人杂志《世纪风》副刊,大力提倡文艺通讯运动;同时主持文艺界同人杂志《文艺长城》编务,出刊约六七期。1940 年起,赴邦咯岛各地教书,同时为《星洲日报·晨星》《新国民日报·文艺》《槟城现代日报·前驱》《现代周刊》等刊物撰稿,1941 年底返回星洲。1942 年 2 月,星洲沦陷,死于"检证",时仅 29 岁。

④ 张天白(1902—1976),笔名晓光、马达、太阳、炎炎、东方生、丘康、丘幸之、杨明等,祖籍广东梅县,1930 年南下,开始在星洲、槟城各报副刊撰稿,一度任《槟城新报》编辑。1934 年前后,定居吉隆坡,先后在国民公学、华侨中学等校任教,写作也越勤。1938 年曾接编吉隆坡《马华日报·前哨》,战后返华,定居广州,其后情况不详。

⑤ 流冰(1914—1987),原名孙孺,笔名夏风、逊如,祖籍广东兴宁,出生于新加坡,1929 年毕业于广东梅县县立中学,1932 年前后出现于新马文坛,曾在加影、马六甲等地教书,并从事戏剧工作,1933 年底离新返华,曾参加过中国诗歌会的活动,与王亚平、聂绀弩、叶紫等作家都有来往,1935 年赴日留学,不久离日返马,1940 年底离马返华。

⑥ 老蕾(1915—?),本名许清昌,笔名许风、佛特、欧阳之青、罗汉明等,祖籍福建永春。1937 年肄业于厦门大学,南下在学校任教,同时活跃于新马文坛,1975 年退休,晚年定居新加坡。

⑦ 叶尼(1913—1989),原名洪为济,笔名高哥、丹枫、吴天、天、田、马蒙、方甲逸等,原籍江苏扬州。早期在上海学美术,后来赴日本留学研究戏剧,1936 年南下,在马来亚芙蓉某中学执教,10 月间为该校学生戏剧演出编写了一个独幕剧《南岛风光》(后改名《赤道小景》),是他南下后创作的第一个剧本。1937 年春,移居新加坡,一度任《星洲日报》翻译。这期间在《星洲日报·晨星》发表了许多散文和报告文学。星洲业余话剧社成立后,任该社编导,并编写了他的第二个剧本《伤病医院》,为本地最早演出的救亡戏剧之一。1937 年冬,接编《星中日报·星火》,1938 年离职。其后更积极地参与话剧活动,同时,也为马康人主编的《南洋周刊》大量撰稿。1939 年 1 月离新返沪,在新马居留时间约为两年半。1989 年逝世。

⑧ 金丁(1910—1998),原名汪林锡,祖籍北京。在北京、上海参加过文艺活动,1931 年 5 月第一次去上海,年底返回北平,加入北平左翼作家联盟。1932 年 9 月再次去上海,参加中国"左联",为创作委员会执委,与鲁迅、周扬、丁玲、艾思奇交往。1937 年南下新马,在本地中学任教,1938 年初开始在《狮声》《晨星》《星火》等副刊撰稿,1938 年 7 月曾任教于南洋女子中学。新加坡沦陷期间,金丁随郁达夫、胡愈之、巴人、王纪元等人避难于苏门答腊岛,战后返新,逗留了一段时间,也写了一些作品,但兴趣转向印尼文学研究,1949 年回中国从事教育工作。

白荻①、李润湖②、流浪③等人。很多作家都有着中国作家的身份和特点,如王君实 1938 年南来,1942 年星洲沦陷时坠楼自杀。"其实王君实表面上的冷隽正衬托着他内心的强烈的爱憎,他斗志昂扬,热情澎湃,他爱国家,爱民族,爱光明有甚于爱自己。"④流冰"在上海的期间,他似乎参加过中国诗歌会的活动,和王亚平等人混得很熟(见《从街头诗歌谈起》);除了中国诗歌会之外,其他一些文艺领域的工作,他似乎也是一个参与者,和聂绀弩、叶紫诸人都有来往(见《忆叶紫》)"⑤。叶尼曾与田汉相识:"田汉的态度是很沉默的,他平静的语调说明了他是一个学者,并不如我们所想象的那样活泼,英雄。长脸,下颚微微突出,眼睛是聪慧的,上面盖着两笔清秀的眉毛。这就尽够描画出他的一切了。他穿一身藏青色西装,与一切平常的人一样,领前系一条黑色的领带,是那样文雅,富有书生气概。会散后,他微微点了点头便在掌声中走下来了。"⑥金丁与中国抗战时期的一些人物,如林伯修、钱亦石都有交情⑦,与郁达夫、胡愈之、巴人等人私交甚好,他的回忆文章《郁达夫的最后》为考证郁达夫后期的生活提供了重要的材料⑧。很多南下作家都有着在时代面前的转变过程,除了郁达夫,像王君实早期也是罗亭式小资产阶级文人。高云曾经发现他枕下有《小寡妇日记》这样的色情小说,还笑话过他。日军侵略马来半岛的时候,王君实积极参与抗战活动。"时代是伟大的,他从此已变成另外一个人。因为娇生惯了,性格本来有点羞涩,说话有时还带着结巴,可是在后港的群众大会上,他却变成一个最具煽动力的雄

① 白荻(1915—1961),原名黄科梅,或署黄莺、瓢儿、白琳、萧琴、楼雨桐、香雪海、胡图、田家瑾等,祖籍广东揭阳。1930 年南下星洲,年仅 15 岁。翌年即开始写作,结识当地文化界先进人士。1935 年到 1936 年,与吴广川、辜斧夫、石灵、吴静邦等创建新野社。1936 年年底进《新国民日报》工作。1938 年冬,继吴广川之后主编《新国民报》的《文艺》周刊。1939 年,与李蕴朗、桃木、刘思等成立诗歌团体吼社,借《星洲日报》《南洋商报》《总汇新报》《新国民日报》等四家报章的副刊篇幅轮流出版"吼社诗歌专页"。战后继续在报界工作,1952 年 9 月到 1957 年 8 月主持《新报》,并长期兼编《新报》的副刊《新园》;1960 年初创办《民报》。1961 年逝世。
② 李润湖(1913—1948),笔名陈建、林曼、华尼、英英、建汾、邓匡君、柳红玉、陆幼琴、梅颂明、文淑娟、庞曼坚、江上三郎、欧阳寒吟、尉迟华非、陈玉琼、严韦蒙、宋千金等,祖籍广东潮安。1934 年前后出现在新马文坛,在《南洋商报》《狮声》《展望台》各版撰写散文。1936 年底进新国民日报社工作,先后主编《新路》《新光》等副刊。战后,继续在报界服务,先后担任多家报社的外勤记者。1948 年初病逝于星洲,年仅 35 岁。
③ 流浪(? —1942?),原名刘道南,原籍湖南,1935 年定居新马,发表文学作品。
④ 叶冠复:《序一》,方修、叶冠复合编:《王君实选集》,新加坡:万里书局 1979 年版,第 7 页。
⑤ 方修:《前言》,方修编:《流冰作品选》,新加坡:上海书局 1979 年版,第 2 页。
⑥ 叶尼:《田汉素描》,方修编:《叶尼作品选》,新加坡:上海书局 1980 年版,第 96 页。
⑦ 金丁:《抗战中的钱亦石(1938)》,方修编:《金丁作品选》,新加坡:万里书局 1979 年版,第 119 页。
⑧ 金丁:《郁达夫的最后》,方修编:《金丁作品选》,新加坡:上海书局 1979 年版,第 126—137 页。

辩家。空袭警报响的时候,我们一同在潮青会楼上,他谈笑自若,象无其事,甚且还跟我开了一个最后的玩笑。……这种英雄式的行为,不但使他平日些微错误的举动可以取得别人的谅解,并且足为胆小的文化界示范。以前我常叹惜他的坟墓,从地面上消失,现在已猜透个中的隐秘,认为这是世纪的懦弱,如果让他树起一块丰碑在光天化日之下,那就无意接受了永恒的控诉。"①总结而言,他们的原始正义表现在以下几个方面:

其一是他们对中国的想念与回忆,其中也包括对中国抗战活动的描述。如王君实的《水、面包、子弹——记第三连》(1938),讲述的是自己参加第十一战地服务队,巡视到徐州一带的见闻:"在壕堑,在营帐,每处,一个个健康的人荷枪伫立,一堆土丘,一堆草盖,都巧妙地利用着作伪装的遮蔽。那枪,正紧紧瞄准敌人,不浪费,果敢,试验着他的力量。六年来,潜在内心的愤慨都激起来了,生命的活力一下子发酵了,一声不作,方寸的镇定,使他们感到格外的欣悦。在前线的岗位上,像一个壁立不可摇撼的山峰,不可越过的山峰。"②这些作家对中国的回忆带有很大程度的创伤色彩,如金丁在《沦陷以后》(1938)中关于日军暴行的描写,从某种意义上来说,也在向南洋群众宣传和介绍中国的抗战:"可是城里的中国人几乎逃光了。逃不了的,凡是女人就都被掳了去;谁都晓得被掳走以后将会遇到怎样惨酷的不幸。男的,被那些日本兵从喉里灌了煤油,活活地烧死了,活活地把从胸部以下的身体埋到土里,于是头和肩膀被太阳晒焦了、晒烂了;而那些被缚在树干上的,脖子上插着刺刀,刺刀一直穿到了树干上。城北门的门楼上,钉着许多裸体的女尸;沿街电杆上挂着许多人头,乌鸦把那些人头的眼睛完全吃光了。几时能够把这一切侮辱完全洗净?几时能攻进城里去?据说政府方面派来的援兵就开到了。……然而他那为自己所爱恋着的家乡,现在却被敌人的炮火毁坏了,父母没有了,妻子没有了,他什么都没有了,他为什么要活呢?阿黄实在是懂得的,他不只为他自己,为他自己的父母妻子。想到在自己国土里另外一些地方所忍受的劫难,想到许多人也都是要活,他明白自己生活的意义了。"③金丁的《侵略主义往何处去?》(1938)为南洋民众分析了中国抗战局势:"究竟日本能不能并吞中国呢?即使把中国真的并吞了,日本是不是能

---

① 高云:《王君实印象记》,方修、叶冠复合编:《王君实选集》,新加坡:万里书局1979年版,第174—175页。

② 王君实:《水、面包、子弹——记第三连》,方修、叶冠复合编:《王君实选集》,新加坡:上海书局1979年版,第36—37页。

③ 金丁:《沦陷以后》,方修编:《金丁作品选》,新加坡:上海书局1979年版,第14—16页。

够消化呢,这两个问题,在今年来曾经使日本财阀感到难以摆脱的苦闷。一八九四年到一八九五年间的中日战争,日本全体参战的人数,不过二十六万左右,战费总额只有二万零四十万元,而战争的结果,不但使日本得到了二万三千一百五十万的赔款,并且还占有了台湾等地。那么借口东村大尉的被杀,而进占了东北四省的结果,究竟有了什么成绩呢? 不要说一切'移植''开发''经营'等等伟大的计划,到今日都已成为过眼云烟,即日本军力是否能够长远地'保护'伪满洲国,也都是很成问题的。……七七事件以后,日本驻满军队的数目,我们虽然尚不确知,但是估计当有七七事件以前的两倍。但这也正是日寇的最大苦恼。对于一切占领区域,如果不增调大兵,日军一定会遭致很快的失败,但如果是增兵久驻,那又一定是要加重了财阀的负担。这是一个'两难'的问题。"①这篇文章大胆地预测道:"谁能拯救日本呢? 日本军阀,只能使日本崩溃!"②

其二是对马来亚本土抗日活动的关注。最具代表性的是乳婴③的《八九百人》(1938)。该文描写的是新马一带华族群众对日本商人的"不合作运动",作品中八九百位华人矿工拒绝替日本人经营的铁矿做工,集体提出辞职。上官豸的《非英雄史略》(1939)讲述了国军战士李四、李五两兄弟逃到南洋,之后李四因伤亡故,李五北返中国抗日的故事。在李蕴朗的《转变》(1939)中,张财伯辛苦一辈子顶了一家咖啡店,他不关心中国抗战形势,认为中国人与日本人打起来不关他的事情。但他去领取营业执照的时候被殖民官员刁难,最终体会到祖国不强,在海外国人永远被人瞧不起。

其三是南下文人在马来亚保持着对中国时局的关心,加强了文艺宣传的力度。早在20世纪伊始,南洋华侨先后于1905年、1908年发起了反对美国和日本的抵制运动。1905年南洋华侨强烈抗议美国的排华行径。在上海,一位华侨自杀于美国领事馆门前以示抗议,而美国在新加坡的贸易也陷于停滞。面对如此高涨的民族主义情绪,新加坡的华侨领袖评论说,民族主义成功地激起了中国民主主义潜在势力的义愤,是中华民族精神觉醒的有

---

① 金丁:《侵略主义往何处去?》,方修编:《金丁作品选》,新加坡:上海书局1979年版,第95—96页。
② 金丁:《侵略主义往何处去?》,方修编:《金丁作品选》,新加坡:上海书局1979年版,第99页。
③ 乳婴(1912—1988),本名陈树英,苏州人,另有笔名金枝芒、殷枝阳、周容、周力,1937年7月南来新加坡,著有长篇小说《饥饿》(1960年出版,署名夏阳)和《烽火牙拉顶》(2011年出版,遗著)。

力证明。① 到了 1930 年代，特别是卢沟桥事变后，英殖民者对马来亚华人
支援中国抗日的行为进行压制。1937 年 7 月 23 日，英属马来殖民政府以马
来民政长官的名义发表声明："居留之日华人士不得采取诸如威胁境内和平
之行动，并不许有组织性的筹集资金以汇寄日华两国做为军事用途。"故此，
南洋华侨的抗战救国筹赈活动往往以救济难民的名义进行。② 对中国时局
的关心在文学作品中多有反映。在小说创作方面，王君实的《海岸线》
（1937）即是一例。其中"萧苇赶上来，他看出我的异样，问道：'你怎样了？'
'我支持不住。中国要灭亡了。''不要兴奋，忍住些。''不，不。这个兴奋不
是容易发生的'"③，表达着作者对中国抗战时局的关心。《手》（1938）讲的
是一群爱国青年组织战地服务团，增援台儿庄战役的经过。在文学批评的
主要倾向方面，王君实的《抗战文学与批评》（1938）中写道："南洋虽不是中
国的地方，但，南洋的华侨都没有忘掉是中国人，而且，国内的潮流是一贯地
提携华侨的，祖国在抗战，我们亦感同身受的认识在战时，如果中国抗战失
败，而南洋却连一点战事的波及也没有，难道华侨能够不震惕我们国家的危
机吗？笔者深信，若有正确的认识，和严肃的工作，不但没有阻碍的危机，没
有不正确的倾向；而且是救亡运动的一个必要发展。"④其中对中国抗战现
实的关怀溢于言表。还有话剧创作，如流冰的话剧剧本《云翳》中对当时南
洋商人的爱国行为的描写——旧铁店的老板陈维全和店里书记黄启明之间
的对话就谈及抗战中个人自觉爱国的重要性。另外，他的《两件衬衫》
（1937）将批判矛头直指在南洋卖日本衬衫的商人。叶尼的话剧《没有男子
的戏剧》（1939），讲述的是一所女子中学里发生的事情——女学生吴秀华、
张凤英和朋友们组成战地服务团赴中国参加抗战。

　　在关心中国时局的同时，很多作家也关注着英殖民政府的作为。流冰
在《望政府相信民众》（1937）中指出："'民主政治'对政府是绝对有利的，又
能加强作战力量，巩固国防。惟有在真正的民主政治之下，战时的集权组织
才不致于被敌人离间动摇；惟有在政府与人民溶成一片的时候，才能给敌人
以重大的打击。自抗战以来，国内汉奸多如过江之鲫，到处破坏我们的阵

① 彭波生：《1912—1941 年间马来亚的国民党》，《南洋学报》第 2 卷第 1 号（1961 年 3 月），第 4—5
　页。
② 参见杨建成主编：《南洋华侨抗日救国运动始末：1937—1945》，台北：中华学术院南洋研究所
　1983 年版，第 34 页。
③ 王君实：《海岸线》，方修、叶冠复合编：《王君实选集》，新加坡：上海书局 1979 年版，第 10 页。
④ 王君实：《抗战文学与批评》，方修、叶冠复合编：《王君实选集》，新加坡：上海书局 1979 年版，第
　132—133 页。

线,动摇我们的组织,这就是没有做到开放民众运动、组织民众的缘故;因为这些汉奸,惟有人民大众自身组织起来,才会消灭的。再说,近来星洲有新客满街走的现象,这也是政府没有打算把民众组织起来的结果。这些身强力壮的民众,没有组织,没有训练,没有武器,他们虽要为国效力,也没有办法。在他们的家乡受到威逼或被蹂躏时,当然只好到外洋来找寻安全的生活。"他呼吁政府要"相信民众,了解民众,并且了解民众的组织力量才是抗战中最大的主力军"①。白荻在《一九四〇年的马来亚华人》(1941)中介绍马来亚二百三十余万华人的筹赈和济英工作,为那段历史保留下了珍贵史料:"一年来,在南侨总会领导之下,全马各区筹赈会的工作,如常进行。全马义捐,据总会的统计,自本年一月至九月,约近叻币五百万元,成绩不可谓不佳。华人义捐,除常月捐和特别捐之外,还有寒衣捐,难童捐,药物捐,伤病之友捐,七七纪念章捐,每种成绩均极优异;而劝募卡车,一呼百辆立集,尤为可佩。今年中,还有三件事,值得大书特书。第一,新中国剧团,八月间出巡全马义演。……仅有柔佛属、马六甲、森美兰、雪兰莪四地,为时五月,成绩已达叻币八十万零八百余元。……第二,海外部长吴铁城,奉蒋委座令,南来宣慰侨胞,敦睦邦交,于菲岛荷印公华,上月十四日抵星,稍事逗留后,即出发全马宣慰。行旌所至,同侨除热烈欢迎外,并献金报国,借表敬慰之意。截至现在止,可达国币八百余万元,如今还在继续进行中。"②

其四是延续国民性批判的五四新文学的启蒙主题。李润湖的《"趋热"记》(1934)写道:"据说华人最善'趋热'的。不论哪里有些骚动,猫亦来狗亦来猪哥牛弟亦来,大家围在一起,瞪眼相顾;若问他们在看什么,大家都觉得茫然不知所答。记得在一个晚上,行经某路,见一大群人围得团团圆,大家你看我我看他,究其实里面不过一老妇在牵挽一啼哭着的小孩,但大家却以为那是一幕'夫妻相骂'的'趣剧',不看,死难瞑目。忽然一顽皮朋友高喊'马打'来了,大家即一哄而散;那里依然老妇在发气,小孩子在撒野,'马打'却不见来。再如偶然听到救火车当当的奔驰过去,大家都不察那是救火局长电召练操,或真的何处发生火警,都匆匆的尾随,有的还花数占搭上电车或坐脚踏车直追(!),各抱着观'火'是顶好的玩意儿的'盛意'……这'趋热'在南侨社会中一年年的继续着,我觉得是很可悲的现象! 除非南侨文化提

---

① 流冰:《望政府相信民众》,方修编:《流冰作品选》,新加坡:上海书局 1979 年版,第 144 页。
② 白荻:《一九四〇年的马来亚华人》,方修编:《白荻作品选》,新加坡:上海书局 1979 年版,第 65—66 页。

高而使普遍化,这'趋势'定无一日或休!"①铁抗的《敬告堕落的朋友和帮闲的文人》(1939)警告当时南洋的华人要积极响应救国的号召:"不知救国为何物,而专门玩女人的男子,社会上应予扬弃,而那些帮闲的无聊文人,当然也不能例外。海外华侨救亡工作的坚强堡垒,是不容有这种毒菌的传入与流布,有这毒菌存在,直接间接都予整个救亡阵线莫大影响。我希望以后一般只会写几句诗填几阕词的人们,当你们摇起笔杆的时候,必须握住'抗战第一'的前提,不妨重复地将岳武穆的满江红'怒发冲冠'去写写,千万不要在这些过着活地狱的歌女身上找主题,帮花花公子玩女人的忙,现在已不是那个时代呀!"②他的短篇小说《白蚁》(1939)写到南洋抗战时那些发国难财的商人和政客——一个是萧思义,把"陕西"说成"山西",把"延安"说成"处安",其中的影射是相当明显的;一个是王九圣,编着一本《马华救亡领袖录》,一心想从牙兰加地筹赈分会主席萧伯益那里骗到所谓的出版费;还有一个是从中国来的号称"铁军甲等团长"的林德明,在马来亚从南到北地行骗,让爱国人士给他出回国参军路费,实际上是拿着这些钱打牌、包姘头,一边在那里说着"我不杀死一万个鬼子,决不姓林"的大话,一边"却想起麻坡,麻坡老姘头阿雪。……对,拿了钱再说。到这里来不到二天,一百块;二天后到另一个小州府去,说不定又是一百块。一百块,一百块,一百块……一千!港币二千,国币四千!带阿雪回去广西,开店,做小老板,大老板,发财,做官……"③小说颇似中国 1930 年代讽刺作家张天翼的风格。铁抗也承认自己受过鲁迅杂文、张天翼小说的影响。他认为:"抗战发动以来,一方面,高楼巍峨烟尘十里的大都会流进了各种各色的人群,在国内失去了欺骗和榨取的机会的一些'绅棍'之流,以纯熟的伎俩在热带的通都大会跳跃,继续进行欺骗良善人们的工作,或混进文化界,衣冠禽兽地居然以文化的传播者自居。另一方面,一部分中国侨生们继续坚持着他们的生活态度,而跃进到较高的阶层中去的又日渐腐恶。这一批炎黄胄裔,有的能以某种势力或'关系'妨害写家向他们进攻的勇气,有的则不乐于接受正面的检讨,所以与其对他们的心理和行为正面的进步,就不如采由讽刺为愈"④。

其五是作家笔端的人道主义精神。李润湖《峇六甲桥之夜》(1934)写

———————————

① 李润湖:《"趋热"记》,方修编:《李润湖作品选》,新加坡:上海书局 1980 年版,第 3、6 页。

② 铁抗:《敬告堕落的朋友和帮闲的文人》,方修编:《铁抗作品选》,新加坡:上海书局 1979 年版,第 22—23 页。

③ 铁抗:《白蚁》,方修编:《铁抗作品选》,新加坡:上海书局 1979 年版,第 76 页。

④ 铁抗:《谈讽刺》,方修编:《铁抗作品选》,新加坡:上海书局 1979 年版,第 111 页。

道:"夜的黑幕展开了,桥的四端直立的电灯明燃了,整天劳碌的他们渐渐地陆续地来这里集合攀谈,解解劳碌的辛苦,在晶莹清亮的电灯光下,个个面呈枯槁的神色,身体似很沉重疲乏的要移动着,显示他们的奔劳的艰苦;忧暗的面庞又似挂着一丝微微的苦笑纹,显示他们得着闲息的欣慰。十数个顽皮的小孩,在桥面的中央画了几个圆形或方形的白粉圈,跳跃着,追逐着,嘻嘻哈哈表现他们的天真,黄金时代的骄子,他们不知道这人间有悲哀,有罪恶……新加坡是东方的一个大都会,大都会里的夜生活是神秘的,繁杂的。我所写的这峇六甲桥之夜不过是'沧海之一粟',代表一小小的角落的夜生活而已。"①流冰的《阿英》(1939)中的少女阿英和恋人穷剪发匠离家出走,乡间的流言蜚语让她的父母不堪重负,母亲最终疯掉了。老蕾的小说也极具人道主义情怀,如《小七子的新皮鞋》(1936)讲述的是母亲为取得给儿子买新皮鞋的钱,而被少爷性骚扰的故事。《妻》(1937)里面阿良嫂一直搞不清楚为什么丈夫突然对自己冷淡,直到有一天晚上她发现丈夫溜进隔壁阿屈嫂家中才明白原因。《重逢》(1939)是老蕾最好的短篇小说。小说中科炽被钱秀英的未婚夫借机开除,被迫离开南洋回中国参加抗战,钱秀英也偷偷回国当了一名护士。在一次诊治伤员的时候,两人相遇了。在《弃家者》(1940)中,"我"深夜误入农家,遇见了阿婶。在交谈中,"我"发现回国参加抗战活动的机工林阿狗就是阿婶的儿子。老蕾还尝试创作过象征体的小说,也不脱人道主义的底色。如《未完的故事》(1938)中那位被"一个青脸獠牙的恶魔"抢走的"北方小姑娘",其实喻指的是被日本占领的中国北方地区。

沦陷时期,整个新马地区除了抗日军方面出版的、一般市民不容易接触到的地下抗日文学之外,"就只能够有这一点点出现于一些落水文人所办的报纸副刊的某一个角度里的奴隶文学而已。……不过,这一类奴隶文学的出现也是寥寥无几,可遇不可求。在副刊上出现的大部分文字还是一些旧式文人的消闲杂俎,诸如诗话、掌故之类的东西,不看也罢"②。白色恐怖统治,加上文学创作群体的解散,使得新马文学进入创作低潮。另外,马共的宣传系统曾经出版过大量的油印报纸,这些报章上的一些文字信息也值得我们去关注。总之,就文学史研究而言,这个时期的文学史是一个亟待整理和研究的空白领域,期待将来有新的研究成果问世。

---

① 李润湖:《峇六甲桥之夜》,方修编:《李润湖作品选》,新加坡:上海书局 1980 年版,第 8 页。
② 方修:《文学·报刊·生活》,新加坡:仙人掌出版社 1987 年版,第 57 页。

第二节　左派文人视野与殖民书写：汉素音《餐风饮露》

　　"汉素音"①是作家周光瑚的笔名。本节介绍的是其在马来亚时期的创作，所以采用"汉素音"之名。为什么要使用"汉素音"这个名字？汉素音好友李星可曾经解释其取名缘由："汉素音是她的笔名，有人译作韩素英、唐光瑚、周光瑚，但我在北京认识她的时候，我记得她的中国名字是'周月宾'。据她自己说，汉素音这个笔名，原来是因为她发表第一部英文小说《到重庆去》的时候，她的丈夫唐葆簧在伦敦中国大使馆工作，她自己也替重庆国际宣传处工作，所以临时采用了这个假名。这个假名毫无意义，不过取其发音易读而已，后来有人译作'韩素英'，她自己喜欢译作'汉素音'，因为这三个字的意义好像是'中国之声'，这正是她心向往之的一件工作。"②另外，汉素音曾有一篇访谈③，其中也表明自己倾向"汉素音"的称呼。1952年，汉素音发表了长篇小说《爱情至上》，成为一名国际级的言情小说家。也是在这一年，汉素音因第二段婚姻来到了马来亚。她定居在马来西亚柔佛新山，借着柔佛长堤之便，往返于新、马两地行医，一直到1964年离开马来亚。

　　《餐风饮露》是本节要讨论的对象。这部小说出版于1956年，是汉素音在马来亚期间创作的首部长篇小说。章星虹认为这部长篇小说是汉素音

---

① 汉素音（1916—2012），原名周光瑚，生于河南信阳，随父母在北京长大。父亲生于四川郫县，留学比利时。母亲是比利时弗拉芒人，出身于比利时贵族家庭。1933年就读于燕京大学，1935到比利时布鲁塞尔大学学医。1938年回国，同年与国民党军官唐葆簧结婚。归国期间，周光瑚在成都的美国教会医院做助产士。后唐葆芳在1947年战死于东北战场。1949年前往香港，在玛丽医院从医期间，与记者伊恩·莫里森（Ian Morrison）相恋。1950年8月12日莫里森死于朝鲜战场。1952年周光瑚嫁与英国情报官员梁康柏（Leon Comber）。后两人移居马来亚联合邦柔佛州的新山，她继续行医。1959年两人离婚。1964年被指公开发表不利于新马合并的言论；同年移居中国香港。1971年她嫁给印度工程师陆文星，先后在班加罗尔和洛桑定居。2012年11月2日，汉素音在瑞士洛桑的寓所逝世，享年96岁。她在马来亚时期出版的作品有：长篇小说《爱情至上》（ *A Many-Splendoured Thing* ，1952）、《餐风饮露》（… *and the Rain My Drink* ，1956）、《青山不老》（ *The Mountain Is Young* ，1958）、《面面俱圆》（ *The Four Faces* ，1963）等；中篇小说集《两小无猜：孤影与冬情》（ *Two Loves：Cast but One Shadow and Winter Love* ，1962）。1955年，美国好莱坞根据《爱情至上》改编拍摄的电影《生死恋》上映，获得1955年第28届奥斯卡金像奖的最佳服饰设计、最佳原创音乐及最佳音乐等奖项。

② 李星可：《译者序——汉素音其人及其作品》，《餐风饮露》（上册），新加坡：青年书局1958年版，第3—4页。

③ 汉素音：《"韩素英"应写"汉素音"/"唐光瑚"原为"周光瑚"/巴金夫人自北京经港返星》，《南洋商报》1956年7月16日，第6页。

"书写马来亚/东南亚"系列作品的发端之作①。这部小说以英殖民者从1948年开始的"紧急法令"执行过程为线索,呈现当时马来亚人民的生存状态,特别是各阶层人民(包括"马共")面对白色恐怖的心理状态,为后人研究马来亚历史和社会留下了宝贵的文学材料。小说1956年初版后,一再重版,被很多西方大学列为英国殖民时期马来亚历史的重要参考资料。需要特别指出的是,汉素音从来没有以中文进行过文学创作,她虽然能够说流利的华语,但她自小上的是教会学校,先后接受法文和英文的教育,她的华文水平不足以进行文学创作。所以,《餐风饮露》是一本英文小说。据李星可的回忆,中译版本书名《餐风饮露》是汉素音自己选定的,而我们今天讨论的《餐风饮露》,是以李星可翻译的中文版为主,再加上未译完的英文部分。这也算是我们研究新华文学的一个特例。

一、左派情怀的形成:汉素音的人道主义精神

汉素音在新马时期的文学创作有两个特点。第一,她的作品关注贫民生活,注意对贫富阶级之间不平等生活的反映,这些都基于她的人道主义情怀②。汉素音在新加坡牛车水开设的私人诊所"光瑚药房",从来没有被私会党(黑社会)骚扰过,因为平时遇到私会党成员因斗殴受伤求医的时候,按当局规定医生必须报警,但汉素音却"一声不吭"。她认为:"为什么?我并不太相信法律和秩序的代表们比做坏事的人们干净到哪里去。"③李惠望(陆运涛妻子,时任华人妇女协会会长)曾在一次大会上这样介绍汉素音:"住在牛车水的成千上万的人,从来没读过她的书,但没有谁不认识这位深受人们喜爱的医生。她为这些人看病,收费低得几乎等于不收费……"④评论者也多赞赏她作品中写实的一面:"就内容来说,汉素音这部书(笔者注:《餐风饮露》)中所描写的马来亚,还是战后初期的马来亚,可是,虽然如此,这仍然是一部最有价值的著作。这部书的价值不在于它所提供的史料,而

---

① 章星虹:《韩素音在马来亚——行医、写作和社会参与(1952—1964)》,新加坡:南洋理工大学中华语言文化中心、八方文化创作室2016年版,第82页。

② 从西方文学史来看,启蒙主义在现实主义文学中是比较主流的文学思潮,人道主义是启蒙主义在西方文学演变中的一种形态。那么,现代主义文学中、后现代主义文学中就没有人道主义精神吗?不能这样说,我在这里只是设定这个框架,将这种创作倾向称为"人道主义"。

③ 韩素音:《韩素音自传——吾宅双门》,陈德彰、林克美译,北京:中国华侨出版社1991年版,第228页。

④ "Suyin: 20th Century Will See Women Gain Full Equality", in *The Straits Times*(Singapore), 18 January 1959, p.5. 转引自章星虹《韩素音在马来亚——行医、写作和社会参与(1952—1964)》,新加坡:南洋理工大学中华语言文化中心、八方文化创作室2016年版,第69页。

是在于它的文笔。汉素音女士的文笔最长于写景，也最长于人物的刻画，她的观察犀利，事与人的描写都能倾其注意于环境性格的矛盾冲突，而不自囿于主观成见的小我天地中。像这样的写作，男作家中已经难得，就是在汉素音本人的著作中，这一部新著也与她以前的作品几乎判若两人。我相信，这部小说绝少有搬上银幕的机会，至少是在目前，但比较起来那部业已搬上银幕的《爱情至上》(笔者注：汉素音 1952 年的长篇小说)，我更喜欢她这部新著。"①

　　第二，基于对华人命运的关心，她对中华文化以及相关的华人事务都表现出极大的热情。汉素音的国籍是英国，但父亲的中国人身份让她也"成为"中国人，更重要的是她自己的文化/身份认同也是偏向中国的。而作为混血儿的她，在家中被母亲嫌弃，使其更认同自己是中国人。从目前她所存的照片来看，她在家中和公开场合都是身着旗袍，这可谓她文化偏好的一个注脚。在 1982 年 *A Mortal Flower*(Jonathan Cape Ltd. 1966)的中译本序言中她这样写道："美国的出版人要我把这本书集中写我的外国母亲和她在中国的生活。但我不能同意这样的写法。因为我认为，如果以我母亲作为主角来写，并不能使千百万国外读者了解中国和中国人民。这也是一种个人的问题。我正在寻找我自己的根——我的感受和心绪的根源——而这一切，无疑都是在中国。……我对敬爱的周总理和邓大姐致以感谢之忱和崇高的敬礼。我对英雄的、坚韧的和高贵的中国人民表示感激和挚爱。他们的历史是光荣的，他们的未来目标充满了希望和保证。我经常以自己至少是半个中国人而感到自豪。"②而在马来亚时期，她曾说过："马来亚的中国人，因为具有中华民族的特性，及世界最优美的历史悠久的传统的文化，无论处境怎样困难，环境怎样变化，五年或十年以后，在文化上、政治上及经济上，都是能站在第一位的。"③足见她对中国的感情之深。

　　诚如前言，汉素音是以英文进行文学创作的，但她的生活及创作所处的是华人(华语)的环境，而且面对的是新马华文文学界，这使得她的创作成为新华文学的一个特例。一方面，她自己对融入东南亚多元文化环境是非常自觉的。她认为："东南亚是一个值得留恋与奇异的地方，此地人文风俗繁

---

① 李星可：《译者序——汉素音其人及其作品》，《餐风饮露》(上册)，新加坡：青年书局 1958 年版，第 5 页。
② 韩素音：《韩素音自传：凋谢的花朵(1928—1938)》"中译本前言"，殷书训译，北京：生活·读书·新知三联书店 1982 年版，第 1、3 页。
③ 萧文增：《作家、学者、医生唐光瑚女士访问记——她以"汉素英"笔名写成两本书，风行英美及欧陆》，新加坡：《南洋商报》(特写)1952 年 6 月 30 日，第 5 页。

多复杂,互相融合,形成生活形式复杂错综。没有其他的国家的地理、宗教、生活方式等等,又如此的形形色色。我们须要将这种多元的生活方式与文化,拉拢在一起,须要我们之间的互相了解与认识。"①另一方面,她还积极参与马华文学的建构。如1967年由李星可和梁康柏编译的短篇翻译小说集《现代马来西亚华文小说选编》在新加坡出版。汉素音为这本书作序。这篇序言是马来西亚华文文学史上的重要资料。② 同时,汉素音还对"马华文学"下过定义:"马来西亚文学应该包括这些作品(戏剧、小说、诗歌),即在感情上,在效忠的问题上,在描述上,在社会背景上和在所关心的问题上是有关于马来西亚和新加坡的。这些作品可以用星马(笔者注:新加坡旧称'星加坡''星洲',所以早期新加坡著作中,习惯用'星马'来指称'新加坡、马来西亚')四种所被公认为主要语言的马来文、华文、淡米尔文或者英文来发表……从定义上来说,马来西亚华文文学就应该不包括那些以中国或者中国问题为中心的作品。"③这也是马华文学研究界最早的研究成果之一。诚如后人所评:"三十年来的马华文学运动史,大半部是南来作家们以热血以生命在恶劣的环境中来辛勤写下的,他们在这文化落后的殖民地社会里,不顾一切歧视、冷笑与压抑,披荆斩棘,尽了开路先锋的任务,如许杰、马宁、林参天、郑文通、吴天、金枝芒、铁抗、金丁、郁达夫、张一倩、陈如旧、王任叔、胡愈之、沈兹九、张楚琨、丘家珍、杜边、韦晕、絮絮、夏衍、韩萌、米军、李汝琳、李星可、汉素音等,都曾为马华文艺而努力。"④

汉素音是一位左派文人兼地方名医,加之丈夫也是政界高官,所以,她是英殖民地政府的座上客。她曾与第一任丈夫唐葆芳一起获得时任英国国王乔治六世和王后的接见。时任香港总督葛量洪(Alexander Grantham)、时任英国驻东南亚最高专员麦克唐纳(Malcolm MacDonald)、时任香港大学校长赖德爵士(Sir Lindsay Ride)、时任新加坡总督柏立基爵士(Sir Robert Black)等人都与之有过深入交往。据其自传,她与丈夫梁康柏的香港婚礼上,观礼嘉宾中就有香港总督葛量洪夫妇,而代表女方家长的嘉宾就

---

① 《汉素音女士在南洋大学演讲/以作家的立场看东南亚/历述东南亚作家们在写作上的困难》,新加坡:《南洋商报》1958年5月26日,第5页。

② Han Suyin, "Foreword", in Ly Singko and Leon Comber (ed.). *An Anthology of Modern Malaysian Chinese Stories* (Singapore: W. Heinemann, 1967), translated by Ly Singko, pp. 1-21.

③ 汉素音:《马华文学简论》,李哲译,《新社文艺》1970年3月总第13期,第3页。

④ 赵戎:《论李汝琳的创作与功业》,《论马华作家与作品》,新加坡:青年书局1967年版,第82—83页。

是香港大学校长赖德。她与新马两地华巫印各族群名人都很熟悉，如马华公会会长陈桢禄、陈桢禄之子陈修信、邵氏公司总裁邵逸夫、国泰集团总裁陆运涛、柔佛苏丹依布拉欣(Sultan Ibrahim of Johor)、林有福、李星可、林英权(林义顺之孙)、大卫·马绍尔、林清祥等人。她还经常出席政府和民间团体的各种活动，如1953年3月与陈六使、连瀛洲等华社领袖在丹戎禺俱乐部商议南洋大学成立事宜，1958年访问柬埔寨获西哈努克亲王接见，1959年1月参加新加坡举办的"泛太平洋—东南亚妇女大学"成立仪式，1960年在新加坡维多利亚纪念堂举办的"泰戈尔99周年诞辰纪念会"上作主题英文演讲，1960年访问中国与周恩来会面，1963年在雅加达与印尼总统苏加诺会面等等。据统计，她在新马的12年间所作的各种公开演讲有34场，马来亚地区中英文报章对她的报道累计达47次。[①] 再加上她的名人效应，由她的小说《爱情至上》改编而成的好莱坞电影《生死恋》在1955年大卖。而电影大亨陆运涛旗下的新加坡国泰电影集团，也买下《生死恋》在东南亚的放映发行权。1959年，好莱坞还专门派人员来与她洽谈将《青山不老》改编成电影的事宜。1963年，她的小说《孤影》由新加坡国泰电影公司和法国布勒实德电影公司联合拍摄成电影《形影相随》(Cast the Same Shadow)。值得一提的是，正是凭借在政商学三界的声望，汉素音在创作上虽然有左派倾向，但英国殖民政府并不敢轻易去碰这位身份特殊的文化名人。

汉素音在马来亚的12年正好是二战后马来亚民族主义盛行和追求国家独立的时期。当时英国殖民者正在马来亚地区实施"紧急法令"，开展"新村"活动。[②] 新村迁居行动充满暴力："在山郊或林边耕植的华人……事先不获通知，天未亮，军队来了，荷枪实弹将整个地区层层围住，将还在甜梦中的人拉起来，驱上军车，只准携带少许财物。人从屋里走出之后，板屋已被淋上火水(汽油)，放火焚烧。农作物一样被烧毁。所饲养的猪、羊、鸡、犬，只能随手抱回一两只，其余都被毁灭。那些人，扶老携幼，嗑声流泪，在枪尖下无法反抗离开多年培育的农地，离开温暖的家，向茫茫的前途('新村')

---

① 参见章星虹：《韩素音在马来亚——行医、写作和社会参与(1952—1964)》，新加坡：南洋理工大学中华语言文化中心、八方文化创作室2016年版，第313—317页。

② 英国殖民者于1948年6月宣布进入紧急状态，集中优势兵力攻击已重返马来亚森林的马共游击队。由于马共大多数是华人，所以，一时华人对马来亚联邦的忠诚也受到严厉的质疑。加上1950年6月开始，英殖民者大规模实施"布利格计划"(Brigg's Plan)，一方面驱逐有马共嫌疑的华人15000人出境(至1952年止)，另一方面于1950年6月开始将所有约50万散居于郊外与山林边缘的华人居民强制迁移到全马各地约550个"新村"，以断绝马共的物质供应来源。参见李恩涵：《东南亚华人史》，台北：五南图书出版公司2003年版，第713页。

走。"①汉素音在《餐风饮露》中这样叙述:"通过阿梅及所有其他佣人,通过自己在马来亚的旅行和到'新村'去治病人,我开始认识马来亚。我把自己看到的都写了下来。我的书带着丛林和沼泽地的气味,也带着人体切片的气味,有瓦砾,有荒芜。该书于1956年出版,我给它起名为《……雨,我饮的水》。这本书至今还在重印,在美国一些大学里仍然被列为关于马来亚,关于紧急法情况最好的书。"②为收集创作素材,"每到一地,韩素音都尝试与人接触交谈,以了解不同族群、不同阶层人们的想法。一方面,她拜会实权在握的英国殖民官员、大名鼎鼎的社会名流、生活优渥的大学教授。……另一方面,她下到马来甘榜、华人'新村'、橡胶园和矿山,与普通华巫印居民、胶工、矿工以及新村村民交谈聊天"③。加上在经营诊所的过程中,看病和出诊都让她有很多的机会接触到各种各样的病人和林林总总的现实生活,这些真实的社会材料都成了她最好的创作源泉。

《餐风饮露》中的马共形象的历史背景也需要交代。20世纪五六十年代,新加坡主要的反殖力量有二:其一为激进的华校与英校出身的学运和工运领袖,其代表有林清祥、方水双等人,其组织包括"中学联"、南大学生会、左翼工会和马大社会主义俱乐部;其二为新马留学英国的一批有政治觉醒和民族意识的温和派人士,如李光耀、东姑·阿都拉曼等人。这两股势力于1954年组成"人民行动党",为争取新加坡的独立而斗争。在统一战线时期,大家面对英殖民者的时候,尚能合作无间。但当1959年人民行动党执政、新加坡获得自治之后,两股势力因为政治路线所产生的矛盾愈发尖锐。激进派一直被视为马共的外围组织。而激进派的支持者多出身于南洋大学,使得南洋大学因这层关系被蒙上浓厚的政治色彩。汉素音本人不仅参与南洋大学的成立,还亲自参与了很多重要的学校事务。在南洋大学成立之初的3年(1956—1959),她经常组织新加坡西医每周轮流在南洋大学校园医务室为学生义务诊病。在南洋大学任教期间,汉素音兼任文学院讲师,以英文讲授"当代文学",第一次把亚洲文学带入新马地区的大学讲堂。而当年南洋大学的校园刊物中,英文研究会的《南大火炬》和现代语言系的《南洋文学》,在文学创作和翻译方面都邀请汉素音作为顾问。"我于1959年开

---

① 王国璋:《马来西亚的族群政党政治(1955—1995)》,台北:唐山出版社1997年版,第29—30页。

② 韩素音:《韩素音自传——吾宅双门》,陈德彰、林克美译,北京:中国华侨出版社1991年版,第86—87页。

③ 章星虹:《韩素音在马来亚——行医、写作和社会参与(1952—1964)》,新加坡:南洋理工大学中华语言文化中心、八方文化创作室2016年版,第52—53页。

始在南洋大学教授一门历时三个月的现代亚洲文学课程。我晚上上课，每周两次，每次两小时。我不拿工资，最后由于一些成员反对我出席学校毕业典礼，校董会宣布这门课程毕业时不算在内。我开课的目的，不只是为了使学生了解亚洲其他各国的情况（殖民主义在分隔我们方面很得手），也是为了自己进一步了解其他亚洲国家。此外，我要让马来人进入南洋大学，还要在那儿教授马来语。但是，即使一些进步学生对接纳马来人也很反感。独立后，马来亚的新体制给马来人许多特权，南洋大学对华裔学生说来，则成了接受中国教育的最后一个场所。即使华裔学生考试得分最高，他也不会被录取进吉隆坡大学或新加坡人学；而一个得分较低的马来学生则会被录取。"①这些都是关于 20 世纪五六十年代新加坡南洋大学的最珍贵的历史回忆。

　　汉素音还亲历了南洋大学意识形态之争。"1960 年夏我身体垮了。2月，我去了柬埔寨，开始写一本新书《四张面孔》……我和南洋大学左派学生联合会展开了一场激烈、长时间的争论。据说马来亚共产党渗透进了这个组织。引起争论的原因是我公开支持李光耀总理在南洋大学的讲演，激起了左派分子的愤怒，他们在报纸上发表了一封十分粗鲁的信反对我。我一度遭到排斥，后来有 108 名学生集会支持我，最后我在家里会见了学生代表，取得了和解。这增强了我作为无党派人士的地位，但却引起了人民行动党政府对我的愤怒。"②"（1963 年）接着就轮到南洋大学遭难了。警察在夜间袭击，117 名学生被包围，所有大学的刊物被禁止。除了那些从警察那里领到特许证的人，其他人一律不准进入南洋大学。1963 年期间，我帮助几个学生悄悄离开绿色的新加坡。这些学生并不是共产党员，而是因为向被禁的刊物投稿而受牵连的人。我再也没有走进过南洋大学。"③这些为汉素音的《餐风饮露》提供了丰富的创作资源，后来都被写入了她的作品中。

二、南洋阶级图景：《餐风饮露》中的左派知识分子情怀

　　早在 1949 年汉素音在香港玛丽医院工作的时候，她就曾因为把从湾仔街头买来的"三毛扭秧歌"的贴画贴到医院诊室写字台上，而被人视为赤色

---

① 韩素音：《韩素音自传——吾宅双门》，陈德彰、林克美译，北京：中国华侨出版社 1991 年版，第280—281 页。

② 韩素音：《韩素音自传——吾宅双门》，陈德彰、林克美译，北京：中国华侨出版社 1991 年版，第331 页。

③ 韩素音：《韩素音自传——吾宅双门》，陈德彰、林克美译，北京：中国华侨出版社 1991 年版，第459 页。

分子。① 她在香港时期创作的《爱情至上》中就有着左派知识分子的自我认同意识。小说中在香港教会医院工作的寡妇素音,结识了英国记者马克·艾略特并与之相恋。从文学隐喻的角度来看,两人之间的恋爱充满着政治隐喻,如汉素音在政治倾向上,认同新生的中华人民共和国,她认为自己与马克的爱情是否能够有进展,"取决于你们的政府是否承认北京的政府,取决于你们的世界能否接受我们这不可避免的革命以及这革命可能带来的后果,取决于战争是否会爆发。政治、经济、市场等等这些我搞不明白的东西才是决定性因素"②。另外,小说中对中国革命的见解、对新生中国小城生活的描写,都带着非常鲜明的政治倾向。难怪马尔克姆·麦克唐纳这样写道:"通过阅读本书,我们外国人可以更深入地认识是什么样的动机让这么多善良的非共产党的中国人留在国内,并投身于共产党的事业当中。这样的认识有助于中国与西方的和解——这一天必将到来。"③在马来亚期间,她多次公开宣示自己是"一名憋了一肚子气的亚洲人"④。因其对英国殖民地政府不合理政策的谴责态度,汉素音被人指为"共产党"⑤。

汉素音对南洋华人社会非常熟悉。这与她的华裔身份相关,也是她长期关注民生的结果。1953 年,美国记者皮特·罗宾孙(Peter Robinson)出版摄影集《新加坡一瞥》,其中的配文是汉素音撰写的。这本摄影集中有推着婴儿车的英国妇女,有卖小菜的华人菜农,有新加坡河边看船的行人,还有收档后点钱的华人老板,非常直观地展示了新加坡早期各阶层人民的日常生活图景。《餐风饮露》中也有着类似的场景描写,这些都丰富着后人对先辈南洋华人生存状况的了解与认识。如割胶一幕:

> 阿牛跟他的同伴们,忍饥受渴在胶林中受罪的时候,胶林里只有那既不能吃又不能喝的白金色液体注入桶里去,雨是敌人,因为下雨他们就要停止工作,工资的收入就将落空。这就是说要饿得更厉害,肚子里更凶的绞痛,眼睛前面更多的跳动着的影子,牛嫂更多的长叹,还有孩

---

① 韩素音:《韩素音自传——吾宅双门》,陈德彰、林克美译,北京:中国华侨出版社 1991 年版,第 28 页。

② 韩素音:《瑰宝》,上海:上海人民出版社 2007 年版,第 168 页。

③ 马尔克姆·麦克唐纳:《英文版序》(1952),韩素音:《瑰宝》,上海:上海人民出版社 2007 年版,第 4 页。

④ "Han Suyin, of Johore, Writers a Best-Seller," in *The Straits Times* (Singapore), 22 June 1952, p10.

⑤ 韩素音:《韩素音自传——吾宅双门》,陈德彰、林克美译,北京:中国华侨出版社 1991 年版,第 222 页。

子们的哭。有时候如果雨下得不大,他们就不停工,等着雨下完,从树叶底下仰望着天,张着嘴,喝那从树叶上掉下来的雨水。①

在《餐风饮露》(英文版)第七章"毒蛇,小和角"(Vipers,Little and Horned)中,当"我"向马共嫌疑犯阿梅建议,让她针对盗取华人清明节祭品这类案件,在政府报告中指出每个人要尊重其他民族习俗时,阿梅的回答出乎"我"的意料:"我没有记录下那个扣押我的人所说的内容,因为我想审判的结果不会因为我写什么而改变。他们根本就不相信我的证词。在这里,警察是马来人,军队是英国人,他们惩治和对付我们华人。时下是没有公平可言的,这一点韩医生您是清楚的。"而"我"也进一步认识到殖民统治者对华人的残酷统治:"突如其来的恶心抓住了我,因为这种不可思议的事情在马来亚当下残酷和愚蠢的日子里就这样频繁。……无知的糊涂的,仅仅是基于种族的怀疑,就运用紧急法令来先行逮捕,不经审判,也无须证据,不需要所谓的合理怀疑,就可以扣留任何人最少两年。我从未跟阿梅讨论过这些事情。"②从这两段文字,可以一窥马共出身的阿梅对南洋社会中统治者/被统治者(殖民地政治)、巫族/华族(马来亚各族群)之间的社会/阶级不平等状态的深刻体悟。作为小说的作者,这些认识何尝又不是汉素音的个人政治见解?

《餐风饮露》也为我们带来了南洋上流社会华商这一特殊群体的形象描写。如对华商郭文的介绍:"也许是那只乳猪打断了莫沙爵士的深思,使他把他那乌黑而可爱的眼光转向我。他身上流露着那真正的神秘传统的东方尊严。他一点没有那些王室贵族的笨拙而拒人千里的做作逢迎。反之,他

---

① 汉素音:《餐风饮露》,李星可译,新加坡:青年书局1958年版,第110页。

② Han Suyin,*…and the Rain my Drink*(London:Jonathan Cape Ltd,1956),pp. 103-104. 此处为笔者翻译。原文如下:

'You should have told them so in your report,Ah Mei. The trouble in this country is that nobody knows anything about anyone else's customs. That's why terrible mistakes are made.'

'I did write down what she said. But I hear she is up for trial all the same. They did not believe her. But of course the mata-matas are Malay,the troops are British,and they punish us,the Chinese. There are many injustices today,doctor.'

……

Sudden nausea seized me,as it did so often in these cruel and stupid days in Malay. 'I know,Ah Mei.' The muddles of ignorance,the suspicions based on race,the heavy hand of Emergency Regulations,condemning without trail,needing not evidence but plausible suspicion. And that was enough to detain anyone for a minimum of two years. I did not want to discuss these things with Ah Mei.

带着殖民地的特有现象:由于与外国统治者的接触,因此产生了一种人物典型,他们由于忠实的模仿,无意间变成了他们自己的主宰们的讽刺画。他的态度潇洒自然,语调和蔼客气,令人至少不致生疑,即使并非可信的话。这样的都市化的人物自然是诚恳、直爽、老实⋯⋯他玩得一手好棒球,像这样的人自然是非常理智的。统治当局评判他们的创造物,假如不是根据他们已否充分吸收他们自己的习惯的一眼可见的外表举止,那要根据什么呢?莫沙爵士在马来亚政治中已然像一道光芒一样足资注意。他的公式简单,已然获得权威当局的注意:'慢慢来。我们没有十分确有准备之前不必谈独立。我们必须在学走以前先学爬。'"①这种人物描写跟早期新马华文文学中妖魔化上流华商不同,如《马戏场中》的买办华人:"我的眼光在这一圈的椅子上转了一圈之后,我便疏疏落落地看见,几个在各种的伟大的宴会或伟大的典礼上的,该埠的华侨领袖,以及几个特别华丽的,大概是资本家的太太或小姐。我自己的心里,在受宠若惊地惊诧,怎么告我这种穷光蛋,也会被列入;与资本家、政府走狗,以及资本家的太太小姐们同一阶级了呢!"②更与后来的苗秀《新加坡屋檐下》(1951)、絮絮《房东太太》(1951)等人创作的小商人形象大相径庭。作为左派西方知识分子,"买办资产阶级"的定义和内涵是汉素音所熟悉的。虽然她没有这样去称呼笔下的华商形象,但有着生动的人物刻画,如:"陆克四周围看了看,忽然觉得这个宴会场面变了样:它已经不是普通华人社会欢迎新到任的警察首长的宴会,像他们欢迎任何其他新到任的英国政府官员一样;它已经不是那种习见的英国式的予取予求,比日本人的赋课来得那么顺利圆润的取求方式;而是代表法律与秩序,财富与产业的整齐队伍,在展示着它们彼此之间的合作与相互依赖,企业东主及其保镖按照他们自己的方式在酬谢那些来保护他们的穿着制服的白种警务人员。"③这样的形象分析和阶级分析的功力是相当深厚的,也从另外一个方面丰富了早期新马华文文学的人物画廊。

非常难得的是汉素音笔下出现了马共形象,这是早期马华文学中极少涉及的人物形象。如"阿梅是第二三四号的敌俘,在森林战中俘虏的同志,现在在这间虽然有风扇吹着然而透不过气来的小办公室里,她站在那里好像是一团光,她那白裤,绣着粉红菊花的小领短衫,显得一身轻松愉快。她的头发没有烫,因为她是森林里出来的,所以是苦行者,而且'电烫头发'是

---

① 汉素音:《餐风饮露》,李星可译,新加坡:青年书局1958年版,第81—82页。
② 许杰:《马戏场中》,《椰子与榴莲》,上海:现代书局1931年版,第95—96页。
③ 汉素音:《餐风饮露》,李星可译,新加坡:青年书局1958年版,第88页。

一种帝国主义的发明，这是谁都知道的。有一天阿梅也许要电烫头发，像所有其他的女孩子，女胶工，保姆，工厂女工，所有马来亚的其他亚洲籍女孩子们一样。可是那一天是有象征的意义的，而她现在也许已经不再相信了。阿梅的脸孔非常甜，那么嫩，那么圆，那么光润，谁看也不会不觉得她美。可是再看，我就注意到那宽眉毛，下巴，高颧骨，还有两只黑黑的大眼睛。我今天只记得她那小孩子式短短的上嘴唇，这嘴唇使她的面孔有一种说不出来的魅力"①。还有"这个青年现在就要断气。……我们站在那青年人的床旁；他的床头也有一个马来警察守卫着，那个警察跟他一样年青。葡萄糖盐水不流了。我多余地试了试他那轻微的脉搏。他的脸皮细腻，五官端正，前额长着一丛黑黑的头发。他像千百个其他华人青年一样，瘦瘦的，十分清秀，跟马来人的美不同，马来人没有华人青年那种秀气，马来人的美好像更肉感"②。其中的马共形象是早期新马文学中难得一见的，弥足珍贵。

　　与马共一样，"新村"也是马来亚书写的重要禁忌。汉素音大胆地涉及这一写作题材，第一次在新马文学中留下了"新村"生活书写的印记。如"在警察站那里，割胶工人们缴出了他们的身份证；马来警察扣留着这些身份证，等他们割胶回来的时候再发还他们。马打（笔者注：'马打'是马来语，'警察'的意思）们检查那些胶工，摸他们的身上，解除他们的腰带，看有没有携带米、肉、豆饼、饼干、罐头、子弹、火柴、香烟、烟草、手表、钢笔、铅笔、任何纸张、钱、首饰、多余的衣服或毛巾、一小块胶布、绳子、钓鱼钩、小刀、肥皂、药品。他们要尝一尝热水瓶里的水，看是不是加了糖。他们要把手电筒照一照他们脚上的鞋，看一看是不是新的。他们要拍一拍脚车皮座，试一试车上的轮胎。有时候他们还要看一看女人们的头发"③。再如，"昨夜我们大规模进袭乌鲁舍利垦区。乌鲁舍利的人民对于那些压迫者又恨又怕。他们从前是森林边缘的农民。在抗日战争期间他们一直供给我们食粮。战后他们停止供给了，可是，不顾恐吓威胁，他们还是继续帮助我们。有一天，英国帝国主义丘八来了，把他们都装上卡车运走了，他们的茅寮被焚烧了，他们的庄稼烧掉了，猪也屠杀了。这是六个月以前的事。人们在车上过了两天。太阳曝着，他们没有东西吃，也没有水喝。后来被送到乌鲁舍利，住的地方周围被围上铁丝网，以便阻止他们运送食粮接济我们。英国人决定把他们安置在这里的时候，他们是在干季看见这块地，把人民运送来的时候已

---

① 汉素音：《餐风饮露》，李星可译，新加坡：青年书局1958年版，第21页。
② 汉素音：《餐风饮露》，李星可译，新加坡：青年书局1958年版，第41页。
③ 汉素音：《餐风饮露》，李星可译，新加坡：青年书局1958年版，第48页。

经是雨季了。他们用铁丝网把这块地方圈起来,命令他们自己盖茅寮居住。在这样水浸的地方,人民怎么样能盖房子居住呢?水深到脚踝,很多小孩子都病了。红毛鬼子来了,看了看,又走了;又有更多人来了,摇摇头。他们告诉人民忍耐,运来了一些石头沙子铺在泥地上。现在人民有了割胶的工作了,是在附近的胶园,茅寮也盖起来了。他们没法多生产粮食,他们噤若寒蝉,可是恨那些英国人"①。这种种关于"新村"历史的描述,都是我们目前能见到的最直观的文学书写。

《餐风饮露》不仅仅是一部文学作品,汉素音还在其中为我们留下了非常客观的实时历史印迹。她从左派文人的立场出发,认为"马来亚炫耀于世界的锡米、树胶,对马来亚人民生活无益,因为这会造成贫富不均。如果每人有足够耕耘的田地,生活平均,无贫富不均现象,相信马来亚暴乱不会发生"②。同时,她一面认同华人坚持自身文化传统,一面也提醒华人:"马来亚之中国人亦应以马来亚为家乡,效忠本邦。因为一个人,不能同时事两个主人。"③她客观地介绍马来半岛的各族人民,并保留当时人们的一些看法,少了历史回述时的立场变化和过多加工,如:"马来人这一名词指的是爪哇人、苏门答腊人、印尼人、东印度群岛的人、亚拉伯人以及受亚拉伯教育信奉依斯兰教的人,以及马来亚本身的马来人;华人则包括半打以上华南各省来的人,他们在特征与气质上都是中国人,但却照方言不同分别为潮州人、福建人、客家人、广府人、海南人,以及若干小帮派人。印度人,包括塔米尔人、孟加拉人、锡克人、巴丹人、班者比人,还有其他的人。在医院的每一病房中,至少要有三种不同的伙食。在每一病房中,看护除了看护之外还要兼司翻译,如果她们翻译不出来,就要找一个勤务或阿婶来代替,任凭翻译的错误百出以及目不识丁的亚洲人的自作聪明。医生当中很少能同所有的病人讲话,因为在马来亚,大学教育的注意点首先是英语流利,这就妨碍了医生们获得本地方言的知识。"④可以说,这些是目前最难得的文学材料,也是丰富新马历史的珍贵材料。

汉素音作品中的左翼立场是非常鲜明的,强调对社会中不公正现象的抨击,反抗不合理的社会制度。这些描写不仅是珍贵的历史图景,同时也是

---

① 汉素音:《餐风饮露》,李星可译,新加坡:青年书局1958年版,第66页。
② 萧文增:《作家、学者、医生唐光瑚女士访问记——她以"汉素英"笔名写成两本书,风行英美及欧陆》,新加坡:《南洋商报》(特写)1952年6月30日,第5页。
③ 萧文增:《作家、学者、医生唐光瑚女士访问记——她以"汉素英"笔名写成两本书,风行英美及欧陆》,新加坡:《南洋商报》(特写)1952年6月30日,第5页。
④ 汉素音:《餐风饮露》,李星可译,新加坡:青年书局1958年版,第38—39页。

汉素音人道主义情怀的重要体现。"他知道有一个村庄曾经两次被削平过。第一次是被日本人,去年是被英国人。第一次被洗劫的时候,森林中的游击队曾经警告过村里的人,所以很多人都逃了。没有逃掉的都遭日本人屠杀。第二次,英国兵是在早晨破晓的时候来的,村子被包围了。全村的人被装上卡车,足足运了六小时,猪杀了,庄稼毁了,全村付之一炬。'这叫做集体处罚。'英医生笑着说,他的脸上突然露出了笑容,这是中国人用来掩饰其他感情的习惯方法。笑是有教养的人用来掩饰疲倦、痛苦,或者愤恨的。"①这段文字在反讽式的描述中揭露着英殖民者草菅人命的恶行。另外,汉素音对马来亚人民的"国民性"持批判立场,这种立场又是源于她人道主义的信念。"病卧在这里的是夹在新与旧这两种魔力的板缝中的亚洲人。西方的医药在白天可以是有力的魔法,当那年龄古老而曾经有力的巫术失灵之时,不得不求它,但这种大胆的尝试在夜间就失灵了。夜间,旧信仰又死灰复燃了;于是,那万灵的草根树根,染了血迹的爪,就又在嘲笑新的神秘——白天的注射针。于是,那难受的魔术与神灵的符咒要用来驱逐月光之下饮人血的魔鬼。在白天,那些穿了白衣的魔术师挥舞着他们的新魔术棒——听诊筒——可以驱魔镇鬼,但在夜间便又是魔鬼猖狂的天下。白天要被迫躺在床上休息,夜晚病人可以自由走动;他们吃那些不准吃然而由亲戚偷偷带进来的味道强烈的东西;赌钱;做生意;涂抹或者服用那些卖草药的人、巫术医师或者中国大夫的药料。"②正是在这些批判西方,同时又反省东方(主要是华人)的辩证思考中,汉素音将人道主义情怀表现得更加深刻。

面对历史研究的一个个南洋史空白,我们急需当时文化人的回忆和重构。他们的在场叙述和历史还原,是我们建构具体历史情境的重要一环,这也是本文中保留了大量原始描述的原因。我们应该庆幸有汉素音这样的有着人道主义情怀,又有着左派批判意识的华裔作家。对于新马文学(研究)而言,她提供了早期新马文学的一个经典文本,也提供了1948年前后英国殖民者重返马来亚执政时的众生相描写;对于新马历史研究来说,她提供的英国殖民历史、马共形象、"新村"以及南洋生活场景,也是非常宝贵的。能够遇到汉素音这位作家,是新马文史研究之福,是新马文史研究者之幸。

---

① 　汉素音:《餐风饮露》,李星可译,新加坡:青年书局1958年版,第40—41页。
② 　汉素音:《餐风饮露》,李星可译,新加坡:青年书局1958年版,第37—38页。

第三节　民族解放战争与左翼写作:金枝芒《饥饿》

金枝芒(1912—1988),生于中国江苏常熟,原名陈树英,另有笔名周容、殷枝阳、乳婴、周力、老陆、夏阳等。党内同志称之为"周力"。1936年南下马来亚,落脚霹雳州督亚冷镇,在当地的同汉华文小学教书,经霹雳州督亚冷地区马共区委书记应敏钦介绍加入马共。1937年前后发表大量文艺作品,热情反映新马一带蓬勃开展的抗日活动。1941年12月8日,日军发动太平洋战争,英属马来群岛(包括马来亚、新加坡、北婆罗洲、砂拉越和文莱)先后被日军占领。金枝芒做过矿工,曾参加抗日同盟会,1943年因党内出现叛徒,转移到霹雳州黑水港一带务农,掩护抗日地下活动。二战后,主张马华文艺应注意自身独特性,号召本土作家为本土而创作。1945—1946年,任马共左翼报刊《北马导报》《怡保日报》编辑。1946年《怡保日报》停刊后,南下吉隆坡任抗日军退伍同志会机关报《战友报》编辑,兼任《民声报》副刊编辑。1948年"6·20事件"爆发,英殖民政府全面实施紧急法令。金枝芒毅然参加马来亚民族解放军,进入彭亨州的森林,在抗英武装部队负责文宣工作,参与编辑和出版《战斗报》《团结报》《火线上》等,后随马共中央机关转移到泰国南部的勿洞。1958年编写完成抗英《十年》战场纪实中、短篇小说14集以及其他军旅作品。之后,长篇军旅小说《饥饿》手抄油印本问世。1961年,受马共组织委派,与马共高层陈平、陈田和老谢等人,离开马泰边境,途经越南前往中国,年底抵达北京。1969年,《马来亚革命之声》电台开播,任华文部主编。1981年电台关闭,任马共中央海外代表团秘书。1988年突发心脏病于北京去世。著有《督央央和他的部落》(1954)、《烽火牙拉顶》(1958)、《甘榜勿隆》(1958)、《饥饿》(1960)等。2004年起,吉隆坡21世纪出版社陆续出版《人民文学家金枝芒抗英战争小说选》《饥饿》《烽火牙拉顶》《十年》等,其中《烽火牙拉顶》为未完稿。方山认为金枝芒"不愧是马来亚(包括马来半岛和新加坡)的人民文学家。自23岁从中国南来,直至76岁在北京逝世,他把青春和生命完全投入了马来亚的进步事业和文艺工作"。①

---

① 方山:《金枝芒是马来亚人民文学家》,21世纪出版社编辑部编《缅怀马新文坛前辈金枝芒》,吉隆坡:21世纪出版社2018年版,第73页。

一、马华左翼文艺的重要参与者

马华左翼文艺的出现可以追溯到 1920 年代。当年许杰南下吉隆坡,受聘出任《益群报》总编辑,同年 8 月 23 日辟出《枯岛》副刊。之后,陈嘶马(宿女)、马宁、汉平(石燕红)和铁戈等,在吉隆坡成立了马来亚普罗艺术联盟(简称"马普")。1932 年 5 月 1 日,马普对外发行刊物《南洋文艺》,发行 3 天就被英殖民政府强行关闭,注册人洪天筹(洪雪村)、陈慧敏和林其仁先后被逮捕。金枝芒的创作有着很强烈的左派色彩。他曾推荐读者阅读《列宁家书集》:"这些家书,在我们,可以当作一种锐利而且有效的武器,打击而且消灭日本法西斯军阀和他们底'仆从'的。"①他推荐中国东北流亡作家端木蕻良的《大地的海》,因为"读着端木蕻良先生的《人地的海》,任谁都会坚决地相信,任鬼子怎样凶残,怎样掠夺,怎样欺压,怎样残杀,中国是不会亡的,中华民族从今天起不会是永远的奴隶"②。

金枝芒属于南下马来亚的中国文人。早年在中国生活时期,贫苦的家庭生活和家庭的不幸命运,让他很早就有着反抗旧社会旧制度的决心。如他自称在江苏第一师范读书的时候:"我的级任先生是个开明的人,不教深奥的古文而教白话,并介绍我们看革命文学的书籍。我受他影响很大。我曾闹风潮赶腐化教员和罢课,拒绝饭桶教员来上课,学生当局要开除,他极力反对,最后出面担保。这个学校都是穷人子弟,一受革命文学影响,很多追求革命,他又公开说什么党派都可以介绍。我和几个同学要求他介绍参加共产党。"③另外,他的文学创作也是左翼色彩明显,如散文《怀念》(1937)中对故土的怀念:"这怀念,我自己也分不出是哀愁? 是情愫? 只是像一条毒蛇,在贪婪地啮嚼着我每一条神经。离开故乡仅只三个月呢! 故乡的土地,却就在强盗抢劫的炮火下毁了。是的毁了! 棉花绽白了的长坡,穗泛黄了的是稻田,于今,不再在高爽的秋空下,迎着微笑在摇曳。它们在强盗抢劫的炮火下成了焦的一片,一个窟窿,一条战壕,残存的野草溅着战士的鲜血枯了。"④散文《南湖的船娘》(1937)提到:"于今,南湖已没有了好闲者的微笑,船娘也该现出勇捷的姿态,送着受伤的战士吧! 代替了烟雨楼的妖冶的微笑的是战士的伤,战士的血,战士打击了敌人后的满意的雄健的笑声

---

① 乳婴:《大家应读的"家书"》,《南洋商报》副刊《狮声》1938 年 5 月 30 日。
② 乳婴:《〈大地的海〉——生活书店出版》,《南洋商报》副刊《狮声》1938 年 10 月 25 日。
③ 金枝芒:《简历》,《饥饿》,吉隆坡:21 世纪出版社 2008 年版,第 Ⅳ 页。
④ 殷枝阳:《怀念》,《星洲日报》副刊《晨星》1937 年 11 月 20 日。

吧！她们安慰着战士,战士教育了她们,在这么一个大时代下,每一个中国的儿女会在一件工作上学习起来,熟练起来,也在每一件工作上,会锻炼起来,成长起来。"①"没有一个中国人曾经想到,四万万五千万人群起抗敌的国家会灭亡。世世子孙在城下做死不翻身的奴才,在炮火下毁灭一炬民族的污秽相,烂疮疤,在自由的诞生中,不该叹息。……在抗战的炮火下,中华民族大行进,新生,一直到大家笑在自由底空气下,自由底国土上。"②

在小说创作方面,1938 年 1 月 28 日,他以金枝芒的笔名在《星中日报》副刊《星火》发表了短篇小说《再会》以纪念"一·二八"事变,其中塑造了李排长的形象。李排长愤懑于"一·二八"那天,上海市市长答应了日本侵略军的条件,中国士兵受不了日本侵略军的压迫,晚上就开始反抗日本军队。"一个月的硬拼,只有老百姓援助我们的。……听说因为我们打鬼子起劲,现在要叫我们打红军再打鬼子;妈的,打是打几十年也打不掉,他们有老百姓帮忙,国家倒只要几年就会在鬼子手里亡了。"以李排长的人物刻画,小说向读者形象地介绍了国民政府攘外必先安内的消极抗日政策的失误和危害。还有短篇小说《黄昏》里面的锄奸运动③,《一天的生活》里面消极抗日、反对学生写日军侵华所见所感的陶老师④。《儿童节小景》中小学生们向祖国捐款捐物,"中华民族到了最危险的时候,打倒东洋,除汉奸"的歌声在小说中不断地响起。⑤ 之后,金枝芒的《新衣服》《八九百个》《小根是怎样死的》《弗琅工》《牺牲者的治疗》等等,都是以宣传抗日战争为背景,描写在战争时代,新马人民觉醒和反抗的过程。方修认为:"乳婴(即金枝芒)虽然写了不少中国题材的小说,如《逃难途中》《小根是怎样死的》等,但他主要的贡献是在于一系列反映抗战初期马华救亡运动的健旺状态的创作,包括《新衣服》与《八九百个》。……如果说,这个短篇(注:《新衣服》)是即小见大,侧面地反映当地华族社会爱国情绪的高亢,那么,《八九百个》便是正面着墨,记录了当时的救亡热潮中的一个突出的画面:华人矿工主动展开的不合作运动。"⑥

---

① 殷枝阳:《南湖的船娘》,《星中日报》副刊《星火》1937 年 11 月 25 日。
② 金枝芒:《亡乡人之歌》,《星洲日报》副刊《晨星》1938 年 1 月 8 日。
③ 金枝芒:《黄昏》,《南洋商报》副刊《狮声》1938 年 3 月 26 日。
④ 金枝芒:《一天的生活》,《南洋商报》副刊《南洋文艺》1938 年 4 月 3 日。
⑤ 金枝芒:《儿童节小景》,《南洋商报》副刊《狮声》1937 年 4 月 11 日。
⑥ 方修:《序言》,方修编:《马华新文学大系(四)·小说二集》,新加坡:世界书局 1971 年版,第 11—12 页。

二、英殖时期的新村和马共历史

二战结束后，曾经的英殖民者重返马来亚。他们一心要接收马来亚共产党人的胜利果实，对马共进行了残酷的镇压。《饥饿》共 13 章 45 节，30 多万字，以马共游击队的抗英战斗为故事主轴，描述了游击队员在殖民政府实施新村集中营政策时期继续战斗，地下交通员们揭露英殖民者截断民运成员支援马共游击队的物质补给线的阴谋等一系列反抗殖民者的故事。《饥饿》目前所存最初的手抄油印本是吉槟州北星社于 1960 年 10 月 1 日出版的，署名"夏阳"。吉打、槟榔屿等州属原是马来业共产党第八支队的游击区域，也是金枝芒曾经战斗过的地方。小说中，小分队队长老刘带领着大家为森林里的马共游击队运送生活物资。他们面对黄东城的告密冷静沉着，化险为夷。小说中还留下了关于群众抗英运动的珍贵记录："有一天，罢工工友举行游行示威，英帝资本家雇用的军队在路边架起了机关枪，警察的木棍上钉满了二三寸长的锉尖的大铁钉，挥舞着迎面冲向手无寸铁的工人队伍，碰到人就夹头夹面乱打。青莲的丈夫走在工人队伍的最前列，一根打下来，头一侧，三四条铁钉插进了头颈和肩胛，被一拉，皮开肉烂，鲜血喷流地倒了。只有几分钟的时间内，二三十个工友倒成一片；有的被打开了头壳，脑浆迸流；有的打在脸上，眼睛被拉了出来，鼻子和耳朵被扯去了一片；有的打在背脊上，有的打在胸膛上，衣服、皮肉一起被扯开。工人阶级的血，染红了英帝胶园的黄泥大路，像暴雨时的流水一样，在路上涌流着。"①同时，小说也记录了当年英殖民者实行的"饿毙政策""宵禁令""连坐政策"等等，游击队员们一个个"牺牲在饥饿里"。还有队友的叛变，如明富；队友的英勇牺牲，如刘芳、张福、阿昌嫂、老刘；亲人被英军残忍地烧死，如才伯。除了英殖民政府的围剿，更可怕的是找不到食物，牺牲的队友也越来越多。如寻找柠檬作为替代食物的时候重伤自杀的，如老方；食用过量的盐而死的，如小良；背面粉过河淹死的阿冬；误食有毒野菜的永兴；被生竹笋毒死的才伯等。更糟糕的是，在敌人的封锁下，"饥饿，越来越凶恶的蹂躏着队伍，同志们已经今非昔比、面目全非了，本来年轻力壮的，不见了泛着红润的颜色的丰满的肌肉，变得面黄肌瘦，衰弱起来了；桂香的病日渐沉重，吃野菜喝水要人扶坐起来；青莲脚肿面肿，伤脚近于残废，扶着木棍走路也觉吃力；年轻的小良，从小娇生惯养，未经体力锻炼，不曾吃过苦，身体急剧衰弱，平白无故地也会

---

① 　金枝芒：《饥饿》，吉隆坡：21 世纪出版社，第 19 页。

头昏眼花得突然跌倒,常常像个病人一样躺在床上;老刘、玉兰、老方、才伯,脸孔也有些浮肿,走多几步也气喘了"。① 游击队员们靠煮椰子、烤乌龟和蜈蚣、吸田螺、吃柠檬山芥菜芭菇菜银芋荷竹笋、打山猪维持生命,坚持战斗。

马共形象在马华文学里面第一次正式登场,是典型的富有革命精神的革命者形象。如从新村集中营外出割胶的林婶眼里:"从说话的声音和微笑的面容,她依稀记得是阿冬仔;但站在她面前的,却又完全不像是她记忆中的人。阿冬饿得瘦骨嶙峋,不高的个子已经失去了原来的形状。吃了10天盐,肿差不多消了,露出一副皮包骨头的面孔:颧骨高高地突起来,面颊深深地瘪下去;在出奇的阔大和深沉的眼眶里,不眠的眼珠布满了红丝;黄蜡色的脸庞泛着苍白,嘴唇却是墨一样的紫色。她从没见过这种饥饿的面容,心在一阵阵酸痛。"②新村里的通信员阿昌嫂,住在名为"四十牌"的新村集中营里,平时把米面都攒起来,等待机会把粮食送到在森林里战斗的同志们手中。新村集中营的形象也第一次出现在马华文学中:"集中营像个地狱一样。青年男女上队了,过埠了;革命家属赶走了;有亲戚、朋友能在外地找到糊口的工作的,搬走了;剩下一些妇孺老弱。什么工也没好做,家家愁着没饭吃。有些人实在没法子,在中午巴士车、罗厘车或敌人的兵车经过的时候,提着一个桶、一只篮,去卖点心、茶水、鸡蛋一类的东西,做一阵小生意。阿昌嫂也曾经夹在人群中去卖了几天,但不只人多利少,无一赚吃,敌兵、敌警和暗牌、走狗,见她年轻美貌还乘机调戏,只得退出这种可怜的小贩的行列。以后,饥饿的群众吵得敌人没法子,在河边多加一重铁丝网,围出了一块茅草芭,阿昌嫂分到一小块,锄来种菜。好的菜,托张福的老母亲拿去卖给巴士车上的过往客人,自己吃残败的菜叶。烂菜叶不够吃,利用中午敌人押着洗衣服的一个时间,采大河边的芭菇菜。她把卖菜得来的钱添上做女佣时的钱,每个星期买敌人配给她母女两人五斤半米和一些油外,而把大部分存放起来准备给饥饿中的同志们。"③

虽然最后游击队只剩下4位革命战士,但他们很快就投入新的战斗中。金枝芒在结尾部分高扬着左翼革命文学的精神:"这一场斗争,也是困难和艰苦的。但他们从残酷的饥饿中过来,经历了森林游击战争中最大的苦难和最高的艰苦,这已不足以阻止他们的斗争的前进的步伐了。在党的领导

---

① 金枝芒:《饥饿》,吉隆坡:21世纪出版社,第114页。
② 金枝芒:《饥饿》,吉隆坡:21世纪出版社,第198页。
③ 金枝芒:《饥饿》,吉隆坡:21世纪出版社,第230—231页。

和群众的支持下,队伍又慢慢地壮大了起来,高举着民族解放的光辉灿烂的旗帜,勇往前进了!"①在今天看来,这部小说在艺术手法上还是略显简单,但从左翼文学的角度来看,它是东南亚文坛不可多得的关于民族解放的重要代表作,如编辑所言:"《饥饿》是在烽火连天的环境中即时成章的,不足之处难免,但胜在气势如虹。与其强求完美,不如保其原貌。原著情节峰回路转,扣人心弦;场面悲痛激昂,催人泪下。于今读来,难禁心潮澎湃。"②

金枝芒的《饥饿》可以看作是马华文学的经典之作,它填补了马华文学关于抗日抗英战争这一历史谱系的空白。现居中国的马华作家马阳认为《饥饿》可以和苏联法捷耶夫的《毁灭》相媲美:"《饥饿》受《毁灭》的启迪,但不是模仿。不论是内容题材,还是语言结构,完全是马来亚的。《饥饿》所面对的敌人、战争的现代性,似乎更叫残酷。20世纪50年代的老奸巨猾的英殖民者,较之20世纪初叶的俄国沙皇对当时革命者的镇压围剿更加残忍诡诈和绝灭人性。马来亚共产党领导的抗英民族解放战争,完全有条件有资格作为上世纪反殖反帝要求民主独立的英雄壮歌载入史册。"③更重要的是,坚持马华文学本土化追求的金枝芒,他的本土语言特色的表现非常成功,同样是中文写作,但"没有大陆腔,一读就知道是马来亚的,是马来亚劳工华社常用的字词和语言结构,尤多粤语和客家话的因素。又不是简单的方言,而是经过了作家的加工提炼。是成熟了的马华文学的艺术语言,其间已兼具了马来语素的有机体。从文本中可以找到许多在华语里流行的马来字词"④。东南亚左翼文学的发展历程漫长,时间超过半个世纪,其中涉及东南亚各国的国族认同、冷战文化的时代影响、现实主义的在地发展等一系列重要学术话题。作为左翼文学,金枝芒的《饥饿》无论是在小说内容的充实程度上,还是在对本土语言的运用上,都很成功。再加上作为构成东南亚左翼文学思潮谱系的重要一环,它无疑是东南亚左翼文学的经典之作。

东南亚华文文学中的左翼传统是一个非常值得关注的话题,从1948年英国殖民者对马来亚实行紧急法令到1950—1970年代东南亚各资本主义国家对共产主义思潮的封杀,左翼社会运动一直以剧烈的抗争状态存在着,

---

① 金枝芒:《饥饿》,吉隆坡:21世纪出版社,第368页。

② 21世纪出版社编辑部:《前言》,金枝芒:《饥饿》,吉隆坡:21世纪出版社2008年版,第Ⅲ页。

③ 马阳:《来自热带莽林的经典——论金枝芒的〈饥饿〉》,《〈十年〉(第十三集至第十四集)——抗英战斗故事辑(五)》,吉隆坡:21世纪出版社2013年版,第262—263页。

④ 马阳:《来自热带莽林的经典——论金枝芒的〈饥饿〉》,《〈十年〉(第十三集至第十四集)——抗英战斗故事辑(五)》,吉隆坡:21世纪出版社2013年版,第280页。

如马来西亚、新加坡、印度尼西亚都发生过镇压马共、镇压工人运动,甚至驱逐和屠杀华人的事件。这种种都是冷战思维主导下,各国执政者的意识形态在作祟。以马来亚为例,1948 年 2 月 1 日,英国殖民者重返马来亚地区,成立了马来亚联合邦(Federation of Malaya),实施新宪制。同时期,英国殖民当局采取盲目的排华政策,大量驱逐左倾华人出境,1948 年 6 月宣布进入紧急状态,集中优势兵力以攻击已经返回马来亚森林的马共游击队。1955—1959 年左翼学生运动在新加坡不断爆发,直至 1959 年人民行动党取得了政权,人民行动党当时由左翼人士主导,这场胜利可以看到新加坡左翼运动已成风起云涌之势。1961 年左翼人士从人民行动党分离出来另组社会主义阵线,后因殖民政府的选前大逮捕,社会主义阵线没有赢得 1963 年的新加坡大选。大选之后,新加坡政府褫夺了南洋大学创办人与新加坡中华总商会名誉会长陈六使的公民权。1964—1966 年间,南洋大学约有 237 名左翼进步学生被逮捕或者开除。而同时期的印度尼西亚苏哈托政府对华人并不友好,华裔印尼人或者外籍华人经常成为借口反共与反华的印尼人发动暴行的对象。[①] 这些都是东南亚左翼革命力量的生存状态,左翼革命运动是导致 1940—1970 年代东南亚社会变迁的重要力量。

在左翼文学领域,以鲁迅为精神导师,以新中国社会主义现实主义思潮来指导自己创作的作家一直在辛勤笔耕,如汉素音的《餐风饮露》、郭宝崑的《小白船》、英培安的《骚动》和金枝芒的《饥饿》都是其中经典之作。本章对左翼文学及其代表作家作品的研究,是为了通过对具体史料、作品的整理和分析回到历史的深处,重新发掘那些深受左翼思潮影响的东南亚华人作家,展示他们以笔为旗书写着 20 世纪中叶东南亚共产主义思潮并为我们还原一段段弥足珍贵的革命画面的文学努力。

---

① 除了马来亚、新加坡、印尼,同时期的泰国、菲律宾、越南、柬埔寨和缅甸等国都因为冷战时代的来临,华人政策都趋向严苛。参见李恩涵:《东南亚华人史》,台北:五南图书出版公司 2003 年版,第 703—833 页。

第七章 南洋话剧的艺术实践:抗战时期话剧、郭宝崑及柯思仁的多元语言剧场

关于新加坡华文话剧的诞生时间,大多数学者认为东南亚话剧文学诞生于 1919 年左右。[1] 此时的话剧被称为"白话剧"或者"新剧"。[2] 柯思仁认为新加坡华文话剧诞生于 1913 年左右,1913 年 11 月 7 日耆英善社在牛车水梨春园上演的白话戏"很可能是第一次由本地人士组织的团体,搬演具有现代戏剧初期的白话戏"[3]。另外,作为新加坡话剧研究专家,他认为"新加坡的现代戏剧,自 20 世纪初以来,就一直展现强烈的社会参与和改革意识。受到中国五四新文化运动直接启发的新加坡现代戏剧,从 1920 年代的启迪民智、批判民间陋俗,到 1930 年代初的提倡新兴(社会主义)思想,以及 1930 年代中期到 1940 年代初期,声援在中国进行的抗日战争,都与中国的社会运动、政治思潮紧密相连"[4]。

二战前,从中国来的作家被称为南下文人,他们在南洋的活动也配合着中国不同时期的时局发展。孙中山先生发动辛亥革命前夕,为了获得马来亚华侨的支持,于 1909 年委派"中国振天声社改良新戏班"来马来亚作巡回演出。该班演剧的内容,夹杂着强烈的革命思想,演出的剧目有《梦后钟》《烟精拜年》《雄飞将军战死榴花塔》《搏浪沙击秦》等。"所串之戏,俱是将官场腐败情形演出"[5],以鼓动侨众对清朝政府的不满,响应中国革命运动。当时,振天声剧团是以为"广东省八邑水灾筹款"的慈善名义来马来亚演出的。它最终获得广大侨团和侨民的支持,成功摆脱了"保皇党"的阻扰而顺利巡演。

① 方修:《导言》,方修编:《马华新文学大系(五)·戏剧集》,新加坡:世界书局 1971 年版,第 1 页。
② 朱绪:《新马话剧活动四十五年》,新加坡:文学书屋 1985 年版,第 3 页。
③ 柯思仁:《戏聚百年:新加坡华文戏剧(1913—2013)》,新加坡:戏剧盒、新加坡国家博物馆 2013 年版,第 1 页。
④ 柯思仁:《导论:另一种理想家国的图像》,《郭宝崑全集·第一卷》,新加坡:实践表演艺术中心、八方文化创作室 2005 年版,第 2 页。
⑤ 吉隆振武班一分子:《请看保皇党之肺腑》,《中兴日报》1909 年 2 月 20 日,第 1 版。

第一节　战前南洋话剧的现实关怀:叶尼《伤兵医院》

1927 年发生了"四一二"事件、"七一五"事件两次反革命事件,中国国内政局动荡,大量知识分子南下马来亚。如朱绪,他是业余戏剧工作者,曾经在 1933 年参加爱华音乐社,导演剧作《南归》《花溅泪》;后来也参与发起萤火剧社(1934)、业余话剧社(1937)、实验小剧场(1939),并担任马华巡回剧团(1938)团长;战后入籍新加坡,成为新加坡重要话剧人,一直活跃到 1980 年代。再如马宁,他是 1930 年代南洋新兴戏剧运动的主将,曾化名"王信"编导了《芳娘》《绿林中》《侍女》《兄妹之爱》等剧,演出非常成功。1931 年"九一八"事变过后,另一批戏剧工作者南下,包括吴天。吴天是星洲业余话剧社的创办人之一,也是该剧社的导演。他与马华戏剧界同人共同创办和领导的星洲业余话剧社成为当时马来亚最具领导性的剧团。吴天也与马华剧界同人发表了《马来亚戏剧运动纲领草案》,展开戏剧救亡运动,协助为祖国抗战筹赈,为马华剧运发展史写下了重要的一页。1937 年卢沟桥事变之后,又有一批由中国南下的戏剧推手,包括铁抗和郁达夫,为马华另一阶段的戏剧发展做了支援,对马华戏剧现象进行了有力的观察和评论。

经过整理,不同时期南下东南亚的话剧工作者见表 7-1。

表 7-1　1900—1942 年南下东南亚的话剧工作者

南下时间	姓名
1900—1920	林航苇、宋森、林姗姗
1920—1930	洪丝丝、李公仪、林参天、丘士珍、郑文通、胡一声
1931—1942	朱绪、白荻、杜边、方修、高云览、凌峰、马宁、铁抗、王秋田、吴天、杨嘉、郑天保、史可扬、叶苔痕、王绍清、张一倩、郁达夫、罗大章,还有怡保新生话剧社成员(郭志霞、蓝杰章、郭永绵、郭飘定、叶永昌),武汉合唱团成员(陈仁炳、夏之秋、黄椒衍、项堃、陈文仙、江心美、周保宁、索景章、陈九芳、郑秋子等),新中国剧团成员(金山、王莹等)等

身在南洋,心在祖国。抗战时期,一些剧团到马来亚各地演出救亡话剧,受到各地侨社的热烈欢迎,各地侨社授旗感谢到访的剧团,以表扬他们的爱国情操。霹雳州安顺筹赈会在欢迎朱绪带领的马华巡回剧团时,赠以

"警醒国魂"旗帜，借以慰劳①；吡华剧联也授予旗帜，旗上写着"努力救国"
四字②。

　　战前，东南亚华侨并没有把居住地视为永久的家园，"华侨最关切的事，
就是赚几个钱，好早日告老还乡"③。大部分华侨在马来亚这片土地留下
的，是无限的汗水、泪水和思乡之情。赚钱回国是他们最大的愿望。虽然祖
国积贫积弱、腐败不堪，外有诸多列强欺辱，内有军阀混战不止，但华人的爱
国心不灭，以身为中国人而自豪，甚至怀着"宁为中国鬼，不做日本奴"④的
爱国信念。如叶尼的《春回来了》(1938)呼吁侨胞走上前线抗战。该剧写的
是：梅娘的爱人维汉参加抗日军到上海前线与敌军作战，结果遭敌军击伤失
去记忆，而他的同伴也失去了一条腿，所幸两人都捡回了命返回南洋。为了
让维汉恢复记忆，梅娘的好友碧如在海边租了一间别墅，回忆当年快乐的生
活。最后，维汉恢复记忆，梅娘决定跟随他一同上战场杀敌。在尝试唤醒维
汉的意识时，梅娘歌唱了一首曲子，歌词充分地表现了马来亚的环境与华侨
的思乡感情："春回来了，南洋岸边香草多，椰林新叶舞姿婆，海边女儿何娇
娥，腰间窈窕缠软罗，海水汹涌如怒吼！垦荒土，辟山河，华工创业艰难多，
中国当政何曾哀民瘼，一任××主义苛例苛，华侨怀念祖国心肠热，眺望故
土烽火连天血水流，二百年日月等闲过，中华民族再不怒吼将如何？ 再不怒
吼将如何？"⑤街头剧《同心合力》⑥，描写两名华侨在街头上相互碰撞后发生
争吵，一个来自广东省，另一个来自福建省，他们都要赶着去担任筹赈工作。
在争执中，一方指出救亡宣传工作比金钱捐献重要，另一方则认为金钱的捐
献比救亡宣传工作重要，两人在街上争执激烈并打起来。这时，筹赈宣传队
人员前来协调，说明了双方工作都同等重要，而且应该不分你我、籍贯，同心
合力来为祖国效劳。该剧表现了马来亚华侨各籍贯之间的相互矛盾与冲
突，但为了救济祖国，各方能够达成共识和认清共同的敌人。铁抗的独幕剧
《父》(1941)讲述了粮商邓汉杰在做日本面粉的生意。而他的儿子明贵是少
年锄奸团团员，因参加救亡活动被学校开除，失学在家，无书可读。邓汉杰

① 《马华巡回剧团在安顺公演两天》，《南洋商报》1938 年 5 月 24 日，第 32 版。
② 《马华巡回剧团续在怡保公演》，《南洋商报》1938 年 5 月 31 日，第 15 版。
③ 巴素：《马来亚华侨史》，刘前度译，槟城：光华日报有限公司 1950 年版，第 36 页。
④ 陈宋儒：《难忘的岁月》，转载于南洋华侨机工抗日回国服务团云南联谊会编的《南侨风》，昆明：
　　新星印刷厂 1999 年版，第 83 页。
⑤ 叶尼：《春回来了》，载《星洲日报》副刊《文艺》，1938 年 8 月 14 日—21 日，转载自方修编《马华新
　　文学大系（五）·戏剧集》，新加坡：世界书局 1971 年版，第 274—275 页。
⑥ 叶尼：《同心合力》，载《星火》，1938 年 8 月 13 日，转载方修编《马华新文学大系（五）·戏剧集》，
　　新加坡：世界书局 1971 年版，第 302—311 页。

希望儿子不要把自己经营日本面粉的事情公之于众,还以帮他重返学校为诱饵。在爱国主义精神的感召下,明贵将自己父亲的汉奸行为告诉了锄奸团。锄奸团将邓汉杰的船凿沉,十八船面粉全部沉海。汉奸邓汉杰也没能如愿担任杂货商公会主席。

还有东南亚一带的职业剧人,他们附属于歌舞团。中国南下梅花歌舞团曾演出的独幕剧有欧阳予倩《屏风后》、熊佛西《刽子手》《艺术家》、丁西林《回家之后》、田汉《咖啡店之一夜》、梅娘《放下你的鞭子》等;多幕剧有洪深《少奶奶的扇子》等剧。"该团演出后,可以说影响当时新加坡雏形的戏剧团体,给予一个示范,至少,他们的华语,一般上比南方人讲得纯正,同时也给新加坡演幕表戏(文明戏)式的方言戏剧,明确了剧本台词有定、演出认真、时间准确等优点。据传说,已故刘达良的新华歌舞团南来时,他们演出除歌舞、魔术之外,也有短剧,不过那是几出上海文明戏的小出戏,如是属实,那末,它该是最早带来的文明戏(没有剧本,只有故事,一张幕表贴在后台,注明故事大纲、场数、人物、道具、景物,此即称为幕表,由说戏'先生'即导演,详细的集体讲一故事和主要关键和结构。这样,当晚就演出,甚至前面在演出,后台还在讲,能者在台上长篇大论,滔滔不绝,无能者三言两语,敷衍了事,此即文明戏之弊病。"①

从中国南下马来亚的戏剧工作者中,有不少以演出话剧为谋生手段的职业剧人,包括来自上海的胡明珠、杨萍、朱俊、马骏、孙明辉、唐奇声,来自汉口的夏之秋、白言,来自厦门的臧春风和臧采莺,来自苏州的马丽英,来自浙江的路丁等。他们在马来亚成立银月歌舞团、金星歌舞团、中国旅行歌舞剧团,不少人也担任职业表演者,以歌舞和话剧推动了马华剧运的发展。如武汉合唱团,由中国音乐家夏之秋领团,1938年12月抵达新加坡,1939年4月离开,其间演出了《人性》《逃难到星洲》《除夕之夜》《一·二八》《毒药》《九一八以来》《雷雨》。还有1936年中国旅行歌舞剧团(团主蔡问津)南下,团中有许新民、臧春风,前者为上海文明戏班小生,后者可谓文明戏科班出身,曾经排演过《群莺乱飞》《得意忘形》《雷雨》等。1937年银月歌舞团(团长张蟾娥)由泰国进入马来西亚北部,一路南下抵达新加坡。该团在抗战之前抵达曼谷,因为当时泰国严格限制宣传抗日,故少有抗战剧本之演出。一旦进入马来西亚,华侨爱国热情澎湃,银月歌舞团将在国内所演出的旧剧本《国

① 宝琳:《职业剧人已往演出》,白言:《白言相声集——舞台生活六十年》,新加坡:友联书局1996年版,第99—100页。

魂》加以排演。此外还有《大战前夜》《猫与鼠》《血泪交流》等。表 7-2 记录了战前各歌舞团的剧目演出情况(仅开列中国文学题材)。

表 7-2　各歌舞团剧目演出情况

形式规模	剧名	作者/改编者	演出团体
独幕剧	国魂	不详	银月
	最后一计	洪深	银月
	放下你的鞭子	田汉	银月、金星
	讨渔税	田汉	金星
	屏风后	欧阳予倩	银月、金星
	压迫	丁西林	金星
	艺术家	熊佛西	多家歌舞团
	模特儿	熊佛西	多家歌舞团
多幕剧	名优之死	田汉	银月
	群莺乱飞	阿英	中国旅行歌舞剧团
	雷雨	曹禺	中国旅行歌舞剧团、金星(演出百余场)
	阿 Q 正传	田汉	金星
	国家至上	宋之的	金星
	十字街头	不详	银月
	火烛小心	包蕾	中华剧艺社、金星

资料来源：王振春：《新加坡歌台史话》，新加坡：青年书局 2006 年版。

日本占领新马三年零八个月，南洋地区的歌舞团纷纷解散。战后逐渐恢复一点元气，但又遇到电影业的冲击："影片须花一大笔本钱购得之后，只等放映收钱，它本身是数卷胶片，无须吃饭。而舞台演员是真人表演，每日五餐，少一顿都不行，但在星马大戏院商的垄断势力之下来继续求生，首轮是倒四六(团体分四十，戏院分六十)，二轮是倒三七，团体须负责团员膳宿，为节省计，'演员睡后台，席地大锅饭'是他地歌舞团所未见者。待第三轮、第四轮……那只能移至游艺场内半公开表演，起初是津贴团体五六十元。门票收入归团体，但四周栏杆不得高过一人(以便院外游客也可看戏)，继而减至津贴二三十元，最后两不来去，分文不贴。一九四九年起，反为要向游艺场租台演戏，情况三百六十度、七百二十度的大转弯。在如此情况下，不但歌舞团，包括一切地方戏、杂技、魔术等班在内，凡欲在这娱乐界垄断势力下求生者,结果是因经济纠葛被押扣戏箱(服装)布景、道具,至少二十班以上。"①再加上英国人重返新马之后,又开始征收娱乐税,艺人的生活更加辛苦。在这种种情况下,艺人们略有积蓄者陆续返回中国;无能力回归者,继续栖居各歌舞团或者流落南洋各地,终老病亡于南洋者不乏其人。

本土话剧也在南下文人影响下成长起来,其中重要的有:1.温梓川,1911年生于槟城,又名温玉舒,曾用笔名舒弟、丘山、苹君、秋郎、于苍、山叶、半岑岑、高汉、南洋伯等。抗战时导演的戏有《凤凰城》(吴祖光剧作)、《月亮上升了》(爱尔兰女作家唐克瑞)、《表》(顾仲彝剧作)、《人之初》(法国巴若莱原著《小学教员》四幕剧,又名《金银世界》)、《少奶奶的扇子》(王尔德剧作)、《雷雨》(曹禺剧作)、《迷眼的沙子》(赵少侯翻译法国腊皮虚的剧作)等。2.蔡白云,1913年生于新加坡,1936年被英国殖民当局逮捕入狱,半年后获释出狱,作有反映抗日的剧本《怒涛》,在新加坡大世界剧场上演,轰动整个马来亚。3.孙流冰,1914年生于新加坡,字若文,原名孙文林,又名孙孺,笔名有炉火、夏凤、夏枫、逊如、高扬、高阳、刘宾、高风、流冰等,幼年在新加坡读小学,1928年返回广东梅县就读中学。1930年至1933年在新加坡任中小学教师。1935年留学日本,在中央大学政治经济学专攻班学习。剧作有《金门岛之夜》、街头剧《十字街头》《云翳》《演出之前》《中国海的怒潮》《开不成的欢送会》。4.林晨,1919年生于新加坡,笔名有文蒙、白丹等。1937年后参加星洲业余话剧社和流动小剧团,先后演出街头剧达数百场。5.郭秉箴,1922年生于雪兰莪州。1928年至1934年,在瓜拉雪兰莪益智小学完成小学学业;1934年至1940年,在雪兰莪加影华侨中学完成初、高中学业。1938年,在雪兰莪加影(Kajang)参加与组织了加影前卫流动歌剧团(后改名为"加影前卫剧社"),担任剧团秘书。6.戴英浪,生于吉隆坡,又名戴隐郎、戴铁郎、英郎等,曾留学日本,1930年代活跃在南洋文化界,也是星洲业余话剧社发起人之一。7.王啸平,1919年生于新加坡,曾参与星洲业余话剧社组织的"马华巡回剧团"巡演,剧作有《忠义之家》《救国团》等。8.李承,出生年份不详,生于新加坡,又名李伦武,是新加坡大世界娱乐场的负责人之一,曾参加抗日救亡剧团、街头演讲、街头戏演出。

不管是南下的中国人,还是在马来亚本土出生长大的华人华侨,都希望用戏剧唤醒对祖国的效忠意识。对中国现实和祖国命运的关怀以及现实主

---

① 宝琳:《职业剧人已往演出》,白言:《白言相声集——舞台生活六十年》,新加坡:友联书局1996年版,第103—104页。

义启蒙意识都是战前东南亚话剧的重要特征。我们以新马话剧对卢沟桥事变的直接回应作为例子。卢沟桥事变之后，日本军国主义开始展开全面侵华战争，抗日战争在中国华北、华东、华南等地全面爆发。新加坡华侨在1937年8月15日举行侨民大会，由新加坡中华总商会召集，并成立了马来亚新加坡华侨筹赈祖国伤兵难民大会委员会，开始筹赈活动，包括劝募特别捐、常月捐、货物助赈捐、纪念日劝捐、卖花卖物捐、游艺演剧球赛捐、报效捐、节约捐、劝售公债、意外捐等等①。东南亚各地华侨也在新加坡的带领下，纷纷成立筹赈总会，还遍设分会，分会之下还有支会。如马来亚柔佛州华侨筹赈祖国难民总会之下，就设有麻坡、峇株巴辖、新山、居銮、昔加末、哥打丁宜、笨珍、丰盛港、文律等九个分会。而麻坡分会有40多个支会，峇株巴辖分会有34个支会，昔加末分会有6个支会，哥打丁宜分会有8个支会，笨珍分会有4个支会等等。在这些筹赈总会、分会、支会的带领下，东南亚地区开始了热火朝天的抗日救亡运动。新马话剧运动也随之开始。

作为抗战文艺的重要组成部分，这个时期的话剧工作者紧紧扣住抗战救亡的主题展开活动和创作剧本，而且组织剧团来推动话剧演出。战前华文剧团的活动达到了空前高潮。他们在话剧主题上强调救亡，如："在目前的这民族危机已达极顶，国将不国的严重时期中，凡是不甘作汉奸的人，没有一个不应起来站在救亡阵线上，向敌人抵抗、进攻。实际上是救亡阵线已伸展进社会的各阶层，已由各阶层的广大的民众的伟大力量巩固起来，完成了一道道的万里长城。……目前的演剧，只有把握着这普遍在各阶层的广大民众中之救亡的情绪、思想、意志，才能有健全、迅速的发展。"②并且不断强调文艺与现实的紧密关系，如："艺术是不能超越时代，尤其是中华民族存亡关头的今日，艺术家应如卫国的军兵一样，负起冲锋的任务"③，"戏剧运动如一脱开了救亡的阵营，脱开了革命的路线，不以救亡的任务作为运动的目标，不以前进的意识灌输民众，唤醒民众作为自己的责任，即戏剧将失了它的政治的价值，失却了它所赋有的一切功用"④。

战前的新马话剧运动可分为三个时期。根据叶尼的说法，"第一期是七

---

① 许云樵：《战前新马华人救亡运动》，许云樵等编：《新马华人抗日史料》（第一辑），新加坡：文史出版私人有限公司1984年版，第4页。
② 章泯：《现阶段的演剧》，新加坡：《星中日报》副刊《戏剧与电源》，1937年1月10日。
③ 吴朱：《几个意见》，新加坡：《南洋商报》副刊《戏剧周刊》，1937年9月30日。
④ 林蒂：《戏剧与救亡》，新加坡：《南洋商报》副刊《今日剧影》，1937年7月10日。

七事变以前；七七事变以后是第二期；现在是第三期"①，他的"第三期"指的是 1938 年中以后的话剧运动。而铁抗对分期的原则进行了进一步的界定，认为从抗战初期到新加坡业余话剧社演出曹禺《日出》为马华话剧史的第一时期②。

大量的剧团在此时出现。马来西亚方面，吉隆坡人镜慈善白话剧社曾在 1937 年 7 月 8 日在中华大会堂进行筹赈演出，获得筹款 4000 余元。8 月 24 日受华侨女校的邀请，在中华大会堂演出《不肖子》。12 月 11 日华侨白话剧团露野演出，青年剧社演出两晚，总共筹得 1000 余元。另外，怡保众英剧团表演歌舞话剧筹款 1800 元。雪兰莪晨光剧团在吉隆坡中华大会堂演出，筹款 3000 余元。巴生文化剧社、槟城今日剧社、吉属教师话剧团等都有积极的话剧表演活动。新加坡方面，1937 年 10 月初，星华筹赈会在大世界举行游艺会，演出的剧本众多，参加演出的团体也多，其中业余话剧社表演了《家宝》。10 月 3 日，中国旅行歌舞剧团在皇宫戏院演出《卢沟桥》；10 月 4 日上演《北四川路》；10 月 5 日上演《雷雨》。12 月初，星华筹赈会又在新世界举行第二次筹款演艺会，其中业余话剧社演出剧目《伤兵医院》。同时，也出现了大量的民间业余剧团。如 1937 年 8 月 8 日新加坡同德书报社就筹划了筹赈华北兵灾游艺会，其中业余话剧社献演《警号》、同德书报社献演《穷快乐》《战地女军人》、国风幻境社献演《团结挽危亡》、爱同校友会献演话剧《吼声》、养正校友会献演话剧《一个未登记的同志》、崇福女校献演《夜光杯》、中华女校献演《为国牺牲》、星洲学校献演《红鼻先生》等等。据报道，游艺会上也有《放下你的鞭子》等剧目，不过演出团体现在已经不可考了。"这次同德书报社筹赈兵灾的游艺会，无形中形成了一个联合公演。就其表面来说，是各行其是，缺乏组织，而且掺杂着一些分散观众注意力的歌舞和杂耍——如果能够加强效果的穿插当然无妨——所以这次的公演的戏剧多至七八出，参加表演的团体，几乎动员全星洲戏剧组织，而得到的效果，肯定的回答一句是热闹一场而已。"③但不容置疑的是，虽然这些表演不专业，但影响巨大，观众达到 2 万人，包括中国驻新加坡总领事高凌百、新加坡中华总商会会长陈振贤等都到场支持，这些都极大地鼓舞了新马抗日的社会热潮。

业余话剧社是当时影响很大的组织。这个剧社是戴隐郎主持《南洋商

① 叶尼等：《怎样展开现阶段马华戏剧运动座谈会》，新加坡：《南洋周刊》1948 年 10 月 17 日第 15 期，第 18 页。

② 铁抗：《马华文艺论》，《星洲日报》副刊《晨星》1940 年 9 月 10 日—11 日。

③ 朱绪：《联合公演的感怀》，《南洋商报》副刊《戏剧周刊》1937 年 10 月 14 日。

报》副刊《今日剧影》时发起组织的团体。戴隐郎以"英浪"为笔名发表了《业余剧团的必要组织》（《南洋商报》1937 年 1 月 30 日）和《我们所需要的业余剧团》（《南洋商报》1937 年 2 月 6 日），强调话剧内容的社会功能，呼吁"我们所需要的业余剧团，是以大众的利益为前提，就是说，它的存在是依据着大众利益的。一离开了大众利益的立场，它便没有存在的可能，而也没有存在的必要！所以，一般剧团的专以营利目的的勾当，在我们所需要的业余剧团看来，是绝对不取的"①。1937 年 2 月 25 日新加坡业余剧社正式成立，同时在吗吉街举行第一次社友座谈会，参加的有朱绪、曾仲贤、吴适鸣、贺都辉、萧尔加、戴隐郎、汪浩瀚、洪希郎、陈剑光、林玉蓉、蔡松青等。座谈会记录发表在 1937 年 3 月 5 日的《今日剧影》。之后，该社参加庆祝教师节的游艺会，演出《羹味》和《塞外狂涛》；七七事变之后，于 8 月 8 日上演《警号》；参与10 月份星华筹赈会在大世界的游艺会，上演《家宝》；12 月在同一地点上演《伤兵医院》。1938 年业余话剧社演出五场，其中规模比较大的是 10 月底在维多利亚纪念堂呈献的《日出》。1939 年 4 月与从中国南下的武汉合唱团在大世界联合公演《前夜》；这场演出后，业余话剧社被英国殖民政府下令解散。

对于话剧演出质量和实地效果，我们只能通过一些人的回忆或者批评文章一窥究竟。如叶尼的《伤兵医院》，描写的是受伤战士等待南洋华侨捐赠的药品。故事发生的地点在上海战区的一间伤兵医院，张排长、罗机长、王机师，加上受伤的南洋华侨叶先生四人伤势严重。剧中一个小孩子背着母亲来看病，罗队长听着小孩子的哭诉，他从沉痛中走出，在集结号吹响的时候，毅然走上战场。第二天，护士李小姐从外面拿了一张报纸进来，对叶先生说前线打了胜仗，并且药品也送到了。"这从戏剧的效能上说，作者已尽了促动华侨救亡途径之任务。……我以为作者在这一个场面，倘多用几个伤兵，呻吟悲号，医生和看护，匆忙地应接不暇，加添小孩背着被炸母亲入院求医的穿插，会更来得有力量点吧。……在李小姐逼问张排长前线战况的当儿，换幕来重演前线苦战的实情，用短简的动作来代替那对话。这样我相信《伤兵医院》前后都更加会发生紧张的联系，增加刺激观众的力量。"②养正校友会上演的《烙痕》讲的是郭鹤龄一家抗日的经历。有论者评价："在众多角色里最成功的是扮演喜多的张醒华君。在第一平淡的场面，他狡猾

---

① 戴隐郎：《我们所需要的业余剧团》，《南洋商报》1937 年 2 月 6 日第 8 版。

② 李润湖：《试评〈伤病医院〉》，《新国民日报》副刊《新光》1937 年 12 月 8 日。

地暴露着敌人的自身危机、军阀跋扈、求爱无耻。他展着喉管,操着日语的腔调,活生生地搬敌人于舞台上,令人一见生恨。"①

　　1941 年底太平洋战争爆发,12 月日本侵入新马,1942 年 2 月占领新加坡。在接下来三年多的日本侵占时期,新马话剧运动进入低潮,只有少量的职业剧团还在各大游艺场上演日本军政处批准的节目,直到日本投降。战后东南亚职业剧团、业余剧团的研究是一个非常有价值的学术论题,但限于篇幅,本章不展开讨论。

第二节　现实现代交织的多元剧场:郭宝崑②《郑和的后代》

　　早期的郭宝崑的剧本创作毋庸置疑是一种理性的启蒙式作品书写,主题选择、人物塑造方面显得单薄,延续和继承的是中国左翼立场的现实主义话剧传统,如《喂,醒醒!》(1968)、《挣扎》(1969)、《成长》(1975)等,但我们也能从这个阶段剧本的字里行间窥探出郭宝崑的创作心态。进入 1980 年代,郭宝崑的创作开始跟新加坡飞速发展的社会变革息息相关,如《棺材太大洞太小》(1986)里面的政治寓言,再如《小白船》(1982)中对孙乙丁这一人物的塑造,我们能够感觉到郭宝崑对以文学把握社会人生的无力感。《老九》(1990)是郭宝崑最重要的代表作。这部作品的主题相对明确,可是细读剧

① 　烛之友:《养正校友会的烙痕观后感》,《星洲日报》副刊《晨星》1937 年 12 月 22 日。
② 　郭宝崑(1939—2002),祖籍河北衡水,1947 年落户北京,1949 年来到新加坡。1950 年入公教中学附小三年级,1951 年跳级升上五年级,参加班上话剧演出《王百万》。1953 年参加童子军活动,1954 年经历"五·一三"学潮,1955 年转入中正中学金炉路分校,1956 年考进华侨中学高中部,后转入加冷西政府华文中学、巴西班让政府中学高中部,有华校和英校的教育背景。1957年,考入国泰电影机构的演员训练班,得王秋田、朱绪、刘仁心等前辈指导,演出《大马戏团》。1959 年到墨尔本澳洲广播公司中文部担任广播员兼翻译。1962 年,考入澳洲国家戏剧学院攻读导播课程,接受正规戏剧训练,1964 年毕业。1965 年回新后,郭宝崑和从事芭蕾舞工作的太太吴丽娟成立了新加坡表演艺术学院,开办舞蹈和戏剧专业。1968 年郭宝崑进入新加坡广播电台担任导播,为时三年。1971—1976 年任南方艺术团编导。1976 年,在政府一次大规模反左倾运动中,被援引内部安全法令遭逮捕入狱,1977 年被褫夺公民权,1980 年出狱。1983 年开始用英语创作,成为新加坡戏剧史上最杰出的双语剧作家。1986 年成立新加坡第一个专业戏剧表演团体——实践话剧团(1996 年改名为"实践剧场")。1990 年获新加坡政府颁发新加坡文化奖;同年合作成立"电力站—艺术家"艺术中心,这是新加坡第一个黑箱剧场。1992 年恢复公民权。1997 年获法国国家文学暨艺术骑士级勋章。2000 年设立"实践剧场训练与研究课程"。2002 年 8 月获年度新加坡卓越奖。2002 年 9 月 10 日因肾癌逝世。被认为集编剧、导演、艺术教育方面的成就于一身,是"新加坡以至东南亚最重要的戏剧家"(香港《信报》2002 年 9 月 12 日)。其学生王景生认为郭宝崑是"新加坡剧场之父"(新加坡《联合早报》2002 年 9 月 12日)。其作品结集为《郭宝崑全集》(共十卷),由新加坡实践表演艺术中心、八方文化创作室从2005 年至 2011 年陆续出版。

本,我们可以发现其人物角色、艺术表现,更重要的是文本中透露出的作者那种面对时代的不适感(无所适从感),让作品内涵丰富了许多。1990年代,以《鹰猫会》(1990)、《000幺》(1991)、《黄昏上山》(1992)、《郑和的后代》(1995)、《借东风》(1996)等作品为代表,郭宝崑践行和实验着现代主义文学技艺,但精神上的惶惑却暴露无遗。《阿公肉骨茶》(1997)是郭宝崑后期重要代表作,这部作品体现出郭宝崑找到了精神平衡的出路,之后《灵戏》(1998)继续安抚着郭宝崑不安定的艺术灵魂。本文将着力于郭宝崑的作品细读,并结合新加坡转型时期的社会变化,呈现和挖掘郭宝崑的文学精神和创作心态。

一、左翼现实主义风格中的异音

郭宝崑的中、小学时代正好处在1950年代初期新加坡从殖民地走向独立的阶段,也就是新加坡历史上的1945—1959年的"反殖时期"。此阶段左翼社会思潮流行,新加坡社会风云剧变,政坛也诡谲莫测。在这个时期,郭宝崑经历了新加坡1950年代学校剧运由盛到衰的过程。当时有戏剧演出团体的学校有中正中学、华侨中学、南侨女中、南洋女中、公教中学等学校。以剧运最力的中正戏剧研究会为例,"1947—1959年之间,剧研会共演14次,包含19出剧本。19出剧本中12出为中国剧本,且以多幕剧居多,例如:洪谟、潘子农三幕剧《裙带风》,李健吾五幕剧《青春》,曹禺四幕剧《家》,方君逸五幕剧《银星梦》,吴祖光四幕剧《牛郎织女》与三幕剧《捉鬼传》等等。其他有赵如琳编译法国Rene Fauchois三幕剧《油漆未干》,谢白寒改编法国莫里哀五幕剧《头家哲学》等。其中《家》的演出最轰动,意义也最重大"。①1950到1960年代初期,几乎可以说是学校戏剧活动的世界,"如在一九五二年就有至少十五次的学校戏剧会演出,一九五三年至五四年两年间约有四十次;这些学校的学生戏剧会活动组织严密,有传统的接班精神,高班带领低班,校友、师长带领着高班。大部分的演出是应校庆、毕业班叙别会,为南洋大学或慈善事业筹款而筹备的。在学校戏剧活动中栽培的人才,随着'接班'制度而一批批的诞生。离校后,有些组织校友剧团,有些散布到不同的戏剧团体中,业余戏剧工作者的'质'和'量'也因此有了提高"。② 其中,从1956年到1960年,演出次数虽不多,只有62出,业余和学校演出团体各

---

① 詹道玉:《战后初期的新加坡华文戏剧(1945—1959)》,新加坡:新加坡国立大学中文系、八方文化企业公司2001年版,第68页。

② 杨碧珊:《新加坡戏剧史论》,新加坡:海天文化企业有限公司1992年版,第20—21页。

占一半,可算战后到独立前"最灿烂的时期"①。

追溯郭宝崑创作中的左翼色彩,至少有 3 个因素可供我们参考:第一个因素是中国文学的影响。早在小学二年级的时候,北京刚刚解放,当时的郭宝崑就参加过学校戏剧活动,出演《白毛女》中的杨白劳;在新加坡读小学时,他曾经参演过《王百万》《南归》《衣冠禽兽》《雷雨》等话剧。他自己也认为"我们新马华语话剧和中国的一脉相承,有着坚实的写实主义。直到今天依然处于主流地位","写实话剧丰富我们的精神生活已经六十年了。我们珍惜这份宝贵遗产"②。第二个因素是新加坡变革阵痛中,现实环境的变化导致知识分子对政府的一些作为表示疑惑,如语言政策、经济改革政策等等。当时的新加坡知识分子接续来自中国的社会主义现实主义。"也许连中国人都没有想到;甚至中国文学的极左狂热,亦刺激影响了本地的左翼文艺人士和青年,六十年代末七十年代初,以'革命样板戏'的'三突出'模式制造的'高、大、全'的英雄人物,阶级斗争的思想竟然在新马地区的舞台上出现了翻版。另外有一些文化工作者至今认为,当年他们在文艺工作者'走与工农兵相结合道路'思想指导下,打起背包去农村,下工厂,甚至去海滨一些马来偏僻渔村体验生活、服务劳苦大众的经历仍有其价值,不能一概加以否定。……历史与现实的原因,造成了八十年代之前新加坡戏剧'泛中国化'倾向的一个突出现象:对'中国'亦步亦趋的追随。除此之外,我们还注意到,'泛中国'倾向——这种追随的精神还具体表现为另一显著特色,鲜明的现实主义传统。"③最后一个因素是他本身的艺术水平。一方面,他当时的思想明显受到马克思辩证唯物主义和历史唯物主义的影响。如 1971 年 10 月 20 日他写给学生沈望傅的一封私信中有这样两段:"伙伴,敌我要分清啊! 敌人犯了过错我们必须死抓住不放,打到死为止。同志们犯了过错则要在爱护的基础上帮他改。要知道任何伙伴的缺点都是咱们自己队伍中的包袱啊! 再引一段:'……划清两种界限。首先,是革命还是反革命? 是延安还是西安? 有些人不懂得要划清这种界限。例如,他们反对官僚主义,就是把延安说得"一无是处",而没有把延安的官僚主义同西安的官僚主义比较一下,区别一下。这就从根本上犯了错误。其次,在革命的队伍中,要划

① 陈道存、曾月丽整理:《新加坡华语话剧的过去、现在、未来》(会议记录),《小白船新加坡艺术节》,新加坡:新加坡广播局戏剧组 1982 年版,第 38—39 页。
② 郭宝崑:《冲破四堵墙》,《小白船:新加坡艺术节》,新加坡:新加坡广播局戏剧组 1982 年版,第 65、67 页。
③ 杨碧珊:《新加坡戏剧史论》,新加坡:海天文化企业有限公司 1992 年版,第 55 页。

清正确和错误、成绩和缺点的界限，还要弄清他们中间什么是重要的，什么
是次要的。……我们看问题一定不要忘记划清这两种界限：革命和反革命
的界限，成绩和缺点的界限。记着这两条界限，事情就好办，否则就会把问
题的性质弄混淆了。自然，要把界限划好，必须经过细致的研究和分析。我
们对于每一个人和每一件事，都应该采取分析研究的态度。'伙伴，我相信这
些话会对你有很大的启示的，比我能分析的清楚明确的千万倍了。希望你
与有关伙伴们一起学习这些话。"①沈望傅在出示这封信的时候，没有把这
一段用正文文字标示出来，理由是"亲爱的读者们，为了让书能及时出版，及
不需把这篇绝函割爱，从这里开始，你们就自己去释读郭宝崑的亲笔信
吧"②。从这段话我们可以感觉到沈本人的敏感。其实上文中郭宝崑所摘
引的是毛泽东《党委会的工作方法》中的文字，也是"文革"时期广为流传的
语录③，其流行程度不亚于毛泽东的另外一句："谁是我们的敌人？谁是我
们的朋友？这个问题是革命的首要问题。"④我们可以推测出1970年代的
郭宝崑受到中国影响，不论是政治上，还是文学理念上。另一方面，从剧本
中可以看出其追摹的剧作家及剧作，也能看出他所模仿的中国作家，如《挣
扎》(1969)中明显可以看到夏衍《包身工》、茅盾《子夜》的影子，劳资矛盾、阶
级压迫构成了这部话剧的核心主题；《成长》(1975)中挪移着五四文学中经
常被套用的《玩偶之家》中的娜拉的原型。

　　郭宝崑的话剧创作正式开始于1965年与其妻吴丽娟联合创办新加坡
表演艺术学院。他所创作的剧本，如一篇讨论《喂，醒醒！》的文章言："关于
本剧的主题，观众不难看出：这是通过对某个规模宏大的'导游社'的黑暗内
幕的揭发，通过一位天真纯洁的少女的落入黑暗势力的陷阱以及她的觉醒，
从而反映现实生活的黑暗一面，并警戒那些爱慕虚荣、追求物质享受的少
女，以免重蹈剧中女主角的覆辙。稍有动脑筋思索的观众都不难观察到，
《喂，醒醒！》所揭露的那间'旅游辅导社'的黑幕与丑闻，正是'冰山的一角'，
是我们社会的横切面。从这点上说，《喂，醒醒！》反映了现实生活，有现实的

①　沈望傅：《郭宝崑传奇的乱想》，新加坡：闵新文化私人有限公司2002年版，第167—169页。
②　沈望傅：《郭宝崑传奇的乱想》，新加坡：闵新文化私人有限公司2002年版，第173页。
③　毛泽东：《党委会的工作方法》(1949年3月13日)，《毛泽东选集·第四卷》，北京：人民出版社
　　1991版，第1444—1445页。
④　毛泽东：《中国社会各阶级的分析》(1926年3月)，《毛泽东选集·第一卷》，北京：人民出版社
　　1991版，第3页。

意义。"①之后,他所创作和导演的《挣扎》(1969)、《万年青》(1970)、《青春的火花》(1970)、《老石匠的故事》(1971)四部作品都被政府禁演。这些早期作品很明显地带着中国左翼作家"文艺为政治服务"的创作逻辑。这些作品写得并不好。虽然写的是当时新加坡社会的现实,但郭宝崑把重点放在说明一个形势或图解一个事实上,像《两姐妹》(1969)和《拜金富贵》(1969)都是在写剧中人物进城做工后生活和精神上的"小资产阶级化"(堕落?)。如《成长》中有一段对话:

> 小张　　我老婆,孩子……他们身上流着你的血。
>
> 江勇刚　小张,应该说我们的血,当时伸出手要求给大嫂输血的不只是我一个,周大叔、罗大叔、阿霞、小弟,大家的心都是一个样的。
>
> 小张,我身上也流着一位不知名工友的血。前年,我在工地摔断了手,三十多个工友都抢着要给我输血,虽然流进我身体的是一位工友的血,可是我觉得我身上流着的是所有工友的血!②

我们明显能够感觉到对话中有着"亲不亲,阶级分"这类阶级高于亲情的中国社会主义现实主义潜话语。但即使如此,从作品主题选择和艺术手法运用上来讲,郭宝崑还是 1960 年代至 1970 年代新加坡话剧创作中的佼佼者。

宝崑曾经归纳过新加坡建国后到 1970 年代发生的重要变化:

> 在国家全盘社会重组计划下,新加坡人经历了脱胎换骨的蜕变历程:
>
> · 城市重建,超过 70 巴仙居民大迁移,人际关系彻底重整
>
> · 教育统一,华巫印各源流民族学校全部转为一型,英文第一,母语第二
>
> · 经济规划,高度国际化,资本和劳动具有高度流动性
>
> · 高度科技化,自动化;手工与农业消失
>
> · 计划生育,控制人口,封建保守观念根除

---

① 向新:《对〈喂,醒醒!〉剧本创作的意见》,《喂,醒醒!》,新加坡:表演艺术出版社 1969 年版,第 129—130 页。

② 柯思仁、潘正镭主编:《郭宝崑全集·第一卷·华文戏剧①》,新加坡:实践表演艺术中心、八方文化创作室 2005 年版,第 143 页。

- 严格管制移民;短期输入低技能客工,广邀高技能专业人士来新落籍
- 影视等传播媒介高度发达
- 历史和文化艺术在 80 年代以前一直被忽视
- 教育水平普遍提高
- 物质生活转佳,休闲时间增长
- 全盘城市化,农村消失,人民接触频密
- 民族文化/语文式微,西方次文化盛行[①]

而 1980 年代的新加坡文化变革在郭宝崑眼里是这样的:

> 这场急剧变动,为新加坡华人塑造了一种新的心态,它的特征:
> - 社会结构虽趋严谨,群体意识却相对弱化了,因为经济新态要求人人劳动,并能高度流动,旧的血缘和族缘没落了,但新的群体意识还有待凝成。
> - 华人虽然紧密聚居,但是民族意识弱化了,除了因为经济原因,还由于长期强调英文,少学母语和民族文化,三十岁以下的华人对自己的根所知很少。
> - 国家意识弱化了,因为,尽管宣传爱国,却又公然邀请高能专业外国人到此落籍,公然鼓励人家"叛国";另一方面,低技能的客工却又只准来此卖劳力,连结婚都不准,其结果是铸成了强烈的功利主义思想。
> - 个人主义强化了,因为教育普及,经济独立,劳动力高度游动,西方个人主义思潮大量涌入。[②]

我们也能从这个阶段剧本的字里行间窥探出郭宝崑的创作心态。从郭宝崑早期创作的集大成者《小白船》(1982)中对孙乙丁这一人物的塑造上,我们能够感觉到郭宝崑对以文学把握社会人生的无力感。"我们的戏剧,就

---

① 郭宝崑:《华语话剧的新探索——一个新加坡观点》,1987 年第二届华语戏剧营。转引自柯思仁总编辑、陈鸣鸾主编:《郭宝崑全集·第七卷·论文与演讲》,新加坡:实践表演艺术中心、八方文化创作室 2008 年版,第 79 页。
② 郭宝崑:《华语话剧的新探索——一个新加坡观点》,1987 年第二届华语戏剧营。转引自柯思仁总编辑、陈鸣鸾主编:《郭宝崑全集·第七卷·论文与演讲》,新加坡:实践表演艺术中心、八方文化创作室 2008 年版,第 79 页。

是在为适应这样高度个人化、物质化、雇佣化的新环境而变化。……至于华语话剧自己，向别的源流、别的国家学习而更新自己是不在话下的，令人困惑的是：在以英文英语为主的未来环境里，华语话剧该怎么搞下去？……不过，总是要做的。而且，做比谈重要。特别是不必过分去展示我们的光荣戏剧史（学习则是要的）。我们一向不太看重历史，这一阵积极谈历史，其实表现了明显的失意感。正如孙乙丁说的：'……人得意的时候，总是向前看；失意的时候，总是向后看：……为了找安慰？找根源？找力量？……我也不知道……'他不知道，所以他无所作为，含恨而终。""我们应该设法知道华语话剧处于这危机时刻，有'危险'，也有'机会'，还是可以有所作为的。我们的戏剧工作者可以学《等待果陀》的作者贝克特，即使看不见前头是否确有光明，也要顶着黑暗的阴影走下去。"①从中足以看出此时郭宝崑深沉的担忧和困惑。刘仁心看过《小白船》后，评价道："没有看演出，终生遗憾。看录影时，流了三次眼泪！"②那么是什么感动读者呢？我认为是郭宝崑把自己内心深处的一种隐秘的知识分子情怀写了出来。

舞台一开始，借着孙乙丁的葬礼让剧中主要角色在舞台上亮相。在这出戏中孙乙丁是个悲剧人物。青年时为了借岳父林兴国的东祥集团展示自己的才能，他娶了林慧娘。当林兴国准备与日商井上合作的时候，他坚决反对。一方面是明线，他担心东祥集团会被日本公司吞并；另一方面是暗线，他面对一个非常现实的问题，他很爱他的妻子，他的妻子也很爱他，可是新加坡沦陷时期井上公司的董事长井上信一（横田立本）曾经奸污林慧娘，孙乙丁不能接受这个现实，也不愿明言来伤害妻子。最后他选择放逐自己，不再理会公司事务。

这个剧本至少有两个方面值得注意。第一个是孙乙丁的形象，早期努力工作，后来感到自己失去了往日的理想，日益觉得生活程序化，像个工具一样地生活，似乎成为新加坡国家形象的隐喻符码。中国现代小说《子夜》是茅盾的作品。茅盾本质上是一个文艺理论家，他写作《子夜》是为了证明他的一个理论、观念，《子夜》也开辟了中国现代文学史上的"社会剖析小说"样式，从典型环境中造出典型的性格。郭宝崑的创作也表现过类似的内容。林兴国及他的外孙女婿云启元无疑是日本经济侵略东南亚计划下诞生的新加坡买办资产阶级。他们所代言的跨国资本主义经济集团必然要消灭坚持

---

① 郭宝崑：《戏的剧变——华语话剧如何变中求存？》，《联合早报》1984 年 8 月 9 日。

② 刘仁心：《小白船·序》，新加坡：新加坡新闻与出版有限公司 1983 年版，第 Ⅳ 页。

走新加坡民族资本主义道路的孙乙丁。林兴国言："爱国口号其实也是一套很好用的生意经。他们都比我爱国，也都比我先去捧外资。我是个简简单单的生意人，谁给我最大的利益，我就跟谁合作。"①作为艺术，郭宝崑的这出戏还要表现人性的一面，哪怕是亲戚、朋友关系都是经济关系的人格化，结合的根本都是以商业利润为核心。郭宝崑塑造了云启元（林兴国之外孙女婿、孙乙丁之女婿）这个人物。他娶了孙玲，成为公司的核心成员，有着青年版孙乙丁的意味，成为左翼话语中的"资产阶级的乏走狗"，整天在东祥集团各个成员之间窜来窜去。而林兴国对孙乙丁言："十五年前，我在你身上投下了一笔资金，我的回报很好，你的抱负也基本实现了。这是一个公平的交换，谁也不亏欠谁。是不是要继续合作下去，你考虑考虑吧！"②无疑把家族面上的遮盖布给揭开了，暴露出底下的利益关系。

　　第二个方面就是孙乙丁身上所带着的知识分子色彩。他爱事业，爱妻子，善于反省自己，而在儿子孙立身上寄托自己的希望——民粹主义知识分子的精神追求。孙乙丁面对丈人的不满、妻子的过去等现实困境，选择自我消沉。他的态度是：我是一个知识分子，每个知识分子都有自己的尊严，我是有自己的尊严的，要维护自己的权益的。那么，我的权益是什么？我的权益就是履行我爱情的义务，就是我只要使我太太愉快了，我就愉快了。同时，我不愿意去做我喜欢的事情，也在某种意义上不想去面对妻子的过去，这样我的尊严和幸福都有了。这是一种伦理道德，在中国和俄罗斯一代知识分子中的影响是非常大的，这个理论叫"合理的利己主义"。就是说，它是利己主义，并不是毫不利己、专门利人。但是这个利己是合理的，它不是建立在损害别人的幸福、妨碍别人的幸福上的。它是建立在保存自我尊严，同时又成全别人幸福的基础上的。巴金《寒夜》中的主人公汪文宣，发现他太太跟公司里的一个经理好了，非常痛苦。他很爱他太太，可是，这个主人公是一个失业的人，而且生了很严重的肺病。他就这样思考：我是生了肺病的一个失去了生存能力的人，我已经没有能力来使我太太幸福，所以这种情况下唯一能使她幸福的道路就是让她跟那个经理好，让他们到兰州去。所以他最后就忍住自己的痛苦，让他太太到兰州去，等于把她送给别人。而他在痛苦中还显示了崇高的民粹主义的态度。孙乙丁的遗嘱中有这样一段话：

---

① 柯思仁、潘正镭主编：《郭宝崑全集·第二卷·华文戏剧②》，新加坡：实践表演艺术中心、八方文化创作室 2005 年版，第 29 页。

② 柯思仁、潘正镭主编：《郭宝崑全集·第二卷·华文戏剧②》，新加坡：实践表演艺术中心、八方文化创作室 2005 年版，第 30 页。

"对于慧娘,我有埋怨,我埋怨你为什么在小事上那么爱面子,在大事上却又那么胡涂;对于那些伤害过我们的人还那么奉承、合作,跟着你爸爸走!但更多的是歉疚。我虽然不屑于你的作为,却始终没有给予你什么有用的帮助。我一走,消去一股敌对情绪,也许你能深一层进行反省;在这样的权贵财势争夺之中,是难于找到快乐的。"①这段话也有着这种意思,爱妻子但又离开。

但是,作为知识分子,这是很重要的东西。就是说,作为一个知识分子,你对于自己的行为有没有负责任。这样一种精神、一种对自己灵魂的拷打,和对一些深层的道德问题的追问,使一个人变得特别崇高。我们有时候常常想,什么叫作一个崇高的人。像在读托尔斯泰的书、读高尔基的书,读俄国很多知识分子的书的时候,我们都会有这样的感觉,虽然写的是一个很小的故事,一个日常生活当中人人能碰到的事件,但在对这个事件的一种追问、一种思考、一种论辩当中,就产生出一个人的崇高性。人的崇高往往就是在这样一种哲学的层面上去讨论这样一些琐碎的世俗的东西。这种写作的风格在中国作者中很少见。中国人,或者说东方人比较追求感性,那种把一个细小的东西上升到一个理性的或者说一个抽象层面上去进行反复拷问的做法,在中国文学里面不常有。中国人讲究"知行合一",讲究行动的思维习惯。但在读这样一些文学作品时,我们会产生出一种人的崇高感,这种崇高本身还是有它另外的问题,但是,它能够给人崇高的感情,所以它才会吸引中国那一代"五四"以来的知识分子。而且,这样一种精神在今天已经很少了,今天我们更多是被理性的东西折磨得太痛苦了,长期被观念、信念的东西拷问得太痛苦了,所以现在出现了另外一种反驳,完全追求感性的东西,拒绝理性思考,追求纯快乐主义、纯感官主义。在《小白船》里面,郭宝崑通过一段殖民和后殖民的新加坡历史,通过一个家族,通过家族中各色人等的生活,包括孙乙丁那种左右为难、不知道怎么走才好的心理,把这样一种难以排遣的痛苦,作家自己心灵深处的一种隐痛,无以解决的隐痛,通过创作无意识地流露了出来。剧本中孙乙丁带孙立去渔村时对心路的坦承、刘明秀的自我圣洁化,以及小说的最后,孙立向母亲林慧娘表白("妈……你有家,那么大的家,可是没有人爱回家。我,到处是家;哪里做事,哪里就是我的家。启元喜欢,让他去做吧,谁在那个位置都一样。我不想把头伸进云

---

① 柯思仁、潘正镭主编:《郭宝崑全集·第二卷·华文戏剧②》,新加坡:实践表演艺术中心、八方文化创作室 2005 年版,第 74 页。

里,把脚悬在半空中,我要站在地上"①)等等,都把孙乙丁(郭宝崑?)的民粹主义理想表达了出来。

二、精神惶惑到创作灵魂的安稳

《小白船》之后,郭宝崑又创作了《棺材太大洞太小》(1985)、《单日不可停车》(1986)、《嗳呸店》(1986)、《傻姑娘与怪老树》(1987)。这些作品关注社会转型期的新加坡,其中透露着郭宝崑在理想与现实、传统与变革、艺术追求与现实人生等悖论中的心灵挣扎。这种创作主题上的特点一直伴随着他的创作。《棺材太大洞太小》中谈论到改动坟穴的时候,官员言:"唉! 那怎么可以! 那是违背国家的规划的。我国地小人多,土地异常宝贵,讲人情是不能违背国情的!"这一句,把现实中的社会问题直接摆到读者面前。《单日不可停车》中批评新加坡"All are Fines(罚单)"的交通管理制度;《嗳呸店》里的华族传统和国族记忆,写出了变革中两代新加坡华人之间的代沟,篇末老祖母说的"一个人,穷也好,富也好,苦也好,甜也好,最重要的是人品,不可以见新忘旧,不可以忘本。孩子,生活好像吃甘蔗一样,甘蔗头,有根的地方,才是最甜的"一句,表达出接续华人传统的意识,不过这种接续在郭宝崑笔下显得多么的无可奈何。《傻姑娘与怪老树》中老树虽未砍掉,但树非树,政府给傻姑娘带话说"我们修去了他头上的枝干,我们清掉了底下的叶子。这样,他才能呈现　幅全新的样貌。这样,他才能跟这个地方新设计的景观,融汇成一个令人满意的统一体",在时代变迁前,善良与同情显得那么无能为力。造成郭宝崑精神郁闷的一个原因是新加坡社会的变迁。在巨大转型面前社会问题层出不穷,作为知识分子的他有着很强的焦虑感,直言"我现在所关注的是如何培养剧作家的批判性的敏感度,也包括剧场和文学以及其他艺术形式作者的批判性的敏感度。……没有批判性的敏感度,也就免谈艺术。这是我主要的关注,但我现在也不知道我们将如何做到"②。另外一个原因是四年的牢狱之灾。郭宝崑曾百感交集道:"没有身份没有国籍的生活方式处处提醒我,生活并没有表面来得安定、简单。……

---

① 柯思仁、潘正镭主编:《郭宝崑全集·第二卷·华文戏剧②》,新加坡:实践表演艺术中心、八方文化创作室 2005 年版,第 76 页。

② 原文为"My concern now is how to nurture the critical sensitivity of the playwright, and for that matter theatre and literature and all the other arts. …… And without a critical sensibility nothing can be done in the arts. This is a major concern—I don't know how we are going to achieve that". Sanjay Krishnan, ed. *9 Lives: 10 years of Singapore Theatre 1987—1997*, Singapore, The necessary Stage, 1997, p. 70.

心灵的自由和身体的自由不一定是相对的。当你受到剥削的时候,你对剥削这回事会更敏感。失却了这种敏感,对艺术生涯可能会是一种倒退。"①当有人问起郭宝崑对新加坡政府的意见时,郭宝崑毫不回避,不过也不愿多说,认为新加坡"她有保守的一面,如艺术文化上的,但也有开放的一面,特别是多语言、多民族的特色,比许多国家都开放"②,也承认"艺术家要认真地说话,永远有困难,永远要面对保守势力,相对来说,在一个所谓'自由'的地方,会有种'没有压力的压力',比有压力的地方更具腐蚀性"③。他劝一同入狱的朋友"不要让埋怨把自己绑起来"。④

郭宝崑自己也认为"坐牢之前写的,基本上倾向政治社会批判层面,之后从《棺材太大洞太小》开始,有更多对人和生命本质的思考……我这段时间对生命本质的兴趣远远超越政治"⑤。同时,他也在寻找摆脱精神困惑的途径。一方面他寻找着一种同人集体的力量。郭宝崑在 1986 年曾经联络荣念曾、高行健、余秋雨、赖声川等当代戏剧家发起华人戏剧圈,1987 年五位世界华文文坛最顶尖的剧作家聚会于当年的第二届新加坡华文戏剧营。另外,像朱克、蔡锡昌、茹国烈、刘再复、林克欢、余云、马惠田、辜怀群,克里申·吉(Krishen Jit),本土的陈瑞献、杨荣文、朱添寿、沙士德兰、吴熙、郭建文、林任君、许通美、郭振羽等人,都是郭宝崑后期艺术能量爆发过程中互相学习的同好。其中像王景生、林仁余、吴文德、王爱仁、陈崇敬、吕翼谋、韩劳达、张家庆、洪艺冰、黄家强、王德亮、吴悦娟等剧场导演和演员都是他培养的学生。而另一方面,他也在同人交流、对外访问的过程中,积淀自己的创作能量,终于迎来了自己话剧创作的最高峰。

《老九》(1990)无疑是郭宝崑一生创作中最重要的代表作。这部作品的主题相对明确。可是细读剧本,我们可以发现其人物角色、艺术表现,更重要的是文本中透露出作者那种面对时代的无所适从,让作品内涵丰富了许多。如有些段落中营造出来一种淡淡的忧伤,一种存在主义式样的"不能(进)不能(退)"的无奈,一种命运的不确定感。剧中"猴"的意象符码也是郭宝崑回首中华传统的潜意识:"这些符号象征是个人性格中的文化特征根据,是个人经验和民族精萃之间的环扣。很自然地,一名机智的马来孩子会

① 苏美智:《新加坡剧坛大师郭宝崑》,香港:《明报》2000 年 5 月 8 日。
② 潘丽琼:《我们跳舞它才有风——访新加坡国宝级剧作家》,香港:《信报》1994 年 5 月 11 日。
③ 潘丽琼:《我们跳舞它才有风——访新加坡国宝级剧作家》,香港:《信报》1994 年 5 月 11 日。
④ 潘丽琼:《我们跳舞它才有风——访新加坡国宝级剧作家》,香港:《信报》1994 年 5 月 11 日。
⑤ 萧佳慧:《在荒原上播戏剧种子》,《亚洲周刊》2002 年 3 月。

被人形容为鼠鹿甘齐尔(Sang Kancil)，华族孩子则会被称为猴王(孙悟空)。如果我们也知道西方的智者有大卫和所罗门，当然那就更为精神丰实、眼界开阔了；但是，作为一个新加坡人，只知西方的智者，而不懂本民族的传统文化符号象征，那我们确已失去了自己的一个宝贵部分。这样的人，不论对于'超人'(Superman)多么熟悉，都无法弥补自我的残缺……或许可以这么比喻：如果人是树，民族文化教育就是他的根；根扎得越深，他才越能拔高伸展，向世界别处吮吸滋养。"①另外，主人公名为"庄有为"，是寓意"装有为"还是情接"康有为"，这本身也暗含他自认为无所作为，但创作精神的背后还是有着潜在的启蒙意识。而且剧中庄有为本有机会留澳，这其中也有着郭宝崑的自喻。庄有为小名"老九"，又是臭老九。在这个剧本中，郭宝崑展示出了年轻人庄有为所处的现实困境。"第十三场　木偶之争"中"大马""老九"两个角色关于老九前途的对话非常有意思。前者言"天之骄子""人类宠儿""亚历山大大帝""成吉思汗陛下""Rama王子""拿破仑"都是人类的一时之英雄，后者言"宁愿做山间的猴子孙悟空""漫游大草原的大侠郭靖""匡扶正义的哪吒三太子"。在这组对话中，英雄/凡人、成就/自由，让本身具有中华传统继承者身份的老九置身于现实压力之中。一直到剧本的结尾，老九仍然处在压力中，其时"父亲在一旁茫茫然看着老九，他感觉到孩子所执立场的真诚和善良，但又不能真正明白；师傅比较了解老九的心态，虽不尽然接受。他们终于还是伴着《蓝田玉》的唱段，和家人全体下场"②。作为一位现实主义作家，郭宝崑只诊脉、不开方。就是说，他只能指出这个社会有多少多少不好，但是，他不能提供一个药方来治理这个社会。我们经常认为，这就是所谓旧现实主义作家的一个缺陷——虽然指出了这个社会的毛病，可是没指出出路在哪里，没有指出这个社会的光明的道路在哪里，这个作品就是有缺点的。一个作家不比别人高明，一个知识分子跟平常人一样，他们同样面对着或者说自己陷入了这个时代的困惑。这种困惑，别人表达不出来，而作家能用自己的一种审美的形式把它表达出来，把他所有的困惑通过作品描写出来，把自己难以排遣难以解决的问题通过作品发泄出来。作家只承担审美境界的痛苦的表达，就是说，他内心的这种困扰往往通过审美的方式表达出来，他若触发所有人这样一种心灵深处的痛苦，这个作家就是伟大的作家。只有跟这个时代、跟生活在这个时代的人们一起在痛苦、一起在

---

① 郭宝崑：《文化·剧艺·"儿戏"》，《联合早报》1985年11月30日。
② 柯思仁总编辑，柯思仁、潘正镭主编：《郭宝崑全集·第三卷·华文戏剧③》，新加坡：实践表演艺术中心、八方文化创作室2009年版，第47页。

思考、一起在困惑、一起没有出路,他才可能成为一个真正的作家。

1980 年代的郭宝崑一直在寻找创作的突破和精神得到平衡的可能。首先,他对西方现代主义进行了深入学习。在 1989 年他曾经感叹自己看不懂纽约剧场上演的话剧:"在纽约看戏,我尝过非常深刻的苦恼。说深刻,真是深刻。你想,对于一个搞了三十多年戏的人,突然一个个演出都看不懂,怎不叫人心寒!"①他意识到新的剧场艺术正在冲击着传统欣赏习惯,于是他开始深入学习西方现代剧场的相关知识,如德国布莱希特的"叙事体剧场",法国阿尔托的"残酷剧场",罗马尼亚的尤奈斯科强调人的疏离和孤独的荒谬剧,波兰葛罗托夫斯基的"质朴戏剧",美国威尔逊、福尔曼及布鲁尔的"意象剧场",美国布鲁埃尔话剧中"寓言式"的表现手法等。除了郭宝崑自身艺术观念的改变,政治上的高压也让他不得不转向现代主义的艺术实践。② 这某种意义上,1990 年代,以《鹰猫会》(1990)、《000 幺》(1991)、《黄昏上山》(1992)、《郑和的后代》(1995)、《借东风》(1996)等作品为代表,郭宝崑践行和实验着现代主义文学技艺。《鹰猫会》是郭宝崑第一部带有《变形记》色彩的象征主义剧本,写出了人兽变形之间感到的生存危机;《000 幺》中郭宝崑第一次运用多语言形式并产生很好的艺术效果,但鲑鱼洄游的意象使得该剧有着很强的文化悲观意味;《黄昏上山》中的意象主义手法的运用,句末三老困兽般的嗥叫,彰显着剧中的存在主义色彩;《借东风》对赤壁之战历史的重构,解构式样的戏拟、调侃把剧作的主题弄得无厘头。这些剧作将郭宝崑精神上的惶惑暴露无遗。以《郑和的后代》(1995)为例,剧中借郑和的角色,把郑和的太监身份、与明朝皇帝的关系、下西洋的事迹罗织在一起。剧本解构掉了郑和的"伟人"形象,而把他塑造成一个内心充满生存焦虑、满怀生命恐惧的"阉人"形象,写出了这个"残缺的人"的"残缺的心灵世界"。剧中的"我"做着关于郑和宝船的梦,在以为自己就是"郑和"的自我暗示中梦醒:"醒了之后,我定了定神,紧张万分的再伸手向下摸……哎呀我的天啊! 还在,一切都还在。谢天谢地,谢天谢地,这时候我多么高兴我并

---

① 郭宝崑:《两个现实 15——看不懂的苦恼》,《联合早报》1989 年 3 月 25 日。

② 郭宝崑曾回忆出狱后,一名叫阿保的 ISD(内部安全局)的人数年后遇到郭宝崑办学时说:"你们也是厉害啊! 野火扑不灭,春风吹又生。"郭宝崑说:"不用吹风啊! 两个礼拜,我们就做一个东西啊。"参见柯思仁、陈慧莲:《口述历史访谈(二)》(访谈时间 2002 年 5 月 21 日),参见柯思仁总编辑、陈鸣鸾主编:《郭宝崑全集·第八卷·访谈》,新加坡:实践表演艺术中心、八方文化创作室 2011 年版,第 242—243 页。

不是郑和啊，不管他是多么伟大的航海家、军事家、政治家！"①郭宝崑通过一种对历史知识的考古，在充满解构意识的精神分析中，表达出对历史，包括郑和下西洋、小太监福祥的遭遇、现代人"我"的生存的深层焦虑。剧本中关于"阉割"有着三种不同的描述：一种是用郑和以及福祥被人直接用刀阉割；一种是古罗马式样的银针刺睾丸破坏生殖功能，"留下来的一切，照样能给主人提供快感，免除了生殖，就不用担心有孽障的延续"；第三种是郑和发现的一小岛（新加坡？），岛上"人们奉公守法，上下赤诚相待。叫他最感动的是岛上那位护国神老王的事迹。据说，老王在位三十余年，公正廉明、深得民心。当他退位的时候，他下令禁止一切皇亲国戚继承王位。……而由于他的感召，岛民们无不公正廉明、勤劳互爱、代代幸福。如此世代相传，人们就把这个国家叫做'人人之国'或是'王王之国'，因为在这里每个人都有王一样的平等权力，每一个王也都要负起一般人的任务，所以叫做'人人之国'或是'王王之国'"②。这段话明显有对新加坡的影射。"阉割的人""理想中的人人之国""现实与历史中的人的生存焦虑"等等，都能令人感受到郭宝崑的精神焦虑。在理想和现实之间，郭宝崑在剧中表现出来的是一种存在主义式的无方向感的精神分裂，还是精神自救的努力，似乎很难弄清楚。荣念曾评价郭宝崑的作品说："感触最深的是《郑和的后代》。作为一个文化人，我们都觉得自己欠缺了什么，所以他的这隐喻是强有力的，从本身的缺陷来看社会看世界，看艺术家在社会中的位置。虽然有一点自怜，却是个好开始。"③郭宝崑可能正是在自我反省中寻找着自己的精神定位。

郭宝崑一向主张新华话剧必须参考和吸收东西方的艺术养料，这样才能立足于世界剧场。他在晚年作品中寻找着新加坡剧场艺术的新路径，指出"40 年的规划性发展，为新加坡创造了一个强大的国家政权，它的权力深入了人民生活的每一个方面。但是，知识型经济的崛起，在人力资源开发上，发动了模范性（根本性）的改变。在工业化阶段对于国家很有益的群体化的意识，如今已经迅速变得失效。新的劳动力的标志，是个人的主动性；而这正是一个支配性的国家政权，和一个驯服的人民所欠缺的"④。郭宝崑

---

①　柯思仁总编辑，柯思仁、潘正镭主编：《郭宝崑全集·第三卷·华文戏剧③》，新加坡：实践表演艺术中心、八方文化创作室 2009 年版，第 112 页。

②　柯思仁总编辑，柯思仁、潘正镭主编：《郭宝崑全集·第三卷·华文戏剧③》，新加坡：实践表演艺术中心、八方文化创作室 2009 年版，第 118—119 页。

③　《宝崑的故事可以一直说下去 国内外文化人悼念戏剧家郭宝崑》，《联合早报》2002 年 9 月 12 日。

④　郭宝崑：《为艺术重新定位》，《联合早报》1999 年 11 月 28 日。

劝诚新加坡政府:"在众多事物当中,艺术是一种释放个人心灵和内化自我规律的人类行为。如果它在过去显得是可有可无的,那它今日已成为知识型社会培养下一代的关键条件。国家政权如果不激励民间艺术活力、不把艺术的主权下放到民间去,它所冒的险是弱化整个未来社会的根本基础。"①《阿公肉骨茶》(1997)是郭宝崑后期重要代表作。在这部作品中,郭宝崑找到了精神平衡的出路,那就是重新到"民间"去寻找戏剧生存和知识分子重新出发的精神力量。郭宝崑先前剧本中的犹疑、惶惑消失了。他似乎找到了一种新变,一种脚踏实地的新变,正如阿龙的改革与阿公的保守之间最后达成了妥协——阿龙、阿玉、阿嫂等年轻人继承阿公的肉骨茶生意,华人的文化(饮食文化)被继承并延续下去,阿龙给新店取的名字叫"阿公肉骨茶":"'阿贡'现称'A Gong',马来文'Agong'意思'最好、顶尖',何不把'A Gong'连成'AGONG',既然'阿公'汉语拼音'AGONG',而又是个老字号,又是阿公的创业纪念,因此,何不就把它改称为'阿公肉骨茶'——AGONG B. K. T? 阿龙觉得很有趣。两个人协议握手。"之后的《灵戏》(1998)继续安抚着郭宝崑不安定的艺术灵魂。这部剧作中,郭宝崑把新加坡1941—1945年被日本侵占的历史串到文本中,让日本军人现身说法,延续着剧中人"多声部"的艺术。一方面,《灵戏》显示出生命无力承担的沉重。郭宝崑的人道主义不仅仅表现在对新加坡苦难的描写上,他也从更高的层面上审视着那段历史。一场东京审判式的对话成为这个剧本的反思高潮。从日军方面,"你知道吗? 你丢下的那五六万,只活了一千多人。其他不是伤重身亡,就是病死,饿死,给野兽咬死,不然就是给你们军官自己解决了,那一群一群、一堆一堆的新发现的尸骨"②,"七八万人;被敌军打死的,不超过五千。除了那生还的一千多人,剩下那七万多人,不是饿死、病死,被野兽吃掉,就是给我们自己人用毒药、用手术刀、用手枪解决的……七万多人……七万多人。这场战役,我们不是败给敌人,是给我们自己人报销的"③,这一式样的民族自省也在进行中。另一方面,剧中对人性的拷问很深入。篇末塑造了"残"和"祥"两种神兽。前者为凶兽,"在神秘的黑暗域界之中……为了生存繁衍,他可以残杀骨肉兄弟,饮食父母亲生。为了保存自己的

---

① 郭宝崑:《为艺术重新定位》,《联合早报》1999 年 11 月 28 日。
② 柯思仁总编辑,柯思仁、潘正镭主编:《郭宝崑全集·第三卷·华文戏剧③》,新加坡:实践表演艺术中心、八方文化创作室 2009 年版,第 207 页。
③ 柯思仁总编辑,柯思仁、潘正镭主编:《郭宝崑全集·第三卷·华文戏剧③》,新加坡:实践表演艺术中心、八方文化创作室 2009 年版,第 207 页。

生命,他在绝境时刻甚至可以蚕食自己,以保全生命"①;后者为救人类饥荒,"打开了嘴巴,带着香味的清水就源源不绝地流了出来。……可是天下还是大旱。于是祥又飞来,伸长脖子,打开嘴巴。可是,祥的嘴巴没有水灌出来,于是祥就弯下脖子,把自己的头颅切了下来,让体内仅剩的清水流出来,于是它又灌满了最后一溪、最后一河、最后一湖、最后一江"②。前者自私、贪婪、残忍、好斗;后者追求理想、自我牺牲、博爱、具有人道主义。郭宝崑也在这种寻根式的礼拜书写中坚定自己一以贯之的理性与启蒙,用人道主义的深沉关怀安抚自己饱受现实和自身煎熬的艺术灵魂。末尾"五个魂灵,泪涕淌落,望着冥冥苍穹,不知何所依归"③,让平静之后的郭宝崑,问天地,找寄托,归兮魂兮!

二、郭宝崑对新加坡文学的意义

第一点是知识分子的时代困惑。第一次提出郭宝崑身上有"文化思想家""公共知识分子"文化属性的是李集庆④,郭宝崑身上的公共知识分子气质是新华文坛公认的。但郭宝崑的身上还有着中国现代知识分子的精神谱系血缘,那就是对政府以及当权者的批判,对民众的启蒙以及对国民性批判的坚持。"新加坡在1965年突然脱离马来西亚而成为一个独立的国家,政府为了加强这个蕞尔小国的生存机率,采取强烈的务实主义政策,以吸引国际资本的经济建设为建国主轴。这种背弃理想主义、否定意识形态的作风,一方面,长期以来确定新加坡的经济发展与物质累积,并取得让世界侧目的成果,另一方面,则与民间对于国家建构的信仰方式渐行渐远。"⑤

第二点是对双语环境中新加坡华文华语前途的思考。在谈到香港中英剧团的时候,郭宝崑说:"中英剧团的年轻人用两种语言演戏(粤语和英语,有不少也通晓华语),我所接触到的几位团员既能跟英国导演在英语戏里

---

① 柯思仁总编辑,柯思仁、潘正镭主编:《郭宝崑全集·第三卷·华文戏剧③》,新加坡:实践表演艺术中心、八方文化创作室2009年版,第212页。

② 柯思仁总编辑,柯思仁、潘正镭主编:《郭宝崑全集·第三卷·华文戏剧③》,新加坡:实践表演艺术中心、八方文化创作室2009年版,第213页。

③ 柯思仁总编辑,柯思仁、潘正镭主编:《郭宝崑全集·第三卷·华文戏剧③》,新加坡:实践表演艺术中心、八方文化创作室2009年版,第207页。

④ 原话是"郭宝崑其实发表过很多文章,有些是精悍的短文,也有些是他参加大型研讨会时准备的讲稿。这些文章表现了郭宝崑在艺术家以外,文化思想家、公共知识分子的另外一面"。参见韩咏红:《国际剧坛联合演出 向郭宝崑致敬》,《联合早报》2002年9月16日。

⑤ 柯思仁:《导论:另一种理想家园的图像》,《郭宝崑全集·第一卷·华文戏剧①》,新加坡:实践表演艺术中心、八方文化创作室2005年版,第xv页。

'有来有往',当着英国教师和学生们演起戏来,他们也能'如鱼得水'悠然自得。一个中国人,能泡在中国戏里,体现出中国味道,同时又能钻进英国戏里,体会到欧美的思想感情,并在艺术中跟英国人于高层次上交流'讯息',那不是很成功地掌握了两种语文、两种文化么?"①在这次香港之行中,郭宝崑对新华华语的反思的一个焦点就是多语境中新加坡话剧的命运。在介绍香港演艺学院戏剧系主任钟景辉的时候,他谈到钟的执系理念,如"教学媒介将是粤语英语并重,但每个人也都要学华语……他立意要在实践中尝试引入东方的,尤其是中国的风格。第一步:全系都要学习太极拳。而且,西方剧校学习西洋剑和柔道,他的学生则将以中国武术为根基兼学戏曲架式……香港风格的戏剧,最终一定要由香港剧本养育和表现出来"②。字里行间,我们能够看到郭宝崑的思考和姿态。在英语为主导语言的新加坡,面对英语的强势和国家政策的导向,郭宝崑一方面吸收西方现代主义艺术手法,另一方面,他并没有一味偏向西方,还是强调着反映现实的重要性:"英语本地戏剧的普及,只是时间问题。戏剧节英语剧全属外国剧本和多由外国导演支配,令我们担心的是,即使产生创作剧本,也怕会失去自己、切断传统。希望主办当局看到,英语戏剧急切需要接上一条脐带,插进三大民族的文化库,和民众的现实生活,帮助它固本溯源,发展成一种扎实的有根有向的戏剧艺术。如果很快就要成为最活跃的英语本地戏剧拒绝面对本地现实生活、一味朝向英美源头,那后果是很糟的。"③之后,郭宝崑继续坚持双语艺术的可能性,他这样说:"实际上,就是在华文是第一语文的中国台湾,我们也很清楚地看到了,像兰陵的吴静吉,和云门的林怀民,他们在民族艺术的新创造之前,都是通过外文开拓了自己的世界观和文艺观的,我们在新加坡这问题可更是重要得多了。……因为,我总以为,要在英文文艺上有所成就的新加坡人,必然要触到文化的高层。而高层的文化,不论在哪一个国家和地区,都必然有他的民族文化的继承和发展为繁荣自己文化的基石。"④这种"小国家的大眼光"(余秋雨对郭宝崑话剧成就的概括⑤),可能正是郭宝崑的境界与期待。

---

① 郭宝崑:《中英剧团用两种语言演戏——香港剧艺一瞥(五)》,《联合早报》1984 年 8 月 17 日。

② 郭宝崑:《钟景辉和演艺学院戏剧系——香港剧艺一瞥(七)》,《联合早报》1984 年 8 月 31 日。

③ 郭宝崑:《本地英语戏剧的趋向——由戏剧节谈起》,《联合早报》1984 年 12 月 14 日。

④ 郭宝崑:《寄愿南方》,《南方艺术研究会十五周年纪念特刊》1987 年 5 月。

⑤ 余秋雨认为郭宝崑"真正的重要,不仅仅是对我,甚至,也不仅仅是对新加坡。从二十世纪到二十一世纪,处于散落状态的东方文化应该如何生存,他以一系列开创性的行为作出了典范性的回答"。余秋雨:《世纪典范 悼念戏剧家郭宝崑》,《联合早报》2002 年 9 月 12 日。

第三节　取经人的努力与现实困惑：
柯思仁《刺客·乩童·按摩女郎》

柯思仁①是新加坡华文文坛中少有的创作与理论并重的作家，他出身于华校，作为最后一代纯华校生，他十分坚持并爱护华文传统。但从 1980 年代实行双语教育的新加坡国策出台后，华文传统被冲击得支离破碎。华语地位日益衰微，沦为一种工具性的语言。在赴台湾大学求学，后又远赴剑桥大学攻读博士学位的过程中，柯思仁一直思考着新加坡文化和文学的现实处境。"跨文化交流"是他参考高行健的人生经历和创作完成博士论文之后的思考结晶。另外，他对祖国新加坡的"离人心理"也值得我们注意。这是以柯思仁为代表的新加坡中生代作家的一种文化心理。在爱国与离人的看似矛盾的心态中，他们在思考着新加坡文学和知识分子的未来之路。

柯思仁性喜幽静。"中学四年，几乎在考试前夕，都爱或独个儿，或和几个好友一同温习功课。由于学校处于市区中心，当然找不到什么树荫湖畔的石凳，一边赏景，一边啃书那么风雅了，惟一可称得上是上选的地方，便是那远离人群，高高在上的天台"②；"当我回望山城几抹笑意，不禁又要叫晚风莫笑了。然后带着惆怅而去。唉，别又是为赋新词强说愁吧？谁晓得，莫不是辛老头为赋新词强说少年有愁吧？"③这些都可以看出他为人的低调和

---

① 柯思仁（Quan Sy Ren，1964—　），生于新加坡，祖籍福建安溪。笔名有仁奇、杏丁等。毕业于公教中学（1980）、华中初级学院（1982）。1983 年获得新加坡政府"公共服务委员会奖学金"，赴台湾地区求学。1987 年毕业于台湾大学中文系。服完兵役，到新加坡教育学院受训一年。1990 年毕业于新加坡教育学院后，在华中初级学院任教。1994 年获得新加坡国立大学中文系硕士学位。1995 年获"新加坡青年奖（文化与艺术）"。1997 年赴英国剑桥大学，分别获得硕士、博士学位。著有戏剧集《刺客·乩童·按摩女郎》（新加坡：青年书局，2004）、《市中隐者》（新加坡：Ethos Books，2000）；散文集《跶跶蹄声归来》（新加坡：华中初级学院，1983）、《寻庙》（新加坡：华中初级学院，1988）、《梦树观星》（新加坡：草根书室，1996）、《思维边界》（新加坡：青年书局，2008）；散文合集《以诗和春光佐茶》（新加坡：八方文化创作室，2014）、《如果岛国，一个离人》（新加坡：八方文化创作室，2004）、《舞台亮起》（新加坡：八方文化创作室，2017）；另有硕士论文《战前新马的戏剧副刊与戏剧评论（1924—1941）》（指导老师杨松年）、博士论文 *Gao Xingjian and Transcultural Chinese Theater*（Supervisor is Dr. Susan Daruvala，University of Cambridge，2004 年由夏威夷大学出版社出版）。
② 柯思仁：《天台缘》，《跶跶蹄声归来》，新加坡：华中初级学院 1983 年版，第 15 页。
③ 柯思仁：《蓦然》，《跶跶蹄声归来》，新加坡：华中初级学院 1983 年版，第 15 页。

性情的内敛。① 正是这种低调和内敛的性情,使得他少了文艺工作者面对浮华功利时的浮躁,而多了很多学院派文人的理性和节制。从台湾大学毕业返新后的柯思仁,在与话剧大师郭宝崑的交往中,开始思考当代话剧可能的发展方向。1997 年他赴伦敦求学,以华语世界话剧大师高行健的剧作为研究对象,从"跨文化剧场"(Transcultural Theater)的理论角度写就自己的博士论文,其中的一些思考在学界有着重要影响。作为一个新加坡华人,出身于新加坡即将被英文教育合并的华校,加之对新加坡在华文世界边缘地位的思考和对高行健这一从中国大陆离散出去的文学家(文化现象)的反思,这一路上的经历对柯思仁的创作和理论研究产生了什么样的影响,是我们要探讨的重要问题。

一、取经心路:求学寻找精神慰藉

华中初级学院(Hwa Chong Junior College),全名华侨中学附属初级学院,是 1974 年新加坡华侨中学②将大学预科课程(高中课程)部分分出去而成立的华中初级学院。2005 年,华侨中学(简称"华中")与华中初级学院(简称"华初")合并,新的华侨中学诞生了。在这个学校里,柯思仁受到了良好的华文文化的熏陶,"在校长骆明(现任新加坡文艺协会会长)、陈田启和冯焕好(笔名何濛)等老师的启发下,阅读了大量本地作家的作品。令他尤其难以忘怀的是《度荒文艺》,与六七十年代占据主流的左翼现实主义作品相比,这册厚达百页,数月方出版一次的刊物让他最初尝到了现代主义风格的另类滋味。当时的少年或许不曾意识到,这份对作品笔法的兴趣日后会越来越深地影响他的阅读口味"③。

柯思仁中学时代的作品有着很强的"少年愁滋味",笔端透露出作者善思求知的心态。这种对事物的新鲜感让读者也不由徜徉其中。柯思仁早期散文经常出现类似这样的描写:"要离开的前一天,我们到十公里外的一个海滩。很富幻想的一片沙滩,可惜很窄,后边就是马来人的房子。马路只在

---

① 梁文福曾这样评价几位好友:"一翔那旁若无人的高谈阔论,林巍那首值得怀念的《月满西楼》,思仁那静处一角的沉思,文龙那令人欣赏的奇想……"参见梁文福:《也许——临别絮言》,《曾经》(第三版),新加坡:冠和制作 1987 年版,第 36 页。

② 华侨中学(原名南洋华侨中学)是一所新加坡 6 年制的自主中学,设有 4 年制初中部和 2 年制高中部,为 12 岁到 18 岁的学生提供教育。华侨中学在 1919 年由陈嘉庚创办,为新加坡第一所主要以中文为教学媒介的语言。华侨中学自开办以来便是传统南洋"华校"的典范之一。今天华侨中学是新加坡最顶尖的 5 所中学之一,虽然主教语已更改为英语,但依然保留了比较浓厚的华文氛围。

③ 应磊:《访谈》,《联合早报·文艺城》2006 年 10 月 13 日。

咫尺之遥，可是我觉得心却是与大海蓝天更接近，早已把人、路、房子都忘掉了！又窄又长的沙滩上，偶尔有一两块大石头点缀着，晨曦洒处，淡淡地反射出光晕，像少女的低诉一般纯洁。海的彼岸，是苏门答腊，只是，海峡的这边，却望不到那边的人们，生活在不同的世界里，不知是谁羡慕谁？由海水中，我们捞到好多奇形怪状的石块，有的被损蚀得百孔千疮，有的却摩擦得明滑可鉴，我却不明白，相处在同一个海里，为什么会有不同的命运？"①"此时，满地堆满了黄叶，黄得多么灿烂，多么鲜艳，却让人心中荡起一丝丝莫名的无奈。曾几何时，我们尚是一名天真无知的孩童，而今，我却和你，她们在此数我们失去的日子，伴你迎接十七的来临，更憧憬未来，呵，莫想，莫想，若有一日重回旧地，怕黄叶依旧，昔人全非了。"②"如今，你回城，城景依旧，人事已非，昨日一切安在……那日，你跶跶的马蹄声扬长而去，你说，你将归来。而今你归来了，跶跶的马蹄声已变调，就像城里弥漫的黄烟已变色……"③"也许，也许我不愿做一朵云，我将永远随风浮动，看遍了人们的喜怒哀乐，看遍了世间的悲欢离合，没有一样东西能在我眼底隐藏：快乐的事固然使我宽慰，但世上许多丑陋与罪恶不是要我难过万分吗？也许，我真不愿做一朵云。"④这些散文作品文笔的稚嫩相当明显，但同时也有着很明显的借用古典文化和现代文学经典的痕迹，像《我欲乘风归去》《谁共我，醉明月》《灯火阑珊处》，这些散文标题都开宗明义地告诉读者他所要抒发的情感。

1975 年，华中初级学院中文部创办了中文学会，鼓励学生参与文学创作、戏剧演出以及中文辩论。从 1979 年开始，中文部组织全中文的戏剧演出，称为"戏剧节"。1981 年，一年一度的"戏剧节"改称"黄城夜韵"，之后一直延续。柯思仁留下过那些年的记忆："那晚，《终身大事》一演完，演员们进入后台便立刻相拥痛哭……到会所，偶尔一抬头，见到的，是那熟悉的字："《终》剧演员，3.30PM，LT1'啊，其中到底包含了多少的意义，我多么希望，今天下午三点三十分，LT1 还能见到一出精彩万分的戏剧演出。"⑤又如："《人望高处》已演完，《窦娥冤》正在上演，我呆呆地坐在后台，在黯淡的灯光下，抚摸着一件一件的道具，收拾着，又看着我们的道具组同学正忙着工

---

① 柯思仁：《古城行》，《跶跶蹄声归来》，新加坡：华中初级学院 1983 年版，第 12 页。
② 柯思仁：《那天，当十七的脚步近了》，《跶跶蹄声归来》，新加坡：华中初级学院 1983 年版，第 50 页。
③ 柯思仁：《跶跶啼声归来》，《跶跶蹄声归来》，新加坡：华中初级学院 1983 年版，第 50 页。
④ 柯思仁：《云的随想》，《跶跶蹄声归来》，新加坡：华中初级学院 1983 年版，第 87 页。
⑤ 柯思仁：《散会之后》，《跶跶蹄声归来》，新加坡：华中初级学院 1983 年版，第 22、23 页。

作……这些都过去了,戏中的梦境,戏剧节真像一个美丽的梦,留给我们的只有或淡或浓的回忆。从来,搞戏剧都是寂寞的,这句话只适合挂在一个经济学家的口上,对我们来说,却是一个完全不同的故事!"①"没有上课而到各学院去派海报,早上八点在华中练诗歌朗诵,当我们把《黄城夜韵》挂上时,几晚的辛勤,见到了舞台的美丽,算得了什么?"②这些都是1980年代初期华校生热爱华文艺术的真实回忆。

华中初级学院的话剧活动是有着前后相承的传统的。柯思仁的笔下也记录了几位华初学长对他的提携和照顾,如对蔡深江的钦佩之情:"你来到我的生命中,让我的日子里的确添上了许多新鲜的色彩。你望着夕阳,会惊呼落霞的奇迹;你望着穿空的古松,会赞叹疏松筛着的落日;你发觉云朵的变幻,竟说它们在打架;你见到早晨落得一地一圈的鸡蛋花,竟会深深地爱上它。于是,当我不在意地回首,满天的彩霞,古松半隐的夕阳,暮云的暧暧,鸡蛋花飘零,我会蓦然想起你脸上满是欢欣的风采,就像见到自然里的奇迹一般。没有夹竹桃的点缀,没有竹风的飒然作响,城岂会如此令人怀恋?我初来时因桃花因绿竹而爱上了城,今我即将离去,你却让我了解了更多更深的真谛。"③

1983年,柯思仁拿着新加坡政府公共服务委员会奖学金,以外籍生身份开始在台湾大学中文系求学。他的第二本散文集《寻庙》大部分是在回忆他在台北的求学生活。这些散文的感情基调是"寂寞"。柯思仁不断地在散文中渲染着"我只是一个孤独的异乡人"的氛围。一方面,他的散文中不断出现对故乡新加坡的书写。在与台北的对比中,我们能够深深地感觉到他"人在曹营心在汉"的心理,而且充满着一种莫名的身份优越感。如"路上永远都是拥挤的人群。我不禁想起乌节路。我们总是惬意地蹓跶……我们有闲情逸致去慢慢地走,看那些艳丽的人群,缤纷的人生……南方那个蕞尔岛国,阳光还是一样炎丽吗?天空还是一样蔚蓝晴朗吗?不结果的青龙木还是一样在风中婆娑吗?还有那条多久以前便默默流着墨黑的血液的河,变得暗绿了吗,变得黛绿了吗,还是蓝得和天空一样清澈见底了?河边那幕幕的人生剧,维多利亚剧院里的舞台剧,我的过去,我的回忆,你们即使伫立在河边望着一条河变成一座山,我依然是在远远的北方,聆听一些片段的诗句

---

① 柯思仁:《第二度散场》,《踅踅蹄声归来》,新加坡:华中初级学院1983年版,第26页。
② 柯思仁:《蓦然》,《踅踅蹄声归来》,新加坡:华中初级学院1983年版,第31页。
③ 柯思仁:《如我与君——写给深江》,《踅踅蹄声归来》,新加坡:华中初级学院1983年版,第46页。

越洋而到我眼里。站在城最高处都望不见的青青的武吉知马山呢?城里的夹竹桃呢?那黄得古意盎然的城,那黄得亲切的城"①。本没有这么风雅柔情的新加坡被刻画得充满情致内涵。

台湾地区的侨生政策,要从光绪三十二年(1906)创办第一所专门招收海外华侨学生的暨南学堂说起。国民党败退台湾地区后,于1951年施行《华侨学生申请保送来台升学办法》,于1969年订颁所谓《侨生"回国"就学及辅导办法》。台湾地区对侨教政策之重视,除了感念"华侨是革命之母"之外,很重要的一点是,解放战争期间,美国全力支持国民党政府的举措之一就是"美援"——为鼓励台湾当局吸收侨生,提出每收一名侨生可收台币两万元补助之措施。不过新加坡政府一直不承认台湾当局所有大学的学位,很长时间里台湾地区高等教育学历在新加坡只被私人企业承认。② 柯思仁赴台读书的背景大致如上。从台湾大学的官方网站上,我们可以查到有关中文系学生背景的一组数据(见表7-2)。

表 7-2　台湾大学中文系学生背景

年度	本地生			侨生			外籍生		
	小计	男	女	小计	男	女	小计	男	女
1980	11056	6626	4430	2454	1768	686	191	125	66
1981	11289	6855	4434	2428	1731	697	201	134	67
1982	11805	7255	4550	2375	1648	727	238	157	81
1983	12421	7637	4784	2335	1587	748	262	187	75
1984	13049	8027	5022	2320	1493	827	238	164	74
1985	13677	8402	5275	2284	1473	811	241	166	75
1986	14013	8617	5396	2289	1472	817	231	172	59
1987	14991	9193	5798	2385	1524	861	247	181	66

* 数据来源于《1998年台湾大学统计年报》。参见 https://annual statistics. cc. ntu. edu. tw/,浏览时间 2023 年 8 月 30 日。

比较柯思仁在台大前后届学生数量,我们会发现其实侨生的数量很多,

---

① 柯思仁:《漫步在台北》,《寻庙》,新加坡:华中初级学院1988年版,第2—3页。

② 2009年底新加坡政府修正通过《专业工程师法》(Professional Engineer Act),承认台湾地区通过工程及科技教育认证的系所的毕业生学历,才打破过去台湾地区高等教育不受新加坡政府承认的局面。

但在外籍生身份的柯思仁的作品中,我们很难找到他对中国台湾本土的热情①,如散文《冬夜》中动辄写到"我怎么也没想到会有一天做一名浪迹天涯的人"②"新店溪的黑不见底使我想起新加坡河"③。不过,在台大求学期间,柯思仁的散文多了很多中国文化的气息。这一方面肯定是台大中文系重古典文学,柯思仁沉浸其中的结果;另一方面,也是颇有文学家气质的柯思仁摆脱异乡求学刻板生活的选择。这种中华文化的浸泡,使得柯思仁的笔端多了多元文化气息,文笔蕴涵也渐渐丰富起来。《可哀唯有人间春》就是其中一篇,其中充满了古典文学的典故。这些典故的娴熟运用也表现出柯思仁对中国文化的认真对待,使得文章少了先前那种支离破碎的试笔感觉。这也是柯思仁早期不可多得的佳作。

> 刚来台北时正是初秋之际,一切对我来说尚是那么新鲜,那么多姿多彩。到了一个新的地方,认识了许多新的朋友,我正想好好地把自己全然投入这初秋的台北,去嗅嗅台北另一种不同的气味,去呼吸巴士喷出的滚滚黑烟,去做一个七彩缤纷的霓虹灯浴。这时秋风是那么恰到好处地透着微微的凉意,阳明山上红透的枫叶散发着宝石一样多棱角的光彩,树叶落尽的枝桠舒展着柔荑般的指尖。秋天早降临的薄暮使台北街头巷尾闪烁灯光下的人潮隐约若见,更透着要去揭开这块夜的布幕的诱惑。一切仿佛都那么协调。
>
> 我于是在想,是谁告诉我秋是萧索的苍凉的? 不对,秋应该是丰富跳跃的,如枫叶在秋风中飘舞一样洋溢着韵律,有强烈的生命感和动力感! 都怪我少年,生长于现代的热带国度,却爱吟咏唐人宋人的诗词,却爱以我年轻的生命去感染一些莫名其妙的愁绪。古人因满心满怀的国恨家愁,见黄叶舞秋风自然要疾首沉痛地感慨愁煞人。清秋一幅恬淡幽雅的情景自然被破坏了。而少年的我也不知道原来还有个清白无瑕,可供幻想飞跃的秋天呢!④

---

① 好友兼同级中文系同学许子汉这样介绍柯思仁:"思仁有诗人气质,并不多话,较常用艺文创作来表现他的感受,和本地生同学之间相处不错,但和新加坡籍的几位同学应该更有来往。我们在学期间其实不常交谈,我和思仁熟识是因为合作了中文之夜的表演活动。他多才多艺,会写书法,会作诗编剧,擅长表演、舞蹈与诗歌朗诵。在中文之夜的合作后,他又找班上同学组队参加台大的花城剧展,他是编导,我就是其中惟一的男演员。因为这次演出,我们成为好朋友,也有了共同的戏剧爱好。"此来自笔者和台湾东华大学华文系许子汉教授的通信。

② 柯思仁:《寻庙》,新加坡:华中初级学院1988年版,第7页。

③ 柯思仁:《寻庙》,新加坡:华中初级学院1988年版,第7页。

④ 柯思仁:《可哀唯有人间春》,《寻庙》,新加坡:华中初级学院1988年版,第10—11页。

在散文《请停下脚步——写给徐业良》中可以看到柯思仁大学时参加台大中文系话剧演出的一些经历。文中介绍了他在台湾大学话剧社的一些活动，如出演《人皮面具》中的角色、参加毕业公演剧目《罗生门》。总的来看，柯思仁参与得并不是很积极。他主要的经历集中在阅读和吸收上。他在一篇访谈中这样说道："上世纪 60 年代在台湾地区文坛兴起的现代主义，赖出版业的发达，至 80 年代已产生了大量作品。从早期读琦君、余光中、白先勇、张晓风和黄春明，到后来接触杨牧、张大春、林文月、蒋勋和西西等等，如饥似渴的学了以每周 5 本书的速度，几乎读遍了尔雅、九歌和洪范等出版社全部主要作家的作品。最疯狂的那一阵子，柯思仁说，他甚至特地叩开尔雅出版社的大门　　向他们要折扣。自中国台湾学成归来，除了满满三大箱、不止一书架的书，柯思仁也带回了自己独到的阅读心得。'那四年给我最大的冲击就在于，我怎么看文学作品。'他说，'现实主义、宣扬意识形态的文学作品读多了的人，会相信文学应该反映时代、社会、生活，但我不认为只能够这么看。我比较感兴趣的是一篇作品的独特写法。''举例来说，白先勇的《台北人》便以非时间顺序来讲故事，通过时空交错再现今昔对比。再如张大春，他的后设写法趣味更强，用叙述方式引出互动，让读者主体性进入。'"①

我个人认为柯思仁的中学和大学的戏剧活动，更多的是一种文化积淀和熏陶，谈不上有什么文化贡献。正如他自己所说，是一种取经："仿佛是唐朝的一个往西天取经的僧侣。佛法原本便是传自西土，对于中原来说，西土是一个梦，是一些幻，是溯洄追索的最终归宿……在送行人的眼中，我仿佛见到唐朝众僧与玄奘道别的神情，令我蓦然一惊，竟发现此行背负了众人深深的祝福和期盼，沉重得令我背脊佝偻，步履蹒跚。"②而且，虽然柯思仁赴台之前曾豪语道："台大中文系，一个今后奋力的方向。我不知道将会面对的是怎样的一个新环境，也不知道是否能够得到我所不断追求的。这一去四年，有足够的日子让我好好地体验和思索——不是去寻找方向，而是肯定方向，稳健地走上这一条路。"③但他对文艺活动的参与度并不是很高，充其量就是打基础而已。

---

① 应磊：《访谈》，《联合早报·文艺城》2006 年 10 月 13 日。
② 柯思仁：《这一条路，我走》，《寻庙》，新加坡：华中初级学院 1988 年版，第 72—73 页。
③ 柯思仁：《这一条路，我走》，《寻庙》，新加坡：华中初级学院 1988 年版，第 75 页。

二、夯实基础:返新后的戏剧活动和理论研究

柯思仁是一个很谨慎内敛的人。在他笔下,我们每每能感觉到他的谦虚:"渐渐会明白自己终归是属于这座古城的,像曾经在黄城的庇护之下,像曾经邀游在花城的街市。每一次进一座城,都以为自己只是一名过客。离去之后,策马归城,往往便发现城里的景致不同了,我马蹄下的烟尘也迥异。也许要到这个时候,才发现嘻笑游戏之间,城与我竟无声无息地被紧紧联系于一。这个时候,停下马蹄,一点一滴的回忆,又可以慢慢地重新收拾。千百个日子,可以弹指消匿,却也是可以屈指记起。"①我们必须承认,正是这种谦虚的心态,使得他在日后不断夯实自我。

取经后,有了一定基础的柯思仁开始从事话剧的演出实践和新加坡话剧的研究。这很大程度上都是受益于他在台大所打下的坚实理论和实践基础。② 他曾这样回忆台北生活对他的影响:

> 我知道归来是最终的目的,台北只是一个过程;另一方面,我也知道,四年的台北生活,如果只是生存的记录,便毫无意义……如果将台北四年从我的生命中剔除,可以说我依然会成长,只不过可能会迟上几年;然而,是否能够有着像今天一样的对生命意义的认识,则是一个很大的疑问。在台北时,常常会抱怨台北生存的环境:空气污染、交通紊乱、气候不适,物质生活在很多方面也是无法与新加坡比拟的。渐渐地我开始了解,物质生活的一些不足,其实算不了什么,有时,甚至导致精神文明更迅速地补偿。因为环境的污染,有了环境保护运动,也发展起环保文学,终而致使人们对文学的注意,对环境的关爱。③

从台大求学归来之后,柯思仁回到了自己的母校华中初级学院任教。在这个期间,他开始在报刊副刊投稿。他教授语文特选课程,负责中文学

---

① 柯思仁:《回首,城》,《寻庙》,新加坡:华中初级学院1988年版,第82页。
② 台大的演剧生活给柯思仁的成长极大的帮助:"思仁曾参加《罗生门》演出,我是现场观众之一,他是演员,似乎演的是那名武士。当年话剧社是很活跃的社团,其实当时正是台湾地区剧场要蓬勃发展的年代,很多大学的话剧社都纷纷窜起。我个人倒未参加过话剧社,但常去看他们的公演。社团一般都要收社费的,想话剧社应不例外,但应不会太高,演出经费通常另有补助或其他来源,并非用社费来做演出。社团照规定都要有指导老师,但通常不涉入社团的实际运作,台大话剧社的指导老师我不知道是哪一位。"此来自笔者和台湾东华大学华文系许子汉教授的通信。
③ 柯思仁:《寻庙·跋》,新加坡:华中初级学院1988年版,第85—86页。

会,策划"黄城夜韵"演出。1994 年他在新加坡国立大学中文系完成了硕士论文《战前新马的戏剧副刊与戏剧评论(1924—1941)》。纵观他的论文,可以看出他的研究思路是从戏剧本身的诸要素(如本质、功能、编剧、导演、演员和剧院的困境)出发,对新马两地二战之前(1919—1941)的戏剧副刊评论进行梳理和评价。从他的论文布局来看,他将自己的演出经历和个人经验带入研究论文之中,使得他的论文构思新颖,也为讨论战前戏剧评论这个枯燥论题带来了论述上的方便。

返新时期,他最大的生命收获就是结识了郭宝崑先生。柯思仁回忆道:"1988 年,我刚从台北念完大学回来一年,正在当兵,偶尔以校友的身份,帮忙华初中文学会的戏剧活动。我为刚毕业的校友与在籍同学,策划了一个小型的戏剧课程。第一堂,我就邀请了郭宝崑来主讲一个'戏剧概论'之类的课。那是我第一次直接与郭先生接触。不过,在这之前,他的名字,对我来说,已经是与新加坡华语戏剧画上等号。我看过的第一个让我留下许久震撼的华语戏剧,是 1981 年由南方艺术研究会演出的《希兹卫·班西死了》,郭先生是导演。第二个印象深刻的是 1983 年华语剧团联合演出的《小白船》,这不但是郭先生导演,也是他执笔编剧的……第二次与郭先生的接触,是在 1989 年。我合编并监制了《适度的梦》。根据我从前在学校参与戏剧演出的经验,正式演出之后,总是有一个戏剧界的前辈,上台跟全体演员与工作人员讲话。于是,我以监制的身份,邀请郭先生在第一晚演出后上台。郭先生很乐意地接受了邀请,并从容而诚恳地说了好些鼓励的话……我从来没有真正的做过郭先生的学生,因此,我不敢称他做郭老师。我也从来没有真正与他在戏剧上有过合作。只有一次,1993 年,他导演林春兰的《后代》,我做演出特刊的编辑……我一直觉得郭先生对我关爱有加,处处提携。我想,这正是他对待同侪后辈的一贯态度。早在 1990 年代初开始,他就推荐我做国家艺术理事会的艺术资源成员,提名我到香港参加由香港中文大学主办的国际戏剧研讨会(使我结识了许多当今最杰出的华人戏剧家与戏剧学者,如高行健、林克欢、马森、吴静吉、蔡锡昌等人),以及要我加入刚创办的电力站艺术之家成为管理委员会成员,参与一个草拟向国家艺术理事会提呈专业华语剧团建议书的委员会,参加一个由民间个人组成的促进跨文化交流活动的小组等等。"①而郭宝崑对柯思仁的艺术启蒙更是不容

---

① 柯思仁:《流动记忆中的郭宝崑》,收录于陈鸣鸾、韩劳达、林春兰主编:《缝制一条记忆的百衲被:郭宝崑的故事》,新加坡:新意元开展室 2003 年版,第 343—347 页。

忽视:一是郭宝崑作为"一位有道德良知的艺术家,选择了一种另类的批判时弊的角度,表现他对于社会的关怀,却因为与务实的主流价值有悖,而注定了他的理想主义的挫折"①的那种理想主义。二是郭宝崑的现代主义剧场实践,如1967年郭宝崑就编导了由德国戏剧家布莱希特作品改编的《高加索的母亲》,以及郭宝崑对爱尔兰作家贝克特的模仿。郭宝崑的学习精神以及艺术实践,让柯思仁感受到"贝克特等现代主义作家对于现实的透视力,以及深省人性后的孤独感"②。柯思仁从郭宝崑那里继承的"理想主义"和"现代主义"一直影响着他后来的创作与理论实践。

这个时期柯思仁的散文创作,多是延续在台大中文系就读时以中国古典文学与文化为基础的求学心路,散文中也多是将古典意象与当代新加坡生活相联系,发些感时忧国之思。如《混沌初开》(1989)中的上帝、达尔文、宙斯、庄周、盘古、弗洛伊德、弗洛姆、苏东坡,谈天谈地。再如一些对民族文化的反思之作,如《月食传奇》(1988)开头的题记中言:"一个没有神话的民族,也就没有梦。像希腊,像罗马,像中国,以及每一个古老而有过辉煌历史,尚存于世或已消匿的民族,都知道梦对于他们成长的重要。他们懂得如何做梦,如何使所做的梦更丰富多彩。有了梦便有了幻想,而幻想正是一切科学理论中假设的原始。"③更重要的是柯思仁在散文中表现出来的文化视野宽阔而精深。在《梦树札记》(1993)一文中,他先是谈"庄子说,上古时代有一种高大的椿树,以八千年为春,以八千年为秋。它们沉默而平静地生长,以至天年。树木的天年是怎样的一种情貌,恐怕没有多少人可以想象,尤其是现代"④。接着谈新加坡汤申路上段被砍掉的雨树,描述树被砍之后的情景:"不知道住在小岛北部的人,是不是常常会为了这个景观而激动?不知道当他们突然见到路上一整排一整排被腰斩的大树干,是不是会为了景观的消失而悲恸?原本在空中蔚然婆娑的枝叶,一堆一堆地叠在路旁,傻愣愣地等待着必然而悲哀的命运。树干上的年轮,戛然而止。"⑤再接着谈到法国种树人艾尔则阿·布非耶默默栽种橡树,陶渊明笔下的桃花源仙境,台北保护百龄古树的环保运动。散文的最后,他发出自己的文化感叹:

---

① 柯思仁:《理想主义的失落与延续——郭宝崑去世一周年反思》,《联合早报》2003年9月10日。
② 柯思仁:《理想主义的失落与延续——郭宝崑去世一周年反思》,《联合早报》2003年9月10日。
③ 柯思仁:《梦树观星》,新加坡:草根书室1996年版,第9页。
④ 柯思仁:《梦树观星》,新加坡:草根书室1996年版,第15页。
⑤ 柯思仁:《梦树观星》,新加坡:草根书室1996年版,第17页。

　　砍倒一棵树，可以再种。对人类来说，这只是一件微不足道的事。扼杀一个景观，可以再造。也许需要花一些心思，等一些时日，却也没什么大不了。没有人想到，不论是一棵树或一个景观，每一个都是独立而特殊的，正如生命是不可取代一般。当我们不屑于尊重树和景观，对人的生命也一样可以轻视。当我们把每一个人只看成是群体中的一个成分，泯灭了他们的个别性，也正是自己人性消亡之时。这样的社会便只剩下冰冷而单调的机械性，即使表面上看起来一片繁华绚丽，也只不过是经不起风吹雨淋的七彩泡沫罢了。①

　　以《沉默时代》(1988)、《远远的天边有树》(1991)、《梦树札记》为代表的柯思仁散文作品，多是采用这种"古典意象或现代意象—多地区文化(文学)典故重读与比较—抒发人生之感和哲思"的抒情模式，平淡而暗藏讥讽地书写着自己返新后的所思所感。值得指出的是，柯思仁返新之后的报刊专栏文章的写作倾向，跟1990年代初余秋雨先生的散文集《文化苦旅》中的幽怀古今进而发今古之叹一样。跟《文化苦旅》一样，柯思仁这个时期的散文走出了新马散文中视野狭窄、气魄靡靡的主流，以一种跨文化、跨学科的大手法书写历史、挖掘哲思和感悟人生，突出对人性的追问。这些散文给人以震撼与启迪②。同时，柯思仁延续着自己早期温雅的文风，笔尖蘸深情。他的散文虽像是信马由缰，但这种不拘一格的形式反而让读者读起来轻松愉悦。这些都对华文水平已经严重下跌的新加坡文坛有着很强的再启蒙作用。

　　参与话剧演出和对华文文化的追慕成为他"行"与"知"的两大精神支柱，这些也是他日后重要的学术资源。返回新加坡后，柯思仁曾经创作了《刺客·乩童·按摩女郎》(与陈英豪合写，1991)和《市中隐者》(2000)。前者有着浓厚的存在主义色彩——剧中人物分别叙述各自命运，在人物对话

---

① 柯思仁：《梦树观星》，新加坡：草根书室1996年版，第21页。
② 值得指出的是柯思仁宽阔的人文视野跟他的台大经历有关，他谈到："大学四年级的上学期，我修了一门通识课程，名为'宇宙、星星、地球'。老师在上课时，谈论着一些看似缥缈虚无的东西，像黑洞的形成，或者恒星的年龄之类。我的本科是中国文学，但是，在注重通识教育和允许自由风气的台湾大学，看起来没有两种科目是毫无关系的。于是，每个星期一的傍晚，我带着诗的心情，去窥探天文的奥秘，尝试了解人的某种处境。"参见柯思仁：《夜空中的星光多眩目》，《梦树观星》，新加坡：草根书室1996年版，第25页。另外，"当年，我初抵台北，也饥渴地收购了许多文史哲之类的书籍，并将自己浸淫其中。后来，却开始转向阅读文化评论和社会分析的作品。书读多了，思想境界更为开阔，对于自身和周遭的关怀层面也应该有所不同"。参见柯思仁：《北京印象：风和阳光》，《梦树观星》，新加坡：草根书室1996年版，第38页。从中可以看出曾经接受的台大教育确实造就了他开阔的学术视野。

中,让观众感受到生命存在的沉重感。后者延续柯思仁惯有的存在主义与荒诞意识,剧中充满着《世说新语》中许多魏晋名士的出格行为和奇谈怪论,如阮籍、刘伶、王徽之(子猷)、孟少孤;同时剧中有效仿螳螂"隐身术"的剧中人物,不断地寻找隐身的方法,这种种都加强了该剧荒诞的本色。片尾出现了对 A 和男人两个角色的描写:"A 出现,男人见 A,紧张。A 走过去,摸摸男人的头发,再将自己的衣服一件一件脱下来,给男人穿上。剩下内裤时,他停了一下,然后,将内裤也脱下。A 突然消失。灯暗。"①这个结尾突兀而具有开放性。A 是谁?是剧中男人的镜像吗?那么该剧就是围绕这两个人的生活介绍都市生活的无趣乏味和意趣低下吗?这些都将剧中人的无聊心态和荒诞行为推到了极致。赴台求学,返新教书,这两个阶段的求学和教学生活,都没有让柯思仁取得内心的平静。正如他的戏剧集《刺客·乩童·按摩女郎》一书的书前引语:

> VLADIMIR:Well? Shall we go?
> ESTRAGON:Yes,let's go.
> (*They do not move*.)
>
> —Samuel Beckett,*Waiting for Godot*

此处引语来源于荒诞派戏剧的创始人之一和集大成者贝克特(Samuel Beckett,1906—1989)的代表作《等待戈多》(1952),这也是荒诞派戏剧的奠基之作。《等待戈多》中有着强烈的存在主义意识,其中的戈多代表了生活在惶恐不安的现代社会的人们对未来若有若无的期盼。英国评论家马丁·艾林斯认为:"这部剧作的主题并非是戈多而是等待,是作为人的存在的一种本质特征的等待。"②存在主义的核心就在这里:我不知道该往哪里走,所以我不进不退,就站在原处。也就是柯思仁当下思考和进取的基点,是他后期追慕高行健现代主义剧场实践的根本原因。

1997 年柯思仁赴英国剑桥大学攻读博士学位,其博士论文以高行健为个案,探寻华语话剧最高境界。博士论文英文名为"The theatre of Gao Xingjian:experimentation within the Chinese context and towards new modes of representation"(University of Cambridge,Faculty of Oriental

---

① 柯思仁:《市中隐者》,新加坡:Ethos Books 2000 年版,第 93 页。
② Esslin, Martin. The Theatre of the Absurd, *Tulane Drama Review*, 1960,4(4):3.

Studies，1999），之后在此博士论文基础上修改并出版了 *Gao Xingjian and Transcultural Chinese Theater*（*University of Hawaii Press*，2004）一书。纵观其博士论文，主要在勾勒高行健的创作道路和创作心理，指出其创作中带有的法国荒诞派戏剧色彩。如他认为高行健剧作《车站》无论是情节还是表现手法上，都与贝克特的戏剧《等待戈多》有许多相似之处。另外他认为高行健的"跨文化"体现为他的剧作所表现的多元文化，如《野人》中反映出一个民族的文化应该多元化的观念。"跨文化"还体现在高行健后期创作的"禅剧"中，以禅的形式演绎现代戏剧、表现现代精神，把禅宗精神保留得很好。这种立足于跨视野的文化思考，也成为柯思仁旅英归来的最大收获，他之后的创作和理论建构都是从这个地方开始发散出去的。最后指出的是博士阶段的柯思仁已经开始对新加坡多元文化环境与剧场活动关系做出一些理论上的思考和研究。他曾这样回忆："我的书，是由博士论文修改增写的。最主要是提出跨文化的理论概念。刘禾的 *translingual* 是当时重要的学术课题，我在很多方面受到他的启发。不过，以 *trans* 为修饰的概念很多，如 *transnational* 就在电影研究方面有很多讨论。也许 *transcultural* 与 *transnational*（跨国主义）关系还比较密切。另一方面，*transcultural* 原本就是剧场研究重要的概念，也已经有许多论述了。"[1]

三、离人心态：边缘文化概念下的文化理念

转益多师是汝师。柯思仁在游学归来新加坡之后，其作品文风和文化视野发生了巨大的改变。这些改变也让他成为同代新加坡文人中的佼佼者。曾经有人问柯思仁他最喜欢的作品是哪一部，柯思仁认为最喜欢的是与黄浩威合著的《如果岛国，一个离人》。那是一个长达半年的对话过程，不像自己之前的散文集那样是零落篇章的凑合。而且，一个好的对话对象，会把某一些潜在的想法和感受呼唤出来。[2] 在这部散文合集中，表面上与祖国新加坡的距离感，其实也反映出他离不了祖国的潜在心理，因为散文集中点点滴滴都是新加坡在地情景。中国香港已故作家也斯提到香港时曾经这样说道："香港，这个令我感慨万千的城市，我一次又一次踏上旅途，或长或短地离开，然后又一次踏上回程。离开总是怀念，回去又充满挫折。"[3]这种对香港的思念和情怀跟柯思仁有相通之处。其实柯思仁大可不必迟疑于对

---

① 此语引自笔者与柯思仁 2014 年 3 月 31 日的电子邮件通信。
② 应磊：《访谈》，《联合早报·文艺城》2006 年 10 月 13 日。
③ 也斯：《烦恼娃娃的旅程》，桂林：漓江出版社 1996 年版，第 200—201 页。

新加坡的忠诚,因为新加坡是国家,远没有香港这座曾经被英国占领的城市这样复杂。

柯思仁文章中最早出现的与"离人"意思相近的描述是"感觉自己像是一个被迫自我放逐的浪人"①。我们必须认识到柯思仁对台湾、伦敦都没有很深刻的在地经验,他似乎也不热衷或者积极地参与当地的活动,更遑论归属感。这一点与同时期赴台求学的新加坡学生相较,很是特殊。② 柯思仁最喜欢谈到的就是他的过客身份和心理:

> 李和台北的人用同样的一种语言来交谈,拥有相同频率的思想,同是中国台湾土地蕴[孕]育出来的气质。李和他们是完全属于中国台湾本土,他们是同根同源的。而我,那个患上了思乡病的我,只是来自异邦的一名过客。纵然我再有更深的宾至如归的感觉,纵然我们曾经流着同一脉的血液,我还是西门町那汹涌人潮中的一个例外。站在他们之中,我似乎有着很深的彷徨,不知何归何依。不但我们的口音让我感觉到我们之间的不同,还有他们的生活习惯、思想、观念,甚至他们走路的姿态,唱着校园歌曲和朗诵乡土诗的神韵,甚至偶尔接触他们一瞥的眼神,远而冷。
>
> 其实,在台北的日子里,时常都可以感觉到凛冽澈[彻]骨的寒意。譬如秋深了,四周环山独独在淡水河口缺了一个角的台北,便涌进了许多风,萧飒的风声,偶尔会像[响]起海涛声,远远的。听海看海的时候,犹如梦境。有时都深切地感觉得到震撼。最令人心中怦然的,要算是站在峭岩上,听涛观浪,望北,却沾不上那个榄核形小岛的一点边缘。纵然望不见,还是要在海韵的奏鸣曲中,静静地让寒意及其他泉涌的思绪敲响,犹如食指拨动竖琴千万条隐隐震动的柔情。③
>
> 很久没有写信给你了。记得上一封信寄出去时刚好是圣诞节过后。那段日子寒流突然来袭,整个台北都笼罩在寒风凄凄之中。你可

① 柯思仁:《台北自五年半的记忆中苏醒》,《梦树观星》,新加坡:草根书室 1996 年版,第 123 页。

② 如林高曾经这样回忆林文月:"我和林老师的缘分始于 1981 年秋季。偶得机缘我踏进台湾大学中文系门槛。那年乐蘅军老师休假,大一现代散文由林老师代课。林老师是散文家,教课却谦称非本业。采用杨牧主编中国近代散文选,一学期老师讲,一学期让同学分组上台讲,老师评述。每组选材不一,表现亦有出众拔尖的,大家观摩切磋。学生时代是校花,林老师教我们的时候年纪近五十,美貌涵养成了风韵,衣着文雅举止细心。班上有十个新加坡学生,过半像我是华文老师,教学数年过去读本科。"参见林高:《回忆林文月》,新加坡:《联合早报》2014 年 1 月 10 日。

③ 柯思仁:《念海》,《寻庙》,新加坡:华中初级学院 1988 年版,第 30 页。

好,依然享受着暖洋洋的阳光,我可是多怀念那种四季皆夏的天气。我走在冬天,走在台北的街上,总要把衣领拉高一点。有时双手冻得直往口袋里缩,也就顾不得拉衣领了。那种天气,躲在被窝里的确很温暖,但那不是太浪费光阴了吗? 我宁愿到处走走,看看台北那些行人满脸寒霜的样子,看看能不能有什么新的发现、新的惊喜。①

　　四年了,在台北已经是第四年了,那种大一初来到陌生环境的孤独感,不知不觉中又在隐蔽许久后被触动。……如果地震是发生在新加坡,而我也是在新加坡,也一定会感觉安心的。只有默默地祈祷,但愿地震很快就过去了,不至于造成太严重的灾害。……可是,这时竟是我自己一个人,可以依靠的都在千里之外。震得越远,感觉自己仿佛被震离了地球,甚至远离太阳系,被抛弃在无边无际的宇宙里,像是一艘迷航的太空船。②

从上述引文可以看出,柯思仁的思绪总是在台北和新加坡之间游荡,心念的总是那南方的祖国新加坡。1986 年的花莲地震让他想起的是当年新加坡新世界酒店倒塌事件(《地震·心震》),华西街的弄蛇人让他想起新加坡牛车水的宰蛇人(《弄蛇人》),就连台北卖艺乞讨的一幕也被他置换成新加坡公教中学乞讨的印籍老人(《不知调的琴声》)。但他对老台北的地景和文化并没有多大兴趣,也不深究和探寻,在他的笔下:

　　此刻,并非夜晚,即使是夜晚,也没有月。想像夜空下一谭[潭]碧水縠纹③平静,想像有一个李白,举杯邀月。"印月禅寺"不曾印月,是因为还没有到夜晚,于是也就不再向前走了。禅也许不在印月之境,也许不在寺,也许只要进入了寺中,一生的大惑便可尽解。可惜我已调头回走,只可说是没有缘份[分]。我要走,必定向回头之路,走回台北市,走回人群之中。然后一个夜里细细思索,究竟有没有李白,有没有酒,有没有夜空那一轮皓月。④

①　柯思仁:《花事》,《寻庙》,新加坡:华中初级学院 1988 年版,第 31 页。
②　柯思仁:《地震·心震》,《寻庙》,新加坡:华中初级学院 1988 年版,第 51—52 页。
③　值得指出的是,台湾大学中文系的学习,让柯思仁的散文中经常出现挪用古典文学的意境、字词的情况。如这个地方,这个词并非常用汉字,原出自苏轼《临江仙》中一句"夜阑风静縠纹平,小舟从此逝,江海寄余生"。可见柯思仁挪置和搬用的痕迹。
④　柯思仁:《寻庙》,《寻庙》,新加坡:华中初级学院 1988 年版,第 49 页。

那么重返新加坡后的柯思仁对祖国的观感如何呢？在收录他返新后的专栏散文的文集《梦树观星》中我们看得出来，他面对祖国的时候也并不快乐。他自己说："新加坡有一个舒适安逸的居住环境，一切远虑近忧都无须一般人操心焦急。一般老百姓最需要的就是这种丰衣足食的保障，只有知识分子才会因精神上的单调苦闷而感觉压迫和不满。还好，新加坡没有什么知识分子。"①也正是在这种心态下，柯思仁反过来又重新接续台湾对他的影响，在不同的场合表达自己对台湾的热爱。如"台湾地区是一个在文化传统方面保存得非常好的地方，从五十年代开始到七十年代，中国大陆在文化的继承上几乎出现了一个非常巨大的断层，所以这一个中原文化就在台湾地区继承了下来。大部分的台湾民众，包括来自不同年龄层的，在这方面的熏陶与教育，都有相当好的基础。但是台湾地区同时也是个非常开放的社会，因为历史因素，文化与政治上受到美国和日本的影响。所以台湾地区在接受现代化的观念上也是非常宽容与开放的"②，"我在台湾地区看到一个非常巧妙也非常美好的，传统与现代的结合体。因为他们对传统的了解与掌握，所以他们作为一个民族，有很强的信心"③。而这一切与他在台湾地区期间的言行颇为不符，倒是多了一些"追认"的感觉。

返回新加坡之后的柯思仁，除了在大学任教之外，一方面参加本土剧场活动，开设专门的课程，培养和提高大学生的艺术鉴赏和实践能力；另外一方面，他秉承郭宝崑和高行健两位大师所坚持的理想主义，在新加坡报纸上写专栏，针砭时弊。如收录他 2000 年以来两个报刊专栏文章的散文集《思维边界》，最基本的写作主题就是社会现象批判。如《有信心与能思考》(2002)批判新加坡人的国民教育偏差，《有了制度，少了什么？》(2003)批评公务人员的"扑克牌脸"及服务态度，《奉效率之名，告别人性》(2003)发表对服务业的看法，《华语的预势与危险》(2000)、《可以用母语重塑新加坡吗？》(2002)、《谁来拯救新加坡式英语？》(2002)、《双语新加坡》(2008)讨论新加坡双语政策的执行与得失。文艺启蒙也是其中重要的写作主题。如《高行健的戏剧：中西文化在对话》(2000)、《谁知道高行健》(2000)推介高行健的生平与创作，《从女人的眼睛看》推介李邪引起争议的话剧《阴道独白》，《昂

① 柯思仁：《梦树观星》，新加坡：草根书室 1996 年版，第 121 页。

② 参见李慧玲：《附录一 窗内窗外：两种风景一个情结》，《梦树观星》，新加坡：草根书室 1996 年版，第 174 页。

③ 参见李慧玲：《附录一 窗内窗外：两种风景一个情结》，《梦树观星》，新加坡：草根书室 1996 年版，第 174 页。

贵的大师带来了什么？》(2000)、《艺术评论：反思之必要》(2001)抨击新加坡政府在文艺政策方面的偏颇和失当行为，《郭宝崑式的理想主义：失落与延续》(2003)、《新加坡当代文化景观的创造者：郭宝崑》(2006)礼赞郭宝崑的理想主义精神，《文化巨人的过境》(2007)发表自己对文化名人来新加坡的感想，《用自己的方式认识过去》(2007)推介陈子谦的新作《881》和陈彬彬的《备忘录》(Invisible City)，《暴力的爱》表达自己对《狮子城》的看法，等等。这些都显示出柯思仁认同公共知识分子身份、发出启蒙声音的一面。正如他在文章中发出的铿锵之声："回溯过往，现代新加坡短短一百多年的历史上，曾经出现一些知识分子——他们具有真知灼见，关怀社会与人群，也不乏批判时弊的胆识。新加坡独立以后，国家发展的重点放在建设经济与稳定社会，知识分子的理想主义与尖锐批评，与取得发展所需的务实主义，就特别显得格格不入。可是，如果没有知识分子——或者人们缺乏某些知识分子的品质——这个生活空间也许会成为一个很有效率的社会，却很难成为一个伟大的城市。"①

　　在《寻庙》的"跋"中，柯思仁说新加坡人"和台湾地区一样，大部分都是两代到三代的大陆移民，但是，与本身文化疏远的速度，竟是以几何级数计算"②。李慧玲早先这样看柯思仁出走新加坡、远赴剑桥求学的原因："回来将近八年，教学工作以外，也积极投入文化活动。除了作华语圈子中寂寞的剧评人，近日来也与华语剧场以外的人多方面进行交流。有一段时间，他看来总是无法在此留驻，尤其是当现实环境让他觉得单调、苦闷的时候，他更流露出一副'非走不可'的样子。"③他自己也很多次表露出对新加坡文化生态的不满："当学术环境中无法培养具备理论基础、人文涵养和道德勇气的批评家，这个社会就不可能出现对艺术发展有建设意义的艺术批评了……新加坡是一个没有艺术评论的社会。在文化内涵和人格素养方面，尽管是极为贫瘠，但物质环境却完全富足丰腴，甚至能用物质的力量，制造一个堂皇的艺术排场。在这种功利性极强的艺术环境中，也难怪真正的艺术批评不曾出现。"④当今的新加坡，在双语教育的国策之下，华文传统流失，整个年轻一代已经没有了对华文传统的继承精神，华语渐渐沦为一种语言工具，

①　柯思仁：《艺术评论：反思之必要》，参见新加坡国家艺术理事会：《众我：新加坡艺术多面观》，新加坡：新加坡国家艺术理事会2001年版，第113页。
②　柯思仁：《寻庙·跋》，新加坡：华中初级学院1988年版，第86页。
③　李慧玲：《窗内窗外：两种风景一个情结》，《联合早报·国庆特辑》1995年8月9日。
④　柯思仁：《这个社会有没有艺术评论》，《梦树观星》，新加坡：草根书室1996年版，第150—151页。

这种文化现状之下,以柯思仁为代表的中生代作家非常惶惑、无奈。"跨文化交流"似乎是柯思仁开出的药方,但这个源自文学研究的文学概念,是否可以为他和新加坡文坛提供一个出路,仍有待于时间的检验。

在多元种族和多元文化并存的新加坡,多种语言在岛国戏剧演出中的运用由来已久,但真正引起本地戏剧界和学界对于"多元语言剧场"(Multilingual Theatre)关注的标志性作品,实属由横跨中英戏剧两界的大师郭宝崑于1988年创作的戏剧《寻找小猫的妈妈》。自20世纪80年代以来,多元语言剧场在郭的带领下异军突起。虽然从郭于1984年首次以英文创作并以中英双语编导《棺材太大洞太小》到2002年逝世,一共创作了14出具有里程碑意义的跨界戏剧,但是,新加坡华文戏剧研究者对多元语言剧场系统性的研究要一直到郭逝世以后才逐步展开。

21世纪以来的新加坡话剧界,无论是郭庆亮、陈崇敬还是沙玛都是"后郭宝崑时代"的重要话剧家。郭宝崑设立的实践表演艺术学院和实践话剧团在1980年代至1990年代共举办了4届导演班。陈崇敬为1989年由郭宝崑亲自担任导师的第三届导演班学员,郭庆亮也参加了1998年由查丽芳主持的第四届导演班。此外,郭宝崑也和沙玛在1996年联合主持英语编剧班。三人与郭宝崑的渊源让两个剧团不约而同地交汇在跨文化主义的实践框架下,而三人之间也频繁共事。虽然从1987年建团以来,陈崇敬和沙玛向来分别是必要剧团的艺术总监和驻团编剧,但是因为两人先后分别于1994—1995年和1997—1999年间在英国伯明翰大学攻读硕士学位,郭庆亮就在剧团内承担要职。郭庆亮分别担任过剧团经理(1993—1995)、剧团青少年部艺术总监(1995—1998)和驻团导演(1998—1999)。

《漂移》是由新加坡华语剧团"戏剧盒"导演郭庆亮联手上海话剧艺术中心编剧喻荣军共同创作的作品。中文为此剧主要的媒介语,中国性的意涵和海外华人的黍离麦秀之思是此剧探讨的重中之重。①《漂移》是2007年在上海展开的"新加坡节"27个核心节目中的唯一一个新创剧目。新加坡

---

① 从制作班底来看,此剧演员阵容包括中国籍演员周野芒、秦旋和新加坡籍演员林继修、郭沛珊和卓依妍。从演出场地来看,2007年11月,《漂移》在上海国际艺术节和亚洲当代戏剧节首演,共演出8场。后于2008年6月在新加坡国际艺术节演出4场,并又于2009年5月在澳门国际艺术节演出2场。此为《漂移》中文版的演出数据。《漂移》的英文版从2010年到2011年在中国上海、英国爱丁堡、美国亚特兰大Pushpush剧院和杜克大学等场地上演,但是因为英文版的演出并无戏剧盒的参与,所以不列入本文讨论范围。详见喻荣军:《喻荣军舞台剧作品选(下)》,上海:上海锦绣文章出版社2011年版,第132页。

受邀成为该年中国上海国际艺术节"文化周"的嘉宾国。整个"新加坡节"耗资新币 300 万元，由 14 个政府机构联手打造。可见《漂移》连演 8 场，场场近乎爆满的好成绩，也要归功于政府作为文化外交的幕后推手。[①] 这似乎可以视为边缘（新加坡）向中心（中国）的文化反向输出，也反映着中国与东南亚之间的文学交流和文化互动。

---

① 参见《新加坡艺术首次"席卷"沪上艺坛》，《中国新闻社·教育文化》2007 年 9 月 5 日；《新加坡节促进文化交流》，《联合早报》2007 年 11 月 11 日；《戏剧盒与上海话剧艺术中心合作》，《联合早报》2007 年 11 月 8 日。

第八章　现代主义的南洋传播影响:天狼星诗社、陈瑞献和五月诗社等的现代主义诗歌创作

考察东南亚华文文学生态可以发现,东南亚华文文学与中国文学特别是与中国现代文学渊源颇深,许多国家的华文文学是在"五四"文学的滋养下萌芽和成长起来的。而若将焦点缩小至东南亚华文诗歌,则可以发现其大致可分为两大流派:受中国"五四"新文学影响的现实主义流派,与崛起于20世纪50年代末期、60年代初期的现代主义流派即所谓的"现代诗"派。前者感时忧国,涕泪飘零,追求平实易懂的大众化取向,强调诗人的社会意识和道德责任感。根据方修的说法,马华文学中最早的新诗是苏厚禄的《懒工的忏悔》,发表于1919年12月29日的《新国民杂志》。"从1919年至今,新华现代诗走过了百年历程,重大文学思潮包括:1927年的'新兴文学'(无产阶级文学、革命文学),1937—1942年的'抗日救亡诗歌'和'诗歌大众化'运动,1947—1948年的'马华文艺独特性'与'侨民文艺'的论战,1956年的'爱国主义大众文学',1960年代初期的'现实主义'与'现代主义'之争,1966—1976年的左翼文学运动,1980年产生的'建国文学'"[1],现实主义一脉的发展大体如此。而关于东南亚现代主义诗歌,杨松年认为现代文学在白垚、姚拓、黄崖等人的倡导,以及赴中国台湾求学后归来的马来亚作者的推动下,渐成气候,其后甚至在新加坡发展开来。白垚发表于1959年《学生周报》137期的《麻河静立》,被视为马华文坛第一首现代主义诗。1960年代钟祺与林方等人的论战,是当时现实主义与现代主义文学关系白热化的冰山一角,两种门派的其他作者在行文间互相攻击的情况也较为常见。如杨宗翰曾总结道:"台湾地区跟菲律宾之间最早的文艺因缘,当属一九六〇年代学校暑假期间举办的'菲华青年文艺讲习班'(后改为菲华文教研习会)。此后菲国文联每年从中国台湾地区聘请作家来岷讲学,包括余光中、覃子

---

[1]　张松建、张森林:《缪斯的踪迹》,《新国风:新加坡华文现代诗选》,新加坡:南洋理工大学中华语言文化中心、八方文化创作室2018年版,第1—2页。

豪、纪弦、蓉子等人。一九七二年九月廿一日总统马克士（Ferdinand Marcos）宣布全国实施军事戒严法（军统）之后，所有的华文报社被迫关闭，所有文艺园地也停止活动。后来侥幸获准运作的媒体亦不敢设立文艺副刊，菲华作家们被迫只能投稿台港等地的文学园地。军统时期菲华虽无出版，但施颖洲编的《菲华小说选》与《菲华散文选》（台北：中华文艺，一九七七）、郑鸿善编选的《菲律宾诗选全集》（台北：正中，一九七八）却顺利在台北印行出版。八〇年代后期，台湾地区女诗人张香华亦曾经主编菲律宾华文诗选及作品选《玫瑰与坦克》（台北：林白，一九八六）、《茉莉花串》（台北·远流，一九八八）。"①

　　直至 1970 年代中期，有一些文坛人士极力呼吁门户开放，在所编辑的文学刊物中，极力容纳两种门派的作品，文艺界才开始有了新的气象，现实主义和现代主义的作者开始互相容纳，在同一文学刊物中发表作品，最后演变成能够在同一文学团体中共同推动文艺发展。② 黄孟文也认为："60 年代末到 70 年代，新华文坛上一批以诗人为主的作家，受到西方现代主义文学思潮，特别是台湾地区现代派诗歌创作的影响，把现代派的创作思想和创作手法引入新华文坛。他们中间不少人，五六十年代曾经在台湾地区求学，深受当时台湾地区流行的现代派诗歌创作的影响，回到新加坡以后进行了创作实践。这形成了新加坡文坛一股新的创作潮流。"③杨松年、黄孟文两位都指出了东南亚现代主义文学的重要资源来自中国台湾地区现代诗。而所谓"台湾地区现代诗"可追溯至纪弦在台湾地区创立的现代诗社、由余光中、覃子豪、钟鼎文等人创办的蓝星诗社以及由洛夫、痖弦、张默主持的创世纪诗社三大流派。从 1950 年代开始，这些现代诗人的作品便通过报纸杂志、书店、出版社等渠道以及留学和访问等方式进入东南亚文坛。而当这些现代诗作与当地诗人相遇时，发生于另一种文化场域中的"文学碰撞"便通过一方对另一方的接受和学习而展开，随之东南亚华文现代诗在这一现象中发展和壮大。以新加坡现代主义诗歌为例，"现代诗的勠力提倡，影响了一部分新马诗人，争先恐后地从格律中解放出来。至 1960 年前半年，现代诗发展达到巅峰，连大报副刊亦予接纳。……这时期在新加坡，由于意识形态

---

①　杨宗翰：《主编序》，《在台湾读菲华，让菲华看见台湾——出版〈菲律宾·华文风〉书系的历史意义》，《千岛世纪诗选》，台北：千岛诗社 2010 年版，第 1 页。

②　杨松年：《新马华文现代文学史初编》，新加坡：BPL（新加坡）教育出版社 2000 年版，第 279 页。

③　黄孟文、徐迺翔主编：《新加坡华文文学史初稿》，新加坡：新加坡国立大学中文系、八方文化企业公司 2002 年版，第 XIII 页。

的左右,《学生周报》及《蕉风》的读者极少,现代诗的存在,几乎不为人所知。新加坡诗人,最早参与现代诗创作的,有端木羚(罗子葳)、林方、林绿及陈世能等。……1960年代末期,一批受西方现代主义文学思潮与创作影响的,以英培安、完颜籍、牧羚奴、贺兰宁、南子、流川等为代表的现代诗人,在新华文坛上展露出有自己特色的创作活动。他们中间有相当一部分人,在五六十年代……直接或间接地受到当时正在台湾地区盛行的现代派诗歌创作和现代主义文学思潮的影响。他们回国后大力进行这方面的探索与实践,无疑是一种思想冲击。……新华文学的'写实与现代'之争,从60年代到80年代,断断续续地发生过多次规模大小不等的论争,同时这两股创作思潮也在不断地融汇与合流。一些原本追逐现代派创作的作家,面对新加坡的生活现实,逐渐地意识到一味地追求'自我'与象征,将脱离广大的人民大众;而坚持现实主义创作手法的作家们,也慢慢地容纳与接受多种艺术流派与创作手法,以丰富现实主义的表现内涵。……在强化国家意识的大前提下,不同的艺术流派熔于一炉,博采众长,逐渐地走到一起来了"①。温任平主编的《大马诗选》(1974)被视为马华文学第一部现代诗选,其中所选的27位现代诗人的作品在各大期刊、报纸副刊上都有发表,并不只是局限于倡导现代主义诗风的《蕉风》,从中我们也能看到现实主义与现代主义的共存状况。

方桂香以1967年到1983年的新加坡《南洋商报》副刊《文艺》《文丛》《咖啡座》《窗》、1969—1974年的杂志《蕉风》为研究对象,她的博士论文《新加坡华文现代主义文学运动研究——以新加坡南洋商报副刊〈文艺〉〈文丛〉〈咖啡座〉〈窗〉和马来西亚文学杂志〈蕉风月刊〉为个案》(厦门大学,导师杨春时,2009)深挖梁明广、陈瑞献两位新加坡现代主义诗歌的重要推手的文学史贡献,基于第一手资料,通过扎实的研究和细腻的解读来还原文学史的真实面目,填补了东南亚现代主义诗歌发展中的重要一环。而另外一位新加坡学者刘碧娟深耕新华现代主义的初衷也在于还原文学史的本来面目,刘碧娟认为"从史料看来,马华文学受中国现实主义文艺思潮影响是一面,另一面则是新马殖民历史语境中催生的产物。二战后,民族主义思潮迅速蔓延,当时的华文作家把反资本主义、帝制、殖民霸权等政治题材作为文艺创作的主要内容相当普遍,尤其诗歌富有浓厚的现实主义色彩。文学场虽由现实主义文艺观主导,现代主义思潮与创作技巧即便处于边缘,仍有其存

---

① 黄孟文、徐逎翔主编:《新加坡华文文学史初稿》,新加坡:新加坡国立大学中文系、八方文化企业公司2002年版,第224—225、228—229页。

在的意义"①。她的博士论文《新华文学中的现代主义，1965—2000年》（南洋理工大学，导师柯思仁，2014）中关注了新马两地的重要现代主义文学社团和刊物，如南大诗社、五月诗社、阿裕尼文艺创作与翻译学会、《蕉风》，同时对重要作家，如王润华、英培安、蔡深江、殷宋玮做了深入研究。李树枝的博士论文《由岛至岛：余光中对马华作家的影响研究》（马来西亚拉曼大学，导师许文荣，2017）尝试梳理和探勘余光中对马华作家和马华文坛于文学评论、散文及诗歌三个方面的影响。对马华重要作家温任平、温瑞安、方娥真、张树林、谢川成、刘贵德、何启良、骆耀庭、天狼星诗社诗人、神州诗社诗人等十几位进行了深入的分析，从现代主义文学的理论旅行的角度，对余光中的文学影响、马华文学的本土性及主体性建构等重要论题进行了深入的分析。张光达的马华现代诗研究也是独树一帜的，他一直在寻找马华现代主义诗歌在20世纪中叶的孕育和发展过程，对马华现代主义诗歌起源问题非常关心，"在战前和战后的马华文坛，很多文学作品和文献资料至今已流失不见，虽然方修编的《马华新文学大系》（1913—1942）和李廷辉编的《新马华文文学大系》（1945—1965）保存了大量早期的马华文学作品，但有多少现代主义色彩的作品在他们现实主义及左翼文学史观的编纂视野扫描下被淘汰出局？是很令人怀疑的"②。同时，他对马华当代文学现场的关注，对《蕉风》《椰子屋》和《星洲日报》《南洋商报》文学副刊的持续研究，也使他成为马华现代主义诗思潮和诗史研究的重要学者。③ 方桂香、刘碧娟、张光达和李树枝的新马现代主义研究是近些年来东南亚现代主义研究方面的重要成就。

　　除了本章中讨论到的天狼星诗社、神州诗社、五月诗社之外，泰国的小诗磨坊特别值得一提。小诗磨坊于2006年7月1日成立于泰国曼谷艺苑小诗磨坊亭，成员有泰国本土的岭南人、曾心、博夫、今石、苦觉、杨玲、蓝焰，加上中国台湾的林焕章，小诗磨坊还聘请了龙彼德（中国大陆）、落蒂（中国台湾）、陶然（中国香港）作为社团顾问。社团经过近二十年的发展，在现代小诗方面颇有成就。另外，东南亚各类诗社的出现，也慢慢集结了东南亚本土文学的力量，慢慢夯实着东南亚华文文学之根。如菲律宾成立于1984年的千岛诗社，成员有月曲了、谢馨、陈默、白凌、林泉、和权、吴天霁、蔡铭、王

---

① 刘碧娟：《导论》，刘碧娟：《新华当代文学中的现代主义》，新加坡：新跃社科大学新跃中华学术中心、八方文化创作室2017年版，第1页。

② 张光达：《马华现代诗论——时代性质与文化属性》，台北：秀威资讯科技股份有限公司2009年版，第35—36页。

③ 张光达其他现代诗研究著作有《马华当代诗论——政治性、后现代性与文化属性》，台北：秀威资讯科技股份有限公司2009年版。

勇、佩琼等人。1988 年选举平凡为第一届社长。出版了《千岛诗选》《千岛二〇〇〇》等选集。再如缅甸成立于 2012 年 2 月 25 日的五边形诗社,由方角(张祖升)、转角(段春青)、号角(王崇喜)、奇角(黄德明)发起,后来又有了广角(王子瑜)、一角(张琳仙)、云角(明惠云)、风角(禹风)、海角(流风)和凌角(耿学林)等人的加入,这些青年人的诗作发表于中国大陆《诗歌月刊》、中国香港《散文诗世界》、新加坡《新世纪文艺》《锡山文艺》、印尼《国际日报》副刊《东盟文艺》、泰国《湄南河诗刊》、菲律宾《世界日报》文艺副刊和越南《越南文学》等文学刊物上,出版《五边形诗集一》(2012)、《五边形诗集二》(2012),2013 年成立"缅甸华文文学网"。值得注意的是五边形诗社中,张祖升毕业于台湾大学,张琳仙毕业于台湾彰化师范大学,他们大多数是缅甸学生赴台求学后返乡,这是赴台求学学生对东南亚文学影响的一个案例。同时,东南亚现代诗歌的未来可能就在这些年轻人这里,如王崇喜所言:"在《五边形》诗文组合的小家庭里,我们开始了诗歌的耕耘,在诗友们的相互切磋下,我们都取得了很大的进步……这对一个新生代的文学创作者来说,无疑是一个很大的鼓励。"①

第一节 天狼星诗社现代诗歌创作:
温任平《流放是一种伤》

天狼星诗社前身为绿洲分社,草创于 1967 年。1973 年 2 月,天狼星诗社宣告成立,并选出社长温任平,执行编辑温瑞安,总务黄昏星,文书蓝启元,财务周清啸。② 1973 年 11 月,社长温任平受邀赴台出席"第二届世界诗人大会",与台湾创世纪诗社、蓝星诗社的洛夫、高信疆、痖弦等人相交。1974 年 10 月,温任平主编的《大马诗选》出版,为大马诗坛第一本诗选集,

---

① 王崇喜:《原土·跋》,仰光:缅甸华文文学网、五边形诗社 2014 年版,第 93 页。
② 据支撑天狼星诗社 12 年之久的末代社长谢川成的回忆:"一九七二、一九七三年是诗社相当重要的年份。我替香港《纯文学》双月刊汇编的《大马诗人作品特辑》分两期刊登于一九七二年十月号与十二月号,我相当自觉地尝试把现代诗的力量扩展出去,'争取'国内与国外的认可。一九七三年正月我个人也开始在台北《幼狮文艺》撰写《谈文说艺》专栏。一九七二年十一月瑞安与周清啸、蓝启元赴首都拜会姚拓、白垚、悄凌、周唤、雅蒙、赖瑞和和思采、沈钧廷、李忆莙、凝野诸人,与《蕉风》《学生周报》建立较密切的联系。一九七三年二月我与瑞安联袂北马访艾文、宋子衡、游牧、菊凡、温祥英、麦秀、苍松等人,加强与北马文友的联系。这些'动作'都是为了扩大诗社的影响力,可以说是'进军'文坛的先声。"这段回忆弥补了一些天狼星诗社成立前后的文学史料空白,颇有价值。参见谢川成:《天狼星诗社与马华现代文学运动》,陈大为、钟怡雯、胡金伦主编:《赤道回声:马华文学读本 II》,台北:万卷楼图书公司 2004 年版,第 590 页。

收入 27 位大马现代诗人作品。1976 年 11 月，由于殷建波赴台，触发在台与在马社员不和，温瑞安、黄昏星、周清啸、方娥真、殷建波、廖雁平等 6 位在台社员退社。① 这些成员虽在 1977 年 10 月要求重返天狼星诗社，但因退社期间在文章中对天狼星诗社发表诸多失实及伤害性颇大的言论，无法澄清，诗社决定拒绝这些成员的返社申请。这场"退社风波"是天狼星诗社前后期的重要分割线，"在一九七八年的诗人节聚会里，在瀑布水声与车声的喧噪中，总社长温任平老师激昂地宣布，诗社开始'中兴'，并解散各区所有分社，把力量集中于总社。'中兴'计划虽来得突然，社员们皆能了解其意义。'中兴'以后，诗社在短期内出版了《大马新锐诗选》及《流放是一种伤》"②。1978 年 12 月，天狼星社受邀于大马华人文化协会主办的文学研讨会上提呈论文，社长温任平提呈论文《马华现代文学的意义与未来发展：一个史的回顾与前瞻》。1979 年，《天狼星诗选》出版，收入社员 37 人诗作，这是诗社第一本社员诗结集，其分量及厚度为大马诗坛所未曾有过。1979 年和 1982 年，天狼星出版社两次荣获大马华人文化协会主办之文学奖团体奖，其文学贡献得到大马文坛的承认和尊重。1981 年 12 月，天狼星诗社与音乐人陈徽崇、百嗝合唱团合作，出版了《惊喜的星光》唱片唱匣，以现代诗谱曲制成唱片，为星马文坛首创。

　　天狼星诗社无疑是 1970 年代马华诗坛的重要现代主义诗歌群体，"就马华文坛为背景来说，仍然近乎一个文学派别，最少它给人的印象是如此"③，其成员的现代诗创作是马华诗坛重要的创作实绩。从天狼星诗社发展历史来看，1978 年是诗社发展的重要转捩点。进入 1980 年代，诗社"一方面是交棒给新生代主持社务，一方面是对应日益蓬勃、多元的诗坛生态而改变运动方式。特别值得注意的是新组合的形成，七〇年代后期加入'天狼

---

① 这次退社还涉及诗社经费的问题，在一则由温任平、张树林、沈穿心、洪而亮、黄海明为编辑委员会所作的跋中可见："这部诗选筹编于七五年，当时负责主编的是温瑞安先生。我们把社员交来的印刷费交给他，他于七六年十一月退社，本应把这笔款项交回给我们以清手续。可是他除了在七八年五月十九日还了一百二十五元之外，其他款项一直没有下文，也许是他贵人事忙，事忙也就难免善忘。像他这样的一位英雄人物，当然是不会做出吞掉公款的卑鄙行径的。托他的鸿福，《天狼星诗选》并没有因此流产。"其中的语气之严厉，足见双方矛盾之大。参见《天狼星诗选》编辑委员会：《风起云涌的一群——〈代编辑手记〉》，《天狼星诗选》，安顺：天狼星出版社 1979 年版，第 308 页。

② 谢川成：《夜语江湖》，《天狼星诗社成立十周年纪念特刊（1973—1983）》，安顺：天狼星出版社 1983 年版，第 4 页。

③ 温任平：《艺术操守与文化理想——序〈天狼星诗选〉》，《天狼星诗选》编辑委员会：《天狼星诗选》，安顺：天狼星出版社 1979 年版，第 1 页。

星'的新锐陈强华⋯⋯一九八八年参与由方昂、艾文、何乃建、吴岸、游川、黄英俊、傅承得合组的'金石诗社',一九九一年召集北马大山脚日新国中及独中的学生组成'魔鬼俱乐部','准备颠覆死路的大马诗坛,企图唤醒已经睡着的诗人归队'";另外,1985—1986 年,诗社新锐程可欣、林若隐、张嫦好、张允秀等社员进入马来亚大学,与马大其他文友组成文友会,推广现代主义诗风;1987 年天狼星诗社的"诗人纪念特刊"停刊;1988 年诗社举行了最后一届"文学研讨会",邀来祝家华、潜默、沈均庭提交论文;1989 年出版了谢川成、潜默、谢双发的三部诗集后,所有的活动到此告一段落,从此,天狼星诗社式微。①

在温任平②的自我简介中颇能看到他的江湖习气,如"氏兼修文武,已考获空手道褐带二级,目下为吡叻州刚柔会空手道协会秘书"③。每每称呼社中作家的时候,也有着很强的江湖气,如"从诗社第一代弟子的温瑞安、黄昏星、周清啸,到诗社第九代的门人吴似片、吴结心、朱明宋,我亲眼目睹新人的诞生,新人的成长。把诗社成员用不同代来标示辈分,颇有点像武侠小说里头的丐帮。果然,我就成了名正言顺的丐帮帮主了。用丐帮喻诗社,殊无自贬之意,在金庸先生的武侠世界里,丐帮弟子虽然行踪有点神出鬼没,举止有点嫉世于俗,衣服又复褴褛破烂,但武功底子却是颇为不俗的"④。在这里,我们也可以看出温任平自己也得意于帮主的称呼和成就。而诗社元老张树林也服膺这种说法,承认天狼星是一个像家一样的团体:"从无到有,从几个人到数十人,从第一代弟子到第十代弟子,十代同堂,确也付出了不少耕耘与努力。岁月的增长亦是心智的成长,只有身在天狼星诗社里面,

① 李瑞腾:《大马诗社资料》,《文讯杂志》2000 年总第 176 期,第 44—45 页。

② 温任平(1944—),本名温瑞庭,生于霹雳州美罗,祖籍广东梅县,曾任天狼星诗社社长,于马来西亚推动现代主义文学运动甚力,提拔文学新秀,栽培诗坛新锐尤众。曾出版诗集《无弦琴》(霹雳:骆驼出版社,1970)、《流放是一种伤》(安顺:天狼星出版社,1978)、《众生的神》(安顺:天狼星出版社,1979)、《戴着帽子思想》(吉隆坡:大将出版社,2007)、《衣冠南渡:温任平诗集》(台北:秀威资讯科技股份有限公司,2021)散文集《风雨飘摇的路》(美罗:骆驼,1968)、《黄皮肤的月亮》(台北:幼狮文化事业公司,1977)、《文化人的心事》(吉隆坡:大将事业社,1999)、《静中听雷》(吉隆坡:大将出版社,2004)论文集《人间烟火》(吉隆坡:马来西亚华人文化协会,1978)、《精致的鼎》(台北:长河出版社,1978)、《文学观察》(安顺:天狼星出版社,1980)、《马华文学板块观察》(台北:秀威资讯科技股份有限公司,2015);主编《大马诗选》(霹雳:天狼星诗社,1974)、《马华文学》(香港:文艺书局,1974)、《愤怒的回顾》(安顺:天狼星出版社,1980);诗作英译集《扇形地带》(吉隆坡:千秋事业社,2000)等。

③ 温任平:《流放是一种伤》,安顺:天狼星出版社 1978 年版,封二。

④ 温任平:《回首叫云飞风起》,《天狼星诗社成立十周年纪念特刊(1973—1983)》,安顺:天狼星出版社 1983 年版,第 1 页。

才能感受到她成长与演变的动脉。"①

　　温任平的豪气，一方面得罪了很多文艺工作者，另一方面为弱势的新生代撑起了一把保护伞，庇护了1970年代马华文坛最精华的诗人群体。值得一提的是，跟随他的诗社领导人都有着挥斥方遒的豪气，如张树林曾经这样抨击马华文坛的保守势力："作为一本诗选的编辑人，他是必须作好心理准备挨骂的：入选的会骂，不入选的也会骂。若是没有吃了'豹子胆'，是不能编选集的。马华文艺界的部分操'生杀大权'的领导人，真如余光中教授所说'除了长寿，便一无所长'。这类年龄较长、胡子较长的掌权者，用稿是'看人不看稿'，或采'工农兵创作制度'，多少诗坛新锐，就断送在那里，甚至连写作的'资格'都会莫名其妙的被'否定'了。创办多年的《蕉风》、《学报》、《天狼星期刊》、新潮'诗的传递'、新生活报的文艺副刊，对抚育诗坛新锐之功，是应记录进文学史里的。……文学史不会否定年轻作者的成就与地位的，那些企图明文规定某个年龄的人才能写作的人，将为廿世纪的文学史留下一个最令人难堪的笑话。事实上，马华诗坛超过卅岁的诗作者多已封笔，成为'前作者'，留下来仍不断耕耘的今已寥寥可数。后起的新锐对马华诗坛具有'接棒'、'发扬光大'的责任，可谓任重道远。"②在很长时间里，领导者的"豪放"似乎成为天狼星诗社的文化特色之一。

一、天狼星诗社的组织者

　　温任平大胆地宣称"马华文学一直要等到现代主义被介绍进来国内才露出第一线曙光"③，而且指出马华文坛存在着两种文学浊流，一为"保守主义"，二是"泛政治主义，把文学当作政治的附庸，把文学视为斗争的武器，'文学即宣传'那类主张属之"，然后提出自己的主张：

　　　　我们采取的步骤是多方面的，首先是发掘与栽培新人，继之是文学知识的灌输与文学创作的训练。知识的灌输与创作的训练可说是同时进行，不分先后的，我们认为，徒有文学的常识甚至专门知识，只是抽象概念的汲取，只有真正从事实际的创作，才能使观念具体化，以人来比

① 张树林：《寂寞之旅——写于天狼星诗社成立十周年》，《天狼星诗社成立十周年纪念特刊（1973—1983）》，安顺：天狼星出版社1983年版，第3页。

② 张树林：《新锐的声音——写在〈大马新锐诗选〉编后》，《大马新锐诗选》，安顺：天狼星出版社1978年版，第209—210页。

③ 温任平：《艺术操守与文化理想——序〈天狼星诗选〉》，《天狼星诗选》编辑委员会：《天狼星诗选》，安顺：天狼星出版社1979年版，第3页。

喻,文学知识犹似有助于骨骼强健的钙,而文学作品的血肉躯体需要一付良好的骨骼支持。文学的知识可来自书籍的阅读,或别人的指导点醒,及大家在一起时的共同切磋。就这面向,我们在社内展开的活动如后:

我们举办专题演讲,召开文学座谈会、研讨会,并安排在一些聚会上分组辩论文学性的课题。先谈专题演讲。这方面的活动多由社内创作经验较丰富,对理论有相当认识的成员主持。所讲述的题目包括文学艺术的,美学的,心理学的,甚至文化学方面的,所涉及的文类包括诗、散文、小说、戏剧及文学评论。我们的探讨虽较着重于文学原理与艺术思潮的介绍,美学上的形式与结构的阐述,但是对佛洛依德、容格等人的学说于文学的影响,文学作为文化的一环、文学在文化格局里所扮演的角色等问题均曾触及,虽然由于我们学识所限,探触的程度谈不上深入,但这种演讲对于甫入门的年轻作者启导的效用却是相当大的。从而为新秀奠下必要的基础。

至于文学座谈会与研讨会,前者为非定期活动,后者则为定期性的每个月一次的活动。文学座谈先由主催人拟定题目,再找个地方邀约社员聚面,让大家发表意见。这样的座谈,出席人数从五六人到十数人不等,座谈会的纪录有些刊登在社员编辑的手抄本或油印本上,像讨论张树林的小说《阴天》的座谈纪录曾刊七六年四月油印出版的《绿流》第十二期。有些座谈纪录投去国内的报章杂志刊布出来,像温任平主催的散文座谈会便是发表在蕉风二四六期的(七三年八月号)。有些座谈"动口不动手",像今年三月于芙蓉召开的那次,出席者计为张树林、谢川成、陈俊镇、川草、风客、叶锦来、蓝雨亭、绿沙、亦笔(舒灵)、叶河,一共十人,阵容堪称鼎盛,进行过程亦见精彩,只差事后没整理出来发表。对社员们自身而言,全力准备某个座谈会,找资料,翻书本,充实自己,那比什么都重要,过后要不要把座谈的内容向外界披露,倒反而是次要的了。文学研讨会的举办是近年来的事,确实地说,是自七八年以来才开始的更严格的训练。因为每趟研讨会都有两位主讲人,主讲者是事先用抽签方式选出来的,谁也不许推搪。主讲人非但得讲,还需提论文,这比座谈会上轻描淡写或浮光掠影式的谈论,自然又要高出许多筹。两位主讲者的议题必须一致,唯双方可用不同的角度探讨同一议题,而这议题是主讲的两人自行商量后作出决定,再把决定通知秘书处,由秘书发函给各社员前来出席的。凡出席的社员,虽不用上台演说，但却必需发言说出自己的看法，这样一来，出席者也需作一番准备功夫，而不纯粹是前来作壁上观，看他人现身说法而已。

最紧张热烈的莫过于文学辩论会。由于辩论会人数多，规模较大，分成两组之后，每组均超过十人，因此多半要在年底的大聚会上才能举行。辩论会上难免各逞机锋，唇枪舌剑，你来我往，双方常会争执到面红耳赤。但那是为辩论而辩论，大家心里都明白，因此敌我之势仅限于辩论会进行时的局面，互不相让也只是因为彼此在学理上被安排的位置相左。我们发现这种不伤和气而又真刀真枪的口舌交锋，对于急智的培养，口才的锻炼，尤其是临场发言的勇气的加强，收效最快最好。①

另外，温任平对天狼星诗社如何提高社员的创作水平进行了介绍：

我们的创作训练是相当特殊的，有过一个时期，我们曾规定社员每月必须交上稿件若干篇，这对新进的年轻社员最为有用。稿都是逼出来的，写作习惯的培养不是一朝一夕的事，我们不能让大家坐待灵感，故此我们采取策励的方式，要大家主动地去寻找写作的题材。……过去我们曾主办过"唐宋八大家"一类的创作竞赛，指定八位社员参加，每两个月提呈一篇自认为最满意的诗、散文或小说，由参加的社员共同讨论批评，最后选出是届的最佳作品。这种竞争收效良好，因为我们看到了不少优秀的创作，它们都是这群现代的"唐宋八大家"苦心经营出来的成果。这种竞赛唯一的缺憾是人数只限八人，范围不够广。踏上七九年，我们决定扩大范围，在社内举办诗、散文、小说的创作赛，并设评论奖，让大家都能参与，也让大家能在多种的文类里发挥自己的潜能。②

而且，天狼星诗社还非常注意推销社员作品：

我们有这样的计划把这些创作与评论文章整理出来，或交给报章杂志发表，或由天狼星出版社汇编成文集付梓。过去我们曾为一些刊

---

① 温任平：《艺术操守与文化理想——序〈天狼星诗选〉》，《天狼星诗选》编辑委员会：《天狼星诗选》，安顺：天狼星出版社 1979 年版，第 4—5 页。
② 温任平：《艺术操守与文化理想——序〈天狼星诗选〉》，《天狼星诗选》编辑委员会：《天狼星诗选》，安顺：天狼星出版社 1979 年版，第 7—9 页。

物报章编过特辑,例如温任平为香港纯文学双月刊编的《大马诗人作品特辑》(七二年十月及十二月号),温瑞安为蕉风编的《小说评论特辑》(七三年二月号),以及黄海明、谢川成两人近年先后在建国日报、大众晚报、学报编的专辑及社员作品展,成绩斐然。这样的作品集体展,对社员的激励作用是不待赘言的,这方面的工作宜乎多做,如果我们的经济条件许可,能够把这些作品汇编成册,那当然最好不过了。①

从天狼星诗社的发展历史来看,1976 年是一个很重要的年头,这一年温瑞安、方娥真等 6 位重要成员退社,使得天狼星"元气大伤"(温任平语),但也是这一年温任平开始了诗社的改革,除了前面提到的重启文学研讨会、文学座谈会和文学辩论会之外,也开始向外集体包装展示社员成绩。1976年,天狼星出版了第一份诗人节纪念特刊(从 1976 年开始,每年出版一期,旨在纪念中国大诗人屈原);同年,在《建国日报》的文艺副刊《大汉山》主办的"全国散文大比赛"中,林秋月、沈穿心、蓝薇、飘云(郑荣香)和朝浪等后辈力量亮相;1977 年,温任平的收录他创作于 1970—1975 年散文的散文集《黄皮肤的月亮》由台北幼狮文化事业公司出版。这些极大地鼓舞了天狼星诗社的士气,也难怪当时温任平将自己与张爱玲、叶珊(杨牧)、余光中、张晓风并列为散文家,并声称"在文学史上,屈原的伟大,并没有淹没了后来李白的伟大;李白的伟大,并没有遮蔽了同代杜甫的光辉。每一个人都有他自己的一套功夫,这套功夫可以从修持、培养、训练而获得。也许我应该谢谢我对理论的涉猎,使我能尽量免于因袭别人,使我能进行自我批判。写作散文的时候,我的感性流动、激荡,但我具备知性的工具,大刀阔斧地删正修饰自己的既成品。感情的宣泄流露是一种愉快,知性的评正是一种严肃的工作。这两方面的责任,我自信能胜任愉快。……我的散文是一匹黑马,文学界的朋友们,我要纵辔啦"②,实在是豪情万丈。

二、文学理论建构

温任平非常重视自己的文学理论的建构,他的理论建构过程大致经过了三个阶段,从早期的浪漫主义风格(以《无弦琴》为代表),到大量补习西方现代主义技艺,盗火自用(以《流放是一种伤》为代表),到最后的向现实主义

---

① 温任平:《艺术操守与文化理想——序〈天狼星诗选〉》,《天狼星诗选》编辑委员会:《天狼星诗选》,安顺:天狼星出版社 1979 年版,第 9 页。
② 温任平:《黄皮肤的月亮·自序》,台北:幼狮文化事业公司 1977 年版,第 10、12 页。

文学回归，主张写一种"明朗但却耐读的诗"①的现代主义诗歌（以《众生的神》为代表）。

　　要推行现代主义的创作观，温任平首先向影响大马文坛的中国五四文学开炮。温任平在《大马诗选》的"后记"中曾经这样评论所收青年诗人的诗作："他们在十年前发表在文学刊物上的诗作在今天看来当然谈不上成熟，甚至还牵着五四的辫子，拖着李、戴的马褂，有为现代而现代之嫌。"②四年之后，温任平继续以五四文学为攻击对象："近数年来，现代诗的处境已较前改善。……二为现代诗已渐而蔚为一种气候，今日二十五岁前后的诗作者，仍因袭五四时代那种风格的，可说绝无仅有。至于二十岁前后的诗坛新秀，现代诗已是他们的信仰，是他们的创作方向了。"③在很多场合，温任平和其他诗社领导都以五四文学为假想敌人，其实温任平自己都没有搞清楚五四文学的内容，教坏了这一帮徒子徒孙。以他的言论为例：

　　　　五四已经过去了超过半个世纪了，可是我们的作者今日写的仍然是五四的新诗，五四的散文，五四的小说。我们的新诗仍停留在"我手写我口"的白话诗的层次里，闻一多、艾青、冯至、臧克家、刘大白诸家是本地诗作者模仿学习的对象，诗坛的整个表现根本无法逾越何其芳、徐志摩所划下的雷池一步。至于散文方面，则唯朱自清、冰心等马首是瞻，在我们的散文作者心目中，像《背影》《寄小读者》一类的作品简直就成了白话散文的模范。谈到小说，那是马华文学各项文类当中，除了戏剧之外，最弱的一环。虽然自一九三四年出版第一部短篇小说集以来，马华文坛在小说，尤其是短篇小说方面的产量颇为可观，但这些小说极大部分素质不高，马华小说作者，就算是最出色的几个，与鲁迅、巴金、茅盾、沈从文等五四时期小说家是完全无法比较的，他们之间的艺术造诣相差不可以道里计。马华文学传统便是那样一个半死不活的局面。整个马华文学气候是阴暗的，沉滞的，缺乏创造的活力与蓬勃的生机的。④

---

① 温任平：《中庸诗观——代自序》，《众生的神》，安顺：天狼星出版社1979年版，第6页。

② 温任平：《血婴——写在〈大马诗选〉编后》，温任平主编：《大马诗选》，霹雳：天狼星诗社1974年版，第304页。

③ 温任平：《灯火总会被继承下去的——序张树林编〈大马新锐诗选〉》，《大马新锐诗选》，安顺：天狼星出版社1978年版，第1页。

④ 温任平：《艺术操守与文化理想——序〈天狼星诗选〉》，《天狼星诗选》编辑委员会：《天狼星诗选》，安顺：天狼星出版社1979年版，第2—3页。

众所周知,五四文学本身的内涵是复杂的,现实主义、浪漫主义和现代主义三种创作方式都存在。就拿现代主义来说,鲁迅的散文诗集《野草》、李金发的象征主义诗歌就是现代主义艺术手法的实践成果。"我手写我口"语出清末诗人黄遵宪,跟五四本身是无关的,艾青、冯至的部分诗作中的现代主义特征也很明显,冰心、徐志摩的小诗和爱情诗也有着不容置疑的文学价值,温任平在这里犯了很多文学史常识方面的错误。不过其对马华文坛的拳拳赤子之心是昭然的。"最近这两三年,因为受到一位朋友的影响,我也读外国诗人像彭斯(Robert Burns)、朗费罗(Longfellow)、艾略特(T. S. Eliot)的作品,并且也尝试翻译济慈(John Keats)、威廉•华兹华斯(William Wordsworth)等人的诗章。在诗歌的创作上,我喜欢多方面去尝试。我曾经改写过一些流行的西曲。有一时期,我一口气买了整十部香港小说家幻影的著作,目的是在参考他在扉页内容的短诗那种轻倩秾丽的风格。我自己的诗,有些时候受这一群诗人的作风所影响;有些时候却受另一群诗人的作风所牵制,所以风格上并没有定型,说实在的,我觉得自己还在诗的道途上盲目地摸索着。"①另外,他还提到,"生命对我真是个负担啊。沉溺在理论中,把自己武装成一个冷静、主知、说话晓得分寸的人,其实分析起来,是自己想逃避,想逃进一个秩序井然的世界里,那个世界里只讲距离,不讲感情,我以为那样我可以慢慢磨炼得坚强起来的,但是你看,才拿起笔来,我的浪漫主义——应该是感伤主义又抬头了"②,从中可以看出,早期温任平的诗歌风格偏向浪漫主义风格。

在《致痖弦书》(1975 年 10 月 28 日)中,温任平把自己的诗歌分析方法分成四种类型:第一类是"逐字逐句去诠释(to interpret)一首诗,也就是说诗的诠释者只是把一行行的诗底内容说出来,说得愈清楚愈好,务求读者能够了解";第二类是"从一个独特的角度去审察一首诗,譬如说舍弟温瑞安就曾纯就美学的观点评析过我的《庙》,同理我们可以从精神分析学(心理学)的观点去研读波特莱尔;从神话学的角度去观察戴伦•托玛斯;从民俗学的观点研索艾略特";第三类是"抓住一首诗的某个最显著的特征,或某种特长加以申论";第四类是"把一首正在评析的诗与另一首风格近似,或完全迥异的诗作一比较,而从比较、对照中,让读者看出彼此的异同,因而有助于欣赏"。③ 这些都是他评论时候的方法和技巧,就算今天看来他的方法也是不

---

① 温任平:《无弦琴•自序》,霹雳:骆驼出版社 1970 年版,第 3—4 页。
② 温任平:《谪居书简》,《黄皮肤的月亮》,台北:幼狮文化事业公司 1977 年版,第 219 页。
③ 温任平:《致痖弦书》,《精致的鼎》,台北:长河出版社 1978 年版,第 227—229 页。

过时的。值得指出的是，温任平在评论时常以西方文学或者中国的台湾文学为参照，但有时他的评论存在过度引经据典和离题之嫌。

前面我们已经介绍过，1976 年之后，温任平的人生和思想发生了重大的转变，他的文学观念也发生了重要的变化。在《道德意识与时空意识——序〈烟雨月〉》(1979 年 8 月)中，他指出陈强华前期诗歌中"作者只在抒一己之情，而这种情绪是非常个人的，与现实时空近乎绝缘"，在序中以长辈身份语重心长地说："在我的这篇序文中，道德感的提出并不是'文以载道'的换一种说法，也不是黄色与非黄色的狭隘分野，文学的道德意识，毋宁是作家的一份文学良知，它要求作者不仅关怀自己，更需关怀他生活于其间的群体，他身处的环境时代。……抒个人之情也没什么不对，但整个淹没在一己的抒情里那就未免自私，过于'独善其身'了；唯有起于个人而及于众人的诗，才能'兼善天下'，引起更广大的共鸣。"①同年，温任平在《修饰性与真挚性——序〈渔火吟〉》(1979 年 7 月 20 日)中批评朝浪的诗集"抒情成分很浓，这其间缺乏一点知性的抑制"，指出"我们身处的现实人生，社会环境，可以写值得写的题材俯拾皆是，诗人大可不必在想象的落寞，愁伤天地里自艾自怜"。② 在《为什么要从事文学创作》(1979 年 8 月上旬)中，温任平的文学观点也不再那么先锋了："文学的目的为何？ 我曾经参考过好几位文学理论家的看法。根据颜元叔的意见，他认为'文学的目的在于呈现人生之全部真相'。何怀硕以为颜氏的界说不够完整，他提出另一看法：'文学的目的是通过人生真相的呈现，来发掘人生的诸般情趣以及对人生作一番价值的批判。'此说显然是就颜氏的意见加以扩大与补充。……我认为……文学一定不能离开人生，这人生不是理念抽绎了的人生，或观念化了的人生，而是真实的、本来的、你我共同生活于其间的、有血有肉的人生，观念化了的人生只是人生的一块，或自某个角度观察所得到的人生一角，而非人生的整体。"③1980 年 3 月 14 日，温任平在《文学观察·后记》中声称，"从七十年代开始到今天，我对自己的估计仍是：我不是一个激烈的现代主义者，虽然谣传中的我好像是。我对马华现代文学作者过度着意于文字的花巧，忽视了文学的主题思想，很早便曾提出过严厉的批评。我与纪弦先生虽有数面之缘，但却

---

① 温任平：《道德意识与时空意识——序〈烟雨月〉》，《文学观察》，安顺：天狼星出版社 1980 年版，第 46、50 页。

② 温任平：《修饰性与真挚性——序〈渔火吟〉》，《文学观察》，安顺：天狼星出版社 1980 年版，第 37—38 页。

③ 温任平：《为什么要从事文学创作？ ——序〈走不完的路〉》，《文学观察》，安顺：天狼星出版社 1980 年版，第 81 页。

无法首肯他把现代文学视为'横的移植'的看法。七九年以来的我,愈来愈觉得'纵的继承'底重要,我之屡屡在多篇序文里提到历史意识,强调传统再生底可能,适足以反映出我现阶段的文学思想"①,从此走下了马华现代主义诗坛,也大概从这个时候开始,马华现代文坛(诗坛)的中坚分子温任平逐渐放弃自己的先锋姿态,天狼星诗社也随之进入最后阶段。

三、创作实绩

温任平的早期诗歌的风格偏浪漫主义,他在第一部诗集《无弦琴》(1970)的自序中指出:"当然年青人总少不免有爱憎的感情,而这本书里的篇章就是我底感情的宣泄。我觉得情感和思想都一样,要宣泄吐露,然后胸怀才会觉得畅快,不宣泄则抑郁苦闷。我的一些诗章里面也许会洋溢着一种忧郁的气氛,这和我先天的性格与后天的遭遇都有些关系。但我不是感伤主义(Sentimentalism),故意装腔作势,痛哭流涕来博取别人的同情怜悯。我写诗的目的在倾吐自己内心的秘蕴。我想让自己心灵的歌在空气中播扬,动机总不会不纯正的吧。"②我们看看他的几部早期代表作,如最早的诗篇《晚会》(1960):"哗然欢笑声,/充满回漾于周遭;//水银灯光,/影射在各人悦然的脸上。//随着震荡的乐曲,/摇摆的身腰;//颤人的高歌,伴着掌声底拍和。//——呵,是一个爱娇饯行晚会底面目!"③《寂寞的浪人》(1963):"雨后的长街是那么静寂,/被遗弃的路灯迸出凄清的光芒,/这时人们多已安睡了呵,/为什么你,你这落寞的浪人啊!/还踱蹀着不回去安寝。//落寞的浪人哟,/你手里握着的古旧的弦琴,/曾弹奏过多少的血与泪呢?/生活是一连串的考验和折磨,/你脸上的皱纹正告诉了我。//居留永远似乎浮云的飘忽不定,/风寒露重的夜里,你曾露宿街头。//别再叹息你苦难的生命吧,/请相信黑暗的过去到来了黎明。//安慰人和被人安慰同样是不幸的,/你那一阕哑涩的奏曲呵,/是令我感到如何心恸不已呢。//你坎坷的身世褴褛的衣服,/我口头的同情又有什么用呢?/雨后的长街是那么静寂,/被抛弃的路灯迸出凄清的光芒。//这时人们多已安睡了呵,/你,你这落寞的浪人哟!/你今晚的居处在哪里呢?//"④《怀友诗篇》(1967):"是骤雨初歇的静夜,/宁寂中,窗外虫声显得更响,/我独坐在灯下写诗,/心头记挂着你,希

---

① 温任平:《文学观察·后记》,《文学观察》,安顺:天狼星出版社1980年版,第115—116页。
② 温任平:《无弦琴·自序》,霹雳:骆驼出版社1970年版,第2—3页。
③ 温任平:《无弦琴》,霹雳:骆驼出版社1970年版,第58页。
④ 温任平:《无弦琴》,霹雳:骆驼出版社1970年版,第42页。

望你就在我身旁。//远离开流水我听不见潺潺底声响,/纵近打河风光依旧,你仍徘徊,/并且怀想河畔一串美好的日子,/有我吟诵祝福诗篇,情深款款。//仍旧是那几个放风筝的孩子,/仍旧是花树旁那一张熟悉底长椅;//只是月华普照再现不出两个身影,/心灵徒然会增加一份淡淡的愁思。//不必太感伤一段小别的岁月,/在山城的每个夜里,我都惦着你。//短暂的隔离很快就会过去了呢,/静夜里想想重逢的日子有多么快乐。"①我们可以看出温任平早期多抒发对爱情友情的感受,很多诗作有着为赋新词强说愁的感觉,如《抒情曲》(1962)中的诗句,"我高兴得连忙跳下沙岸,/想寻拾一些儿作为玩赏。/冷不防叛逆的水又涌了上来,/卷走一切,一切呵,/遂遗下失望,忧伤"②,显得有些幼稚。他早期的诗风有着徐志摩、英国湖畔诗人的影子,但在意象的运用、音节的韵律等方面远不如徐志摩。

温任平的第二本诗集《流放是一种伤》(1978)艺术实践性很强,这个时期温任平正沉浸在对现代主义艺术的学习和模仿中。《晚祷》(1963)被温任平认为是他创作历程中的转掠点,"最早期的诗是《晚祷》,它完成于六三年八月,延至六七年五月始刊登于蕉风月刊。……《晚祷》是一个端绪,我的现代触角于焉肇始,迅速生长,且探向围绕在我周遭的四面八方"③。《晚祷》一诗写道:"庄严且肃穆,教堂钟声响了/晚祷声喃喃,一如满空碎星底絮语//别冥想夜的寂寞/圆月普照,启示和平美好/众生于祷语中宁静安睡/有刺耳的虫鸣,划破安谧底夜阑//而祷语渐低沉而不可闻了/露滴闪耀着晶莹于曙色朦胧中//黑夜隐匿了呵　昨夕/那吵杂的夜声亦将归消失/这世间仍然洋溢着欢笑美好/前夜的晚祷仅为凭吊一个噩梦的飘逝/"。④《越南玫瑰》(刊于《教与学月刊》第120期)抽象但又能够找到具象的依据,写出了都市的恶之花的本色,"日子从嘴巴吃了进去/又从她的肛门排了出来/有一头胸前有毛的在她的肚皮上/画一种说多抽象就有多抽象的画/且喃喃如佛庙虔诚的善男//有一两下紧捏颇像妈妈的宠疼/爸爸的影子是一株被踢下床去的被/他妈的男人才是水做的/湿漉漉的唾液就摊在乳沟里/流成一道粘腻的运河//扫出一排加农炮之后/便入定成不吃人间烟火的和尚/遂想起某日某街头傻得可笑的/那株焚身的檀香/和草纸抹出的那一团野狐禅/明日又得穿起长袖曳腰长裙曳地的传统服/为一批刚开到的虫豸戴上花串/换取

①　温任平:《无弦琴》,霹雳:骆驼出版社1970年版,第10页。
②　温任平:《无弦琴》,霹雳:骆驼出版社1970年版,第38页。
③　温任平:《流放是一种伤·后记》,安顺:天狼星出版社1978年版,第159页。
④　温任平:《流放是一种伤》,安顺:天狼星出版社1978年版,第5—6页。

一卷薄薄的被议论着贬值的钞票//我是越南玫瑰一朵/我的梦是夜夜都响的鞭炮"①。再如《风景》(原刊于《中外文学》1972 年 11 月号)②：

一个褴褛的老人
坐在
塌倒了的庙前哭泣

怒嘶着的马
卸下马鞍
被锁在栏里

没有人用火去烘酒
龙井茶独自惆怅

不远处
新建的城镇冒着大股黑烟
无助的风景
躲在山后企图遗忘

一只白色的鸟歪斜地飞过
翅膀滴着鲜血

其中"没有人用火去烘酒/龙井茶独自惆怅""无助的风景/躲在山后企图遗忘"，烘托出一种冷清的心境。温任平自己的解释是："《风景》每一节都是一个个自身具足的意象，它们并置在一起，成了互为投射、互相充盈的'蒙太奇'。"③这一创作实践正是他对电影入诗的理论观念的践行。

《水乡之外》(1972)写的也是文化乡愁，灵感来自屈原投江的故事："水乡之外仍有水乡之外的/水乡/那是遥远的古代//有人走来/下着雨，他没有披蓑衣/踽踽在黄昏时节的昏蒙中/咳嗽起来//哗哗的浪花向他涌来/他没有意识到足踝的潮湿/没有意识到跌倒在车舆旁的沉哀，和/王的侍从的愤

① 参见温任平：《流放是一种伤》，安顺：天狼星出版社 1978 年版，第 23—24 页。
② 温任平：《流放是一种伤》，安顺：天狼星出版社 1978 年版，第 81—82 页。
③ 温任平：《流放是一种伤·后记》，安顺：天狼星出版社 1978 年版，第 161 页。

怒吼喝，和渔夫/的哲学，和一点都不哲学的/菖蒲啊菖蒲//哗哗的浪花向他
冲来/他缓步向前/步入齐膝的浪花里/在全面的冷沁中，去遗忘/楚地的酷
夏//淹过他的五绺长须之后/他微笑，带点不经意的揶揄/他抬头看天，最后
的问句已经结束//就把头猛然插进海面去/理想的泡沫一个一个升上来/升
上来，然后逐渐碎成/一圈圈的涟漪，慢慢泛开去/水的底层蠢动，泛开去，蠢
动蠢动/一块全白的头巾，如最初的莲台/冉冉升起"。[1] 这是温任平的先锋
实践中写得最好的一首，余光中喜欢这首诗，称赞其"自然流露，语言的节奏
控制适宜，最末数行写三闾大夫自沉之后，仍有'一块全白的头巾，如最初的
莲台/冉冉升起'，暗示精神之不死，已臻象征的层次"，备受鼓舞的温任平也
认为自己的"屈原情意结"大概就在这个时候开始酝酿了。[2]《端午》
(1975)、《再写端午》(1976)都是向屈原致敬之作。前诗全文如下：

> 河面漂浮着的一只木屐
> 清楚地告诉你
> 另一只已经忘记
>
> 你是那裹得紧紧的竹衣
> 里面是煮得如火如荼的
> 懦弱的米[3]

后诗全文如下：

> 我把粽子交给你
> 你把它放进嘴里嚼起来
> 突然
> 你似想起什么似的
> 张口欲语
> 我看着你瞠目结舌，哽着
> 抽噎着，呼吸急促，像一串不连串的泡沫
> 期　期　艾　艾

———————————

①　温任平：《流放是一种伤》，安顺：天狼星出版社1978年版，第83—85页。

②　温任平：《流放是一种伤·后记》，安顺：天狼星出版社1978年版，第162—163页。

③　温任平：《流放是一种伤》，安顺：天狼星出版社1978年版，第103页。

说不出半句话来

我听见在河的下游
有人
单独地吹竽①

《众生的神》是温任平后期诗歌代表作,收录的是他 1976—1978 年的作品,这些作品延续着《流放是一种伤》的艺术实践,强调"诗歌主题的多样化与技巧的多变性"。温任平言:"我只好满足于自己所走的'中庸'创作路线,希望能平稳地走,走出一条路来。实在说,不但我的诗走的是中庸路子,我的诗观亦然。我不相信为求艰深而艰深的晦涩主义,也不接受哗众取宠的'诗要大众化'的世俗主义。把诗当着教育的训诲的工具,固然是误解了诗;但把诗当作文字的游戏,无涉于当前的时空,又岂是有血有肉的人(诗人也是人)所应做的事? 诗的社会性的提出是不错的,唯是在诗里提倡社会主义那就不对劲了。……最近常常听见朋辈们说,我的诗越来越走向平易明朗,我却以为:'明朗也许,平易则未必。'一首明朗的诗不一定就非写得平白浅易不可。我希望将来能多写些明朗但却耐读的诗歌,也许,'分段诗'是一条值得一闯的路,谁知道呢。"②从中我们能够感觉到温任平的创作上的变化,在《众生的神》中,我们能够感觉到温任平诗歌中现实成分的加强,过于晦涩的成分减少了不少。如《船与伞》(1976),这首诗明显是一首仿写戴望舒《雨巷》的情诗,不过温任平将不能相恋的恋人比作是雨中的伞和黑暗中海面上相逢的船,书写的是一种彼此靠近但终不能在一起的沧桑感。

四、群星闪耀的天狼星诗社

赖瑞和在《学报月刊》1973 年 6 月号上发表了名为《一个神话王国:天狼星诗社》的特访,在这篇访问中,他认为:

> 20 世纪的文人都是有点怀念过去的,有点 nostalgic 的,总想拥有自己的一个神话世界。而廿世纪的文人更是一批需要爬进他们各自的神话世界的动物。一旦经营好一个神话世界,在西方,叶慈可以写他的

---

① 温任平:《流放是一种伤》,安顺:天狼星出版社 1978 年版,第 131—132 页。
② 温任平:《众生的神》,安顺:天狼星出版社 1979 年版,第 3、6 页。

Sailing to Byzantine 或 *The Second Coming*，卡夫卡可以写他的《审判》；在东方，施叔青可以写她的《约伯的末裔》，七等生可以写他的寓言小说。也许就在这种"神话"意念下，霹雳有一群年轻人，组织了一个天狼星诗社，向外面的世界摆了一个"神话的姿势"。这是一个有纪律有秩序的世界。……天狼星诗社及其分社的社员，得经常有创作，才不致被淘汰出去。他们每两个星期需交一首诗、一篇散文或一篇小说，然后彼此交换、传阅、修改、讨论。……在天狼星诗社的总社长温任平的领导下，他们自己组织起来，分工合作，默默创作，并且编了一个手抄（偶尔也油印）的刊物《绿洲》，从 1967 年开始至今，一出便出了 25 期。在印刷业发达的时代，居然有人以手抄方式来出版刊物，从现实的眼光看来，真是一则神话。但他们却以这种方式，维持了他们不断创作的决心，沉醉在他们的快乐世界里面。……除了编刊物外，他们还举行座谈会、爬山、野餐等活动。这些座谈会的记录，有些已经发表在《教与学月刊》及《蕉风月刊》上。这种干劲，得有一种自以为是、牢不可破的信念来支持。这种信念，多少有点 youthful romantism，idealism，不理会现实考虑的意味。但只要他们不爬出由这种观念所支持的神话王国，他们便可以默默创作，快乐而认真的做他们的事，一如《仲夏夜之梦》里的金童玉女，深夜在树林中唱歌、跳舞。暂且不管《仲夏夜之梦》以后会发生的事情。①

温任平对赖瑞和的文章颇有感触，心里也默认自己创建的天狼星诗社确实是个"神话王国模式"，自己也确实是这个文化模式的建构分子：

　　瑞和的特稿发表于 1973 年 6 月，那年年底，天狼星的分社增至 10 个。温瑞安的书房墙壁辟了一个"振眉诗墙"，用壁报方式"发表"社员的重要作品。我本身则每月召开一项文学精英会议，这会议只许 8 位表现特出的社员参与。8 位社员每月都得交上一篇自己认为最满意的创作，影印成八份，在会议上传阅讨论，由我负责甄选出最佳作品。大家把是项文学聚会称为"唐宋八大家会议"。年轻人逞才使气，只看"唐宋八大家"聚会，便可想见一斑。记得温瑞安的第一篇魔幻小说《凿

---

① 转引自温任平：《天狼星诗社："神话王国模式"的兴衰》，《文化人的心事》，吉隆坡：大将事业社 1999 年版，第 152—153 页。

痕》,方娥真的散文《长明灯》,黄昏星的诗《最后一条街》都曾先后在"唐宋八大家"月聚上先后夺取过最佳创作奖。

天狼星诗社一直在做着《仲夏夜之梦》,第一次梦醒是在瑞安、娥真、李宗舜、周清啸、廖雁平等人赴台深造不久后发生。我与瑞安为了殷建波于1975年辍学赴台事件闹得极不愉快。瑞安在台另创神州诗社。天狼星诗社一夜之间垮了半壁河山,幸亏仍有张树林、沈穿心、洪而亮、谢川成、黄海明、叶锦来、蓝启元、蓝薇、冬竹、郑荣香、孤秋、朝浪、潘天生、川草、凌如浪、林秋月、心茹等人撑住局面。我第一次强烈地感受到人事纠纷开始冲击我们的神话王国。为了面对一个"没有了温瑞安"的天狼星新形势,我定下了1978年的整顿计划,于该年诗人节宣(布)诗社进入"中兴时期"。1978、1979、1980年我和诗社几名成员,一口气策划出版了超过十年书,《大马新锐诗选》《天狼星诗选》都在这期间先后面世。1979年6月的诗人节,我在金马仑的聚会上宣称诗社晋入"起飞阶段"。①

1974年出版的《大马诗选》收录了天狼星诗社前期几位代表的诗作,有温任平、温瑞安、方娥真、周清啸、黄昏星、蓝启元等人。1978年出版的《大马新锐诗选》、1979年出版的《天狼星诗选》两部集子,收录了大量天狼星诗社后期重要诗人的作品。这些诗人包括杨柳(杨丽珠)、川草(陈文立)、沈穿心(陈川兴)、淡灵(谢如娥)、洪而亮(洪锦坤)、张树林、冬竹(陈宝金)、风客(曾顺生)、桑灵子(卢月勿)、绿沙(潘天生)、蓝薇(陈秀芳)、飘云(郑荣香)、苏迟、戈荒(陈俊镇)、哈哥(郑秀瑕)、张丽琼、堤边柳(陈月叶)、雷似痴(雷金进)、郑人惠、燕知(杨丽文)、谢川成(谢成)、蓝雨亭(郑秀婷)、文倩(罗喜欢)、思逸文(杜清元)、凌如浪(邓亚荣)、黄海明、欧志仁、心茹、林秋月、陈强华、杨剑寒(黄英俊)、刘吉源、欧志才、江敖天(陈锦强)、杜君敖(赖广连)等人。其中,以冬竹、沈穿心、林秋月、洪而亮、陈月叶、黄海明、张树林、郑荣香、潘天生、蓝薇为代表。下面我们对天狼星诗人的创作主题和艺术实践进行分析,同时探讨前后期诗人之间的代际传承和区别。

总的来说,天狼星诗人的创作呈现出以下三个特点。第一个特点是抓住诗歌的抒情的本质,抒发个人情感,或发幽古之思,或对生活的情感世界

---

① 温任平:《天狼星诗社:"神话王国模式"的兴衰》,《文化人的心事》,吉隆坡:大将事业社1999年版,第153—154页。

进行书写。温瑞安与其兄温任平共为天狼星旗手,就诗歌创作来看,他的成就绝不在其兄之下。我们来看看他的两首早期代表作,首先是《祭丑残谱》,该诗的格局和气魄,以及那种试图用古老的五音套住磅礴诗势的创作野心,都值得我们敬佩,以该诗的开头部分为例:

之一:官调
蕉石鸣琴

天是蓝的,海也是
你呢? 我底妻,我
记忆中的脸,星穹下的
一片柔弦

啊不要轻拍,不要把这
宁谧的甜梦惊醒
不管燃香或是摇铃
都渡过那清澈的江河
转身入拱形的石桥,回首望
前生今生来生,皆
幻灭在花前月下灯旁
为何不持续你那
小小的避? 或是
在星光隐隐的林荫下
给我一握的泣? 你总是
你总是,只在江边
还我一袭猖狂过的白衣

之二:商调
鸟 惊 喧

请勿要,请勿要惊醒
呵鸟儿,月已滑落在那发的斜坡
以轻纱一般的臂送上

一道笑在泪中的银河

那道不算嶙嶙,但残伤得
温柔的银河,淙淙的流入
你眸中底我眸,啊请勿要惊喧
鸟儿,迷乱和英风
都是同时发生的巧合
我底臂胳摆一道静泊的港湾
你来栖否? 你来息否?
睡多少年? 眠多少年?
仍将温馨而不带住一阵子的
惊喧①

方娥真是天狼星诗人中的才女,其诗感情细腻,文字有质感,如《月台——给瑞安》:

当最后的挥手欲扬而
垂下
我忽然化为一座断崖
你是崖边将垂跌的快乐
呵不要
不要再多跨一步
再跨一步,你便成山水默默

一步过后
上一刻与这一刻
为一声来不及的招呼
而你的身影
你的身影只留下一个
名字

---

① 温任平主编:《大马诗选》,霹雳:天狼星诗社 1974 年版,第 205—206 页。

你的名字
环围成我四处的镜面
你是镜中　那无声的对我说了又说的
梦
我是走不进梦里的
深闺人
朝间　暮间
在我呜咽的祷告里
呢喃复呢喃
自己的交谈①

　　这首诗成功地塑造了一位深闺痴情女子的形象，抒发着浪漫的少女情怀。第一节中，断崖是"我"，断崖也是"你"与"我"诀别之地。第三、四节中，深闺的"我"只能对镜自语，生动而细腻地刻画出了一位多情的古代少女形象。

　　天狼星诗社后期成员林秋月的清新纯美诗风与方娥真相似，不同的是，她的诗歌更偏向"闺中诗"，诗作中屡次提及"窗""铁门""小巷""楼梯""屋顶"等事物，诗歌的叙事视角（视点）也多从闺房出发，格局小了很多。如《窗外还有门》（1975）：

夜是一幅涂黑的画
挂在墙上
挂在林立的屋顶上
挂在
你的眼睛

生命是一首名曲
连风也无法肯定它是
一首何时才消失的
名曲，披上夜时
它是一首哀调

---

① 温任平主编：《大马诗选》，霹雳：天狼星诗社1974年版，第27页。

披上夜时
我是望月。悲泣的
人

这是一幅夜的图案
夜的窗外
是一所铁门
你是否在窗外？
窗内，是我
在等你

你在窗外。夜的
门外①

　　值得指出的是，天狼星诗社的女诗人的创作风格都偏向秀丽，讲求诗歌的抒情本质，如陈月叶的《思乡记》《笑语》，郑荣香的《殡行》《西栖月》。蓝薇的诗也写得很用心，如她的《夜下》便可见其精心雕琢。而在男作家中，周清啸的《河》与《迟暮》展现的荒原感，黄昏星的《雪江寒》表达的冷落孤清的感觉，以及《最后一条街》描绘的回不去的童年时光与旧时老街，也展示出天狼星诗社中男性作家情感丰富细腻的一面。

　　第二个特点是抒发文化乡愁。诗人常常流露出对中华文化传承的渴望和失根的忧虑，他们每每都会在诗中表现出一种文化的失落感和重拾文化的希望。对于这群从中华文化中离散出去的华裔写作者，这种中华文化情结是挥之不去的，最有代表性的就是对中华文化节日的描写，如端午（屈原）、中秋，通过在这些节日的所感所想来表达自己的思绪和诗情，温任平、蓝启元、陈强华、江敖天、杜君敖等人都写过以端午或者屈原为题材的诗。以杜君敖的《端午》为例：

那长年冲流的汨罗江
葬着一个千多年来
流传着的散发诗人的故事

---

① 天狼星诗社：《天狼星诗刊创刊号》(1975 年 8 月 4 日)，霹雳：天狼星诗社 1975 年版，第 27 页。

　　　　江岸苍老古远

　　　　青苔记下上一年的事

　　　　追不上时代的渔舟

　　　　老渔夫暗叹世情轻如风

　　　　听说是那一年

　　　　江面出现一片红红浓浓的血

　　　　乡里的人都说

　　　　二千年的血到现在仍未被水冲淡

　　　　爱国爱诗而死于斯

　　　　没有人知道那故事和着岁月

　　　　流转到什么世纪

　　　　人只相信血仍浓浓的流着①

再比如，陈强华的《落江——焚给屈原》：

　　　　水袖盈满风潮

　　　　风潮澎湃着散发

　　　　一片粼粼的水光

　　　　闪现一树倒影

　　　　倒影竟是多年屈着的

　　　　落拓

　　　　落江前

　　　　想谁是江里昏庸的鱼

　　　　落江后的身姿如何激起浪花

　　　　浪花易凋，不凋的是浪

　　　　日日夜夜，岁岁年年

　　　　开在芸芸众生的记忆

　　　　天生汝才必有用

---

① 《天狼星诗选》编辑委员会：《天狼星诗选》，安顺：天狼星出版社1979年版，第64页。

而又有谁知道汝竟是那只

永世还游不上岸的

鱼①

　　更多的诗表达的是诗人们的中华文化情结，如方娥真的《万阶行尽》：

入暮时分

楼头的灯笼齐亮起

来

时

归

路

迷失在

岁月那一处

洪荒以来的

人生

堆叠如一梦

永远流传为失落的

流传

昏黄中

一条条纸糊般的

人影

熟悉又陌生的

行

来②

　　第三个特点是大量运用中国文学的资源（特别是古典文学），或摹写外形，或撷取意象，以抒发追慕中国传统文学的情怀。如方娥真《长亭——致父亲》：

长亭虽长，长

---

①　《天狼星诗选》编辑委员会：《天狼星诗选》，安顺：天狼星出版社 1979 年版，第 114 页。

②　温任平主编：《大马诗选》，安顺：天狼星出版社 1974 年版，第 32 页。

却不能不　断

谁也不能知道自己的长亭

有几里长

阳关一梦　您醒来

一些卖弄悲哀的哭号

在左右每一处

随我

一哩一哩

送您

去那

不知何处

唯冷月和死亡

把凄美的手拉到夜晚

照过　每一个逝去的

人　我唤不停您的

身影　我唤不停

每一位不由自己而尾随您我的

身影

长亭，请送到这里

止①

黄昏星的《山水》表现了对山水的意境的追求，颇有禅意：

一群小孩在小平原上嬉戏

在白白的雾里　追着

彼此模糊的身影

那时一群鸟儿从他们的上空展翅而过

随着他们的跑跳呼唤他们的童年

小孩天真的唱着童谣　随着风来风去

---

① 　温任平主编：《大马诗选》，安顺：天狼星出版社 1974 年版，第 31 页。

云消云散　刹时
声声哀怨的猿啼在深深的林间响起
瀑布哗然
融合了孩童的笑语　也融合了山水
山已不在　人在云中

静坐看云起
烟雾满山

日落后,黑幕开始合拢起来
高峰上的小圆亭已挑起了灯
古松在风中沙沙作响
庭院深深凄切着深深的庭院
风像一把萧索的笛
把夜化成雾　化成了云
明灭的烛光中正现出两个人影
在小亭圆桌上
下　　着　　棋
他们移动着棋子
不断的一攻一守
在这个冷冷的下半夜①

在天狼星诗社后期诗人中,张树林对诗歌意象的把握是非常出色的。张树林认为"对于一个爱好文学的人,他的心灵总有千形万状的负荷,在白茫茫的一片孤渺里,独自去回应自己的喊声,而在这成长与不成熟的年龄,开始让自己的思绪,冉冉地流露在诗里。用自己的声音去喊自己的名字,用自己的眼,去看黄昏里落叶中的眼"②,再加上他体弱多病,所以他的诗歌多呈现一种哀伤的情调,如《苦行僧》《断水》《破落的江岸》《残庙》《诗简》《幕落》,诗歌中多有自己对人生的参悟,诗情都很凄清,内含一种生命无力的感伤。如《破落的江岸》:

---

① 温任平主编:《大马诗选》,安顺:天狼星出版社 1974 年版,第 160—161 页。
② 《天狼星诗选》编辑委员会:《天狼星诗选》,安顺:天狼星出版社 1979 年版,第 131 页。

每一盏渔火是点星光
孔明灯似地瞪视着江流

岁月已遍流至下游
迷蒙了去路
江水流走一舟舟异乡的跫音
下游狂踏着脚印
惊击着昔日亲切的叮咛

江水蒙浊了熟悉来人的影子
仅有盲瞳者
依然能感觉着破落江岸的
浪花

撑一船风雨的蚱蜢舟
划破江面的记忆
记忆里曾是阳光江岸
在浪花与浪花里
在流水吟咏着的呜咽里
相忘

许多江水典当给多风的岁月
上游劈头劈脑地流下的
依然是流转千年的记忆

千年后
仅有干枯的水床
向天空作绝望的
　　　　　　　仰
视①

---

① 天狼星诗社：《天狼星诗刊创刊号》(1975 年 8 月 4 日)，霹雳：天狼星诗社 1975 年版，第 29 页。

1990 年代以降,在马来西亚的天狼星诗社成员基本上都没有再从事诗歌创作。诗社的重要成员,如温任平偶尔写些时事评论①,谢川成任职于马来亚大学语言学院,而其他的成员散居马来西亚各地。

作为马华现代主义诗歌的重镇,天狼星诗社培养了大量的秉承现代主义诗风的诗人,将现代主义诗歌的精神深植于马华文学的血脉之中。大马现代主义诗歌发源于 1959 年,艾文、周唤认为 1959 年 3 月 6 日白垚在《学生周报》137 期发表的《麻河静立》可能是马来西亚第一首现代诗。从现代主义诗歌发展的历程来看,1959 年确实是很重要的,因为 1959 年《蕉风月刊》开始发表数量可观的现代诗,《蕉风》第 94 期(1960 年 8 月号)甚至辟出"新诗讨论专辑",一连数期,供各方发表意见,从此之后,现代诗歌进入马华创作者的视野。白垚后来发表《现代诗闲话》为现代诗辩护,正反两方的辩论一直延续到 1960 年代末期,这个时期现代主义诗歌已成气候。而在 1970 年代,最能反映现代主义诗歌实绩的无疑是天狼星诗社。天狼星诗社有目的、有计划地培养文学新人,天狼星诗人的诗歌风格有前后传承的痕迹,如温瑞安之于川草、戈荒,方娥真之于林秋月、心茹、文倩,后辈对前辈诗人的学习是成功的,这种传承很重要。

第二节　世界眼光和现代主义精神:陈瑞献②的文学创作

陈瑞献于 1943 年 5 月 5 日生于印度尼西亚苏门答腊北部一个不知名的小岛哈浪岛(Pulau Halang),二战后来到新加坡。1962 年在《南洋商报·

---

① 谢川成曾在《不知是微喜还是悲伤——温任平近作概览》一文中分析了温任平 1990—1994 年之间的一些诗歌创作。参见《南洋商报·南洋文艺》1996 年 12 月 11 日。

② 陈瑞献(1943—),笔名牧羚奴,印尼苏门答腊人,战后迁居新加坡,祖籍福建南安,新加坡著名作家、画家和社会活动家,1968 年毕业于新加坡南洋大学现代语言文学系,曾任法国驻新加坡大使馆新闻秘书 24 年,后专事文学艺术创作。他曾获得法国国家文学暨艺术骑士级勋章(1978)、新加坡共和国文化奖章(1987)、法兰西研究院驻外院士(1987)、新加坡文艺协会新华文学奖(1998)等国内外奖项和荣誉。他著有诗集《巨人:牧羚奴诗集》(新加坡:五月出版社,1968)、《牧羚奴诗集》(新加坡:五月出版社,1971)、《陈瑞献诗集(1964—1991)》(新加坡:智力出版社,1992);小说集《牧羚奴小说集》(新加坡:五月出版社,1969)、《陈瑞献小说集(1964—1984)》(新加坡:跨世纪制作城,1996);译著包括与安敦礼合译《法国现代文学选集 1、2》(新加坡:法国驻新大使馆文化处,1970)、与郝小菲合译《尼金斯基日记》(吉隆坡:蕉风出版社,1971)、与梅淑贞合译《湄公河:拉笛夫诗》(吉隆坡:蕉风出版社,1973)。另有合集《牧羚奴作品专号》(吉隆坡:蕉风出版社,1971)、《陈瑞献文集》(新加坡:新闻与出版有限公司,1983)、《陈瑞献选集》(五卷,武汉:长江文艺出版社,1993)、《陈瑞献谈话录》(新加坡:创意圈出版社,2004)、《陈瑞献寓言》(新加坡:创意圈出版社,2008)等。

学生》首次发表诗歌。1964 年从新加坡华侨中学毕业，考入南洋大学现代语言文学系，主修英文与英国文学。1966 年与陈绍凯、李栋梁等创办《贝叶》佛学年刊，并为创刊号主编。1967 年任南洋大学佛学研究会副会长，并在《南洋商报·文艺》发表诗歌、小说、译作及插图，开始大量发表作品。1968 年 5 月从南洋大学毕业之后，当年即被聘为法国驻新加坡大使馆新闻秘书，并出版了新马文学史上第一部现代诗集《巨人》。1969 年，他又出版了第一部现代小说集《牧羚奴小说集》，并接编《蕉风》。1971 年，他与梁明广合编《南洋商报·文丛》。1973 年获得新加坡公民权。1975 年由昙昕法师主持皈依仪式，成为佛徒，法名普见。1978 年，在梁明广主编的《咖啡座》发表纸刻与小品文，之后专注于绘画创作，小说与诗歌作品相对较少。

　　陈瑞献在新马文坛的地位很高，他成名于 1960 年代，以对西方文学的追慕和模仿见长，在小说、诗歌两个领域颇有见地和贡献。完颜籍（梁明广）曾这样描述其朋友陈瑞献的创新："牧羚奴，在我的眼中，也正是这么一个有胆子与世俗过不去的文艺工作者。他的小说，不容任何旧套将他套住。他要写什么就写什么，想怎么写便怎么写，他不肯就范，于是有人指他标新立异了。但标新立异有什么不好？怕就怕你标不出新立不出异来！他不肯就范，于是有人咒他是什么派什么派。……我为牧羚奴的小说集写序，不谈小说集的内容，径谈詹姆斯的孤独，葛列夫的无畏于天地鬼神，纳波科夫的与世界过不去，要写什么就写什么，想怎么写便怎么写，作家为自己的表现欲望服务，表现技巧与内容的琴瑟关系。这些话都是故意说的，因为这些都是牧羚奴身为文艺工作者的境遇与他的作品的精神。"①回想当年，陈瑞献这样谈到完颜籍（梁明广）："我在华中时耽读五四时期作品及中国古典文学，到南大跟梁明广一样，读现代语言文学系，全面接触英语系的西洋文学，旁及东南亚文学以及港台华文现代文学，毕业后到法使馆工作，全面接触法语系的西洋文学。以这样的背景出发，自然不可能接受当年流行于文坛的'现实主义'为惟一的文学体制。所以，就选择来说，那是有意的，明广更在理论上大力鼓吹，我以大量的创作与译作给他支持。就创作言，鼓吹现代文学，其实是鼓吹自由创作。"②这两段引文足见陈瑞献和完颜籍（梁明广）之间的互动和相互支持。

---

① 　陈瑞献：《牧羚奴小说集（1964—1969）》，新加坡：五月出版社 1969 年版，封四。
② 　吴启基访问：《我一直都在这里》，新加坡：《联合早报·文艺城》1992 年 2 月 23 日。

一、现代主义在小说和诗歌中的展现

孟仲季曾这样评价陈瑞献:"才情横溢的瑞献,最先以牧羚奴为笔名,进军文坛,其诗与短篇小说,独树一帜,颇为轰动,令人侧目,一颗新星终于出现,推其原委,完颜籍慧眼独具,大力提拔,功不可没。六十年代末期,几乎每个星期天,他的住所为热衷于现代诗的新手之聚散中心,席地而坐,高谈阔论,气候乃成。《巨人》出版之后,五月出版社随后相继推出好几本诗集,一时颇为热闹,'现代派'的名堂,遂不胫而走,彼此心照不宣,牧羚奴之被目为'掌门人',理所当然。唯其如此,其令一些'派外人士'栗栗不安,口诛笔伐,诗坛从此多事矣,一言以蔽之,妒忌云耳。"① 陈瑞献推崇西方现代主义作家,由此可见,他的创作从一开始就走上了现代主义的道路。如他谈到卡夫卡:

> 一九六三年,许多看起来好像很有料的专家学者,在布拉格附近的 Liblice Castle 开了一个讨论会,叫做"卡夫卡会议"(The 1963 Kafka Conference)。对与会的东德作家们而言,卡夫卡岂止是"毒草",简直是"人妖"(Bogyman)。他们要指出:卡氏在艺术方面太前进,在思想方面太落后,所以他的作品应该丢掉。我想,卡夫卡的性格原有其极度谦恭的一面,他的鬼魂大概还在一个黑暗的世界里审视生前本该烧掉却已被印出来的作品,且慨叹说那些不过是"急就章"(scribblings)而已,伟大的判官们何苦学他那样子神经兮兮的。波兰的 Roman Karst,维也纳的 Ernst Fischer 却呼吁不应把卡夫卡的"小名"从某个世界的作家名录上擦掉。而我也在介绍他了,理由很简单:卡夫卡是个文艺工作者,不是值得鞭尸的英雄,是值得我们分享(不是 follow)他的创作经验、他的人生宇宙观和他对人类经验那种特别深切情感的摇笔杆的人。②

陈瑞献从 1958 年开始写诗,当被问到为什么写诗的时候,他说:"因为我爱奔玩,自命有才情,并且希望才情获得认可,要发泄,省阅,说明,批判,

---

① 孟仲季:《小千世界大块文章——论陈瑞献的文学与艺术》,《蕉风》1980 年 11 月总第 332 期,第 77 页。

② 陈瑞献:《卡夫卡及其〈绝食的艺人〉》(1968 年 3 月 18 日),转引自陈瑞献:《陈瑞献文集》,新加坡:新加坡新闻与出版有限公司 1983 年版,第 10 页。

表现,更重要的是写诗作为一种消遣能使我享受到杀活自在大死一番的乐趣。"①这种艺术实验精神跟他多变的诗歌技巧有着一以贯之之处,他对自己的艺术实践也是很有自信:"在整个诗坛像是一间老旧的屋子的今天,我们,星马少壮的一群,我们身体健壮,走了进来,自然只有苦闷和不能自如的感觉。重建是必需的。为了重建,我们只好把一间风来摇雨来漏的老屋拆掉。⋯⋯我们必须自建,自造一座自己的有现代化通风设备的大厦。在这座空气流畅的建筑里,诗人可以好好布置他与缪思同居的住处,创造他独特的小千世界,在诗的大千世界里。于是,我再也不迷信了,我要创造我自己的世界。"②诗歌《巨人》有三篇,共同的主题就是颂扬伟人的不懈努力和丰功伟绩。第一篇写于 1964 年 12 月 7 日,其中写道:"黄沙已筑成不破的磐石/你的血汗遍育翠朴的家园/嗓门齐开,海的儿女/歌一伟大人格的完成"③;第二篇写于 1966 年 1 月 20 日,其中写道:"你不筑坝,你有容海的大腹/你的须林,盐花渗泌着盐露/你与大禹孪生,洪水的克星"④;第三篇写于 1967 年 4 月 3 日,其中写道:"赤熔岩,流出/自转生盘/流入生之模型/铸三度空间,然后立体/凹凸我的体格//我是炼钢厂/生产着硬度/生产着岳武穆的节操/我的动力很宇宙/一完竣,即现/弥天的工程"⑤。据方桂香所说,这三篇写的分别是陈瑞献的父亲、孙中山和佛陀。

　　陈瑞献诗歌最大的特点是把个人与所写之物合二为一,同时追求一种从内到外、从小我到大我合一的境界,在这个过程中展示力量的"崇高"。《夸父》(1964)中写道:"自一个辉煌的拥抱翻落/金石流于大旱,我血已沸/是你的浓焰颓废了我厚实的膏肉/鲸饮黄河的汹涌,我心仍烧/鸟鼠山下挂着渭水深远的干涸/鹡鹩笑语,当我碎尸异土/狐群冷嗥,当我的理念灰了大地/唯你恒在在忏,哀哀泣血/凭吊一对草鞋,也凭吊/一带密密麻麻的太阳"⑥。《家书》(1965)中写道:"灯下无海,感受是海/我流浪,我乃一尾愤怒的刺猬鱼/直斩着眼,逆泳向生存的山洪/母亲,今夜的风暴一定很大/云很黑,而父亲尚须渔汛/渔火勾在浪峰,烧天之一角/长桨衡量着鲸背似的波度/母亲,你殷待,你的白发似浪/我粗安,你呼唤的湛蓝"⑦。另外,《健身

---

① 子凡访问,陈瑞献:《答客问》,《蕉风》1971 年 10 月号总 225 期,第 6 页。
② 陈瑞献:《自序》,《巨人:牧羚奴诗集》,新加坡:五月出版社 1968 年版,第 2 页。
③ 陈瑞献:《巨人:牧羚奴诗集》,新加坡:五月花出版社 1968 年版,第 1 页。
④ 陈瑞献:《巨人:牧羚奴诗集》,新加坡:五月花出版社 1968 年版,第 41 页。
⑤ 陈瑞献:《巨人:牧羚奴诗集》,新加坡:五月花出版社 1968 年版,第 68 页。
⑥ 陈瑞献:《巨人:牧羚奴诗集》,新加坡:五月花出版社 1968 年版,第 14 页。
⑦ 陈瑞献:《巨人:牧羚奴诗集》,新加坡:五月花出版社 1968 年版,第 26 页。

室》(1966)：“这是火季/健身室内,没有胭脂/前瞻是白热的镜/回首闪烁的水银/我们的豹眼/喷出血气/交射的光华/放映着力的造型”①。《金鲤》(1966)：“许多摄毒吐毒的水蛇/以黑色的闪电/驭着怒潮而下/而我,总爱展鳍逆泳/剖开压力与波浪/向前,向上”②。《巴士站》(1966)：“汽笛。烟尘。吐血的天狗/我的心,爆炸/我的肺叶膨胀,膨胀着杀机”③。《海的性格》(1967)：“你的硬度,你的密度,我的深度/好好护送你那藤萝一样痴心的慈母啊/我的额是你的跑道/我们早已换帖,我们的浓度/再豪饮,也不忘给你叮咛”④。

　　除了将自我与崇高的事物融合之外,对现代社会中人的异化和变形的深入刻画也是陈瑞献一些诗作的重要特点,以最具代表性的《组屋》(1969)为例,该诗描写的是新加坡施行组屋政策⑤之后,从甘榜突然到城市的老一代新加坡人的不适应,他们感受到政府“把破碎的世纪和雕琢的自然/分组送入一格格刻板的鸽箱”,最后“电梯吊在生死间/他尝试从基层建筑下掘出纯白的笑容/组屋的事件,象疾病和贫穷/作天道的循环。一只鸽子折翼/跌下,一大堆苍蝇/嗡然开始报导,舆论/一滴隔天就会变黑而后被大众遗忘的红色”⑥,明显在暗示居民跳楼身亡的事件。再如《三个小孩》(1969)描写生活困苦的哑童,母亲痛惜他们“在初始/只记得她不曾代他们接受声音”,而诗歌结尾部分的“卖公仔的小贩吹口哨/一个真音/一个假/卖公仔的小贩吹着爱情的小调/三个坏脾气的小孩/齐颈被吊起/卖公仔的小贩不知道/他们的喉管长满弯曲的荆棘”⑦,在反衬出哑童所处的无言处境和诗人对他们的同情。还有《武彝士海商贩》(1969)中用“海,露出鬼头/生活,象爬满了红

---

① 陈瑞献：《巨人：牧羚奴诗集》,新加坡：五月花出版社 1968 年版,第 48 页。
② 陈瑞献：《巨人：牧羚奴诗集》,新加坡：五月花出版社 1968 年版,第 50 页。
③ 陈瑞献：《巨人：牧羚奴诗集》,新加坡：五月花出版社 1968 年版,第 53 页。
④ 陈瑞献：《巨人：牧羚奴诗集》,新加坡：五月花出版社 1968 年版,第 66 页。
⑤ 1960 年,新加坡约有 50 万人住在市中心区域的贫民窟,以及市中心边缘的亚答屋或者锌板屋,人口占新加坡当时总人口的 1/3。同年,新加坡成立的建屋发展局开始在新加坡实施公共建设计划。1966 年通过土地征收法案,一步步让这些人迁入政府兴建的组屋。到 1974 年 3 月底,位于市中心或者市中心边缘的贫民窟被清除了 75％。新加坡人在土地国有化的过程中,也慢慢离开了甘榜。参见 Wong, A. K. ＆ Yeh, S. H. K. , eds, Housing a Nation: 25 Years of Public Housing in Singapore. Singapore: *Maruzen Asia for Housing ＆ Development Board*, 1985,pp. 329-334。“甘榜”一词源于马来语 KAMPUNG 或者 KAMPONG,本是马来人对乡下村庄的称呼,后来被新马一带华人借用。
⑥ 陈瑞献：《牧羚奴诗集》,新加坡：五月花出版社 1971 年版,第 21—22 页。
⑦ 陈瑞献：《牧羚奴诗集》,新加坡：五月花出版社 1971 年版,第 25 页。

蚁的/一双乱摔的手臂"①描绘穷苦人民的生活之苦。《无言剧》(1970)中"用粉建成的舞台/灯光在一颗星球当阳的一面/观众是永远没有接裔的冤魂/导演是腥风/一只蟑螂骑劫另一只蟑螂"②,《菌生》(1972)中"第一只腿出谷时皮肤上一个圆泡/细菌掀开第二只腿上一个溃伤的盖子/银鱼向外射/鱼身的肉管向八面长长"③等类似的诗句,都有着浓厚的印象主义色彩,在一种主观印象的变形描写中写出自己的艺术观感。

　　而在小说创作方面,陈瑞献推崇的是阿兰·罗伯-格里耶(Alain Robbe-Grillet)、克劳德·西蒙(Claude Simon)、雷蒙·格诺(Raymond Queneau)、萨缪尔·贝克特(Samuel Beckett)等法国新小说家,他这样说道:"作家兼批评家 Jean Ricardou 在《新小说的理论》一书中,就企图给新小说的创作订下一套不可取代的神巫式教条。他以为:衡量一部作品好坏的标准,全在该部作品的活动力的程度,全看作者能否自然创造出一个文字和元素间的关系的复杂组织,因为,作者并不代表世人写作,或表现一种心思状态,他只是不断玩弄文字:名词,形容词,措辞法,暗喻,从别人的作品借用过来句子,都可能'产生'作品,都是'发电机'。这种'发电机'刺激联想,通过暗示而催生对立或类似的东西,进而引出千万种的新发明;这些东西由作者加以整理,重组,变成一个新结构,而这结构本身又可能变成另外一架'发电机'。Ricardou 逻辑地得出以下的结论:一个有话要说有稀奇同时又是强烈的感受要抒发的人不能成为作家。人在创作一个复杂的组织之时,动用到他的全身,头脑,心脏,才学,自发性和慧心,Ricardou 只是集中在人的头部,以其形式和内容来建立他的理论系统。"④而同时期陈瑞献也在大力地推介当时盛极一时的法国新小说:"一九三八年沙特出版《呕吐》,一九四二年卡缪出版《畸人》,小说创作变成哲学性的叙述。随着卡夫卡、乔哀思,以及美国作家如铎士巴梭士和福克纳等人的影响,小说的情节遂退居次要,小说家所注重的是对角色的内心宇宙的开发。接着是人的周遭现象比心理分析更能引起作家的兴趣,作家发现了'现象',专写物象,像庞芝(Francis Ponge)的描述诗。新小说家构想一个反人物的世界,在其中,外在的物质比人的地位来得高。从卡夫卡那里继承下来的荒谬概念,经过存在主义哲学的加强,终于导致心理分析的小说传统的破产。可是,与此同时,新小说家们仍然在法国

---

① 陈瑞献:《牧羚奴诗集》,新加坡:五月花出版社 1971 年版,第 27 页。
② 陈瑞献:《陈瑞献诗集(1964—1991)》,新加坡:智力出版社 1992 年版,第 33 页。
③ 陈瑞献:《陈瑞献诗集(1964—1991)》,新加坡:智力出版社 1992 年版,第 112 页。
④ 子凡访问,陈瑞献:《答客问》,《蕉风》1971 年 10 月号总 225 期,第 13 页。

已故大作家行列中找寻他们的祖宗。这样一来,福楼拜比巴尔扎克以及史登哈更得到他们的垂青。在新的作家中,白朗索(Maurice Blanchot)和格诺(Raymond Queneau),都指出一条通向'不同的'小说之道路。"①这段话也道明了法国福楼拜的自然主义创作对陈瑞献的吸引力,这样我们就能明了1960年代陈瑞献小说中的自然主义倾向源自何处。纵观陈瑞献的小说创作,其主题的选择和写作手法的形成有两个重要原因:

第一,他受20世纪上半期西方现代主义,特别是五六十年代西方盛极一时的法国新小说派的影响。新小说派认为,20世纪以来小说艺术的发展已处于严重的停滞状态,其根源在于作家受到传统小说观念的束缚,墨守过时的创作方法。因此,新小说派主张摒弃以巴尔扎克的作品为代表的现实主义小说的写作方法,从情节、人物、主题、时间顺序等方面进行改革。新小说派同时认为,传统现实主义小说中惯用的语言也必须彻底改革,因为这些语言由于长期重复使用已变为"陈套",失去了表达现代人复杂多变的生活的能力。与陈瑞献同期的作家蓁蓁指出,陈瑞献的早期作品中有着这样那样的西方文学经典的影子,如《不可触的》与卡夫卡的作品存在相似点。以陈瑞献早期代表作《平安夜》(1964)为例,这篇小说以黑社会流氓红鹰及其手下何霸、黄狗等底层人为描写对象,其中的一些故事情节和日常生活描写,都带有浓厚的自然主义色彩,包括底层人的日常生活、流氓与妓女的醉生梦死、黑社会之间的内斗等等。如"露露径自把酒、烟、杯子等等都提了过来,接着,她心细如尘地斟着,调着,又擦亮了火柴,把大减价的爱情点在酒客的烟端上。露露的工作这么简单,也这么复杂。她左闪右闪,避过何霸额前的疤,张四粗的青蜥蜴,以及那只随时都会啄食她的肝脏的大苍鹰。露露必须打情骂俏,无视于地狱的火炬,无闻于天堂之门传来的落锁之声。哈里路亚,露露活着。她也常常说她有一条灵魂,灵魂就是生命"②,再如"她从后殿出来,带着一身香气,并且把他的一对随她溜进浴室的眼睛带回来套进他的眼眶里。她肩上的八哥的怪眼,使他重新见到他手持一对长剪跪在医院的浴室里剪着一团发臭的烂肉的景象,剪刀剪的其实是不断血流,而烂肉永远剪不断。白发老者态度休闲地走开,一间小小的亚答茅舍下几个带绣金红头饰的男人在烧烤羊肉,人造云里边的氢气膨胀着,药味弥漫,老头看

---

① 陈瑞献:《法国新小说》(1971年2月12日),《陈瑞献文集》,新加坡:新加坡新闻与出版有限公司1983年版,第38页。
② 牧羚奴(陈瑞献):《牧羚奴小说集》,新加坡:五月出版社1969年版,第8页。

去像是个朱红的胎儿"①。之后的小说中的自然主义色彩更加明显，如"一切都太可怕了，一切昏眩。一切都是脏的，包括在神龛中那尊慈母像。一个盛着清水的杯子，净洁得像是空的，并没有液体盛在里头，杯底慢慢爬出一只蛆虫，也长出两个人的鼻孔，蛆虫钻出一个鼻孔，从另一个鼻孔钻出来，清水的表面开始生起涟漪，清水越来越浓，最后变成浆糊，蛆虫爬动困难，蛆虫的呼吸形成小小的气泡，气泡一个接一个破裂，一种排泄物的气味只贯入她的肺叶"②。这些对底层人生活的描写在1960年代新华文学中实属少数。

　　值得一提的是，陈瑞献的小说中有很多欧化语言的运用，例如："他们像落难的政客，像在东瀛岛上辗转的浪人，侬靠在另一扇门墙。面包、烟、洗衣费，黑色人物黑色的面具，弟兄们喂吃角子老虎的硬币等等，把一家之主的红鹰锻炼得非常精于经济和财政的问题。但五百多元的收入，一天至少十多元的开支，实际情况并不良好。曾几何时，红鹰才当去了手表，凑足一笔律师费，请那个以法纪为食粮的先生，为自己一位蒙冤的朋友，雄辩地说出几句肺腑真言。圣诞节前夕，美丽的心惦记着美丽的人，礼物包上的红彩带比耶稣的血还要刺目。六十年代的天堂有过剩的星，地上也星光簇簇，哲人与先知因而目眩，分辨不出纵横错杂的现代的光之轨迹。"③再如"这个时候，如果我们的圣人把近视眼镜戴好，他必须清楚地看到许多斧斤也锤不碎的最人性的泪珠，并且在那副脂粉也盖不尽恶臭的身上，拣到了许多在经论上永远拣到了的孝道。一个酒吧女郎，可能也不是露露，把张三弄得神不守舍，打碎了所有的杯盘，谁能怪张三的如夫人兴师问罪，目之为魑魅？"④这些欧化语言在小说中的运用使得他的小说让人读起来磕磕绊绊，不过，这种阅读上的"障碍"使得他的小说别有一番风味。

　　他小说中的自然主义式的描写并不回避肮脏龌龊的画面。例如，《白厝》(1967)揭示了受麻风病折磨的皮老头所面临的生活和精神上的困境；《老二》(1967)则生动地描写了两个小男孩一天中的原生态生活；《不可触的》(1969)中的病态儿子总是想用死猫、母猴捉弄他人等。这些小说中不仅有对黑社会生活、麻风病症状、糜烂的妓女生活、小男孩屙尿、哑巴的阳具、流血的乳房、妇女分娩的血腥过程、膀胱内晃荡的尿液等的逼真描写，还有对人与人之间的无爱状况和原生态的现实生活的如实呈现，这些都充分体

①　陈瑞献：《水獭行》《陈瑞献小说集》，新加坡：跨世纪制作城1996年版，第163页。
②　陈瑞献：《水獭行》《陈瑞献小说集》，新加坡：跨世纪制作城1996年版，第171页。
③　陈瑞献：《平安夜》《陈瑞献小说集》，新加坡：跨世纪制作城1996年版，第9页。
④　陈瑞献：《平安夜》《陈瑞献小说集》，新加坡：跨世纪制作城1996年版，第13页。

现了陈瑞献所践行的自然主义手法。此外，值得一提的是，这些小说中也融入了意象描写、象征隐喻等西方现代主义文学技巧。以标题与内容之间的隐喻效果为例，"异教徒""针鼹""海镖""水獭行"等，无不透露出西方现代主义文学对异化人的主观意象书写的艺术精髓。

纵观陈瑞献的小说与诗歌创作，其中很多作品体现了佛教对他的明显影响，这是其形成其创作特色的第二个影响因素。陈瑞献回忆自己最早的佛学因缘："我生活创作最主要的思想引导是佛学，它的启蒙也在华中。第一次看到释迦牟尼的伟大是在郑安仑校长为一本特刊写的刊首语中。像他把我带进华中那样，老校长给我种下最早的学佛因缘。第二次是在王卓如老师的历史课中，他讲到世界几位大宗教的创始人时提到悉达多王子，说悉达多王子为了探究人为何有生老病死，抛弃王位家庭去苦行等事，我至为感动，心想世上竟会有这样了不起的人，而他一生的言行又是什么呢？我便去图书馆借来一部《佛学概论》，在数学课偷偷读将起来，结果给叶文祺老师逮到，他抢去我的书，用书敲打我的头骂道：'怎么，你想去当和尚？'和尚不敢当，'野竹上青霄'更不是我杜撰，那是杜甫的创作。"①1973年开悟后，陈瑞献深入禅静4年，于1977年，在朋友的催促之下恢复画画与写作。陈瑞献后期作品中的佛学意境是很明显的。一方面，他从1964年到1972年所写的小说，触及的几乎都是生活的阴暗面。早在1966年他就发表过自己对佛教的接触和感悟："在西方，叔本华（Schopenhauer）那张被众苦割裂的脸，仍旧凹凸着自了汉迷惘；尼采（Nietzsche）宣布万能者的死亡，但，他的'超人'像断了线的风筝；近代科学的手已无情地扭断神的胳膊；二十世纪愤怒青年的燥郁，迷失的一代无以膜拜；罗素（Bertrand Russell）的白发满是原子烟尘，而卡缪（Albert Camus）的肺叶仍然沉淀着战火的灰烬；烦闷、困难、彷徨，累积成卡夫卡（Franz Kafka）的个体分裂在河之两岸而意识完全虚脱似的悲剧世界。……妄执需要法药，犹之苦海需要慈航；而八正道与负奥美加（Omega minus），禅的直观与现代文艺，因明与逻辑的并行等，在在说明佛学的再壮大，将与人智的发达成正比。"②这段话可作陈瑞献小说中地狱般的苦难生活的一个注脚。另一方面，在他1970年代的作品中也出现了对佛

① 陈瑞献：《野竹上青霄——记华侨中学几位师长的教诲》(1999年5月12日)，转引自杨志鹏编：《蜂鸟飞：陈瑞献选集》，北京：中国文联出版社1999年版，第56页。
② 陈瑞献：《〈贝叶〉刊首语》(1966)，转引自杨志鹏编：《蜂鸟飞：陈瑞献选集》，北京：中国文联出版社1999年版，第107—108页。《贝叶》(Pattra)为南洋大学佛学研究会出版之佛学年刊，创刊于1966年，陈瑞献为其主编，本文为发刊词。

教意象的借用。最早的应该是《竹杖子》（1972）和《内空之旅》（1972）中对《般若波罗密多心经》中"色"与"空"的套用。《竹杖子》中只是嵌入式地加入一点佛教意涵，如"我跟一个从艺者谈艺术。他说：一张图是要你一看就了解而后说出最少的话，一幅画则是要你千般诉说语言不尽。所以教士、农夫、政客、学生等处均有诗作，这种艺术，称为 Thank art。我一直看不清楚 thank 字的写法，几经他复述，才明白那是道谢之意。总之，这是我第一次听到的艺术论"①。《内空之旅》非常明确地把人间的各种欲望归到一个小说人物身上，如玛莉·贞（妖艳酒女）、玉女（按摩女郎），小说通过呈现怪诞情节和人物不断的自省与追问，最终展示出主人公的"内空之旅"，《心经》里观自在菩萨对"空"的领悟不谋而合。

　　佛教意境和典故是陈瑞献诗歌创作的重要资源，可以说正是对这些元素的化用提升了他的文学地位。以《拈花者》（1965）为例："一株含笑的悲草／值此圆月照着圆月／值此非花之花降自天风的柔袖／谁以如许贫瘠的泥土种我／叶舌苦渴，在十七月／我是爱净水的莲子／陷于凹瘪莲心，而睡莲犹睡／值此千叶俱合十／莲外的莲灯红如红莲／我仰望，你的仰之弥高的金容……看尊者远去的脚印／一切俱澄明，看轮回的轨迹浮动／他走向来的净室，去的净室／走入你的爱心里去涅槃／而大孝子亦隐入你的腹中／你且要人人忍辱／去开辟野蛮的乐土／在美丽的珈蓝美化你的弘音"②。另外，"佛说一切有为法，如梦幻泡影／如露亦如电，应作如是观"③"管他是风动还是幡动／管他铃响还是铃声响"④"存在和茫然／任何存在，自成无望的终结"⑤等诗句都有着那种挥之不去的佛教色彩。

二、跨越两地：新马编辑生活和榜样作用

　　从 1969 年 8 月号《蕉风》第 202 期开始，陈瑞献出任《蕉风》的编辑，当时其他三位编辑是姚拓、李苍和白垚。在第 203 期中，《蕉风》编辑部公布了这个消息："我们决定自这一期起，将编辑人的名字刊登出来，表示我们负责的态度。编辑人在自编的刊物上刊登自己的名字，被人误会是难免的了，但我们说过，我们实不必作虚假的谦逊，要勇于呈现，勇于负责。上一期是姚

① 陈瑞献：《竹杖子》，《陈瑞献小说集（1964—1984）》，新加坡：跨世纪制作城 1996 年版，第 183 页。
② 牧羚奴：《巨人：牧羚奴诗集》，新加坡：五月出版社 1968 年版，第 34—35 页。
③ 牧羚奴：《巨人：牧羚奴诗集》，新加坡：五月出版社 1968 年版，第 58 页。
④ 牧羚奴：《牧羚奴诗集》，新加坡：五月出版社 1971 年版，第 1 页。
⑤ 牧羚奴：《牧羚奴诗集》，新加坡：五月出版社 1971 年版，第 28 页。

拓和白垚编的,牧羚奴和李苍从旁帮了不少忙;这一期起,我们约了牧羚奴和李苍参加编务,希望以后,能约到更多的作家为蕉风的编务努力。"①并且在当期刊登了牧羚奴《鸡尾上》、英培安《夜行》、牧羚奴《组屋》三篇作品,新加坡作家自此登上马华文坛。编者言:"细心的读者,当会发觉,这一期的蕉风和以前的有什么不同,一个有生命的杂志应该是动态的,在动态中蜕变,在动态中向前。这一期的作者名字,表示蕉风是在动态中;这一期的作品,表示蕉风是在动态中;这一期的编辑风格,表示蕉风是在动态中。"②该期也同时介绍了陈瑞献这位新晋编辑:"牧羚奴的创作态度是既严谨而又勤奋,读者可以从他的作品中,读出他的功力,也可以发现在他的笔下,题材接触面的广和深。他除了写了一首诗一篇小说外,还设计了这一期的封面几幅作家造像,和两张精彩的标题设计。在下一期,他将为读者们译出一些有关马来现代诗人拉笛夫的作品。"③陈瑞献从第 202 期到第 300 期,都在参与《蕉风》的编务,一直到第 301 期才退居《蕉风》幕后。④ 除了编辑活动,《蕉风》在某种意义上,也可看作是陈瑞献的宣传阵地,如《蕉风月刊》1972 年 12月号第 238 期发布一则消息,实为替陈瑞献做宣传:"本刊编辑人牧羚奴(陈瑞献),定于一九七三年一月十九日,在星加坡国家图书馆举行画展,由法国驻新加坡大使傅利洛先生主持开幕,本期的封面画即为展出作品之一,此外,我们还选了另三幅画刊出。本期另刊出他十二首最新的诗作。"⑤另外,像"牧羚奴小说专题"(第 211 期)、"牧羚奴作品专号"(第 224 期)、"诗专号"(第 292 期)、"陈瑞献纸刻展专题"(第 317 期)、"陈瑞献专号"(第 332 期),都是整期整版地刊登陈瑞献的作品。统计 1969—1979 年的《蕉风》,陈瑞献(除了上面所列的专号专辑)刊登了各类型作品共 63 篇,包括小说 5 篇、诗歌 37 篇、散文 4 篇、访谈 7 篇、寓言 1 篇、评论 2 篇、翻译 2 篇、封面设计 5 幅等。

纵观陈瑞献编辑《蕉风》的表现,他最大的贡献是为新马文坛提供了世界视野,将当时在西方方兴未艾的现代主义带入新马文坛,使得新马文学的面貌焕然一新。"我的视界,不是整个世界,你的视界,不是整个世界,他的视野,不是整个世界;只有一些自我狂妄、自我中心、自我局限的人,才会以

---

① 编辑室:"风讯"栏,《蕉风》1969 年 8 月号总第 202 期,第 96 页。
② 编辑室:"风讯"栏,《蕉风》1969 年 8 月号总第 202 期,第 92 页。
③ 编辑室:"风讯"栏,《蕉风》1969 年 8 月号总第 202 期,第 93 页。
④ 李苍(李有成)说:"我在时大家合作编《蕉风》是义务的,陈瑞献没有领取编辑费。他在组稿方面也费了很大心力。"笔者与李有成 2014 年 8 月 19 日的通信。
⑤ 编辑室:"风讯"栏,《蕉风》1969 年 8 月号总第 238 期,第 93 页。

自我的世界为别人的视界。"①陈瑞献是外文系出身，在语言上很有优势，精通法语、英语、马来语、泰米尔语。这段时期牧羚奴翻译的作品有：叶夫杜星可《巴比牙》（诗歌，第 203 期）、艾略特《多风之夜狂想曲》（诗歌，第 205 期）、里尔克《里尔克诗五首》（第 205 期）、沙姆尔·毕克《结局》（剧本，第 207 期）、尼金斯基《尼金斯基日记——生命》（日记，第 210 期）、《尼金斯基日记——死亡》（第 213 期）、《尼金斯基日记——感觉》（第 214 期）、《拉笛夫诗选》（第 220 期、第 241 期）。这种世界眼光是非常难能可贵的。

第三节　五月诗社多元的艺术实践：淡莹《失魂》

新加坡五月诗社于 1978 年 10 月 21 日申请注册成功，倡议成立者有南子、谢清、流川、文恺和喀秋莎等诗友。1984 年，《五月诗刊》创刊，2006 年停刊，2014 年复刊（不定期出刊，截至目前共出版 44 辑），本节仅以 1978—2006 年五月诗社的文学活动和文学创作为研究对象。《五月诗刊》成立的目的是："一、让社员有个固定的园地长期发表创作，提高大家的生产力；二、可以借诗刊与国外诗坛联系，作诗艺上的交流。"②复刊号上，郭永秀这样总结五月诗社的宗旨：发扬现代诗艺术；推广华语、华文；出版诗刊、团结诗友、提供创作平台；不分门派，认真创作；互相交流、切磋诗艺、提高诗的质量。③诗社成员包括 1960 年代登上诗坛的王润华、淡莹、文恺、流川、谢清、南子、林方、贺兰宁、蔡欣等，1970 年代登上诗坛的梁钺、林也、郭永秀、刘含芝、华之风（蔡志礼）、希尼尔、董农政，1980 年代登上诗坛的郑景祥、洪振龙、黄桢琇、林丽平、淡秋、伍木、黄广青、采凡音、奔星，2014 年复刊后加入的周德成、学枫、刘瑞金、林得楠、伊蝉、林锦等人。至 2006 年前，历任社长分别是：淡莹（1984—1986 年），文恺（1987—1988 年），林方（1989—1990 年），华之风（1991—1992 年），林方（1993—2006 年）。《五月诗刊》停刊前，共计出版 39 期（复刊后不计），从 1984—1989 年，每年出版 2 期（1 期—30 期），1999 年出版 1 期（31 期），2001 年出版 2 期（32—33 期），2002 年出版 2 期（34—35 期），2003—2006 年每年出版 1 期（36—39 期）。另外诗社还编有"五月文丛"，包括个人诗集谢清《鹤迹》（1979）、文恺《草的行色》（1980）、王润华

① 编辑室："风讯"栏，《蕉风》第 205 期，第 95 页。
② 《编者手记》，《五月诗刊》1984 年 5 月创刊号，封四。
③ 郭永秀：《五月的天空——在第 7 届东南亚诗人大会上的发言大纲》，《五月诗刊》2014 年 2 月总第 40 期，第 146 页。

《橡胶树》(1980)、南子《苹果定律》(1981)、贺兰宁①《音乐喷泉》(1982)、林方《水穷处看云》(1982)、郭永秀《掌纹》(1984)、林也《彩色分析》(1984)、梁钺《茶如是说》(1984)、蔡欣《感怀》(1988)、郭永秀②《筷子的故事》(1989)、希尼尔《绑架岁月》(1989)、华之风《月是一盏传统的灯》(1992)、郭永秀《月光小夜曲》(1992)、淡莹《发上岁月》(1993)、伍木《十灰》(1994)、梁钺《浮生三变》(1997)、伍木《等待西安》(2000)、《伍木短诗选》(2003),集体创作的诗歌合集《涉江》(1979)、《五月现代诗选》(南子主编,1989)、《佛教新诗选》(1990)、《五月乡土诗选》(1992)、《五月情诗选》(1998)等,论文集《南子评论集》(2003)等。

除了出版作品之外,五月诗社还以多种多样的活动形式展示现代诗歌的魅力,举办了一系列有声有色的活动。(1)筹办文艺晚会。如1984年与写作人协会及青年协会合办"唐诗之旅文娱晚会",以不同的形式表现古典唐诗的内容和意蕴。(2)开办"诗歌讲习班"。如1985年6月与晋江会馆开办第一届"诗歌讲习班",旨在培养更多的文学新人,课程结束后还出版了《诗的新苗》,收录40位学员的82首诗。(3)出版配乐诗朗诵音带。1985年创作新诗朗诵带《五月诗韵》,1988年又出版《五月诗韵之二:另一种声音》。(4)主办"新诗朗诵会"。1985年、1986年、1988年主办"新诗朗诵会",除了本社社员和本地文学爱好者之外,也邀请中国和马来西亚的诗人、学者参加,包括痖弦、余光中、慧适等人。(5)在报纸副刊上推出"五月专辑",包括本地的《星洲日报·世纪风》《南洋商报·文林》《南洋商报·写作人》《新明日报·城市文学》以及菲律宾《世界日报·诗》等。(6)积极参与其他文化社团的活动。1987年新加坡宗乡会馆联合总会与报界、文艺团体、初级学院及学会组织联合主办"文艺节",举行大型文娱晚会"青春浪花"。

一、华族身份的寻根与认同

知识分子精神坚守是五月诗社的重要精神追求。如南子《狂士日记》(1979):"嗟,管他诗人一斤值几何? /'科学方法'又能卖几文? /诗为娱乐也吧,为大众也吧/吾一卷烟,一盏茗/制造一斗室氤氲/月色任他碧/吾鬓任他斑/吾额任他随岁月而山峦起伏/管他文坛兴衰/'盟主'如草芥/新苗的墙

---

① 贺兰宁(1945—),祖籍广东潮安,生于马来西亚马六甲,中学教师,曾任职新加坡课程发展署佛学编写组。五月诗社、南洋诗社创办人。

② 郭永秀(1951—),祖籍广东澄海,1960年代末开始写诗,1983年出版第一部诗集《掌纹》,1989年出版诗集《筷子的故事》。

草/攀龙去也，附凤去也/又与吾何干？/吾左手夹吾之才气/吾右手夹吾之傲气/落笔为云，顿笔为雨/摇笔立成满纸空灵/吾写诗，管他平庸乎/既不需他人之青照/亦不需他人之评头品足以沾沾自喜兮"。① 南子《都市人感觉》（1996）："阅读时/我是一株树/双足扩展成无数的根须/在良师益友缺席的年代/与典籍交谈/向古人吮吸乳汁，然后沉思/头上长出青青叶片/每一枚叶片如天线/谁能接受我发出的信息？//然后，我沉睡成/一粒不言不语/不听不食的/石子/以自己的作品/抗拒时间的风蚀"。② 鲁迅常常被奉为精神偶像，如王润华《访鲁迅故居》（1985）："下午五点/在静谧的虹口公园/我终于找到鲁迅/他沉默的安坐在园中的石椅上/草木都枯黄了/只有他身上的绸袍还是那样绿"。③

展现华人身份的自我认知也是五月诗社重要的写作特点。如希尼尔《或者龙族》（1980）："有一种创伤/我们几乎遗忘//有一块文化/从我嘴边流放//身长五千，有一条龙/在历史的激流里靠边站//有一片月光在未来的日子/不更肤色//有一口乡音，浓浓/不再江南//下一回，你我相遇，哈哈拱揖/在鬓发苍苍的岁月里//该用哪一张面具？"④

五月诗社长于塑造经典的古代知识分子形象，如屈原形象。例如，南子《水祭》（1989）："日落蒙汜/万千星宿森然罗列/亘古未变的位置/夜的黝黑/恍如左徒心中/不可丈量的忧伤//王啊王/一朵若软的耳/为郑袖润湿的唇舌而轻启/（枕畔的温馨温柔一如秦国的陷阱）/上官大夫的涎滴甜如蜜汁/张仪的舐舌闪吐/靳尚双目通红的贪婪/令尹子兰是摇摆不定的蔓茅/泽畔/兰芷憔悴的身影//怀瑾握瑜/帝高阳之苗裔/以清澈的双目/对抗整个时代的黑暗/宁可朝饮木兰之坠露/夕餐秋菊之落英/也不愿成为举世混浊中的一点油垢/泽畔的鱼龙/一齐昂首悲歌/怀王呀，你的昏蒙/汉中地已易换秦的旗帜/所有的兰芷、留夷、杜衡/都萎绝不吐芬香//宁赴长流/唯有清冷的江水/能洗涤悲愤绝望/腰际寸寸高涨的水位/吞嚼魂魄/成为一股泥泞的烟霭/仿佛听到渔父惊惶的奔跑/众多船桨划破寂静江面的声响/大夫呀大夫，你在哪里？/龙蛟呀龙蛟，你的血盆大口/不要把他的尸首咽吞//蛰醒江龙/捞起鱼虾/江畔，一卷遗落的离骚"。⑤ 如淡莹《诗魂》（1984）："三闾大夫显

① 五月诗社：《涉江》，新加坡：世界书局 1979 年版，第 40 页。

② 南子：《都市人感觉》，《五月诗刊》1996 年 12 月总第 26 期，第 104 页。

③ 南子主编：《五月现代诗选》，新加坡：五月诗社 1989 年版，第 20 页。

④ 南子主编：《五月现代诗选》，新加坡：五月诗社 1989 年版，第 65 页。

⑤ 南子主编：《五月现代诗选》，新加坡：五月诗社 1989 年版，第 112 页。

赫的身世/包裹在重叠的竹叶里/脉络分明,密实饱满/从汨罗江流至江北江南/流至二千多年后的今日//绳子解开,叶子揭开/我双手捧着的/是一出有棱有角的历史悲剧/掌纹中隐约传来/深沉急促的鼓声/咚、咚、咚咚咚/击散所有水族的魂魄/击落楚国的猎猎旌旗/击痛无数翘首仰望的眼睛//肝胆可以映照日月/情操可以印证山河/饮露餐菊之余/问了天,问了地/仍有许多吐不完的牢骚/乃行吟泽畔,任/潮水如谗言/及膝、及腰、及肩/淹没一颗被放逐的头颅//水底的诗魂,不管/你是否涉江而来/我都飨你,以微温的雄黄酒/且趁着斜阳未下/人尚未酩酊/焚烧此三十行/成灰烬"。① 如流川《魂兮归来》(1989):"你那纫蕙的形象/素撷江离/薜荔的落芯/以芰荷为衣/以芙蓉为裳/以一众芳芷作/终身伴侣//人世间,椒椴蔓行/蛆集着的萧艾/像横行公子/不断侵袭条条康庄大道/而蒉,而绿,而菇/一代又一代/恒在繁殖/使你早生华发//于是,你那广树宿莽的诗魂/把留夷植成九畹/把杜衡载成百亩/使之峻茂/使之缤纷/而一小撮的申菌/使之血贫/使之枯萎//于是,你那云中君的洒脱/朝饮坠露/夕餐落英/并不执着于/扼腕或掩鼻/并不耽忧于/火喷或油烧/而怀拥着千卷万卷/坐化自己//历史的秒针/滴滴旋转/多少英雄人物/不如一币现实/千年以前,你是硕果仅存的一人/千年以后,你还是硕果仅存的一人/举世混浊/唯你独清/魂兮归来/魂兮归来兮"。② 有些诗歌生动描摹了盘古的形象,如董农政《盘石》(1979):"谁愿睡在这混沌里/我的意念飞扬九万里/从难旦的噩梦到板斧的战栗/变成孤独的眷顾/发飘在手上端,沸然唤起星宿的名字/右眼,月亮哗然,覆盖忧郁的笑容/左眼,一颗毒誓怒放,看热红的红河澎湃成永恒的绝响/从此我生于花木,花木生于我肤发/四极五方成了一尊尊的沉思/释放一次又一次的雨露和甘霖/然后陨星般午入梦里/不再回眸,天地已入定/留下不败的尸身/传说天狼的/血泪"。③ 有些诗歌抒发中秋节之感,如华之风《挂一枚月亮在家中》(1988):"挂一枚月亮在家中/好让照过历史兴衰的清辉/也俯视书架上那几册/面容枯槁的线装书/映一映遗民们/不忘前朝衣冠的情操"。④ 这些都是东南亚华人作家寻根之旅的重要文学表现。

① 淡莹:《诗魂》,《五月诗刊创刊号》1984 年 5 月,第 3 页。
② 南子主编:《五月现代诗选》,新加坡:五月诗社 1989 年版,第 138 页。
③ 五月诗社:《涉江》,新加坡:世界书局 1979 年版,第 45 页。
④ 华之风:《挂一枚月亮在家中》,《五月诗刊》1988 年 10 月总第 10 期,第 34 页。

二、本土风物与现代都市的书写

五月诗社诗歌中不乏现代意象。如简笛《旧店屋·新高楼》（1979）："佩了百年的尘垢／仍然裸得褴褛／剩下的风姿／已零售给珊顿道／／那天清早／悬在吊车上的巨石／以轰然／把它敲成无声的历史／／之后／水泥就沿着钢骸／高耸／向云／向十五哩外的来船／画出新的海岸线／／而后／左邻的主妇一早／就抱怨摩天楼掷下／黑湿湿的影／／也传说中午有／迟来而不入窗槛的太阳／等尽了黄昏／仍然没有买旧货的／加浪古尼／和顽童聚众的喧嚣／抬望眼／邻居在云里／高得晕／只有那道早被踏滑了／的后巷／已宽身／直腰／迎六辆风驰的／高速／奔向现代"①。流川《组屋电梯》（1989）："地平上／一座拆云的举起／上上下下／他是不断的在／上上下下／／赤色的壁饰／音乐，爱，以及／大小朵的桃形／而那起化学变化的／更窒一室闷悒／／那高高的居民／靠他赶上光速／攫住金钢碗／一种必然的程序／植根于／快捷的脚程／一层驿站，就有／多趟的呼唤／仅只一次的／突然开口／就有无数的拥挤／涌出涌进／／在行程途中／他猛地遇害／而无色的脸谱／正隐隔着，一重／难见鼻尖的世界"②。梁钺《现代村落——题五房点式组屋》："是现代的村落／是应该拔地而起／起二十五层之巍峨／巍峨成一多孔的蜂巢／／九十六户占据四个方向／分享每天的落日与旭阳／上下岂止两条路／来往不出四色人／／马达车笛依稀可闻／电视播音声息相通／任是几重锁也锁不住共有的空虚／不同的窗户迎来不同的神佛／／麻雀八哥偶然到访／惊见桌上牌战正酣／惟见三两盆栽／竞相弄姿作态／笑对窗里窗外／彩衣飞扬"③。伍木《城市》（1988）："城市从甜梦中晨起醒来／黄色街灯揉着睡眼惺忪睡去／走廊上众排日光灯睡去／屋顶那颗红色夜间飞行警告灯睡去／夜晚霓虹在太阳升起后暂停营业／／播种组屋，五年一次翻新／硬质土地上，打桩声迫不及待地响起／碎路器赶着前来合唱／诸灯乍熄，树枝上的小鸟未曾展喉／急急的声响长长的声波已被重重地切肤而入／／那边厢印族同胞击鼓而歌／联络所一隅，有人正和城市主调抗衡／为一种名曰亚洲文化价值的东西／在大清晨／做最后的力挽"④。

五月诗社成员也抒发都市中现代人的都市情感，如杜南发《思念》（1979）："而思念，总在深处／升起如雾的脚步／若远处的灯火／传来你动人的

---

① 五月诗社：《涉江》，新加坡：世界书局 1979 年版，第 14 页。
② 南子主编：《五月现代诗选》，新加坡：五月诗社 1989 年版，第 142 页。
③ 南子主编：《五月现代诗选》，新加坡：五月诗社 1989 年版，第 161 页。
④ 伍木：《城市》，《联合早报·文艺城》1988 年 12 月 8 日。

暖意//我只想知道,这一度/你的消息,究竟/是不知名的花香/还是支忧悒的曲子?"①还有都市化进程中都市人的生存状态,如对现代都市人面临的死亡之后,土葬改为火葬的变迁。如郭永秀《公墓》(1986):"想抱着石碑/静静地沉思/静静溺入当年的记忆里/来时,不见山不见树/也不见山坡上弯弯的小路/只剩下迷途的风/还在这些新开的大路上/打转,因找不到旧日的门户/而轻轻呜咽/扫墓,已成了/昨日的故事了/也不必担心/横行无忌的荒草/会把那些烫金的字迹/淹没。只是——/手中这束焦急的白菊花/该搁在何处?//最后,只能跟着/大牌、号码/找到这间狭小局促的/一房式//——她知道我来吗?她知道我来吗?"②梁钺《要拆,就让他们来拆吧——题国家图书馆》(2002):"你庇荫多年的李白、杜甫/还有左拉和福楼拜/他们各有各的归宿//……走下台阶/我忍不住回头看你/在火辣辣的车声中/你横卧着/如一具等待解剖的干尸/要拆,就让他们来拆吧/思古并非绝症/只几块红砖/就能治愈"。③

五月诗社更热衷于参与对南洋历史的建构,如柔密欧·郑《过英雄河——泗水》(1979):"枫叶的血　就在城外流干/一堆白骨却在冷夜里凝结/始知静止的是时间/而一乘马车走过/人们在行李中遗忘/昔日　那力挽乾坤的英雄/惟笑爪哇的木偶人/在受操纵的岁月里/竟把亚蝥山忆成是独立的火焰//依然是那一列丹绒/把历年的银/搬到玛朗市去沁冷/而玛朗市的那一边/却有美在气骨的瘦劲的竹//从旱沙扬起的泗水/一跃而至嘉威的最高峰/只缘身在菩提下的/全是非僧的俗弟子众/惟心如一颗红毛五月丹/宁愿滑入冷峭情景/不啖荔枝　不食橄榄/只诚诚恳恳/求佛化生涩为枯淡//抹不掉的黄昏/苍茫里有一湖静泊/且借星光于枯枝上/试探夜百合摇响空山/而一管钓竿/尽可惊动智慧的众鳞/然而却引钓不出/唐山的潜龙"。④ 南子《华文书展》(1986):"一双双讨债的眼睛/在窥视,在交换眼色/说:所有龙的后裔/都涌向小小的空间/补充精神的燃料//那种文字,传自唐以前/汉以前,当鸟兽以足爪/印在湿软的泥土/在仓颉的思考后形成/一种传播信息的符号//然后,有人视它为耻辱的表记/认为在科技的时代/它应该是矿物的化石/在洋人的嘲笑声中/成为历史的灰烬//多少不眠的夜晚/多少执笔的人/执持着一份固执/一点一撇一捺写下/令人热泪盈眶的/字形

①　五月诗社:《涉江》,新加坡:世界书局1979年版,第41页。
②　郭永秀:《筷子的故事》,新加坡:七洋出版社1989年版,第68—69页。
③　梁钺:《要拆,就让他们来拆吧》,《五月诗社》2002年5月总第34期,第40页。
④　五月诗社:《涉江》,新加坡:世界书局1979年版,第16页。

熟悉的,声音熟悉的作品"①。还有对新加坡国家象征——鱼尾狮的介绍,如梁钺《鱼尾狮》(1984):"说你是狮吧/你却无腿,无腿你就不能/纵横千山万岭之上/说你是鱼吧/你却无鳃,无鳃你就不能/遨游四海三洋之下/甚至,你也不是一只蛙/不能两栖水陆之间//前面是海,后面是陆/你呆立在栅栏里/什么也不是/什么都不象/不论天真的人们如何/赞赏你,如何美化你/终究,你是荒谬的组合/鱼狮交配的怪胎//我忍不住去探望你/忍不住要对你垂泪/因为呵,因为历史的门槛外/我也是鱼尾狮/也有一肚子的苦水要吐/两眶决堤的泪要流"②。还有的诗歌反映了1980年代华校生对中华文化被边缘化的失落、哀伤和愤慨的心情。如贺兰宁《鱼尾狮》(1975):"披鳞的鱼尾狮,在海湄/这海湄曾有米字旗的舰队/曾有工作时不忘谈论的华巫族人/谈论那燕尾装扮的蓝眼绅士/而后是太阳旗下扬起弹火枪声/而后族人用香蕉钞票去买卖血泪//卷尾的鱼尾狮,在东方/东方的白人坐在总督府里/东方的印度族站于胶林中/码头上的华族商人为底盘争执/住浮脚屋的马来人吃捕来的鱼/此后是失圣诞岛的悲剧/卖国土的卷银人依然逍遥//健壮的鱼尾狮,海嚷嘲哗着/过海峡,入联邦/游去再游回/国人惊讶的第一个八月九日来了/没有火菊开上夜云/虽然有些令人伤感//企立的鱼尾狮,立向七海/年兽已再跨越十重日子的高栏/当驾坦克的卫护者/荷枪的国人已去守望/非鱼非兽的变体族类/在海啸地震环围内/会随时间成长"。③

五月诗社是在新马两国颇有影响力的诗歌社团,培养了许多青年作家。东南亚青年作家,如李国七、辛金顺、许维贤、陈志锐、黄浩威、郑景祥都曾经在《五月诗刊》上发表作品。"五月诗社在去年年底成立,半年来把活动的重点安置于出版丛书上。这本《涉江》实际是诗刊的化身,所以在编排上较期刊化……《涉江》所计的地域算是相当广……这次参与执笔的诗人约有30人……其中以20余岁的作者群为众,吴垠、潘正镭、杜南发、林山楼、张瑞星等人都是诗作生猛的年轻辈;孟仲季、简迪、梅淑贞、淡莹……诸人可说是新马诗坛稳健的诗人,他们的惠稿,使《涉江》的行列更具声色。"④而就现代主义诗风而言,"五月诗社重视艺术技巧的作风,反服务反浪漫的态度,与台湾地区自五十年代中半期开始的反直接抒情、反即兴、非逻辑、非浪漫,而主意

① 《联合早报·星云》1986年9月14日。转引自南子:《生物钟》,新加坡:七洋出版社1994年版,第98—99页。
② 南子主编:《五月现代诗选》,新加坡:五月诗社1989年版,第159页。
③ 贺兰宁:《音乐喷泉》,新加坡:泛亚文化事业1982年版,第32—33页。
④ 五月诗社:《涉江·编后》,新加坡:世界书局1979年版,第126页。

象组成,感性审美的'现代诗''创世纪''蓝星'等老诗社的作风非常接近,堪称受之影响"①。五月诗社立足于现实和历史的现代主义追求,使得五月诗人的诗歌创作有着包容、和谐之美。

① 许世旭:《台湾诗给新华诗的影响》,王润华、白豪士主编:《东南亚华文文学》,新加坡:歌德学院、新加坡作家协会 1989 年版,第 230 页。

第九章　传播媒介与文化的流动：
报刊整理、新谣运动、新加坡贺岁片的传播

　　报纸、文艺期刊、文学杂志展开和深入对东南亚的研究是非常必要的。杨松年在《南洋商报副刊狮声研究》序言中指出："《南洋商报》的《狮声》、《星洲日报》的《晨星》、《新国民日报》的《新野》《新路》《新流》《新光》、《星中日报》的《星火》、《总汇新报》的《世纪风》、《光华日报》的《槟风》，等等，是战前新马华文报章重要的文艺副刊，也是治理战前新马华文文学的学者不能忽视的环节。这些副刊，充分地表现了时代不同变化的脉搏，反映了不同社会情况中的编者与作者的心态。战前主要的文艺作者，就曾不同程度地在这些副刊中发表为数不菲的作品，因此，它们也是研究战前新马文学作者与作品的重要资料。……要撰写一部较为完整的战前新马华文文学史，要更好地分析战前新马华文文学作者与作品，势非深入和全面地分析这些副刊不可"①。

　　酝酿于中国文化传统之中的华人文化传统在 1980 年代末期迎来了一次"新谣"运动的辉煌。韩劳达感叹道："新谣从发轫到蓬勃，从青春生涩到成熟风姿，从本土抽绿到海外竞艳，应该在我国的音乐历史上留下记载。今天三十出头的人，很多都是在新谣的旋律中成长的。但再过三十年，新谣的记忆将随岁月流逝而褪去色彩，甚至因模糊而失真。如果那时候，或更远的将来，人们还从电台的怀旧歌曲中听到文福的歌，有几个人会知道那曾经是我们引以为荣的本土创作？"②可以说，在 20 世纪的东南亚地区的文学与文化生产体系中，华文教育、华文文学、华文流行音乐等都在那个华文衰落时代中挣扎。梁文福说："'华校生'这个名字谈起来好像一个历史名词。我的母校公教中学虽是传统华校，但是蛮注重双语教育，在'华校生'这个名字走入历史的时候，我们受到的冲击不是很大。在我的记忆中，比我们年长十多

---

①　杨松年：《序》，《南洋商报副刊狮声研究》，新加坡：同安会馆 1990 年版，第 1 页。

②　韩劳达：《编后语》，韩劳达主编：《写一首歌给你：梁文福词曲选集》，新加坡：八方文化创作室 2004 年版，第 298 页。

岁的华校生,或者是更早的华校生,我觉得他们是带有一点点时代的悲情的。不管是对于华文在社会上的地位下滑,或是因为教育媒介语的改变,他们不能够顺利升上大学,或是大学毕业之后,自己比较娴熟的语文在社会上比较无用武之地……他们有这样的感慨。所以我觉得那一代,就是比我们年长的华校生,对于华文的整个感情是很复杂的——那么深爱,有一种无奈,然后有一种失落感。我们唱新谣、写新谣的一代,也许介于一个交接期。我们还没有失去一个华文根基比较深的学习机会,我们小学和中学的华文基础还打得蛮稳的。……我们少了悲情这样一个包袱,我们就是趁着年轻的时候,想写什么、想说什么就尽情地唱,尽情地通过歌谣抒发出来。"①

第一节 报刊整理与马华文学研究:方修《马华新文学简史》

方修(1922—2010),原名吴之光,祖籍广东潮安。1938 年随母亲南来马来亚巴生和父亲团聚,在一间机器零件制造厂做工。1940 年到吉隆坡,做过商行学徒、《新国民日报》校对兼见习记者。1942 年日军南侵马来半岛,与友人南下新加坡。1 月,加入"星华文化界战时工作团"开办的文化青年干部训练班,接受有关抗日的文化宣传工作训练。1945 年返回吉隆坡,担任吉隆坡《民声报》记者。1946 年担任《中华晚报》记者。当年迁居新加坡,先后在柔佛、廖内群岛、新加坡等地担任小学教师。1951 年 2 月,受聘为《星洲日报》新闻编辑,4 月,创办并主持《星洲周刊》编务。1956 年任《马来亚新闻》编辑主任。每年为《星洲日报》新年特刊撰写一篇关于新马文艺的总结性文字,先后兼编该报《文艺》《星期小说》《青年知识》《文化》等副刊,一直到 1978 年底退休。1950 年代中期开始有计划地发掘和整理马华文学史料。1966 年到 1978 年曾任新加坡大学中文系兼职讲师,负责新马新文学、中国新文学及鲁迅研究等课程。1978 年底,从《星洲日报》退休。1980年主编新加坡文学双月刊《乡土》。1997 年创立热带文学艺术俱乐部,担任俱乐部的顾问。

方修曾经回忆自己的创作:"我所写过的东西,大体上可以分为三类。其一是三两种星马文学史的编述,如《马华新文学简史》《战后马华文学史初稿》。……第二类是一些有关本地文学历史现象的论述或文学活动的报道,如《马华文艺思潮的演变》《文艺界五年》等。……此外,就是一批杂感、短

---

① 邓宝翠主编:《新谣纪录片访谈集:我们唱着的歌》,新加坡:福建会馆 2017 年版,第 247 页。

评,以及少数序跋和记叙散文,如《长夜集》《沉沦集》《炉烟集》《两径轩杂文》等书所收的一些。"①而他对马华文坛最大的贡献就是他的马华文学研究。柯思仁曾这样评价:"新加坡华文文学形成一个大致上界线分明、性质具体的学术范畴,最主要的奠基者是文史家方修。方修从六〇年代初开始,先以文学论述建立以现实主义为宗的史观,再编撰出版大规模的《马华新文学大系》,以丰富文献的整理与评述加以巩固,成为半个世纪来研究新华/马华文学几乎不可回避的参照体系。"②而林建国则赞叹方修编纂文学大系之功:"《马华新文学大系》仿效了 1930 年代上海良友图书公司的《中国新文学大系》(赵家璧主编),不同的是方修的大系只有一个编者,贯彻的是同一文学史'作者'的意志。相对于《中国新文学大系》自我经典化的设计,方修的大系显得朴质,其文学史料的汇整功能大大超出任何典律的关怀。"③在那个资料散佚难寻,也没有电子数据库的时代,方修在故纸堆里爬梳的辛劳可见一斑。

东南亚华文报刊的历史,最早可以追溯至 1815 年由西方传教士创办的第一家华文刊物《察世俗每月统纪传》。两百多年来,东南亚地区的报纸层出不穷,林林总总,不计其数。1842 年,居住在马来亚的华人不过 1.6 万人。1860 年《北京条约》签署之后,海外华人人口迅速增长。1871 年,马来亚华人超过 10 万人,1881 年则超过 17 万人,1901 年华人人口超过 58 万人,1911 年华人人口接近 90 万人。1911 年至二战爆发,华人人口急剧增长,1931 年达到 170 万人。1957 年华人人口达到 350 万人,之后华人新移民数量逐渐减少。而这段时期,《叻报》《星报》《广时务报》《槟城新报》《天南新报》《日新报》《槟城日报》《南洋总汇日报》《南洋商报》《星洲日报》相继出现。据吴庆棠的统计,1945—1960 年,仅仅新加坡地区,就出现了华文报刊414 种(包括杂志、画刊等),是之前 100 多年的总和(163 种)的两倍还要多。④

一、方修的马华文学研究

方修对马华文学的分期问题进行了深入研究。方修曾经回忆道:"1957

①　方修:《前记》,《方修自选集(1955—1977)》,新加坡:新天书局 1988 年版,第 1—2 页。

②　柯思仁:《序》,刘碧娟:《新华当代文学中的现代主义》,新加坡:新跃社科大学新跃中华学术中心、八方文化创作室 2017 年版,第Ⅶ页。

③　林建国:《方修论》,《中外文学》第 29 卷第 4 期(2000 年 9 月),第 65—66 页。

④　吴庆棠:《新加坡华文报业与中国》,上海:上海社会科学院出版社 1997 年版。

年《星洲周刊》停刊后,有一天,艺术剧场的成员陈有操驾汽车载刘天凤和我到新山游玩,张清广就找出他所珍藏的一份战前的《南洋周刊》合订本让我带出新加坡,说是看看有什么可以整理的,并且声明这份合订本不十分完整,从旧书摊买来时便是如此。我说:不要紧,只要不再有什么损坏就好。于是得暇的时候,我就把它拿出来翻翻抄抄,写些史料性的文字,在《星云》等副刊发表——这就是后来出版的《马华文坛往事》和《马华文艺史料》两本小书的由来。……我对马华文学的整理也就由此开始。后来叶冠复送给我一批王君实的书信,黄科梅送给我几张《冯蕉衣逝世纪念特辑》,我都利用来撰写一点文学史料。接着,听说新大中文图书馆存在大批由莱佛士博物馆转移过来的战前出版的本地报章,我就和林徐典商量,问他有什么办法可以借抄其中的资料。林徐典安排了 1960 年的新大年假,即由 2 月放假以后到7 月开学以前,以他的名义向中文图书馆借阅这些报章,由我多找几个人去抄录……这就成了后来写的《马华新文学史稿》的基本资料。……《马华新文学史稿》写成之后,大约是在 1965 年年中。……1966 年年中,林徐典当了新大中文系主任,开了一门马华新文学的新课程,要我去兼课;如此一来,我的计划又改变了。我一面教书,一面把新大图书馆拍好的旧报章的显微胶片都看了一两遍,并且利用该馆刚刚购置的自动冲洗影印机,印出了几乎数以万计的照片。我把后期搜集到的这两三批丰富的资料全部用来编写教课讲义,这就是后来出版的《马华新文学简史》。差不多同时,为了学生需要一些原始资料作为课外读物和写作业论文,我又编了一些选本如《马华新文学选集》四册,《马华新文学大系》十册。接下来,刘天凤和左丁又各送给我若干战后初期的旧报刊,我又开始整理战后的资料,写了《战后马华文学史初稿》,以及进行编纂《战后马华文学大系》。截至我退休为止,《战后马华新文学大系》一共编了七册,但是后来只陆续出版了四册,出版商没有再来和我接触,编纂工作就中断了。"①

方修所整理的主要是马华文学前面 34 年的成果:战前 23 年(1919—1942),战后 11 年(1945—1956)。这 34 年可分为七个时期:一、萌芽时期(1919—1925),二、扩展时期(1925—1931),三、低潮时期(1932—1936),四、繁盛时期(1937—1942);五、战后初期(1945—1948),六、紧急状态初期(1948—1953),七、反黄运动时期(1953—1956)。② 他后来这样归纳,马华

---

① 方修:《文学·报刊·生活》,新加坡:仙人掌出版社 1987 版,第 114—116 页。
② 方修:《"失踪"的作家写过些什么重要的作品?》,《马华文学史百题》,新加坡:春艺图书贸易公司 1997 年版,第 68 页。

文学的分期："一、一九一九至一九二五年——马华新文学的萌芽期。二、一九二五至一九三一年——马华文学的扩展期。三、一九三二至一九三六年——马华新文学的低潮期。四、一九三七至一九四二年——马华新文学的繁盛期。"①后来他再次归纳，"（一）一九一九年冬至一九二五年中——马华新文学萌芽期。（二）一九二五年中至一九三一年底——马华文学扩展期。（三）一九三二年至一九三六年——马华新文学低潮期。（四）一九三七年至一九四二年初——马华新文学繁盛期"，同时他也认为其中还可以细分，如"一九二五年中至一九三一年底的马华新文学扩展期，一九二五——一九二六年间《南风》与《星光》的发起新文学运动是一段，一九二七——一九二八年间新兴文学运动的酝酿是一段，一九二八——一九三〇年间新文学运动的勃兴又是一段，一九三一年的'南洋新兴戏剧运动'则又成了另一重点。这样的研究起来，马华新文学发展的脉络，就会更加清楚了"。② 他并不认同有些学者简单地把马华新文学分为两个时期，战前就是侨民文艺，战后则为马华文艺，他认为："战前的马华新文学实质上并不是侨民文艺。至于把战前和战后的文学历史各当作一个长时期来写，不必再有分期，那倒也未始不可。不过其间迁移变化的繁复内容，却仍然是存在的。以大家比较熟悉的战后的马华文学来说，和平初期的情况和紧急状态的初期不同，紧急状态初期的情况又与一九五三——一九五六年间反黄运动时期不同。即使我们不来分期叙述，这些升沉起伏的现象，还是要接触到的。"③

方修把马华新文学的起点定在 1919 年 10 月初新加坡《新国民日报》及其副刊《新国民杂志》的创刊。"因为从这时候起，开始有了多量的具有新思想新精神的语体散文，包括议论散文、杂感散文、记述散文等，在该报的时评栏、新闻版，及副刊《新国民杂志》上面陆续出现。……如果从纯文学作品着眼，则马华新文学史也可以有另外一个起点，那就是一九二〇年。因为一九一九年间，各报刊上几乎都没有纯文学作品的出现（就笔者见到的，只有形式很不完整的短诗和小说各一篇，发表于一九一九年十二月底的《新国民杂志》上），要到一九二〇年二月以后，才有数量较多、形式较完整的诗歌小说等相继面世。所以，如果把这一年当作马华新文学史的起点，也可以说是很

---

① 方修：《马华新文学的发展与分期——〈马华新文学史稿〉初稿绪言》，《新马文学史论集》，新加坡：新加坡文学书屋 1986 年版，第 3 页。
② 方修：《马华新文学简说》，《新马文学史论集》，新加坡：新加坡文学书屋 1986 年版，第 17 页。
③ 方修：《马华新文学简说》，《新马文学史论集》，新加坡：新加坡文学书屋 1986 年版，第 17 页。

合理的。"①他还说:"当时新加坡有两家主要的报纸:一家是《叻报》,这是历史最久的,另一家是《新国民日报》,是孙中山先生他们办的。在立场上,《叻报》代表保皇党,《新国民日报》代表国民党。后者登载白话文的作品较多。它是在一九一九年十月创刊的,那时才开始有白话文出现。由于旧文学在中国以及以后在新马都已接近尾声,所以没有什么特出的作品,只有一两个旧诗人像雷铁崖、区邦侯等,思想和技巧都比较成熟,在他们的诗词里有时鼓吹革命,有时书写个人的抱负愿望等等,还有一些作品可看,至于其他鸳鸯蝴蝶派的东西,已渐渐为时代所淘汰。"②

另外,值得我们注意的是方修的马华文学研究所采用的研究方法。方修曾经这样道明自己编写马华文学的宗旨:"主要是发掘、整理本地的文学遗产。马华文学史其实也是一部华裔移民的血泪斑斑的苦难史,一开始就有强烈的反抗压迫的精神,作家们一批批被迫害、被驱逐,却留下很多有价值的作品。作品本身以及作品所体现的人格精神都值得我们把它们保存下来,算是我们对于前人和后人应有的一个交代。马华文学遗产如果没有人来发掘、整理,时日久了就会渐渐散失。我们现在来发掘,其实已嫌迟了一些,如果再迟,恐怕什么东西都找不到了。现在虽然不算太迟,却也使到我们的整理工作做得不大好,因为大家多少带着点抢救史料的迫促感,一些有关的著述编纂都显得比较草率。我常常把这种情形说是在赶任务。"③方修曾以《不研读史料、不配谈历史》为题,这样写道:

> 我所编著的马华文学史,迄今为止,共有两大段落。一是战前的二十三年:1919—1942。另一个是战后初期的十一年:1945—1956。为了写这两大段落的历史,我把本地一两家图书馆所庋藏的有关报章的副刊都翻看了一遍,战前的一段甚至看了两遍以上。看的同时,我也做了不少抄写、摄影,即搜集史料的工作。在当时来说,没有第二个人舍得花那么多的精神和物质的代价去从事这方面史料的搜集。
>
> 此外,各图书馆未曾收藏的报刊,我接触到的也有相当数量。属于战前的,有吉隆坡的《马华日报》、《新国民日报》、槟城的《现代日报》等。

---

① 方修:《马华新文学简说》,《新马文学史论集》,新加坡:新加坡文学书屋 1986 年版,第 12—13 页。

② 李向:《战前的马华文艺(访谈录)》,方修:《新马文学史论集》,新加坡:新加坡文学书屋 1986 年版,第 397 页。

③ 魏慧、戴李黎:《方修先生访问记》,方修编:《新马文学史丛谈》,新加坡:春艺图书贸易公司 1999 年版,第 22 页。

当时我住在吉隆坡，这些报章的文艺副刊正是我每日的精神食粮。还有吉隆坡的《中马文艺》、吡力州的《实报》、槟城的《现代周刊》等杂志，我当时不但是它们的忠实读者、长期定户，其中有一两种还是我给跑龙套，帮忙校对的。这些中北马的报刊，新加坡的读者一向少有机会见到，本地图书馆没有收存是可以理解的。（大马的一两个图书馆或博物馆，也许会有些庋藏？）

至于属于战后初期者，报章方面有吉隆坡的《民声报》《战友报》，槟城的《现代日报》；杂志方面有吉隆坡的《洪流》《民声周刊》《文化月刊》，彭亨州的《东彭丛刊》，槟城的《现代周刊》，新加坡的《风下》《大地》《群众》《人民周报》《新流》《新时代》《青年周刊》等二三十种。那时候我因为从吉隆坡移居到新加坡，又得以在一个偶然的机会补看了本地战前的几种重要刊物：《南洋周刊》《朝阳》《忠言》。不消说，上述的大批报刊，或因不在新加坡出版，或因不被有关方面重视，本地图书馆的藏书中也是绝大部分付之阙如的。但对于它们，我却是从形式到内容至今都还历历在目。这里面有没有反殖作品，我比任何一个当时还在母亲肚子里待产的特种人物更加清楚。

因此，在六十年代初期，也即我开始编写战前和战后初期这两段马华文学史期间，我是较有条件来做这项工作的一个人。我的编著是建立在上述的一批博大而坚实的史料的基础上面的。我对于有关史料既有理性的审视，也有感性的认识，这更是我这一代编写现代马华文学史的独有的一个特点。①

对自己的史料功夫，方修是非常自信的，在一次给朋友的回信中，他这样说："当然，由于你长期旅居香港，要找些本地的副刊来看是非常困难的；即使是杂志和集刊的搜集，也不若单行本的方便。这一点我们完全能够理解。对你提出过高的要求显然不切实际。但我想你可能还有一个想法，认为单行本大体上可以取代副刊杂志；有了单行本，不看副刊杂志也不打要紧。因为重要的诗人大多出了诗集；少数未有诗集出版的诗人，其佳作也大多被收入几种选本里面。换句话说，优秀的诗作大多可以在单行本中找到，而且比较它们出现在副刊杂志的时候还来得更集中。……据我所知，不少

① 方修：《不研读史料、不配谈历史》，《马华文学史百题》，新加坡：春艺图书贸易公司1997年版，第7—8页。

文艺同道也都有这么一个想法。"①

这就涉及方修马华文学研究的理论基础问题。方修的马华文学研究颇受中国现代文学家王瑶的影响。他曾提出："譬如中国的新文学史,特别是较早出版的几种,就我读过的来说,王瑶的《中国新文学史稿》,体例着重作家作品的评介,提到的作家人数最多;有些在大专院校教中国文学史的朋友,很喜欢用它来作教材。张毕来的《新文学史纲》,写法侧重阐析文学历史的发展脉络,谈理论的篇幅较多,介绍作家的笔墨就相对少了。丁易的《中国现代文学史略》,体例上似乎受到俄国文学史著的影响,多谈重要作家、少谈次要作家,因而入史的作家也比较有限。"②方修在《马华文学的主流——现实主义的发展》一文中,以中国现代文学为参考系,把中国现代主义分成五种形态的现实主义:

> (1)客观的现实主义作品。这是现实主义作品中最低级的一种,很接近自然主义,但又不是自然主义。这类作品的创作确是从现实出发的。但对现实的丑恶的鞭挞不够有力。如中国作家叶绍钧的《潘先生在难中》。……这样的作品,只是揭露了当时一些教育界的官僚的假面具,对现实的发掘并不深入,作者的态度也是冷漠的、旁观的,所以我们称之为客观的现实主义作品。

> (2)批判的现实主义作品。这是比客观现实主义较高一级的作品。它的现实意义比较强。例如巴金的《家》,对于封建家庭、封建伦理道德的批判比较有力,作者的感情也比较强烈,能够感染读者,鼓舞读者。但它缺乏对于历史的展望。觉慧的走出家庭并不等于他已找到正确的道路。所以这类作品还是旧现实主义的,不是新现实主义的。

> (3)彻底的批判的现实主义作品。这是旧现实主义的作品中的最高一级。鲁迅的作品就是属于这一类,而且也几乎只有鲁迅的作品达到这个高度……然而鲁迅的作品虽有一定程度的革命性,却也有其历史的局限性,所以它还是属于批判的现实主义的范畴,不是新的现实主义作品。

> (4)新、旧现实主义过渡期的作品。这是介于旧现实主义与新现实

① 方修:《谈〈马华新诗史初稿〉》,《游谈录》,吉隆坡:大马福联会暨雪兰莪福建会馆 1986 年版,第 48 页。

② 方修:《外国文学史著也有体例的问题吗?》,《马华文学史百题》,新加坡:春艺图书贸易公司 1997 年版,第 70 页。

主义之间的一种作品。……这里所说的新、旧现实主义过渡期的作品，既不是旧现实主义的，也不是新现实主义的；而是旧中有新，新中有旧。他们超越了批判的现实主义的范畴，但又不是真正的新现实主义作品。它们是沿着朝向新现实主义方向的道路前进，带着不同程度的新倾向的现实主义作品。如茅盾的《虹》《子夜》，丁玲的《水》，艾芜的《山野》等等。

（5）新现实主义作品。这类作品有许多特征是旧现实主义的创作所无的；诸如它们在批判腐朽的旧事物的同时，能够充分地体现出劳动者的改造世界的意志与力量，或者展示出生活的远景，或者给予读者一种新的人生观的教育，或者成功地塑造出无产者的英雄形象等等。这类作品在中国的出现，以"七七"抗战以后比较多。如一度风靡中国大江南北的街头剧《放下你的鞭子》，一般批评家就公认这是一个新现实主义的作品。……此外如丘东平的若干报告文学，四十年代后期在北方出现的刘白羽、周立波的若干小说，也是属于这类作品。①

方修接着用他对中国现代文学中的现实主义文学的理解，去套马华新文学的现实主义传统。他认为，对于马华文学中的现实主义，"最后这一类数量不会太多，所以主要的是前三类"②。我们暂且不看他的说法是否正确，先看他对马华新文学中的一些作家作品的分类和评价：

马华新文学发轫的最初几年，大概由一九一九年到一九二五年年中，一般重要作品的创作倾向，是属于客观的现实主义。如陈桂芳的《人间地狱》，写一对社会上有地位的夫妇，干的是迫良为娼的勾当。一天，他们大摆酒席祝寿，门前嘉宾满座，屋子里却在拷打一个刚买来的少女，迫她去接客。作者揭露了上流人物的假面具，就像叶绍钧的《潘先生在难中》那样，固然也有一定程度的现实意义，但我总觉得不够深入。

客观的现实主义的作品，以后还是继续出现着，即使在今天也还是常见的。但到了一九二五——一九二七年这个阶段，它就不再是主要

---

① 方修：《马华文学的主流——现实主义的发展（1975 年 11 月 16 日在新加坡艺术剧场讲）》，《新马文学史论集》，新加坡：新加坡文学书屋 1986 年版，第 355—357 页。

② 方修：《马华文学的主流——现实主义的发展（1975 年 11 月 16 日在新加坡艺术剧场讲）》，《新马文学史论集》，新加坡：新加坡文学书屋 1986 年版，第 357 页。

的创作倾向。一般重要作品的创作倾向，主要是批判的现实主义。这里可以吴仲青的《辜负你了》为代表。这篇小说，写一个本地青年到北京留学，戴了方帽子回来，怀着很高的理想，要改革本地的华文教育。一天，他代表他父亲去出席董事会议时，他的理想碰壁了。董事们不但反对改革，而且主张取消图工乐操等科目。他们认为他们的子弟只要学会记账、写信、帮人做生意就够了，又不是要去卖画、唱歌、做戏，学那么多的东西做什么？这个青年孤掌难鸣，只好带着失望的心情回到家里，对着挂在墙壁上的那顶方帽子叹气说："辜负你了。"——这篇小说对于现实的批判比较上述的陈桂芳的《人间地狱》深刻了些，所触及的问题也多了些，可以说是较高一级的作品。当然，这是就作品发表的当时(一九二七年初)来看。当时的华文教育确有太多的缺点，吴仲青对它说了许多坏话是对的。如果以我们今天的认识来看整个的华文教育史，则我们还是应该承认，当时马华社会人士的办教育是功大于过的。

一九二七年底至一九三〇年底，又是一个阶段。这个阶段有两个主要的创作倾向并行不悖。

一个是比较成熟的批判的现实主义。可以曾玉羊的《生活圈外》为代表。这个短篇发表于一九三〇年。描写吡叻州地方的一个小市镇，受到当时世界经济大恐慌的影响，许多胶工、矿工、店员都失业了，大家无家可归，在郊外的一间小茅屋内栖身，靠着偷捉鸡鸭来解决饥饿问题。后来被警察抓了去，控上法庭，每人被判坐监年半，他们不但不怕失去自由，反而欢欢喜喜地锒铛入狱。因为生活暂时得到保障了。这篇作品写出了帝国主义的经济活动左右着殖民地人民的命运，比较上述的吴仲青的《辜负你了》又更具有本质意义。所以我们说它是比较成熟的批判的现实主义作品。

这个阶段的另一个主要的创作倾向，是新兴的浪漫主义。新兴的浪漫主义这个名词，不见于理论书，这是我杜撰出来的。大家都知道，浪漫主义本来有好的和坏的两种。好的浪漫主义作品读了使人振奋、乐观、对生活有信心；坏的浪漫主义使人失望颓唐，灰心丧志，振作不起来，所以一般上称为消极的浪漫主义，或颓废的浪漫主义，或感伤的浪漫主义。这些都是老生常谈，不必多说的。我们要讲的当然是好的浪漫主义，不是坏的浪漫主义，也是不在话下的。但我以为好的浪漫主义也有两类。一类是积极的浪漫主义，或者称为反抗的浪漫主义；屈原的《离骚》、李白的《将进酒》、吴承恩的小说《西游记》，以及五四时期郭沫若的新诗《凤凰涅槃》等等，都是这一类作品。另一类就是这里要讲的新兴的浪漫主义。这可以说是较高一级的浪漫主义。这种创作倾向在一九二〇年代中期以后出现于中国文坛。当时蒋光慈、胡也频等人所写的普罗文学，就是属于这种创作倾向。这种新兴的浪漫主义作品，一般具备两个特点。第一是力求表现新兴阶层的思想、立场、愿望；第二是出现一些新型的人物形象，譬如职工运动者、农村工作者、学运工作者、北伐革命的英勇的战士等等。当时马华文学也受到影响，这类作品渐渐风行起来。大概在一九二七年初就有了理论的介绍。　九二七年底开始出现了一些个大成熟的创作，譬如陈晴山的《乘桴》和槐才的《红毛路上杂感》就是。到了一九三〇年，一般作品就比较成熟。例如诗剧《十字街头》，便是当时的一个名篇。

　　浪漫主义的创作，虽然不像现实主义那样的从观察现实、分析现实出发，但它仍然具有现实主义的精神的。它是通过主观愿望来反映现实。因此，这个阶段的主要的创作倾向，虽然是批判的现实主义和新兴的浪漫主义两者平行并存，但现实主义的倾向仍然是很明显的一个主流。

　　一九三一年开始，直到今天，是另外的一个发展阶段。在这个阶段中，批判的现实主义已经退居次要地位，新兴的浪漫主义作品也很少见了。一般重要作品的创作倾向，是批判的现实主义与新兴的浪漫主义的结合，因而很多创作就成为了新旧现实主义过渡时期的作品。

　　大家都已读过的一村的《橡林深处》和铁抗的《父》，前者发表于一九三五年，后者写于抗战时期，都是属于这一类作品。小说《橡林深处》里面的一批胶工，再也不像前此的曾玉羊的《生活圈外》里面那些找不到生活道路，宁愿到监牢里去吃咖喱饭的失业汉，也不像诗剧《十字街头》里面那一群带着浓厚的浪漫主义色彩的游行示威者，而是懂得如何组织起来改变自己的命运的比较踏实的劳动者了。铁抗的剧本《父》，则塑造了一个为了民族生存、为了大众利益，背叛了自己的阶级，大义灭亲的爱国少年的形象。这些作品的创作，都是从观察现实、分析现实出发，而又掺有某些新兴的浪漫主义的因素在内的。

　　这一个阶段是漫长的，直到目前还没有结束。三年八个月的沦陷时期的情形我不大清楚，但战后初期，五十年代的反黄运动时期，整个六十年代，以至今天的七十年代中期，基本上还是三十年代初期到新马沦陷前的主要创作倾向的延续。也就是说，许多作品都是处在新、旧现实主义过渡期的形态,沿着朝向新现实主义的方向的道路在行进着。例如今年本地演出的艺术剧场的《第二次奔》《阿添叔》,南方艺术团的《成长》等戏剧,就都是这一形态的创作。相信这样的情况还会继续一段时日,其中一个原因就是写作人中占大多数的一般知识分子,其思想改造,本来就不是一件简单的事。当然我们也应该指出,在这一个漫长的阶段中,也先后有了一些真正的新现实主义的作品出现过,只是数量不多罢了。①

这种划分方法,与"王瑶从《新民主主义论》等学说中寻找理论支撑,突出与强化他的文学史观念中'人民本位主义'与'革命的现实主义',可以说,这正是《史稿》难得的史实。表现为可以操作的写作模式,则是以'反帝、反封建的方向'和'文学与普通人民的关系'为考察中心,以文学的现实性或与社会的关系为评价的切入口"参照着看,其中借鉴和比附的痕迹非常明显。②

二、方修的马华文学创作与积累

方修一生与文学的缘分匪浅。十八九岁南来吉隆坡之后,他阅读大量的文艺副刊,包括《星洲日报·晨星》、《南洋商报·狮声》、《马华日报·前哨》、《现代日报》早版的《前驱》和晚版的《现代公园》等等,开始对文学产生兴趣。在 1940 年于洪丝丝主编的《现代周刊》上发表了自己的第一篇短论。1941 年曾经在吉隆坡的《新国民日报》工作一年,结识了总编辑宋韵铮以及周寒梅、吴广川、林公戈、李蕴朗、王式民、彭友真、丁史浪,并通过李蕴朗的介绍,结识了吉隆坡的好些写作人,包括西玲、老蕾、天炮、邱庭芳、克鲁、吴然、清才、绿蒂、野火(林晃升)、三便、克浪、抗生、冰君、方图、方君壮、洪丝丝等人。1941 年 12 月下旬从吉隆坡逃难到新加坡,结识了诗人陈如旧。1942 年参加了郁达夫、胡愈之、庄奎章、王叔旸、张楚琨领导的"星华文化界战时工作团"。这个时期听过郁达夫、汪金丁、巴人、陈仲达、黄声等人的讲课,在"青训班"认识领队包思井、温平、朱奇卓和陈能,体验到战时文化的激情。1942 年 6 月从新加坡回到吉隆坡。1945 年 10 月初与旧同事李蕴朗联络,被介绍到吉隆坡《民声报》,一直到 1946 年的上半年,结识社长李少中、

---

① 方修:《马华文学的主流——现实主义的发展(1975 年 11 月 16 日在新加坡艺术剧场讲)》,《新马文学史论集》,新加坡:新加坡文学书屋 1986 年版,第 357—360 页。
② 温儒敏:《王瑶的新文学史稿与新文学规范的确立》,《文学评论》2003 年第 1 期,第 28 页。

总编辑林芳声、编辑张维、杂文作家兼文艺评论家张天白。在这个时期认识
了教育界名流如林参天、饶小园、沙渊如等人，也见过战后初期活跃于吉隆
坡地区的一些抗日军领袖人物，包括陈平、陈田、宋光、周洋宾、刘尧等人，并
结识吉隆坡马共办事处主任刘一帆。同时，认识胡愈之、胡守愚、杨嘉、刘
漫、周金海、吴冰等人。1946 年 4 月底或 5 月初，到 6 月底或 7 月初，离开
《民声报》，转入《中华晚报》当外勤，认识主编王式民、副刊编辑杜连荪、翻译
卢曜、侯斌彦、记者罗雄标、曾正。1946 年 7 月中旬，从吉隆坡到新加坡前
后四年半在新加坡教授小学生，认识张逸灵、沈思明、吴仲青、杜开平、李佩
芬（王映霞的同学）、连啸鸥、李润湖、戴丁、刘思、以今、叶冠复、林思汉、林淡
金等人。

方修于 1951 年 2 月初进《星洲日报》工作，直到 1978 年底退休，身老星
洲。第一阶段是从 1951 年初筹办《星洲周刊》起，到 1956 年中调职接编"南
洋新闻"第一版为止，为期 5 年半。在编辑《星洲周刊》的时候，认识了杏影、
马康人、陈培青、李过、鲁白野、韦晕、于沫我、杜李、何家说、貂问湄、云里风、
陈全、沙风等马华作家，以及高贞白、刘仲英、迦南、炳炎、丁东、易君左、曹聚
仁等人。曾于 1953 年编辑出版《马华小说选集》，收录了高云、姜凌、于沫
我、刘天凤、吴冰、叶冠复、丁之屏、奋之等人的作品。第二阶段的工作，是从
1956 年中开始主持"南洋新闻"的编务到 1978 年底退休离职为止，前后历
时 22 年。这个阶段结识的重要马华文化人有林汉、王哥空、林徐典、黄选
晨、陈见辛、张清广（笔名漂青）、黄枝连等。从 1966 年年中起，在新加坡大
学兼职教授马华新文学。①

方修自 1939 年年初从中国南来，他本身就有着南下文人的身份。而且
在新加坡沦陷之前，方修曾经参加过"星华文化界战时工作团"，这次抗日救
亡活动，让他见到了很多的中国南来文人，还听过郁达夫、黄声、巴人、汪金
丁、陈仲达等人的课，战后还与胡愈之见过面，而且对胡愈之颇有好感。方
修曾谈及，"他便一面吃东西，和众人谈笑风生，一面则在一本便用笺上挥挥
写写，一顿饭吃毕，他的一篇演讲辞也写好了。我才知道胡愈之文才的敏
捷，真真达到了李白说的'下笔千言，倚马可待'的地步——如果不是我亲眼
看到，而只听别人在说，我还不大相信呢"②。另外，他在无意之中还结识了
鲁迅在 1930 年代培养的青年木刻家周金海。方修指出，中国作家的南来源

① 参见方修：《文学·报刊·生活》，新加坡：仙人掌出版社 1987 年版。
② 方修口述、林臻笔录：《文学·报刊·生活》，新加坡：仙人掌出版社 1987 年版，第 36—38、71—
　72 页。

流长远,大规模的知识分子移民浪潮先后有三次。第一次是在 1927 年 4 月,蒋介石发起"清党",大开杀戒,因此有大批作家从海南岛、汕头、厦门、上海各地南来避难,许杰是很早到达的一位。第二次移民浪潮是在七七事变后,这一次南来的作家更多了,而且是更有名气的,如郁达夫、胡愈之、巴人、杨骚等人。方修认为第二次南来的作家影响倒不大,但对于本地都有一定的贡献,"首先是他们都和本地人民同心协力从事救亡工作;特别是日军攻打新马的时候,郁达夫和胡愈之还挺身而出,领导新华文化界战时工作团的抗日活动。其次,他们都给本地留下大量的作品;胡愈之最少留下千几百篇政论散文,郁达夫的政论、杂文、诗词等,篇目也数以百计。还有汪金丁、孙流冰,以及稍早到来的吴天,所作小说、剧本或散文,数量都相当可观,各有一两个集子出版。吴天还做了很多实际工作,如导演话剧,推动剧运等"。第三次知识分子的移民浪潮是在解放战争期间,"又有大批作家逃难南来。还有抗战时期散落在印度、缅甸、泰国各地的一些作家,战后复员回国,中途因各种各样原因在新马逗留的,也可包括在这次移民浪潮之内。这第三批移民作家,如米军、韩萌、丁家瑞、杜运燮等,创作水平也都不俗,他们同样留给本地好些成熟的作品"①。方修对南下文人的南洋经历和贡献做了精辟介绍。他的一些论文就谈论到南来文人对马华文坛的贡献,如《郁达夫留给本地的一笔文学遗产》(1971)、《郁达夫与王映霞——兼谈鲁迅书简》(1973)、《〈郁达夫佚文集〉序》(1983)等。

方修说:"比我更早来南洋、更早投进文艺圈、熟悉更多作家、看过的日报和杂志比我更多更全面的人,本来更适合来编写文学史。可是没有人去做,我就只好当作一份工作来做。"②但他也说了自己的长处:"我说我当时具有一定的条件来整理马华文学史,那是因为:一、我在报社兼编的一个综合性杂志,这时候恰好停刊,使我有了一点时间可以做些工作;二、我的同事林徐典先生在新加坡大学深造,可以帮我搜集新大图书馆储存的一批旧报章上的文学史料;三、另有几位文友——漂青(最近在新山逝世)、佐丁、刘冷等,先后送给我一批旧杂志,这些都是星大图书馆所欠缺的;四、在年龄上,我正好夹在老一辈和年轻一辈的写作人的中间,所以 30 年代以至 50、60 年代的作家,我认识得很不少,有的甚至是我的朋友或同事;他们某些不幸的

---

① 魏慧、戴李黎:《方修先生访问记》,方修编:《新马文学史丛谈》,新加坡:春艺图书贸易公司 1999 年版,第 27—28 页。

② 张玉云:《专访新马文学史研究者方修》,方修编:《新马文学史丛谈》,新加坡:春艺图书贸易公司 1999 年版,第 34 页。

遭遇，也是我亲身目睹的。这种感性的认识更促使我去从事当地文学史的编写，并增加我在这方面的使命感。"①所以，他对马华文学有着知人论世式的评价。在1979年，方修曾经编辑了11位马华作家的选集，其中有《王君实选集》《铁抗作品选》《张天白作品选》《金丁作品选》《胡愈之作品选》《流冰作品选》《老蕾作品选》《白荻作品选》《叶尼作品选》《流浪作品选》《李润湖作品选》等，方修选择作家的时候有着明确的标准，同时很多时候也是基于与这些人的私交，如李润湖、白荻。他对王君实充满敬仰："多年前就想替王君实编一册文集，借以纪念这位不屈于日敌的搜捕威迫而壮烈殉难的马华文艺作者。"②他看重马华文艺历史的纪念，如他编选铁抗和张天白，就是因为铁抗在"一九三九年初，因'现实主义与朋友主义'问题，与张天白在《晨星》展开了一场绵延三几个月的论争，为马华抗战文艺运动时期最大规模的文艺论争之一"。编选金丁和叶尼的重要原因在《狮声》1938年冬到1939年中推行的南洋文学通俗化运动中论争，非常有文学史料价值。另外，编选胡愈之是因为其对马华政论散文的贡献。选择流冰是因为他在1930年代的写作非常活跃，对各类文学样式都有涉猎。老蕾则是作为吉隆坡地区抗战前的重要作家而入编。而白荻则被方修称为"一部标准的本地文学史料的活字典"③，从1930年来马来亚到1942年初新加坡沦陷，他都热情地参与着马华文坛运动。这些编选成果不仅记录了马华文学发展的重要文学史线索，还保存了这些重要事件中重要文艺家的作品。另外，方修与张曙生、丘庭芳、天炮、清才、西玲、鲁白野、方图、原甸、吴岸、林臻等马华新文学作家都有很好的私交，这些作家的作品多被方修收入自己的文学史稿中。

另外，方修非常擅长发掘马华文学的文坛逸事，其对这些逸事的记录在某种意义上对马华文学早期文学史的建构具有重要价值。在《黄科梅的创作生活——纪念黄科梅先生》一文中，方修记录了黄科梅（即白荻）在1934年的一些文学活动，"由这一年起至一九三九年，他用黄莺、白荻、楼雨桐、瓢儿、香雪海、白琳、萧琴等笔名，分别在《星洲日报》的《晨星》，《南洋商报》的《狮声》、《新国民日报》的《蕉影》《新野》《新路》《文艺》《新国民文学》等副刊以及吼社编辑的一些诗歌专页上，发表了大量的作品"④，这些都是建构早

① 黄妃：《访方修先生谈马华文学史》，方修编：《新马文学史丛谈》，新加坡：春艺图书贸易公司，1999年版，第40—41页。
② 方修：《〈王君实选集〉编后记》，《王君实选集》，新加坡：万里书局1978年版，第168页。
③ 方修：《前言》，方修编：《白荻作品选》，新加坡：上海书局1979年版，第6页。
④ 方修：《黄科梅的创作生活》，《方修自选集（1955—1977）》，新加坡：新天书局1988年版，第52页。

期的马华文学史的重要资料。《报人诗话》(1976)一书中,方修先是介绍黄科梅的战后作品,接着介绍陈如旧、李韵朗、西玲、刘思等人,然后重点介绍曾为《星洲日报》编辑的张逸灵、《南洋商报·狮声》副刊的编务李铁民。其中保留了李铁民的一首《满江红》,这首词是战后初期的作品,歌颂女界义演筹款办学,对马华文学旧诗词的保存有着很大的意义:

> 沦陷三年,痛失学儿童多少。君不见街头流浪,家庭吵闹。吴下阿蒙迁雅士,机边孟母躬师保。让红粉攘臂试高呼,兴义校。
>
> 金钱事,如肥料,聚则臭,散是宝。嘉庚翁妙喻,千秋独造。掷去金钗开学府,救回孩子凭歌跳。看他年卫国矗长城,拜母漂。

方修对中国现代文坛的熟悉,助他建立起马华文学的参照系。通观方修的自传性专书《文学·报刊·生活》,他提及的阅读过的中国现代文学的作家作品有:蒲风的《钢铁的歌唱》、郭沫若的《星空》《童年时代》《反正前后》《漂流三部曲》、冰心的《繁星》《春水》《超人》《寄小读者》、巴金的《家》、王以仁《幻灭》、鲁迅的《呐喊》、郁达夫的《沉沦》、曹禺《雷雨》、萧军《八月的乡村》、萧红《生死场》、金山《婴儿劫》,以及胡适、刘半农、朱自清等人的作品。他指出1920年代,在马来亚就可以买到各种中国新文学的出版物,如创造社出版的杂志,新马地区战前是相当得风气之先的,它是南洋最早接触到各种外国先进思想的地方。

鲁迅研究是方修在新加坡大学中文系学习的课程之一,包括对与鲁迅相关的现代文学家的回忆和评价。《鲁迅笔下的林语堂》(1955)梳理了鲁迅与林语堂之间因林语堂在1925年提出的"费厄泼赖"而引发的思想斗争。书中还叙述了林语堂任厦门大学文科主任时,聘请鲁迅去厦门大学任教授的经历。该书也讲述了1933年林语堂办《论语》杂志、提倡幽默时,鲁迅撰文表示的不满:"此地之小品文风潮,也真讨厌,一切期刊,都小品化,既小品矣,而又唠叨,又无思想,乏味之至。语堂学圣叹一流之文,似日见陷没,然颇沾沾自喜,病亦难治也。"方修认为,鲁迅早看出了林语堂的浅薄,而林语堂在1950年代中期破坏华教、出卖华人、造谣生事、甘为民族罪人,乃是其本性所致,并非偶然。还有《谈林语堂》(1976)、《林语堂的七十自寿词》(1976),都基于这一认识对林语堂进行了评价。《周作人的回忆录》(1966)则通过比较周作人与闻一多,告诉读者周作人写回忆录的写作动机就是想就自己在敌伪组织任职的事情为自己开脱;而《周作人晚年的活动》(1973)

从《周作人晚年手札一百封》的影印本来看周作人的为人，对周作人继续持批判态度，对周作人与鲁迅的关系、周作人"工于心计""多疑善忌"的性格以及对美食享受的贪得无厌都进行了深入的分析。方修对周作人的一些评价在今天看来有很多的问题，但在那个时代还算是一家之言。

《郁达夫遇害事件》（1971）则是对郁达夫的死因进行了梳理，肯定了胡愈之提出的郁达夫被日本宪兵杀害的结论，对一些外国学者故弄玄虚的伎俩进行了抨击。同时，方修对郁达夫的死因提出了自己的一点看法："我个人认为，郁的身份迟迟始被侦出，军部有遭受愚弄之感，因而采取屠杀行动，以资报复与泄愤，也可能是动机之一。"①《谈黎烈文》（1973）是为了纪念1972年10月31日因脑溢血逝世于台北的黎烈文，文章谈到了他1930年代前期编辑《自由谈》《申报》的故事，还对他的翻译之作《伊尔的美神》和专著《艺义谈片》进行介绍，借这两本书向读者说明黎烈文的法文功底之深厚。同年发表的另一篇文章《再谈黎烈文》（1973），继续对黎烈文生平若干疑点进行分析，一方面对其去世之前的凄凉境遇进行梳理，另一方面论证了上海《申报》的老板史量才并非黎烈文的妹夫，这一点纯属张资平的捏造。《许世瑛与一张书单》（1973）谈及鲁迅挚友许寿裳的长子许世瑛，这也是一篇纪念文章，许世瑛和黎烈文同年在台北去世。鲁迅是许世瑛的开蒙老师，而且许世瑛在大学中文系就读时，曾经请教过鲁迅应该看些什么书，鲁迅曾给他开过一张书单。方修从这一事件入手，讨论鲁迅在1925年《京报》副刊向其征求"青年必读书十部"时交白卷的原因。方修还原历史，从1922年中国现代文学的历史现场找到鲁迅行为矛盾的原因："尽管这些专家学者在闹内讧，鬼打鬼，他们的目的与作用却是完全相同的，都是要把青年学生吸引到旧纸堆里去，消掉其不满现实，改进社会的锐气。这就是当时的'读古书运动'的本质，也是鲁迅反对青年人读古书的原因所在。把这种反封建的战斗歪曲为'唱高调'，再引申为'不必读书'，也只有那种黑了心肝的人才说得出口的。"②《林文庆的故事》（1973）介绍的是厦门大学第二任校长林文庆与鲁迅之间发生的一些冲突，其中有一段对林文庆商人性格的描写惟妙惟肖、入木三分：

　　一天，林文庆召集了一个谈话会，宣布削减经费的事情。在座的教

---

① 方修：《郁达夫遇害事件》，《方修自选集（1955—1977）》，新加坡：新天书局1988年版，第121页。
② 方修：《许世瑛与一张书单》，《方修自选集（1955—1977）》，新加坡：新天书局1988年版，第178页。

授们心里都反对，但对着这位道貌岸然，沉着脸，扮成英国绅士模样的校长，就都支吾其词，大兜圈子讲话。林文庆听得不耐烦，便敲了一下桌子，高声说："这是校董会的意见，校董出钱办学校，有钱的才有发言权。"这么一来，许多人都噤住了。鲁迅看了校长这样侮辱教授，不禁大怒，立刻从衣袋里摸出一枚银角子，"拍"的一声放到桌上，站起来说："我有钱，我也有发言权。"接着滔滔不绝地驳斥了校长的谈话。林文庆给吓退了，而且自知理亏，只得收回原议，答应维持国学院的预算。①

除了鲁迅，他对中国现代史上的文化人也进行过介绍，如章士钊、严复、章太炎、刘半农、郭沫若、梅兰芳、杨荫榆、巴金、茅盾等作家。他曾经在1946年中访问过萧乾，指出萧乾的"慢慢进步论"和对"上海亭子间作家"的不屑。②

他对中国现代文学的研究成果多有借鉴，而且很喜欢拿中国现代文学与马华现代文学作比较。他在评价白荻的时候，这样介绍道："新文学作家是多种多样的。就一个作家在不同处境的表现情况来考察，则主要可以分为三类。一类是不论社会环境是好是坏，一贯地坚持着严正的立场，不屈不挠，奋斗终生（身）。另一类是处境好的时候表现不俗，境况恶劣的时候就迷失沉沦，但渡过了劫难之后却又恢复了向上之心，继续为文艺（或文化）事业做出一些贡献。再一类则是处在顺境的时候已经和新文学有些格格不入，横逆一来就拼死命地为虎作伥，后来即使有机会让他们珍重人生最后的一段，却也仍然是顽固到底，无可救药。以中国作家为例，鲁迅、郭沫若、茅盾、巴金、老舍等属于第一类，叶灵凤等是第二类，张资平一流是第三类。"接着，他把马华作家也套上这种结论："在马华写作人中，没有鲁、郭、茅那样的文学巨匠，一般现象也比较复杂，许多方面不能相提并论，但近似上述三类情形的作者也仍然是有的；譬如铁抗、张天白、金丁、叶尼、流冰、李润湖等，比较接近第一类；白荻则接近于第二类。"③

方修凭借深厚的古文功底和文学编辑和考证方面展现了出色的能力。方修的古文功底很强，他的几本书名都取得颇见功夫：如《小休录》的"小休"一词出自《诗经·大雅》中的"民亦劳止，汔可小休"。方修创作旧体诗词的水平还行，其早期诗作有：

---

① 方修：《林文庆的故事》，《游谈录》，吉隆坡：大马福联会暨雪兰莪福建会馆1986年版，第102页。

② 方修：《忆萧乾》，《游谈录》，吉隆坡：大马福联会暨雪兰莪福建会馆1986年版，第118页。

③ 方修：《前言》，方修编：《白荻作品选》，新加坡：上海书局1979年版，第1页。

又是榴莲上市时,背将琴剑漂东西。

业操卖嘴敢嫌贱?价比佣奴不算低。

差幸眼花未百度,验知酒病正初期。

但求鸿爪长矫健,到处天涯踏雪泥。

——《假日偶成》(1948)①

　　方修以旧体诗的形式对马华文学史上的很多重要人物做出了中肯的评价。《赠李铁学兄》(1906)介绍的是新加坡沦陷前后,李铁在马华文坛的贡献:"烽火南疆共救亡,少年同学下乡忙。天公为汝颁大任,闯过屠城闯牢房。人如名字铁铮铮,战胜秦州庆再生。莫道俗流轻气骨,血碑终古照汗青。"②《读邓梦痕师傅〈六十初度〉》(1988)介绍的是马华当地旧诗词名家邓梦痕:"文能惹祸武强身,习武弃文信有因。避席还闻明史狱,传功多是古稀人。何来国士耀翰苑?剩得蛮牛娱大宾。应待百花齐放日,亦文亦侠看新民。"③另外,他的文章也涉及一些马华文艺论争,如《〈椰花鸟〉——赠马阳》(1993)反驳当时马华文艺界出现的对殖民地作家的诽谤:"屈子行吟长忧国,萧邦琴曲满乡愁。洋奴炮制逃兵论,不废江河万古流。"④《元夜题真民先生书帖》(1972)讲述的是 1930 年代初期南来槟城的何真民在《星洲日报》做编辑的经历:"武夫叱咤京华时,古庙有人抄汉碑。底事金吾不禁夜,犹抛心力录唐诗?"⑤《剧人》(1978)纪念的是 1946 年新加坡实验剧团在槟城演出的历史:"剧人横海传薪来,四座萧疏锣亦催。冷炙残羹终不悔,犹教儿女学登台。"⑥《答沉思先生》(1977)介绍的是马华文学理论批评家沈沉思于 1950 年前后离星返华的事迹:"卅载相思杳雁踪,非关病酒非疏懒。绿衣只派平安字,寸纸难描羁泊衷。塞外秋寒困仲则,海隅春雨悲坡公。余生爱读六臣注,为记前贤荜路功。"⑦《和高湖君赠句》(1973)介绍的是 1970 年代的中北马作家黄高湖:"忍抛艰巨作归侨,来赏冰封共雪飘?万水千山待傲啸,蛮烟瘴雾未清消。为求灵草访华鹊,偶赋新词咏舜尧。勿药但期归队早,战

①　方修:《重楼小诗》,新加坡:春艺图书贸易公司 1998 年版,第 1 页。
②　方修:《重楼小诗》,新加坡:春艺图书贸易公司 1988 年版,第 90 页。
③　方修:《重楼小诗》,新加坡:春艺图书贸易公司 1988 年版,第 61 页。
④　方修:《重楼小诗》,新加坡:春艺图书贸易公司 1988 年版,第 70 页。
⑤　方修:《重楼小诗》,新加坡:春艺图书贸易公司 1988 年版,第 60 页。
⑥　方修:《重楼小诗》,新加坡:春艺图书贸易公司 1988 年版,第 55 页。
⑦　方修:《重楼小诗》,新加坡:春艺图书贸易公司 1988 年版,第 20 页。

歌唱起更宏嚎。"①《悼蕴朗先生》(1974)回忆的是李蕴朗先生:"战斗呼声在,'坏人'不可寻。长宵有熖火,眷眷故人心。"②

另外,方修对古代文学颇为了解,每每有自己的理解和判断。如《王安石与苏东坡》(1977)讲述的是王安石与苏东坡之间的交往过程。对《红楼梦》的研究也是重要一例,像《曹雪芹事迹的新发现》(1976)是对曹雪芹所著的《废艺斋集稿》的研究,其钩沉的是日本商人重金买得此书手稿,由不知名者抄录其中关于风筝的一些图文,著成《南鹞北鸢考工志》的逸事。《〈红楼梦〉的英文译名》是对周汝昌新著《红楼梦新证》修订本中红楼梦英文译名的意见,指出周汝昌译作"Red Chamber Dream"不妥,认为"A Tale of the Stone"方为本意。《也谈杜甫》(1972)以独特视角评价杜甫,认为杜甫"一面是地主意识,一面是改良思想。……一面是本相,一面是扮相。热衷功名利禄是他的本相,所谓希望超然物外,养拙江湖,则是他在名利场中的扮相",这些看法延续着方修早年的左翼思想。③

三、方修的文学史贡献和缺陷

方修是马华文学能够立足于世界华文文坛的功臣。方修先是编写三卷本的《马华新文学史稿》,接着在此基础上,编辑出版了十大卷的《马华新文学大系》,正是方修的劳绩,才使原来默默无闻的马华文学一跃而受到世界的注目。"在海外华文文学中,马华文学是最早受到文学研究家重视的。当然,这与方修的努力是分不开的。"④方修治史在搜集资料、整合历史、发现经典等方面都有着自己的独特贡献。他曾这样说:

> 中文本原书的写作,始于六十年代初期。它是在先天不足的情况下诞生的。据我所知,在其他国家,文学史的编写,总是在文学作品的单行本大量刊行,许多作家已为读书界所熟知,甚且已有一定评价以后的事。然而,在六十年代初期的新马,情形却正好相反:时代需要我们对于太平洋战争前一段时期的马华文艺活动作出一个初步的总结,而我们的前辈作家的作品,却是连一册单行本也难以见到。不但如此,大

① 方修:《重楼小诗》,新加坡:春艺图书贸易公司1988年版,第12页。
② 方修:《重楼小诗》,新加坡:春艺图书贸易公司1988年版,第14页。
③ 方修:《也谈杜甫》,《轻尘集》,新加坡:中流出版社1974年版,第125页。
④ 杜丽秋:《海外华文文学研究的回顾与展望》,方修编:《新马文学史丛谈》,新加坡:春艺图书贸易公司1999年版,第14—15页。

家对于马华新文学的历史究竟是从何时开始，发展梗概怎样，有些什么
重要的作家和作品等等问题，也都几乎茫然无知。原来，战前的马华文
学作品，绝大部分发表在一些报章副刊上面，小部分发表在几种定期杂
志上面，印成单行本的只有寥寥的三几册小说集。现在，经过了数次兵
灾人祸，定期杂志十九荡然无存，几种单行本也大都绝了版，硕果仅存
的只是一批旧报章的合订本，堆积在一间学校的图书馆里，成为该馆庋
藏的珍品，一般人都不易接触到，这就造成了文学史上的一大段"空白"
了。然而，也好在图书馆还保存了这一批旧报章的合订本，使到这段文
学史的"空白"有可能加以填补。虽然一时还不够条件大量地编印前辈
作家的文集，写一册历史却是勉强可以办到的。这样，马华新文学的编
写工作，就本末倒置地提前来做了。①

　　透过这段文字，我们可以看出方修治史的拳拳真情，但同时也能发现，
在文学史的梳理，特别是重要作品的发掘上面，方修虽尽了全力，但有着赶
工的性质，治史时缺乏平和的心态，所以写史的效果并不十分理想。再如
2006 年由新加坡青年书局出版的《新马华文新文学六十年：上册》，该书原
计划全面阐述 1919 年到 1976 年近六十年新马华文文学发展的历程，但已
出版的上册只涉及 1919 年到 1945 年的马华文学史，后续部分迟迟没有出
版，也表现出方修在后期治史时精力的不足。
　　由于视野受限，方修对现代主义文学的不了解和排斥，反映了那个时代
文学史观上的缺陷。吴岸曾经提到方修及其史著："具有七十年历史的马华
文学是一部怎样的历史呢？ 在七十年代以前，它是很具社会性的。杰出的
文学史家方修先生经数十年的收集研究，为它整理出一部光辉灿烂的纪录，
并以丰富的事实，说明它所具有的现实主义的特征。"②马华现代主义文学
在 1950 年代后期兴起，对于这一点，方修的文学史采取视而不见的态度，而
且在评价 1950 年代之后文学作品的时候，还是延续着独尊旧现实主义的方
法，导致他的后期评论失去了兼容并包的气度。在他为《星洲日报》新年刊
所写的年度马华文艺界综述中，从 1956 年起直至 1978 年，他几乎每年开头
都会表达一种"今不如昔"的主观印象。例如，"一年来的马华文艺，始终处

---

① 方修：《〈马华新文学史稿〉英译本序》，《新马文学史论集》，新加坡：新加坡文学书屋 1986 年版，
　第 55 页。
② 吴岸：《马华文学的展望——一九八九年十一月一日在新山中华公会青年团主办文学演讲会上
　的讲话》，《马华文学的再出发》，吉隆坡：马来西亚华文作家协会 1991 年版，第 16 页。

于低潮期中"(《一九五七年的马华文艺界》),"一年来的马华文艺,说得上是在安定中进展的。但我们总觉得它还不如以往一两年的热闹;尤其是开年的三几个月间,情况更为沉寂"(《一九六〇年的马华文艺界》),"今年的马华文艺界,情况比去年又静寂了一点"(《一九六一的马华文艺界》),"马华文艺界又度过了一个静静的年辰,一般的情况和去年差不了多少,只在个别的部分上稍为有点浮沉升降"(《一九六二年的马华文艺界》),"一九六三年的新马华文文艺界,从刊物的出版,书籍的刊行,作品的数量,以及戏剧的活动各方面看来,景况都比去年沉寂了些"(《一九六三年的马华文艺家》),等等。①另外,方修很少提到现代主义文学,在年度综述中仅在 1967 年提到柯戈与英培安两人在《蕉风》上展开关于"战后马华诗歌发展问题的论争",这是方修第一次在年度综述中提及《蕉风》这份带有很浓厚的现代主义革新色彩的纯文学期刊。② 还有一次是在 1975 年的综述中,提到了温任平主编的《大马诗选》。在方修眼里,现代主义诗歌是"低级趣味的作品",是"莫名其妙的所谓'现代诗'",③这些想法可能极大地限制了他的文学视野。

另外,方修在文学史方面的观点存在问题。如他对胡风的认识,有些偏颇:"对于政治,我是外行的,不能谈些什么;如果就文艺论文艺,则我觉得胡风的文艺理论,近年来似乎每况愈下,颇有可以批评的地方。"另外,他认为胡风"最后终于向文艺界发动猛烈的进攻,写了那篇三十万字的大文章(《关于几个理论性问题的说明材料》),大谈什么'五把刀子',以致引起大家的检讨,但如果他那些荒唐悖谬的密信不被发现,也还是不至于被彻底清算的。因此,可以说,唯其中国文艺界对胡风并无所谓严密的控制,给予胡风太多的自由,所以才有胡风事件的发生,才可能有胡风集团的建立。……笔者个人认为,中国文艺界对于胡风倒也不是一团和气的。论争与批判,近十年来似乎从未停止过。一九五一年以前如此,一九五一年以后还是一样。不过,这看来是要用理论来制伏胡风,用理论来争取读者,而非用什么权势来控制胡风"④。方修这些对胡风的认识今天看来都是不能成立的。但看完整篇

---

① 参见方修:《新马文学史论集》,新加坡:新加坡文学书屋 1986 年版,第 81—322 页。
② 这一点马华文学界向来对方修颇有微言,如"然而蕉风三十周年,到底还是马华文坛盛事,尽管有所谓文史家编马华文学史从不提及蕉风,蕉风三十年来所传递的香火,却是绵延不息!"参见川谷:《引以为荣——蕉风创刊 30 周年纪念特辑》,《蕉风》1985 年 5 月总第 384 期,第 9 页。
③ 方修:《一九六八年的马华文艺界》,《新马文学史论集》,新加坡:新加坡文学书屋 1986 年版,第 224 页。
④ 方修:《谈胡风》,《人物篇》,新加坡:洪炉文化企业公司 1976 年版,第 84—85 页。

论文，还是感觉他对胡风的文艺理论不熟悉，很多看法和分析都来自二手资料。① 另外，方修说许杰是创造社中人，更是犯了文学史上的常识性错误。

第二节　沟通音乐与文学的新谣运动：
梁文福《细水长流》

　　梁文福是新加坡文坛的创作多面手，其在散文、诗歌、微型小说和流行歌曲方面的创作都颇有成就。在新加坡国立大学中文系就读的本、硕六年，他先后完成了白居易、孟浩然的研究，这段时间也是梁文福参与新谣运动并取得盛名的时期，这个时期他在中文系所修读的课程和接受的教育，与他的创作之间有着密切的关系。后来他又以丰子恺为研究对象完成博士论文，1990 年代之后，他的散文又吸收了丰子恺小品文的创作精神。我们从梁文福的求学经历和创作经历中，明显能够感受到学院素养和他的创作之间的紧密关系，而在新加坡推行双语教育政策、冲击华语教育的背景下，我们更能感受到梁文福创作中呈现的那种华文教育的末世气息，这可能就是他作为最后一代华校生的幸与不幸。

一、少年心事可拿云：梁文福②早期创作中的匠气

　　《曾经》中收录的是梁文福在中学、高中和服兵役之前所写的散文作品。"文福从小就爱看书，三岁开始教他认字，三岁半就认识了七十多个方块字。小时的他，也很喜欢拿着铅笔在纸上涂写。……念小学时他就开始学作文，中学阶段向报纸青少年版副刊投稿。"③在入大学之前，新加坡文坛前辈谢

① 方修：《生活、题材及其他》，《避席集》，新加坡：文艺出版社 1960 年版，第 9—11 页。
② 梁文福（Liang Wern Fook，1964—），祖籍广东新会，新加坡音乐人、写作人、华文教研工作者，现任南洋理工大学中文系兼任副教授、学而优语文中心语文总监。先后获得新加坡国立大学中文系本科荣誉学位（1989，毕业论文《白居易日常生活诗研究》，指导老师王国璎）、硕士学位（1991，毕业论文《孟浩然研究》，指导老师陈荣照），新加坡南洋理工大学教育学院博士学位（1999，毕业论文《丰子恺散文研究》，指导老师云惟利）。著作有散文集《曾经》（新加坡：华中初级学院，1984）、《最后的牛车水》（新加坡：冠和制作，1988）、《其实我是在和时光恋爱》（新加坡：心情工作室，1989）、《一程山水一程歌》（新加坡：心情工作室，1991）、《眉批情》（新加坡：心情工作室，1993）、《自然同窗》（新加坡：心情工作室，1994）、《半日闲情》（新加坡：莱佛士书社，1997）、《散文@文福》（新加坡：新加坡大众书局，2001）、《越遥远，越清晰》（新加坡：八方文化创作室，2011）；微型小说集《左手的快乐》（新加坡：八方文化创作室，2006）；诗集《盛满凉凉的歌》（新加坡：文学书屋，1985）、《嗜诗》（新加坡：云南园雅舍，1996）；其他文集《新谣：我们的歌在这里》（新加坡：新加坡词曲版权协会，2004）等。
③ 李洁英：《妈妈的话》，《曾经》（第三版），新加坡：冠和制作 1987 年版，第 3 页。

克、周粲、尤今对他都很看重,也使得他少年时期就已经享有盛名。① 他的第二本作品诗集《盛满凉凉的歌》(这本小册子收录了他进入新加坡国立大学中文系之前的诗歌创作)中写道:"提起笔写这篇后记时,二十一岁的生日已近了。在这个年龄出版第一本诗集,其实已略迟了些,不少天才诗人在二十岁以前已写下光芒四射的传世诗篇,而我却要在十九岁才真正对诗产生浓厚的兴趣。"②其中少年意气的自诩,让我们感受到梁文福的自信。

梁文福早期散文中体现着他早熟的性格,呈现了他从父辈那儿继承来的新加坡华校现实功利精神。他曾这样感叹:"朋友常说我是生错了时代的人,他们认为这个时代不适合我们走这条路,然而这条路有哪个时代适合过? 三闾大夫的时代? 冠盖满京华的时代? 抑或曹雪芹的时代? 拟行路难啊,然而这条路世世代代都有人走着,寂寞的行人也许将永远寂寞下去,但永远有人继承着寂寞的使命。"③一直到多年后,梁文福谈及"父亲看书藏书都博而广,各种学科均有涉猎。我则自小偏好文学类的书籍。他是在生活里争取读书的父亲,我是这个父亲建构的无形的书房里长大的孩子。表面上,我专研和创作文学,在这方面无愧于父亲的书房,但我内心深知,其实我的书房只是父亲的人生书房的一部分之延续和发展,还有其他的许多部分,以我的性情和能力,是无法好好继承的。这有点像我们每一个人和民族文化这'父亲'的关系——总有若干发展与辜负"④,虽然少了很多少年人的直白,但字里行间中热爱中华文化的赤子之心还是很明显的。

梁文福在中学时代热衷参与学生会活动,可以看出新加坡华文传统教育对他的影响。他的散文主题性很强,启蒙意识、现实关注都蕴含于作品中。他的散文也正因为启蒙色彩太浓,往往掩盖了散文本应有的抒情底色。换言之,这个时期梁文福的散文显得很硬气,但又有故作姿态的缠绵温婉,两者之冲突使得他早期的散文不耐读,主题表现和艺术形式也就显得浅薄单调了很多。更重要的是,很多的散文中看得出他过于片面的一面,这种不宽容也使得他的散文缺少深刻的感悟力和体验。如这一段:

① "早年谢克先生编辑《南洋商报》的《学府春秋》时,刊用了很多我在中学时期的文章,那是我最初的投稿。周粲先生当时是资深成名作家,读了我的文章后主动写文章表示欣赏,也是很大的鼓励。后来国际知名的三毛女士也乐意为当时还在大学念书的我写散文集的序文。"2014 年 6 月 22 日笔者与梁文福通信。

② 梁皓(梁文福):《任君自酌饮(后记)》,《盛满凉凉的歌》,新加坡:文学书屋 1985 年版,第 81 页。

③ 梁文福:《曾经》(第三版),新加坡:冠和制作 1987 年版,第 143 页。

④ 梁文福:《父亲的书房》,《散文@文福》,新加坡:大众书局 2001 年版,第 58 页。

　　我没有告诉过你吧？当我身穿白衣绿裤时，我的母校有一个瞎了眼的校工，每天，我总看到他从课室外走过，一步一步，蹒跚的走到校钟那儿，以他干瘦苍老的手，敲着古老的校钟。他计算得那么准确啊！总是一秒不差，然而我很不愿看到他枯槁的面容，无神的眸子，你知道吗？从他的眼里，你看不到一丝方向，他看不到，他只能数，数着他的岁月，年复年，日复日的敲着许许多多个没有光亮的年华。

　　后来他死了。①

　　少年梁文福的笔下，笔端流露出少年英雄气，这种英雄气跟他骨子里的中华文化熏陶纠结在一起，再结合新加坡 1980 年代华文教育的现实处境，让了解这段历史的人感受到一种浓厚的末代中华文化狂欢。如"中三开始，因为乘搭不同路线的巴士回家，甚少走那条路。十七岁那年，满怀憧憬，在花红灼灼的季节里进入了学院，从武吉智马回到女皇镇，又重踏着畴昔的足迹，每日沿着那条路回家。时序的嬗递，使同一条路上走着的同一个人，有着前所未有的怔忡与揣思，觊觎和忐忑。那年，我有着过多的快乐与忧伤，意气风发，豪兴徜徉，偶尔也披一身迷惘的轻愁。香红千瓣，呖呖鸟啭，曾令我迷失过，虚伪矫情，冷漠自私，曾叫我嗟叹唏嘘。为了方向的肯定，我渡过一段踯躅的时日，对人生的真义追追索索，冥想中千潮暗涌，难以宣言。当我认清自己要走的路后，终能坦然跨出自己的步伐，无畏前路的坎坷。纵使有多少恶意的中伤，多少挫折失望，每当开了几个小时的会议，饥肠辘辘，准备回家面对家人关心的责备时，走在深夜的路上，抬望万点星光，我的信念永在，永远地推动着我，去迎接明日的挑战，走好明日的路"②，其中体现的对中国文字的"恋字癖"，让读者感到一种为赋新词强说愁的末路少年的感觉。

　　另外，梁文福偏阴性的笔法，如前所述，虽有英雄气，但也是末路英雄生不逢时的低吟。如这一段：

　　然而你写不完的，正如你那无可奈何的轻愁也是不尽的。"为什么

---

① 梁文福：《曾经》（第三版），新加坡：冠和制作 1987 年版，第 107 页。

② 梁文福：《曾经》（第三版），新加坡：冠和制作 1987 年版，第 137—138 页。这一段里用到了很多的中国古典诗词，梁文福拿来用，颇有掉书袋的嫌疑，而且今天看来这些用词非常生僻，如"花红灼灼"，语出曾巩《金线泉》中一句"已绕渚花红灼灼，更萦沙竹翠娟娟"；如"畴昔"，语出李白《赠从弟南平太守之遥》中一句"一朝谢病游江海，畴昔相知几人在"；再如"觊觎"，意思是"希望达到"，语出杜甫《自京赴奉先县咏怀五百字》中的"盖棺事则已，此志常觊觎"。

不读李太白呢?"上杜甫诗选时你恹恹的说。你要读"云想衣裳花想容",你要读"我醉欲眠卿且去",你要读"举杯邀明月,对影成三人"。不要怨尤啊,对于那些必须接受的我们要学习接受,正如我们必须接受时序的嬗递,岁月的倥偬。年华已逝,但是谁又能说前面的日子不是亮丽的呢?你不能容许那浓浓的愁绪泛溢起来,不能老是等待西风二度。但屈指西风几时重啊,然而纵使西风二度又如何?你已非当年的你,树已非当年的树。没有人能够永远在上经济课时,写"小楼一夜听春雨,明朝深巷卖杏花"。没有人能够永远坐在石阶上,低吟漫唱,从日暮崦嵫到星河鹭起。还有,以后也不能像畴昔般天天在餐厅畅谈古今了,你非山涛,我非向秀,今非南北朝。①

梁文福的很多作品都有着新加坡华文教育之殇的痕迹:

由于工商社会的需要与发展,仍有人只理会自身的利益,仅仅注重谋生的语言,而对本身的母语却不理不顾。记得那天我拿着刚刚到手的《学文》向一位同学报告好消息,他竟说他不是公教的学生了,已经不需要买了,而他还曾经是学会的会员呢!当时我听了后,一言不发地走了,对于这种人,我不屑多说。又有一次,有一个自以为是的人对我说搞文艺是件傻事,他说在现代的社会里,对中华文学根本不需去如此热衷研究,我只问他一句话:"你是不是华人?"他听了不好意思地笑了笑,就走了。还有一次,我看到一本中华文学史在会考后被人弃在水沟里,眼看着一页又一页地被污水冲走的文学史,我真想找到那个弃书的人,问他为什么要这样做,有什么理由要这样做。⋯⋯努力干下去,小子们,谁怕困难重重?谁怕阻碍处处?但凭一盏信念,我们一定可以让灯火照到更多人,让更多的人接过灯,在一个令人心醉令人兴奋的灿烂灯海里,把一个美丽的传灯故事,永远延续下去!②

梁文福自己承认"夜里再度翻看《曾经》,讶异自己曾那么努力于文采的织锦,好像一个不甘于平凡的少年苦心地为自己编织一件美服。努力不是没有回报,华丽的外衣竟然真的织成了,只是当初的织衣人从未想过原来有

---

① 梁文福:《纵西风二度又何如》,《曾经》,新加坡:华中初级学院 1984 年版,第 104—105 页。
② 梁文福:《但凭一盏信念——写给公中学弟》,《曾经》,新加坡:华中初级学院 1984 年版,第 42—43 页。

一天自己竟可以卸下它，走出精心巧设的城楼外，去扩展生命，落实生命"①，可见他对早年作品中的匠气很有自觉。梁文福曾经这样回顾自己的创作："在文学的世界里，我却是个少年'远视'者。很多人问我何以能在当年写《细水长流》的歌词时就写出'多年以后/又再相逢/我们都有了疲倦的笑容'这样'早熟'的句子。我只能说，或许是从小阅读的古今文学的熏陶，令我特早将人生的种种，透过文学来'远视'。把十年前的文章好好读一读，也算是一种美好的回首式的'远视'吧？"②在这段话中，我们也可以看出梁文福早期作品中的高蹈气。一直到散文集《最后的牛车水》，梁文福的创作风格才真正转变，他在文学技巧上脱离了早期散文创作中的过于雕琢的痕迹，慢慢地让文字变得平实起来，同时也在篇篇散文中寄寓起更多的人文反思，而且这些反思也摆脱了早期创作中的高蹈气，在地的文化与生活气息使得他这本散文集变得耐读起来。

二、沟通音乐与文字："新谣"运动的核心人物

毫无疑问，梁文福是新谣运动中的中坚人物，他是新谣运动中最重要的词曲创作者，这一点在新加坡文艺圈是备受肯定的。我们先梳理一下"新谣"的定义和历史。根据梁文福的归纳和总结，"'新谣'的定义，最早是在1982年9月4日一场由当时的《南洋商报》副刊《南洋学生》主催的'我们唱着的歌'座谈会上，被提出来。……大家决定从创作者身份的角度来为新谣定位，同意'新谣'在广义上是指'新加坡年轻人创作的歌谣'，往后'新谣'这个缩写就一直被普遍沿用"③。在其主编的《新谣：我们的歌在这里》封三上有一段文字，我觉得很能概括"新谣"的内涵："新谣指新加坡年轻人自创的歌谣，它是20世纪80年代，新加坡民间自发兴起的一个音乐运动，也是一个深具国家、族群、世纪等身份认同意义的文艺运动。今天回顾，新谣不仅仍在扮演着岛国新一代华族文化载体的角色，也已为21世纪新加坡流行音乐在国际华人世界的大放异彩，打下了厚实的基础。"④关于新谣的发展，同时也展现了新加坡华文教育衰落的过程，邓宝翠认为"新谣的发展是由末代华校生搞起的，里面表达了他们的情怀、抑郁、展望等等。也有可能是，反正

---

① 梁文福：《谢谢我们曾经年轻——写在三版之前》，《曾经》（第三版），新加坡：冠和制作1987年版，第1页。

② 梁文福：《后记》，《越遥远，越清晰》，新加坡：八方文化创作室2011年版，第214—215页。

③ 参见乔克岑整理：《弹弹新谣·谈谈新谣》，《南洋商报·南洋学生》1982年9月11、12日。

④ 梁文福主编：《新谣：我们的歌在这里》，新加坡：新加坡词曲版权协会2004年版，封三。

英文都不好,怎么考也不会考好到哪里去,所以这群人就有更多时间去搞创作,更多时间聚在一起搞活动,互相取暖,无心插柳柳成荫"①。1990年新谣节最后一次举办后,大型的新谣演唱会就沉寂下去,从此之后,新谣成了历史。

从1981年创作处女作《唱一首华初的歌》作为母校华中初级学院年度演出《黄城夜韵》谢幕曲,到1984年的成名作《写一首歌给你》,再到新、马及中国港台各地歌手传唱他作词作曲的歌曲,梁文福一向是新加坡乃至华语歌坛的重要词曲作者。三十多年来,他的成就受到新加坡文艺界的肯定和推崇,如1988年第二届"新乐奖"中,与梁文福有关的奖项有:最高荣誉创作大奖《一步一步来》(梁文福词曲)、最佳作曲人、最佳作词作品《一步一步来》(梁文福)。更值得一提的是,在2003年《联合早报》票选出来的"我心目中的新谣代表作品"有(按照投票多少为序):《细水长流》(梁文福词曲,梁文福、王邦吉、刘瑞政合唱,1986)、《邂逅》(黄惠贞词,巫启贤曲,黄惠贞、巫启贤合唱,1983)、《恋之憩》(梁文福词曲,姜鄠演唱,1986)、《让夜轻轻落下》(梁文福词曲,潘盈演唱,1988)、《小人物的心声》(温雪莹词,陈天进曲,吴佳明演唱,1986)、《排排坐》(梁文福词曲,黄惠贞、梁文福合唱,1986)、《从你回眸那天开始》(梁文福词曲,洪劭轩演唱,1989)、《一步一步来》(梁文福词曲兼主唱,1987)、《你是我的唯一》(邢增华词,巫启贤曲兼主唱,1989)、《历史考试前夕》(梁文福词曲兼主唱,1987)。我们可以看到十部作品中,七部由梁文福创作。而同时票选出来的"我心目中的新谣代表"有(按照投票多少为序):梁文福、巫启贤、姜鄠、颜黎明、洪劭轩、黎沸挥、水草三重唱(许环良、黄元成和许南盛)、陈佳明、潘盈、李伟菘。梁文福的创作除了在新马两地传唱,也随着其闻名传到中国港台流行歌坛,如红唇族的《年少时候谁没有梦》(1988)、巫启贤《想着你的感觉》(1989)和《这次不是流言》(1993)、杜德伟的《今天我遇见我的寂寞》(1991)、孟庭苇的《你究竟有几个好妹妹》(1992)和《羞答答的玫瑰静悄悄地开》(1992)、邝美云的《唇印》(1993)、陈洁仪的《担心》(1995)、梁朝伟的《沧桑》(1994)、刘德华《每次醒来》(1996)、黎明《俘虏》(1996)、郑中基《戒情人》(1997)、许茹芸《散步》(1997)、熊天平的《最后还是会》(1998)、林志炫的《给你一些不给一些》(1998)、曾宝仪的《没有人》(2000)、阿杜的《下次如果离开你》(2002)都是由梁文福作词作曲;张学友的

---

① 邓宝翠、许通元:《从孤独之旅、怀旧之恋到新谣的旅程——邓宝翠专访》,《蕉风》2016年8月总510期,第33页。

《她来听我的演唱会》(1999)由梁文福作词；刘德华的《回家真好》(1999)、张信哲的《不做你的爱人》(1999)由梁文福作曲；等等。无论是在地影响，还是对外传播的广度上，我们都可以看到梁文福对新谣运动的贡献。

首先，梁文福的新谣歌曲中对新加坡社会历史、城市变迁和都市生活的反映，使得他的新谣创作极具新加坡本土特色。他的创作中充满着新加坡本土人事物，使得新加坡人有很强的认同和共鸣感，就连新加坡总理李显龙也表示最喜欢《小人物的心声》中的两句歌词："名人总是忙忙碌碌，我的时间由我控制。"①再如《赤道河水谣》(1992)可谓是新加坡历史的缩影，新加坡人非常熟悉其中的内容，包括新加坡建国、莱佛士登陆新加坡、新加坡河上的劳工、新加坡河出口处的鱼尾狮等新加坡特有场景。再如《新加坡派》："爸爸说我出生在六十年代／一岁多国家才算诞生出来／那时候没人相信新加坡牌／还有人移民海外／／旧家的戏院建在六十年代／我钻在人群里看明星剪彩／那时候粤语片是一片黑白／有些来新加坡拍／／渐渐地我们进入七十年代／一穿上校服我就神气起来／裕廊镇烟囱个个有气派／比我长高得更快／／那时候林青霞的电影最卖／凤飞飞抒情歌曲全班都爱／孙宝玲赢了一串金牌回来／我一夜兴奋难捺／当我们不觉到了八十年代／地铁将这个传奇讲得更快／大家都忽然要向自己交代／将新谣唱起来／／我们已搬家住得舒服自在／旧戏院变成教堂做礼拜／有时我独自回到旧地感怀／惦记那昔日小孩／／朋友们说我越活越不赖／像岛国一样实在／到底是它给了我胸怀／还是我给了它爱？／／一晃眼已经来到九十年代／爸爸你再唱一遍往日情怀／我们的故事我们自己记载／未来就看下一代／／别人将苹果派都送过来／我们也可以创造新加坡派／现在是别人纷纷移民前来／谁不爱新加坡派／／I like it Singapore Pie／我最爱新加坡派"。其中记录的是 1965 年新加坡建国，1960 年代的粤语片，1970 年代的裕廊工业区兴建、琼瑶爱情电影、凤飞飞的歌、东南亚双宝泳将孙宝玲和马嘉慧，1980 年的 MRT 工程、新谣运动，一直到 1990 年代，可谓一首爱国歌词。另外，像《一步一步来》《童谣 1987》(1987)、《太多太多》(1988)、《麻雀衔竹枝》(1990)、《老张的三个女儿》(1991)、《看电视》(1999)，都满带着新加坡人的集体记忆。

其次，另一点值得指出的是梁文福将自己的古典诗词研究与流行音乐这两者做了完美的结合，他也因此成为新谣运动的中坚人物，成为华语乐坛的重要代表人物。梁文福曾这样回忆道："……我到国外进修音乐，学的是

① 林义明：《李显龙专访》，《联合早报》星期刊，2003 年 11 月 16 日，第 13 页。

声乐,对歌曲尤感兴趣,曾经唱过和涉猎了许多古今中外的歌曲。一般作曲家在谱写歌曲的时候,大多采用别人的诗词入歌,偶尔会自己填词作曲,但这样的作曲家为数不多。像文福这样又写词,集词曲于一身的创作方式,而且还占了全部作品的九成以上,是不是前无古人,我不曾刻意考证,但肯定是少见的。从歌词的内容来看,文福应该是没给自己设限,它的涵盖面很广,不过又能贴近我们的周遭环境,有强烈的新加坡风貌,十分本土化。举凡生活中的点点滴滴、大事小事、爱情友情、心得感想、历史典故、时事趣闻,到了文福手里或笔尖,都能一一转化成行文流畅、清新隽永,适合谱上旋律的文字。"①

时过境迁,盛极一时的新谣在 1990 年代初期开始式微,联系起新加坡文化格局与教育政策的变迁,这本身就昭示着新加坡华文教育从盛到衰的过程。换言之,1980 年代的新谣运动,其中的文艺快餐的性质也暗合着新加坡华文教育被排挤的历史,在当时,新谣起到的"补课"(中华文化)的作用,在今天看来是相当明显的。② 吊诡的是,在华文教育剧变的 1980 年代,在政府旨在消弭华人各方言的"讲华语运动"中,新谣音乐运动被新加坡各公私机构和中小学校利用,"讲华语运动"的支持者都希望通过新谣带动年轻人通过学唱华语歌曲而学习使用华语。近些年来,新加坡作词人匮乏,"本地写词人在新谣鼎盛期之后青黄不接的现象,还可以从本地电台醉心频道举办的新加坡金曲奖中看得出来。这个本地最权威的音乐颁奖礼自 1993 年创办至今,已有 11 年的时光。11 年来'最佳本地作曲'的得主和入围者代有新人,可是'最佳本地作词'一项,却始终是新谣时期就开始写词的写词人作品得奖或入围。这个现象,与其说是新生代音乐人欠缺写词才华,不如说是 80 年代开始,华文教育政策的改变所带来的后果"③,我们在看到新谣运动影响力的同时,也感受到 1980 年代以来华文教育政策改变所带来的负面影响。

---

① 蔡慧琨:《从词与曲谈文福的歌》,韩劳达编:《写一首歌给你》,新加坡:八方文化创作室 2004 年版,第 267 页。

② 1979 年新加坡开始"特选中学"的教育,1980 年南洋大学被关闭,与新加坡大学合并成新加坡国立大学,至此,新加坡传统意义上的中学的"华校生"和"中文大学生"成为历史。新谣的后继无力,也跟这段历史进程有关。叶孝忠曾这样说:"新加坡社会从中文新谣过渡到现在的英语摇滚乐队,多少反映了这个城市的转变。"他谈论的主要是流行文化对新加坡人的影响,没有道明新加坡当时的文化转型这一背景。参见叶孝忠:《新谣》,《i 周刊》2003 年 10 月 16 日总 311 期,第 100 页。

③ 梁文福主编:《新谣:我们的歌在这里》,新加坡:新加坡词曲版权协会 2004 年版,第 120 页。

三、新谣与梁文福对中国文化的吸收与沉淀

梁文福在本科、硕士论文中研究的都是唐代诗人,所以讨论他 1985 年之后的散文、诗歌,包括新谣词曲创作的时候,也明显看得出唐诗宋词对他的影响。他曾这样谈及此事:"国际学者柳存仁教授曾经在 1980 年代到新加坡讲学,柳教授对宋词有深入研究。本地资深文化评论者庄永康回忆,柳教授当年接受他的访问时,曾经把新谣形容为新加坡的唐诗宋词。唐诗宋词所以称为唐代和宋代最具代表性的文学遗产,除了因为作品里华文演绎所展现的艺术意境,也因为语义的表层卜包含了唐人和宋人各异的精神风貌。新谣仍本着'我们的故事我们自己记载'的精神,通过华文华语'将新谣唱起来'(《新加坡派》),新谣词曲蔚然成为新加坡华人在一个时代记录精神风貌的音乐文本。需要指出的是,新谣萌芽与发展的时期,新加坡的华社经历重大的语文与语言上的变化,正是在此特殊历史时期,新谣在新加坡社会作为华族文化载体的意义,显得格外鲜明。"[1]从这段话里,我们可以看出梁文福对新谣背景与新加坡当代文化情景的熟悉,另外,也能看出 1985 年柳存仁的来访对他的某些影响,习唐诗宋词的经历对他的新谣创作的影响是明显的。回到他的新谣创作,我们从梁文福新谣的创作主题看,表 10-1、表 10-2 分别记录了他本科论文的目录、他在新加坡孔子学院开设的"中文流行歌词创作初阶班"的课程大纲,我们会发现其中的端倪和联系。

表 10-1　梁文福本科毕业论文相关内容

梁文福本科毕业论文的 第三章"白居易日常生活诗之 主题内涵"目录	梁文福新谣作品
1.日常琐事之趣	《童谣1987》《老张的三个女儿》《看电视》《麻雀衔竹枝》
2.妻子手足之情	《写一首歌给你》《让夜轻轻落下》《恋之憩》《担心》《从你回眸那天开始》
3.闲暇疏慵之咏	《历史考试前夕》《太多太多》
4.岁月流逝之感	《细水长流》《新衣哪有旧衣好》《新加坡派》《流水词》
5.知足乐天之吟	《一步一步来》《排排坐》

---

[1]　梁文福主编:《新谣:我们的歌在这里》,新加坡:新加坡词曲版权协会 2004 年版,第 117 页。

表 10-2　第五届中文流行歌词创作初阶班的课程大纲

1.歌词的基本概念: 词在歌中的意义 词的文类特征	6.填词习作(一)
2.歌词的不同类型 内容的类型 风格的类型	7.歌词写作与音乐的结合 押韵 声调 节奏
3.歌词创作的起点 语文的基础:知识、规律、变化 写作的素养:模仿、学习、创造 写作前的构思:意念、组织、发展	8.实践课(二):填词 讲师说明题目、方向、要求 学员现场习作
4.实践课(一):填词 讲师说明题目、方向、要求 学员现场习作	9.歌词写作与修辞的关系 歌词的商业价值 歌词的社会功能
5.歌词的专业条件和社会功能 外在环境和客观事实 职业作词人的主观条件	10.填词习作(二) 评讲及课程总结

注:授课时间为 2011 年 3 月 15 日至 5 月 13 日每周二 7:30 pm—9:30 pm(共 10 堂课)

　　梁文福攻读博士学位阶段又开始选择丰子恺作为研究对象。虽然他告诉笔者:"我自己觉得白居易和丰子恺都是我很喜欢的作家,性情相近,谈不上比较受到哪一位的影响。我的很多新谣歌词倒是在大量接触到这两位作家的作品之前写的(多数在 1990 年以前已经创作并发表),那是个人和本土色彩比较强的写作。"①但纵观他的创作时间,新谣创作与他研究白居易、孟浩然颇有关系,而 1990 年代之后的作品,我们也明显看出丰子恺的创作影响着梁文福的创作,如丰子恺所追求的"童心"②,他反感成人社会尤其是都

---

① 2014 年 6 月 22 日笔者与梁文福的通信。

② 丰子恺的"童心"出现在他的很多作品中,如"我看见世间的大人都为生活的琐屑事件所迷着,都忘记人生的根本,只有孩子们保住天真,独具慧眼,其言行多足供我欣赏者""……丧失了美丽的童年时代,送尽了蓬勃的青年时代,而初入黯淡的中年时代的我,在群真率的儿童生活中梦见了自己过去的幸福,觅得了自己已失的童心。我企慕他们的生活天真,艳羡他们的世界广大"。参见丰子恺的《谈自己的画》,还有《我与〈新儿童〉》《缘缘堂随笔》《儿女》《给我的孩子们》等散文中都有涉及。

市社会中所谓的制度、文明、道德等方面的虚伪，加上他是平民出身，他对平民老百姓的疾苦有着深刻的感受和同情。另外，丰子恺是李叔同（弘一法师）的得意弟子之一，李叔同的出家经历让丰子恺的创作思想中有着很强烈的出世色彩，他热爱自然田园，注重佛学修行，他最喜欢的是清代僧人八指头陀的一首赞美儿童的诗："吾爱童子身，莲花不染尘。骂之唯解笑，打亦不生嗔。对境心常定，逢人语自新。可慨年既长，物欲蔽天真。"但李叔同抗战时期的救国热忱让他又有一些"大丈夫气"（《谈自己的画》），他对中国乱世的悲惨情景有着自己的关怀。就这样，丰子恺身上的"隐逸气"和"大丈夫气"为梁文福所继承。以隐逸气为例，梁文福曾说："写专栏不也如此：不纯为己，不纯为人，更为了生活中那些不即时捡起就可能永为你我失去的小闪光，于是向前跑一程，不知不觉，又再向前跑一程。"[1]这种类似的表达中透露梁文福后期新谣的一大特点。但也看得出，研究丰子恺的经历对他后期的创作有很大的影响。2000年前后他的新谣创作有了更多的社会现实关怀和平易近人的风格。

在一次通信中，笔者问梁文福：您2000年之后的微型小说、小品文的风格很淡雅，不知道是不是也受到丰子恺先生散文风格的影响？他的回答是："应该会有吧。尤其是小品文（但近期又有改变），微型小说则未必。个人觉得散文、新诗和小说中的'我'是很不同的。"[2]真正了解梁文福，还是需要我们去认真阅读他的作品，值得强调的是梁文福在大学中汲取了大量的中国文化传统，这些传统成就了他的创作，也使得他多个面向的创作成为新加坡当代文学的一个高度。

第三节　新加坡华人国族意识建构：洪荣狄《信约》三部曲

新加坡早在1960年代黑白电视时期就开始了电视剧的制作，播出了《黄金万两》《父母心》等作品。1968年，电视台招考演员并成立电视台编剧团，与此同时征求"组屋故事"以改编为电视剧，1970年代才有了《家在大巴窑》、《小小心灵》等极具本地色彩的儿童电视剧。在本地导演郑国秋、林兴导、谢正直、谢于对、连当能和李明芬等人的带领下，新加坡本土电视剧有了

---

① 　梁文福：《向前跑》，《散文@文福》，新加坡：新加坡大众书局2001年版，第129页。
② 　2014年6月22日笔者与梁文福的通信。

雏形。到 1981 年,在蔡萱、曾鹏鲲、胡益发等编导和本地演员,以及来自中国台湾地区的林能宽等工作人员的合作下,拍摄了《灯蛾》(首部彩色连续剧)、《悲欢年华》和《逐浪者》以及几部儿童剧经典(如《再见爸爸》和《绿野童心》等)。

从 1982 年起,电视台邀请中国香港电视制作人加盟,代表有梁立人、江龙、区玉胜、赖水清、吴乔颐、徐遇安、胡鹤译、刘天富、李国立、张乾文、潘文杰、马玉辉、何法明等人,加上本土制作团队,如戏剧总监冯仲汉、监制和编导廖明利、王尤红、谢敏洋、李宁强、杨锡彬,编剧郭令送、洪荣狄、王启基、邓润良、苏春兴、黄佳华、卢智明、许声亮、苏殷、陆慧凝、温雪莹、卡斯等人,成就了新加坡电视剧的辉煌成绩。梁立人出任戏剧处处长时,策划的第一部重头戏就是 1984 年拍摄的"《雾锁南洋》三部曲"(《雾锁南洋》及其续篇《风雨同舟》《赤道朝阳》),而这三部电视剧可谓是"《信约》三部曲"的前身,拍摄的目的就是迎接新加坡建国 25 周年。其中《雾锁南洋》"最特别之处是全剧使用电影菲林来拍摄,以营造气势磅礴的场面,充分展现从中国南来的过番客如何扎根新加坡,并和当地人民在殖民地期间英勇抗敌的故事,让电视观众从中温习先辈那一段段感人的奋斗史",而后两部"戏剧组在得到军方、警员及防镇暴部队的通力合作下,成功将当年的福利巴士及有关 Duxton 倒粪工人大罢工的大场面重现"。①

《信约》三部曲是新加坡新传媒公司(以下简称"新传媒")为迎接新加坡建国 50 周年所拍摄,三部曲包括《信约:唐山到南洋》《信约:动荡的年代》《信约:我们的家园》三部作品,内容跨越新加坡百年历史,包括英殖民地马来亚时代、新加坡自治时期、新马分家之初、新加坡建国之初四个时代,讲述了新加坡华人百年奋斗史,从官方的角度,这是一部相当成功的"贺年(50周年)片"。本节试图从官方历史和民间历史的缝隙中寻找新加坡国族意识的建构过程,以及新加坡人精英和草根两大阶层分离之后的社会认同的差异,从而重新审视当代新加坡华人文化的历史构成和特点。

从历史的角度来看,大部分民族是在"国家"这个政治实体形成之后,从语言、文化等意识形态方面来确立其属性。"国族意识"是透过"国家建构"和"民族建构"两方面演变的一种现代现象。其中"国家建构"方面包括领土构成、政治结构、经济制度、官僚体系、行政及司法结构、监控及情报工作、管

---

① 《情牵 25,电视星光珍藏本》,新加坡:新传媒出版 2007 年版,第 10—11 页。

理包括出入境管理、国防等功能；"民族建构"方面包括公民权、国家文化、语言及教育制度等属性。[①] 根据安德森的说法："民族性和民族主义一样，是一种特殊的文化制品"，而民族是一个"想像的"政治共同体，"天生受到限制却又是自主的"。[②] 新加坡就是这样一个新兴的国家，由华人、马来人、印度人和欧亚裔后代组成，由于历史原因，新加坡也面临着族群关系紧张的挑战：第一，必须找出一个让所有族群都能获得平等对待的方案；第二，必须打造出一种国族认同。一个在没有考虑到族群差异的情况下或在每个族群仅着重本身族群利益的情况下成立的国家，可能会变成一个没有公民的国家，或导致其公民变成没有国家的人。[③]

在研究新加坡华人国族认同方面的代表学者是崔贵强，[④]他研究的时间范围限于 1959 年新加坡自治之前，没有涉及建国之后的新加坡。另外，也有一种看法认为新加坡人的"国家认同"，就是他必须要自认为是新加坡人，而不是华人、马来人、印度人或混种人。对于能够团结新加坡人的节庆和标识，如国庆日、国旗、国歌、总统与总理，必须要有尊敬，并参与国家的事物，必要时愿意为国家而牺牲。[⑤] 显然，后者所提示的"国家认同"是新加坡政府需要的，因为从现实的国际环境下，新加坡需要这种国家凝聚力。但新加坡的多元族群的国家构成决定了每个族群在保留各自文化传统的同时也兼顾着国家意识形态的需要，这其中的复杂性，正是讨论《信约》三部曲的原因。

一、新加坡建国史的合法性论证：《信约》三部曲的情节设置

《信约》三部曲讲述了几代新加坡人在过去一百年来在南洋（主要指的是新加坡、马来西亚两地）打拼的感人故事。"信约"在新加坡有着特别

① Smith, Graham. "Nation-state." In *The Dictionary of Human Geography*, edited by R. J. Jonhston, Derek Gregory, Geraldine Pratt, and Michael Watts, Oxford: Blackwell, 2000, 533-535.

② Anderson, Benedict. *Imagined Communities: Reflections on the Origin and Spread of Nationalism*. Revised edition, London/New York: Verso, 1999, pp. 3-7.

③ 可参考 Abah and Okwori. "A nation in search of citizens: Problems of citizenship in the Nigerian context." In *Inclusive Citizenship: Meanings and Expression*, edited by Naila Kabeer, London and New York: Zed Books, 2005, pp. 71-84.

④ 崔贵强：《新马华人国家认同的转向（1945—1959）》，新加坡：南洋学会 1990 年版。

⑤ Chiew Seen Kong. "Singapore National Identity." MA thesis. Singapore: Department of Sociology, University of Singapore, 1971, pp. 52-53.

的内涵。① 新传媒也是希望通过这个"信约"的标题来提醒新加坡人对国家的效忠。三部曲的原创人员有：《信约：唐山到南洋》，监制谢敏洋②，编剧洪荣狄③，导演张龙敏、方家福、高淑怡和陈忆幼；《信约：动荡的年代》，监制张龙敏，编剧洪荣狄，导演卢燕金、霍志楷、苏妙芳和叶佩娟；《信约：我们的家园》，监制黄光荣，编剧谢俊源、陈海兴和简桂枝，导演卢燕金、高秀慧、霍志楷和叶佩娟。这里集合着新加坡最优秀的编导和制片人，足见新传媒对《信约》三部曲的重视。

在前期宣传上面，新传媒也是不遗余力。《I 周刊》是新传媒旗下的刊物，第一次曝光《信约》三部曲的拍摄计划是在 2013 年 7 月 18 日："《唐山到南洋》不仅是年度重头剧。更是新加坡建国 50 年，戏剧回顾三部曲的首部曲，20 到 30 年代过番客奋斗故事，我视为 21 世纪版《雾锁南洋》。刚结束在马来西亚槟城的拍摄，目前续程怡保取景，暂定 9 月拉队到中国。大制作机密拍摄，初次曝光。"④接着还谈到三部曲的投资之大，"所谓大制作，即马不停蹄游走不同城市取景务求演员投入时代氛围视觉上达至完美。……目前数分钟，幕后历经的艰辛，你大概无从想象。从小镇约 2 小时车程才能到达，荒山野岭，白沙茫茫，有股让人不安的苍凉"⑤。之后的《I 周刊》关于《唐

---

① 新加坡国家信约是对新加坡宣誓效忠的一个方式。新加坡人一般在公众活动中一齐宣读信约，尤其是在学校，在武装部队以及国庆庆典的时候。新加坡独立不久后，1966 年信约由信那谈比·拉惹勒南所写。拉惹勒南深信"一个国民、一个新加坡"的愿景，以这个愿景写成信约，成为新加坡的国民身份认同和国家精神的象征。他深信不分种族、言语、宗教，共同向目标迈进。他把草拟的信约交由当时的总理李光耀，李光耀修饰了信约再呈上内阁。华语版本：我们是新加坡公民，誓愿不分种族、言语、宗教，团结一致，建设公正平等的民主社会，并为实现国家之幸福、繁荣与进步，共同努力。英语版本：We, the citizens of Singapore, pledge ourselves as one united people, regardless of race, language or religion, to build a democratic society based on justice and equality so as to achieve happiness, prosperity and progress for our nation.

② 谢敏洋(1961—)，1983 年加入新广(新传媒前身)，从助导做起，后逐步升上导演、监制。她是近年来受委制作重头剧最多的一位监制，从《最高点》到《信约：唐山到南洋》，不下七部，并曾以《小娘惹》创下近年最高收视，并获亚洲电视大奖最佳电视剧奖。

③ 洪荣狄(1960—)，祖籍福建安溪，1978 年前后开始从事小说创作，是新加坡最受欢迎的编剧家。代表作品有《小娘惹》获 2010 年第 16 届上海电视节"白玉兰奖"最佳编剧奖提名；《信约：从唐山到南洋》获 2014 亚洲彩虹奖优秀编剧奖，这一届的最佳编剧是流潋紫、王小平合作的《甄嬛传》。

④ 杨丽玲：《〈唐山到南洋〉：镜头内外》，《I 周刊》2013 年 7 月 18 日总第 820 期，第 44—47 页。

⑤ 杨丽玲：《〈唐山到南洋〉：怡保苦乐》，《〈I 周刊〉》(2013 年 11 月 1 日总第 837 期)，第 48—50 页。

山到南洋》的报道一直没有间断过。① 在这些报道中，白薇秀有一段话可谓是对新加坡华人国家认同的一个最好的注脚："我很喜欢中国的。我在北京的时候有跟一个朋友在聊起，当你在最无助最辛苦的一种环境里面的时候，你会回到最底的自己。我怎么西化都好，当我在最难过的时候或者最冷最孤独最需要温暖的时候，最想吃的是一碗热腾腾的面，最想看到的是黄皮肤的人，最想听的是中文歌，最想的是我的家人，是一种很基本的。再怎样看很多美剧听很多美国的歌都好，这些是跑不掉的。"②《I周刊》2014年2月27日总第852期开始预告《信约：动荡的年代》："《信约》二部曲《动荡的年代》演员名单出炉，李南星、白薇秀、欧萱等第一代的5个子女接棒，二战与本地学潮中打滚。辍学回归电视圈的陈凤玲野心勃勃求突破，立志在台湾地区发展的陈邦鋆计划暂缓回巢参演。"③在宣传完《动荡的年代》之后，又紧锣密鼓地介绍第三部《信约：我们的家园》，称"《信约》三部曲《我们的家园》开拍，幸福快乐之前，还需上演一次旧时代恩怨情仇"。《I周刊》还推介了第三部的演员阵容，包括张振寰、林慧玲、欧萱、陈凤玲、陈罗密欧、陈欣淇、方伟杰等人。④

此外，新传媒还与新加坡大众书局联合出版了由电视剧改编的漫画集《信约：唐山到南洋》（2014年3月）、《信约：动荡的年代》（2015年5月）和《信约：我们的家园》（2015年11月），其中《信约：唐山到南洋》漫画版销售量突破1万本，打破本地大众书局的销售记录，是该书局有史以来最畅销的中文漫画书。在凝聚国族认同方面成果显著，"为了推介这本《信约：动荡的年代》漫画书，一连串的路演活动从2015年5月18日起在全国好几所学校进行。该书适合小学高年级学生阅读，全书分为六个章节。每个章节均包括成语和关键字词/短语，并且辅以相应的解释，以便于理解和学习。该书旨在向读者灌输六个核心价值观：尊重、责任感、坚毅不屈、正直、关爱与和

---

① 这些报道有：黄敏玮：《可爱坏男人》（2013年11月21日总第838期）、杨丽玲：《李南星：我撑得起！》，（2013年11月28日总第839期）、黄敏玮《过番事件簿》（2013年12月12日总第841期）、杨丽玲：《甜蜜蜜 不相爱：黄俊雄 & 白薇秀》（2013年12月26日总第843期）、王莉雁：《方展发 & 曹国辉：恶男出头天》（2014年2月20日总第851期）、杨丽玲：《白薇秀：忠于自己有什么问题》（2014年5月8日总第862期）。

② 杨丽玲：《甜蜜蜜 不相爱：黄俊雄 & 白薇秀》，《I周刊》2013年12月26日总第843期，第33页。

③ 黄敏玮：《陈凤玲 陈邦鋆：回归大阵仗》，《I周刊》2014年2月27日总第852期，第16页。

④ 参见黄敏玮、王莉雁：《终极一击》，《I周刊》2015年2月5日总第901期，第50—52页。相关的宣传文章有黄敏玮《陈凤玲：PR公主恶毒心声》（《I周刊》2014年5月15日总第863期）、黄敏玮《〈红星大奖〉话题热炒》（《I周刊》2015年2月12日总第850期）。

谐,而这些正是新加坡的前辈们在立国之初的奋斗岁月里所体现的价值观"。① 而演员们到各中小学宣传也效果很好,"为庆祝建国50周年,新传媒推出《信约》第三部曲《我们的家园》漫画版,希望借此培养孩子们的爱国情怀。……新传媒艺人张振寰就说:'戏剧可能是面对广大的观众朋友们,漫画的形式可能更容易让同学们接受,但是我觉得它里面包含的内容和意义都是一样的。那就是传承,是对新加坡历史的传承,是对新加坡精神的传承。'一名南洋小学学生表示:'我觉得会提高我的华文成绩,因为这些书有很多精彩的部分。'漫画寓教于乐,除了巧妙地使用成语和俚语提高孩子的华文水平,更重要的是通过真实发生的历史事件,帮助学生了解历史,激发爱国情怀"②。从电视剧到漫画,这种文化传播模式很成功,所取得的成绩也充分说明了《信约》三部曲在凝聚新加坡国族意识方面的贡献。

《信约》三部曲的情节设计方面的特点是什么,这些情节设计如何展示新加坡华人的国族认同呢? 这是我们要重点分析的对象。

第一部《信约:唐山到南洋》主要讲述新加坡华人祖先过番到南洋的奋斗点滴。"南洋"这是称呼在电视剧中指的是马来亚,包括今天的马来西亚和新加坡。"唐山"指代中国,"中国"这个称呼在整个"信约三部曲"中没有被直接提及过。"唐山"的形象是贫困的,电视的选景地福建永定是闽西贫瘠之地,被称为是"客家祖地",也是福建省八大侨乡之一,张天鹏、张天鹰就是客家人。在电视剧中,从唐山出来的华人的最大目标就是讨口饭吃。这部作品展现了从唐山来讨生活的"过番客"的奋斗史和第一代华人移民(包括娘惹家族)的生活面貌,分别对应着两条线索。一条线索以马来西亚的怡保锡场为中心,马来西亚怡保是昔日的马来西亚锡都。张天鹏随着结拜义弟洪石、林鸭子夫妇到怡保矿上谋生,遇到矿上的打手黑龙。值得注意的是,黑龙主要负责管理工人,同时也在矿场贩卖鸦片、开赌馆、开妓院,让劳工在耗尽金钱后无法返乡,甚至欠下巨额的高利贷,永世不得翻身,张天鹏与黑龙展开斗争。其实早期矿场主用黄赌毒来留住矿工的事情很多,透过剧中矿场主与黑龙的对话,其实看得出矿场主也清楚这些事,不过这些在这部电视剧中被一带而过。因为黑龙的幕后老板是张家二当家张广达,加上

① 《〈信约:动荡的年代〉漫画书发布会》,参见新加坡推广华文学习委员会网站,http://www. cpcll. sg/events/reading-group/launching-of-comic-book-version-of-the-journey-tumultuous-times。
② 《〈我们的家园〉推出漫画版 激发学生爱国情怀》,新加坡8频道的新闻及时事节目(2015年11月11日 20:17),参见 http://www. channel8news. sg/news8/lifestyle/entertainment/20151111-lif-comic-book/2252700. html。

张天鹏与张广达所娶的妾室白明珠是唐山老乡，两个人一直在关键时刻互相帮助，有患难之情，所以，电视剧通过张天鹏这条线串起来马来西亚怡保与星洲（新加坡）两地。

另一条线索围绕"星洲"张家进行。张天鹏的弟弟张天鹰留在星洲，在张广平旗下的药房工作，认识张东恩和张惠娘兄妹俩，并继承了药房师傅陈匡的药方。在这期间，张东恩和张惠娘代表的现代意识，与张广达所代表的华商腐败分子以及张广平代表的正义华商产生了不同意识碰撞。其中暗示的文化冲突很有意思，电视剧展现了娘惹身份的张惠娘的"现代"与唐山大家闺秀白明珠的"保守"，这两个人又勾联起早期新加坡的娘惹/峇峇族群文化和华人传统文化，前者代表着华人族群中西化的一面，如张惠娘追求婚姻自由、张东恩反抗家族中二叔张广达的邪恶势力；后者代表着中国传统伦理道德和文化价值，她奉行着嫁鸡随鸡嫁狗随狗的封建思想，一而再再而三地容忍张广达的家暴。最后在张氏兄妹的影响下，白明珠走上了反抗恶势力，追求个人幸福的道路。

除了继承第一部《信约：唐山到南洋》中宣扬华人重义轻利的优秀品质之外，第二部《信约：动荡的年代》也把重点放在新加坡的左翼政治势力与右翼势力之间的冲突上。这部电视剧跨越1941年日本侵略新马前夕到1965年新加坡建国，以重要事件串起故事，如1942年日军占领新马、1952年华人社会反对英殖民者的征兵制度、1954年反英殖民者干预华校引发学生运动的"5·13事件"、1955年立法议会选举后，马绍尔的劳工阵线成为执政党、1955年工潮不断、1956年3月马绍尔推出新加坡独立运动（4月赴英国谈判不成功，之后，马绍尔辞职，劳工阵线林有福接任首席部长）、1964年7月21日种族冲突、1965年8月9日新加坡脱离马来西亚而独立。这部作品呈现了很多历史内容，也是三部曲中最获好评的作品。①

《信约：唐山到南洋》中的张姓、洪姓三家第二代子弟在跟随英殖民者还是反抗英殖民者的问题上分成了两派：张晏在英殖民政府工作，出任劳工阵线代表，出任政治部主任，维护的是英殖民者的利益。而洪当勇受马共影

---

① 2015年新加坡第二十一届红星大奖颁奖礼中，《动荡的年代》是最大的赢家，"最佳男主角"（陈泓宇饰演胡佳/张佳）、"最佳男配角"（陈汉玮饰演胡为人）、"最佳女配角"（白薇秀饰演张惠娘）、"青苹果奖"（张值豪饰演童年张佳）、"最佳主题曲"（《信·约》）、"最喜爱女角色"（欧萱饰演洪明慧）和"最佳电视剧"都被《动荡的年代》收入囊中。而2014年新加坡第二十届红星大奖中的，《唐山到南洋》仅收获"最佳男主角"（方展发饰演黑龙）和"最佳导演"（张龙敏），而2016年第二十二届红星大奖上，《我们的家园》仅收获"最佳戏剧摄影"。我想这三部曲在题材上的不同是造成观众认可度的重要一环。

响,投身当地人民行动党,为刘金祥(林清祥的化名)站台争取投票。电视剧根据真实的历史线索走,如 1955 月 5 月发生的福利巴士公司工人要求资产承认巴士工友联合会为代表自己的工会的斗争,由于资方有黑社会和英殖民当局的支持,态度嚣张顽固,于同年的 5 月 12 日演变成一场暴力冲突。事件中一名年仅 17 岁的华校生被一位警察开枪打死。然后,工人的斗争得到广大学生和群众的支持,令资方最后不得不做出让步,答应了工人的要求。在两人的交锋中,张晏利用父亲张天鹏和洪石的兄弟情谊,让洪石念及兄弟之情和往日受张家的恩惠去影响洪当勇。中间又发生了张晏离间洪明慧和张佳的关系、借弹子头的案件上位、设计暗杀洪当勇等事件。除了殖民地时期的不同路线斗争,该剧还反映了新加坡现代历史中的黑社会势力——以胡佳(张佳)为中心,勾连起"小义堂"和"七忠门"的黑社会内斗,并且体现了弹子头、糖水妹(白兰香)、白狗等底层人民的生活状况。

第三部《信约:我们的家园》前十集还是延续着洪当勇和张敏、张佳和洪明慧两夫妇的故事,不过在第十集洪当勇被枪杀、张晏被砸死之后,这部剧才正式进入"家园"主题。洪家、张佳的 5 个后代开始了自己的人生旅程,洪宽先是一名船厂技工,后来成为政府救援队组员。洪锐矢志继承母亲的娘惹手艺,最后成为 Little Nyonya 糕点店的师傅。洪家收养的万子聪为了摆脱贫困家境,不择手段上位,最后因动用公款被抓,万芳芳为了拿到张敏的娘惹糕点店的经营权不择手段。张佳的儿子张骏腾成为民防部队的成员。第三部中涉及的新加坡事件有很多,如 1963 年新加坡强制制水、1964 年居者有其屋的组屋计划、1970 年开始清理新加坡河、1974 年彩电电视台启播、1976 年人民行动党再次执政、1977 年新加坡足球队赢得大马冠军杯、1978 年 10 月 18 日裕廊工业园史拜罗斯号意外、1979 年 9 月的"讲华语运动"、1980 年代的新谣运动、1986 年 3 月 15 日新世界酒店倒塌、1987 年新加坡地铁通车等事件都在电视剧中直接插入,增强了这部电视剧的的纪实性,也凸显了此剧的主题:新加坡人要勤奋工作,各族群要和谐共存,新加坡才是新加坡人生于斯长于斯的"我们的家园"。

二、纠缠的意识形态:《信约》三部曲中的文学隐喻

截至 2015 年 6 月,新加坡的总人口为 553.5 万人,其中新加坡人 390.27 万,新加坡公民 337.5 万,新加坡永久居民 52.77 万人。其中华人人口 2,900,007,占 74.3%;马来人人口 520,923,占 13.3%;印度人 354,952,

占 0.9％；其他人口 126,808，占 0.3％。① 新加坡是一个典型的移民国家，全国约五分之二的人是外国务工者，本地人只有 300 多万人，而且其中有 50 多万可进可退的永久居民。2013 年，李光耀 89 岁高龄，当时有记者问他对新加坡最大的希望是什么？他回答："我对新加坡的最大的期望是它将享有持续的和平、稳定和进步。"②当记者问及 1986 年李光耀在澳大利亚访问期间关于 100 年后新加坡情况的预测时，李光耀回答："我还是持同样的看法。澳大利亚和新西兰有广阔无限的土地。它们能够在犯错后翻身。我们是一个只有 600 万人人口的小岛。如果我们犯错，把新加坡的基础，如种族团结、和平与稳定破坏掉，我们将不会有第二次机会。"③当中国中央电视台记者问及"假使新加坡没有李光耀，情况会怎么样？"时，李光耀的回答是："这是一个很难回答的问题。坦白地说，我自己也没有答案。到时或许有另一个人，能够把人民动员起来，能够让人民振作奋发，拥有卓识、远见和冲劲去实现他的理想与计划，他也能够成功，并非一定要我不可，有这种素质的其他人也能做到。……但因为是我，我有自己坚持的一些理想，如坚持维持人民生活整体的素质，要绿化城市，让人民生活在干净和整齐的环境中。生活不仅关系到你穿什么衣服，你吃什么东西，你拥有什么财产，生活还包括总体觉得过得不错的感觉。你看看自己的周围，希望看到美丽和让你愉悦的事物：音乐会、交响乐、博物馆、图书馆等等。这些都是伴随文明社会而来的事物，而这些正是我所坚持的环境。"④今天的新加坡，居者有其屋、经济繁荣、政府廉洁、精英治国、双语教育、花园城市，一切都是那么的美好，这大概就是新加坡华人的国族认同。

但文学总是在规范化的历史中让我们寻找到种种其他的阐释空间，我们回到 1965 年 8 月 9 日，新加坡脱离马来西亚联邦独立的那天。当时的记者会上有记者问起当时的新加坡与印尼的武装对抗，李光耀这样说："印尼必须首先承认新加坡，就如今天我代表人民及新加坡政府所宣布的，承认新加坡是个独立、自主的国家，具有自己意愿及能力的国家。我们具有强烈的意志。能力方面也许颇受限制，但是，在所有朋友们的协助下，在那些将协

① 参考自 http://www.singstat.gov.sg/statistics/latest-data♯14（新加坡统计局）。
② 《专访建国总理李光耀》（2013 年 7 月 16 日），《新加坡选择了李光耀：政策篇》，Singapore：Cengage Learning Asia Pte Ltd 2013 年版，第 V 页。
③ 《专访建国总理李光耀》（2013 年 7 月 16 日），《新加坡选择了李光耀：政策篇》，Singapore：Cengage Learning Asia Pte Ltd 2013 年版，第 Ⅶ 页。
④ 《导言》，《新加坡选择了李光耀：政策篇》，Singapore：Cengage Learning Asia Pte Ltd 2013 年版，第 Ⅻ 页。

助我们生存的英联邦朋友的协助下,我们决心生存下去的。一旦他们承认我们,我们则具有自己的意志、能力、思想,不是傀儡、木头或如他们所谓的'帝国主义者的奴才'。"①另外,李光耀有一段很有名的话:

> 新加坡将是个多元种族的国家,我们将树立个榜样。这不是个马来国,也不是个华人国,不是个印度人国家。每个人都有平等的地位,不分语言、文化、宗教。……我要向马来人说:不必担忧,这是一个信仰多元种族而把新加坡带离沙文主义而达致种族主义的政府。……最后,让我们真正的新加坡人民——我现在不能自称为马来西亚人了——不分种族、语言、宗教、文化,团结一致!②

可以说一个"不分种族、语言、宗教、文化,团结一致"的新加坡就是李光耀毕生的追求。但历史是复杂的,占新加坡人口75%的华人在建国50年历史的进程中,也有着历史的隐痛,其中最大的伤害就是双语政策的强制推行。30年前,《联合早报》上有一则头版头条报道:"从明年起,我国各语文源流学校,将逐步统一,成为全国统一源流学校。到了1987年,我国将不再有华、英校之分。在全国统一源流学校教育制度下,所有的学生,都将以英文为第一语文,母语为第二语文。"③之后的双语教育政策被强制推行,牺牲掉了一代华校生,这个历史在代表官方意识形态的《信约》三部曲中是没有丝毫反映的。

不过,文学中的缝隙总能让我们感受到它的批判意识和怀疑精神,如《信约:动荡的年代》中最重要的人物张晏,这个人留学英国,拥有律师身份,利用工会和左派进入政坛。他的学习和从政经历或多或少有着李光耀的影子。不过,剧作者对张晏这个人物进行了一些改造,淡化了他与李光耀相似的地方。首先,张晏是从唐山来的张天鹏、白明珠夫妇之子,让他不是娘惹峇峇之后,这样就免掉了影射李光耀峇峇娘惹后人的身份;其次,张天鹏兄弟出身客家,李光耀也是客家子弟。《信约:我们的家园》中,洪当勇的墓碑

---

① 《真正的新加坡人民,让我们团结一致! ——在宣布新加坡独立的记者会上的讲话》(1965年8月9日),《新加坡选择了李光耀:建国篇》,Singapore:Cengage Learning Asia Pte Ltd 2013年版,第4页。
② 《真正的新加坡人民,让我们团结一致! ——在宣布新加坡独立的记者会上的讲话》(1965年8月9日),《新加坡选择了李光耀:建国篇》,Singapore:Cengage Learning Asia Pte Ltd 2013年版,第16页。
③ 《各语文源流学校1987年全面统一》,《联合早报》1983年12月23日。

上的祖籍是广东大埔，这地方正好是李光耀的祖籍之地。这种种情节都强调了李光耀的华族身份。

　　历史是复杂的，新加坡推行双语的教育政策，具有西化的发展倾向，但新加坡的社会阶层是分裂的。以全英文接受教育并进行交流的新加坡人和以华文和英文夹杂为交流方式的新加坡人，在目前的新加坡教育制度下，越来越有隔膜，特别是中国新移民的增加不断地填补后者的数量。新加坡有个独特的现象，就是英文教育的新加坡人晚上喜欢看华文频道，他们中很多人不会写中文，甚至不能读懂中文报纸，但听、说中文的能力还是具备的，这也说明，在双语教育政策下，华人对本族群的语言认同和身份认同还是非常明显，这些也是新加坡华文文化不会很快衰竭的重要原因。①

　　方修的马华新文学大系的资料整理、文学史建构和文学经典整理、文学期刊编辑与东南亚文学的关系至今为东南亚作家和研究者津津乐道，他的治文学史的扎实和用心，为世人瞩目，毕竟那些成果是他翻阅一期期报纸、一页页誊录的心血结晶，更难能可贵的是，他在广泛搜集文学史料的基础上，建构出了马华文学现实主义文学的一脉传统，其治史精神值得东南亚华人文学研究者们永远地尊敬。20 世纪 70 年代台湾地区校园民歌盛行，李健复、李泰祥、罗大佑、齐豫等音乐人风行一时，新加坡与马来西亚等东南亚华人社会也深受其影响，跟着掀起民谣风。那些称为新谣与马谣的清新作品在当时造就了一大批传承华人文化传统的音乐文青：梁文福、巫启贤、颜黎明、洪劭轩、李伟菘、李偲菘、黎沸挥、潘盈等。新谣也在参与大众文化的建构，如"在 80 年代开始深入民心的本土电视剧，不仅让本地演员赢得大众的支持，也让不少本地歌手和本地歌曲，通过电视的播放，配合专辑的推出，在民间留下深刻印象。……最早的例子，就是由木子和梁立人写词，蓝兆庞作曲，孙振辐演唱的电视剧《雾锁南洋》主题曲及插曲，那是在一次征求电视剧歌曲作品比赛中脱颖而出的经典电视剧歌曲。随后本地电视剧采用了数不清的本地年轻人的作品"②。在东南亚地区，特别是新加坡、马来西亚两国，除去与中国（尤其是港台地区）影视剧行业长期互动之外，它们本国的娱

① 新加坡华人社会与马来西亚华人社会在两国的官方语言政策上的悲情姿态极大地影响了海外华人研究界，代表学者及作品有钟锡金《星马华人民族意识探讨》（亚罗士打：赤土书局 1984 年版）、李业霖《南洋大学走过的历史道路：南大从创办到被关闭重要文献选编（1953—1980）》（八打灵再也：马来亚南洋大学校友会 2002 年版）等。但笔者认为，身处多元文化环境中的新加坡华人，未必就有那种文化缺失的悲情。

② 梁文福主编：《新谣：我们的歌在这里》，新加坡：新加坡词曲版权协会 2004 年版，第 44 页。

乐业也是非常有特点的,不仅拥有邱金海、梁智强、唐永健、陈子谦、巫俊峰、黄巧力等相当有艺术实力的本土电影导演,还同时拥有像新传媒、马来西亚NatSeven电视私人有限公司(Ntv7)、泰国中央中文电视台(TCCTV)这样有着良好发展势头和本地口碑的重要娱乐平台,相信东南亚华文文学和华人大众文化将继续发展,进一步发展和塑造出具有东南亚特色的华文文学与文化传统。而本章正是尝试从三种媒介的传播的角度,展示华文文学与文化的流动性,展示在这一文化生产过程中的丰富精神内核。

第十章　文化中国与原乡情结：温瑞安、神州诗社和马华旅台小说家的创作

　　陈大为关注到马来西亚赴中国台湾的侨生分类的复杂性，他认为，"赴台求学""旅台""在台"是截然不同的三个概念。"赴台求学"单指曾经在台湾地区求学，目前已离开回国或到其他国家谋生的作家。这个阵容是非常庞大的，他们构成了西马华文文学的创作主力。"旅台"只包括目前在台求学、就业、定居的写作人口（虽然主要的作家和学者都定居中国台湾），不含学成归马的"赴台求学"学生，也不含从未在台居留（旅行不算）却有文学著作在台出版的马华作家。"在台"则是现阶段马华文学在发展的一个现象，它的存在依据有一部分来自"在台得奖"，更大的一部分来自"在台出版"。他指出，真正能够维护这个品牌地位的，还是旅台创作和研究。[①] 然后，他根据旅台作家在台湾文坛崛起的时间及创作形态，区分了三代，"第一代，是诗人透过结社来发声的一代，时间跨度是 1963—1980 年，此时期的旅台作家主要有：王润华（1941—　）、林绿（丁善雄，1941—　）、陈慧桦（陈鹏翔，1942—　）、淡莹（1943—　）、温瑞安（1954—　）、方娥真（1954—　）等六位诗人（前四人兼具学者身份），他们主要以结社方式来发声，先后组织了星座诗社（1963—1969）和神州诗社（1976—1980，其前身'天狼星诗社·台北分社'始于 1974 年前，或可视为'前神州'时期），以及马华成色较低的大地诗社（1972—1982）。……第二代，是小说家从两大报文学奖崛起的一代，时间跨度是 1977—1987 年。此时期的旅台作家主要有：商晚筠（1952—1995）、李永平（1947—2017）、潘雨桐（1937—　）、张贵兴（1956—　）等四人。……第三代，是以三大文类从文学奖崛起，再转型为学院派作家的一代，时间跨度是 1986—2007 年。此时期的旅台作家最早浮出台面的有四人，林幸谦（1963—　）、黄锦树（1967—　）、陈大为（1969—　）、钟怡雯（1969—　），后来又有

---

①　参见陈大为：《最年轻的麒麟——马华文学在台湾（1963—2012）》，台南：台湾文学馆 2012 年版，第 27—29 页。

张草(1971—)、辛金顺(1963—)、沧海未知生(吴龙川,1967—)等三人。这个'学者化的得奖世代'以1989年林幸谦夺得中国时报散文奖为起点,以吴龙川夺得温世仁武侠小说百万大赏的《找死拳法》(2007)正式面世为终点"①。

出于历史原因,东南亚各国都曾有侨生去中国台湾地区求学。以马来西亚为例,当年马来西亚大专教育没有普及,私立大专没有兴起,可以供华族子弟深造的大学非常少,而且,当时马来西亚高等教育基金(PTPTN)还没有推行,加上新加坡和欧美国家的学费都高,很多马来西亚侨生无力承担高昂的学费。1960年赴台湾地区求学的吴德芳这样回忆:"我们到台湾去是比较穷的一群。那时候本来是想要去南洋大学的,但是我的母亲去世后,经济能力就不行。那时候台湾地区穷,美国就鼓励台湾当局招收侨生。凡是收一个学生,美国就给台湾当局大学津贴,设备费、图书费,还有搭飞机的钱。南大一个月要三百多块钱,台湾地区一个月五十块就可以解决了。"②杜晋轩2010年赴台湾地区求学,他面对的形势是这样的:"简单来说,独立中学(简称独中),就是马来西亚建国后,部分由华人社会所创办的学校,因不愿编入国家教育体制,坚持以母语(华语)教学,而独立办学的私立中学,全马有六十三所,有自成一套的教育体系,如有推行了将近半世纪的全国独中统一考试(简称统考)。由于独中的统考文凭不受官方承认,故早期的独中毕业生升学出路受限,无法进入国立大学,私立大学也要到九〇年代后才涌现,因此许多独中毕业生只好选择到台湾升学,这是早期大马华裔学生来台升学的主要'推力',而'拉力'就是台湾当局推行的侨教政策了。至于中国大陆,大马政府是在九〇年代才开放学生留学。"③侨生在台湾地区获得学位后,或留在中国台湾地区或返马,很多文学爱好者开始参与文学文化事业,无形之中也在传承着中华文化。如文莱,1964年11月19日,一群赴台求学的文艺爱好者,在台湾地区创办了《婆罗洲青年》期刊(后易名为《汶来青年》),刊发了大量作品。后来创刊的《美里日报》《油城文艺》(1978)、《汶华荟萃》(1999)等报刊都有这些学生创作的痕迹。

---

① 陈大为:《最年轻的麒麟——马华文学在台湾(1963—2012)》,台南:台湾文学馆2012年版,第32—34页。

② 马来西亚"留台"校友会联合总会:《筚路蓝缕:"留台"人口述历史回忆录(1950—1985)》,吉隆坡:马来西亚"留台"校友会联合总会2020年版,第66页。

③ 杜晋轩:《自序:为何来台与"留台"?》,《北漂台湾:马来西亚人跨境中国台湾的流转记忆》,台北:麦田出版社2022年版,第16页。

第一节　温瑞安的武侠小说创作:温瑞安《四大名捕》

马来西亚华人的政治困境由来已久,特别是在马来西亚建国后,因为英殖民者对马来族群的偏袒,加上马来族群种族意识的增强,华人处于二等公民地位。在族群政治的高压之下,特别是 1971 年新经济政策实行之后,马来人特权社会走上台面。华人社群的失根感越来越强烈,接续中华文化之根,寻找自己族群安身立命的精神支柱成了迫切的目标。这正印证了法依所说的"民族文化是一个民族在思想领域为描写、证实和高扬其行动而付出的全部努力,那个民族就是通过这种行动创造自身和维持自身的生存"①。南来文人多持不同的政治立场,在颂扬中华文化方面,温任平、温瑞安兄弟俩创立的天狼星诗社似乎更为单纯和执着。正如温瑞安在《绿洲》第 20 期《我们的话》中曾这样写道:"二十期了! 只有辛辛苦苦看着《绿洲》二十次成长的人,才能拥有这份欢欣和痛苦。你知道沙苇是怎么样的以他们的每一寸根,去抓紧沙粒,去守着孤独了一千万年的孤独吗? 你知道一些十七八岁的青年空负万里长城的痛楚吗? 你知道他们是怎么样地仰首望星,怎么样孤独地在陌生的嘲笑声里,怎么样的镜片下愤怒的眼神! 历史会不会把龙种旱死,还是每一笔都仔细描绘? 有次大家在小楼编着稿,厅内回荡着贝多芬的《命运》,我们只觉得,我们只觉得,有一些人,笑的时候比不笑寂寞;更有一些人,就连蹲着的时候,也比别人高大;而这一些人,实在不太多,可幸的也不太少。"②

一、马来西亚华族的反抗意识:温瑞安早期作品中的中国文化

温瑞安对中华文化的崇拜之情始于大马时期积极参与的义学活动,对这些文学活动的回忆在温瑞安的很多文章中都可以找到,如《天下人》(1978),其中有句"我在十三岁那年办'绿洲社',想在侨居地辟一维护中华文化的园地"③,看得出他对中华文化浓烈的崇敬之情。这个时期温瑞安的作品,很多都有着为赋新词强说愁的创作痕迹,如《美丽的苍凉》(1973)的开

①　弗朗兹·法侬:《论民族文化》,巴特·穆尔-吉尔伯特等编撰:《后殖民批评》,杨乃乔等译,北京:北京大学出版社 2001 年版,第 177 页。

②　温瑞安:《代序:天荒地老的走下去》,《天狼星诗刊创刊号》(1975 年 8 月 4 日),台北:天狼星诗社 1975 年版,第 1 页。

③　温瑞安:《细看涛生云灭》,《天下人》,台北:皇冠出版社 1978 年版,第 70 页。

头一段："猛抬头,竹风瑟瑟,柳丝摇曳在悲凉的秋夜:这竟是中国的秋! 离马来西亚如斯遥远的故土! 我是谁? 为何我在这里,极目一片空茫! 我是谁呢? 一头旱龙,仍在此地呜咽。天旱地旱年旱,只没有那一声春雷,震醒我恍惚中的意识!"①另外,对中华文化的图腾式的描写和"空对空"的情感抒发,也让读者感觉到作者的有意为之,如"合上你手抄的散文集,是十月天晚秋的入暮,我走出了振眉阁,自试剑山庄的纱窗里望出去,天色灰蒙,万里苍穹,我忽然想到一些楚辞以前的南方歌曲"②。之后温瑞安还谈到延陵季子悼徐君、孔子游楚听儿歌、屈原汨罗投江等经典文化故事,有着给大马读者补中国文化知识的嫌疑。

　　温瑞安创作武侠小说的动因有二:一方面是他的性格,温瑞安自小就善于讲故事,"进入初中后……当有空节或下课时,你周遭总围着一大群同学,看你摊开一张白纸,手上的笔洋洋洒洒只几下就勾绘而成故事人物的轮廓和他们闯荡的武林。然后你把大家放入那多难的江湖中共浮沉"③。另一方面是他需要赚钱补贴诗社。武侠小说的创作贯穿温瑞安整个写作生涯,他把办社的经历变成自己的创作资源,其小说多灌注其人生经历,所以读起来很有实在感。如温瑞安曾在小说后记中谈到自己在各分社之间奔走的经历:"稿于一九七○年于马来西亚霹雳州美罗埠中华中学念高中一,受黄因明(女)师重用宠信,一年内,办十数本文学期刊、歌唱比赛、音乐奖、绘画大赛、演讲会、辩论赛、征文大奖、旅行团、远足队、文学讨论会及成立绿洲文社、刚击道兄弟帮,在家乡山城竭力推广中华艺术文化活动"④;"稿于一九七一年由中华中学转至 L、S、S、英(巫)高中学校,环境时势难展抱负,但仍办书展、创作比赛、期刊、习武中心,并联络设立了美罗'绿洲文社'、宋溪'绿原分社'、北干拿督'绿田分社'、吉隆坡'绿湖分社'、巴力'绿林分社'等五大分社,并在一年后成为十大分社当时当地最有号召力的中文文艺社团"⑤。社员交流、人际变化、行旅过程都极大地提高了他待人处世的能力,也为他打造自己的武侠世界提供了丰富的创作资源。

　　1970 年,温瑞安以"温凉玉"为笔名在香港《武侠春秋》发表处女作《四大名捕震关东之一:追杀》,时年仅 16 岁,次年又发表了《四大名捕震关东之

①　温瑞安:《龙哭千里》,台北:枫城出版社 1977 年版,第 87 页。
②　温瑞安:《龙哭千里》,台北:枫城出版社 1977 年版,第 164 页。
③　温瑞安:《〈白衣方振眉〉序二:仗三尺剑・管不平事》,《白衣方振眉(上)》,香港:敦煌出版社 1994 年版,第 10 页。
④　温瑞安:《四大名捕震关东之一:追杀》,香港:敦煌出版社 1997 年版,第 94 页。
⑤　温瑞安:《四大名捕震关东之二:亡命》,香港:敦煌出版社 1997 年版,第 329 页。

二：亡命》。"'四大名捕'的故事意念始自一九七〇年的时候，武侠小说读多了，发觉大多数都写侠侣、义盗、隐者、刺客、武林中独来独往的狷狂之士，我想：在当时一个维持秩序的衙差、捕快、巡役等在实质上会比前述人物更重要，为何很少人写他们的故事？于是我就在高一、高二学年间写下了《追杀》与《亡命》（即是后来成书的《四大名捕震关东》上集），不过那只是'四大名捕'的雏形。"①上述两部小说讲述了冷血、追命、北城主周白宇、白欣如等人，共同保护官府托风云镖局押解的赈灾巨款，与断魂谷无敌公子及其手下、长笑帮施国清及其手下等黑道势力战斗的故事。这个时期的温瑞安，作为一个只在书上读到过中国文化的文学爱好者，由于创作主体的个人局限，创作小说时除了描写符号化的人物、情节之外，也用到了很多马来西亚的地景，将马来西亚的地理风貌（如《追杀》中的热带雨林背景）置换到小说中，如在小说中，读者可以读到"百丈高木，树皮布满了厚厚的青苔""这里是森林的另一边，大树和野竹间隔林立""远处是重重的丛林"等。从阅读的效果来看，温瑞安这种对异域风景和地理的描写，成了吸引读者的一大特色。②

《白衣方振眉·长安一战》《白衣方振眉·落日大旗》则是温瑞安早期武侠小说代表作，得高信疆的推荐，1975年刊于《消遣》杂志，这两部小说凸显了温瑞安对新派武侠小说前辈金庸、古龙的学习。以学习金庸为例，其小说刻画了淮北武林领袖龙在田统领的抗金义军，手下有算盘先牛包先定、金算盘信无二、宁知秋、铁胆大侠我是谁、太湖神钓沈太公、长清剑不同道人、长乐剑化灰和尚、飞镖陈冷、石虎罗通北等一众干将，这与《神雕侠侣》中郭靖、黄蓉率领南宋武林抗击蒙古大军的情节相似，围绕在他们身边的则是丐帮和南宋武林高手。相较起来，温瑞安和金庸写到抵御外族时都有绝世高手相助，前者是方振眉，后者是杨过与小龙女。小说中的中原武林和外族武林的擂台也相似，前者是北宋武林对金国太子沉鹰和他手下的异族高手，后者是南宋群侠对阵蒙古国师金轮法王及其他地区的高手。在比擂描写中，杨过曾经以"小畜生"一词寻开心于霍都，被温瑞安借用过来，让沈太公以"畜牲"一词戏谑喀拉图。而温瑞安受古龙影响，最明显的就是方振眉那"衣白不沾尘、救人不溅血"的形象，跟古龙笔下的楚留香并无二致。温瑞安曾在

---

① 温瑞安：《后记：四部小说，四种元素》，《四大名捕大对决》，北京：作家出版社2012年版，第651页。

② 金庸曾经婉转劝说温瑞安，风景描写不宜过多，"写风景不必只写风景，可以写书中人物所见的风景，在情节里引入，这样会自然一些"。参见温瑞安：《后记：四部小说，四种元素》，《四大名捕大对决》，北京：作家出版社2012年版，第655页。

文章中提到自己对金庸小说的痴迷："我最早撰写金庸小说的评论文章,是在 1974 年……而那段期间,也是我最迷金庸小说的时候,为他书中人物痴迷颠倒,为他笔下世界沉醉徘徊,真到了'饭可以不吃、觉可以不睡,金庸小说却不可不看'的地步。那时,无论跟人谈琴、棋、书、画、剑、电影、聚会、活动、服装、考试,都离不开金庸那自书山字海里虚构出来的武侠世界。"①而"古龙是第一位把现代笔法引入武侠小说创作世界的宗师,尤其在《神州奇侠》系列里,我受他的精神、文风影响颇深。……我非但一再公开承认我受过他人的影响和启发,也再三的对这些启蒙我的前辈表示致敬和感恩"②,则又道出了他对古龙的崇拜。

二、"四大名捕"的"神州奇侠"路:文化中国的武侠小说实践

从温瑞安 1967 年创立绿洲社,到他 1976 年创立神州诗社这段时间里,马来西亚经历了 1969 年华、巫族群冲突的"五一三事件"、1971 年马来民族主义者上台以及保护土著经济权益的"新经济政策"实施等时代巨变。而在此前,马来西亚教育部于 1961 年 10 月 21 日颁布《一九六一年教育法令》后,全国 72 所华文中学当中,有 55 所在当年改制为国民型中学。马来西亚在 1971 年后实施按族群人口比例安排高等教育入学的固打(Quota)制度,华族子弟入学受限,而迫于时局,海外华裔子弟亦没办法回中国大陆升学。这些都使得华族学子转赴台湾地区求学。久慕中华文化且浸濡颇深的温瑞安来到中国台湾之后,其内心对中华文化的狂热追慕开始发酵并膨胀,开始了自己的"神州"之旅。

温瑞安 1973 年曾经入读台湾大学,不过不到一个月,他就退学返回马来西亚。从马来西亚再去中国台湾是 1974 年 9 月 29 日,他进入台湾大学中文系读书,1976 年初创立神州诗社。在台期间,他的创作演绎着"文化中国"③的理念,但正是因为他创作中挥散不去的"中国情结",他被台湾地区

① 温瑞安:《前言》,《谈笑傲江湖》,台北:远景出版事业公司 1984 年版,第 1 页。
② 温瑞安:《她本身就是一个传奇》,《英雄好汉(上集)》,香港:敦煌出版社 1994 年版,第 12 页。
③ "文化中国"一词,最初来自 20 世纪 70 年代末以温瑞安为代表的马来西亚华侨生。首次使用"文化中国"这一概念的是韦政通和傅伟勋。其中后者曾于 1980 年代 5 次以"文化中国与中国文化"为主题,在中国大陆发表演讲,对当时的中国大陆学界产生了颇具震撼力的影响。而美国哈佛大学杜维明则是"文化中国"论说在英语世界的宣扬者,当然也是海内外学者中用心最深、理论建树最多的一位。自 1990 年开始,他先后在美国夏威夷东西文化中心、普林斯顿中国学社等西方学术重镇,围绕"文化中国"这一话题进行过数次演讲,在英语世界引起了热烈反响。

情治机构赶出台湾。① 在 1998 年 9 月写的一篇序言中，他仔细回顾了神州时期的人际关系："大概在 1978 年间，那时候我正在中国台湾办'神州诗社'，从六个侨生开始，结合了各校学子，台湾地区本土学生、各路侨生，不过一二年间即行号召了逾四五百人，由二三十位社内精英领导，大家相聚相守，勤奋创作，文武兼修，出版发行，唱歌（不是卡拉 OK、KTV，真的是作曲编歌写词）跳舞（不是迪斯科开舞会，而是演出诗剧、排练古舞和现代舞），非常热闹，非常刺激，非常开心，也非常有意义。"②可见当年温瑞安及其兄弟们的意气风发。

　　神州诗社延续着大狼星诗社的管理方式，以义气为上，重组织管理。如社员笔名这一点上，像黄昏星（李钟顺）、方娥真（廖湮）、余云天、叶遍舟（欧亚苟）、吴超然、周清啸（周聪川，原笔名休止符）、廖雁平、曲风还、戚小楼、李玄霜、陈剑谁（陈素芳）、秦轻燕、林雪阁、楚劲秋、陈非烟、陈悦真、胡福财、林新居这些组员的笔名，很多都是温瑞安取的。从这些名字足以看出温瑞安对中华古典文化的熟稔和热爱。另外，在管理方式上，延续着天狼星的家长制度，如"在家庭中，长兄向来是如父的。父亲的威严、父亲的观点，甚至父亲的一言一行，都是不容许冒犯、违逆或质疑的。在神州，温瑞安是大哥，也是最威权的父亲，以下依次序列，井然有条，像煞了《书剑恩仇录》——这是后来入神州者的必读书——中的'红花会'，而且，入会之后，对兄弟是不可背异离弃的。'神州'对这点有异于一般文学性社团的坚持，最痛恨的就是'背叛'。先是殷乘风，再来是周清啸，都曾因言语龃龉而导致向心力的离散。1978 年，温瑞安以'神州结义'为主干，撰写了'神州奇侠·萧秋水系列'，社里兄弟，一一化身为书中的英雄豪杰，奋力坚持的就是'义气'二字。

---

① 这个时期他的作品有小说集《凿痕》（台北：四季出版公司 1977 年版，绝大多数是大马时期的旧作）、评论集《回首暮云远》（台北：四季出版公司 1977 年版，不过收的都是大马时期的作品）、散文集《龙哭千里》（台北：言心出版社 1977 年版，所收绝大多数是大马时期的旧作）、诗集《山河录》（台北：时报文化出版公司 1979 年版）、散文集《中国人》（台北：皇冠出版社 1980 年版），并编有《坦荡神州》（台南：长河出版社 1978 年版）。另外，神州诗社社员结集有《风起长城远》（"神州丛刊"第一号，台北：故乡出版社 1977 年版）；文集包括：《满座衣冠似雪》（"神州文集"第一号，题目来自辛弃疾的词，方娥真主编，皇冠出版社 1978 年版）、《踏破贺兰山缺》（"神州文集"第二号，题目来自岳武穆词句，台北：皇冠出版社 1979 年版）、《一时多少豪杰》（"神州文集"第三号，题目来自苏东坡词句，台北：皇冠出版社 1979 年版）、《梦断故国山川》（"神州文集"第四号，题目来自陆放翁词句，台北：皇冠出版社 1979 年版）、《今古几人曾会》（"神州文集"第五号，题目来自陈同甫词句，台北：皇冠出版社 1979 年版）、《细看涛生云灭》（"神州文集"第六号，台北：皇冠出版社 1979 年版）、《虎山行》（"神州文集"第七号，台北：皇冠出版社 1979 年版）等。

② 温瑞安：《自序：莫把后事作前言》，《两广豪杰》，台北：风云时代出版有限公司 2005 年版，第 2—3 页。

但到 1980 年的'为匪宣传'事件发生后,神州内讧,温瑞安于此耿耿在怀,自《英雄好汉》以下,将一干叛社诸子,几乎是指名道姓的口诛笔伐,意气甚是激烈"①。从这些关于社团内部秩序和体制的描述,我们可以看出温瑞安坎坷而丰富的遭遇,而他的个人经历一旦和写作想象力结合起来,就成了武侠小说的写作素材。神州诗社成员有各自的排行,如老二黄昏星(外号"神经刀客"),老三蓝启元,老四周清啸,老七殷乘风(外号"长气神君"),其中周清啸和殷乘风是两大护法。另有组员王美媛、李玄霜(又名李光敏)、戚正明、郭秋风、许丽卿、黎玲珠、林金樱、洪文庆、黄素娥、黄忠天、陈剑谁、阮秀莉、张秀珍、何永基、陈奕琦、黄振凉等人。② 温瑞安喜欢将周围的人事写入他的小说,上述许多社员都成了《神州奇侠》系列和《四大名捕》系列中武林人物的原型。

好友郭耀声曾对温瑞安说:"我们都喜欢《神州奇侠》的你,豪气万丈,情怀激越,日后的作品可能更好,但那里面的武林太复杂、人物也太多面了,我们都喜欢《神州奇侠》的快意恩仇,侠情风骨。"③毋庸置疑,"神州奇侠系列"是温瑞安求学于中国台湾时期最重要的作品。不只是因为它的长度、完整性,更重要的是,这个系列完整地表现出了温瑞安的创作状态,特别是在"文化中国"理念影响下的现实与小说的互文关系,这让我们更感兴趣。"神州奇侠系列"共八部,从各部写作时间可以看出这个系列对于在中国台湾时期的温瑞安的重要性:(1)《剑气长江》写于 1978 年 10 月 17 日,"台北办神州社八部六组时期"④;(2)《两广豪杰》写于 1979 年 7 月,"神州社弟妹空群接待父母来台行前后"⑤;(3)《江山如画》完稿于 1979 年 10 月 23 日,"在西门町与社友弟妹街头为一受欺者抱不平而与一群(数十人)太保大打出手"⑥后;(4)《英雄好汉》完稿于 1979 年岁末,"12 月 27 日第五届少年游'杜庆游'前夕"⑦;(5)《闯荡江湖》初稿完成于"只好持对大势之无法挽回,'人忘我,非战之罪'这悲伤想法之时期"⑧;(6)《神州无敌》;(7)《寂寞高手》首版于 1980 年 8 月⑨;(8)《天下有雪》完稿于 1980 年 8 月 25 日,"明远版《神血》十

---

① 林保淳:《"神州"忆往》,《文讯》杂志总第 294 期(2010 年 4 月),第 107 页。
② 温瑞安:《试剑山庄》,《风起长城远》,台北:故乡出版社 1977 年版,第 187—201 页。
③ 温瑞安:《自序:前流》,《英雄好汉》,台北:风云时代出版社有限公司 2005 年版,第 2 页。
④ 温瑞安:《剑气长江》,台北:风云时代出版社有限公司 2005 年版,第 381 页。
⑤ 温瑞安:《两广豪杰》,台北:风云时代出版社有限公司 2005 年版,第 290 页。
⑥ 温瑞安:《江山如画》,台北:风云时代出版社有限公司 2005 年版,第 388 页。
⑦ 温瑞安:《英雄好汉》,台北:风云时代出版社有限公司 2005 年版,第 367 页。
⑧ 温瑞安:《闯荡江湖》,台北:风云时代出版社有限公司 2005 年版,第 271 页。
⑨ 温瑞安:《寂寞高手》,台北:风云时代出版社有限公司 2005 年版,第 277 页。

二书交印后"①。

从八部小说的内容来看，小说中的主要人物萧秋水在各部中经历的事件体现了"文化中国"理念对温瑞安的影响，另外，我们也能发现其中相关情节与温瑞安自身经历的关系。仅以第一部《剑气长江》为例，一开场就是四川成都的"文化风景"：杜甫草堂、锦江、百花潭、崇丽阁、吟诗楼、诸葛武侯祠、刘备墓。联系温瑞安的生平，这些地方都是他没有亲自去过的，小说中的洋洋洒洒，都是一种想象中的"文化中国"。小说讲述了成都浣花剑派掌门人萧西楼三儿子萧秋水（17岁时剑术就自成一家），带着唐柔（蜀中唐门的外系嫡亲）、邓玉函（南海剑派高手）、左丘超然（鹰爪门人，精通各种擒拿术）三位好朋友（四人影射了现实生活中的温瑞安、方娥真、黄昏星、周清啸、廖雁平和殷乘风）从成都去湖北襄阳隆中凭吊卧龙岗，一路上行侠仗义的事迹。四人旅行的过程中，经过一个又一个文化地景，并在这些地方行侠仗义。他们先是出三峡，到秭归，在江边打败劫匪——"长江水道天王"朱顺水手下的几大高手，特别是"三大恶人"，这个情节还被设计在五月初五端午节这一天。后来，他们又遇到权力帮旗下的"金钱银庄"。这些文化景点被"编织"到一个个路见不平、拔刀相助的武侠场面中，在中国大陆与港台地区相对隔绝的时代，确实能够吸引很多读者的眼球。虽然这种描写未必真实贴切，但在当时的时代背景下展现了温瑞安武侠小说的文化魅力。篇末，萧西楼感叹："张老前辈剑合阴阳，天地合一。康出渔剑如旭日，剑落日沉。南海剑派辛辣急奇，举世无双。孔扬秦剑快如电，出剑如雪。辛虎丘剑走偏锋，以险称绝……只可惜这些人，不是遭受暗杀，就是中毒受害，或投敌卖国，怎不能一齐复我河山呢！"②这段话在小说中虽是情节所需，但联系温瑞安的个人遭遇，可看出其中不乏对大马时期天狼星诗社内讧的影射。从第一部分的创作内容和作者的个人经历中，我们可以看出意气风发的温瑞安的影子，以及文化中国、少年任侠、快意恩仇等文化因子。

而《神州无敌》《寂寞高手》《天下有雪》都写于温瑞安在台湾地区入狱时期。小说中萧秋水经历了武林同道（唐肥、邓玉平、林公子）、好友、亲兄弟（萧易人）的背叛，整个故事中危机四伏，人性在现实利益和武侠理想的挤压中变得无比脆弱。而写就于不同时期的后记，也在在勾勒着温瑞安的苦闷心境："本章完，全文未完，1980年3月19日悉黄等反目暗算神州自家

---

① 温瑞安：《天下有雪》，台北：风云时代出版社有限公司2005年版，第273页。
② 温瑞安：《剑气长江》，台北：风云时代出版社有限公司2005年版，第197页。

人①,"完稿于 1980 年 3 月 26 日,第六届少年游宜兰行返复一天"②,"稿于 1980 年 4 月 2 日,台视拍摄'神州社'后三天"③,"完稿于 1980 年 4 月 9 日此次庚申过年后苦难期间"④,"稿于 1980 年 6 月 26 日,试剑山庄/林云阁自军中回山庄急援"⑤,"稿于 1980 年 7 月 8 日,马来西亚美罗、怡保、吉隆坡等地旅次中"⑥,"稿于 1980 年 7 月 12 日,香港九龙中兴酒店与晓天、复谐同时创作中"⑦,"稿于 1980 年 8 月 4 日,第二届神州社员'天方夜谭'之旅:汐止梦湖行前周"⑧,"稿于 1980 年 8 月 16 日基隆仙洞岩游后二天"⑨,"稿于 1980 年 8 月 23 日,九弟自军中返庄"⑩。

值得指出的是,就算在"神州奇侠系列"后三部的创作中,温瑞安身陷囹圄,但笔下的英雄人物还是气魄不凡,梁斗、孔别离、孟相逢、邓玉函、唐柔、左丘超然、唐方、铁星月、邱南顾、大肚和尚等人的生死相随,特别是小说中的英雄人物参与到抗金的保家卫国大业中,表现出温瑞安不屈的精神特质。正如温瑞安所说:"《神州奇侠》八部,始撰于 1977 年末,于 1980 年 8 月完成,故事人物主要是依据我身边朋友的性格和遭遇而写的。这套书出版后一个月,我出了事情,之后我的生活起了极大的变动,老友各散东西。1977 年至 1980 年是我办'神州诗社'的全盛期,由数人至百数十人,这本书可以说是为'神州'而写的。写完后,诗社也烟消云散。"⑪

总体而言,温瑞安在中国台湾时的确声名鹊起,春风得意,当时他和神州诗社的文学成就为台湾文坛所瞩目。他们与朱天文、朱天心创办的《三三集刊》互动频繁,同时他们与台湾文坛知名作家的联络也是非常频繁的,如乐蘅军、柯庆明、齐邦媛、痖弦、张默、张汉良、高信疆、蒋芸、洛夫、颜元叔、余光中、林耀德等人。联系神州诗社的一时之盛,温瑞安这一时期作品中的主人翁多有少年英雄气魄,纵横捭阖,指点江山,由此也孕育出"四大名捕系

① 温瑞安:《神州无敌》,台北:风云时代出版社有限公司 2005 年版,第 33 页。
② 温瑞安:《神州无敌》,台北:风云时代出版社有限公司 2005 年版,第 82 页。
③ 温瑞安:《神州无敌》,台北:风云时代出版社有限公司 2005 年版,第 169 页。
④ 温瑞安:《神州无敌》,台北:风云时代出版社有限公司 2005 年版,第 291 页。
⑤ 温瑞安:《寂寞高手》,台北:风云时代出版社有限公司 2005 年版,第 57 页。
⑥ 温瑞安:《神州无敌》,台北:风云时代出版社有限公司 2005 年版,第 123 页。
⑦ 温瑞安:《神州无敌》,台北:风云时代出版社有限公司 2005 年版,第 167 页。
⑧ 温瑞安:《天下有雪》,台北:风云时代出版社有限公司 2005 年版,第 81 页。
⑨ 温瑞安:《天下有雪》,台北:风云时代出版社有限公司 2005 年版,第 146 页。
⑩ 温瑞安:《天下有雪》,台北:风云时代出版社有限公司 2005 年版,第 247 页。
⑪ 温瑞安:《自序:过去现在未来》,《天下有雪》,台北:风云时代出版社有限公司 2005 年版,第 1 页。

列""神州奇侠系列"这样的华语武侠小说的经典之作。但也正是在这一时期,温瑞安对政治威权十分反感,并且对人在政治高压下的命运特别关注。赴港之后的他开始通过大量武侠小说创作来疗愈自己的精神创伤。

三、精神创伤的疗救:武侠小说中的冷战阴影

赴港用笔讨生活的温瑞安,虽然在不同的场合申明自己不计较兄长和文友的背叛,①但天狼星诗社的兄弟反目、神州文社的叛徒出卖、"通匪"的莫须有罪名,在在都让温瑞安背负了极大的精神创伤。② 弗洛伊德对"创伤"是这样解释的:"一种经验如果在一个很短暂的时期内,使心灵受一种最高度的刺激,以致不能用正常的方法谋求适应,从而使心灵的有效能力的分配受到永久的扰乱,我们便称这种经验为创伤的。"③温瑞安生性洒脱,他将自己一生经历的兄友背叛(如两大诗社的办社经历)、情感经历(与方娥真、百灵的爱情经历)、冤狱事件(因"为匪宣传"入狱)、多地游历的经历都融入武侠小说的创作中。

继续"四大名捕系列"创作的动机有三:第一,尚武精神是温瑞安幼年便养成的;第二,稿费是他的主要经济来源,而这些稿费将主要用于学费与诗社的活动经费,"有差不多 30 年时间他都因为稿费的支撑而过得很好"④;第三,现实的威权政治为他构筑自己的武侠小说背景和故事提供了绝好的素材。温瑞安剑走偏锋,以北宋末年赵佶当政时期的社会环境为创作背景,未提及历史兴亡,意识形态模糊,但极为暧昧地描述了政治腐败、民不聊生的故事背景。他并未与台湾当局形成对峙冲突,且小说刊行在政治环境较为宽松的香港,故温瑞安得以专心创作。他塑造的"四大名捕"(无情盛余崖、铁手铁游夏、追命崔略商、冷血冷凌弃)隶属神侯府,听命于皇上,所以四

---

① 如"本书献给我的兄长温任平先生",参见《四大名捕震关东之一:追杀》,香港:敦煌出版社 1997 年版,内页。再如"我对'逆徒'、'叛徒'、'出卖者'大作文章,大事鞭挞的,大多数都是在一九七五至八一年间写成的,那时候,我还在中国台湾大搞'神州诗社',如火如荼,大家团结得不得了,感情也大抵十分融洽——大家、读者、评论家们可千万不要上'事后孔明',错把后记当前言了!"参见温瑞安:《自序:莫把后事作前言》,《两广豪杰》,台北:风云时代出版社有限公司 2005 年版,第 4 页。

② 1980 年 9 月 26 日深夜,台北警备总部突袭永和永亨路神州诗社,带走大量书刊、杂志和卡带,也带走了温瑞安、方娥真、黄昏星和廖雁平,黄、廖两人翌日释放,温、方则转至军事法庭,三个多月后未经审讯即被递解出境,罪名为"为匪宣传",神州诗社遂难以为继。参见李宗舜:《乌托邦幻灭王国——记 10 年写作现场》,李宗舜、周清啸、廖雁平:《风依然狂烈》,八打灵再也:有人出版社 2011 年版,第 328 页。

③ 弗洛伊德:《精神分析引论》,高觉敷译,北京:商务印书馆 1984 年版,第 867 页。

④ 施雨华:《温瑞安 转危为安》,《南方人物周刊》第 9 期(2011 年 9 月),第 86—89 页。

大名捕在执行公务时使用武力具有合法性。因此温瑞安创作"四大名捕系列"某种程度上表现了他对台湾当局未经审讯即对他判刑的不满,同样,他也通过创作"四大名捕系列"构想了乌托邦式的理想开明政治。

在神州诗社的全盛时期,温瑞安曾坚定秉持"文化中国"理念:"为将来中国的大计谋求出路,我们必须要建立或者重建一个民族的文化。民族的文化就是主体的文化,不受外来文化所左右的、有时代意义、民族色彩的文化。一个受外来文化的摆布的文化,可以显示出人民心理建设不足和失去自信,也等于是政治缺憾的另一流露。我们都知道,中国数千年文化的命脉落在我们的手上,我们才能代表正统的承接人,所以我们必定要有泱泱大国文化的气态和风度。"①为了实践这种"文化中国"理念,"四大名捕系列"作品中描写了大量的公共空间和民间日常生活,如神侯府、客栈、衙门、青楼等,他试图让读者感受到中国文化的魅力。同时,他在小说中不断穿插各地地名和标志性建筑,让从未踏足过大陆的港台华人感到陌生又熟悉,如:"对这些人而言,长安一尾蜻蜓逆风而飞,唐山便会发生大地震;襄阳城里的周冲早上左眉忽然断落了许多根眉毛,洛阳城里的胞兄周坠便突然倒毙在茅厕内;乌苏里江畔一只啄木鸟忽然啄到了一只上古猿人藏在树洞里的指骨,京城里天子龙颜大怒又将一名忠臣腰斩于午门。"②除此以外,因温瑞安的侠客情怀,他对笔下人物,如四位名捕有特别强烈的认同感,所以移情人物内心,借以抒发感慨。因此,古典意象也自然地融入对公共空间或自然环境的描写,以衬托人物主体情绪,画面层层递进,别有深意。"三人冒着雨,先后窜入后街废园的芭蕉林里,他们头上都是肥绿黛色的芭蕉叶,雨点像包了绒的小鼓槌在叶上连珠似的击着,听上去声音都似一致,但其实每叶芭蕉的雨音都不一……仔细听去,像一首和谐的音乐,奏出了千军万马。"③雨打芭蕉是典型的古典意象。芭蕉象征着孤独与忧愁,常暗示着离别情绪。在这段描写中,三人在雨中以芭蕉叶为遮挡潜入神威镖局,自是凶多吉少,暗示着前途困难重重。虽然前途渺茫但他们并没有放弃昭雪沉冤的希望。这一点同样与温瑞安 1980 年的经历有关。热血男儿本就充满侠义豪情,又深深体验过冤屈之苦,再加上迁徙经历使温瑞安对中华文化有更深的了解与体会,所以他的描述使读者对缥缈的"想象中国"更加亲近。

---

① 温瑞安:《建立民族的文化——几个感想 一个呼声》,《青年中国杂志》第 1 卷第 3 号(1979 年 11 月 1 日),第 91 页。
② 温瑞安:《四大名捕骷髅画》,北京:作家出版社 2012 年版,第 282 页。
③ 温瑞安:《四大名捕震关东之一:追杀》,香港:敦煌出版社 1997 年版,第 95 页。

如果说在香港创作的"四大名捕系列"是温瑞安对个人痛苦经历的文学化表达,那么"李布衣系列"则体现了他追求"文化中国"理念的执着精神。《布衣神相》以"舒侠舞"的笔名出版,旨在讲述相士这一知识分子群体,"以武侠作为它的形式,凑巧的是从武侠和相理都可以找到中国古典的芬芳、文化的色彩,以及中国人的独特精神、智慧与幻想"①。在《杀人的心跳》一册中,有朋友背叛的情节,如飞鱼山庄弟子孟晚唐面对黑道天欲宫强敌时,对同门傅晚飞、楚晚弓、沈绛红的背叛,不过温瑞安在这一情节的最后又安排了转折,让孟晚唐保护同门离开,似乎反映了温瑞安对人性善恶的一些困惑,不过,他最后还是让孟晚唐现出叛徒的本相。从这一写作过程,可揣摩出温瑞安的心理创伤依旧存在。

而在接下来的系列中,温瑞安借小说人物之口发声:"当今之世,豺狼满街,官宦佞臣当道,武林之中,真正匡扶正义、行侠天下的人,尽被收罗,助纣为虐,这个布衣神相却是难得的清正之士,这些年来,锄强扶弱,不知活了多少人命,行善之时,素不留名,人们只知一位布衣相士,不知其生平来历。他这些年来在江湖上除死还生除恶护善的事迹,真是说三天三夜也说不完"②;"如果父母双亲作的是坏事,做人儿女的是不是也支持无异?如果君主昏聩残暴,视黎民为刍狗,做子弟的是不是也效忠无议?这就各人有各人的看法了,认为应当尽忠至孝者,便当作是忠能孝子,认为不应盲目愚昧瞎从者,便说是昧孝愚忠"③;"李布衣和赖药儿,虽是好朋友,却也不常相见。平素两人很少相见,李布衣去找赖药儿,是因为白青衣、枯木道人、飞鸟大师、叶楚甚、叶梦色兄妹都在赖神医处,李布衣必须要去见他们"④。这些语句在都体现着李布衣对文侠人格的追求,也正是这种追求,让他慢慢地疗救着自己的精神创伤,在不停行走的人生行旅中逐渐释然。

不得不指出的是,温瑞安后期的作品中加入了大量的商业元素,并借着这些商业元素来吸引读者,如1981年开始重拾的"白衣方振眉系列"的第五个故事《小雪初晴》,这离他1977年完成《试剑山庄》已经过了几年。这部小说一开场就是套用了恐怖小说的写法,营造了悬疑恐怖的效果。唐十二、习劲风都死状吓人。当习劲风跟增援的帮众会面,"只见那一干兄弟的眼神,

---

① 温瑞安:《序:天意从来高难问》,《布衣神相故事之一(上):杀人的心跳》,台北:万盛出版有限公司1982年版,第2页。
② 温瑞安:《布衣神相故事之一(上):杀人的心跳》,台北:万盛出版有限公司1982年版,第109页。
③ 温瑞安:《布衣神相·叶梦色》,台北:万盛出版社有限公司1982年版,第185页。
④ 温瑞安:《天威》,台北:万盛出版有限公司1982年版,第17页。

又露出极之畏惧的神态。习劲风还想再说,忽觉自己头上有湿湿的东西滴下来,便用手去抹,就这一抹之下,手心便抓了一大堆东西,他一看,原来是整块带血的头皮和半只耳朵、一大绺头发,不知怎么的,都抓在手心里了。习劲风不敢相信自己眼睛所见,不禁用手揉揉自己的眼睛,迄此他便什么都看不到了,只发出一声惨呼",场面恶心。这部续作有很多悬疑元素,如蛊术、盗墓、"打小人"等民间恐怖元素也都渗透到作者笔下,显得暴力和血腥,其中还有意加入意念杀人、茅山道士、"化蝶大法"等奇幻元素。后期,"四大名捕系列"之《风流》又过于写实,文笔缺少节制,加上小说中一些对于奸杀、性器官、血腥屠杀的直接描写,①都让读者感受到温瑞安性格中过于阴暗的一面,缺少了文学作品中应有的节制,也使得这样的作品有情色化的鄙俗倾向。我们期待温瑞安能够改变一下自己的创作姿态,重返自己的写作理想。

第二节　文化言情与女人故事叙述:
孙爱玲《碧螺十里香》

　　孙爱玲(1949—),祖籍广东惠州,新加坡南洋大学中文系学士,香港大学哲学硕士、博士,曾做过社会工作者、幼稚园校长、杂志助理编辑、中学教师、教育学院学前教育组华文讲师、新加坡南洋理工大学教育学院讲师。她创作的《绿绿杨柳风》获得 1978—1979 年《新加坡民众报》主办的全国短篇小说创作比赛优胜奖,《幺七》获 1981—1982 年第一届金狮奖小说组第三名,《碧螺十里香》获 1984—1985 年第二届金狮奖小说推荐组优胜奖,《斑布曲》获 1989 年台湾地区第一届《海华杂志》文学奖第二名,小说集《碧螺十里香》获得 1989—1990 年新加坡全国书籍奖,2001 年荣获第四届新华文学奖。1986 年 5 月开始在《联合早报》"茶馆"专栏撰写杂文,后来被结集为《水晶集》。其主要作品集有:《绿绿杨柳风》(新加坡:草根书室,1988)、《碧螺十里香》(新加坡:胜友书局,1988)、《玉魂扣》(新加坡:草根书室,1990)、《孙爱玲文集》(厦门:鹭江出版社,1995)、《独白与对话——孙爱玲小说选》(新加坡:新加坡文艺协会,2001)、《人也·女也》(新加坡:八方文化创作室,2007)、《水晶集》(新加坡:胜友书局,1993)、《彳亍歌行》(2021)、《孙爱玲的寓言》(新加坡:新加坡教育出版社,1994)。王润华认为,孙爱玲使新加坡华文小说有所创新和突破,原话是:"新加坡目前的华文小说界,就因为有了张

---

① 　参见温瑞安《风流》(香港:敦煌出版社 1996 年版)"第三回 无耻之徒""第四回 丢!"。

挥,以及稍微年轻的作家如张曦娜、孙爱玲、希尼尔、吴耀宗、梁全春,目前的华文小说才有所突破和创新。我曾在《亚细安文学选:新加坡华文小说》及《世界中文小说选》中推荐了其中一些人的代表作,代表新加坡小说的再出发。"①孙爱玲也被视为新加坡女性作家的代表:"在七十年代末期和整个的八十年代,女性小说家大量涌现。除了上述的蓝玉、梅拉、宁舟、何若锦、尤今、尤琴之外,还有石君、孟紫、青青草、陈华淑、蓉子、君盈绿、孙爱玲、张曦娜、梅筠、艾禺、林秋霞等。"②

　　孙爱玲是一个非常诚恳的小说家,她没有像很多其他作家那样对自己模仿和学习的作家风格避讳不谈。她曾经这样说过自己的早期创作:"开始写小说是在一九七六年,当时心中已经有四个故事,并且也定了题目,那就是:绿绿杨柳风、悠悠湖畔草、郁郁阡陌间、痴痴蝉鸣晓,写的都是女人的小故事","我对小人物、小故事、小动作、不经意的对白,特别有感应……因此我能做到的只有把这些点滴,用自己认为适当的方式写下来。我只希望自己如涓涓流水,悄悄过去,细心的人能注意到,那就够了,够了!"③"说到写小说受谁影响最深,恐怕是胡菊人先生。胡菊人的评论集如《小说技巧》《文学的视野》《红楼、水浒的小说艺术》,都被我视为金科玉律;还有水晶写《张爱玲的小说艺术》;张爱玲著《红楼梦魇》,以及各国作家在时报文学奖、金狮奖上的评论文字,我都当成宝贝,我一直认为写小说是可以学习的,尤其是小说的技巧。我在每篇小说结尾时,总是特别谨慎,希望它象一部好电影的收场,给人回味无穷。"④

　　《开窍》是孙爱玲公开发表的第一篇短篇小说,于1978年发表在《文学半年刊》,当时的笔名是"夏岑",其内容已初步呈现其言情的小说风格。《绿绿杨柳风》中的女主人公秦勤,因丈夫杰在化学实验中出事故死亡,只身带着女儿小颖到香港求学,认识了印尼裔客座教授韩逸文,逐渐产生了感情。但结尾韩逸文的女儿却对小颖施行暴力,秦勤和韩逸文开始产生对重组婚姻的担忧,小说以两人分居结束。

　　《悠悠湖畔草》中方可欣和宋启文的浪漫相遇,颇迎合了读者的阅读快感,但小说后面部分却在方可欣和宋启文之间加入了方可欣的父亲与宋启

①　王润华:《从新华文学到世界华文文学:新加坡华文文学及其研究现状》,新加坡:新加坡潮州八邑会馆文教委员会出版组1994年版,第202页。
②　黄孟文:《新华文学评论集》,新加坡:云南园雅舍1996年版,第33页。
③　孙爱玲:《绿绿杨柳风》,新加坡:草根书室1988年版,第1,2页。
④　孙爱玲:《绿绿杨柳风》,新加坡:草根书室1988年版,第2页。

文的忘年之交,结局部分又插入了方可欣与老同学宋国平之间的约会,约会中"可欣发觉自己和国平不但说话十分投机,而且感受一致,十分和谐"。①文中多处暗示了孙爱玲对婚姻幸福额度的质疑和困惑,如下段描写已经透露出可欣和宋启文的爱情表达方式未必合拍:

> 启文对可欣的父亲呼名唤姓,俨然是同辈好友,使可欣觉得他像长辈。因此有了一层隔阂,而父亲的死对他来说深感内疚,她不喜欢再去想它、提它。
>
> 另一方面可欣觉得他们应该有许多其他东西可谈,她认为一对理想的情侣应多谈两个人的事,包括彼此的思想、感受、需要、抱负、弱点,以及内心世界,而她跟启文就办不到,启文是一个不露真性情的人,除了在湖边重逢,他以为她会自杀,他替她剖析人生,当时她们能共鸣,感情彼此交流,过后就没有这种感受了,又由于启文的成就,就使失意的可欣够不着他,永远站在受教的地位。②

小说中的母亲形象明显来自张爱玲的《倾城之恋》中白流苏的母亲这一原型。母亲在方可欣耳边的聒噪,也加深了小说中的此情(友情?恋父情结?)非彼情(爱情?)之感,也给这篇小说的人物命运蒙上了不幸的阴霾。

《郁郁阡陌间》里面苦苦等待陈美娣的余广豪,三十多年间一直等待着自己从小看着长大的陈美娣,在绝望中认识并娶了吧女银妞,没想到银妞生下了印度种的小孩,直到最后余广豪才明白自己上当,才明白一时的冲动和有性无爱的婚姻未必能得到幸福;而拼命挣脱乡村生活奔向都市的陈美娣,在工作和感情方面也连连碰壁,浪漫而开放的新男朋友陈立威要求跟她试婚而不是结婚,陈美娣不能接受这种华而不实的不着调的生活,回到了家乡麻坡。

《痴痴蝉鸣晓》中吴义杰因女儿小芹是个迟钝儿而选择与汤瑄如离婚,小芹最后死于失败的手术。小说的结尾写道:

> 小芹已离开,对她可说是如释重负,也是上天对她的怜悯。她忽然有种脱落的感觉,她望着初升的朝阳,心里顿时开阔了,领悟过来,她觉

---

① 孙爱玲:《绿绿杨柳风》,新加坡:草根书室1988年版,第22页。
② 孙爱玲:《绿绿杨柳风》,新加坡:草根书室1988年版,第24页。

得现在的她有一种"空灵"的感觉。她觉得这种感觉太好了：过去的事不再烦恼她，而将来的事她也不必担心。她认为小芹也有这种感觉。小芹从不受外界影响，尤其是丑恶的一面，包括义杰对她的嫌弃表情、言语，外人的大惊小怪，都似乎没有进入她脑中，她只接受好的东西。因此，小芹对许多人都说"我爱你"。她的确是要表达自己的情感。她的脑波只收善良的讯息，把丑恶的闭塞、隔绝。是的，她看顾了她十年，她现在得到这个结论。[1]

这一段一下子把在责任与婚姻之间挣扎的母亲的内心痛苦展示出来。母亲担负责任的辛酸和心力交瘁的疲惫，让这篇小说充满了生活的现实感。

这些小说都透露出孙爱玲对重组婚姻（即再婚）的担心，小说中的主角总有着爱情或婚姻上的种种不幸，而且这些小说内容很多时候也涉及新加坡这个城市国家的各种问题。如《绿绿杨柳风》体现了新加坡华人社会对寡妇再嫁的保守态度，如"……然而事情并不因为这样就简单，就如释重负，由于杰的母亲知道了我和逸文的关系，以致杰的家人、亲戚，甚至较亲近的朋友多多少少都知道这件事，于是有的对我态度冷淡，有的妒忌，有的又想从我那儿知道些什么的，有的还偷偷拉住小颖问长问短，实在惟恐天下不乱，处在这样的事态当中，我觉得有一股无形的压力在逼着我。我把这些感受写信告诉逸文，逸文虽然来信劝慰我，可是这种压力是冲着我来的，他也帮不了我，有福同享，有难同当，并不是绝对的，从杰死后到现在，许多时候，我总觉得难是我一个人当。虽然我已经脱离那封建时代，可是人与人之间的是是非非，依然存在，无法避，无法躲"[2]（着重号系笔者所加），这段描写俨然华人社会对此态度的现实写照，加着重号的部分更呈现了孙爱玲这个时期创作中对重组婚姻的疑惑与思考；又如《悠悠湖畔草》中方可欣因为南洋大学出身，华校背景导致她就业困难，只能选择继续在英国深造，这一情节也与社会现实相呼应。

孙爱玲小说有着很强的言情风格，也难怪有学者认为她的创作风格属于"文化言情"风格。[3] 但细究起来，并非文化言情这么简单，孙爱玲这个时期的小说常常蕴含着她对提高现代婚姻质量和实现夫妻之间灵肉结合的双

---

① 孙爱玲：《绿绿杨柳风》，新加坡：草根书室1988年版，第36—37页。

② 孙爱玲：《绿绿杨柳风》，新加坡：草根书室1988年版，第51页。

③ 黄孟文、徐乃翔主编：《新华文学初稿》，新加坡：新加坡国立大学中文系、八方出版社2002年版，第286页。

重渴望。就如《悠悠湖畔草》中方可欣在马国平的招魂之日，她默念着："我的魂曾融化在东方文化中，钻读诗书古文，又曾浮游在西方文法中，也曾寄托在父亲的思想上。……可欣对自己说：我的魂啊！你游荡得够了吧？你将归向何处？回来吧，回到我身上，我要重新活过；前半生虽然迷茫渡过，后半世再也不得马虎！"①《二祖母的哲学》是关于母系家族的故事，故事发生在广州。二祖母虽出身戏子，但待人处世颇有大家风范。"二祖母原来是唱戏的，生于1899年，二十岁那年进入我们家里，大祖母死前，她成了二祖母，是经过大祖母临终所嘱，把全部子女都托了给她，都称她为'阿妈'的身份。然而我那二祖母还是喜欢居第二，她说戏子就是戏子，贱一点好生活，她的人生哲学是宁可求其次。"②《二祖母的哲学（之二）》继续介绍了拉姑、柳姐等家族成员，在篇末引出了暗恋柳姐的谭家师父。《谭家师父》中谭家师父是谭家的师父，作者开始还原对父系一支的描写，不过其中对柳姐的描写还是故事的主线，继续丰富着小说中的母系谱系。《凤凰迷》中的九叔是祖父的私生子，五岁到"我"家，在英文电台主持歌曲点唱节目。不过，整个小说的重点还是塑造拉姑、二祖母和一众表姐妹的形象，离家出走的九叔似乎是孙爱玲执着于放逐男权人物的隐喻。《月季花》是孙爱玲最重要的作品，写的是一个不论季节如何都要活得灿烂的女子月季的故事。诚如结尾部分月季对女儿小佳所说："说你命苦吗？也不是？说你命不苦，你又有四个爸爸。"③故事颇为曲折，月季前半生是不幸的，第一个男人是爱她的丈夫，不过生病早死。32岁的寡妇月季，在永权的追求下，拖着三个孩子，成为永权的情妇，然而永权不可能跟她在一起，所以她去登记相亲。最后月季选择了61岁的曾永福，主动和永权分手。梁文福认为"月季虽有自己的性格，也作了一些选择，但主要是'命'带着她走，在她身上我看到'活下去'的生命韧力，但却看不到'灿烂尽情'之美"④。

在1990年出版的小说集《玉魂扣》的《序》中，孙爱玲这样概括自己的创作阶段："第一类《开窍》《天凉日影飞》《风茄放香的日子》这三篇与我第一本小说集《绿绿杨柳风》是同一个性质，是属于说故事性质的小说。……第二类《玉魂扣》和《月季花》，这两篇小说的性质与第二本小说集《碧螺十里香》

---

① 孙爱玲：《绿绿杨柳风》，新加坡：草根书室1988年版，第83页。
② 孙爱玲：《独白与对话——孙爱玲小说选》，新加坡：新加坡文艺协会2001年版，第77页。
③ 孙爱玲：《玉魂扣》，新加坡：草根书室1990年版，第58页。
④ 梁文福：《让每朵花的颜色明白起来：我看孙爱玲小说中的女性》，孙爱玲：《人也·女也》，新加坡：八方文化创作室2007年版，第ⅩⅣ页。

相同，是以'玉'和'花'的特性来塑造人物和演绎故事，写之前读过许多有关玉、瓷彩及花谱的资料，尤其对花谱更是喜爱。……这两篇小说是在 1988及 1989 年在《新明日报》发表，在人性的描写方面比较用心。"①我并不认同孙爱玲在《天凉日影飞》《风茄放香的日子》中只有"说故事"，其中的文化小说特色也不亚于《玉魂扣》《月季花》及《碧螺十里香》等文化小说。《天凉日影飞》和《风茄放香的日子》属于基督教文学小说，孙爱玲曾指出："我国基督教文学一向薄弱，我只是尽一分绵力。然而这两篇小说的人物都是一反我其他小说人物的形象，既年轻而又出众；两篇小说的名字都取自圣经《雅歌》，《雅歌》是属于爱情诗篇，我极喜爱。"②两篇小说中插叙的文化知识非常多，如《天凉日影飞》中曾提到这样的知识：

> 对了，其实在新约里会堂和圣殿是两种不同的建筑，作用也不同。圣殿是献祭、祷告、敬拜、称颂上帝的地方；而会堂作用比较大，用来教训人、讲道，甚至可以用来作刑罚的地方，耶稣曾经对门徒说：人们会在会堂鞭打你们。当然会堂也是犹太人聚集活动的地方；然而我们现在的教堂，把圣殿和会堂的作用混淆，圣殿也成了讲道、教训人的地方，甚至用来开庆祝会。我们已把教堂当会堂，其实应该分清楚。③

谈到孙爱玲的创作资源，她在南洋大学的求学生活是不能忽视的，王叔岷教授深夜湖边等待莲花开放的爱莲佳话，④南洋大学云南园的青春岁月⑤都在她的笔下有着生动的描写，可见南洋大学的华校特质和华文氛围，是造就孙爱玲小说文化化倾向的重要原因。早在 1986 年，她在《南洋商报》上发表小品，有些文章就开始有探索文化的倾向，像《民居》对安徽、浙江、陕西及云南各省的民居风格的介绍、《雷茶》对中国擂茶的介绍、《杜鹃》对杜鹃花的介绍、《百家姓》对中国姓氏的探索、《古印》中谈论的中国古代的印刻艺术等等，都以追溯名词的含义为旨归，如《群芳谱》中有一段："例如梅称香雪海，兰号称香祖，山茶名曼陀罗，牡丹又名百两金，芍药古名叫将离、离早、可离，

---

①　孙爱玲：《玉魂扣·序》，新加坡：草根书室 1990 年版，第 1 页。

②　孙爱玲：《玉魂扣·序》，新加坡：草根书室 1990 年版，第 1 页。

③　孙爱玲：《玉魂扣·天凉月影飞》，新加坡：草根书室 1990 年版，第 100—101 页。

④　王叔岷教授于 1971—1979 年在南洋大学中文系任教，1980 年从由南洋大学和新加坡大学合并成的新加坡国立大学中文系退休，后定居台北。参见孙爱玲：《水晶集·爱莲说》，新加坡：胜友书局 1993 年版，第 78—79 页。

⑤　孙爱玲：《水晶集·相思树》，新加坡：胜友书局 1993 年版，第 74—75 页。

因惹人爱惜和留恋得名。玫瑰又名徘徊花,杜鹃又名映山红。杜鹃和杜鹃鸟齐名,是因为三月间,杜鹃鸟从南方回到北方满山啼叫时,这花就开放满山满野,叫杜鹃。还有水仙叫玉玲珑、芍药叫玉逍遥,都是古人、诗人雅兴之余而取的名字雅号。若是写小说女主角就用这些花名雅号,也不必去费神了,例如香雪海用过了,香祖也用过了,下一回小说女主角可以用玉玲珑和玉逍遥,都是好名字。"①

《碧螺十里香》是孙爱玲第二阶段创作中最具代表性的作品,王润华评价:"通过一个戏子的一生来反映时代的变化,结尾以粤剧在本地的式微及戏子之死亡作收场。文笔老练,结构严谨,表现手法及技巧都有所创新。"②骆明这样评价孙爱玲:"那年,她的小说《碧螺十里香》在《新加坡文艺》刊登,我们就感到这是一篇与众不同的作品,意思新,表现手法新,有一股吸引人读下去的力量。……后来,我们也知道,孙爱玲的小说,除了她特有的技巧,不同风格、表现手法,她在写作上也是认真的,用心的。我们知道,他在创作《斑布曲》那篇小说中,对峇迪、蜡染,她用过心去找资料,也很认真、详尽地去观察、了解蜡染、峇迪的制作过程。作为一位小说家,孙爱玲以后的创作虽然是较少了一点(可能是我们不了解),但是她的创作、表现手法、思想等都有了转变。……一位作家最重要的是求变,求新,才能有所变革,才能突破,才能创新。孙爱玲就是其中一位。听说孙爱玲后来从事理论方面的工作,她花了一段时间访问,看了、写了十二位归侨作家的创作及长篇小说,后来又从事于《红楼梦》的语言研究。这些粗看起来似乎跟她的小说创作扯不上关系,实际上给她在创作上很好的磨炼,对语言、对题材、对技巧、对时代背景等都有很好的启发,因为各家各派,个别人的写法、表达法、创作法、取材、用字、用词等都不尽相同。现在孙爱玲可以将他们各家,尤其是名著都融会贯通,有了很好的领略。这对于她未来的写作,会提供很好的路子、方向。"③

① 孙爱玲:《碧螺十里香》,新加坡:胜友书局1988年版,第110页。

② 王润华:《一九八四/八五年第二届金狮奖评审意见》,《碧螺十里香》,新加坡:胜友书局1988年版,第105页。

③ 骆明:《春风又绿江南岸——写在孙爱玲获第四届"新华文学奖"前》,孙爱玲:《独白与对话——孙爱玲小说选》,新加坡:新加坡文艺协会2001年版,第3—4页。

第三节　马华旅台作家的原乡书写:李永平《海东青》

何谓"原乡"?"原乡"一词在台湾地区经常使用,应是从原道、原儒、原人等文化概念中借鉴而来。第一个在中国现代文学史上具有原乡意识的文学概念是鲁迅提出的"乡土文学"。[①] 这种"乡土文学"指那类靠回忆重组来描写故乡农村(包括乡镇)的生活,带着浓重的乡土气息和地方色彩的小说。从台湾地区文学谱系来看,"原乡"可追溯到钟理和的《原乡人》,其中有一段对话,当主人公问奶奶"原乡在哪边? 是不是很远?"奶奶答:"在西边,很远很远;隔一条海,来时要坐船。"小说中原乡指"中国",原乡人就是"中国人",其中的"原乡人的血,必须流返原乡,才会停止沸腾"一句广为流传。[②] 齐邦媛指出:"李永平笔下的吉陵镇,是一个模糊、无法找到具体定位的地域……我想,李永平创作《吉陵春秋》时应未去过大陆,他对中国的想象纯然是文化性的。也许尚有侨居地的影子。"[③]王德威认为:"90 年代的台湾地区喧哗骚动,在一片后殖民、后现代的论述风潮中,李永平大可以成为正面或反面教材,好好被解读一番。……但他心目中的中国与其说是政治实体,不如说是文化图腾,而这图腾的终极表现就在方块字上。李对中文的崇拜摩挲,让他力求在纸上构筑一个想象的原乡,但在这个文字魅影的城国里,那历史的中国已经暗暗地被消解了。……我认为李永平当然是中国台湾作家。因为中国台湾,他的文字事业得以开展;也因为中国台湾,他的原乡——不论是神州还是婆罗洲——才有意义可言。"[④]

无论是鲁迅、钟理和还是齐邦媛、王德威,他们关于"故乡""乡土""原乡"的阐释都强调着离开故乡后的作家对故乡的记忆与书写。所以,"原乡书写"至少具有两个特征:一、作家必须离开故乡,产生一种在地与故乡之间的距离感;二、作家的笔调是记忆、缅怀式的,很多时候满寓着乡愁。本章论

① "……凡在北京用笔写出他的胸臆的人们,无论他自称用主观或客观,其实往往是乡土文学,从北京这方面说,则是侨寓文学的作者",作品大都是"回忆故乡的","因此也只见隐现着乡愁"。鲁迅:《中国新文学大系·小说二集·序》,收入《鲁迅全集·第 6 卷》,北京:人民文学出版社1981 年版,第 13 页。
② 钟理和:《原乡人——钟理和中短篇小说选》,北京:人民文学出版社 1983 年版。
③ 齐邦媛口述,潘煊访问整理:《〈雨雪霏霏〉与马华文学图像》,收入李永平:《雨雪霏霏:婆罗洲童年记事》,台北:天下远见 2002 年版,序Ⅱ。
④ 王德威:《原乡想象,浪子文学——李永平论》,收入王德威:《当代小说二十家》,北京:生活·读书·新知三联书店 2006 年版,第 419—420 页。

及的旅台及赴台求学的小说家有潘雨桐、李永平、商晚筠、张贵兴和黄锦树，他们代表着马华旅台及赴台求学小说家目前所取得的成就。① 从旅台及赴台求学小说家的身份出发，他们离开故乡马来西亚，来到中国台湾地区，以虚拟的局外人的眼光对马来西亚进行书写，这种书写过程中的距离感，造就了他们的小说想象与真实大马之间的缝隙与差异。又因为他们的马来西亚华人身份，他们血缘中斩断不了与中国(无论是实在的中国，还是文化层面上的中国)现实和历史的关系，所以他们的原乡书写，除对祖国大马的想象之外，还有对中国这一"原乡"的书写。这些作家有的选择定居中国台湾，如李永平、张贵兴、黄锦树，有的回到马来西亚，如潘雨桐、商晚筠，但无论是作为漂泊异地的学生，还是离散异地的"外劳"(钟怡雯语)，或是落籍异国的"华侨"，他们的作品中都经常会出现对"原乡"的书写，以及对中国和对大马两种层面上的原乡情怀与记忆，这些都使得他们作品的书写方式和精神谱系在世界华语语系文学的阵营中显得独树一帜。

一、大陆想象和文化图腾：对中国的原乡书写

马华旅台及赴台求学作家群对中国的原乡书写，有很强的学院派特点。谈到他们的学院知识体系，我们必须谈到台湾地区大学教育对他们的影响。中国台湾自 1950 年代中期开始有美援，积极推动侨生政策。据台湾地区教育主管部门统计资料，2009 年台湾地区外籍生(含交换生、华语文学生、侨生)数量为 26184 人，而"2009 年国际学生中，东南亚学生超过 6 成，就读大学部和硕士者，越南、马来西亚、印度尼西亚排名前三"②。

同时期马来西亚的教育制度明显有着种族歧视，赴台求学作家选择前往中国台湾接受教育，很大部分的原因就在于此。选择中文系或者外文系很多时候都是巧遇，钟怡雯曾自述碰巧读了中文系，黄锦树甚至对中文系教

---

① 本章涉及的旅台及赴台求学小说家及其发表的作品如下：①潘雨桐《因风飞过蔷薇》(1987)、《昨夜星辰》(1989)、《静水大雪》(1996)、《野店》(1998)、《河岸传说》(2002)；②李永平《拉子妇》(1976)、《吉陵春秋》(1986)、《海东青：台北的一则寓言》(1992)、《朱鸰漫游仙境》(1998)、《雨雪霏霏：婆罗洲童年记事》(2002)、《迢迢：李永平自选集》(2003)、《大河尽头(上卷：溯流)》(2008)；③商晚筠《痴女阿莲》(1977)、《七色花水》(1991)、《跳蚤》(2003)；④张贵兴《伏虎》(1980)、《柯珊的女儿》(1988)、《赛莲之歌》(1992)、《薛理阳大夫》(1994)、《顽皮家族》(1996)、《群象》(1998)、《猴杯》(2000)、《我思念的长眠中的南国公主》(2001)；⑤黄锦树《梦与猪与黎明》(1994)、《乌暗暝》(1997)、《刻背：Dari Pulau Ke Pulau 由岛至岛》(2001)、《土与火》(2005)。他们的作品绝大多数都是在台湾地区出版的。
② 李珊：《"留学台湾"正夯！》，台北：《台湾光华杂志》第 35 卷第 4 期(2010 年 4 月)，第 72—76 页。

育感到不适应。① 但正是这种际遇，造就了他们与中国台湾、与中华文化的文学缘分。黄锦树曾言是中国台湾的文学奖让他找回文学的信心，其他作家都曾获得过中国台湾各大文学奖，王德威就曾指出台湾文坛成就了李永平。② 而早在 1980 年代，台湾文坛就开始注意到旅台及赴台求学作家的创作实绩，李昂曾说："我对马来西亚一直都有好感，因为有两位马来西亚作家在中国台湾的表现，使中国台湾作家甚至是亚洲作家在很多方面都望尘莫及的，他们就是李永平和商晚筠。他们的小说人物虽然是地域性的，如商晚筠的《痴女阿莲》和李永平写的马来女人，但因小说的艺术层次很高，当我们读时，并不太觉得是在写我们完全不熟悉的地方。"③ 另外，蔡源煌、王文兴之于商晚筠，颜元叔、余光中、齐邦媛之于李永平，王德威、苏伟贞之于张贵兴，王德威、朱天心之于黄锦树，中国台湾学人都对这些作家表示欣赏和鼓励。值得指出的是，马华旅台及赴台求学的先行者，如林绿、陈鹏翔、李有成等文学前辈，与他们保持了或师或友的关系，如为他们作序、撰文，也帮助和指导着他们的成长。

通过台湾地区学院系统的教育，旅台及赴台求学小说家普遍对中华文化产生兴趣，他们热衷于书写理想中的文化中国。唐君毅曾这样归纳文化中国的含义："中华民族飘散在世界各地的花果，在各地逐渐生根长叶者。但只在各地生根长叶，而忘其本原，不更回念其本原，而对其本原有所尽责，则是一精神上的大危机。……使中国在二十一世纪，成为人的文化之中国。"④ 华人从 15 世纪的马六甲王朝就开始移民马来西亚，马来西亚是东南亚地区保留中国文化传统最多的国家。旅台及赴台求学小说家笔下都有着对中华传统遗存的描写，如商晚筠《林容伯来晚餐》、张贵兴《最初的家土》对父辈的书写，坚忍的父辈形象，何尝又不是对华人先辈人格的镂刻呢？除了

① "高中快结束时，前途茫茫，更常陷入不知何去何从的苦闷之感。如果不走，或走不成，也许这辈子了不起当个某个行业的'头手'。然而中国台湾的中文系教育，却让人感受不到任何的血气和阳光，仿佛置身破烂的古墓，把弄文化的遗骸，与幽灵萤火共游。念大学的那几年，几乎夜夜都回到故乡的胶园，梦到收胶，在水井里捞到斗鱼，骑着脚踏车就可以回到家。"黄锦树：《非写不可的理由》，收入《乌暗暝》，台北：九歌出版社 1997 年版，第 8 页。

② 1977—2003 年，本章所提及的五位作家曾获得由幼狮文艺社、联合报社、中国时报社、皇冠社主办的中国台湾重要小说奖 24 项，其中商晚筠《木板屋的印度人》《君自故乡来》《痴女阿莲》、潘雨桐《烟锁重楼》《何日君再来》、李永平《吉陵春秋》《雨雪霏霏》、张贵兴《伏虎》《柯珊的儿女》《猴杯》《群象》、黄锦树《说故事者》《鱼骸》《貘》等重要代表作都是在各项文学大奖的角逐中脱颖而出的。

③ 琼玛整理：《李昂、陈艾妮座谈会纪要》，吉隆坡：《蕉风》1987 年 4 月号总第 402 期，第 3 页。

④ 唐君毅：《海外中华儿女之发心》，《唐君毅全集卷 7·中华人文与当今世界》（上），台北：学生书局 1988 年版，第 74 页。

以上的两个总特点,五位旅台及赴台求学小说家因赴台时代不同,他们对中国(中华文化)的原乡书写分别体现了各自的特点。

第一种是李永平式的文化(文字)中国形象,其笔下的中国原乡幻化为"海外仙山"(余光中语)。其长篇代表作《海东青》中,"海西"乃中国大陆、"海东"乃中国台湾,"海东青"指的是孙中山。李永平擅长在汉字使用上表达自己的文化观,炼字着了魔。一是故意用繁体字、难检字。如人物姓名上,朱家三姐妹分别是大姐朱鹏、二姐朱鹔、小妹朱鸽。学生姓名也很繁,如周暠。亚星的妹妹名叫亚霎。郎将军四女一子分别是郎纳、郎绕、郎緰、郎绗和郎綗。纵观李永平的一生,这种对汉字的喜爱,源自童年时身处殖民地的经验,也是对西方殖民者污蔑汉族文字的反抗:

> 记得小时候在南洋读书,学校的艾修女三不五时就端整起脸容,柔声告诫孩子们:"支那"的文字是撒旦的符号(罗神父说得更妙!方块字是撒旦亲手绘制的一幅幅东方秘戏图,诡谲香艳,荡人心魄——秘戏图是什么玩意儿?就是春宫图嘛),而撒旦就是魔鬼,而魔鬼就是钻进伊甸园诱骗夏娃的那条蛇,所以孩子们,尤其是华人子弟,千万要远离"支那"方块字的诱惑哦,切记切记。三令五申,这种话我们小学生听多了,半夜会做噩梦,看见那万千个方块字突然间幻变成一群龙蛇怪兽,张牙舞爪,朝向我们直扑过来,把我们吞咽进血盆大口……后来我到中国台湾读大学,听颜元叔老师说,在西方人心目中汉字是一种图腾。①

李永平自承:"面对一窗华灯写小说,我摊开一迭稿纸,搜索枯肠,翻遍字书,试图用手上那枝沉重无比、自认负载着神圣使命的笔,捕捉中国台湾灯火丛中闪现的一幅幅诡谲的支那图腾,设法透过各种文学途径——诸如象征、典故、文字意象、叙事结构——进入其中隐藏的神秘洞天,将讯息捎出来呈现给读者,只是,不幸,却因此一头坠入了文字障,竟致不能自拔越陷越深,《海东青》这则寓言写到后来,不知怎的竟建构出一座巨大的文字迷宫,而我这个'小说家'竟也像雅典名匠戴达鲁士,在作品完成后,蓦然惊觉,发现自己被囚禁在自己创造的迷宫中,必须付出惨重代价才得以逃脱。"②李永平小说中充满着一种"文字化"的意识形态。难怪王德威评论其代表作

---

① 李永平:《雨雪霏霏:婆罗洲童年记事》,台北:天下远见2002年版,第42页。
② 李永平:《再版序》,李永平:《海东青》,台北:联合文学2006年版,第3页。

《海东青》和《朱鸰漫游仙境》时指出:"这两本作品不宜仅以文字奇观对待,也应该让我们深思欲望书写和国族想象间的复杂关系。"①

第二种是潘雨桐笔下古典意境的文化中国意蕴。在《纽约春寒》《烟锁重楼》等作品中,潘雨桐对留美学生情感生活的展示,充分表达出"在不同文化、价值观的冲击下,他常常会在功利、爱国以及血缘问题中徘徊,那种隐隐中的矛盾,不是一时之间能了断;而复杂的人性,最难探讨,错综复杂中,常常造就了许多无可奈何"的情感特点。② 潘雨桐受琼瑶小说影响很大,他本住在马来西亚柔佛的龟咯(Kukup),"不过,潘雨桐却把龟咯称做[作]闺阁,或许这个称呼更符合于潘雨桐的恬淡性格"③。琼瑶的《一帘幽梦》书名出自秦观的《八六子》中一句"夜月一帘幽梦,春风十里柔情",④值得注意的是,潘雨桐的小说集名《因风吹过蔷薇》《昨夜星辰》分别来自黄庭坚《清平乐》中的"百啭无人能解,因风吹过蔷薇"和李商隐《无题》中"昨夜星辰昨夜风,画楼西畔桂堂东"。小说《天凉好个秋》仿写着琼瑶《一帘幽梦》中的费云帆、汪紫菱的浪漫爱情,潘雨桐的仿写中有着琼瑶式的纯情叙事,但具体到小说中就不一样了,这篇小说少了普罗旺斯薰衣草营造的"一帘幽梦",除了一点偷情的刺激,其他的直接置换成现实故事,反映了在生活重压下挣扎不得的情感。⑤ 小说中留美女硕士束庆怡一直坚守自己对婚姻的信念,她不能接受"周遭的洋妞,快快乐乐的结婚去,悲悲戚戚的离婚了,把两者之间的鸿沟,随意跨越,而后带着小孩,念书做事,或是又找了个男人,一样娇艳如春花,仿佛什么事情都不曾发生过,她是服了"。在学业上她也并不如意,因为资质一般,"念研究的而没有创造力,再蛮干也念不出什么特色,而她心里比较宽慰的是,她并没有拿指导教授的研究基金,一切的经费,都是暑假打工,平时兼差弄来的。念不好,也就没亏欠过谁的了。有嘛,就是苦了自

① 王德威:《序论:大河的尽头,就是源头》,李永平:《大河尽头(上卷:溯流)》,台北:麦田出版社2008年版,第9页。
② 丘彦明:《跋》,收入潘雨桐:《因风飞过蔷薇》,台北:联合文学1987年版,第312页。
③ 唐林:《隐居在"闺阁"深深的潘雨桐》,《心里的星星》,吉隆坡:唐林出版社1992年版,第143页。
④ 琼瑶很多小说名都取自中国古典诗词:如《月满西楼》《却上心头》取自李清照的《一剪梅》;《几度夕阳红》取自杨慎的《说秦汉》开场词《临江仙》;《碧云天》《寒烟翠》取自范仲淹的《苏幕遮》;《庭院深深》取自欧阳修《蝶恋花》;《在水一方》取自《诗经·秦风·蒹葭》;《天上人间》取自李煜《浪淘沙令》;《匆匆,太匆匆》取自李煜《相见欢》;《剪剪风》《烟雨蒙蒙》取自韩偓《寒食夜》等等。
⑤ 潘雨桐在小说《天凉好个秋》中"从《窗外》直看下去,《六个梦》《烟雨蒙蒙》《几度夕阳红》《船》《寒烟翠》《心有千千结》,当然还有别的,直看得痴痴迷迷",《纯属虚构》(1994)中"冈田贞夫向玉娇求婚,潘雨桐文思枯竭,琼瑶式小说无法完成",都现身说法地提及自己对琼瑶小说的熟悉。而早期代表作《烟锁重楼》与琼瑶小说同名,可见琼瑶对潘雨桐的影响。

己!"在赌场里当"找钱女郎"、在醉琼楼里当服务生,在辛苦的工作中,束庆怡根本无心经营自己的感情,与男友宋家陵恋爱在艰辛的生活中成了一种负累,经不起折磨与长跑,只能死掉。守身如玉的她并没有遇到理想中的爱情,在父亲重病急需治疗费的情况下,被媒婆介绍给大她二十多岁的醉琼楼老板,心中只能悲叹:"这些年来,看多了,什么叫现实,什么叫无奈,多多少少都体验着了。过些日子,总有个决断的——而现在,不就有了决断吗?"华族伦理、传统道德、婉约意境在潘雨桐的小说中具体化成一个个鲜明的人物,他们身上所带有的文化符码可说是潘雨桐对文化中国的一种原乡情感的投射。

第三种是张贵兴笔下寻根式的中国原乡书写,他更偏向在文本世界中重构华人的南洋历史,寻找和回溯中国与南洋华人的血缘关系。《顽皮家族》每一章以一学生小作文为导引,正文部分再开始展开故事,形式很有特点。张贵兴选择了有别于官方历史叙事的民间视角,"书上说的甚[什]么华侨血泪史仿佛成了谎言。我感到有趣。……如果被杀的猪也知道如何快乐地死去,活着的猪为什么不能快乐地活着呢? 于是我决定用我的小笔,给我的家乡和亲人写一点故事",言语中流露着对民间生命力的尊敬。① 作者将家族故事置放在蛮荒未开的婆罗洲,串联了海盗与父母之间的恩怨情仇、婆罗洲华人抗日等等离奇故事。整个小说呈现出浓厚的魔幻现实主义色彩,写得恣意潇洒、情节曲折。小说歌颂着花果飘零、落地生根的生命力,以寓言的形式描写华人强韧的生命力:"顽龙发觉自己重复说着的一句话不只是出自自己嘴里,而是同时出自夔家一干顽祖宗凶灵魂。一种遗失子嗣的恐慌使他们在树根上疯狂的做爱,或者是一种情欲的需要,他们在海上已经克制了将近一个月。他们舐着对方脸上的热泪和全身上下的热汗,他们赤裸身子上面吸饱了血的蚊蚋也被他们舐了进去,他们伤口上面的药草和污血也被舐了进去,他们被晒脱的脆皮也被舐了进去。他们的动作肆无忌惮完全不考虑对方伤势,以同等野蛮和力道回馈对方。"而小说中那件能够展示盘古和女娲性交过程的魔毯,也彰显着生殖力的重要,一如顽龙的"夔"姓,"夔"是龙的一种,又何尝不是对华族生命力的暗示呢? 这确实是一本"以'生殖力'为本,歌颂落地生根的生命追寻"的"寓言"之书。②

第四种是商晚筠对中国传统文化精神的追求,如小说集《痴女阿莲》《七

---

① 张贵兴:《序文》,《顽皮家族》,台北:联合文学 1985 年版,第 4 页。

② 张贵兴:《顽皮家族》,台北:联合文学 1985 年版,封四。

色花水》，其中最为明显的一次表达是在遗作《跳蚤》中。《跳蚤》中的荣世宁和公孙展双之间的情感，与个人和社会总是纠缠不清。商晚筠强调人物的在世性，从社会现实压力的角度，透视自己对同性之爱的痛惜与怜悯之心。"我深信，我们之所以坚持生存的权力，因为我们从中体验到七情六欲的乐趣，活着，再苦难的日子，我们都会给自己的希望加一把信心"①，道出了商晚筠未能消解的凡世执着。这部商晚筠返马后受中国台湾文学影响下创作的作品，自成一格，但因作者早逝而成文坛的遗憾。

第五种是祛魅式的后现代写法，代表是黄锦树。"对黄而言，马华传统恒以中国性的追求为前提。……这一'中国'符号内蕴两极的召唤：一方面将古老的文明无限上纲为神秘幽远的精粹，一方面又将其简化为充满表演性的仪式材料。'中国'既缥不可及却又一蹴可及，既是图腾又是商标；折冲其间，马华传统的主体性往往被忽略了。……如何体认中文及中国在马华族群想象中的历史权宜性，善加操作，从而确立马华文化本身的活力及多元面向，成为当务之急。"②在黄锦树的新眼光下，中华文化、中国形象被反讽与戏谑着，如《大河的水声》里号为"马来亚之虎"的茅芭，影射茅盾和巴金。而茅芭深夜跳湖自尽，则仿写着老舍1966年的太平湖自杀事件。"其实近年中国三流评论家对马华文学的无节制溢美之下，茅芭的声誉早已水涨船高；加上茅芭在本地艺文界的辈分原就不低（年岁比马华文学史还大些），竟成了喧腾一时的盛事。虽然茅芭已高龄八十有几，除了片断、自相矛盾、笔迹涣漫的回忆录之外，也多年没有发表什么作品，也很少在文艺营之类的场合指导后进如何写作了。"③了解马华文学的人，一眼就能看出其中的影射意图，小说把马华政党、马华教育界、马华文艺界都置于讽刺之下。小说《补遗》把南来作家郁达夫也狠狠地涮了一次，"比较遗憾的是，这件宝物身上最珍贵的'三宝'不见了，一定是某个中药商为了泡酒早早地把它取下了。有的可能还没有被吃掉，目前黑市里有一些传闻，一粒可能还在印度尼西亚，我托当地华人继续找……中间的那一部分，大概落到贵祖国中药鞭商手里去了；但也有知情者透露已经落到长年隐居美国那位比慈禧太后还长命的女人瑞'黑山老妖'手上，挖两个洞制成了烟斗，终日眼眯眯陶醉的衔着，冒

①　商晚筠：《跳蚤》，新山：马来西亚南方学院马华文学馆2003年版，第9页。
②　王德威：《坏孩子黄锦树——黄锦树的马华论述与叙述》，黄锦树：《刻背：Dari Pulau Ke Pulau 由岛至岛》，台北：麦田出版社2001年版，第13页。
③　黄锦树：《刻背 Dari Pulau ke Pulau 由岛至岛》，台北：麦田出版社2001年版，第42—43页。

出来的烟那味道闻过的人都说若是圣母闻了都会沉沦的哟"①。《刻背》则将康有为、章太炎、鲁迅也讽刺了一通。这些小说体现了黄锦树的嬉皮士文风,黄锦树大胆敢言,胡诌乱侃,在调侃中戏谑着中国文化。我们不敢苟同黄锦树"我宁愿当个鲁迅式的现代主义者"的自白,②但他的嬉皮士式的现代主义写作方式及其背后深广的忧愤,确实值得我们深思。

五位小说家的五个维度,构成了当代旅台及赴台求学小说家对中国这一原乡复杂而精彩的情感展现。对中国(中华)原乡不论是膜拜式的模仿,还是解构式的批判,都表明着这群作家心中原乡对他们的影响,就这样,文化、寻根、现实、狂欢都交织于笔下,最后熔铸成一幅幅描绘中国原乡的风景画卷。

二、情感的疏离与纠葛:对南洋的原乡情结

五位小说家都在中国台湾受教育,有的定居中国台湾,有些人一去就是20年,像李永平更是30多年。对于他们而言,中国台湾地区学院风气和社会氛围让他们感到亲切和愉快,但马来西亚始终是他们魂牵梦萦的故乡,张贵兴曾这样说:"我祖籍广东,出生在南洋一个大岛上,十九岁时离开出生地到中国台湾继续我可怜的学生生涯。有时候听到一些罗里罗嗦的流行歌曲,歌者唱着我的故乡如何如何,自己也哀怨自怜地哼几句,忽然就开始怀疑故乡在哪里?那个素未谋面的广东自然不是我的故乡,我住了超过十九年的中国台湾也不是,当然就只有那个赤道下的热带岛屿了。"③这个故乡并不民主,远不理想。马来人执政的政府在政治体制、经济制度、种族关系、教育制度、华族文化传承问题上,压制华人族群,华人发展每每被设置障碍,这些恶劣的印象都牢牢地留在这群离家的作家心中。也正是在这种丑陋的马来西亚现实背景下,在现实与理想的情感纠结中,他们回忆和构造着他们久已离开的马来西亚原乡。他们对马来西亚原乡的书写体现出以下三个特征。

第一,热衷于对大马种族关系的书写。马来西亚是一个多元种族并存的国家,在近3000万的人口中,有62.2%的马来人、22.5%的华人和6.8%

---

① 黄锦树:《补遗》,《刻背 Dari Pulau Ke Pulau 由岛至岛》,台北:麦田出版社2001年版,第290页。
② 黄锦树:《自序:台湾经验》,《土与火》,台北:麦田出版社2005年版,第15页。
③ 张贵兴:《顽皮家族·序文》,台北:联合文学1985年版,第4页。

的印度人及其他少数民族。① 各种族形成了大群居、小聚居的格局，这种混居状态的社会形态是非常有特色的，也是马华作家笔下重要的题材。商晚筠的这类作品有《木屋里的印度人》(1977)、《巫屋》(1977)、《夏丽赫》(1978)等，其中《小舅与马来女人的事件》是商晚筠最早发表的中篇小说，也是商晚筠已成作品中最长的小说，有五万多字，最早在 1977 年 7 月开始在台湾《中外文学》连载。在这篇小说中，商晚筠通过惯常的小女孩视角去观察因小舅爱上马来女人而引起的乡村风波。小说中阿婆的诅咒与焦虑、小舅的真情与憨直、马来女人的母性与善良、拉曼的童真与稚气、"我"的无能，都搁置在热带橡胶园和北马农村的两点之间，两点的连线展示的是华人与马来人面对异族通婚的不同态度。"此小说是商晚筠写了马来西亚两大民族华族与印度友族后，第一篇尝试书写马来友族的小说。可见当时商晚筠已意识到，为了对比及对抗台湾地区当时兴盛的乡土文学，实践马来西亚的乡土写实特色是必要的。这亦是她以外来者进攻台湾文坛的独步秘诀。"②值得注意的是，在商晚筠笔下，种族关系并不是紧张，反倒被营造得非常和谐。

　　而张贵兴、黄锦树的写作姿态则偏向批判。张贵兴的《弯刀·菊花·左轮枪》通过主人公不明所以地被警察狙杀的经历，展露着大马华人心中的种族阴影，直接抨击马来政府对华人的遏制政策，也暗示着华巫种族关系并不和谐。黄锦树对马来西亚华人的历史和现实地位更是充满着愤懑："我们只能依着既有的协商的不平等结果'不满意，但不得不接受'的活下去，无二等公民之名，却有二等公民之实。……和马来知识青年永远存在的排外仇华情结一样，长期(也似乎永远)得不到平等对待的族群不可能像'圣人'那样的超脱世俗。"③在黄锦树的笔下，华人都被置放到更遥远的历史中，暗示华人受难并非在马来西亚建国之后。如小说《说故事者》(1995)："突然听到女人的哭叫声，在屋旁、雨中。原来，还是有几位士兵忍不住了，撬开窗口，强行把妇人拖到雨中，抢走她手中的婴尸远远的投掷开去，剥去她的衣服让她的身躯在大雨中漂洗，然后，迫不及待……婴尸掷中胶树，襁褓散开，滚出一只蛙状的灰色事物。"④黄锦树回到马来亚抗战时期，将华人命运隐喻成受难的母亲形象。黄锦树汪洋恣肆的暴力书写更是把受难母亲的形象刻画得

①　此资料来自 2023 年 12 月 20 日马来西亚国家统计局(Department of Statistics Malaysia)，参见 http://www.statistics.gov.my。

②　许通元：《编后语：永远的商晚筠》，商晚筠：《跳蚤》，新山：南方学院马华文学馆 2003 年版，第 270 页。

③　黄锦树：《梦与猪与黎明》，台北：九歌出版社 1994 年版，第 11—12 页。

④　黄锦树：《乌暗暝》，台北：九歌出版社 1997 年版，第 31 页。

惨不忍睹:"半暝雨歇,偷偷去找。十多个人,一人死一处。全身几百个伤口,一沟一沟,斩得整个人烂糊糊,脚断,手做好几节,颈脖剩一层皮还黏着,肠肚拖个满地,脸也不容易认。血流得差不多干了,好在没有野兽来拖去吃……人死了,没法度。透暝找较高的地方,锄坑,埋了。胶树也砍得全身都是伤,汁流到整个地上,和血掺在一起,浸入土内。"①同年发表的《色魔》题材与前者相对,写的是现实的题材,写的是华人妇人被强奸的故事,不过文章的最后说,马来警察阿末身边的一对儿女长得像被奸污的华人妇女,这似乎也暗示着华人与马来人之间的种族关系。大马原乡在黄锦树的眼里是一个尔虞我诈、钩心斗角的场域,如《乌暗暝》(1995)、《非法移民》(1995)中对印度尼西亚外劳打劫华人住户的行为愤怒不已,后者甚至祈求拿督公能够出来管管他所辖的马来人,其中的"一如昨夜,他们迅速的把汽车大灯熄了。父亲持着长矛坐在五脚基的长凳上,母亲、女儿在把后门锁好之后,也都在父亲身旁警戒的守候着。从狗的吠声可以判断它们遇到了什么"把他童年时对马来人的恐怖印象刻画得入骨三分,②"因为他们同文同种,可以增加人口比率,大选时投票对他们有利"等描写,把马来西亚政府对印度尼西亚外劳的宽容刻画出来,显出黄锦树对马来西亚政府民族政策的双重标准的批判。

潘雨桐也关注着马来西亚华人族群的命运,而且还拓展到东南亚,不过他因为工作原因,所以笔下的小说格局更大,凸显着他的人道主义情怀。"(越南华侨李光宇)父亲在西贡经营金陵大酒家,他自己则在农校教书,后来结婚成家,日子过得平平稳稳。可是,当西贡沦陷之后,一切都改变了。大概是分属地主吧? 金陵大酒家被当局没收,农校的教职也被撤销了。政局的改变,无可奈何;家境的转变,却使他们面临困境。……他改变生活,白天做点小买卖,晚上帮太太在街边摆地摊,卖红豆冰,赚取些许蝇头小利过日子。可是,这种日子也不好过,警察又三番五次的随意逮捕,他们才想起出走、逃亡,更想回到中国台湾去。"后来创作《烟锁重楼》《癌》(1981)、《乡

---

① 黄锦树:《乌暗暝》,台北:九歌出版社1997年版,第32—33页。
② 黄锦树曾言:"从有记忆开始,对夜里的胶园都会感到莫名的恐惧。我家没有邻居,最近的一户人家也隔了好几块胶园,望不见对方的灯火。四周是无边无际的黑暗,除流萤外,家是唯一的一盏灯。仿佛随时伺机而出的恐怖就潜伏在那难以穿透的黑暗之中,虽然老虎狗熊之类的猛兽已不太可能出现,眼镜蛇、蝎子、蜈蚣等已构不成威胁,最怕的其实是人,陌生人。基于安全的考虑,养了许多狗。不管多早或多深的夜里,每当狗儿乱吠,全家人都会顿时神经紧张的站起,准备好手电筒,再严重些,则是拿起部落时代的武器,戒备着。"黄锦树:《非写不可的理由》,《乌暗暝》,台北:九歌出版社1997年版,第6—7页。

关》(1981)、《一水天涯》(1987)、《绿森林》(1988)，都道出了自己对东南亚华人被压迫的激愤，其中涉及东南亚各国的排华事件、日资企业对东南亚的经济侵略、华人就业压力、大马教育制度、大马新经济政策等问题，①如"你知道印度尼西亚有过多少次排华吗？印度尼西亚的第一次排华是在一九五六年，我刚从上海逃出来在香港混日子。第二次排华是在一九五九年，那时候，我已上船两年，船一到印度尼西亚便碰上了，你知道那是个什么样子吗？暴徒烧房子，抢东西，把人头砍下来——以后还会有哩！"《一水天涯》中业自中国台湾地区的新娘林美云想不通："为什么菲律宾人，印度尼西亚人非法进入沙巴州，却能轻易的成为公民？难道我们不是同住在马来西亚吗？为什么审查会有双重的标准？为什么越南的华裔难民涌入丁加奴和吉兰丹，我们能执法森严，把他们赶出大海或送去第三国？华人还被警告要以此为殷鉴。而印度尼西亚非法移民则任其登陆，泛滥到为非作歹，打家劫舍而无动于衷？"这是一篇反映华人现实处境的小说。②　小说最后一句写道："林月云望望窗外，圆月已经升了上来，霜白霜白的，打了一地的霜。"这"一地的霜"，是华族心上的"霜"，现实的"霜"，潘雨桐通过霜来影射华人的处境如"霜"，在特权政治下的被压抑地位。"《天涯路》是一个悲剧，可悲的是这个悲剧仍在上演，多少岁月过去，华人在这一带国家，在种种的借口之下，受过多少折辱？"③

　　第二，关注马共题材。马共的解散是马来西亚华人不能忘掉的一个历

①　潘雨桐很多次或明或隐地表达过自己对大马华人命运的关心，他曾说："如果小说能反映时代，能在历史的洪流中留住瞬息，但在这么一个时代里，在一个种族政治强烈的气氛中，我对我的国土我的家园我的同胞……所能关注的的确是少了些。有点无奈。"潘雨桐：《后记》，《昨夜星辰》，台北：联合文学 1989 年版，第 273 页。

②　马来西亚政府发给公民的是蓝色身份证，给永久居民的是红色身份证。截至 2008 年 11 月 26 日，大马共有 371,281 人持有永久居民身份证，其中华裔超过十万人，他们有的已经在马来西亚居住逾半个世纪，有些甚至在该国土生土长，他们没有投票权，更不能享受购房和医疗福利。参见《大马永久居民 37 万，17 万人未换 MYPR 卡》，吉隆坡：《光明日报》(2008 年 11 月 26 日)。

③　潘雨桐：《后记》，《因风飞过蔷薇》，台北：联合文学 1987 年版，第 313 页。东南亚地区的华人，除新加坡、马来西亚之外，基本上没有政治权力，更遑论议政施政权力。东南亚诸国任何一次政治时局的变动，受害首先波及华人，如 1998 年印度尼西亚排华事件，5 月 13—15 日，雅加达市区 5000 多家华人商店和房屋被烧毁，近 1200 人死亡，468 名华人妇女被强奸，最小的 9 岁。就算在马来西亚，政治上华人的地位也是二等公民。教育制度上，潘雨桐的《天凉好个秋》中就谈到马来西亚华人子弟受固打制的限制，进不了本地大学，只能选择背井离乡，出国留学。

史事件,①这个历史事件带着华人的民族情绪,也成为马来西亚华人民间记忆的重要部分。在大马华人的集体记忆中,马共党员是一群"消失的国民",是一个激情时代诞生的群体,他们虽在历史的长河中失败并迅速成为历史,但其传奇的历史很快被文学聚焦。潘雨桐、李永平、商晚筠对马共的书写是谨慎的,很多时候都一笔带过。但在黄锦树的《猴屁股,火,及危险事物》中,马共党员被置于人猴杂交的猴岛上,其中"全权代表挥挥手说了句'有什么事明天再说',把母猴们带到茅庐里,很快便发出自以为勇猛的嘶吼声。母猴子连串尖锐的吱吱叫。其声淫秽不堪闻"等描写,把共产党野兽化,小说还挪揄着马共曾经要建立大南洋人民共和国的理想,其中寓意明显,马共的一切都被作为危险事物而被黄锦树抹杀掉。②

由于地理环境的分割,马来西亚由东马、西马组成。③ 马共的谱系也是不同的,在旅台及赴台求学作家笔下,马共书写也分两种,一个是砂共的描写,代表作是张贵兴的《群象》,强调的是砂共的内讧和暴戾的一面。小舅余家同是婆罗洲马共组织"北加里曼丹人民军"的领导,在马共分裂后,统率着其中一支"扬子江部队",隐藏在雨林深处。小说以男孩余仕才复仇的雨林探险之路为线索,首先为我们展现了一个破败的马共游击队基地:"广场上暗无天日,五星旗、黑龙旗缺乏暴晒,潮湿滞重,仿佛枝头上倒吊着的大蝙蝠。树身上有枪靶、箭靶、镖靶。树上系着吊杆。广场上立着数十个歪歪倒倒木人,有的断手断脚,有的困卧地上,有的鸟屎遍晒,有的如十字碑。枝叶腐败,畜便处处,马陆、蜗牛、蚁、蚜虫,穿梭。广场从前便是部队集会操练场所。"在张贵兴的笔下,这里是邪恶的所在,小舅也是恶贯满盈的,"作为开

---

① 马共曾经领导过马来亚人民抗击日本侵略军,为马来亚的民族解放作出了重要的贡献。日本投降后,英国殖民者重回马来亚,与马共关系紧张,便在 1948 年 7 月 15 日实施紧急法令,宣布马共及一些左翼组织为非法组织。后来的 30 多年,马共一直坚持在泰国南部丛林活动。直到 1989 年 12 月 2 日,马共、泰国政府和马来西亚政府三方签署"合艾和平协议",马共宣布放弃武装斗争,走出丛林,组织解散。

② 黄锦树曾这样评价马华本土著名作家黎紫书的马共书写:"马共在那些小说里其实不过是舞台和背景,是故事发生的场所。并不涉及多少历史解释。而故事,而非历史,或许才是那样的写作者真正感兴趣的。'我方的历史'也该是多元甚至互相冲突的(要看那个发生的'我'是谁),并非径直和官方的历史二元对立。"黄锦树:《马华女性文学批评的本土探索之路》,林春美:《性别与本土:在地的马华文学论述》,吉隆坡:大将出版社 2009 年版,第 11 页。如果我们从这个角度去理解黄锦树的马共书写,似乎他的创作意旨更深广。

③ 马来西亚在行政上由 13 个州和 2 个联邦直辖区组成;在地理上分成西马及东马两部分,中间隔着南中国海,总面积是 330,433 平方公里,其中西马占总面积之 38.6%,东马占 61.4%。东马包括砂胜越(Sarawak)和沙巴(Sabah)两州。它们于 1963 年加入大马成为马来西亚国的组成部分。参见林水檺等主编:《马来西亚华人史新编(第一册)》,吉隆坡:马来西亚中华大会堂总会 1998 年版,第 197、237 页。

发过程中的剥削者，仿如殖民主义者吸血鬼般，从男人的力气到女人的身体，从金钱到人命，从本族到土著，都逃不开他的意志与欲望"。① 小舅死后被伊班族土著掘坟并施以诅咒，"骨骼上洒了动物血，数张符咒，猫和狗头骨，据说是马来蛊术。诅咒舅舅灵魂永生永世被虫咬蛆嚼，侥幸投胎也是母死婴亡"，以绝共产幽灵重返婆罗洲之途。② 另一个是西马的马共，如商晚筠的北马吉打华玲小镇、黄锦树的南马柔佛马共，两者强调的是马共与马来西亚华人的关系，反映着这一政治群体在华人心中的地位。黄锦树《鱼骸》（1995）有对马共党员（主人公的兄长）被捕时的一段描写：

> 那一天他终于捺不住好奇心，克制住深浓的睡意，远远的尾随而去。只见初日从地表浮起，先是诺大的一颗咸蛋黄，一寸寸的往上浮升，大雾冲涌，大哥他最终消失在那一片广大绵延数十亩，覆被着各种热带植物的沼泽的水泽，消失在一片烟水茫茫之中。……他感觉到某件可怕的事情正在发生，而且很可能就发生在夜夜和他同寝的大哥身上。睁大了惊恐的眼，肩背使命的贴着树，除此之外他不知道还能做什么事。自雾中走出十几位红头绿衣的士兵，在水边踩下重重叠叠的脚印，铁打似的脸上尽是杀气，肩挎着长枪。有几位士兵两人一组的倒拖着猎物的脚，一共拖出五具兀自冒着鲜血的尸体。……其中的几具尸首，证明是他大哥的同学，均为当地共党青年团干部。沼泽中发现的一间简陋的高脚屋，事后被付之一炬，一艘小舢板，也被没收。那年他刚要进小学，而大哥高二升高三。③

这篇小说中对南洋的那"大陆龟"的描写（对南洋自立的期许）、对沼泽深处的共产大哥的"肾上腺素分泌"（回忆马共斗争岁月的激情）的一系列密集的文化隐喻、历史的象征和互文性描写，都表现着黄锦树个人对马共历史的情感方式。这种对马共在南洋历史的书写都基于黄锦树内心中对"中国影响""中国因素"对南洋华人社会影响的历史反思，在他擅长的"旧灵魂，老

---

① 黄锦树：《从个人的体验到黑暗之心：论张贵兴的雨林三部曲及大马华人的自我理解》，《中外文学》第 30 卷第 4 期（2001 年 9 月），第 242 页。
② 值得注意的是，新近出现了很多关于砂共的口述历史，其中很多描述与张贵兴的小说颇有不同，这是一个值得深入讨论的问题。
③ 黄锦树：《乌暗暝》，台北：九歌出版社 1997 年版，第 257—258 页。

文字:中华国族"的书写方式中,①中国的形象被政治化了。黄锦树试图为南洋知识分子代言,书写南洋知识分子对马共历史的告别方式。

第三,抨击大马教育制度。在旅台及赴台求学作家的原乡书写中,马来西亚的教育制度是一个绕不开的背景。1969 年"五·一三"事件之后,政府推行新经济政策,在教育资源的分配方面强行推行固打制。土著学生(主要是马来籍)占去了高校教育指标的 60%,华族子弟升入大学的机会大量减少,更让及赴台求学的学生郁闷的是,他们的中国台湾学历不受马来西亚政府承认。潘雨桐、李永平、商晚筠、张贵兴都曾经表达过自己对这种教育体制的愤懑。

第四,关注华人的国民性弱点,延续着鲁迅启蒙文学中"批判国民性"的主题。最早的是李永平的《吉陵春秋》(1986),李永平自承"'吉陵'是个象征,'春秋'是一则寓言。《吉陵春秋》讲述报应的故事——那亘古永恒、原始赤裸的东方式因果报应"②。李永平借小说中的复仇故事,在人性的层面剖析华人的国民性弱点。对国民性批判表现出浓厚的兴趣。他的很多小说都有着浓厚的后现代主义解构精神,他对马来西亚原乡的书写表现出批判精神。在《胶林深处》中,黄锦树狗仔队式的写作方式,刻画了笔下人物的阴险无耻、小人作为,把对马华文艺界的愤懑抒发到了极致,甚至影射了温任平、方修、方北方、鞠药如等人。在小说集《刻背》中,黄锦树大胆地重构历史,虚构想象,小说充满着互设拼贴,在不断地互文、解构中捕捉着大马华人的人性缺失和历史位置,把巴赫金的狂欢化话语运用得虎虎生风,批判精神也膨胀了很多。

马华文学已经成为世界华文文学的重要一支。大马的特殊政治环境,使得马华文学的阐释空间很大,而旅台及赴台求学小说家的岛际漂流经历,也使得他们的文学视野很大,在中国台湾生活的经历成就了他们,但也限制着他们的成就。这群马华小说家基本上是在 20 岁之前离马赴台求学,大马

---

① 在黄锦树的知识体系中,章太炎的文字学对他影响很大。他认为"作为深通传统语言文字之学的古文经学家,章太炎的语言文字计划分好几个方面,最外在的界线是对汉字字形(或可更尖锐的表述为汉字的身体,古老汉文化的皮)的保卫;其内则是古老汉文化的总体。"黄锦树:《幽灵的文字》,《文与魂与体——论现代中国性》,台北:麦田出版社 2006 年版,第 67 页。

② 李永平:《文字因缘》,《李永平自选集(1968—2002)》,台北:麦田出版社 2003 年版,第 35 页。

是故乡,也是他们的精神寄托。① 他们对马来西亚社会的一切体验都停留在中小学阶段的记忆之上,后来的经验多来自书本或者短期的返乡探亲,这种状况会影响他们的视野。他们在描写大马原乡的时候,大马更多是作为想象物出现,感情上隔膜了很多。李永平直言自己不喜欢马来西亚,只想着有一天能够去婆罗洲旅行、休憩。大马原乡已成为他们"回不去了"的精神原乡。

文学与历史是一种虚构与真实的关系,但历史道不明之处,文学给出了想象的答案。马来西亚的种族关系被旅台及赴台求学小说家演绎得炉火纯青。但他们有时候在面对历史的时候,想象的能量爆发得太厉害了,如李永平《海东青》中的海西掀起腥风血雨,这类的写法让人感到浓重的政治压力。再如黄锦树小说,很多时候感情都没有节制,②在小说《貘》(1995)中,"马来猪""以我们的税收,豢养尔等懒惰部落"等语对马来西亚的种族制度的批判达到了疯狂的状态。黄锦树以"在我辈,所有已写下、将写下、未写下的,亦都可说是悼逝之书,悼其已亡、悼其将亡、悼其未亡、悼其必亡"③的精神思考马来西亚的种族关系,这种对祖国"哀其不幸,怒其不争"的感受,是我们能够理解的,但其中的情感如果能够得到节制,是否会更好一点? 另外,旅台及赴台求学小说家对中国(特别是现实中国)的描写,也需要进一步拓展,如果能够摆脱掉意识形态的限制,成就会更高。

2008 年,李永平推出长篇小说《大河尽头(上)》,这部小说给我们带来了希望。小说已经走出了马来人与华人种族关系紧张/对抗的固有思维模式,对中国原乡的书写也退居幕后,而马来西亚原乡则被置换成殖民时代的婆罗洲。李永平把视角伸向婆罗洲的历史,让英国、荷兰、日本殖民史在主人公"永"溯流的过程中一一展示。王德威认为,这部作品让"熟悉殖民、后

---

① 同为旅台作家的散文家钟怡雯曾经讲述自己的思乡之情:"写完《忘记》,这本散文集的最后一篇,我却不断开始回忆。这真是书写的诡异,我试图透过文字去厘清一些纠缠不清的思绪和无法言说的秘密,却一再掉入自己挖掘的陷阱里。此刻,我的脑海不断重复油棕园的点点滴滴,这原来和这本散文无关——散文集里没有与油棕园相关的题材,可是我却在它完成之际,极度渴望重回油棕园,去呼吸林野的香气。我想再看一眼以前的自己。"钟怡雯:《渴望(后记)》,《垂钓睡眠》,台北:九歌出版社 1998 年版,第 209 页。

② 黄锦树从台湾地区通过学院教育习得和践行现代主义艺术,解构、质疑、戏谑、反讽成为理解他创作的重要关键字。另外,不愉快的大马经历、硕士阶段深受"淡江中文所杀戮学风"的影响及其对龚鹏程治学方式的学习,这些也影响着黄锦树的写作和批评方式。黄锦树:《"寓开新于复古"与"文的优位性":龚鹏程个案》,《文与魂与体:论现代中国性》,台北:麦田出版社 2006 年版,第 373 页。

③ 黄锦树:《后记:错位、错别、错体》,《刻背:Dari Pulau Ke Pulau 由岛至岛》,台北:麦田出版社 2001 年版,第 364 页。

殖民论述,外加离散写作的读者很可以按图索骥,为这本小说做出制式结论。东方和西方,异国情调和地方色彩,殖民者的霸权和被殖民者的嘲仿,情欲启蒙和'原初的激情'(primitive passions),种种对照都派得上用场。的确,李永平在他视为'原乡'的岛屿上写出了个异乡故事"①。但我更多地把李永平的这部小说作为马华旅台及赴台求学作家原乡书写再出发的新起点,这是值得我们期待的。

除了马华旅台作家之外,在东南亚各国有一批旅华/留华作家,如留华的许维贤、梁靖芬等人,他们的人数随着中国大陆的日益富强越来越多,文学成就也会越来越大。他们的创作中也出现了大量的文化原乡书写,如收录在梁靖芬小说集《五行颠簸》里的短篇小说《玛乔恩之火》讲述的是两位女学生玛乔恩和金妮留学海外和毕业回国后发生的种种事情,玛乔恩和金妮来自马来西亚,留学海外,这点和梁靖芬曾经在北京攻读硕士学位的经历相似。在北大留学的经历是她在文学创作上的转折点。她曾在接受《亚洲周刊》专访时说:"我对北京的怀念与其说是一种地域的情感,不如说是对那个年代和岁月的依恋。北京城对我来说有文化上的想象,却没有家的归属感。"②

文化中国与东南亚华文文学的关系是一个重要的学术论题,限于篇幅,我选择了一些文学个案来论述这个话题。除了前文中的温瑞安、李永平及赴台求学作家之外,如果深入分析作家作品的创作主题与文化中国之间的关系,像李忆莙、戴小华、潘碧华、何国忠、孙彦庄、黄锦树、陈大为、林幸谦、孙爱玲等人的作品,都是佐证文化中国在华人作家群中广受传播的例子。这些作家中有南下文人群体,有落地生根的第一代南下文人、也有第二、三代等扎根本土之后的在地作家,他们在文化中国与在地认同之间的纠结心态的差异,也反映出1950年代以来文化中国与华文文学关系的历史发展。同时,我们也要关注21世纪东南亚来华留学生作家群体的写作新变,特别是关注他们对于自己的身份认同问题的追问,这些将会对我们掌握当下东南亚华文文学创作实际状况有着重要的参考作用。

---

① 王德威:《序论:大河的尽头,就是源头》,《大河尽头(上卷:溯源)》,台北:麦田出版社 2008 年版,第 11 页。

② 邢舟:《梁靖芬:从艳丽到自然》,《亚洲周刊》2013 年 5 月,第 65 页。

结　语

2018 年我拿到了自己第一个国家社科项目"中国文学与东南亚华文文学的建构研究",经过近五年的辛勤笔耕和奋力研究,我独立撰写完成的同名结项材料被全国社科工作办给予"良好"的审批等级。秉着"严谨、认真、客观、中止"的学术态度,这本专著最终形成了四个板块,十章的总体框架。虽然因为各种原因,删去了部分内容,期待不久的将来能够以其他方式出版。

第一部分,主要对东南亚华文文学宏观层面的理论问题和重要概念进行梳理和反思,并借此提出一些新的学术问题,夯实后面章节要论述的内容及涉及的理论基础。主要是对目前学界长期争论的"中国性""本土性""东南亚现代文学的起源与分期""国族认同""现代性""现实主义""文化中国"等概念进行进一步的梳理,分"文学版图:中国文学与东南亚华文文学的关系""一衣带水:本土意识与中国因素的文学考察"和"南洋诗学:国族认同、本土意识与现代性追求"三节,对东南亚各国华文文学的重要创作特点和作家作品进行梳理,对东南亚华文文学的本地化追求和中国性因素进行了详细分析,最后通过重新审视这些起源和分期的节点及其形成原因,提炼东南亚华文学研究中的核心创作主题,从而有力地推动相关研究领域的实质性变革。

第二部分,主要讨论东南亚华文文学对中国古代文学经典的吸收和传承,及其与东南亚华人现代知识分子思想的关系。我们熟悉的"中国性""儒教""汉诗"等说法都与东南亚华文文学研究有关,这些概念都是在对中国古代文学吸收过程中被提出并被学界接受的。比如,东南亚"汉诗"传统以左秉隆、黄遵宪、邱菽园、李庭辉、潘受、林立等的文学创作和交游,以及图南社、会贤社、新声诗社、星洲雅苑等诗人雅集为代表,可以说这一文学传统代表着东南亚传统文人面对现代化、离散文化的一次文化执守姿态。总言之,立足于中国文学的域外经典化研究,和立足于东南亚语境的东南亚华文文学研究,其实是一体两面的话题,本书在东南亚华文文学及其创作思想研究的已有基础上,将中国古代文学在域外的传播与接受推至一个更宏阔的研究层次上。

第三部分,主要讨论东南亚华文文学与中国现代文学之间的关系,及其之于当代东南亚华文文学建构的意义。比如鲁迅,其文学思想及艺术实践的影响在东南亚文坛一直没有中断过,鲁迅精神是东南亚华文文学的重要一脉;又如郁达夫、许杰、张爱玲等中国现代文学作家的创作风格,真正在东南亚有了文学效仿者,至当代才真正开始,分别以方北方、英培安、李天葆等重要东南亚作家为例,分析鲁迅等中国现代文学家对东南亚文学的影响;又如中国现实主义传统和左翼文学传统无疑契合了东南亚作家的政治抵抗姿态,形成了东南亚各国华文文学执着于现实的文学特色,笔者选取林参天、叶尼、王君实、汉素音、金枝芒、苗秀、原上草、郭宝崑、蓉子、希尼尔、谢裕民、柯思仁等重要作家,选择他们各类题材的重要作品进行分析,力图展现东南亚华文文学创作中现实主义一脉、左翼文学一脉的文学传承。现代主义诗歌对东南亚当代文学的影响亦不容忽视,以余光中为代表的台湾地区现代主义诗歌影响尤为显著,天狼星诗社、五月诗社都受其影响,而陈瑞献则是直接从西方现代主义汲取艺术养分,成为新加坡最杰出的现代主义诗人,这些确实丰富了东南亚华文文学的审美内涵。以上文学类型,作为东南亚文学中的现象,已有一些研究成果,但只有放在跨界视域下予以深入考察,方能凸显这一种文学现象在世界华文文学中的特殊位置,进而正确认识它们之于当代东南亚华文文学的开拓(如鲁迅、张爱玲的文学传统;现代主义与东南亚华文文学的关系)及整体繁荣(如现代主义诗歌、微型小说、生态文学、旅行文学等新的文学实践)的先锋意义。

第四部分,主要讨论现代化背景下东南亚华文文学与中国文学中的华文教育、印刷文化、影视文化以及通俗文学之间的互动关系。在现代化进程的消费文化大背景下,出版文化、通俗文学和影视文化发展迅速,这些因素影响着中国现代文学,也进而影响着东南亚华文文学。如方修从报刊副刊中呕心沥血地整理出马华文学各个历史发展阶段的经典作品,从而为梳理马华文学的发展脉络做出了厥功至伟的贡献;如以金庸为代表的新派武侠小说中的侠义精神直接影响到神州诗社的创作,如温瑞安的《四大名捕》《江湖奇侠传》都是受到金庸小说的巨大影响,而金庸对温瑞安的提携爱护之情更是金庸在文坛上侠义一面的表现;又如在当代东南亚,新加坡的新谣运动和贺岁片的出现,也展示着流行文化和影视文化对东南亚文学与文化的塑形。而每一种文学现象,又都有其自身发展的小传统,只有通过将跨界交流的大环境和每一种文学现象类型的小传统结合起来考察,方能对中国文学与东南亚华文文学之间的跨界关系作出更精深的阐释。

在成果存在的不足或欠缺,以及尚需深入研究的问题上,将来有三个方面需要我继续努力:

(一)东南亚华文文学的创作质量不及中国,是客观事实,但一味地用中国文学的标准来要求东南亚文学,很容易遮蔽掉东南亚文学身上特有的时代元素。东南亚华人作家在审美多元化方面的各种尝试,亦不可忽视。从这个角度来说,如何建构东南亚华文文学的审美标准,并尝试推动优秀东南亚华文作品的经典化,是兼具价值和难度的一项工作。当然,在此过程中,需要将中国文学的审美标准作为参照系,避免出现忽视文学作品之审美价值的情况。"双重建构的过程、双重建构的内容以及双重建构的效果"都是我们要继续努力的方向。

(二)东南亚华文文学的创作质量良莠不齐,其生存面貌颇为多元,仅关注现有的作品集是远不够的。如在东南亚戏曲中中国文化因素的运用,以及传统文人的南洋形象,如孔子、屈原、杜甫等在东南亚文学中的再塑造,这些都是东南亚文学对中国古代文学元素的创作实践,极具学术价值。因资料搜集困难,针对这两个重要问题的论述没能及时完稿。各个历史阶段出现的华文报刊副刊、期刊杂志中的华文文学作品,相当丰富却较难收集和把握。攻克这一难点,需要坚实的文献学知识和学科交叉能力,有利于我们对东南亚华文文学发展作更为综合、辩证的考察。"在地文学的价值的体现、判断与评定"是我们亟待解决的重要问题。

(三)本课题的远景目标,是尝试提出一个自成系统的东南亚华文文学研究范式,使得东南亚华文文学研究不再是对中国现代文学研究方法的步趋,而拥有一套量体裁衣的自足的理论体系。甚至某些根据东南亚华文文学中的典型现象提炼出来的方法理论,还可以为其他地区华文文学研究提供先行的研究样本和经验。"研究范式的摸索、建构及运用"是本论题要继续探索的问题。

一分耕耘一分收获,我相信本专著是一部关怀深远、史料丰富、论述详实的扎实之作,必将对中国现代文学、世界华文文学、文艺学、比较文学等领域产生重要的影响,对各学科的研究领域和研究深度,必然有着重要的扩展和挖掘之功。

参考文献

21世纪出版社编辑部编：《缅怀马新文坛前辈金枝芒》，吉隆坡：21世纪出版社2018年版。

爱德华·W.萨义德：《东方学》，王宇根译，北京：生活·读书·新知三联书店1999年版。

爱德华·W.萨义德：《文化与帝国主义》，李琨译，北京：生活·读书·新知三联书店2003年版。

巴素：《马来亚华侨史》，刘前度译，槟城：光华日报有限公司1950年版。

巴特·穆尔-吉尔伯特等编撰：《后殖民批评》，杨乃乔等译，北京：北京大学出版社2001年版。

白言：《白言相声集：舞台生活六十年》，新加坡：友联书局1996年版。

白垚：《缕云起于绿草》，吉隆坡：大梦书房2007年版。

本尼迪克特·安德森：《想象的共同体：民族主义的起源与散布》，吴叡人译，上海：上海人民出版社2016年版。

本尼迪克特·安德森著：《比较的幽灵：民族主义、东南亚与世界》，甘会斌译，南京：译林出版社2012年版。

编辑部：《从星洲日报看星洲50年：1929—1979》，新加坡：星洲日报1979年版。

蔡景福：《我与菲华文艺》，台北：照明出版社1985年版。

蔡佩蓉：《清季驻新加坡领事之探讨(1877—1911)》，新加坡：新加坡国立大学中文系、八方文化企业公司2002年版。

陈大为：《最年轻的麒麟——马华文学在台湾(1963—2012)》，台南：台湾文学馆2012年版。

陈大为、钟怡雯主编：《赤道形声：马华文学读本Ⅰ》，台北：万卷楼图书公司2000年版。

陈大为、钟怡雯、胡金伦主编：《赤道回声：马华文学读本Ⅱ》，台北：万卷楼图书公司2004年版。

陈鸿瑜:《新加坡史》,台北:台湾商务印书馆 2011 年版。

陈嘉庚:《南侨回忆录》,香港:草原出版社 1979 年版。

陈建忠等:《台湾小说史论》,台北:麦田出版社 2007 年版。

陈剑主编:《浪尖逐梦:余柱业口述历史档案》,吉隆坡:策略资讯研究中心 2006 年版。

陈鸣鸾、韩劳达、林春兰主编:《缝制一条记忆的百衲被:郭宝崑的故事》,新加坡:新意元开展室 2003 年版。

陈平:《我方的历史》,Singapore:Media Masters Pte Ltd 2004 年版。

陈瑞献:《陈瑞献义集》,新加坡:新加坡新闻与出版有限公司 1983 年版。

陈思和:《中国文学中的世界性因素》,上海:复旦大学出版社 2011 年版。

陈思和:《中国新文学整体观》,上海:上海文艺出版社 2001 年版。

陈思和、许文荣主编:《马华文学·第三文化空间》,吉隆坡:马大中文系毕业生协会 2014 年版。

陈贤茂等:《海外华文文学史初编》,厦门:鹭江出版社 1993 年版。

陈贤茂主编:《海外华文文学史》(全四卷),厦门:鹭江出版社 1999 年版。

陈育崧:《椰阴馆文存》,新加坡:南洋学会 1984 年版。

陈政欣、陈奇杰主编:《大山脚文学国际学术研讨会论文集》,槟城:日新百年校庆委员会、大山脚文学国际学术研讨会工委会 2018 年版。

陈志豪、黄国华、刘雯慧编:《文史浮罗:东南亚文学、文化与历史论集》,高雄:台湾中山大学人文研究中心 2022 年版。

崔贵强:《新加坡华文报刊与报人》,新加坡:海天文化企业私人有限公司 1993 年版。

崔贵强:《新马华人国家认同的转向(1945—1959)》,新加坡:南洋学会 1990 年版。

崔贵强、古鸿廷合编:《东南亚华人问题之研究》,新加坡:教育出版社 1978 年版。

杜晋轩:《北漂台湾:马来西亚人跨境台湾的流转记忆》,台北:麦田出版社 2022 年版。

杜维明:《新加坡的挑战:新儒家伦理与企业精神》,高专诚译,北京:生活·读书·新知三联书店 1989 年版。

方桂香:《新加坡华文现代主义文学运动研究:以新加坡南洋商报副刊〈文艺〉〈文丛〉〈咖啡座〉〈窗〉和马来西亚文学杂志〈蕉风月刊〉为个案》,新加坡:创意圈出版社 2010 年版。

方明:《越南华文现代诗的发展:兼谈越华战争诗作(1960年～1975年)》,台北:唐山出版社2014年版。

方修:《马华文坛往事》,新加坡:星云出版社1958年版。

方修:《马华文学史百题》,新加坡:春艺图书贸易公司1997年版。

方修:《马华新文学及其历史轮廓》,新加坡:万里文化企业1974年版。

方修:《马华新文学简史》,新加坡:万里书局1974年版。

方修:《新马文学史论集》,新加坡:新加坡文学书屋1986年版。

方修:《战后马华文学史初稿》,Singapore:T. K. Goh 1978年版。

方修编:《新马文学史丛谈》,新加坡:春艺图书贸易公司1999年版。

方修编著:《马华文艺史料》,新加坡:四海书局1962年版。

方修口述、林臻笔录:《文学·报刊·生活》,新加坡:仙人掌出版社1987年版。

方修主编:《马华新文学大系》(共十册),吉隆坡:大众书局1970—1972年版。

方壮璧:《"马共全权代表":方壮璧回忆录》,吉隆坡:策略资讯研究中心2006年版。

高嘉谦:《遗民、疆界与现代性:汉诗的南方离散与抒情(1895—1945)》,新北:联经2016年版。

葛兆光:《宅兹中国:重建有关"中国"的历史论述》,北京:中华书局2011年版。

公仲主编:《世界华文文学概要》,北京:人民文学出版社2000年版。

龚鹏程、杨松年、林水檺编:《第一届新世纪文学文化研究的新动向研讨会》,宜兰:南洋学社2002年版。

古鸿廷:《东南亚华侨的认同问题:马来亚篇》,台北:联经1994年版。

顾长永:《边缘化或是整合:泰国的少数族群政治》,高雄:中山大学出版社2016年版。

顾长永:《东南亚各国政府与政治:持续与变迁》,台北:商务印书馆2013年版。

顾长永:《东南亚政治学》,台北:巨流图书有限公司2005年版。

顾长永、萧新煌主编:《新世纪的东南亚》,台北:五南图书出版股份有限公司2002年版。

郭惠芬:《新马华文文学的现代与当代》,厦门:厦门大学出版社2002年版。

郭惠芬:《中国南来作者与新马华文文学(1919—1949)》,厦门:厦门大学出版社 1999 年版。

郭惠芬:《中外文学交流史·中国—东南亚卷》,济南:山东教育出版社 2015 年版。

韩劳达主编:《写一首歌给你:梁文福词曲选集》,新加坡:八方文化创作室 2004 年版。

韩素音:《韩素音自传:吾宅双门》,陈德彰、林克美译,北京:中国华侨出版公司 1991 年版。

何国忠:《马来西亚华人:身份认同、文化与族群政治》,吉隆坡:华社研究中心 2002 年版。

何国忠主编:《百年回眸:马华文化与教育》,吉隆坡:华社研究中心 2005 年版。

何国忠主编:《承袭与抉择:马来西亚华人历史与人物文化篇》,吉隆坡:华社研究中心中心 2003 年版。

何启良:《文化马华:继承与批判》,吉隆坡:十方文化 1999 年版。

何启良编著:《当代大马华人政治省思》,吉隆坡:华社资料中心 1994 年版。

洪林:《泰国华文文学史探》,汕头:汕头大学出版社 2008 年版。

胡愈之:《我的回忆》,南京:江苏人民出版社 1990 年版。

胡愈之、沈兹九:《流亡在赤道线上》,北京:生活·读书·新知三联书店 1985 年版。

胡月宝:《新华女性小说研究》,新加坡:新华文化事业有限公司 2006 年版。

黄锦树:《华文小文学的马来西亚个案》,台北:麦田出版社 2015 年版。

黄锦树:《马华文学:内在中国、语言与文学史》,吉隆坡:华社资料研究中心 1996 年版。

黄锦树:《马华文学与中国性》,台北:元尊文化企业股份有限公司 1998 年版。

黄锦树:《文与魂与体:论现代中国性》,台北:麦田出版社 2006 年版。

黄锦树:《现实与诗意:马华文学的欲望》,台北:麦田出版社 2022 年版。

黄孟文:《新华文学评论集》,新加坡:云南园雅舍 1996 年版。

黄孟文、徐迺翔主编:《新加坡华文文学史初稿》,新加坡:新加坡国立大学中文系、八方文化企业公司 2002 年版。

黄万华:《百年海外华文文学研究》(上下册),南昌:百花洲文艺出版社 2022 年版。

黄万华:《跨越 1949:战后中国大陆、台湾、香港文学转型研究》,南昌:百花洲文艺出版社 2019 年版。

黄万华:《文化转换中的世界华文文学》,北京:中国社会科学出版社 1999 年版。

黄万华:《新马百年华文小说史》,济南:山东文艺出版社 1999 年版。

黄万华:《在"旅行中""拒绝旅行":华人新生代和新华侨华人作家的比较研究》,北京:中国社会科学出版社 2008 年版。

黄贤强主编:《族群、历史与文化:跨域研究东南亚和东亚:庆祝王赓武教授八秩晋一华诞专集》,新加坡:新加坡国立大学中文系、八方文化创作室 2011 年版。

霍尔:《东南亚史》,中山大学东南亚历史研究所译,北京:商务印书馆 1982 年版。

江洺辉主编:《马华文学的新解读:马华文学国际学术研讨会论文集》,吉隆坡:马来西亚"留台"校友会联合总会 1999 年版。

蒋述卓:《跨学科视域中的比较文学》,上海:复旦大学出版社 2015 年版。

金进:《冷战与华语语系文学研究》,上海:复旦大学出版社 2019 年版。

金进:《马华文学》,上海:复旦大学出版社 2013 年版。

金进:《中国现代文学的疆界》,北京:中国社会科学出版社 2014 年版。

柯木林主编:《新加坡华人通史》,新加坡:新加坡宗乡会馆联合总会 2015 年版。

柯思仁:《戏聚百年:新加坡华文戏剧(1913—2013)》,新加坡:戏剧盒、新加坡国家博物馆 2013 年版。

柯思仁、郭庆亮主编:《戏聚现场:新加坡当代华文剧作选》,新加坡:八方文化创作室、戏剧盒 2010 年版。

柯思仁、宋耕主编:《超越疆界:全球化·现代性·本土文化》,新加坡:八方文化创作室、南洋理工大学中华语言文化中心 2007 年版。

柯思仁、许维贤主编:《备忘录:新加坡华文小说读本》,新加坡:南洋理工大学中华语言文化中心、八方文化创作室 2016 年版。

柯思仁主编:《戏剧盒 30 关键词》,新加坡:戏剧盒 2022 年版。

孔令洪等编:《柬华文选》,香港:香港维华出版社 1961 年版。

赖伯疆编著:《海外华文文学概观》,广州:花城出版社 1991 年版。

赖观福主编:《马华文化探讨》,吉隆坡:马来西亚"留台"校友会联合总会 1982 年版。

李焯然:《中心与边缘:东亚文明的互动与传播》,桂林:广西师范大学出版社

2015 年版。

李恩涵：《东南亚华人史》，台北：五南图书出版公司 2003 年版，第 28 页。

李光耀：《李光耀回忆录（1923—1965）》，新加坡：新加坡联合早报 1998 年版。

李光耀：《李光耀回忆录（1965—2000）》，新加坡：新加坡联合早报 2000 年版。

李光耀：《李光耀回忆录：我一生的挑战——新加坡双语之路》，南京：译林出版社 2013 年版。

李锦宗：《新马文坛步步追踪》，新加坡：青年书局 2007 年版。

李锦宗等编：《马华文学大系：史料（1965—1996）》，新山：彩虹出版有限公司 2004 年版。

李炯才：《追寻自己的国家：一个南洋华人的心路历程》，台北：远流出版社 1989 年版。

李君哲：《战后海外华侨华人社会变迁》，沈阳：辽宁教育出版社 1998 年版。

李明峻编译：《东南亚大事纪（1900—2004）》，台北："中研院"人文社会科学研究中心亚太区域研究专题中心 2006 年版。

李南林、田农编：《砂劳越华族史论集》，古晋：砂劳越第一省华人社团总会史学组 1985 年版。

李庆年：《马来亚华人旧体诗演进史（1881—1941）》，上海：上海古籍出版社 1998 年版。

李如龙主编：《东南亚华人语言研究》，北京：北京语言文化大学出版社 2000 年版。

李树枝：《由岛至岛：余光中对马华作家的影响研究》，吉隆坡：苍苍出版社 2018 年版。

李树枝、辛金顺编：《时代、典律、本土性：马华现代诗论述》，雪兰莪：拉曼大学中华研究中心 2015 年版。

李孝定：《逝者如斯》，台北：东大图书股份有限公司 1996 年版。

李有成、张锦忠主编：《离散与家国想像：文学与文化研究集稿》，台北：允晨文化实业股份有限公司 2010 年版。

李元瑾：《东西文化的撞击与新华知识分子的三种回应：邱菽园、林文庆、宋旺相的比较研究》，新加坡：新加坡国立大学中文系、八方文化企业公司 2001 年版。

李元瑾主编：《新马华人：传统与现代的对话》，新加坡：南洋理工大学中华语言文化中心 2002 年版。

李志贤：《东南亚与中国：连接·疏远·定位》，新加坡：新加坡亚洲研究学会 2009 年版。

李志贤主编：《海外潮人的移民经验》，新加坡：新加坡潮州八邑会馆、八方文化企业公司 2003 年版。

李卓辉编著：《华社路在何方？》，雅加达：联通华文书业有限公司 2012 年版。

梁立基、李谋主编：《世界四大文化与东南亚文学》，北京：世界图书出版公司 2017 年版。

梁文福主编：《新谣：我们的歌在这里》，新加坡：新加坡词曲版权协会 2004 年版。

梁元生：《新加坡华人社会史论》，新加坡：新加坡国立大学中文系、八方文化创作室 2005 年版。

梁元生：《宣尼浮海到南洲：儒家思想与早期新加坡华人社会史料汇编》，香港：中文大学出版社 1995 年版。

廖建裕：《现阶段的印尼华人族群》，新加坡：新加坡国立大学中文系、八方文化企业公司 2002 年版。

廖建裕：《印尼华人文化与社会》，新加坡：新加坡亚洲研究学会 1993 年版。

林春美：《〈蕉风〉与非左翼的马华文学》，台北：时报文化出版企业股份有限公司 2021 年版。

林春美：《性别与本土：在地的马华文学论述》，吉隆坡：大将出版社 2009 年版。

林聪等著，游戈主编：《失去了的春天》，香港：维华出版社 1962 年版。

林高：《孤独瞭望：英培安小说世界》，新加坡：八方文化创作室 2019 年版。

林锦：《战前五年新马文学理论研究》，新加坡：新加坡同安会馆 1992 年版。

林清祥等：《当前宪制斗争的任务》，新加坡：阵线报出版委员会 1961 年版。

林水檺、何启良、何国忠、赖观福合编：《马来西亚华人史新编》（全三册），吉隆坡：马来西亚中华大会堂总会 1998 年版。

林万菁：《中国作家在新加坡及其影响 1927—1948》，新加坡：万里书店 1978 年版。

林忠强等主编：《东南亚的福建人》，厦门：厦门大学出版社 2006 年版。

刘碧娟：《新华当代文学中的现代主义》，新加坡：新跃社科大学新跃中华学术中心、八方文化创作室 2017 年版。

刘俊：《跨界整合：世界华文文学综论》，北京：新星出版社 2005 年版。

刘俊:《世界华文文学整体观》,北京:人民文学出版社 2007 年版。

罗福腾主编:《新马华文文学研究新观察》,新加坡:八方文化创作室、新跃大学新跃中华学术中心 2012 年版。

罗武:《南洋共产党史实钩沉》,雪兰莪:策略资讯研究中心 2023 年版。

骆明等编:《独立 25 年新华文学纪念集》,新加坡:新加坡文艺研究会 1990 年版。

马仑:《东盟文艺长廊》,柔佛:书辉出版社 2011 年版。

马仑:《新马华文作家群像》,新加坡:风云出版社 1984 年版。

马峰:《马来西亚、新加坡、印尼华文女作家小说比较研究》,上海:上海三联书店 2020 年版。

马来西亚内政部长:《南洋大学内之共产主义运动》,吉隆坡:政府印刷局 1964 年版。

麦欣恩:《香港电影与新加坡:冷战时代星港文化联系,1950—1965》,香港:香港大学出版社 2018 年版。

孟瑶:《孟瑶自选集》,台北:黎明文化事业股份有限公司 1979 年版。

孟毅编:《新马华文文学大系·小说一集》,新加坡:教育出版社 1971 年版。

苗秀:《马华文学史话》,新加坡:青年书局 1968 年版。

苗秀:《文学与生活》,新加坡:东方文化 1967 年版。

南大学生会第二届执委会秘书部编:《南洋大学学生会第二届执行委员会常年工作报告及其他》,新加坡:南洋大学学生会 1959 年版。

南洋大学创校十周年纪念特刊编辑委员会编:《南洋大学创校十周年纪念特刊:1956—1966》,新加坡:南洋大学 1966 年版。

南洋大学中文系:《云南园吟唱集》,新加坡:南洋大学中国文学研究会 1960 年版。

年红:《悲欢往年》,新山:彩虹出版有限公司 2000 年版。

潘碧华主编:《马华文学的现代阐释》,吉隆坡:马来西亚华文作家协会 2009 年版。

潘星华主编:《消失的华校:国家永远的资产》,新加坡:华校校友会联合会 2014 年版。

潘亚暾:《海外华文文学现状》,北京:人民文学出版社 1996 年版。

潘亚暾、汪义生:《海外华文文学名家》,广州:暨南大学出版社 1994 年版。

彭伟步主编:《海外华文传媒的多维审视》,广州:暨南大学出版社 2013 年版。

丘淑玲:《理想与现实:南洋大学学生会研究(1956—1964)》,新加坡:南洋理工大学中华语言文化中心、八方文化创作室 2006 年版。

邱新民:《东南亚文化交通史》,新加坡:新加坡亚洲研究学会、文学书屋 1984 年版。

邱新民:《邱菽园生平》,新加坡:胜友书局 1993 年版。

饶芃子:《华文流散文学论集》,上海:复旦大学出版社 2011 年版。

饶芃子主编:《中国文学在东南亚》,广州:暨南大学出版社 1999 年版。

沈仁祥主编:《汶华荟萃:汶莱华文作品选集》,美里:联华印务有限公司 1999 年版。

施颖洲主编:《菲华文艺》,马尼拉:菲华文艺协会 1992 年版。

史书美:《跨界理论》,新北:联经 2023 年版。

史书美:《视觉与认同:跨太平洋华语语系表述·呈现》,杨华庆译、蔡建鑫校定,台北:联经 2013 年版。

司马攻:《泰华文学漫谈》,曼谷:八音出版社 1994 年版。

思想编委会编著:《南洋鲁迅:接受与影响》,新北:联经 2020 年版。

宋明顺:《东南亚华人及其前途:民族主义及社会主义的冲击》,新加坡:南洋大学研究院人文与社会科学研究所 1976 年版。

宋明顺:《新加坡青年的意识结构》,新加坡:教育出版社 1980 年版。

苏雪林:《浮生九四:雪林回忆录》,台北:三民书局 1991 年版。

孙爱玲:《论归侨作家小说》,新加坡:云南园雅舍 1996 年版。

田农:《砂华文学史初稿》,诗巫:砂罗越华族文化协会 1995 年版。

王宝庆主编:《南来作家研究资料》,新加坡:新加坡国家图书馆管理局、新加坡文艺协会 2003 年版。

王兵编著:《新加坡华文报章所载梨园史料汇编(1920—1941)》,北京:中国戏剧出版社 2021 年版。

王德威:《华夷风起:华语语系文学三论》,高雄:台湾中山大学文学院 2015 年版。

王德威:《华语语系的人文视野:新加坡经验》,新加坡:南洋理工大学中华语言文化中心 2014 年版。

王德威、高嘉谦、胡金伦编:《华夷风:华语语系文学读本》,台北:联经 2016 年版。

王德威、高嘉谦编:《南洋读本:文学·海洋·岛屿》,台北:麦田出版社 2022 年版。

王德威、季进主编：《文学行旅与世界想象》，南京：江苏教育出版社 2007
　　年版。

王赓武：《家园何处是》，林纹沛译，香港：香港中文大学出版社 2020 年版。

王赓武：《南洋华人简史》，台北：水牛出版社 2002 年版。

王赓武：《中国与海外华人》，香港：商务印书馆（香港）1994 年版。

王国璋：《马来西亚的族群政党政治（1955—1995）》，吉隆坡：东方企业有限
　　公司 1998 年版。

王慷鼎、姚梦桐：《郁达夫研究论集》，新加坡：新加坡同安会馆 1987 年版。

王列耀：《隔海之望：东南亚华人文学中的"望"与"乡"》，北京：中国社会科学
　　出版社 2005 年版。

王列耀：《宗教情结与华人文学》，北京：文化艺术出版社 2005 年版。

王列耀、温明明等：《20 世纪 90 年代马来西亚华文报纸副刊与"新生代文
　　学"》，北京：中国社会科学出版社 2015 年版。

王列耀、颜敏等：《寻找新的学术空间：汉语传媒与海外华文文学研究》，北
　　京：中国社会科学出版社 2016 年版。

王列耀等：《趋异与共生：东南亚华文文学新镜像》，北京：中国社会科学出版
　　社 2011 年版。

王润华：《从新华文学到世界华文文学》，新加坡：新加坡潮州八邑会馆文教
　　委员会出版组 1994 年版。

王润华、白豪士主编：《东南亚华文文学》，新加坡：歌德学院、新加坡作家协
　　会 1989 年版。

王润华、潘国驹主编：《鲁迅在东南亚》，新加坡：八方文化创作室 2017 年版。

王润华、潘国驹主编：《五四在东南亚》，新加坡：八方文化创作室 2019 年版。

王诗棋：《从〈午夜香吻〉到〈麻坡的华语〉：大马华语流行歌曲中的身份建
　　构》，吉隆坡：大将出版社 2020 年版。

魏月萍、苏颖欣编：《重返马来亚：政治与历史思想》，雪兰莪：策略资讯研究
　　中心 2017 年版。

温明明：《离境与跨界：在台马华文学研究（1963—2013）》，北京：中国社会科
　　学出版社 2016 年版。

温任平：《天狼星诗社成立十周年纪念特刊（1973—1983）》，安顺：天狼星出
　　版社 1983 年版。

温任平：《文学观察》，安顺：天狼星出版社 1980 年版。

温瑞安主编，神州社执笔：《坦荡神州》，台南：长河出版社 1978 年版。

温梓川编:《郁达夫南游记》,香港:世界出版社 1956 年版。

吴安琪:《筚路蓝缕:"留台"人口述历史回忆录(1950—1985)》,吉隆坡:马来西亚"留台"校友会联合总会 2020 年版。

吴岸:《马华文学的再出发》,吉隆坡:马来西亚华文作家协会 1991 年版。

吴庆堂:《新加坡华文报业与中国》,上海:上海社会科学院出版社 1997 年版。

吴奕锜、赵顺宏:《菲律宾华文文学史稿》,北京:中国文联出版社 2000 年版。

伍燕翎:《未完的阐释:马华文学评论集》,吉隆坡:马来西亚华文作家协会 2010 年版。

夏蔓蔓:《南洋与张爱玲:解读张爱玲的南洋密码》,新加坡:玲子传媒私人有限公司 2017 年版。

厦门市东南亚华文文学研究会、厦门大学东南亚华文文学研究中心编:《当代东南亚华文文学多面观》,厦门:厦门大学出版社 1995 年版。

萧新煌主编:《东南亚的变貌》,台北:"中研院"东南亚区域研究计划 2000 年版。

谢川成:《马来西亚天狼星诗社创办人:温任平作品研究》,台北:秀威资讯科技股份有限公司 2014 年版。

谢川成:《现代诗诠释》,安顺:天狼星出版社 1981 年版。

谢诗坚:《中国革命文学影响下的马华左翼文学(1926—1976)》,槟城:韩江学院 2009 年版。

辛金顺:《秘响交音:华语语系文学论集》,台北:秀威资讯科技股份有限公司 2012 年版。

新加坡国家艺术理事会:《众我:新加坡艺术多面观》,新加坡:新加坡国家艺术理事会 2001 年版。

新社新华文学大系编辑委员会编纂:《新马华文文学大系》(共八册),新加坡:教育出版社 1971 年版。

徐持庆:《马来西亚古典诗社发展史》,八打灵再也:文运企业 2023 年版。

徐兰君、李丽丹主编:《建构南洋儿童:战后新马华语儿童刊物及文化研究》,新加坡:八方文化创作室 2016 年版。

许天堂:《政治漩涡中的华人》,周南京译,香港:香港社会科学出版社 2004 年版。

许维贤:《重绘华语语系版图:冷战前后新马华语电影的文化生产》,香港:香港大学出版社 2018 年版。

许文荣:《极目南方:马华文化与马华文学话语》,新山:南方学院、马大中文系毕业生协会 2001 年版。

许文荣:《马华文学、新华文学比照》,新加坡:青年书局 2008 年版。

许文荣:《马华文学类型研究》,台北:里仁书局 2014 年版。

许文荣:《南方喧哗:马华文学的政治抵抗诗学》,新山:南方学院出版社 2004 年版。

许文荣、孙彦庄主编:《马华文学十四讲》,吉隆坡:马大中文系毕业生协会 2019 年版。

许永顺:《新马华文电影:1927—1965》,新加坡:许永顺工作厅 2015 年版。

许云樵编:《新马华人抗日史料:1937—1945》,蔡史君编修,新加坡:文史出版私人有限公司 1984 年版。

许云樵译注:《马来纪年》,新加坡:南洋商报 1954 年版。

亚力克斯·佐西:《李光耀:新加坡的斗争》,吴俊刚译,新加坡:安格斯及罗伯逊出版社 1981 年版。

颜清湟:《海外华人史研究》,新加坡:新加坡亚洲研究学会 1992 年版。

颜清湟:《海外华人世界:族群、人物与政治》,新加坡:新加坡国立大学中文系、八方文化创作室 2017 年版。

杨碧珊:《新加坡戏剧史论》,新加坡:海天文化企业有限公司 1993 年版。

杨建成主编:《荷领东印度史》,台北:中华学术院南洋研究所 1983 年版。

杨匡汉:《中华文化母题与海外华文文学》,武汉:长江文艺出版社 2008 年版。

杨松年:《东南亚华人文学与文化》,新加坡:亚洲研究学会 1995 年版。

杨松年:《南洋商报副刊狮声研究》,新加坡:新加坡同安会馆 1990 年版。

杨松年:《新马华文现代文学史初编》,新加坡:BPL(新加坡)教育出版社 2000 年版。

杨松年:《战前新马文学本地意识的形成与发展》,新加坡:新加坡国立大学中文系、八方文化企业公司 2001 年版。

杨松年、王慷鼎主编:《新马华文文学论集》,新加坡:新加坡南洋商报 1982 年版。

姚梦桐:《郁达夫旅新生活与作品研究》,新加坡:新社 1987 年版。

姚拓:《雪泥鸿爪:姚拓说自己》,吉隆坡:红蜻蜓出版社 2005 年版。

衣若芬:《南洋风华:艺文、广告、跨界新加坡》,新加坡:八方文化创作室 2016 年版。

衣若芬:《星洲创意:文本・传媒・图像新加坡》,新加坡:八方文化创作室 2023 年版。

衣若芬主编:《东张西望:文图学与亚洲视界》,新加坡:八方文化创作室 2019 年版。

易君左编著:《华侨诗话》,个人发行,香港:复兴仁记印刷厂 1956 年印制。

易淑琼:《〈星洲日报〉文艺副刊(1988—2009)与马华文学思潮审美转向》,北京:中国社会科学出版社 2017 年版。

游俊豪:《新加坡与中国新移民:融入的境遇》,香港:香港城市大学出版社 2021 年版。

游俊豪:《移民轨迹和离散论述:新马华人族群的重层脉络》,上海:上海三联书店 2014 年版。

于在照:《越南文学史》,广州:世界图书出版公司 2014 年版。

余定邦:《东南亚近代史》,贵阳:贵州人民出版社 1996 年版。

余定邦、陈树森:《中泰关系史》,北京:中华书局 2009 年版。

云惟利编:《新加坡社会和语言》,新加坡:南洋理工大学中华语言文化中心 1996 年版。

詹道玉:《战后初期的新加坡华文戏剧(1945—1959)》,新加坡:新加坡国立大学中文系、八方文化企业公司 2001 年版。

张福贵等:《文学史的命名与文学史观的反思》,北京:北京大学出版社 2014 年版。

张光达:《马华当代诗论:政治性、后现代性与文化属性》,台北:秀威资讯科技股份有限公司 2009 年版。

张光达:《马华现代诗论:时代性质与文化属性》,台北:秀威资讯科技股份有限公司 2009 年版。

张锦忠:《马来西亚华语语系文学》,八打灵再也:有人出版社 2011 年版。

张锦忠:《南洋论述:马华文学与文化属性》,台北:麦田出版社 2003 年版。

张锦忠、黄锦树、李树枝编:《冷战、本土化与现代性:〈蕉风〉研究论文集》,高雄:台湾中山大学出版社 2022 年版。

张锦忠、魏月萍编:《亚际南方:马华文学与文化论集》,高雄:中山大学出版社 2022 年版。

张锦忠编:《离散、本土与马华文学论述》,高雄:台湾中山大学人文研究中心 2019 年版。

张炯:《世界华文文学与中国:张炯选集》,广州:花城出版社 2012 年版。

张礼千:《马六甲史》,新加坡:郑成快先生纪念委员会 1941 年版。

张森林:《朝向环境伦理:新马华文诗文中的生态书写(1976—2016)》,新加坡:八方文化创作室、新跃社科大学新跃中华学术中心 2021 年版。

张森林:《砥砺前行:新加坡作家协会的发展之路》,新加坡:八方文化创作室、新跃社科大学新跃中华学术中心 2020 年版。

张松建:《后殖民时代的文化政治:新马文学六论》,新加坡:八方文化创作室 2017 年版。

张松建:《义心的异同:新马华文文学与中国现代文学论集》,北京:中国社会科学出版社 2013 年版。

张松建、张森林编:《新国风:新加坡华文现代诗选》,新加坡:南洋理工大学中华语言文化中心、八方文化创作室,2018 年。

张晓威、张锦忠主编:《华语语系与南洋书写:台湾与星马华文文学及文化论集》,台北:汉学研究中心 2018 年版。

张永修、张光达、林春美主编:《辣味马华文学:90 年代马华文学争论性课题文选》,吉隆坡:雪兰莪中华大会堂、马来西亚"留台"校友会联合总会 2002 年版。

章翰:《鲁迅与马华新文艺》,新加坡:风云出版社 1977 年版。

章星虹:《韩素音在马来亚:行医、写作和社会参与(1952—1964)》,新加坡:南洋理工大学中华语言文化中心、八方文化创作室 2016 年版。

赵戎:《论马华作家与作品》,新加坡:青年书局 1967 年版。

赵戎:《赵戎文艺论文集》,新加坡:教育出版社 1970 年版。

赵稀方:《报刊香港:历史语境与文学场域》,香港:三联书店(香港)2019 年版

赵稀方:《小说香港》,北京:生活·读书·新知三联书店 2003 年版。

赵小琪、张晶、蒋金运:《跨区域华文诗歌的中国想象》,北京:中国社会科学出版社 2015 年版。

郑赤琰编:《客家与东南亚:第三届国际客家学研讨会专辑》,香港:三联书店(香港)2002 年版。

郑良树:《马来西亚华文教育发展史》(第一分册),吉隆坡:马来西亚华校教师会总会 1998 年版。

郑文辉:《新加坡华文报业史:1881—1972》,新加坡:新马出版印刷公司 1973 年版。

钟锡金:《星马华人民族意识探讨》,亚罗士打:赤土书局 1984 年版。

钟怡雯：《马华文学史与浪漫传统》，台北：万卷楼图书股份有限公司 2009 年版。

周南京：《印度尼西亚华侨华人研究》，香港：香港社会科学出版社有限公司 2006 年版。

周宁主编：《东南亚华语戏剧史》，厦门：厦门大学出版社 2007 年版。

周维介：《新马华文文学散论》，香港：三联书店（香港）1998 年版。

周维介、潘正镭编：《折柳南来的诗人：刘延陵新加坡作品选集》，新加坡：大家出版社 2011 年版。

周兆呈：《语言、政治与国家化：南洋大学与新加坡政府关系（1953—1968）》，新加坡：南洋理工大学中华语言文化中心、八方文化创作室 2012 年版。

朱崇科：《"南洋"纠葛与本土中国性》，广州：广东人民出版社 2014 年版。

朱崇科：《本土性的纠葛：边缘放逐·"南洋"虚构·本土迷失》，台北：唐山出版社 2004 年版。

朱崇科：《华语比较文学：问题意识及批评实践》，上海：上海三联书店 2012 年版。

朱崇科：《考古文学"南洋"：新马华文文学与本土性》，上海：上海三联书店 2008 年版。

朱崇科：《马华文学 12 家》，北京：生活·读书·新知三联书店 2019 年版。

朱崇科：《台湾经验与"南洋"叙述》，香港：三联书店（香港）2023 年版。

朱文斌：《东南亚华文诗歌及其中国性研究》，杭州：浙江大学出版社 2017 年版。

朱文斌：《跨国界的追寻：世界华文文学诠释与批评》，北京：新星出版社 2006 年版。

朱绪：《新马话剧活动四十五年》，新加坡：文学书屋 1985 年版。

庄国土、陈华岳等：《菲律宾华人通史》，厦门：厦门大学出版社 2012 年版。

庄华兴：《国家文学：宰制与回应》，吉隆坡：雪隆兴安会馆、大将出版社 2006 年版。

庄华兴：《伊的故事：马来新文学研究》，吉隆坡：有人出版社 2005 年版。

庄致颖、黄惠龄主编：《新加坡华文文学编年书目（1965—2009）》，新加坡：新加坡国家图书馆 2011 年版。

庄钟庆：《东南亚华文新文学史》，北京：人民文学出版社 2007 年版。

庄钟庆等：《东南亚华文文学与中国现代文学》，厦门：厦门大学出版社 1991 年版。

B. R. Pearn:《东南亚史导论》,张奕善译,台北:台湾学生书局 1975 年版。

Alison M. Groppe. *Sinophone Malaysian literature：not made in China*. (Amherst，New York：Cambria press，2013)

Cheow Thia Chan，Zhaocheng Zeng. *Malaysia crossings：place，and language in the worlding of modern Chinese literatrue*.（New York：Columbia University Press，2023)

E. K. Tan. Rethinking Chineseness：translational Sinophone identities in the Nanyang literary world.（Amherst，New York：Cambria press，2013)

Jing Tsu，David Dewei Wang edited. Global Chinese literature：critical essays.（Leiden：Brill Academic Publisher，2010)